本书得到国家社会科学基金项目"唐代三教论衡及其文学影响研究"（编号：12XZW003)、教育部人文社会科学研究项目"唐代三教论衡与三教论衡戏"（编号：10XJCZH004)、教育部人文社会科学重点研究基地项目"佛教讲唱与中古文学"（编号: 2009JJD750012)、宝鸡文理学院中国语言文学重点学科建设经费等项目经费资助

三教论衡与
唐代文学

刘林魁　著

人民出版社

序一：三教论衡与中古文学

学棣刘林魁教授之大著《三教论衡与唐代文学》即将于人民出版社付梓，他嘱我为序，我自然是兴高采烈。林魁是我带的第一届博士生，俗称大弟子。他在读博士期间，我们就商定学位论文以"《广弘明集》研究"为题，综合讨论《广弘明集》所涉各种问题。其博士毕业后，我又推荐他追随项楚先生做博士后，于是我们又成为师兄弟。长期以来，我们一直是亦师生亦朋友之关系。可喜者是，博士毕业后的十几年里，他一直沿续着我们最初设定之学术方向与论域而坚持不懈。在出版博士论文《〈广弘明集〉研究》①时，他尝嘱我作序，然因各种事务缠身，忙得昏天黑地，我竟然忘记写序之事，直到收到他寄赠的样书，才懊恼不已，此事成为我对林魁的一大歉疚。故此，在其新著《三教论衡与唐代文学》即将出版之际，尽管事务依然繁忙，身体时有不适，然我再也不敢忘记作序一事。该书为林魁独立承担的国家社会科学基金项目结项成果。起初，他填报申请书时，尝征求意见于我，吸收过我的一些想法和建议。在研习佛教与佛教文学的 40 年里，我对于历史上的三教论衡，一直是非常关注的，当时建议林魁做"《广弘明集》研究"，就是考虑到该书是三教论衡的集大成者，既涉及文献学的问题（诸如目录学、版本学、校雠学），又有许多思想理论的交锋，还涉及文化交流的态度，等等。因此，对于《广弘明集》这样的专书进行研究，必须要有广博的知识结构和学术研究能力：既要有深厚扎实的文献学功底，又要有敏锐的思想洞察力，还要有历史线索的爬梳力。这一极富难度的选题，不仅对林魁是巨大的

---

① 中国社会科学出版社 2011 年版。

挑战,对我来说,也是一场艰巨的考验。我由此而跟着林魁细致地阅读了
《广弘明集》。之后,我的许多研究论题,或多或少地涉及中古时期的三教论
衡。这样,我便积累了一些想法。藉此机会,谈谈我的粗浅认识,抛砖引
玉,以期引起读者更多地关注林魁的论述。

一

三教论衡是中国历史上的一件大事,它关乎中国的哲学史、思想史、宗
教史、文学史、政治史等多门学科的历史进程的走向问题。

"三教"一词,早在东汉初期的班固就已提及,意指夏、商、周三代的
夏尚忠、殷尚敬、周尚文的特点。① 汉末三国曹魏的徐幹则称儒家六德、六
行、六艺为"三教"②。佛教传入华夏后对初期道教产生了极其深刻的影响,
致使道教在随后的百年时间里,逐渐放弃了动辄武装暴动的惯性而于东晋转
型为经教道教,进入了成熟的宗教系统。由此,儒、释、道三教形成了既相
对立又互影响的宗教思想体系。

"三教论衡",就目前所见材料,似乎以白居易的《三教论衡》一文为最
早。所谓"衡",《说文》云:"衡,牛触。横大木其角。"③ 本意为防牛角触人而
设计的横木,后引申为秤、秤杆、天平。"论衡"就是指辩论、评定言论、思
想价值的秤、天平。东汉王充的《论衡》就是一部"疾虚妄古之实论,讥世俗
汉之异书"④。显然,白居易袭用了王充"论衡"的用意,其"论衡"即指评价

---

① (东汉)班固《白虎通·三教》:"王者设三教者何? ……夏人之王教以忠,其失野,救
  野之失莫如敬。殷人之王教以敬,其失鬼,救鬼之失莫如文。周人之王教以文,其失薄,
  救薄之失莫如忠。"((清)陈立:《白虎通疏证》卷八,吴则虞点校,中华书局 1994 年版,
  第 369 页)
② (三国·魏)徐幹:《中论·治学》:"先王立教官,掌教国子,教以六德,曰智仁圣义忠
  和;教以六行,曰孝友睦姻任恤;教以六艺,曰礼乐射御书数;三教备而人道毕矣。"(孙
  启治:《中论解诂·治学第一》,中华书局 2014 年版,第 1 页)
③ (清)段玉裁:《说文解字注》卷四《角部》,(东汉)许慎撰,上海古籍出版社 1981 年版,
  第 186 页。
④ (东汉)王充撰、马宗霍:《论衡校读笺识·序》,中华书局 2010 年版,第 2 页。

和衡定儒、释、道三教的价值和地位。白居易的《三教论衡》记述了大和元年（827）十月十日唐文宗李昂诞日三教贺寿辩论的详情：其时，文宗下诏，敕令白居易、安国寺僧人义林、太清宫道士杨弘元各代表儒、释、道三教，于大明宫麟德殿辩论三教教义。这种三教争论，于唐世袭成惯例，目的并不是真正辩出三教教义的优劣、高低。其时，三教各自预先设计好诘答的问题，各坐于一方高台之上，互相提问、发难、答辩。整个讨论过程，不在乎论辩的问题是否明晰、尖锐和解答的是否圆满，而是看重于戏剧效果，看重能否给皇帝和众臣带来欢乐，取悦皇帝。因此，"初盛唐之君主，皆信李氏出于老子，崇尚道教，释道乃与儒成犄角；儒教在当时，并无独占之地位也。及提倡'三教论衡'，切磋精义，如《白居易集》内所载，其事已经戏剧化。后来李可及演《三教论衡》，以一人独扮主角，敷陈三面，乃另一结构。其视孔子为妇人，已弄之甚矣"。① 这是就唐廷官方的立场而确立的三教论衡戏剧化的倾向。

实际上，三教论争由来已久。早在佛教入华之前，儒、道两家就已互相争辩、攻击。所谓"道不同，不相为谋"②，似乎是儒家向诸子百家的宣言。而道家则屡屡激烈抨击儒家仁义礼智。《老子》："绝圣弃智，民利百倍；绝仁弃义，民复孝慈；绝巧弃利，盗贼无有。"③《庄子》："道德不废，安取仁义？性情不离，安用礼乐？……毁道德以为仁义，圣人之过也"④；"彼窃钩者诛，窃国者为诸侯，诸侯之门而仁义存焉"⑤；"故绝圣弃知，大盗乃止；……攘弃仁义，而天下之德始玄同矣"⑥；"圣人生而大盗起。掊击圣人，纵舍盗贼，而天下始治矣"⑦；"绝圣弃知，而天下大治"⑧。难怪司马迁说"世之学老子者则绌儒学，儒学亦绌老子"⑨。看来，儒、道的社会地位不同导致批评程度也

① 任半塘：《唐戏弄》，上海古籍出版社1984年版，第680页。
② （清）刘宝楠，高流水点校：《论语正义》卷十八，中华书局1990年版，第641页。
③ 楼宇烈：《老子道德经注校释》，中华书局2008年版，第45页。
④ （清）郭庆藩：《庄子集释·外篇·马蹄》，中华书局1961年版，第336页。
⑤ 郭庆藩：《庄子集释·外篇·胠箧》，中华书局2006年版，第350页。
⑥ 郭庆藩：《庄子集释·外篇·胠箧》，中华书局2006年版，第353页。
⑦ 郭庆藩：《庄子集释·外篇·胠箧》，中华书局2006年版，第346页。
⑧ 郭庆藩：《庄子集释·外篇·在宥》，中华书局2006年版，第377页。
⑨ （汉）司马迁：《史记》卷六十三《老子韩非列传》，（南朝宋）裴骃集解，（唐）司马贞索隐，（唐）张守节正义，中华书局1982年版，第2143页。

不同，儒家从子思以后就成为显学，而道家却一直处于边缘地带，故儒家似乎不屑于对话道家，而道家则不断地抨击儒家而显示存在感。先秦至东汉末，道家系统大约有四支：一为黄老道，二为老庄道，三为方仙道，四为巫鬼道。该四支互有渗透，并不严格独立，然其发展路径各有不同。春秋战国，老庄道势大；战国秦汉，黄老道盛行；嬴秦刘汉，方仙道、巫鬼道泛滥。① 西汉武帝刘彻时期，儒家独秀而黄老道式微。老庄道作为道家的一支，尤其是《庄子》，在两汉时期几乎不为人们所称道。文人们似乎对《庄子》缺乏足够的兴趣而表现出一种集体的沉寂，这是一个很值得研究的现象。于秦汉时期大行其道的则是方仙道和巫鬼道，尤其是前者，无论在下层民众还是上层最高统治者受到了青睐。如，秦皇、汉武，屡被方仙术士迷惑，却至死不渝。道教的创立，虽以老子作为偶像崇拜，但并未着意于弘扬老庄道的基本精神。虽然《庄子》后来也被道教奉为《南华经》，它却不是道士必修的经典，庄子也未能进入道教的神↔仙谱系。反而汉末以后的道教系统，则主要以方仙道和巫鬼道为基本阵营。儒、道（老庄道）之争在秦汉时期基本歇息，直到三国曹植著《辨道论》，驳斥道教（方仙道一派）的不老不死之说，再一次掀起了由道教以外人士质疑道教根本教义的帷幕。但是到了两晋，道士葛洪竭力改造民间道教而转向经教道教，"要当以忠孝和顺仁信为本。若德行不修，而但务方术，皆不得长生也"②，"主张把儒家纲常名教思想吸收到道教教义之中"③。自此以后，儒、道二教间的论争日渐趋缓。

真正引发三教激烈冲突的是，佛教在东晋后期的异军突起。原本依附于道教、玄学求生存发展的外来佛教，起初更多地倾心于佛典的汉译和民间的传播、发展。到了东晋，佛教突然间跃入了上层社会，僧尼与精英文人士大夫打得火热，甚至成为帝王的座上宾，导致佛教的地位日益突显，影响力越来越大。儒教原有的社会地位，尤其是政治地位受到了巨大的挑战和威胁。道教又担心佛教的挤兑，怕彻底失去自己原有的思想文化市场。因而，为了

---

① 参见普慧：《汉代黄老道形成的宗教特征及其思想史背景》，《社会科学战线》2010年第9期；普慧：《两汉巫鬼崇拜及其对六朝鬼神小说的影响》，《文学遗产》2013年第5期。

② （晋）葛洪、王明：《抱朴子内篇校释》卷三《对俗》，中华书局1985年版，第53页。

③ 任继愈主编：《中国佛教史》第2卷，中国社会科学出版社1985年版，第527—528页。

阻止和遏制佛教不断上升的趋势，儒、道二教发起了对佛教的迅猛攻势。

儒教、道教对佛教的攻击，主要表现于儒教对佛教攻击和佛教对自身的维护。其中，主要涉及的问题是：1.佛教剃发出家，有悖世俗伦理、孝道；2.人死不可复生，形尽神灭；3.夷夏优劣，何为正统①；4.佛门乱象；5.祸国殃民，佛教三破②，扰乱纲常，等等。这些除了形尽神灭、生死轮回等涉及宗教神学的问题外，其余的都是从社会功利和世俗伦理出发的。后来，主张"人其人，火其书，庐其居"③的反佛斗士韩愈，也是完全站在国家功利主义的立场上，基本不涉及佛教教义问题④，实际上，他本人在思想上及文学写作上却深受佛教的影响。⑤宋代理学的代表二程、朱熹等亦然。佛教对儒教的回应，除了旗帜鲜明地捍卫其神不灭论外，其他的论辩都是比较温和，甚至有些近乎讨好儒教。佛教的示弱和渐趋华化，得到了最高统治者的欣然赞赏。

二

应该说，三教论衡一直存在着两条轨迹。除了激烈争论，唇枪舌剑，笔墨官司外，还有一条则是主张汇通调和。早在汉末的牟子《理惑论》中，问答的双方，虽有观念和背景的不同，但从文章的总体倾向来看，作者是在努力调和着儒、释、道三者的关系。不过，主张三教汇通、同源一致论者，也出现了两种倾向：一是以道为主；一是以佛统摄。前者有西晋道士王浮伪

---

① （西晋）道士王浮作：《老子化胡经》，谓老子远涉西天，教化释迦，故佛陀乃老子弟子云云。
② 南朝萧齐末，有道士假冒张融作《三破论》，攻击佛教是"入国而破国""入家而破家""入身而破身"。见刘勰《灭惑论》、僧顺《答三破论》，收入（南朝梁）僧祐《弘明集》卷八。
③ 阎琦：《韩昌黎文集注释》卷一《原道》，（唐）韩愈，三秦出版社2004年版，第23页。
④ （明）毛坤：《唐宋八大家文钞·韩文》卷一："其议论亦只以福田上立说，无一字论佛宗旨。"（吴文治编：《韩愈资料汇编·四》，中华书局1983年版，第767页）
⑤ 陈寅恪：《论韩愈》，《金明馆丛稿初编》，上海古籍出版社1980年版，第286—287页；孙昌武：《韩愈与佛教》，《唐代文学与佛教》，陕西人民出版社1985年版，第24—55页；陈允吉：《韩愈的诗与佛经偈颂》，《唐音佛教辨思录》，上海古籍出版社1988年版，第147—158页；普慧：《佛教对中古议论文的贡献与影响》，《文学评论》2007年第4期。

作《老子化胡经》，谓孔子尝问礼于老子，老子又西越流沙化胡，为佛之师，故道为儒、佛之源。① 萧齐张融作《门律》，调和道、佛，提出"道也与佛，逗极无二。寂然不动，致本则同；感而遂通，达迹诚异"②，但总体倾向是以道为主。道士孟景翼作《正一论》支持张融之说③。后者从东晋后期始，文人士大夫孙绰首先认为"佛也者，体道者也；道也者，导物者也。应感顺通，无为而无不为者也。无为，故虚寂自然；无不为，故神化万物。……周孔即佛，佛即周孔，盖外内名之耳"④，从名义上完全会通儒、释、道三教，并作"《道贤论》，以七沙门比竹林七贤⑤⑥"，竭力沟通儒、玄、释，增强名僧与名士的互动。刘宋初期，宗炳提出以佛统摄儒、道的三教并重："佛经也，包五典之德，深加远大之实；含老庄之虚，而重增皆空之尽。"⑦ 齐梁文学理论家刘勰调和儒、释，而贬道尊释，所谓"孔、释教殊而道契，解同由妙，

---

① （北周）道安：《二教论》，（唐）道宣《广弘明集》卷八；（北周）甄鸾《笑道论》，（唐）道宣《广弘明集》卷九。

② （南朝齐）周颙：《难张长史门论》，（南朝梁）僧祐《弘明集》卷六，《大正藏》第52册，新文丰出版公司1983年版，第38页下。

③ （南朝梁）萧子显：《南齐书》卷五十四《高逸传》："《宝积》云：'佛以一音广说法'，《老子》云：'圣人抱一以为天下式'。'一'之为妙……强号为一。在佛曰'实相'，在道曰'玄牝'。道之大象，即佛之法身。"（中华书局1972年版，第935页）

④ （晋）孙绰：《喻道论》，（南朝梁）僧祐《弘明集》卷三，《大正藏》第52册，第16页中—17页上。

⑤ 七沙门，指两晋时期的7位僧人：竺法护、帛法祖、竺法乘、竺法深、支道林、于法兰、于道邃；竹林七贤：阮籍、嵇康、山涛、刘伶、阮咸、向秀、王戎等7人。始见于裴松之注陈寿《三国志·魏书》引《魏氏春秋》："（嵇）康寓居河内之山阳县，与之游者，未尝见其喜愠之色。与陈留阮籍、河内山涛、河南向秀、籍兄子咸、琅邪王戎、沛人刘伶相与友善，游于竹林，号为'七贤'。"（中华书局1982年版，第606页）以七僧比方竹林七贤，始见于孙绰《道贤论》："护公德居物宗，巨源位登论道：二公风德高远，足为流辈矣。帛祖衅起于管蕃，中散祸作于钟会：二贤并以俊迈之气，昧其图身之虑，栖心事外，轻世招患，殆不异也。法乘安丰，少有机悟之鉴，虽道俗殊操，阡陌可以相准。潜公道素渊重，有远大之量；刘伶肆意放荡，以宇宙为小。虽高栖之业，刘所不及，而旷大之体同焉。支遁、向秀，雅尚庄、老。二子异时，风好玄同矣。兰公遗身，高尚妙述，殆至人之流。阮步兵傲独不群，亦兰之俦也。"（严可均《全晋文》卷六十二，《全上古三代秦汉六朝文》，中华书局1958年版，第3624—3625页）此为6僧比6贤。又据慧皎《高僧传》卷四《于道邃传》："孙绰以邃比阮咸，或曰'咸有累骑之讥，邃有清泠之誉，何得为匹。'孙绰曰：'虽迹有洼隆，高风一也。'"（汤用彤校注，汤一玄整理，中华书局1995年版，第170页）可知于道邃比阮咸。

⑥ 余嘉锡：《世说新语笺疏》上卷下《文学第四》，（南朝宋）刘义庆著，（南朝梁）刘孝标注，周祖谟等整理，上海古籍出版社1995年版，第223页。

⑦ （南朝宋）宗炳：《明佛论》，（南朝宋）僧祐《弘明集》卷二，《大正藏》第52册，第9页中。

故梵、汉语隔而化通"，"大乘圆极，穷理尽妙"，"佛道之尊，标出三界，神教妙本，群致玄宗"①。杨隋时的李士谦论三教优劣，谓"佛，日也；道，月也；儒，五星也。"②元时的翰林学士孛术鲁翀（字子翚）尝被皇帝问话："'三教何者为贵？'对曰：'释如黄金，道如白璧，儒如五谷。'上曰：'若然，则儒贱邪？'对曰：'黄金、白璧，无亦何妨？五谷于世岂可一日阙哉！'上大说。"③文人士大夫的这些生动比喻，表现出强烈的三教会通合一的观念，成为社会的主流认识，以至于许多文人士大夫皆通学儒、释、道三教经典。如，萧齐张融临死时，"左手执《孝经》《老子》，右手执《小品》《法华经》"④；陈朝的马枢"讲《维摩》《老子》《周易》，同日发题，道俗听者二千人"⑤。所以，鲁迅说："晋以来的名流，每人总有三种小玩意，一是《论语》和《孝经》，二是《老子》，三是《维摩诘经》，不但采作谈资，并且常常做一点注解。"⑥宋元以后，三教同源说已深入人心。《明儒学案·郑性序》："道并行而不相悖，此天地之所以为大也。三教既兴，孰能存其一，去其二。并为儒而不相容，隘矣。"⑦不只是士大夫文人，强调三教同源，这种观念已经深入贯穿于民间俗文学之中。邹必显《飞跎全传》："跎子此时乡里人不识碎辞，浑身却都是病，仰天长叹，意懒心灰。忽然想起上帝传授的遁法，便说道：'三教原来是一家，要我归依你也不妨，你可收了簸箕阵，两国和好，永不犯边，我就死心塌地拜你为师。'"⑧通俗的思想教化书《安士全书·容人之过》："儒、释异同之际，处处作如是观，则愈读佛书，而儒理愈精矣。帝君欲人广行三教，正以此也。"⑨三教同源说还表现在图像、造像等视觉艺术。东晋的顾恺之、唐代的吴道子先后都画过"三教图"。北宋的邓椿记录有此

① （南朝梁）刘勰：《灭惑论》，（南朝梁）僧祐《弘明集》卷八，《大正藏》第52册，第51页中、50页上、50页中。
② （唐）李延寿：《北史》卷三十三《李士谦传》，中华书局1974年版，第1234页。
③ （元）陶宗仪：《南村辍耕录》卷五《三教》，中华书局1959年版，第57页。
④ （南朝梁）萧子显：《南齐书》卷四十一《张融传》，中华书局1972年版，第729页。
⑤ （唐）姚思廉：《陈书》卷十九《马枢传》，中华书局1972年版，第264页。
⑥ 鲁迅：《吃教》，《鲁迅全集》第5册，人民文学出版社2005年版，第328页。
⑦ （清）黄宗羲：《明儒学案·郑性序》，沈芝盈点校，中华书局2008年版，第1页。
⑧ （清）邹必显：《飞跎全传》第二十一回《拉破网情急撞金钟　划双翅计穷行屁遁》，天一出版社1985年版，《明清善本小说丛刊初编》第四辑《灵怪小说》。
⑨ （清）周梦颜：《安士全书白话解》，曾琦云译，内蒙古人民出版社2002年版，第68页。

事:"遂宁客镇张（衍）知县家:吴道子《三教图》、厉归真《百牛图》、孙太古《十一曜图》。……开封尹盛（章）季文家:徽宗皇帝《风竹鸲鹆喜鹊图》、顾恺之《三教图》、戴嵩《牛图》、崔白双幅《禽竹图》、范宽《四时山水图》。"① 民间的三教合一信仰更为普遍,如,对关羽的崇拜,就充分体现了三教合一的特点,所谓关帝君临三界,"掌儒释道教之权,管天地人才之柄"② 等,使得民众的三教观念越来越不清晰。"这些佛—道经文起源于社会金字塔底层的世俗圈子中,在那里,两个宗教在教义上的区别变得越来越模糊不清"③。于是,民间的三教寺遍布大江南北,构成了与精英信仰相互联动的另一道风景线,顽强地稳固着中国下层社会精神信仰的多重秩序。

三

应该说,三教论衡最难处理的,就是儒是"学"还是"教"的问题。儒家原本是一种学术派别,但孔子及其门人并不完全排斥自然宗教（natural religion）,他们既有"子不语怪力乱神"④ 和"敬鬼神而远之"⑤ 的说法,也有"祭如在,祭神如神在"⑥ 和"死生有命,富贵在天"⑦ 的言论。这说明,孔门对于异己的神秘力量（the mysterious power different from man）的态度是比较宽容的。可是,到了汉武帝刘彻时期,大儒董仲舒提出"天人相副"⑧

① 刘世军:《画继校注》卷八《铭心绝品》,（宋）邓椿著,广西师范大学出版社 2015 年版,第 178—180 页。
② 《三界伏魔关圣帝君忠孝义义真经》,《藏外道书》第 4 册,巴蜀书社 1992 年版,第 273 页上。
③ [法] 安娜·塞德尔:（石秀娜 Anna Katarina Seidel）《西方道教研究史》（汉译本）,蒋见元、刘凌译,上海古籍出版社 2000 年版,第 106 页。
④ （宋）朱熹:《四书章句集注·论语·述而》,中华书局 1983 年版,第 98 页。
⑤ 朱熹:《四书章句集注·论语·雍也》,中华书局 1983 年版,第 89 页。
⑥ 朱熹:《四书章句集注·论语·八佾》,中华书局 1983 年版,第 64 页。
⑦ 朱熹:《四书章句集注·论语·颜渊》,中华书局 1983 年版,第 134 页。孔子弟子子夏提出"死生有命,富贵在天"的"天命"信仰,反映了孔门师徒一种对异己外在力量的敬畏、崇信。
⑧ 董仲舒:"天亦有喜怒之气,哀乐之心,与人相副,以类合之,天人一也。"（（清）苏舆《春秋繁露义证》卷十二《阴阳义》,锺哲点校,中华书局 1992 年版,第 341 页）

论，将"天""妆点成为至高无上、主宰人间的、有人格、有道德意志的神"①。他还特别发挥了孔子、子夏的"祭祀"说和"天命"论②，大肆阐发了其宗教神学的观念，建立了一套以天与人相互感应的神学理论体系，构成了治国安邦的基本国策与国家主流意识形态，"两汉国教化了的僧侣们，便是神鬼化了的儒林与唯理化了的教徒，他们以神学家而兼政府官吏。皇帝在神国中同时也在王国中，是教主而兼天子"③，从理论上彻底完成了宗教信仰的神权、儒家伦常的父权和政治统治的皇权三位一体化。④董仲舒以后，汉代的儒士建孔庙、称素王，将孔子构建成了一个精神领袖而虔诚顶礼膜拜。及至两宋，儒学的宗教神学理论化的模型建成，尤其是朱熹关于"天""理""气""太极"等的理论阐释，已经将宗教神学信仰深深地镶嵌于其中。⑤因此，认为儒学纯粹为学术流派或者儒学为儒教的争论似乎不可能达成共识。争论的焦点就在于对宗教的理解标准不同。一般来说，宗教学界把宗教大致划分为两种形态：制度性宗教和分散性宗教。⑥而根据这两类宗教的基本特征，儒学却兼具了二者的神学特征，它崇信异己的巨大力

---

① 侯外庐、赵纪彬、杜国庠、邱汉生：《中国思想通史》（第 2 卷），人民出版社 1957 年版，第 99 页。
② 董仲舒："祭者，察也，以善逮鬼神之谓也，善逮逮不可闻见者，故谓之察，吾以名之所享，故祭之不虚，安所可察哉！祭之为言际也与，祭然后能见不见，见不见之见者，然后知天命鬼神，知天命鬼神，然后明祭之意，明祭之意，乃知重察事。"（（清）苏舆《春秋繁露义证》卷十六《祭义》，锺哲点校，中华书局 1992 年版，第 441—442 页）
③ 侯外庐、赵纪彬、杜国庠、邱汉生：《中国思想通史》（第 2 卷），人民出版社 1957 年版，第 89 页。
④ 普慧：《汉武帝时期的礼教：国家宗教神学之意识形态——董仲舒的礼教神学思想》，《岭南学报》（复刊号，香港）第一、二辑合刊，上海古籍出版社 2015 年版，第 229—246 页。
⑤ 参见 ［加］秦家懿：《朱熹的宗教思想》，曹剑波译，厦门大学出版社 2010 年版。
⑥ 杨庆堃指出："制度性宗教在神学观中被看作是一种宗教生活体系。它包括（1）独立的关于世界和人类事务的神学观或宇宙观的解释，（2）一种包含象征（神、灵魂和他们的形象）和仪式的独立崇拜形式，（3）一种由人组成的独立组织，使神学观简明易解，同时重视仪式性崇拜。借助于独立的概念、仪式和结构，宗教具有一种独立的社会制度属性，故而成为制度性的宗教。另一方面，分散性宗教被理解为：拥有神学理论、崇拜对象及信仰者，于是能十分紧密地渗透进一种或多种的世俗制度中，从而成为世俗制度的观念、仪式和结构的一部分。宗教的这种分散形式在涂尔干的著作中有较好的描述。制度性宗教作为一个独立的系统运作，而分散性宗教则作为世俗社会制度的一部分发挥功能。"（［美］杨庆堃 ［C. K. Yang］《中国社会中的宗教：宗教的现代社会功能与其历史因素之研究》，范丽珠译，四川人民出版社 2016 年版，第 228 页）

量，祭天（神）祀祖（鬼），以天命①和天理信仰为精神指导，强调"君权神授"（divine right of kings）的政治体制，以五行相克相生为组织结构；它积极、全面参与世俗社会的管理和秩序的构建、维护、稳定，又有着政教合一的特性，因而称儒学为"儒教"也未尝不可。然而，仔细核查，儒学又不独具两种类型的任何一种：它缺乏对宇宙起源论、本体论的兴趣和认识论的思辨②，它没有构架美丽的天堂和恐怖的地狱来诱引或恫吓芸芸众生，它缺少制度性宗教所特有的严密的组织形态，凡此种种，似乎称其为"儒学"也是没错的。总之一句话，儒学作为宗教的话，其特征并不十分突出；作为世俗学术学派的话，其思想又充满了神学信仰、神学伦理；贯彻到行为实践上，则以"礼"来规范社会上下的一切。实际上，在历史进程中，对儒是"教"还是"学"，从汉代起就一直存在着两种对立的认知，"从董仲舒到康有为等今文经学家和宣扬符命迷信的谶纬学家，都曾把儒学看作宗教，把孔子看作教主；而古文经学家则既不同意儒学是宗教，也不同意孔子是教主，并一直阻碍着儒学的宗教化"。③那么，三教论衡中的"儒教"，正是这样一个复杂而难以归类的"亦教亦学""又圣又俗"的思想、信仰和实践的体系。实质上，儒、释、道三教论衡的真正目的，并不在于诠释教义、厘清事实、辨明是非，以求一统，而是在宗教外衣下的一种世俗的社会地位和权力的比试和较量。

四

三教论衡，并不局限于宗教信仰、学术思想、社会问题等方面，它是牵涉到整个社会的政治稳定、文化繁荣、思想成熟的大事件，因而引起最高统治者的高度关注，并迅速形成了相应的宗教政策和规定。从南朝以来，

---

① 普慧：《南朝正史家的"天命"信仰》，《东南大学学报》2009年第2期。
② ［德］黑格尔：《哲学史讲演录》第1卷（汉译本）："在他（孔子）那里思辨的哲学是一点也没有的。"（贺麟、王太庆译，商务印书馆1983年版，第119页）
③ 寇养厚：《古代文史论集》，山东大学出版社1999年版，第196页。

最高统治者就以其强大的政治权力介入三教论衡并直接表态，还不时地为三教排定座次。如，刘宋文帝刘义隆是第一位以最高统治者身份表态支持佛教的皇帝，"明佛法汪汪，尤为明理，并足开奖人意。若使率土之滨，皆敦此化，则吾坐致太平，夫复何事！"①梁武帝萧衍则下诏舍道归佛，尊佛教为"正道"②，并将佛教提升为国教。但实际执行时，则是佛、儒并重，道次之。北周武帝宇文邕两度为三教排定座次：天和四年（569）三月，"述三教，以儒教为先，佛教为后，道教最上"③；又于建德二年（573）十二月，"辨释三教先后，以儒教为先，道教次之，佛教为后"④。唐初三帝高祖李渊、太宗李世民、高宗李治持三教并重、道先佛后的态度。但李世民执政早期对三教的态度完全是站在实用主义的立场上的。唐太宗李世民对三教的态度并不统一。他登极第二年，即贞观二年（628），对侍臣说："梁武帝父子志尚浮华，惟好释氏、老氏之教。武帝末年，频幸同泰寺，亲讲佛经，百寮皆大冠高履，乘车扈从，终日谈论苦空，未尝以军国典章为意。及侯景率兵向阙，尚书郎已下，多不解乘马，狼狈步走，死者相继于道路。武帝及简文卒被侯景幽逼而死。孝元帝在于江陵，为万纽于谨所围，帝犹讲《老子》不辍，百寮皆戎衣以听，俄而城陷，君臣俱被囚絷。……朕今所好者，惟在尧舜之道，周孔之教，以为如鸟有翼，如鱼依水，失之必死，不可暂无耳。神仙事本是虚妄，空有其名。秦始皇非分爱好，为方士所诈，乃遣童男童女数千人，随其入海求神仙。方士避秦苛虐，因留不归，始皇犹海侧踟蹰以待之，还至沙丘而死。汉武帝为求神仙，乃将女嫁道术之人，事既无验，便行诛戮。据此二事，神仙不烦妄求也。"⑤李世民对佛、道（老子、

---

① （南朝宋）何尚之：《答宋文帝赞扬佛教事》，（唐）道宣《广弘明集》卷一一，《大正藏》第52册，新文丰出版公司1983年版，第100页上。

② （南朝梁）萧衍：《舍事李老道法诏》，（唐）道宣《广弘明集》卷四，《大正藏》第52册，第112页上。梁武帝萧衍此诏，林魁以诏书中有"至四月十七日，侍中安前将军丹阳尹邵陵王上启云：'臣纶闻……'"等文字，考订其不会为"天监三年（504）"，而很可能是大同七年（541）事。（刘林魁：《梁武帝捨道事佛考辨》，《学术探索》2007年第5期）

③ （唐）道宣：《广弘明集》卷八《辩惑篇·周灭佛法集道俗议事》，《大正藏》第52册，第136页上。

④ （唐）令狐德棻等：《周书》卷五《武帝上》，中华书局1971年版，第83页。

⑤ （唐）吴兢：《贞观政要》卷六"慎所好"第二十一，谢保成：《贞观政要集校》，中华书局2003年版，第330—332页。

神仙）二教显然不感兴趣，认为他们是空谈、妄求，是误国的东西。而他最看重的则是"周孔之教"，这才是真正治国理政的指导思想。[①] 可是当他面对李氏是否出于汉地正统的问题时，他又不得不强调李氏身份的正统性、合法性。"老子是朕祖宗名位称号，宜在佛先。"[②] 明确表达了支持道教的态度。但当佛教信徒强烈反对其道先佛后的态度之后，李世民于贞观十五年（642），再次向佛教信众表达了"道先佛后"的想法："彼道士者，止是师习先宗，故列在前。今李家据国，李老在前；若释家治化，则释门居上。"[③] 这次的说明，似乎不是以皇帝的威严而表态，而是上门安抚佛教信徒，颇有乞求认同之意味。武后则天及中宗李显依旧三教并行，但改为佛先道后[④]。唐睿宗李旦以后，唐廷实行三教并行、不分先后的宗教政策，此后遂成定制，[⑤] 间或有帝王偏护一教者，也仅仅是暗中作用。如北宋徽宗赵佶，个人

---

① （唐）吴兢：《贞观政要》卷七"崇儒学"第二十七："贞观二年（628），诏停周公为先圣，始立孔子庙堂于国学，稽式旧典，以仲尼为先圣，颜子为先师，两边俎豆干戚之容，始备于兹矣。是岁大收天下儒士，赐帛给传，令诣京师，擢以不次，布在廊庙者甚众。学生通一大经以上，咸得署吏。国学增筑学舍四百余间，国子、太学、四门、广文亦增置生员，其书、算各置博士、学生，以备众艺。太宗又数幸国学，令祭酒、司业、博士讲论，毕，各赐以束帛。四方儒生负书而至者，盖以千数。俄而吐蕃及高昌、高丽、新罗等诸夷酋长，亦遣子弟请入于学。于是国学之内，鼓箧升讲筵者，几至万人，儒学之兴，古昔未有也。贞观十四年（641）诏曰：'梁皇侃、褚仲都，周熊安生、沈重，陈沈文阿、周弘正、张讥，隋何妥、刘炫，并前代名儒，经术可纪，加以所在学徒，多行其讲疏，宜加优赏，以劝后生，可访其子孙见在者，录姓名奏闻。'二十一年（647）诏曰：'左丘明、卜子夏、公羊高、谷梁赤、伏胜、高堂生、戴圣、毛苌、孔安国、刘向、郑众、杜子春、马融、卢植、郑玄、服虔、何休、王肃、王弼、杜预、范宁等二十有一人，并用其书，垂于国胄，既行其道，理合褒崇。自今有事于太学，可并配享尼父庙堂。'其尊儒重道如此。"（谢保成：《贞观政要集校》，中华书局 2003 年版，第 376—379 页）由此可见，李世民对儒教的一贯立场。
② （唐）慧立、彦悰著，孙毓棠、谢方点校：《大慈恩寺三藏法师传》卷九，中华书局 2000 年版，第 193 页。
③ 刘林魁：《集古今佛道论衡校注》卷丙《太宗幸弘福寺，手制愿文，并序佛道后先》，中华书局 2018 年版，第 229 页。
④ （后晋）刘昫等：《旧唐书》卷六《则天皇后纪》：载初二年（690）"夏四月，令释教在道法之上，僧尼处道士女冠之前。"（中华书局 1975 年版，第 121 页）
⑤ （宋）宋敏求编：《唐大诏令集》卷一百一十三《僧道齐行并进制》，中华书局 2008 年版，第 587 页。唐睿宗景云二年（711）四月，颁布《令僧道并行制》："朕闻释及玄宗，理均迹异；拯人救俗，教别功齐。岂于中间，妄生彼我，……自今每缘法事集会，僧尼、道士女冠等，宜令齐行并进。"（董诰主编：《全唐文》第一部卷十八，上海古籍出版社 1990 年版，第 90 页上）又敕"浮屠、方士无两竞"（（北宋）宋祁、欧阳修等：《新唐书》卷八十三《诸帝公主传》，中华书局 1975 年版，第 3657 页）

倾心道教，于政和七年（1117）夏四月，册封自己为"教主道君皇帝"[①]，但不再为三教排序定位。

三教论衡近千年，其激烈程度有时会表现为怒发冲冠，怒气相向。但是，它不像源于中东和印度、波斯地区的宗教，动辄就会在宗教间，甚至在一教内的宗派间，爆发激烈冲突。而这种冲突，往往伴随着血雨腥风、刀光剑影、硝烟弥漫残酷的暴力战争。三教论衡却只是唇枪舌剑，以君子动口不动手的方式，表现出"和而不同"的特点。最为有趣的是，唐代三教论衡在玄宗之后，往往被安排在皇帝的诞节之上，作为诞节庆典上的一个重要节目，敬献给皇帝。儒士、僧人、道士（有时只有僧道）通过相互辩论来祝贺皇权永固、皇帝健康长寿。皇帝即体会玄妙的佛道教理，又接受僧道的朝贺颂圣祝寿，甚至会出现佛、道之间的戏谑嘲弄，令观者开怀捧腹，为诞节庆典制造了喜大普奔的气象。这样一种娱乐化、喜剧化的三教论衡，成为政教关系上的一种极为特殊的样态，在世界政教关系史上，都是绝无仅有的。这对于中国政教关系的发展，起到了积极的作用。当然，三教论衡有时也会出现疾风骤雨，不过即使到了互不容忍，也不会自己动手诉诸武力，而是去寻求外部世俗的政治力量来实现彼此的平衡。如中古时期的三武一宗的"灭法"[②]，就是因为佛教势力的过于膨胀，打破了三教平衡的局面所致。由此佐证，中华宗教思想文化的包容性、宽容性、温和性的特点。

五

近千年的三教论衡，值得注意的地方很多，以往的研究也很充实。不过，从文学与历史的视角看，最应该关注的似乎有两点：其一，三教论衡的

---

① （元）脱脱等：《宋史》卷二十一《徽宗纪》，中华书局 1985 年版，第 398 页。
② 三武一宗：北魏太武帝拓跋焘、北周武帝宇文邕、唐武宗李炎、后周世宗柴荣。四次法难，主要原因是：1.三教论争优劣；2.国家财政、兵源问题；3.佛教经济膨胀；4.佛门乱象。其中，前两次皆因道士怂恿皇帝；第三次则为宰相李德裕等人排佛，唐武宗下诏；第四次是皇帝直接排佛。

文献资料来源问题。从现存的基本史料来看，中古时期①三教论衡的基本文献资料均出于佛家之手。如，南朝梁僧祐的《弘明集》、初唐道宣的《广弘明集》《集古今佛道论衡》、盛唐智升《续集古今佛道论衡》等集中收录了三教论衡的文献。另一些散见的文献片段亦多见录于佛教僧人慧皎《高僧传》、道宣《续高僧传》《大唐内典录》、赞宁《宋高僧传》以及南宋志磐《佛祖统纪》、五代义楚《释氏六帖》、元觉岸《释氏稽古略》等。而儒教、道教之人对此近千年的三教论衡的文献缺少应有的关注，基本没有收录的自觉意识，不能不说是一大遗憾。我们今天审视中古三教论衡所依据的文献基本从佛教僧人的著述而来。这就会出现一些问题：1.佛教僧人收录的三教论衡是否完整、完备，如果不是那就一定会出现选择性辑录的问题。而这种选择性辑录对佛教有利似乎是无可置疑的。2.我们今天的研究，仅仅依据一家所辑录的文献来恢复三教论衡的原貌，是否客观？是否有可能？显然，就现存文献而言，可以说三教论衡的历史基本或者主要是佛家纪录的历史。3.在一些基本思想理论问题上的争论，如神不灭论、夷夏论、持戒论等，是不是以佛教的胜利而告终？历史的原貌究竟何种样态？4.我们大胆地质疑史料来源的单一性，但是不是就不能以此还原历史的原貌呢？

诸如上述问题，告诉人们一个基本的事实，历史的本真样态是我们永远无法还原或者穷尽的。史学家所构建的历史，只是史料基础上的历史。但事实上，史料的历史仅仅是基础，是事件之间的关联，即"在时间序列中的事件之间存在着一种内在的或必然的联系，以便一个事件必然导致另一个事件。……历史就是对现在的分析，以便看到这个过程一定是怎样的"（"There is an internal or necessary connexion between the events of a time series such that one event leads necessarily to another and we can argue back from the second to the first. ……History is the analysis of the present in order to see what this process must have been."）②。而这些关联着的事件，"在黑格

---

① 我把中国古代文明史分为三个阶段：上古、中古、近古。上古是指东汉以前，即公元以前的1700年的时段；中古是指东汉至五代，即公元后的第一个千年；近古是指宋至清，即第二个千年。

② R. G. Collingwood, *The Idea of History*, the Oxford University Press, 1978, p.110.

尔看来，历史是由经验事件构成的，这些事件是思想外在的表现，事件背后的思想——而不是事件本身——形成了一系列逻辑上相联系在一起的概念。"（"History in his（Hegel）view consisted of empirical events which were the outward expressions of thought, and the thoughts behind the events–not the events themselves-formed a chain of logically connected concepts."）① 因此，从黑格尔到科林伍德，他们得出了一个关于"一切历史都是思想的历史"（"all history is the history of thought."）② 的共识，"除了历史思想本身而外，没有其他东西是可以借以验证其结论的"（"There is nothing other than historical thought itself, by appeal to which its conclusions may be verified."）③。三教论衡的事件，其历史价值和意义，不仅在于这些事件之间的内在的必然关联，更为重要的是这些必然关联背后所显示的思想史。由此，我们不由地深深感佩的是，佛教学僧占有史料和保存史料的意识以及他们所直示的思想轨迹与贯穿历史的独到眼光。他们借收集三教论衡文献之机，保留了一段长达七八百年的具有思想的历史。

三教论衡的过程中，文人士大夫是论辩中的中坚力量。参与的著名文人帝王、士大夫有：东晋的玄言诗人孙绰，晋宋美学家宗炳，刘宋文学家何尚之、颜延之、大诗人谢灵运，萧齐的辞赋家张融，历仕宋齐梁三朝的文学家、音韵学家的沈约，萧齐文人集团领袖、竟陵王萧子良，音韵学家周颙，萧梁文学家武帝萧衍、萧琛，萧梁文学集团领袖昭明太子萧统，简文帝萧纲，齐梁文学理论批评家刘勰，北齐文学家颜之推，杨隋文人李士谦，初唐文人李师政，中唐儒士徐岱，中唐古文运动领袖韩愈、柳宗元和新乐府运动领袖白居易，古文家梁肃，文学家李翱，北宋则有孙复，大文学家欧阳修，文人石守道、胡寅、李觏，文人大居士张商英、苏轼，宋代新儒士代表人物张载、程颐、程颢、朱熹、杨时、李刚等。可以说，这场持续近千年的三教论衡，文人士大夫、帝王是一支生力军。

三教论衡是中国思想史、宗教史、政治史上一次历时最久的思想辨析和

---

① R. G. Collingwood, *The Idea of History*, the Oxford University Press, 1978, p.118.

② R. G. Collingwood, *The Idea of History*, the Oxford University Press, 1978, p.115.

③ R. G. Collingwood, *The Idea of History*, the Oxford University Press, 1978, p.243.

文化碰撞、融汇的运动。它反映在文学上，则表现出几个特点：1.文人的思想、心灵受到了强大的冲击和震撼。形神关系的讨论，让长期困扰文人生死问题在一定程度上得到了化解和决疑；心性、性灵的讨论，焕发出文人创作主体的自觉自决、自由自在的性情抒发。2.夷夏之辨，让文人们看到了不同文明之间交流的重要作用。本土文化与外来文化虽然有激烈的碰撞和冲突，但因为本土文化巨大的包容性而接纳了外来文化中诸多优秀因素，丰富和加固了本土文化的多样性和深刻性。这进一步证实了文明因包容而多样、因交流而多彩、因互鉴而丰富、因甄别而进步的历史事实。如两宋的程朱理学和陆王心学，虽然在表面上竭力排佛，但在思想深处，却处处受到佛教思想的深刻影响，尤其是佛教的心性学说，极大地丰富了心学的内涵。在这个不同文明的汇通过程之中，文学创作和文学审美的获益是最为显著的。如萧齐永明诗歌声律论的形成，直接影响到了唐代格律诗；诗人作家的创作视野更加开阔；人生和生命的价值和意义得到了更加深刻的反思。佛教表演艺术和造型艺术带给本土文人的审美冲击感，刷新了文人旧有的审美观念和趣味。庄严美、崇高美、静穆美以及空观（色空、静空、梦幻空）的人生审美观照，几乎重塑了华夏文人的美学判断、理想和标准。3.三教论衡促进了文学诸多体裁的形成和创作题材的多样。在集中反映三教论衡的文献中，《弘明集》《广弘明集》所录的文体就有诗、赋、论、议、辩、问、答、书、序、奏、表、诏、文、志、碑、诔、行状、箴、启、赞等。可以说，这些文体，尤其是论体在论衡中发挥了巨大的作用，成为主流文体，由此，促使文人的理论思维得到了进一步的提升。4.三教论衡极大地丰富了文人们的精神世界，也拓展了文人的艺术想象世界。如，排佛勇士韩愈，在与柳宗元的论辩中，似乎在精神领域接受了佛教。这从他的诗歌作品，可以看出佛教壁画的影响，因而形成了诗画一体的特点。①总而言之，三教论衡，对文学的发展是有积极意义的。

---

① 陈允吉：《论唐代寺庙壁画对韩愈诗歌的影响》（《复旦学报（社会科学版）》）；陈允吉《韩愈的诗与佛经偈颂》："韩愈一生嗜好佛画，其诗集中屡有自己观览佛寺壁画的记载，这种艺术形象的长时期的浸沉感染，使他一部分诗歌之造物赋形，颇能融会佛教绘画中的景象。"（《唐音佛教辨思录》，上海古籍出版社 1988 年版，第 157 页）

六

林魁的《〈广弘明集〉研究》一经面世，就得到了学界同行的首肯与好评。说明他的艰辛努力和付出是有成效的。之后，他又出版了《集古今佛道论衡校注》①。在道宣的这两部有关三教论衡的著作校注、研究的基础上，他把视角转向了唐代三教论衡与文学的互动关系。这部《唐代三教论衡与文学》分3编21章：上编"渊源流变"，考察在魏晋南北朝的基础上唐代三教论衡的发展阶段及演变动力；中编"文献考述"，考察唐代三教论衡的文献与文本情况；下编"文学影响"，考察唐代三教论衡对于文体、题材以及作家思想的影响。全书呈现出两个显著特点。其一，重视文献的甄别、整理和使用。全书3编都以文献为基础，熔考证、辨析、论议于一炉。中编集中考述三教论衡文献，特别是关于唐代三教论衡的人物事迹的梳理，以及三教论衡事件的编年排列。诞节论衡是学界比较熟悉的一个话题，但相关文献却非常稀少，即使有所记载，也多为标题新闻式的要素记录。中编在处理诞节论衡人物、时间、事件上，即展示了作为诞节论衡开展的"面"的背景，又要突出每一次三教论衡自身"点"的信息。这一成果细节丰富，脉络明晰，对后续研究大有益处。其二，突出了专题个案研究。全书正文与附录共有23个专题。每一个专题处理一个学术个案，个案或大或小，不求篇幅匀称；视角或宏观或微观，凸出问题意识，问题解决，则戛然而止，不再东拉西扯。个案之间表面看似独立，但深层则有整体关联。这种研究方式是我在十多年前就倡导的，而目前学界流行的仍然是教科书的构架模式，内容整齐划一，章节条款，条缕清楚，层次有度，点面俱到。而林魁的新著则力避主流模式，以问题和现象导入研究，有话则长，无话则短，全书几无填充辅料。此种写法，挤压水分，强调干货，故每一部分，都需要花大力气写作，其难度之大，可想而知。当然，三教论衡与文学的关系，问题很多，均值得讨论。特

---

① 中华书局2018年版，列入《中国佛教典籍选刊》，国家古籍整理出版项目、全国高校古籍委员会项目。

别是，三教论衡对议论文论证逻辑的影响，对中国文人思维方式和信仰形态的影响以及这些影响在文学中的表现方式等，都值得深入讨论。这些专题，希望林魁继续思考，继续拓展。目前，林魁正在做由他主持的国家社会科学基金重点项目"唐代释家三教论衡著作整理与研究"，希望他继续发挥特长，考、辨、论结合，有所思考，有所创新，有所阐发。

多年来，"211""985""双一流"等国家重点扶持的高校，攫走了大量的学术研究资源，而地方高校的学术资源极度受限，高校的层级固化愈来愈明显。林魁能在博士毕业后的十多年里，克服平台低、经费少、教学任务重等重重困难，坚持不懈，拼搏进取，收获满满，令人颇为感动。我已步入老年行列，行将退出学术舞台，而林魁正是壮年，已成为佛教文学与文献研究的中坚，我相信他会再接再厉，勇往直前，实现他心中的目标！

善慈

四川大学中国俗文化研究所

（教育部人文社会科学重点研究基地）

庚子仲夏谨序于成都双流区文星镇·昧室

序二：三教论衡与传统文化

"三教"是指儒教、佛教、道教。三教之中，儒、道二教是在中国文化环境中成长起来的传统学说，佛教是在两千年前由西天印度传来的宗教。三教在中国既有斗争又有融合。在早期，三教斗争非常激烈，通常是儒、道二家联合起来与佛教争斗，由此演变成中国文化史上的"夷夏之争"。而且三教非要争个高低，甚至有的时候朝廷运用武力来消灭佛教，如"三武一宗灭佛"。到了后期，三教以融合为趋势，强调三教各自不废，在中国社会扮演各安其位、充任各能的角色。三教由此互相融合、共同消长。

汉代以来，三教一直存在于中国社会，并在长期的历史进程中形成了各自的特点。对历史上的三教关系及其作用，我们要做具体分析。三教之间的斗争是不可少的，融合也是必然的。没有斗争就没有进步。特别是在思想界，由观点、立场不同引发的辩论，是促进思想发展的重要手段和必要路径。道理不辩不明，不辩不清，只有通过辩争才能取得新的认识，进而带来理论的创新。例如南北朝时期的"夷夏之争"，道、儒二家提出，佛教是夷人相信的宗教，佛是西域外来之神，中国人不应奉祀外神，"以中夏之性，效西戎之法，既不全同，又不全异，下弃妻孥，上废宗祀"（顾欢《夷夏论》）。佛教徒则反驳说，道教只是中国一方宗教，佛教则是广化宗教，老子是一方之哲，释迦是万神之宗；儒家为代表的中国传统，只有"井坎之渊"的眼界，没有远大的"江湖之望"，儒家的周、孔有"雅正之制"礼俗，佛教则有超俗的佛法，所以儒家的"雅正之制"与四夷不同，只能影响到四夷地区，佛教因为超俗，其"德"可以推及到八方（释僧愍《戎华论折顾道士夷夏论》）。此时出现了"戎华说"与"夷夏论"抗衡，强调"华

19

戎自有不同，何者？中国之人，禀气清和，含仁抱义，故周孔明性习之教。外国之徒，受性刚强，贪欲忿戾，故释氏严五戒之科"（何承天《释均善难》）。可见这时的"戎华论"已经不是表面现象的说法了，而是进入了实质性的深层次讨论。

历史证明，夷夏之争不能解决根本问题，反而会造成更多的不同民族之间的隔阂与疏离。后来许多人看到夷夏之争造成的弊端，开始强调三教相通相同。南朝梁武帝就提出了"穷源无二圣，测善非三英"（萧衍《会三教诗》）的三教同源论观点，力主戎华两族只能以和为贵，以融而合，美美相彰，进而一体，通过相行相融走出一条互鉴互融的发展道路，引导三教渐渐成为中国传统文化的重要组成部分。由夷夏之争转变为三教融会的必然之路，让中国传统思想在必然之路过程中得到全面提升，故在宋元时已经有人指出三教大抵"儒以正设教，道以尊设教，佛以大设教"，对其功能也做了具体分工，大体是"以佛治心，以道治身，以儒治世"，或者说是"儒疗皮肤，道疗血脉，佛疗骨髓"（刘谧《三教平心论》）。

今天，三教仍然是中国传统文化中不可或缺的主干。由于近代以来西方思想文化在中国的传播，当代中国思想文化变得更加多元与丰富。中西文化相互结合，取长补短已成趋势，不可逆转。作为对传统历史文化的考察与研究，儒、释、道三教论衡仍是以史为鉴不可缺少的内容。现在研究三教，不会像古人那样一定要去判别三教的高低，排出座次，而是通过整理三教的异同，去了解它们在历史上所起到过的不同作用、产生的复杂效应。例如，三教与民族的关系非常密切，中国历史上民族大融合时代，都发生过激烈的三教论衡现象。北朝的三教论衡，最后形成了儒家为主体、佛道为辅翼的文化格局。在此一背景下，生活在马背上的鲜卑族由游牧生活成功地转型为农耕社会，并且全面接受儒家思想，成为推动儒家文化最积极、最有力者。可见，三教及三教论衡对民族融合起到过重要推动作用。由此更进一步说，中国思想文化的发展与提升，离不开三教争论与融合的助力。

中国是有详细历史记录的国家，五千年来老祖宗为我们留下丰富多样的文献资料。三教文献是中国传统历史文献中最重要的一块。在经史子集四部体系中，经部、子部与集部三大部里都收入了大量的三教论衡的文献。

此外，佛教大藏经里也有不少三教论衡资料。刘林魁先生多年来一直在整理研究三教论衡资料。他对佛教藏经里面保存的三教论衡资料集——《广弘明集》做过深入研究，撰写了博士论文（《〈广弘明集〉研究》，中国社会科学出版社 2011 年），又对三教论衡文献《集古今佛道论衡》进行过整理（《集古今佛道论衡校注》，中华书局 2018 年）。现在，他把视角外延再次拓深，关注三论衡与唐代文学的关系，通过梳理三教论衡文献，将唐五代史中与三教论衡有关的人物、事迹以及论衡内容、方式等做了系统梳理，从多学科、多角度和方法论等方面对唐代三教论衡与文学的关系，做了新的诠释。

以往三教论衡研究，主要侧重在思想史领域，通过考察思想观念的不同，从而找到中国思想发展的轨迹。林魁先生勇于探索，另辟蹊径，从文学的角度来解读三教论衡，通过对帝王诞节三教论衡解读，剖析了宫廷游艺表演艺术。我认为他的课题具有开新的意义，唐代俗讲文学不仅仅在宫廷流传，更在民间产生了广泛影响。在民间，宗派的界限、外道与佛教、众神之间并没有严格的区别，一个寺庙里面既供佛教神祇又敬外道仙人，兼纳土地鬼神，此种混杂不一的情况随处存在，呈现的是多种思想并存、三教相争相融的情形，其中却包含了许多韵味十足的深邃哲理。例如河南嵩山传说禅宗初祖菩提达摩奉佛祖法旨来此建立禅宗，在玉孔峰南麓的山洞里，达摩一边修禅，一边收徒传法，时间不长影响大增，徒众云集，连道士也弃道皈佛，惹恼了正在嵩山修道的寇谦之天师。他决定派手下的道士对达摩及其弟子施瘟道法，准备用狼借道法赶走他们。但是这些办法在达摩禅师的禅定面前失去了作用，派去的道士也被怀有绝技武功的和尚打得落花流水，连连讨饶，最后寇天师只好与达摩订立条约，双方划地为界，把嵩阳城西岭改为禁东岭，意谓禁止佛教东渐传法。佛、道两家各从其政，各传其法，互不干扰。达摩因此专心坐禅，面壁十年，遂留下影石一块，成为佛教史上一大奇迹。当然，这是传说，不是历史，但却包含了三教相争相融的历史寓意。

大唐盛世，思想开放，三教并举，中外汇通，文学在唐代迈进了中国文学史上盛期高峰，除了诗歌、散文、小说和戏剧之外，民间文学的创作也是最有特色的内容之一。林魁先生勇攀高峰，爬剔梳抉三教论衡史料，填补了研究空白，值得赞叹！亦向林魁先生取得成绩，表示衷心祝贺！

是为序！

黄夏年

中国社会科学院世界宗教研究所

2020 年 3 月 16 日

目　录

中编　文献考述

下编　文学影响

绪　论

三教论衡是儒、释、道三教发生关联的一种重要方式，也是佛教入华后中国学术发展的动力之一。在晋唐六百多年的学术与文化发展史中，三教论衡扮演着重要角色。

一、三教与三教论衡

"三教"一词，本指夏商周三代之教化精神或儒家之施教内容，后用来统称儒、释、道始见于南北朝后期。梁武帝萧衍于天监后期著《会三教诗》①，陈述自己融会儒、释、道三教的看法。开善寺智藏法师、晋安王萧纲分别撰《奉和武帝三教诗》《和会三教诗》，与武帝唱和。北周武帝宇文邕于建德二年（573）十二月，"集群臣及沙门、道士等，帝升高座，辨释三教先后，以儒教为先，道教为次，佛教为后"②。北周建德三年禁断佛、道二教前，释道安著《二教论》张扬佛教，陈述自己的三教观，其《归宗显本篇》云："子谓三教虽殊劝善义一，余谓善有精粗，优劣宜异。"③由南入北的韦夐，在周武帝组织的三教辩论中，陈述自己的观点，"以三教虽

---

① 刘林魁：《梁武帝〈会三教诗〉及其三教会通思想考论》，《古籍整理研究学刊》2012年第5期。
② （唐）令狐德棻：《周书》卷五《武帝纪》，中华书局1971年版，第83页。
③ （唐）释道宣编撰：《广弘明集》卷八，《大正藏》第52册，新文丰出版公司1983年版，第136页中。

殊，同归于善，其迹似有深浅，其致理殆无等级。乃著《三教序》奏之。帝览而称善"①。入北僧人卫元嵩，也撰《齐三教论》七卷，论述自己的三教观念。隋代李士谦与人论辩："客又问三教优劣，士谦曰：'佛，日也；道，月也；儒，五星也。'客亦不能难而止。"②"三教"一词虽指代儒、释、道较晚，但儒、释、道关系引起中国士人关注却比较早。《牟子理惑论》③正是佛教入华早期中国人对儒、释、道三教关系的认识和辩论，可看作现知三教论衡的开山之作。

"论""衡"本为两个单音节词。"论"本义是论断，即议论判断事理。《说文解字》云："论，议也。从言仑声。"④先秦之"论"，仅指陈述己方观点，不包括反驳对方观点。《周礼注疏·春官宗伯下》云："许氏《说文》云：'直言曰论，答难曰语。'论者语中之别，与言不同。"⑤"衡"之本意，或指绑在牛角上的横木，如《说文解字》："衡，牛触，横大木其角。从角、大，行声。"⑥或指车辕前端的横木，如《论语·卫灵公》："在舆则见其倚于衡也。"或指度量工具，如《汉书·律历志》："衡，平也，权，重也，衡所以任权而均物平轻重也。"⑦由度量工具又延伸为"衡量""铨衡"之意。如《淮南子》卷九："衡之于左右，无私轻重，故可以为平。"⑧最早将"论""衡"二字结合使用的是东汉王充。王充"伤伪书俗文多不实诚"，撰《论衡》予以抨击，全书30卷85篇，"上自黄、唐，下臻秦、汉而来，折衷以圣道，拊理于通材，如衡之平，如鉴之开，幼老生

---

① （唐）令狐德棻：《周书》卷三十一《韦夐传》，中华书局1974年版，第545页。
② （唐）魏徵等：《隋书》卷七十七《隐逸传·李士谦传》，中华书局1973年版，第1754页。
③ 周叔迦辑撰，周绍良新编：《牟子丛残新编》，中国书店2001年版，第1—24页。本节引用《牟子理惑论》，均出于此。为避免繁重，不再标注。
④ （汉）许慎撰，（清）段玉裁注：《说文解字注》卷三《言部》，上海古籍出版社1981年版，第91—92页。
⑤ （汉）郑玄注，（唐）贾公彦疏：《周礼注疏》卷二十二，李学勤主编：《十三经注疏》，北京大学出版社1999年版，第575页。
⑥ （汉）许慎撰，（清）段玉裁注：《说文解字注》卷四《角部》，上海古籍出版社1981年版，第186页。
⑦ （汉）班固撰，（唐）颜师古注：《汉书》卷二十一《律历志》，中华书局1962年版，第969页。
⑧ （汉）刘安著，（汉）高诱注：《淮南子》卷九，《诸子集成》本，上海书店1987年版，第131页。

死古今，罔不详该"①。王充之"论衡"，突破了先秦之"论"不包括质疑"答难"的局限，大量采用批驳的方式，通过反驳来证明自己的态度和观点。由于《论衡》一书影响极大，汉代以后凡提及"论衡"一词者，大多指王充此书。

"三教""论衡"两词结合使用，出现相当晚，大致要到中唐时期。白居易的《三教论衡》，是大和元年（827）十月皇帝降诞日儒、释、道三教之间现场论辩的记录②。皇帝诞节三教论衡始于唐玄宗朝。若参照中唐白居易《三教论衡》一文及诞节论衡来界定"三教论衡"一词的内涵，时间太晚，内涵太窄，与儒、释、道三教发展的历史进程不符。白居易之前，初唐有"佛道论衡"一说。唐高宗朝释道宣于麟德元年（664）编纂成《集古今佛道论衡》一部4卷，玄宗朝释智昇又编纂《续集古今佛道论衡》一部1卷③。《集古今佛道论衡》按时代顺序辑录佛道论衡文献，起自汉明帝，终于唐高宗。参照道宣著作，佛道论衡包括两个层次：佛、道二教信徒之论辩、论辩佛、道二教之优劣。唐代以前虽然没有使用"三教论衡"这一词语者，但并不能据此说明唐前儒、释、道三教之间没有信仰、思想、文化间的交锋。现依据《集古今佛道论衡》对"三教论衡"作一界定。三教论衡是对儒、释、道三教的评论与估衡。这里面，既有立足于不同的宗教立场上称扬其一、贬斥其余的论辩，也有品评三教之特色、优胜与不足之论辩。或者说，三教者论衡与论衡三教者之内容，均应在三教论衡考察的范围之内。

不管是三教者论衡还是论衡三教之内容，都面临"三教"是否同属宗教这一论证前提。佛教、道教的宗教属性，没有太大的争议。但儒教是否属于宗教，历来不乏见仁见智。"儒""教"并用在《史记》中就出现了④，但其中之"教"作教化来理解，"儒"和"教"是两个词。晋代以后，儒教有了"孔教"之称。《南齐书》史臣曰："永明篡袭，克隆均校，王俭为辅，长于

---

① （汉）王充著，黄晖撰：《论衡校释》卷三十《自纪》，中华书局1990年版，第1209页。
② （唐）白居易著，朱金城笺校：《白居易集笺校》卷六十八，上海古籍出版社1988年版，第3673—3684页。
③ 《续集古今佛道论衡》，有可能是释智升转录自法琳《释老宗源》。见刘林魁：《敦煌本〈佛法东流传〉及其作者考》，《敦煌研究》2014年第6期。
④ （汉）司马迁撰，（南朝宋）裴骃集解，（唐）司马贞索隐，（唐）张守节正义：《史记》卷一百二十四《游侠列传》，中华书局1959年版，第3184页。

经礼，朝廷仰其风，胄子观其则，由是家寻孔教，人诵儒书，执卷欣欣，此焉弥盛。"① 儒（孔）教、释（佛）教、道（老）教对举，在南北朝时期的文献中大量存在。南齐顾欢云："孔、老教俗为本，释氏出世为宗，发轫既殊，其归亦异。"② 将儒、释、道三者连用，并称之为"教"，本身就说明此三者之间有可比性，值得分析、探讨。即使当时所言"儒教"之"教"，多含"教化"之意，但将其与佛、道相提并论者，恐怕不仅仅是学者所言"从文词齐整、行文修辞角度使用"③。儒家既然可以教化民众，佛、道何以不能教化民众？至于儒家是否就是宗教，就是现代意义上的宗教，这是时代话语转变造成的困境，并不能因此否定儒教的提法，也不能漠视儒家在古人心中和佛、道二教性质具有可比性的认识。基于此，本书的研究，将悬置儒教是否属于宗教这一问题。本书之"儒家""儒教"，一般情况下含义相同，都是在与佛教、道教相关联的语境中使用。

二、三教论衡的性质

三教论衡是儒、释、道三教之间的思想文化争鸣。它不限于宗教斗争，而是包含更丰富的内容，涉及更宽广的文化领域。通过对现存最早的三教论衡著作《牟子理惑论》的分析，可以更清楚地理解三教论衡的复杂性。

（一）中、印文化碰撞

佛教诞生于公元前 6 世纪，是印度兴起的反对婆罗门种姓及婆罗门教的"沙门思潮"之一。婆罗门教主张"吠陀天启""祭祀万能""婆罗门至上"三大纲领。释迦牟尼站在反对这三大纲领的立场上，提出了缘起、四谛、四

---

① （梁）萧子显：《南齐书》卷三十九《陆澄传》，中华书局 1972 年版，第 687 页。
② （唐）李延寿：《南史》卷七十五《顾欢传》，中华书局 1975 年版，第 1878 页。
③ 李庆：《"儒教"还是"儒学"？——关于近年中日两国的"儒教"说》，《深圳大学学报》2007 年第 4 期。

种姓平等主张，建立了佛教的基本学说。这种带有明显的外族文化色彩的宗教，一开始传入中土就遭到了本土文化的抵制。

《牟子理惑论》：

> ［十八］问曰：夫事莫过于诚，说莫过于实。老子除华饰之辞，崇质朴之语。佛经说不指其事，徒广取譬喻。譬喻非道之要，合异为同，非事之妙，虽辞多语博，犹玉屑一车，不以为宝矣。①

佛经文体、语言具有浓厚的印度文化特色，常用虚构、想象来结构故事，行文长于夸张、譬喻，语言运用喜好散体之叙述与韵体之唱赞、偈颂相结合。这种差异，汉译佛经之学者、僧人有详细分析。如，东晋释道安《摩诃钵罗若波罗蜜经抄序》分析翻译佛经容易脱离原貌之几种情况，说佛经"胡语尽倒""胡经委悉，至于叹咏，叮咛反复，或三或四，不嫌其烦""胡有义说，正似乱辞，寻说向语，文无以异，或千五百""事已全成，将更傍及，反腾前辞，已乃后说"②。这种基于中、印文化差异的质疑，《牟子理惑论》中也多次出现。如，第四条"今子说道，虚无恍惚，不见其意，不指其事，何与圣人言异乎"③，第五条"今佛经卷以万计，言以亿数，非一人力可能堪也"，第六条"佛经众多，欲得其要，而弃其余，直说其实，而除其华"，第八条"云佛有三十二相，八十种好，何其异于人之甚也？殆富耳之语，非实之云也"④，第二十四条"其辞说廓落难用，虚无难信"⑤。这种重虚构、好夸张、不避烦琐的印度文化，在中土人士看来，就是华而不实，烦而不要。

涉及中、印文化实质差异的批判，就更深入了。佛教宣扬基于信仰的无限奉献行为——布施，大乘佛教甚至将其升格为成就佛乘的"六度"之一。《牟子理惑论》第十七条，就有人质疑，无限度的布施行为有悖于儒家的谦虚、节约、朴实之美德。佛教"苦谛"思想，源于印度文化对人生悲苦、世事无常的体认。在"苦谛"思想指导下的苦修，则是对宗教精神、意志的磨炼。《牟

---

① 周叔迦辑撰，周绍良新编：《牟子丛残新编》，中国书店 2001 年版，第 13 页。
② （梁）释僧祐撰，苏晋仁、萧錬子点校：《出三藏记集》卷八，中华书局 1995 年版，第 290 页。
③ 周叔迦辑撰，周绍良新编：《牟子丛残新编》，中国书店 2001 年版，第 4 页。
④ 周叔迦辑撰，周绍良新编：《牟子丛残新编》，中国书店 2001 年版，第 6 页。
⑤ 周叔迦辑撰，周绍良新编：《牟子丛残新编》，中国书店 2001 年版，第 17 页。

子理惑论》第十九条，就有人质疑，沙门之苦修违背好富贵、恶贫贱之常情。

跨越中、印文化外在形态与内在思想的具体差别，就会沿用春秋以来的夷夏之辨话题，分析中、印文化的差异与优劣。《牟子理惑论》第十四条，就质疑"吾子弱冠学尧、舜、周、孔之道，而今舍之，更学夷狄之术，不已惑乎"[①]。源于文化冲突的三教论衡，是一把双刃剑。它既迟滞了佛教在中土的传播，又促进了佛教的中国化、本土化。佛教在响应此类质疑的同时，既想方设法为自身辩护，又参照佛教来分析儒、道二教，或寻求共性以生存，或突出差异以求优胜儒道。随着佛教中国化程度的加深，这种基于文化差异的三教论衡声音渐渐变弱。但是，夷夏之辨这一问题并没有在佛教中国化后就消失，而是一直延续下来。

（二）政教冲突

儒教从西汉以来，已经具有国家意识形态的性质，不会与政权发生激烈冲突。三教之中，与政权发生冲突的只有佛教和道教。道教产生之初，即卷入了汉末社会大动乱。东晋南朝，虽然道教援儒入道，迎合政权的需求，但道教曾经的历史常常为执政者警惕。佛教对政权，既有思想观念的冲击，也有寺院经济对赋税、兵役、人口的影响。虽然佛、道都有与政权冲突的可能，但二教并没有联合，而是常常借助儒家观念攻击对方威胁政权统治。

《牟子理惑论》就有基于政教与教权的思想观念冲突。佛教僧人要脱离世俗生活出家修行，中土儒家强调"孝"的观念，于家孝亲人，于国忠君主。于是，第九条就质疑"今沙门剃头，何其违圣人之语，不合孝子之道也"，第十条质疑佛教徒"弃妻子，捐财货，或终身不娶，何其违福孝之行也"[②]，第十五条质疑"太子须大挐以父之财施与远人，国之宝象以赐怨家，妻子丐与他人。不敬其亲而敬他也者，谓之悖礼。不爱其亲而爱他人者，谓之悖德。须大挐不孝不仁，而佛家尊之，岂不异哉"[③]。儒家有一套繁复的礼制，

---

① 周叔迦辑撰，周绍良新编：《牟子丛残新编》，中国书店 2001 年版，第 11 页。
② 周叔迦辑撰，周绍良新编：《牟子丛残新编》，中国书店 2001 年版，第 6—7 页。
③ 周叔迦辑撰，周绍良新编：《牟子丛残新编》，中国书店 2001 年版，第 11 页。

突出尊卑贵贱的社会与血缘关系，佛教徒之服饰、修行与此大异。第十一条质疑"今沙门剃头发，披赤布，见人无跪起之礼，威仪无盘旋之容止，何其违貌服之制，乖搢绅之饰也"①。

政教冲突随着宗教势力的日益强化而逐渐公开化。在政权与教权这一组矛盾中，世俗政权一直处于强力干预态势。他们常常采取多种手段限制宗教的生存空间和发展路径，如限制僧人道士出家，限制修建寺观，限制塑造佛像道像、开凿石窟，限制宗教团体的规模，沙汰料拣僧人道士，强制僧人道士敬拜君亲。当宗教与政权矛盾激化时，就会产生"三武一宗灭佛"一类的惨剧。政教冲突从东汉开始，普遍存在于古代中国社会之中。在政教冲突中，国家政权总是从有利于自身的角度对宗教进行一定的评判，以之作为自己限制甚至废除宗教的理论依据。而后代在限制或者打击宗教势力时，又常常引用前代的评判作为历史借鉴。于是，政教冲突似乎有了周期性的特点。

（三）三教争胜

儒、释、道三教，各自有其尊奉的教主、经典和教义②。三教在一些观念、仪式甚至思想上势必存在巨大的差异，甚至完全对立。由此，为了自身的发展，必然要与其他宗教展开争衡。三教论衡正是三教交涉、论辩的关节点，也是实现三教融合的重要途径。

作为宗教争斗的三教论衡，并没有在佛教初传入中土就显现出来。佛教入华之初，最迫切的任务是想方设法论证自身与儒、道二教相似。三教之间的斗争，必然是在佛教自身的力量壮大到足以引起儒、道二教警惕的时候才表现出来。儒家作为国家主流文化，其地位足以对佛教的发展产生导向作用。很多时候，儒、佛之争会上升为宗教与政权的冲突，转变成政教矛盾。因此，作为宗教斗争的三教论衡，很多时候表现为佛教与道教的冲突。《牟子理惑论》中，则表现为佛教与神仙道教的论辩。第二十九条

---

① 周叔迦辑撰，周绍良新编：《牟子丛残新编》，中国书店 2001 年版，第 8 页。
② 牟钟鉴：《试论儒家的宗教观》，《齐鲁学刊》1993 年第 4 期。

有人问："王乔、赤松，八仙之箓，神书百七十卷，长生之事，与佛经岂同乎。"第三十条，说道教"或辟谷不食而饮酒啖肉"，而佛教"以酒肉为上戒，而反食谷"，与道教"何其乖异"。第三十一条，问"谷宁可绝不"。第三十二条，说道教有病"不御针药而愈""何以佛家有病而进针药耶"[1]。第三十六条，道教"秋冬不食，或入室累旬而不出，可谓淡泊之至"，"殆佛道之不若"[2]。这些对佛教的质疑，基本上是以道教为参照的。这些论辩就是佛、道二教的较衡。

佛、道之争，在西晋道士王浮作《老子化胡经》后迅速公开。依托《老子化胡经》，道教徒又伪造了《玄妙内篇》《出塞记》《关令尹喜传》《文始内传》《老君开天经》等道经，以证明道优于佛。佛教方面也造作伪经进行反攻，如《周书异记》《汉法本内传》等，说释迦为老子之师，佛陀生年早于老子。当宗教矛盾缓和时，三教论衡常以三教会通为核心论题；一旦宗教矛盾激化，三教优劣先后又成了三教论衡的焦点。此一性质的三教论衡，贯穿了汉魏以后三教发展的全过程，并一直延续到当代。

（四）学术辩论

儒、释、道三教，站在不同信仰、群体、文化的基础上，考察社会、人生，得出了不同的看法，形成了各具特色的世界观和人生观。佛教认为人生社会、万事万物都是苦，要想解脱，就要超越现世而涅槃。道教也谈世界人生之苦，但却要超越现实的束缚，在现世中成仙得道。儒教也感到人生短促，"逝者如斯夫，不舍昼夜"，但却以个体融入群体事业大潮流的"三不朽"，提高人生的浓度，来超越现实、现世的限制。他们的宗教观、世界观、人生观，都有各自的适应对象，也都有可取之处。

如果说宗教斗争和文化冲突以自我为中心，都有明显的排他性，那么学术争鸣则是以比较公允、客观的态度展开的。佛教的传入带来了新的文化思

---

[1] 周叔迦辑撰，周绍良新编：《牟子丛残新编》，中国书店 2001 年版，第 20—21 页。

[2] 周叔迦辑撰，周绍良新编：《牟子丛残新编》，中国书店 2001 年版，第 23 页。

潮，佛教的壮大和独立也引起了儒、道二教对新文化的观察和思考。佛教大异于中土的观念有两点：因果报应和轮回学说。报应观念，儒教和道教都有，但没有佛教体系中的完备、论述充分。佛教的报应学说与其缘起学说密切关联，且属于自身造业、自身受报，完全没有儒、道二教报应说中的家族观念。这种观念在中土人士看来，简直不可思议。轮回说则是报应说的延续。业报的方式有现报、生报、后报、不定报。既然业力不一定在现世就受报，来世的观念就不但必要而且充分，而来世轮回必须有一个载体，来承载由现世到来世的精神主体。虽然印度佛教竭力回避有灵魂轮回于现实和来世，但在中土佛教传播过程中，轮回主体的存在却被肯定下来。由此而引发了形尽神是否灭的争论。

《牟子理惑论》中就有此类辩论。第十二条，有人问："佛道言，人死当复更生。仆不信此之审也。"第十三条："佛家辄说生死之事，鬼神之务，此殆非圣哲之语也？夫履道者，当虚无淡泊，归志质朴，何为乃生死以乱志，说鬼神之余事乎？"[①]《牟子理惑论》中，仅仅粗略谈到了佛教的轮回与地狱观念。而东晋以后，围绕因果报应和形尽神不灭的激烈争论在中土士人群体中展开了。参加争论者多是高门贵族，有深厚的儒、道文化修养。他们或者为佛教徒，或者是教外人士，都以不同的方式表达了自身对这一观念的理解、接受或怀疑、批判。三教论衡中的学术争鸣，是在宗教冲突减弱、三教矛盾相对缓和之际，以冷静、客观的态度和理性的学术方法观照对方时产生的。其争论的问题，也不限于因果报应和形尽神是否灭这两个问题上。学术争论的结论，为三教同存共荣提供了思想依据，并最终导向三教之间的融合。

三教论衡具有文化碰撞、政教冲突、宗教争胜和学术辩论四种性质。这四种性质并非排斥、孤立的，而是常常混杂交融成为一个整体，如夷夏之辨，在顾欢《夷夏论》中就不单单是中印文化冲突。同一个问题的属性，也并非固定不变，而是随着论辩对象和动机的不同发生转变。如因果报应和三世轮回，在政权欲毁灭佛法时，对佛教这两种观点的抨击就转变成了

[①]　周叔迦辑撰，周绍良新编：《牟子丛残新编》，中国书店 2001 年版，第 9—10 页。

政教冲突。正是因为这种复杂性，三教论衡才不会是三教之间的诅咒、攻击，反而具有了一定的学术理性精神。尤其是经过魏晋南北朝的发展，三教论衡的理性特色和学术争鸣越来越突出。正是在这个意义上，三教论衡的逻辑、论证理路才有了更大的学术发掘空间，三教论衡才有了学术研究的价值。

三、三教论衡的类型

三教论衡的分类，有不同的参照标准。从论衡者的信仰身份或者论辩的宗教立场来看，可能会有二教论衡与三教论衡之分。如佛道论衡、儒道论衡、儒佛论衡等只有二教论衡，而儒、释、道三教同时参与相互论衡就是三教论衡①。理论上，三教论衡者应该有信仰归属，但相关文献记载中论衡身份常常不够确切。原因之一，就是关注视角的不同。源自儒家文化视角的记述，常出现在正史中。其中会关注对政权、社会、文化有较大影响的三教论衡，涉及具体参与人的身份，更多是群体性的，如周武帝"集群臣及沙门、道士等，帝升高座，辨释三教先后"②。道教自身似乎不太关注三教论衡，神仙传、高道传虽有记载但此类文献佚失严重，相对而言正史之方术传、处士传、逸士传或者隐逸传可能更为详备。与儒道相比，佛教徒对三教论衡非常重视。魏晋至隋唐初期，僧传记述弘法事件时有三教论衡之记载，佛教经录著录佛教徒之著作中有三教论衡文献，更有僧人专门汇集有关三教论衡的文献成为专著。如宋明帝刘彧敕中书侍郎陆澄编纂《法论》103卷，梁代高僧释僧祐编纂《弘明集》14卷，唐高宗朝释道宣编纂《集古今佛道论衡》4卷、《广弘明集》30卷，这些都是三教论衡著作。考察三教论衡者的身份，甚至所有与三教论衡相关的问题，更多地要依赖

---

① 二教论衡在历史上大量存在。论辩者常为佛、道二教，评判者为帝王将相、儒生学士。本书在行文中，将二教论衡作为三教论衡的一部分，不再单列出来。下文也不再有二教论衡的提法。

② （唐）令狐德棻：《周书》卷五《武帝纪》，中华书局1974年版，第83页。

这些经过高僧、佛教徒过滤的文献。然而佛教徒辑录的三教论衡文献中，僧人三教论衡者很少，更多是文人士大夫的论衡三教。士大夫的宗教立场常常模糊不清，一般来说，他们身上最突出的就是三教兼备，或者说三教融合。就此而言，从儒、释、道三教的角度对唐前三教论衡进行分析，有一定的难度。到了唐代，程式化越来越明显甚至成熟之后，这种分类方法就比较实用。白居易《三教论衡》一文所记载的论衡者，就有明显的三教角色倾向。

从论辩的表达方式来看，三教论衡可以分为言辩和文辩两种。言辩为现场论辩，具有即时性。道士王浮与僧人帛法祖论辩时经常失败，后作《老子化胡经》以攻击佛教，此种论辩当为言辩。白居易生活的时代，皇帝诞节贺寿活动中的三教论衡，也是即兴、现场之言辩。言辩的参与者，不仅要有精深的理论修养，更要有超强的口头表达能力和现场应变能力。言辩双方或多方既要关注对手的论点和证据，更要注意调动听众的情绪，利用论辩气氛给对方施加压力。至于文辩，则是通过书面文字来论辩的。论辩双方可以相互熟悉，如周颙对张融《门律》的论辩，梁武帝君臣对范缜《神灭论》的论辩；也可以是论辩双方互不相识，如道士假托南齐名士张融撰写《三破论》，释玄光、释僧顺和刘勰分别撰文回复，从文章内容来看他们似乎都不知道道士个人的准确信息。论辩双方可以是同时代的，也可以是跨时代的。相对于言辩，文辩不受地方、场合及论辩气氛左右，可以进行详尽的文献搜集和严谨的逻辑论证。但文辩没有言辩的高层次，特别是帝王参加的言辩式三教论衡传播更广泛。文辩和言辩也并非没有关联。言辩者常常需要引经据典，也看重论辩者的学问积累。文辩者也常常先征引反驳一方的观点或核心语句，然后逐条反驳。从现存文献记载的情况来看，魏晋南北朝时期文辩多于言辩，有关沙门是否踞食、沙门是否敬王、报应是否真实、三世是否实有等反复发生的三教论衡，基本都以文辩的方式展开。当然，现存记载之本是辩论之后的整理本，其中也可能有部分是以言辩方式展开的。唐五代时期，言辩的影响渐渐胜于文辩，言辩记载也多于文辩，其中有帝王喜好的原因，也有三教学术思想争鸣衰落的原因。

从论辩的场合和论辩动机来看，三教论衡又可以分为讲经论衡、朝议论衡和玄谈论衡。讲说经典，儒、释、道三教都有此项活动。儒家释奠仪式上有讲经环节，佛教翻译佛经、阐释佛经以及斋会仪式上都有讲说经典、相互论辩的环节，至于道教虽然记载很少，但敦煌卷子中还是保存了一些文献。三教各自讲经之际，可能会接纳社会信众、文士名流参与论辩环节，由此发生了三教论衡。如东晋南北朝以来佛教斋会讲经上的儒生、道士质疑，唐高祖朝的释奠三教论衡，都是如此。讲经论衡都有主导的一方，或儒，或释，或道。朝议论衡，实际是在官方的朝堂议事过程中纳入了三教议题，论辩者大多为朝臣，可以归为论衡三教。有关政权与教权的关系，政权对宗教政策的制定、引导、执行，都是通过这种方式举行的。魏晋以来，朝堂议事三教论衡所探讨的问题雷同者居多，其论证方式、依据、观点亦大多相似。故而，朝议三教到最后就接近于宗教政策之表态或者投票了。如唐高宗时期关于佛道是否敬拜君亲的论议，成百上千的朝臣参与，最后执事者统计敬拜者、不敬拜者以及中立者的具体人数，再制定敬亲不敬君的政策。玄谈三教论衡相对于前两者比较宽泛。讲经论衡、朝议论衡都有相对集中的论衡场合，玄谈式三教论衡场合不稳定，甚至没有场合限制。三教论衡的兴起，原因之一是魏晋玄谈的参与，如支遁与王羲之、王坦之、殷浩等论辩庄老义。虽然魏晋南北朝时期三教论衡代替了玄谈，但玄谈的理性学术性特色在三教论衡中继承下来。我们将讲经论衡、朝议论衡之外的三教论衡，都归于玄谈三教论衡，就是基于这一缘故。

从论衡者之宗教归属、论衡之表达方式、论衡之场合三个角度，对三教论衡的类型分析，可以看到三教论衡的不同特征，更可以看到魏晋南北朝与唐五代三教论衡的差异。

四、唐代三教论衡的发展

唐代三教论衡，对魏晋南北朝多有继承。如沙门敬拜君亲的辩论、文人士大夫阶层立足于儒家文化的排佛、政权对佛教的管理与限制。甚至，唐武宗灭佛和五代时期的周世宗灭佛，与北朝的北魏灭佛、北周灭佛被人们统称为"三武一宗"灭佛。这是佛教入华一千年间，政权与宗教冲突的四大极端事件，也说明唐代三教论衡对此前论衡多有继承。

随着社会与文化环境的转变，唐代三教论衡也有了新的发展。佛教至隋唐之际基本实现了中国化。魏晋南北朝时期中土民众接受佛教过程中关注、讨论的一些问题，如形尽神灭、因果报应、三世轮回，在唐代的三教论衡中已经不受关注。唐代实现了南北的统一，疆域较南北朝有了更大的开拓。尤其是唐帝国与西域文化的广泛、深入交流带来了胡风的盛行，这种氛围使得在南北朝政权分裂、对立局面下对佛教的夷夏之辨在唐代也没有太大的影响力。唐代儒、释、道三教的发展，以佛教成就最大。佛教八宗相互竞争，形成了各具特色的思想、观念和修行方式，成为唐代哲学、思想、宗教发展中成就最为卓著的一个领域。道教在佛道融汇中，理论有较大发展，重玄学盛极一时。相对而言儒家的理论建设要落后一些。因此，佛道相争、儒家参与的三教论衡方式，就比较盛行。

唐代三教论衡的转变有两点。第一是言谈的盛行。魏晋南北朝时期的讲经论衡，从现存文献来看，曾经频繁发生过，但记述得不太详细，或者说不大受社会关注。唐代的三教论衡，以面对面的现场辩论展开，始于高祖朝的释奠论衡，发展至玄宗以后出现了帝王诞节三教论衡。帝王一旦将自己的生日定为国家节日，三教论衡基本上就成了诞节必备的活动之一。第二是程式化的发展。如前所论，儒、释、道三教的角色在言辩中比较容易确定。讲经论衡、朝议论衡、玄谈论衡凡涉及言辩者，均有此特点。唐代高祖朝的释奠论衡，将佛、道二教教徒纳入释奠讲经论议中来。高宗朝的三教论衡中，讲经论衡的三教背景经常被淡化，更多可以看到的是三教嘲谑和皇帝借讲经论衡纵心娱情。论衡过程中，三教角色分明，辩者相互嘲谑，调动观众气氛击败对方等特征已经非常明显了。至诞节论衡中，角色分配、论辩内容、论辩程序、论辩结果似乎已在提前安排，诞节论衡中隐约有了现代戏剧中的编剧一职。这两个转变说明，唐代三教论衡已经有了伎艺化表演的性质。这是三教论衡性质的一大转变。

唐代三教论衡过程中，产生了许多著作。佛教与道教徒撰写的三教论衡著作，据不完全统计有47部详见下表：

表1：唐代三教论衡著作一览表

著作	著者	成书时间	存佚
《请废佛法表》	傅奕	武德四年	存
《破邪论》2卷	释普应	武德年间	佚
《破邪论》2卷	释法琳	武德六年	存
《内德论》1卷	李师政	武德年间	存
《正邪论》	李师政	武德年间	佚
《决对傅奕废佛法僧事并表》	释明概	武德九年	存
《十异九迷论》	道士李仲卿	武德贞观年间	佚
《显正论》	道士刘进喜	武德贞观年间	佚
《析疑论》1卷	释慧净	贞观年间	存
《辩正论》8卷	释法琳	武德贞观年间	存
《释老宗源》	释法琳	武德贞观年间	佚
《三教系谱》	释法琳	武德贞观年间	佚
《高识传》10卷	傅奕	贞观年间	佚
《辨定□（邪）正论》1卷①	释智该	或武德、贞观间	佚
《集沙门不应拜俗等事》6卷	释彦	龙朔年间	存
《崇正论》6卷	释彦	不详	佚
《集古今佛道论衡》4卷	释道宣	麟德元年	存
《广弘明集》30卷	释道宣	麟德元年	存
《十门辩惑论》3卷	释复礼	永隆二年	存
《辨量三教论》3卷	僧法云	约高宗朝	佚
《十王正业论》10卷	僧法云	约高宗朝	佚
《通惑决疑录》2卷	释道宣	高宗朝	存
《显常论》2卷	李玄冀	高宗朝	佚
《六道论》10卷	阳尚善	高宗朝	佚
《辨真论》1卷	元万顷	高宗朝	佚
《归心录》30卷	萧宣慈	高宗朝	佚
《辨伪显真论》1卷	释道世	高宗朝	佚

---

① （唐）明浚：《智该法师碑》，见陈尚君：《贞石诠唐》，复旦大学出版社2016年版，第145页。

著作	著者	成书时间	存佚
《三教诠衡》10卷	杨上善	约高宗朝	佚
《议化胡经状》1卷	刘如璇等	万岁通天元年	存
《心镜论》	李思慎	或在武周	佚
《释道十异》	李思慎	或在武周	佚
《甄正论》3卷	释玄嶷	武周时期	存
《利涉论衡》1卷	释利涉	开元年间	佚
《定三教论衡》1卷	释道氤	开元年间	佚
《续集古今佛道论衡》1卷	释智	开元年间	存
《破倒翻迷论》3卷	释神邕	大历年间	佚
《三教会宗图》	韦渠牟	或在贞元年间	佚
《三教法王存没年代本记》3卷	释圆照	或德宗朝	佚
《述三教不齐论》	刘晏	或肃宗、代宗、德宗之际	存
《北山录》10卷	释神清	元和年间	存
《破胡集》1卷	佚名	会昌年间	佚
《会昌皇帝降诞日内道场论衡》1卷	佚名	武宗朝	佚
《破邪论》1卷	释楚南	僖宗朝	佚
《显正记》10卷	释玄畅	僖宗朝	佚
《佛道二宗论》1卷	佚名	不详	佚
《三教不齐论》1卷	佚名	不详	存
《道志》《道翼》50卷 ①	王颜	不详	佚

47 部著作中，现存于世的 15 部，约占 31.9%。其中，道教徒傅奕、李仲卿、刘进喜共撰述 4 部，占 8.5%。从时间来看，高祖、太宗、高宗三朝撰述 28 部，占 59.6%；高祖至玄宗朝共撰述 35 部，占 74.5%。高祖、太宗朝的三教论衡，由傅奕排佛引起，核心议题是三教优劣、先后的辩论。高祖至玄宗朝，是过渡阶段，由三教优劣之争，转向肃宗以后的诞节论衡。但肃

---

① 郑云逵：《唐故虢州刺史王府君神道碑铭》，见陈尚君：《贞石诠唐》，复旦大学出版社2016 年版，第 148 页。

宗以后，关于诞节论衡的记述，佛教徒和道教徒都不太详尽。作为国家节日庆典活动，诞节论衡在官方记载中屡屡出现。除了新、旧《唐书》，《册府元龟》卷二《诞圣》有更多记载。唐代帝王士大夫论衡佛、道的文献、著作，记载于新、旧《唐书》之相关传记，以及《唐会要》之《议释教》《尊崇道教》等。至于为后人关注的韩愈及其《原道》《论迎佛骨表》等排佛文章，似乎在当时并没有引起佛教界足够强烈的回应。

五、唐代三教论衡的研究现状

宗教史研究，是学术界研究唐代三教论衡最主要的一个方向。这一方面之研究，习惯于唐代社会政治、经济与宗教关系的关联性考察，尤其偏重唐代宗教政策的形成、发展、演变及其对儒、释、道三教关系的影响。核心问题集中在：唐代皇室以老子为始祖的政治决策与三教排位之争，高祖朝傅奕上书与高祖沙汰佛教，太宗、高宗朝玄奘弘法与三教关系，武周时期宗教政策转变与佛道关系，玄宗朝宗教政策的调整，宪宗朝韩愈反佛，武宗和周世宗朝的灭佛等。

这一方面的研究成果，量大且优。汤用彤《隋唐佛教史稿》（中华书局1982年版），考察韩愈排佛与唐代士大夫反佛潮流之关系、会昌法难缘由和发展过程。任继愈主编《中国道教史》（中国社会科学出版社1990年版）、卿希泰主编《中国道教史》（第2卷）（四川人民出版社1996年版）、卿希泰主编《中国道教思想史》（第2卷）（人民出版社2009年版），都从政治与道教的角度，叙述唐代佛道关系的演变。日本学者窒德忠《道教史》（萧坤华译，上海译文出版社1987年版），从唐帝以老子为祖弥为起点，分析唐代三教论衡发展的逻辑与历史过程。郭鹏《中国佛教思想史》（福建人民出版社1994年版），梳理高祖、太宗、武周、玄宗、宪宗、武宗等朝的政权与佛教发展之关系。日本学者砥波护《隋唐佛教文化》（韩昇、刘建英译，上海古籍出版社2004年版），讨论法琳与唐初三教论衡和唐代僧尼拜君亲政策始末。美国学者斯坦利·威斯坦因《唐代佛教》（张煜译，上海古籍出版社2010年版），按照皇帝更替顺序，在探讨唐代佛教发展过程中给三教论衡以特别关注。张遵骝《隋唐五代佛教大事年表》（收入范文澜《唐代佛教》，人民出版社 1979 年版）对唐代大量三教论衡文献进行编年。日本学者久保田量远著《中国儒道佛交涉史》（胡恩厚译，金城书屋 1986 年版），从文献学的角度考察唐代儒、释、道三教关系的互动。

相对于宗教史的研究，学术史的研究要丰富得多。陈寅恪在《冯友兰〈中国哲学史〉下册审查报告》中说："故自晋至今，言中国之思想，可以儒、释、道三教代表之。此虽通俗之谈，然稽之旧史之事实，验以今世之人情，则三教之说，要为不易之论。"（冯友兰《中国哲学史》，商务印书馆 1934 年版）陈寅恪又在《白乐天之思想行为与佛教关系》中说，白居易之《三教论衡》一文"颇如戏曲词本之比"，为"当时一种应制之公式文字"（《元白诗笺证稿》，古典文学出版社 1958 年版）。陈登原《国史旧闻》344"三教论衡"条，梳理三教论衡的发展历程为：始于北周、继见于隋、盛于唐（中华书局 1962 年版）。这些研究实际涉及两个问题：三教论衡与中国学术流变、三教论衡程式化的发展历程。

此后的研究，多沿续陈寅恪、陈登原二位先生的思路。有研究学术影响者，如：张弓《北朝儒释道论议与北方学风流变》（《孔子研究》，1993 年第 2 期）、《隋唐儒释道论议与学风流变》（《历史研究》1993 年第 1 期）分析三教论衡在不同历史时期对学术的影响；卢国龙《中国重玄学》（人民中国出版社 1993 年版）、李养正《评唐高宗朝僧道名理论义之辩》（陈鼓应主编《道教文化研究》第 16 辑，三联书店 1999 年版）分析唐高宗朝佛教义学对道教重玄学的影响；洪修平《隋唐儒佛道三教关系及其学术影响》（《南京大学学报》2003 年第 6 期）、洪修平《中国儒佛道三教关系研究》（中国社会科学出版社 2011 年版）从宏观上考察三教关系与中国学术思想的关联；周勋初《三教论衡的历史发展》（南京大学古典文献研究所《古典文献研究》2006 年版）将三教论衡放在全球宗教冲突背景下分析其发展对学术文化的影响；王洪军《中古时期儒释道整合研究》（天津人民出版社 2009 年版）探讨从汉魏两晋南北朝到隋唐代三教整合的历史路径和逻辑演变。

有研究三教论衡程式化历程者，如：任半塘发展完善了陈寅恪的观点，力证李可及之三教论衡戏具有场面、服装、情节、科白等戏剧要素（《唐戏弄》之《剧录·科白类剧》，上海古籍出版社 1984 年版）；庆振轩与车安宁《由学术而政治 由政治而戏剧》（《内蒙古大学学报》2003 年第 4 期）融合了陈登原的三段说与任半塘的戏剧说；刘立夫《唐代宫廷的三教论议》（《宗教学研究》2010 年第 1 期）将唐代三教论衡按照论衡内容分成排位之辨、名理之辨、诞节论衡三个阶段；武玉秀《隋唐五代之际的宫廷"三教论衡"探析》（《世界宗教研究》2013 年第 3 期）认为三教论衡源于印度的佛教与外道论议，经南北朝发展，至唐中期后逐渐程式化。

关于学术史的研究，将程式化这个问题延伸到了文学领域。胡小伟《三教论衡与唐代俗讲》（白化文、邓文宽《周绍良先生欣开九秩庆寿文集》，中华书局 1997 年版）论述三教论衡与唐代变文存在密切关联；潘建国《唐代表演伎艺"讹语影带"考》（《上海师范大学学报》1996 年第 3 期）考证，讹语影带是一种盛行于唐代的滑稽表演伎艺，它与唐代三教论衡的盛行有着密切联系；王小盾、潘建国《敦煌论议考》（国家古籍规划整理小组编《中国古籍研究》第一卷，上海古籍出版社 1997 年版）考察作为包括三教论衡在内的唐代论议伎艺的演变与特征；朱凤玉《三教论衡与唐代争奇文学》（《敦煌研究》2015 年第 2 期）认为唐代诞节三教论衡对相互辩驳、诘难争奇的文学题材和风气的兴起，有直接影响。

宗教史与学术史两个方向的研究，都取得了相当的成果。但相对而言，学术史研究，尤其是三教论衡的程式化演变及其与文学的关联性，还有更大的开拓价值。其一，三教论衡是唐代上层社会文化生活中非常重要的一项活动，探究其渊源流变，有助于深化唐代宗教文化与文学关系的研究。如：唐代三教论衡的演变，受佛教本土化的发展趋势、政权的三教融合政策、诸种诞节表演伎艺和魏晋清谈形式的影响，逐步远离政教冲突和教理辩论，融入宫廷游艺活动，最终演化为唐以后国家节日之政治活动中宗教界身份展示的表演伎艺。此种演化不仅催生了一批相关文献，而且对唐代士人的三教融合思想和文学创作产生了直接影响。其二，三教论衡成为唐代参军戏表演的题材之一，在宋元杂剧中得到了部分继承，研究唐代三教论衡戏剧要素的演化，可以充实前戏剧史研究。如：唐代三教论衡在场景上以宫廷为主，论衡者以三教宗教身份出场，甚至有专门的封号，如三教大德、三教首座、三教论衡等，在内容上以三教论难开始、以三教会同结束，论辩过程中三教戏谑以取悦观众。宋金杂剧继承了论衡名称、三教故事题材、戏谑趣味追求以及部分论衡程式等。元杂剧中的利用谐音、误解打诨以及以佛教语造成戏谑效果的方式，也在唐代三教论衡中找到了源头。其三，三教论衡将宗教斗争转化为表演伎艺，在一定程度上消解了宗教之间的张力。在面对当前全球性的"宗教—文明"冲突时，系统研究唐代三教论衡及其规律，对我们坚持本民族文化的价值取向，积极融合不同文化，完善中华文化思想体系，建设文化强国，实现民族复兴，更有着重大的现实意义和深远的历史意义。

六、本书研究思路与观点

本书以"三教论衡与唐代文学"为题，有几个名词需要预先界定。在时间上，本书研究范围不限于唐代，而是下延至五代。因为五代政治文化是唐代的延续，所以学术界将"唐五代"有时也统称为"唐代"。本书沿用这一惯例，行文之中需要细致区分处则言"唐代""五代"，在一般意义上使用则统称"唐代"。至于"三教论衡"，本指儒、释、道三教，但本文所征引文献常以佛、道二教之间的论衡为主。之所以采用"三教论衡"的说法，一则因为这是唐代三教论衡的总体趋势，二则这符合前文对三教论衡和二教论衡关系的界定。在言辩之三教论衡与文辩之三教论衡上，本书以言辩为主，即论衡者在固定的场合、按照一定程式、面对面展开的即时论辩；在朝议论衡、讲经论衡和玄谈论衡三者中，本书以讲经论衡为主。所谓"为主"者，并非完全限定在一类之中。如，唐高祖朝有言辩也有文辩，其起因是傅奕的上疏，而围绕傅奕上疏有一系列回应文章，这些文章属于文辩，本书研究中对这部分内容给予了关注。此外，讨论三教论衡的文学影响，不局限在言辩或讲经论衡的影响上，可能也会涉及三教论衡对文士的思想或者宗教观念、态度的影响。这种做法突破了言辩的限制，但在宏观上是能说通的。

本书的研究方法，以宏观和微观结合、历史与逻辑统一为主。就宏观而言，第一，是文献学的方法。以文献工作为基础，以实证研究为基本原则，充分发掘和运用多种文献，通过纵横比较和分析，探求研究对象的原因和原理，避免纯粹的现象描述与宗教评判。第二，是综合研究的方法。本书属于跨学科研究，将综合使用美学、文献学、宗教学、语言学、社会人类学、历史学、戏剧学等多种学科方法进行文学研究。这些学科的研究方法，取其问题意识和精神为主，不会作过多理论引证。就微观而言，以要素分析为切入点。帝王诞节三教论衡，已成为一种纯粹意义上的宫廷游艺表演艺术。其中包含的表演要素，诸如参与者的身份、时间、场景、程式、内容、论议旨趣等，成为本书研究的焦点。同时，本书虽然在结构上沿用传统的章节目次，但全书以问题意识为导向，不过分关注章节之间的照应和关联。章节之间也不做技术平衡，大问题则篇幅加长，小问题则篇幅缩短。全书的上编、中编、下编也是根据所讨论问题进行大概的归类，并不存在严格的逻辑演绎关系。此种思路导致全书似乎结构松散，但却能有效避免外围材料、背景知识对主体的冲击和淡化，有助于及时展开问题讨论，突出研究的目标和靶子。

全书共三编、两个附录。

（一）上编"渊源流变"

第一章是对唐代三教论衡源头的考察，第二章至第四章是唐代三教论衡发展阶段和演变历程的考察，第五章至第七章是对唐代三教论衡演变原因的考察。

第一章对唐前三教论衡的发展阶段、类型、影响进行宏观上的介绍。在发展阶段中，立足佛教文献将唐前三教论衡分为汉魏、两晋、南北朝三个阶段；在分类上，按照论衡的场合分为讲经论衡、朝议论衡和玄谈论衡三种；在影响上，从思想和文学两个方面进行了介绍。

第二章是唐高祖太宗朝的三教论衡。这一阶段因老子地位的提升，官方组织的三教论衡频繁发生，但在论衡议题和方式上基本还是南北朝三教论衡的延续。在论衡类型上，基本还是以讲经论衡为主，尤其是佛教讲经和儒家释奠讲经论衡在这一时期比较兴盛。这一时期三教论衡的典型事件，是僧人翻译道经为梵文时发生了佛道论衡。这种论衡属于偶发事件，其形式不具有普泛性，但内容具有学术史价值。

第三章是高宗朝的三教论衡。本章以《集古今佛道论衡》记载的 12 次三教论衡文献为核心，从论衡的程式着手，通过松散文献的复原再现唐高宗朝宫廷三教论衡的程式。高宗至玄宗朝，是唐代三教论衡的过渡期，是向诞节论衡过渡的阶段。故而，这一时期三教论衡的程式、风格和发展趋势，表现出了一些新变化、新气象。

第四章是唐五代诞节三教论衡。此章核心文献是白居易《三教论衡》一文。通过史书、小说等文献的对比，尤其是与此前三教论衡相关联，可以发现，诞节论衡者的宗教身份渐渐稳定，论衡内容是将贺寿的内容贯穿到对儒、释、道三教经典的质疑与应答中，论衡方式有一对一和一对多两种，论主有着组织者和辩论者的双重角色。论衡结果要三教融合，为此可能在辩论之前有论衡设计的环节。

第五章是对唐代宗教政策和三教论衡之关联性的考察。唐高祖朝傅奕掀起的三教论衡，有着明显的政治需求。太祖和高宗两朝，唐代的宗教政策基本上确定下来。高宗至玄宗朝，宗教政策有过三次调整：高宗以继承为主，武则天扬佛抑道，玄宗又扬道抑佛，宗教政策的调整影响了三教论衡的发展。尤其是玄宗朝开始出现的诞节论衡，就有缓解宗教矛盾的意图。中唐以后至五代结束，虽然出现了唐武宗、周世宗灭佛，但总体来说，宗教政策具有相对的稳定性。此一时期，宗教政策的调整对诞节论衡的影响越来越弱。

第六章是唐代佛教论议考察。佛教论议是三教论衡的源头之一。唐代三教论衡和佛教论议相互影响。本章以敦煌文献为主，从佛教论议的论端、论议问答、论议身份、论议失误考察，发现唐代佛教论议同样有程式化的趋向。此与三教论衡发展趋势一致。

第七章是皇帝诞节贺寿礼俗考察。盛唐以后的皇帝大多将自己生日设为全国性的节日，并设有休假和庆祝典礼。庆祝活动中有皇帝的赏赐和群臣的进献，中唐以后随着国力的衰弱，进献逐渐变成了百姓的负担。诞节贺寿中有一些宗教活动，如进香、设斋、度僧道、为僧道赐号，还举行百戏乐舞表演、诗文唱和。这些活动，是诞节论衡开展的背景。

（二）中编"文献考述"

中编考察了四个三教论衡文本，汇编了三份三教论衡文献。第一、二章是对傅奕排佛文本的考察，第三章是对道宣为回应傅奕撰写的佛教弘法文本的考察，第五章是对玄宗朝三教论衡文本的钩沉：此为三教论衡文本考察。第四章钩沉唐高宗至玄宗朝的三教论衡内容，第六章考察了唐代三教论衡者的相关事迹，第七章对唐代三教论衡文献进行编年：此为三教论衡文献汇编。

第一章"傅奕《利国益民事十一条》辑考"。傅奕《利国益民事十一条》在唐代高祖、太宗影响甚大，曾经有多名佛教徒著文反驳之。然此作已经佚失。现存于《全唐文》中的《利国益民事十一条》是参照佛教文献缀合之作，其中在逻辑上、文献上多有生硬不衔接者。今对照佛教文献，梳理傅奕原作的逻辑与思理，对《利国益民事十一条》原貌进行拟测和复原。

第二章"傅奕《高识传》考论"。《高识传》为傅奕编纂的反佛著作，成书时间在贞观七年至十三年间（633—639）。原书已佚，然高宗朝释道宣反驳《高识传》的《列代王臣滞惑解》，保存了《高识传》诸多信息。通过对道宣著作的解读，不但可以恢复部分《高识传》的面貌，而且可以了解傅奕排佛思想的具体内涵。

第三章"释道宣《通惑决疑录》考论"。两《唐志》录有道宣《通惑决疑录》两卷，宋代以后佚失。此书实为《列代王臣滞惑解》的单行本。《列代王臣滞惑解》其文完整保存在《广弘明集》中。此文不但于文献辑佚、校勘大有帮助，而且有助于了解道宣本人乃至唐初佛教界之基本弘法思想。

第四章"唐高宗至玄宗朝三教论衡内容考述"。唐代三教论衡文献中，这一时期文献保存最为完备。其时所辩论的问题以及辩论的角度、方式，通过细读文本大部可以厘清。本章以儒、释、道的顺序，分别就这一时期三教论衡中涉及三教的议题进行考察。其中钩沉儒家及其他议题5项，佛教7项，道教6项。

第五章"《慧琳音义》所见《利涉论衡》《道氤定三教论衡》考"。《慧琳音义》注解的《利涉论衡》《道氤定三教论衡》，为记录唐玄宗朝三教论衡的著作。此两部著作现已佚失。参照藏内外文献，可以勾勒书中所记两次三教论衡的大致面貌。这两部著作的考察，对于研究唐代宗教关系以及中唐以后帝王诞节三教论衡的演变大有帮助。

第六章"唐代三教论衡者事迹钩沉"。本章按照唐代三教论衡的三个阶段，勾勒参与三教论衡辩论的儒士、僧人、道士的事迹，将之归类分阶段叙述。其中所考察的三教人数，唐高祖至太宗朝儒士 3 人、僧人 5 人、道士 5 人，唐高宗至玄宗朝儒士 7 人、僧人 11 人、道士 11 人，唐肃宗至五代儒士 12 人、僧人 39 人、道士 9 人，共计 102 人。

第七章"唐代三教论衡文献编年"。本章按照时间顺序，以时间、事件、文献的体例，考订唐代开国到五代结束 350 多年间的三教论衡文献的时间。所谓三教论衡者，还是遵从以言辩式三教论衡为主。其中唐玄宗以后的三教论衡以皇帝诞节三教论衡为主。因为诞节论衡是诞节贺寿的一部分，故而其中涉及的诞节之废立、诞节贺寿之宗教活动文献，均纳入编年范围。这些资料的整理便于三教论衡后续研究工作的开展。

（三）下编"文学影响"

第一、二章是三教论衡与唐代文体的关系。第三、四、五章，是三教论衡对文学题材、历史事件的改造。第六、七章，是三教论衡对唐代作家宗教态度和宗教思想的影响。

第一章"诞节论衡与变文"。此章从白居易《三教论衡》与敦煌卷子《长兴四年中兴殿应圣节讲经文》的关联性入手，考证诞节论衡实际是诞节贺寿的一部分。论衡之前是三教讲经环节。诞节讲经继承了诸多俗讲因素，由此变文的一些体制进入诞节论衡中。这也是诞节论衡朝程式化、戏剧化发展的一个诱因。

第二章"三教论衡与三教论衡戏"。此章考察作为诞节贺寿固定节目的三教论衡，受诞节庆贺气氛的影响，尤其是优人贺寿的影响，其题材、环节逐渐进入参军戏中，由此促使诞节论衡成为唐戏弄之一部分。

第三章"诞节论衡与唐代小说"。唐代小说中包含更为广泛的三教论衡或者说三教争胜文献。其中，既有三教论衡对小说题材、审美趣味的影响，也有小说对三教论衡题材的艺术化表现。文学对三教论衡的改造和三教论衡对文学的渗透，同时体现在这些小说的创作中。

第四章"梁武舍道事佛与唐代三教论衡"。在唐初反思南北朝政教关系的潮流中，唐代帝王史臣将梁武帝崇奉佛教与萧梁亡国联系起来，道教徒乘势将此提升为佛教亡国论，但儒、道两家对佛教的批判中梁武帝舍道事佛始终不被关注。佛教对儒家、道教的批判采取了不同的响应方式，梁武帝舍道事佛主要承担起了抨击道教的使命，但受儒、道联合批评佛教惯例的影响，此事同时具有了扬佛、抑儒、贬道的宗教功能。唐代佛徒对梁武帝舍道事佛的叙事突出了宗教对抗关系，这是对傅奕等道教信徒攻击佛教的响应。其中称周公、孔子"为化既邪"，实则为唐代佛教徒处理儒、佛关系的尴尬境况所导致。

第五章"庾信多头龟应验记与北周三教论衡"。庾信多头龟应验记，频繁出现在唐代佛教小说中。就现存文献而言，庾信参与北周三教论衡的事迹，保存在与周武帝的唱和二教诗中。与庾信同期的入北南士，或通过诗文创作，或通过三教论辩，表述三教思想。庾信等入北南士的文化活动，带动了北周社会对南朝佛教文化的接受，也因此影响了北周宗教变革。他们对北周文化变革的广泛影响，给北方佛教徒留下深刻记忆。隋唐时期的佛教徒在反思北周灭佛历史时，创作了庾信受多头龟恶报应验记，以之作为对庾信的宗教审判。

第六章"白居易的三教融合思想"。白居易是大和元年诞节论衡参与者之一，其《三教论衡》一文较为详备地记载了诞节论衡的内容与过程。白居易晚年曾自编文集 75 卷，流传至今的仍有 71 卷。纪实性强，是白居易诗文创作的一大特色。参照这些诗文，可以勾勒白居易三教融合思想的发展历程。以之透视诞节论衡与儒臣文士的关系，可以更清晰地认识诞节论衡对唐代作家的影响。

第七章"韩愈的排佛思想"。韩愈之排佛，为学术史所关注。然而其《论迎佛骨表》《原道》中有许多唐代三教论衡的信息，此点鲜被关注。从三教论衡这一思想背景出发，分析韩愈的排佛思想与魏晋以来三教论衡思想成果的关联性，有助于准确理解韩愈排佛思想的内涵及价值。

　　附录共两部分其一是对唐前佛教论议程式的考察，其二是对外丹烧炼与白居易道教信仰之关系的考察。两者都与本书的研究方向有间接联系，故附于此处，与前三编内容相互照应。

上编　渊源流变

第一章　唐代以前的三教论衡

有关三教论衡的兴起时间，学界有不同看法。陈登原以为"三教论衡之事，始于北周，继见于隋"，"极盛于唐"[①]。任半塘则认为"三教论衡北魏已渐，北周已盛"[②]。从两人所引证的文献来看，他们所说的三教论衡，仅仅限于言辩，没有包括文辩。实际上，三教论衡不仅有言辩者，也有文辩者；不仅有儒、释、道三教论辩之性质，更有中印文化冲突、政权教权冲突等性质。由此而言，三教论衡在佛教入华之始就已开启。汉魏两晋南北朝的佛教史在一定程度上就是一部三教论衡发展史。汤用彤撰《汉魏两晋南北朝佛教史》、任继愈主编《中国佛教史》（三卷本），即用大量精力讨论三教论衡文献。此时期道教史研究，也必然关注三教论衡，如卿希泰主编《中国道教思想史》（第一卷）专章讨论"汉魏至南北朝道教与儒、释的思想关系"。本章对唐前三教论衡之发展概况做一宏观叙述，以之作为唐代三教论衡的研究背景。

一、发展阶段

从佛教入华到隋唐八大宗派之形成，佛教在中华大地上传播了六七百年。期间，佛教在多个方面受中国固有的儒、道文化影响，儒、道文化也从

---

① 陈登原：《国史旧闻（第二册）》，中华书局 2000 年版，第 163 页。
② 任半塘：《唐戏弄》，上海古籍出版社 1984 年版，第 740 页。

不同角度吸收佛教因素改造自身。儒、释、道的融合促成了佛教按照中国化的方向演进，并在唐初基本实现了中国化。三教论衡是三教融合的关节点。关节点一旦突破，三教融合将加速进展。就此而言，汉魏两晋南北朝三教论衡的阶段，基本与佛教中国化的阶段一致。

（一）萌芽期：汉魏

佛教入华时间，是佛教内外争论不休、迄今为止还没有明确结论的问题之一。就现存文献而言，众多佛教入华说法中最能被儒、释、道三教接受的，非汉明帝永平求法莫属①。虽然，这种说法不完全符合历史实情，如鱼豢《魏略·西戎传》云："昔汉哀帝元寿元年（公元前2），博士弟子景卢受大月氏王使伊存口受浮屠经。"② 元寿元年，早在汉明帝永平六七十年以前。但以两汉易代之际为佛教入华之初始，是学术界比较容易接受的一种看法。参照这一观点，三教论衡的起始也在此一时间段。

道士王浮《老子化胡经》是三教论衡萌芽期的重要参考文献。《高僧传》记载："昔（帛法）祖平素之日，与（王）浮每争邪正，浮屡屈，既瞋不自忍，乃作《老子化胡经》，以诬谤佛法。"③ 法祖又名法远，俗姓万，河内人，曾译注多部佛经。王浮，藏内文献又有作"基公"者，生平不详。有学者考证，王浮《老子化胡经》大致作于西晋惠帝元康（291—299）年间④。老子化胡的故事，西晋以前就有流传。汉桓帝延熹九年（166）襄楷上书中有云："或言老子入夷狄为浮屠。"⑤《魏略·西戎传》也说："《浮屠》所载与中国《老子经》

---

① 刘林魁：《永平求法传说与三教论衡》，《贵州社会科学》2010年第12期。
② （晋）陈寿撰，（南朝宋）裴松之注：《三国志》卷三十《魏志·乌丸鲜卑东夷传》，中华书局1959年版，第854页。
③ （梁）释慧皎撰，汤用彤校注：《高僧传》卷一《帛远传》，中华书局1992年版，第27页。
④ 刘汝霖：《汉晋学术编年》卷七，系王浮《化胡经》于晋元康九年（299）。其依据有二：其一，《辩正论》引裴子野《高僧传》也说王浮与法祖辩论在晋惠帝时；其二，《高僧传·帛法祖传》载法祖与镇守关中的河间王颙有交往，河间王颙为镇西将军镇关中在晋惠帝元康九年（华东师范大学出版社2010年版，第643—645页）。
⑤ （南朝宋）范晔撰，（唐）李贤等注：《后汉书》卷三十下《襄楷传》，中华书局1965年版，第1082页。

相出入，盖以为老子西出关，过西域之天竺，教胡。"① 有学者认为，老子化胡说"源起于公元 2 世纪后叶的道教圈子"，它"提供了一个把道教的思想和实践与一知半解的佛教相混合的佐证"，"这个理论很可能受到了成长中的道教阶层以及最初的佛教教团领袖的双重欢迎"②。王浮可能在老子化胡传说的基础上有所繁衍、扩展，并转变了故事原有的融合佛、道的宗教倾向，转而以之来排斥佛教。故而，王浮撰《老子化胡经》可以看作佛道论衡由自发转向自觉的标志。不过，王浮与帛法祖论衡也有其宗教文化氛围，绝非惠帝元康年间骤然形成。故而，参照西晋建立的时间，上推三十多年，将公元前后至晋武帝泰始元年（265）这二百多年，看做佛、道论衡的萌芽阶段，大致可以成立。

萌芽期的三教论衡文献，除了汉明求法传说、老子化胡传说外，还有《牟子理惑论》。《牟子理惑论》的真伪与成书时间，学术界争议极大③。从序

---

① （晋）陈寿撰，（南朝宋）裴松之注：《三国志》卷三十《魏书·乌丸鲜卑东夷传》，中华书局 1959 年版，第 859 页。

② ［荷］许理和著，李四龙、裴勇等译：《佛教征服中国：佛教在中国中古早期的传播与适应》，江苏人民出版社 2003 年版，第 374—378 页。

③ 梁启超《牟子理惑论辨伪》、吕澂《中国佛学源流略讲》认为《理惑论》乃是伪作，作者是晋宋时候的人，不会是后汉人士。胡适《论牟子理惑论·寄周叔迦先生》、周叔迦《梁任公牟子辨伪之商榷》、汤用彤《汉魏两晋南北朝佛教史》、任继愈《中国佛教史》等则认为，《理惑论》不是伪作，确是汉魏旧帙。《理惑论》是成书于东汉末年，还是晋宋年间的伪作，在日本和法国学者中也有不同的议论。日本学者山内晋卿、福井康顺肯定此书为牟子所作，但常盘大定、松元文三郎等则认为是伪书。法国学者马司帛洛也认为是伪书，但伯希和又肯定它是牟子所作。大致而言，主张《理惑论》为伪作者，有以下几点理由：第一，《理惑论》之佛传，来自三国吴支谦黄武年间（222—229）所译《瑞应本起经》，甚或有参照东晋法显译《大般泥洹经》的痕迹，而太子须大拏之说来康僧会所译《六度集经》；第二，"仆尝游于阗之国"等事实，当在魏朱士行西行求法之后；第三，"今沙门耽好酒浆，或畜妻子，取贱卖贵，专行诈绐"似为石赵姚秦佛图澄、罗什来中国后佛教盛行于社会之状况，又"士人学士多毁谤之"似晋代事，识神灭不灭之问题似在东晋末慧远时代以后之事；第四，此书文体，一望而知两晋、六朝之不善属文者所作；第五，《理惑论》有参照刘宋时期治城寺惠通《驳顾道士夷夏论》的痕迹。而主张《理惑论》非伪书者，也有以下几点理由：第一，《理惑论》序文所言及人名史实，多与正史相符合；第二，《理惑论》屡次引用《老子》，从未引用过《庄子》，汉代黄、老并称，非老、庄并称；第三，《理惑论》区别道家、神仙家甚严，推崇道家，而竭力排斥神仙之书以及神仙之术，即《汉书·艺文志》道家与神仙家峻别之意；第四，《理惑论》云神仙家百七十卷，又云老氏《道德经》亦三十七篇，正与汉代情况符合；第五，《理惑论》避"庄"为"严"，正是避东汉明帝之讳也；第六，《理惑论》"七经"之称为汉代谶伪之学常用之说。另，按余嘉锡之考辨，《理惑论》本为《治惑论》，为避唐高宗李治讳始改为《理惑论》。本文中延用《理惑论》之习惯称呼。

言来看，汉魏之际，避乱到交趾的牟子①，崇信佛教，著《理惑论》两卷弘扬佛法。随着两晋南北朝三教论衡的激化，《理惑论》成了这一时期弘法护教的基本模式。在《理惑论》传播过程中，可能也加进去了晚出佛经的一些信息，如法显翻译《大般泥洹经》中二月十五日佛入灭的说法。现存《理惑论》，并非两卷足本，而是删节本。因此，《理惑论》看作三教论衡萌芽期的著作，大致是成立的。

萌芽期的三教论衡，更多体现为佛教对儒、道二教的依附，佛教争取自身独立、强调佛教优于儒、道二教的思想倾向不突出。后世在探讨三教论衡源头的时候，常常征引此一时期文献作为佛教优胜的证据。然而，这些后期征引的文献却大多有佛教徒篡改的痕迹。如：孙权问阚泽三教优劣事，唐代道宣《集古今佛道论衡》中就有阚泽言："孔、老二教，法天制用，不敢违天；诸佛设教，天法奉行，不敢违佛。"②这里明显是后代僧人假借阚泽之言张扬佛优于儒、道的观点。要言之，萌芽时期的三教论衡更多是谈佛教与儒、道二教的相似、接近之处。即使有一些在后代看来是扬佛于儒、道之上的语句，在当时却可能仅仅在争取佛教的正当存在，而不是挑起三教优劣争论。

（二）发展期：两晋

两晋三教论衡文献主要集中在《法论》中。此书为刘宋中书侍郎陆澄受宋明帝刘彧敕，编纂于泰始年间（465—471）③，原书已佚。宋明帝刘彧

---

① 或言牟子即牟融，与汉太傅牟融同名，但不为同一人；或言牟子即牟子博。
② （唐）释道宣撰，刘林魁校注：《集古今佛道论衡校注》卷甲，中华书局 2018 年版，第24 页。
③ （梁）萧子显：《南齐书》卷三十九《陆澄传》："宋泰始初，为尚书殿中郎，议皇后讳及下外，皆依旧称姓。左丞徐爰案司马孚议皇后不称姓，《春秋》逆王后于齐，澄不引典据明，而以意立议，坐免官，白衣领职。郎官旧有坐杖，有名无实。澄在官积前后，罚一日并受千杖。转通直郎，兼中书郎，寻转兼左丞。"（中华书局 1972 年版，第 681 页）此后叙事始于泰始六年（470）。《法论》仅仅是抄录，而不是抄撰，故而虽然卷数巨大，不会费太长时间，有可能泰始年间完成。又，《南齐书》陆澄本传载，王俭曾戏陆澄为书厨，其家坟籍人所罕见，曾撰地理书及杂传，死后乃出。据此，陆澄是以学问渊博著称于当时。另，据《续高僧传》，治城寺僧若与陆澄有密切交往。

崇佛，僧传多有记载①。陆澄以博学著称于当世，也有佛教信仰，与谢敷合撰《观音灵验记》。《法论》共分法性集、觉性集、般若集、法身集、解脱集、教门集、戒藏集、定藏集、慧藏集、杂行集、业报集、色心集、物理集、缘序集、杂论集、邪论集16集，共收录汉晋及刘宋佛教弘法文献103卷。其中，绝大部分为两晋之际的文献。故此，以两晋为三教论衡之发展阶段。

《法论》"邪论集"收录四篇论文：《辩教论》（桓敬道）、《婚农无伤论》（释慧琳）、《照极明化论》（顾长康）、《问难》（释慧琳）②。四篇文章，均已佚失不存。其中有两篇释慧琳之作。释慧琳是刘宋著名僧人，宋文帝元嘉中，参交权要，朝廷大事文帝皆与之商议。宾客辐辏，门车常有数十辆。四方赠赂相系，势倾一时。当时有"黑衣宰相"之称。其著《白黑论》，倡导以儒融佛的观念，引起了儒佛论辩。参照《白黑论》，其《婚农无伤论》亦当有儒、佛之争、政教之争的双重性质。佛教有邪、正之辨，认为符合佛法则为"正"，反之则为"邪"。《法论》的"邪论"所指，不出佛教经典传统的说法，并非明确指向儒、道二教。或可言，两晋时期的三教论衡尚未激化。

《法论》将佛教弘法文献归为14类，其分类标准是从佛教观念出发。有关佛教基本教义、仪式、修行的争论，在《法论》编者看来，并非有明确的排斥佛教的意图。或者说，《法论》辑录的文献，带有两晋玄谈的痕迹。这种倾向与编纂者陆澄的身份相关。他不是出家僧人，对于佛教的信仰很大一部分出于知识与思想的接受。就此而言，《法论》对三教论衡文献的看法和归类，只属于官方或者士大夫的看法，可能与两晋僧人、道士的看法有一定的距离。

两晋时期的三教论衡事件集中在东晋，主要在四个问题上展开。第一，关于沙门是否敬王的争议。晋成帝咸康六年（340）庾冰辅政后令沙

---

① 据僧传记载，宋明帝请释慧隆湘宫开讲《成实论》，敕晋熙王刘爕从僧璩受戒，敕僧覆为彭城寺主，敕赐释昙光三衣瓶钵，敕僧敬尼住崇圣寺。又，释智藏年十六代宋明帝出家。
② （梁）释僧祐撰，苏晋仁、萧錬子点校：《出三藏记集》卷十二，中华书局1995年版，第447页。

门敬王，晋安帝元兴元年（402）桓玄以震主之威欲令道人设拜于己。围绕两次令僧拜俗政策的争论，僧俗二众与官僚士大夫多有参与。第二，是否应该沙汰沙门的争议。晋安帝隆安三年（399）桓玄辅政颁布《与僚属教》欲沙汰众僧，慧远、支道林参与辩论。这属于政教冲突。第三，有关佛教徒袒服问题的争论。郑道子、释慧远著文辩论。此兼具文化和儒、佛双重冲突的性质。第四，关于神是否灭以及报应问题的争论。此类论争文献，集中收录在《法论》的"报应集""色心集""教门集"中。此类问题在东晋尚未上升到否定佛教的高度，大多属于对佛教的理解和交流，具有学术争鸣的性质。

两晋时期的三教论衡，在文化冲突、政教冲突、儒释道冲突三个层面上全部展开了。由于以玄融佛学术背景的影响，此一时期的三教论衡明显是以谈玄的方式展开的，学术争鸣的性质比较突出。也就是说，由于宗教斗争还没有完全渗入上层社会的三教论衡中，两晋时期的三教论衡搭载了玄学清谈之风气，也成为玄谈的内容之一。

（三）高潮期：南北朝

至南北朝，三教论衡发展进入高潮期。南朝三教论衡文献收入《弘明集》中。《弘明集》为释僧祐编纂，约成书于梁代，全书 14 卷。其序文可以代表此一时期佛教界对三教论衡的看法：

> 自大法东渐，岁几五百。缘各信否，运亦崇替。正见者敷赞，邪惑者谤讪。至于守文曲儒，则拒为异教。巧言左道，则引为同法。拒有拔本之迷，引有朱紫之乱。遂令诡论稍繁，讹辞孔炽……祐以末学，志深弘护，静言浮俗，愤慨于心。遂以药疾微间，山栖余暇，撰古今之明篇，总道俗之雅论。其有刻意剪邪，建言卫法，制无大小，莫不毕采。又前代胜士，书记文述，有益亦皆编录。①

---

① （梁）释僧祐编撰：《弘明集》卷一，《大正藏》第 52 册，新文丰出版公司 1983 年版，第 1 页上。

僧祐明确表示自己"志深弘护"，辑录"刻意剪邪，建言卫法"之作成《弘明集》一部。其主要内容还是回应儒、道二教对佛教的曲解与攻击，即"守文曲儒，则拒为异教。巧言左道，则引为同法"的观点。据此而言，南朝时期佛教界三教论衡宗教斗争的意识已经非常清晰了。

南朝的三教论衡，影响较大的有以下五场。第一，围绕顾欢《夷夏论》，谢镇之、朱昭之、朱广之、袁粲、周颙、明僧绍和沙门慧通、释僧愍等人均撰文辩论。第二，围绕匿名《三破论》，刘勰、释玄光、释僧顺等撰文参与。第三，围绕范缜《神灭论》，南齐竟陵王萧子良集众僧与之辩难，萧梁天监年间梁武帝萧衍率领群臣又与之论争。这两场跨越数十年的形尽神是否灭的争论，具有多种论辩性质。第四，围绕沙门慧琳《白黑论》，何承天、颜延之、宗炳撰文辩论。这场争论兼有儒、佛之辩与文化学术争鸣的双重性质。第五，围绕张融撰《门律》，宗炳撰文辩论。

南朝三教论衡具有以下四个特点。第一，论衡最激烈的宋齐两代。宋初仍然有两晋论衡之遗风。元嘉以后，历经宋齐两代，三教论衡事件密集。至梁陈两代，南朝三教论衡之声渐渐减弱，萧梁仅有天监年间的范缜等人的辩论，以及沈约与陶弘景就儒、佛是否"均圣"的辩论。有陈一代，三教论衡之声已非常微弱。第二，宗教冲突越来越明显。围绕《夷夏论》《三破论》《门律》展开的论衡中，佛、道二教冲突的性质很明显。范缜《神灭论》，目的也在于否定佛教最基本的教义，也是诽毁佛教的，此与东晋有关神灭与否的论衡存在性质差异。第三，南朝三教论衡虽有异同论和优劣论的差异，但总体上三教会同的观点居多。第四，南朝的三教论衡在方法上多承接东晋而来，不管言辩还是文辩，理性的成分更重一些。虽然此时仍然有政教矛盾的存在，但政权对三教论衡的影响是非常微弱的。

北朝三教论衡的发展进程，与东晋南朝有别。自永嘉之乱后，北方五胡十六国政权更替战乱纷争。少数民族主政，促进了北方佛教的发展。后赵中书王度与石虎有关佛教的争论，可以看出十六国政权中的汉族士人对待佛教的态度中，夷夏之辨思想仍然源远流长。北魏建国以后，北朝三教论衡的影响越来越显著。北朝三教论衡的发展分北魏、东魏北齐、西魏北周、隋代四个阶段。北魏文化并不是完全上承汉晋发展而来，它还有本地鲜卑文化和印度西域传入的佛教文化两个源头①。随着鲜卑族入主中原，其汉化风气逐渐加重，儒、释、道三教都有较大发展。至太武帝时期，三教矛盾激化，遂有灭佛之举。不过，太武灭佛虽然有非常明显的佛、道宗教斗争的倾向，然而灭佛过程中却没有组织宗教论争，也没有多少三教论衡文献传承下来。北魏之后，东魏北齐有限制、禁绝道教之举，北周也有废佛之举。尤其是北周武帝宇文邕执政之后，组织了多次三教论衡，辩论儒、释、道之先后优劣，最终至建德三年（574）下诏禁断佛、道二教。平灭北齐后，周武帝又在原北齐国土内继续推行灭佛政策，乃至举行三教论衡。杨坚禅代，佛教大兴。有隋一代，三教关系融洽，虽有释彦琮、释慧影、徐同卿等人撰文论衡三教，然在当时并没有掀起激烈的论争。总体而言，北朝三教论衡与东晋南朝显著不同者有二。其一，以宗教矛盾和政教矛盾居多。二者之中，更偏向于政教冲突。其二，缺少南朝玄学风气的沾溉，学术论辩的性质较弱。

二、论衡类型

汉魏两晋南北朝的三教论衡，按照论衡的场景与目的，发展成三种类型：讲经论衡、朝议论衡、玄谈论衡。这些类型相互之间借鉴渗透，共同促进了此一时期三教论衡的发展。

（一）讲经论衡

儒、释、道三教都有讲论经典的传统。三教讲经程式有别，然讲经过程中的论辩是必不可少的环节。魏晋南北朝为三教融合的重要时期。这一时期的高僧、高道以及名士，多有三教兼收并蓄的传统。《周易》《老子》《庄子》等称为"三玄"的儒、道经典，以及《大品》《小品》《维摩诘经》等佛教经

---

① 黄夏年：《北魏儒释道三教关系刍议》，《晋阳学刊》2005 年第 5 期。

典，是士族阶层普遍喜好的著作，也是佛、道二教教徒用心钻研的著作。僧人和道士，常常既讲述、撰写儒家著作，也探究佛、道经典。讲论经典时常常三教人士聚集在一起，相互辩论明晰三教异同，促进三教融合。

有关三教讲经论议的较早记载，可能是王浮和帛法祖的论辩。《高僧传》云，帛法祖"与王浮每争邪正"，说明他们的辩论相当频繁，不是一次、两次。他们的辩论常常为"平素之日"，说明辩论没有特定的背景、特定的要求，可能是极为平常的佛、道宗教活动。"王浮屡屈，既瞋不自忍，乃作《老子化胡经》以诬谤佛法"，说明辩论是公开场合，有许多听众。王浮"瞋不自忍"者，是自己每次失败都让听众知晓、有失颜面。公开场合论辩，有着众多听众，极其常见、频繁发生的宗教活动，这些特征指向佛、道讲经论辩。

《魏书》也记载了北魏太和元年（477）二月的一次讲经论衡。当时，孝文帝"幸永宁寺设斋，赦死罪囚。三月，又幸永宁寺设会，行道听讲，命中、秘二省与僧徒讨论佛义，施僧衣服、宝器有差"①。孝文帝参加佛教斋会后，听僧人讲经，命儒臣参与僧徒讲经之论辩。这应该是佛教法会讲经论议的一般程式。

《道学传》中记载了南朝梁代的佛道讲经论衡：

> 孟智周，梁武帝时人也，多所该通。梁静惠王抚临神枝，请智周讲光宅寺，僧法云来赴发讲。法云渊解独步，甚相凌忽。及交往复，盛其词辩，智周敷释焕然，僧众叹伏之也。②

这次讲经的光宅寺，本为梁武帝故宅，武帝即位后舍宅为寺。主持这次辩论的"梁静惠王"，即临川靖惠王萧宏，普通七年（526）薨，"靖惠"为其谥号。主讲人道士孟智周，生平不详。道教文献有云："孟智周，丹阳建业人也。宋朝于崇虚馆讲说，作《十方忏文》。"③但不能确定刘宋孟智周和梁代孟智周是否为同一人。与孟智周辩论之法云，为梁代高僧，天监七年

① （北齐）魏收：《魏书》卷一百一十四《释老志》，中华书局1974年版，第3039页。
② （唐）王悬河：《三洞珠囊》卷二《救追召道士品》，《道藏》第25册，文物出版社、上海书店、天津古籍出版社1988年版，第306页中。
③ （唐）王悬河：《上清道类事相》卷一，《道藏》第24册，文物出版社、上海书店、天津古籍出版社1988年版，第877页。

（508）敕为光宅寺主，大通三年（529）圆寂。萧宏组织在佛教寺院举办道教讲经活动，佛道一同参与，共同辩论，参与双方都是学养深厚、德高望重的宗教人士。这场讲经论衡，肯定是佛、道二教高水平的对决。

《续高僧传》记载了隋代的一次讲经论衡：

> 大业初岁，因寻古迹至于槐里，遇始平令杨宏集诸道俗于智藏寺，欲令道士先开道经。于时法侣虽殷，无敢抗者。净闻而谓曰："明府盛结四部，铨衡两教，窃有未谕，请容所疑。何者？宾主之礼，自有常伦，其犹冠屦不可颠倒。岂于佛寺而令道士先为主乎？明府教义有序，请不坠绩。"令曰："有旨哉！几误诸后。"即令僧居先座，得无辱矣。有道士于永通颇挟时誉，令怀所重，次立义曰："有物混成，先天地生。吾不知其名，字之曰道。"令即命言申论，仍曰："法师必须词理切对，不得犯平头、上尾。"于时令冠平帽，净因戏曰："贫道既不冠帽，宁犯平头？"令曰："若不犯平头，当犯上尾。"净曰："贫道脱屦升床，自可上而无尾。明府解巾冠帽，可谓平而无头。"令有腼容。净因问通曰："有物混成，为体一故混，为体异故混？若体一故混，正混之时已自成一，则一非道生。若体异故混，未混之时已自成二，则二非一起。先生道冠余列，请为稽疑。"于是通遂茫然，恧怩无对。净曰："先生既能开关延敌，正当鼓怒余勇。安得事如桃李，更生荆棘？"仍顾令曰："明府既为道助，何以救之？"令遂赧然。尔后频有援救，皆应机偃仆，罔非覆轨。[①]

慧净与于永通的论辩，还透露讲经论衡一些其他信息。如，论衡有娱乐趋向，可以戏谑嘲弄；论衡如同诗文唱和一样，会增加一些限制条件，如不得违犯"平头、上尾"等声律之病；论衡多人参与，可以帮助失利的一方辩论。

这次讲经中有三个人物：始平令杨宏，不见于正史；道士于永通，藏内

---

① （唐）释道宣撰，郭绍林点校：《续高僧传》卷三《释慧净传》，中华书局 2014 年版，第73—74 页。

文献或作余永通，正史、道藏均未收录；僧人慧净，为隋唐高僧，其事迹藏内文献多有记述。这说明，这种讲经论衡，未必全都是高僧、高道论辩，也未必全是名公大儒主持。隋代智藏寺讲经论衡与梁代光宅寺讲经论衡有诸多相似之处：地点在佛教寺院，论衡双方是僧人和道士，主持者为官员，论衡之前有讲经活动。故而，两者可能在程式、趣味追求、论辩目的上有相似性。《佛祖统纪》《隆兴佛教编年通论》记载为杨宏"率道士名儒，大智藏寺启会义法筵"。虽然是晚出的材料，但佛教的记载应有佛教法会讲经传统的依据。所以，讲经论衡可能儒、释、道三教一同参与。就佛教而言，讲经论衡是法事活动、节日活动的一部分。

（二）朝议论衡

相对于讲经论衡，朝堂议事之三教论衡更为普遍。佛教与道教的发展、壮大，给世俗政权带来了冲击。作为回应，政权常常对宗教的监督、管理也越来越严格。这些监督、管理，就落实到宗教政策上。宗教政策的制定，常常通过朝堂议事的形式，群臣参与，或为佛、道辩解，或抨击佛、道，最后综合多方面意见形成决策，付之地区或国家管理。此种三教论衡，在魏晋南北朝时期非常盛行。

朝堂议事三教论衡文献，在《高识传》和《集沙门不应拜俗等事》中比较集中。《高识传》为唐太宗朝太史令傅奕之作，共10卷，主要内容为"集魏、晋已来驳佛教者"[①]25人的言行事迹。其中，帝王有北魏世祖、北周高祖、南朝刘宋世祖、唐高祖4人，臣子有石赵王度、东晋蔡谟、宋颜延之、宋萧摹之、宋周朗、宋虞愿、宋刘慧琳、南齐顾欢、梁荀济、梁范缜、北魏张普济、北魏李场、北魏杨衒之、北魏邢子才、北魏高道让、北齐刘昼、北齐章仇子陁、北齐李公绪、北周卫元嵩、隋卢思道、唐傅奕21人。这25人之论衡佛教，除顾欢外，其余大部分是从宗教对策上对佛教的分析、评议甚至抨击。《集沙门不应拜俗等事》为唐高宗朝释彦悰编纂，共6卷。其中，卷一、

---

① （后晋）刘昫等：《旧唐书》卷七十九《傅奕传》，中华书局1975年版，第2717页。

卷二收录东晋南北朝有关沙门拜俗的争论文献，主要为庾冰、桓玄、宋孝武帝、南齐武帝、隋炀帝五个时期有关沙门敬王的争论。

朝议三教论衡的程式，主要有两种。其一，奏议表态式。如，桓玄把沙门理应拜王的看法交给八座商议，令八座在规定时间内将讨论结果上报，此事之论辩最后拓展至僧团队伍，释慧远也撰文参加辩论。又如，范缜撰《神灭论》，梁武帝萧衍集群臣与之辩论，参与者共 60 多人。又如，唐高宗就沙门是否敬拜君亲论辩，结果 539 人议请不拜，354 人议请拜，约 900 人上书呈辞。此种三教论衡，因为参与人众多，论辩时间较长，论述角度、引用文献、论证方式多有重合者，在一定程度上，这种论衡接近于对宗教政策之表态。

另一种当庭辩难式。此种朝议论衡，以北周三教论衡最具代表性。北周三教论衡共举行 13 场次①。论衡以周武帝朝最为盛行，共举行 11 场次。参与之朝士、儒生、沙门、道士，有时达 2000 余人。论衡有较为集中的一个议题，就是三教之优劣与排序。记载较为详细的有 3 次：建德三年（574）五月太极殿论衡、同年同月便殿论衡、建德六年（577）十一月邺宫新殿论衡。太极殿论衡，过程记述完备：

> 会周武帝废佛法，欲存道教，乃下诏集诸僧道士试取，优长者留，庸浅者废。于是诏华野高僧、方岳道士千里外有妖术者大集京师，于太极殿陈设高座，帝自躬临，敕道士先登。时有道士张宾最为首长，登高唱言⋯⋯襄城公何妥自行如意座首。少林寺等行禅师发愤而起，诸僧止之曰⋯⋯众共谋议，若非蜀（释智）炫，无以对扬，共推如意，以将付炫。炫既为众所推，又忿张宾浪语，安庠而起，徐升论座。坐定，执如意谓张宾曰⋯⋯帝恶其（即张宾）理屈，令舍人谓之曰："宾师且下。"宾既退，帝自升高座，言曰⋯⋯众皆壮其言。明旦出敕，二教俱废。②

---

① 刘林魁：《〈广弘明集〉研究》（中国社会科学出版社 2011 年版，第 431—432 页），统计为 12 次。近来查《道学传》，发现建德三年禁断佛、道二教之后，又有道士王延与公卿等人论议"道与释孰优"的一次论辩（（元）赵道一：《历世真仙体道通鉴》卷三十一《严达传》）。

② （唐）释道宣撰，郭绍林点校：《续高僧传》卷二十四《释智炫传》，中华书局 2014 年版，第 926—928 页。

这场论衡，虽说"集诸僧道士"参加，实则仍有儒士参与。襄城公何妥可能充当评判者的角色。论衡过程中，佛、道分成两派对论，论议者要手执如意，升论座论辩；论辩过程中，常常更替对手：这些因素具有典型的佛教论议的特点。然论衡地点在太极殿，举行论衡的目的在于佛、道二教"取优长者留，庸浅者废"，是政权准备取舍佛、道决策过程中的一次重要论议。由此来看，周武帝一朝事关宗教政策变更的朝议论衡，不再是一个简单的表态，而是通过佛、道二教递相辩驳、儒士朝臣评判取舍，来决定宗教生存命运的一种决策机制。

朝堂议事三教论衡，实际上是将佛、道纳入政权监管范围、进行政策表决的一种议事方式。这种方式在后代一直延续下来。北周灭佛前后的三教论衡，实则将佛、道讲经论议纳入了朝议之中是一种变异。这种变异催生了唐代的诞节三教论衡。

（三）玄谈论衡

讲经论衡是宗教活动的一部分，朝议论衡为世俗政权的宗教政策决策服务。除此两种之外，还有一种三教论衡，即论议、品评三教。这种论衡背景不太明确，更多是两晋玄谈对佛、道议题的容纳。

如前所论，陆澄《法论》一个重要的特点就是将许多有关佛教思想的争论，看做对佛教义理接受的一种方式。玄谈式三教论衡，即属于此类。如，东晋时期，罗含著《更生论》，张扬佛教轮回思想，孙盛撰文回应；竺僧敷著《神无形论》，"时仗辩之徒，纷纭交净"[1]。又如，刘宋时期"任城彭丞著《无三世论》，（僧）含乃作《神不灭论》以抗之"[2]，新安太守张镜与谯王刘义宣书论佛教三世因果之理。可以说，佛教三世轮回、因果报应是辩论最激烈的话题，也是三教论衡中相对集中的一个论题。

魏晋南北朝时期，玄谈论衡在南方主要集中在东晋、宋齐之际。刘宋时

---

①　（梁）释慧皎撰，汤用彤校注：《高僧传》卷五《竺僧敷传》，中华书局1992年版，第197页。

②　（梁）释慧皎撰，汤用彤校注：《高僧传》卷七《释僧含传》，中华书局1992年版，第276页。

期，道士陆修静参加过多场玄谈论衡：

> 太始三年（434）三月，乃诏江州刺史王景宗，以礼敦劝（陆修静），发遣下都……初至九江，九江王问道佛得失同异。先生答："在佛为留秦，在道为玉皇，斯亦殊途一致耳。"……天子乃命司徒建安王、尚书令袁粲设广谦之礼，置招贤座，盛延朝彦，广集时英，会于庄严佛寺。时玄言之士，飞辩河注；硕学沙门，抗论锋出；掎角李释，竞相诘难。先生标理约辞，解纷挫锐。王公嗟抃，遐迩悦服。……旬日间又请会于华林延贤之馆。帝亲临幸，王公毕集。先生鹿巾谒帝而升。天子肃然增敬，躬自问道，咨求宗极。先生标阐玄门，敷释流统，并诣希微，莫非妙范。帝心悦焉。①

从泰始三年开始，陆修静受诏入京。途径九江时，参加九江王组织的论衡佛、道活动。至京城，参加司徒袁粲主持的庄严寺三教论衡，后又参加宋明帝主持的华林苑三教论衡。在这三场论衡中，陆修静以融合佛、道的思想和论辩获得了帝王臣僚的赞叹。南齐的玄谈论衡，也以这种融合三教为导向。文惠太子、竟陵王萧子良主持的玄圃园大会上，"子良使景翼礼佛，景翼不肯。子良送《十地经》与之。景翼造《正一论》"。《正一论》就是论证"老、释未始于尝分，迷者分之而未合"②的佛道融合思想。

此一时期，北方的玄谈论衡主要集中在北魏后期和北齐。北魏正光元年（520），孝明帝加朝服大赦，请释、李两宗上殿。清道馆道士姜斌，与僧人昙无最对论。论议结束，因道士姜斌论无宗旨，配徒马邑。③东魏武定六年（548），孝静帝元善集名僧于显阳殿讲说佛理，杜弼与吏部尚书杨愔、中书令邢邵、秘书监魏收等并侍法筵。"敕（杜）弼升师子座，当众敷演。昭玄都僧达及僧道顺并缁林之英，问难锋至，往复数十番，莫有能屈。"④此为儒

---

① 《道学传》卷七，转引自陈国符：《道藏源流考》，中华书局1963年版，第467页。"九江王"可能是淮南郡太守。九江郡，秦立。宋孝武大明八年，复为淮南郡，属南豫州。明帝泰始三年，还属扬州。领县六。
② （梁）萧子显：《南齐书》卷五十四《顾欢传》，中华书局1972年版，第935页。
③ （唐）释道宣撰，郭绍林点校：《续高僧传》卷二十四《昙无最传》，中华书局2014年版，第900—901页。
④ （唐）李百药：《北齐书》卷二十四《杜弼传》，中华书局1972年版，第350页。

佛论辩。杜弼又"尝与邢邵扈从东山,共论名理。邢以为人死还生,恐为蛇画足……前后往复再三,邢邵理屈而止"①。此为儒生论衡佛教。

三、论衡影响

唐前三教论衡文献,主要保存在《弘明集》《广弘明集》中。《广弘明集》为唐代僧人释道宣编纂,以归正、辩惑、佛德、法义、僧行、慈恻、戒功、启福、悔罪、统归十类,辑录汉魏至唐初佛教弘法文献。同时,《广弘明集》还以存目的方式,收录了《弘明集》的论文篇目,并归于不同类别之中。《弘明集》《广弘明集》收录文献相互对照、补充,较为完整地展示了唐前三教论衡的面貌②。

(一)思想影响

魏晋时期,士大夫排斥佛教的观点,大致有四类:"(1)僧人的活动以各种方式危害政府的权威,危及国家的稳定和繁荣;(2)寺院生活并不能给这个俗世带来任何具体的成效,因此是无用的和没有生产价值的;(3)佛教是一种'胡'教,适合于未开化的外国人的需要。在以前的盛世记载中没有提及佛教,古代圣人既不知道也不需要佛教;(4)寺院生活意味着有损于注重社会行为的圣训,因此是反社会的和极不道德的。"③围绕这些观点的论辩,思想性并不强,更多属于政权与教权立场与利益不同的辩论。从南北朝到唐代,所有的政教冲突基本都延续这样的思路排佛,而佛教回应的方式、理论也基本与魏晋时期相似。因此,由佛教与政权矛盾产生的论辩,开启了此后数千年的政教冲突。在后世的辩论中,佛教与世俗政权都以借鉴历史的

---

① （唐）李百药:《北齐书》卷二十四《杜弼传》,中华书局1972年版,第351—352页。
② 参见刘立夫:《弘道与明教:〈弘明集〉研究》,中国社会科学出版社2004年版;李小荣:《〈弘明集〉〈广弘明集〉述论稿》,巴蜀书社2005年版。
③ ［荷］许理和著,李四龙、裴勇等译:《佛教征服中国:佛教在中国中古早期的传播与适应》,江苏人民出版社2003年版,第327—328页。

意识，征引论衡文献、借助论证思路，张扬己方，抨击对手。

唐前三教论衡相对集中的问题是佛教轮回报应学说。这种学说又细分为：六道轮回说、因果报应说、形尽神不灭说。六道，指天、人、阿修罗、地狱、饿鬼、畜生。此六者为众生轮回之道途，众生因为不明佛法真谛，生生世世在六道之中往返轮回。因果报应，是指众生有施必报、有感必应，在六道之中具体如何轮回是与各人的所作所为、所想所感有关，被普通民众简化为"善有善报，恶有恶报"。形尽神不灭，是中国佛教徒热衷探讨的问题。在印度佛教中，因为"无我"的思想前提，生死轮回之中没有本体，虽然从小乘佛教到大乘佛教都有轮回主体的辩论，但基本没有完全肯定灵魂不灭的思想。中国民众始终认为在此生与彼生之间要实现善恶报应，就需要有一个轮回的主体来承担。这就有了魏晋南北朝时期不休的争论——形尽神是否也要灭掉。在中国佛教徒的理解中，六道轮回的动力是因果报应，载体是不灭之识神。

唐前关于佛教轮回报应的论辩，主要集中在因果报应和形尽神灭上。对于前者，中国人没有三世观念，"今世教所弘，致治于一生之内"[1]。故历史记载、日常所见，善恶似乎无确切报应。释慧远在佛教经典的基础上发展出三报说，"一曰现报，二曰生报，三曰后报。现报者，善恶始于此身，即此身受。生报者，来生便受。后报者，或经二生、三生、百生、千生，然后乃受"[2]，将善恶报应推到了无法验证的来生。此说在中国民众中产生了广泛影响。形尽神是否灭的争论，延续时间要更长，一直持续到梁代。不过，此一问题最后的争论，却与儒家的祖先祭祀密切相关。如果神灭，祖先祭祀纯属欺骗，说好点至多是神道设教。如果神不灭，不正说明佛教报应之说是正确么！故而，梁武帝一朝有关此一问题的论辩，基本以国家权力的威力，出于推行孝道以治国安民的需要，用朝臣表态的方式，确定了神不灭思想的合理性。经过魏晋南北朝的三教论衡，围绕佛教轮回报应的争论再没有兴起大风

① （南朝宋）宗炳：《明佛论》，见（梁）释僧祐编撰：《弘明集》卷二，《大正藏》第52册，新文丰出版公司1983年版，第15页上。
② （东晋）释慧远：《三报论》，见（梁）释僧祐编撰：《弘明集》卷五，《大正藏》第52册，新文丰出版公司1983年版，第34页中。

大浪。唐前对于来世成佛的热心，逐渐转到现世成佛上来，于是佛性论成了唐代及其以后社会关注的问题。

唐前三教论衡另一个相对集中的问题，就是三教关系。佛教入华前，中土有夷夏之辨。这种民族与文化的身份区分，转用到儒、释、道三教关系上，就有了南齐顾欢的《夷夏论》。印度佛教在判定佛教自身与他者、佛陀所说和异端邪说的时候，最常用的是邪正关系。佛教入华之后，中土也有了邪正之判。同时，北周道教徒严达有佛道主客论，北周释道安《二教论》有佛教为内教、儒道百家为外教的论述。关于三教关系的争论，还有更为具体深入的三教异同论证。但不管如何评判三教关系，承认儒、释、道本质相同相通占有优势。唐前关于三教关系的对比论辩，为认识宗教本质、推进唐代三教融合，起到了先行思想积淀的作用。

（二）文学影响

唐前三教论衡最直接的文学影响，是产生了大量文学文献。从题名来看，这些文献有诏、敕、表、奏、笺、书、序、论、议、难、解、弹等类别，数量最多的是论体文章。三教论衡议论文，不但是议论文体纳入了三教论衡的议题，同时也是对议论文体的改造与发展。首先，三教论衡议论文大多内容丰富，论证充实。如《牟子理惑论》、宗炳《明佛论》、郗超《奉法要》、甄鸾《笑道论》、释道安《二教论》、释彦琮《通极论》等文章，都是几千字甚至上万字的长篇大论。这是对传统议论文文体篇幅与规模的一大拓展。其次，出现了围绕同一议题的系列论文。如围绕顾欢《夷夏论》有谢镇之《析夷夏论》、朱昭之《难夷夏论》、朱广之《咨夷夏论》、慧通法师《驳夷夏论》、僧愍法师《戎华论》，围绕佚名《三破论》有玄光法师《辩惑论》、刘勰《灭惑论》、僧顺法师《析三破论》，围绕范缜《神灭论》更有梁武帝群臣60多人的回应文章。此外还有围绕沙门是否拜俗的论辩、沙门踞食的论辩、三世因果报应的论辩等，每一次都产生多篇议论文。就形式而言，这是对魏晋玄谈论辩文形式的继承和发展，但玄谈论辩文章多为两三个人参与，并没有三教论衡这样多人参与、辩论激烈。这些文献相互对照，甚至可以发现当时人有关论辩文章的文体、思理和风格的评判标准。其三，论证结构逐渐丰富。三教论衡议论文的结构丰富多样，比较集中的有两种。第一种是散点结构。这种驳论文，经常将原文的关键语句挑选出来逐条批驳。有时，根据反驳者的理解，会将原作的一条证据、一种理由分开反驳。所以，这种议论文在写作上随意性比较大。第二种，是板块结构。这种结构根据论文的需要，会将全文设为几个部分，每一部分集中论述一个问题。如东晋释慧远《沙门不敬王者论》，分"论在家第一""论出家第二""论求宗不顺化第三""论体极不兼应第四""论形尽神不灭第五"等五个问题依次展开分析论证。《笑道论》共"三卷合三十六条。三卷者，笑其三洞之名。三十六条者，笑其经有三十六部"①。《二教论》共分 12 条回击道教。板块结构是将诸子著作的结构模式应用到论衡文体并加以发展的结果。其四，论证过程重视概念的剖析。概念的差异，是三教论衡必然面对的一种困境。佛经翻译成汉语，需要语言、词汇甚至概念的对译。对译过程中，肯定会出现误解。三教论衡常需要论辩共识，故而剖析概念，对比三教经典，诠释三教教义，是必然发生的事情。然而，这种立足于概念、判断的三教论衡，无疑对议论文的逻辑发展有巨大的推动作用。

唐前三教论衡除了影响论体文的发展外，还影响了三教的谈论戏谑。言辩式三教论衡，南朝一直比较盛行，而北方则出现在北朝后期，尤其是北齐北周。如前所论，三教论衡的总体倾向为，在承认三教一致的基础上进行学术论辩。这种前提下的三教论衡，宗教斗争的尖锐激烈和政教斗争的残酷血腥并不占主流。相反，相互之间带有娱乐倾向的嘲谑议论，渐渐渗入三教论衡中。甚至为优人继承，成为他们谈谑嘲弄的一个话题。唐前有关这方面的文献，隋代侯白《启颜录》有所收录。其中，有北齐高祖一朝，弄痴人石动㮧，于三教论衡场合，发言嘲谑三教，引起观众哄笑的故事②。不过，三教论衡发展成为具有一定程式的参军戏，这是唐代中后期完成的。

---

① （唐）释道宣编撰：《广弘明集》卷九，《大正藏》第 52 册，新文丰出版公司 1983 年版，第 144 页上。
② （隋）侯白撰，董志翘笺注：《启颜录笺注》，中华书局 2014 年版，第 1—11 页。

第二章　唐高祖太宗两朝的三教论衡

唐高祖、太宗两朝的三教论衡，存世文献 9 则。其中，1 则是僧人道士的自发论辩①，8 则为官方组织。8 则文献，按照三教论衡的起因，可以分为讲经论衡、翻经论衡、释奠论衡三种。释奠论衡是儒家释典礼仪上讲经环节的三教论衡，本亦应属于讲经论衡，然其盛行时间不长，故单独分为一类。翻经论衡也在唐初具有独特性，故亦单列为一类。以下分述之。

一、讲经论衡

佛、道讲论经典时，听众常会对讲论内容提出质疑，由此而产生听讲者与宣讲者之间的辩论，此种辩论常常以明晰经典与教义、提高义学修养为目的。唐高祖、太宗朝时，也存在这种讲经辩论。但因为讲解者与听讲者并非同一宗教信仰，双方的辩论不再是教内义学研讨，而变成了三教论衡。

---

① （唐）释道宣撰，郭绍林点校：《续高僧传》卷十三《释玄续传》云："尝为宝园寺制碑铭，中有弹老、庄曰：'老称圣者，庄号哲人，持萤比日，用岳方尘。'属有祭江道士冯善英过寺礼拜，见而恶之，谓续曰：'文章各谈其美，苦相诽毁，未识所怀。若不除改，我是敕使，当即奏闻。'续曰：'文之体势，非尔所知，若称敕使欲相威胁者，我寺内年别差人当庄，此是敕许，亦是敕使。卿欲奏我，我当庄人亦能奏卿。'英虽大恨，无如之何。寺僧五十，虽并迟暮，皆顺伏之。尝见人述《庄子》鹏鹞之喻，便叹曰：'庄蒙以小大极于此矣，岂知须弥不容金翅，世界入于邻虚，井蛙之智，秽人耳目。'后疾甚，召僧集已，罄舍都尽，曰：'生死常耳，愿各早为津济。'其夜命终，贞观中矣。"（中华书局 2014 年版，第 468—469 页）陈艳玲《略论唐代巴蜀地区的佛道之争》（《历史教学问题》2008 年第 2 期）参照与玄续交往的梓州东曹掾萧平仲卒年为大业九年（613），推断此事当发生在唐代。本书参照玄续卒年为贞观中，认为此事当在唐太宗一朝。

（一）释僧辩与道士讲经论衡

《续高僧传》云：

> 武德之始，（释僧辩）步出关东，蒲、虞、陕、虢，大弘法化，四远驰造，倍胜初闻。尝处芮城，将开《摄论》，露缦而听，李、释同奔。序王将了，黄巾致问，酬答乃竟，终诵前关。辩曰："正法自明，邪风致翳，虽重广诵，不异前通。"黄巾高问转增，愚叟谓其义壮。忽旋风勃起，径趣李宗，缦倒掩抑，身首烦扰，冠帻交横，衣发紊乱。风至僧伦，怗然自灭。大众笑异其相，一时便散。明旦入文，赧然莫集。辩虽乘此胜，而言色不改，时共服其异度也。①

僧辩于芮城弘法，所讲之《摄论》，全称为《摄大乘论》，是印度瑜伽行派的重要著作，其基本观点为无尘唯识。僧辩讲经时的场景布置为"露缦而听"，因露天宣讲没有限制听众之宗教信仰，"李、释同奔"，佛教徒、道教徒都来参加。讲经的第一个阶段是"序玄"，即讲论经典大义、解释义理。讲解之后，是提问与质疑。有道士于此一环节"致问"发难，僧辩"酬答"回应。对质疑问题回应之后，道士可能还没有理解，"终诵前关"，重复前面的问题，由此招致僧辩讥讽。

按照《高僧传》的记载，僧辩的讥讽激化了双方的论辩。在佛教徒的记述中，接下来的道士问难似乎愈来愈浅薄、无知，但道士自认为其论辩气势雄壮，结果旋风刮起，吹向道士阵营，引起道士"冠帻交横，衣发紊乱"，在听众的笑声中，道士群体气势顿减，"一时便散"。第二日辩论时，道士依然羞愧万分，"赧然莫集"。如果剔除佛教徒的自神其教成分，这次讲经过程中发生的佛、道论衡，道教一方可能在辩论技巧和理论修养上，也让释僧辩着实费了心思。

从论辩结果来看，这次辩论应该有组织方，很可能是官方的行为。不

---

① （唐）释道宣撰，郭绍林点校：《续高僧传》卷十五《释僧辩传》，中华书局2014年版，第517页。

然，不会有"明日入文"之事。这次辩论的过程，虽然记述不清，但佛、道同时参与、一方讲经命题一方辩论的程式，却是有迹可循的。

（二）刘进喜与释道岳讲经论衡

《续高僧传》云：

> 及高祖之世，欲使李道东移，被于乌服，度人授法，盛演老宗。会贞观中广延两教，时黄巾刘进喜创开《老子》，通诸论道，（道）岳乃问以"道生一二"，征据前后，遂杜默焉。岳曰："先生高视前彦，岂谓目击取通乎？"坐众大笑而退。故岳之深解法相，传誉京国矣。[①]

"广延两教"，说明这次佛、道论衡是官方策划的。但是否为太宗组织，难以肯定。论辩过程中，道士刘进喜讲解《老子》，道岳以《老子》"道生一二"问难，致使刘进喜前后矛盾，"杜默"不言，最终被道岳嘲笑只能"目击"不敢言语。从道岳的问难来看，刘进喜大概是在解释《老子》"道生万物"义，而"通诸论道"者，也应该是以道教之"道"统纳佛教，实现道大于佛的目的。

（三）释慧净与蔡子晃、成世英讲经论衡

《续高僧传》云：

> 至贞观十年，本寺（纪国寺）开讲，王公宰辅才辩有声者，莫不毕集，时以为荣望也。京辅停轮，盛言陈抗，皆称机判委，绰有余逸。黄巾蔡子晃、成世英，道门之秀，才申论击，因遂征求，自覆义端，失其宗绪。净乃安词调引，晃等饮气而旋。合坐解颐，贵识同美。尔后专当法匠，结众敷弘，标放明穆，声懋台府。梁国公

[①] （唐）释道宣撰，郭绍林点校：《续高僧传》卷十三《释道岳传》，中华书局 2014 年版，第 455—456 页。

> 房玄龄求为法友，义结俗兄，晨夕参谒，躬尽虔敬，四事供给，备
> 展翘诚。净体斯荣问，忘身为法……①

纪国寺在延福坊西南隅，隋开皇六年（586）献皇后独孤氏为母纪国夫人崔氏所立。发生在纪国寺的佛道论衡，是佛寺自己"开讲"活动中的一个插曲。这次开讲，"王公宰辅才辩有声者，莫不毕集"，也是一次开放式的讲经弘法活动。

这次论衡的内容不得而知。从讲经程序来看，先是释慧净命题"申论"，然后道士"征求"辩论。在佛教徒的叙述中，道士的论辩缺乏逻辑，前后矛盾，"自覆义端，失其宗绪"，慧净稍事"调引"，道士就"饮气而旋"。这次讲经论衡的特别之处在于，道士论辩者可以不受人数限制，蔡子晃、成世英相继质疑慧净。

（四）弘文殿讲经论衡

贞观十二年（638），弘文殿举行讲经论衡：

> 贞观十二年，皇太子集诸官臣及三教学士于弘文殿开明佛法。纪国寺慧净法师预斯嘉会。有令，召净开《法华经》。奉旨登座，如常序胤。道士蔡晃讲道论好，独秀时英，下令遣与抗论。
>
> 晃即整容，问曰："经称《序品第一》，未审序、第何分？"
>
> 净曰："如来入定征瑞，放光现奇，动地雨花，假近开远，为破二之洪基，作明一之由渐，故为序也。第者为居，一者为始，序最居先，故称第一。"
>
> 晃曰："第者弟也，为弟则不得称一，言一则不得称弟。两字矛盾，何以会通？"
>
> 净曰："向不云乎，第者为居，一者为始。先生既不领前宗，而谬陈后难，便是自难，何成难人。"

---

① （唐）释道宣撰，郭绍林点校：《续高僧传》卷三《释慧净传》，中华书局2014年版，第76页。

晃曰："言不领者，请为重释。"

净启令，曰："昔有二人，一名蛇奴，道帚忘扫，一名身子，一闻千解。然则蛇奴再闻不悟，身子一唱千领。此非授道不明，但是纳法非俊。"

晃曰："法师言不出唇，何以可领？"

净曰："菩萨说法，声震十方。道士在坐，如迷如醉。岂直形骸聋瞽，其智抑亦有之。"

晃曰："野干说法，何由可闻！"

净曰："天宫严卫，理绝兽踪。道士魂迷，谓人为畜。"

有国子祭酒孔颖达者，心存道党，潜扇斯玷，曰："承闻佛家无诤，法师何以构斯？"

净启令，曰："如来存日，已有斯事。佛破外道，外道不通，反谓佛曰：汝常自言平等，今既以难破我，即是不平，何谓平乎？佛为通曰：以我不平破汝不平，汝若得平即我平也。而今亦尔，以净之诤破彼之诤，彼得无诤即净无诤也。"

于时，皇储语祭酒曰："君既剿说，真为道党。"

净启："常闻君子不党，其知祭酒亦党乎。"

皇储怡然大笑，合坐欢跃："今日不徒法乐以至于斯。"

净频入宫闱，抗论无拟。殿下目属其神锐也，寻下令曰："纪国寺慧净法师，名称高远，行业著闻，纲纪伽蓝，必有弘益。请为普光寺主，仍知本寺上坐事。"复下书与普光，及以净所广述寺纲住持惟人在寄等事也。①

蔡晃，即蔡子晃。弘文殿在西内凝阴殿之北②，为太宗朝的藏书之所。《唐会要》云："至其年（武德九年）九月，太宗初即位，大阐文教，于弘文殿聚四部群书二十余万卷，于殿侧置弘文馆。精选天下贤良文学之士，虞世

---

① （唐）释道宣撰，刘林魁校注：《集古今佛道论衡校注》卷丙，中华书局2018年版，第198—203页。

② （宋）宋敏求撰，（清）毕沅校正：《长安志》卷六，台北成文出版社有限公司1970年版，第130页。

南、褚亮、姚思廉、欧阳询、蔡允恭、萧德言等，以本官兼学士，令更宿直。听朝之隙，引入内殿，讲论文义，商量政事，或至夜分方罢。令褚遂良检校馆务，号为馆主，因为故事。其后得刘祎之、范履冰，并特敕相次为馆主。贞观三年，移于纳义门西。"[1]此或说明，弘文殿三教论衡属于当时文化活动之一种。

这次论衡，太子李承乾确定论题。慧净开讲之《法华经》，为佛教大乘经典，其主旨为"开权显实""会三归一"。道士蔡晃之"抗论"，从"法华经序品第一"这一名称着手，将"第"解作"弟"，从而证明"序品第一"本身是矛盾、错误的。由此而言，慧净所讲解、命题者，实是"法华经序品"。"序品第一"是《法华经》全经的总序。其内容为佛说无量义经后，天上降下种种妙华，佛的眉间白毫放大光明。弥勒菩萨因疑发问，文殊师利菩萨作答：过去诸佛宣说《法华经》前，皆现此瑞。故而释慧净为蔡晃解释说"如来入定征瑞，放光现奇，动地雨花，假近开远，为破二之洪基，作明一之由渐，故为序也"。

蔡子晃以"弟"解"第"，是基于汉语单音节词的多义性。"弟"解作次第、等级时，是"第"的本字。《说文·弟部》："弟，韦束之次弟也。"段玉裁注："以韦束物，如轳五束，衡三束之类。束之不一，则有次弟也。引伸之为凡次弟之弟，为兄弟之弟，为岂弟之弟。"[2]蔡晃以"兄弟"义，来解释本该解为"次第"的"第一"之"第"，紧扣文字，故作诡语，反复问难。慧净就说"先生既不领前宗，而谬陈后难，便是自难，何成难人"，评定蔡晃之问难为"自难"。蔡晃故意搅局、要求"重释"，慧净即放弃了法义讲论，走上攻击蔡晃本人的路径。

慧净以身子、蛇奴之譬喻指说蔡子晃，继而引用《庄子·逍遥游》"岂唯形骸有聋盲哉，夫知亦有之"攻击蔡子晃。蔡子晃则回应以"野干说法，何由可闻"，"野干"即狐狸，为汉译佛经中常见的动物，然《五分律》所讲譬喻为"野干闻法"，而不是"野干说法"。慧净即抓住此点，说"天宫

---

[1] （宋）王溥：《唐会要》卷六十四，上海古籍出版社 2006 年版，第 1316 页。
[2] （汉）许慎撰，（清）段玉裁注：《说文解字注》卷十《弟部》，上海古籍出版社 1981 年版，第 236 页。

严卫，理绝兽踪。道士魂迷，谓人为畜”，太子听闻佛法之地应该没有野兽，道士糊涂了，把自己当成了野兽。蔡子晃以佛经语攻击僧人。此下，孔颖达对慧净攻击、嘲讽蔡子晃不满，慧净则以佛陀与外道辩论事为自己的做法辩解。

李承乾于贞观元年（627）被立为太子，贞观十七年（643）因造反被废，贞观十九年（645）死于黔州。《旧唐书》云：“魏王泰有当时美誉，太宗渐爱重之。承乾恐有废立，甚忌。泰亦负其材能，潜怀夺嫡之计。于是各树朋党，遂成衅隙。”① 贞观十二年(638)，司马苏勖以自古名王多引宾客，以著述为美，劝李泰撰《括地志》②。贞观十二年弘文殿三教论衡事，大概与李泰撰《括地志》一样，是太子李承乾在宗教文化界扩大自己影响力的措施之一。

李承乾很早就接触佛、道二教。《唐会要》记载：“贞观五年，太子承乾有疾，敕道士秦英祈祷，得愈，遂立为西华观。”③《续高僧传》记载，贞观初年，太宗“以（玄）琬戒素成治，朝野具瞻，有敕召为皇太子及诸王等受菩萨戒”④，玄琬以东宫常膳日烹宰，撰书劝止，李承乾作《答玄琬法师书》表示自己“当缄诸心府，奉以周旋，永藉胜因，用期冥祐”⑤。《旧唐书》记载了李承乾与盖文达有关佛教报应的对话：

> 承乾又问曰：“布施营功德，有果报不？”
>
> 对曰：“事佛在于清净无欲，仁恕为心。如其贪婪无厌，骄虐是务，虽复倾财事佛，无救目前之祸。且善恶之报，若影随形，此是儒书之言，岂徒佛经所说。是为人君父，当须仁慈；为人臣子，宜尽忠孝。仁慈忠孝，则福祚攸永；如或反此，则殃祸斯及。此理昭然，愿殿下勿为忧虑。”⑥

---

① （后晋）刘昫等：《旧唐书》卷七十六《恒山王承乾传》，中华书局 1975 年版，第 2648 页。
② （后晋）刘昫等：《旧唐书》卷七十六《恒山王承乾传》，中华书局 1975 年版，第 2653 页。
③ （宋）王溥：《唐会要》卷五十，上海古籍出版社 2006 年版，第 1018 页。
④ （唐）释道宣撰，郭绍林点校：《续高僧传》卷二十三《释玄琬传》，中华书局 2014 年版，第 862 页。
⑤ （唐）释道宣撰，郭绍林点校：《续高僧传》卷二十三《释玄琬传》，中华书局 2014 年版，第 864 页。
⑥ （后晋）刘昫等：《旧唐书》卷一百八十九下《张士衡传》，中华书局 1975 年版，第 4949 页。

由此类事迹来看，李承乾对佛教似未达到信仰之程度。受菩萨戒者，乃其父太宗之意。对于道教，李承乾的态度大概与佛教相似。

此次论衡参与者为"诸官臣及三教学士"，"诸官臣"应为观众，"三教学士"应有一部分参与了论衡。其中，道士蔡晃、佛徒慧净、儒生孔颖达，是辩论中表现比较突出的几位。从孔颖达生平来看，李承乾组织三教论衡有壮大自己势力的可能，但孔颖达却不属于太子势力。他一有机会就规谏李承乾，因此受到太宗赏赐。

至于论衡的程序，大致遵循了贞观十一年（637）太宗道士在僧前的规定。但儒士何时论衡，不得而知。就僧人论衡的过程来看，开始"奉旨登座，如常序胤"，应该与武德八年（625）三教论衡"表师资有据"一样，是在称述一方的宗教归属。接着是称述自己的观点，最后才是"下令遣与抗论"。

二、翻经论衡

佛经传入汉地，首先面临的是语言障碍。因此，胡、梵佛经汉译是佛教在中土传播的第一步。此一环节中，为了增强译经的可接受性，在翻译过程中译者之间常常要商讨、辩论。南北朝时期，这种译经过程中的辨义已成为固定而重要的角色。而在唐代，也出现了道经梵化过程中的佛、道论辩。

贞观二十一年（647），李义表出使西域归来奏称，曾答应东天竺童子王将《老子》翻译成梵文，在其国传播①。此实张扬大唐国力、文化的盛举。因道徒不娴于梵文，译《老子》一事就只能靠佛教徒来完成。玄奘法师受命，与诸道士共同翻译。翻译的地点为道教名观五通观。由于佛、道二教观念的对立，以及唐初佛、道关系的激化，译《老子》为梵文过程中，玄奘与成世

---

① 李义表贞观中出使天竺，见（宋）欧阳修、（宋）宋祁等：《新唐书》卷二百二十一上《西域传》，中华书局1975年版。由据同卷《天竺传》推测，此事当在贞观十五年至贞观二十二年间。又，《佛祖统纪》卷三十九记翻译《老子》事于贞观二十二年十月间。

（玄）英、蔡（子）晃等三十余位道士展开了激烈论辩。

第一，是否用《中论》《百论》思想转译《老子》：

……奘乃句句披析，穷其义类，得其旨理。

方为译之，诸道士等并引用佛经《中》《百》等论，以通玄极。奘曰："佛教道教，理致天乖。安用佛理，通明道义？"如是言议往还，累日穷勘，出语溘落，的据无从。或诵四谛四果，或诵无得无待，名声云涌，实质俱虚。

奘曰："诸先生何事游言，无可寻究？向说四谛四果，道经不明，何因丧本，虚谈老子？且据四谛一门，门有多义，义理难晓，作论辩之。佛教如是，不可陷伦。向问四谛，但答其名。谛别广义，寻问莫识，如何以此欲相抗乎？道经明道，但是一义。又无别论，用以通辩。不得引佛义宗用解《老子》，斯理定也。"

晃遂归情，曰："自昔相传，祖承佛义。所以《维摩》《三论》，晃素学宗，致令吐言命旨，无非斯理。且道义玄通，洗情为本，在文虽异，厥趣攸同。故引解之，理例无爽，如僧肇著论，盛引《老》《庄》，成诵在心，由来不怪。佛言似道，如何不思。"

奘曰："佛教初开，深经尚拥。老谈玄理，微附虚怀，尽照落筌，滞而未解。故《肇论》序致，联类喻之，非谓比拟，便同涯极。令佛经正论繁富，人谋各有司南，两不谐会。然老之《道德》，文止五千，无论解之，但有群注。自余千卷，事杂符图，盖张、葛之耳附，非老君之气叶。又《道德》两卷，词旨沉深，汉景重之诚不虚。及至如何晏、王弼、严遵、钟会、顾欢、萧绎、卢景裕、韦处玄之流数十余家，注解《老经》，指归非一，皆推步俗理，莫引佛言。如何弃置旧踪，越津释府？将非探赜过度，同夫混沌之窍耶？"

于是诸徒无言以对……①

---

① （唐）释道宣撰，刘林魁校注：《集古今佛道论衡校注》卷丙，中华书局 2018 年版，第 234—238 页。

翻译过程中，道士希望引用《中论》《百论》等佛经思想来翻译《老子》。此建议遭到玄奘的反对。玄奘作为翻译之主笔者，提出一个翻译原则，即"不得引佛义宗用解《老子》"。这个原则受到蔡子晃的质疑。蔡子晃以"佛言似道"来反对，并提出了两点依据。第一，现实依据。他从自己阅读佛经的体会来说，"《维摩》《三论》，晃素学宗，致令吐言命旨，无非斯理"。第二，历史依据。"僧肇著论，盛引《老》《庄》，成诵在心，由来不怪"。蔡子晃的这两条理由，相当充分。佛、道二教发展至唐代，相互吸收借鉴的地方很多，"佛言似道"或"道言似佛"，这种现实案例大量存在。魏晋南北朝时期名僧与名士交流，玄学与佛教融合，僧人出家剃度之前多研读《老子》《庄子》《周易》，而东晋僧肇之佛学著作更是体现了这一特点。

玄奘对"佛言似道"的反对也是两条理由。第一，历史原因造成。"佛教初开，深经尚拥。老谈玄理，微附虚怀，尽照落筌，滞而未解"，所以有"《肇论》序致，联类喻之"。第二，道教并无引佛言解《老子》者。玄奘说"老之《道德》，文止五千，无论解之，但有群注"，而注解"皆推步俗理，莫引佛言"。玄奘的反对其实很牵强。佛经初来中土，可以引《老子》《庄子》"联类喻之"，道经初至天竺，何以不能引佛经"联类喻之"？又，为中土民众注解《老子》"莫引佛言"，但为天竺民众翻译《老子》怎么就不能"莫引佛言"？玄奘的反对理由牵强，但结果只能按照玄奘"不得引佛义宗，用解《老子》"的翻译原则进行，大概因为道士无法独立翻译吧！

第二，用"末伽"还是用"菩提"翻译《老子》之"道"：

"厥初云道，此乃人言，梵云末伽，可以翻度。"

诸道士等一时举袂，曰："道翻末伽，失于古译。昔称菩提，此谓为道。未闻末伽以为道也。"

奘曰："今翻《道德》，奉敕不轻，须核方言，乃名传旨。菩提言觉，末伽言道。唐梵音义，确尔难乖。岂得浪翻，冒罔天听。"

道士成英曰："佛陀言觉，菩提言道。由来盛谈，道俗同委。今翻末伽，何得非妄？"

奘曰："传闻滥真，良谈匪惑，未达梵言，故存恒习。佛陀天音，唐言觉者，菩提天语，人言为觉。此则人法两异，声采全乖。末伽为道，通国齐解。如不见信，谓是妄谈，请以此语，问彼西人，足所行道，彼名何物。非末伽者，余是罪人，非唯悯上，当时亦乃取笑天下。"自此众锋一时潜退，便译尽文。[1]

末伽、菩提均为梵语音译词。末伽为因中之道，如四谛中之道谛，菩提为果中之道。《大乘义章》卷十八曰："道者，外国名曰末伽，此翻名道。菩提胡语，此亦名道……因中之道名为末伽，果中之道说为菩提。"菩提旧译为道，新译为觉。言道者，取其通达之义，此义近于末伽；言觉者，取其觉悟之义。从佛经翻译来看，末伽、菩提均曾翻译为汉文之"道"。但唐代以降之佛经翻译，却以"觉"来翻译"菩提"。作为佛经翻译新译的杰出代表，玄奘以自己对中、印文化的理解，自信地说"请以此语，问彼西人，足所行道，彼名何物。非末伽者，余是罪人"。语言文化上的巨大差异，致使道士辩锋"一时潜退"。

第三，可否翻译《老子》河上公序胤：

《河上》序胤，阙而不出，成英曰："《老经》幽秘，闻必具仪。非夫序胤，何以开悟？请为翻度，惠彼边戎。"

奘曰："观《老》存身存国之文，文词具矣。叩齿咽液之序，序实惊人，同巫觋之淫哇，等禽兽之浅术。将恐西关异国，有愧卿邦。"英等不惬其情，以事陈诸朝宰。中书马周曰："西域有道如李、庄不？"答："彼土尚道，九十六家，并厌形骸为桎梏，指神我为圣本，莫不沦滞情有，致使不拔我根。故其陶练精灵，不能出俗，上极非想，终坠无间。至如顺俗四大之术，冥初六谛之宗，东夏老、庄所未言也。若翻《老》序，彼必以为笑林。奘告忠诚，如何不相体悉？"当时中书门下同僚，咸然此述，遂不翻之。[2]

---

① （唐）释道宣撰，刘林魁校注：《集古今佛道论衡校注》卷丙，中华书局 2018 年版，第 238—239 页。

② （唐）释道宣撰，刘林魁校注：《集古今佛道论衡校注》卷丙，中华书局 2018 年版，第 240 页。

河上公其人生平无考，但其《道德经注》却是早期道教极为重要的经典之一。《老子》译为梵文后，成玄英以"《老》经幽秘，闻必具仪。非夫序胤，何以开悟"为由，请玄奘翻译《河上公序》。玄奘认为，《老子》作为道家著作，与道教无关。《河上公序》作为道教著述，"同巫觋之淫哇，等禽兽之浅术"，与《老子》大异。当中书令马周出面调解道士与玄奘的冲突时，玄奘再一次以自己对西域文化的了解保证，"若翻老序，彼必以为笑林"，并对马周道出自己一肚子委屈，"奘告忠诚，如何不相体悉"。

此三个问题，虽然事涉翻译，但却与佛道论衡直接关联。以佛义解道义的根本依据，在于佛、道本同，此为"夷夏论"一系借佛道本同之说弱化、排除佛教常用的路径。译"道"为"末迦"者，将《老子》之"道"解为"道路"之道，而佛教"菩提"扬于道教"道"之上，这是对武德年间道教徒曾以道教之"道"的本源性贬低佛教的历史回应。至于不翻译《河上公序》者，则是不承认《老子》与道教有联系，将道教直接民俗化、巫术化。

这次论辩没有明晰的程序，论辩是伴随译《老》为梵的进程展开的。翻译的进程，应该有佛经汉译的痕迹。翻译之前，先是"句句披析，穷其义类，得其旨理，方为译之"，即从整体上理解《老子》全文的结构和意旨。接着，就是"染翰缀文"，即逐句翻译、修饰语句。最后，翻译完成之后，再撰写译经题记，作为经文的解题。

至太宗贞观朝，佛经翻译已经进行了六七百年，佛教徒于译梵为汉一事，不但有了一套成熟的操作程序，而且有了系统的理论认识。与佛教徒相比，道教徒在翻译一事上没有丝毫的知识和经验储备。所以，道士基本上按照玄奘的意见来操作，其中有许多无可奈何甚至哀求之意，隐现于字里行间。

三、释奠论衡

高祖朝国子释奠三教论衡，文献记载者 2 次。现稽考如下。

（一）武德七年释奠三教论衡

《旧唐书》云：

> 王世充平，太宗征（陆德明）为秦府文学馆学士，命中山
> 王承乾从其受业。寻补太学博士。后高祖亲临释奠，时徐文远
> 讲《孝经》，沙门惠乘讲《波若经》，道士刘进喜讲《老子》，德明
> 难此三人，各因宗指，随端立义，众皆为之屈。高祖善之，赐帛
> 五十匹。①

《隆兴编年通论》卷十记为武德七年（624）二月②。《旧唐书·高祖纪》云：
"（武德七年，二月）丁巳，（高祖）幸国子学，亲临释奠。"③同书《礼仪志》
云："（武德七年，二月）丁酉，（高祖）幸国子学，亲临释奠。引道士、沙
门有学业者，与博士杂相驳难，久之乃罢。"④由此推测，陆德明等人参与的
释奠三教论衡发生在武德七年。

武德七年春季国子学释奠之三教论衡，分两个阶段。第一为三教讲论，
第二为太学博士陆德明与三教辩论。此次论衡的内容，《隆兴编年通论》有
所记载：

> 七年二月丁巳，高祖释奠于国学，召名儒僧道论义。道士刘进
> 喜问沙门惠乘曰："悉达太子六年苦行，求证道果。是则道能生佛，
> 佛由道成。故经曰：求无上道。又曰：体解大道，发无上心。以此
> 验之，道宜先佛。"乘曰："震旦之于天竺，犹环海之比鳞洲。老君
> 与佛，先后三百余年，岂昭王时佛而求敬王之道哉？"进喜曰："太

---

① （后晋）刘昫等：《旧唐书》卷一百八十九上《儒学上·陆德明传》，中华书局1975年版，
第4945页。
② 此次论衡在武德五年以后。武德六年国子学释奠时，徐文远讲的是《春秋》，不是《孝经》；
武德八年国子学释奠之详细内容见于《集古今佛道论衡》，似乎没有徐文远参与。高祖朝
国子学释奠仪式，每年四时致祭。故《旧唐书·陆德明传》所载三教论衡，只能暂且参
照《隆兴佛教便通论》，定为武德七年。
③ （后晋）刘昫等：《旧唐书》卷一《高祖本纪》，中华书局1975年版，第14页。
④ （后晋）刘昫等：《旧唐书》卷二十四《礼仪志四》，中华书局1975年版，第916页。"丁巳"
为闰二月十七日，"丁酉"为二月二十七日，此两说必有一误。又《旧唐书》卷二十四《礼
仪志四》，在丁酉释奠论衡之前闰二月九日己酉曾颁布一份诏书。据陈垣《二十四朔闰表》
推断，"丁酉"一说有误，当为"丁巳"。

上大道，先天地生，郁勃洞灵之中，炜烨玉清之上，是佛之师也。"乘曰："按七籍九流，经国之典，宗本《周易》，五运相生，二仪斯辟。妙万物之谓神，一阴一阳之谓道。宁云别有大道先天地生乎？道既无名，曷由生佛？《中庸》曰：'率性之谓道。'车胤曰：'在己为德，及物为道。'岂有顶戴金冠，身披黄褐，鬓垂素发，手执玉璋，居大罗之上，独称大道？何其谬哉！"进喜无对。已而太学博士陆德明随方立义，遍析其要。帝悦曰："三人皆勍敌也。然德明一举辄蔽之，可谓贤矣。"遂各赐之帛。①

以上文献又见《佛祖历代通载》卷十一。论辩之内容、语句与《集古今佛道论衡》卷丙所载武德八年国子学释奠仪式上的三教论衡多有雷同，参与者姓名完全不同。此段内容或许为佛教徒删减武德八年释奠论衡文献而成，或许武德七年与八年之释奠论衡议题有接近者。无论如何，论辩之环节、程序似乎基本可信。这里记载的是佛、道之间的问难。其中云"道士刘进喜问沙门惠乘"者，说明是在沙门慧乘讲论完《般若经》之后展开的。按照这种程序，徐文远讲完《孝经》、刘进喜讲完《老子》，都有质问论难的环节。据《大唐开元礼》，整个辩论过程，可能有类似于太子释奠中"执读""执如意"等人员参与。

三教各自讲论之后，进入第二阶段，即儒辩三教。这时，论辩的主角是陆德明。陆德明各因宗旨，随端立义，辩败所有对手。高祖称赞陆德明的论辩，说："儒、玄、佛义，各有宗旨，徐、刘、释等，并为之杰，德明一举而蔽之，可谓达学矣。"②遂赐帛五十匹，拜国子博士，奉吴县男。

《孝经》重在宣扬儒家以"孝"立身治国的理念，《般若经》重在宣扬佛教万法皆空的思想，《老子》重在宣讲道教"道生万物"的思想。儒家注重现实人伦，佛教通过否定现实现世而创建了一套出世理念，道教则在肯定现实的基础上超越现实而长生久视。从陆德明的儒家学养和高祖李渊的满意表

---

① （宋）释祖琇：《隆兴佛教编年通论》卷十，《卍续藏》第75册，日本株式会社国书刊行会1975年版，第175页下。此下《卍续藏》版本同此，不赘。

② （宋）王钦若等编纂，周勋初等校订：《册府元龟（校订本）》卷五百九十九，凤凰出版社2006年版，第6911页。

态来看，陆德明"一举而蔽之"很可能是以儒家理念和皇权思想来统合三教的。

辩论结束，高祖颁《兴学敕》：

> 自古为政，莫不以学为先。学则仁、义、礼、智、信，五者俱备，故能为利深博。朕今欲敦本息末，崇尚儒宗，开后生之耳目，行先王之典训。而三教虽异，善归一揆，岂有沙门事佛，灵宇相望，朝贤宗儒，辟雍顿废？公王以下，宁得不惭。朕今亲自观讲，仍征集四方胄子，冀日就月将，并得成业，礼让既行，风教渐改，使期门介士，比屋可封，横经庠序，皆遵雅俗。诸公王子弟，并宜率先，自相劝励，赐学官胄子及五品以上各有差。①

据此可言，武德七年释奠三教论衡，以三教融合、张扬儒学为目的。其主导思想为儒家，其讲经方式、论辩方式、场地选择等都是以儒家为主导。这符合释奠仪式的儒学性质。

（二）武德八年国学释奠三教论衡

《集古今佛道论衡》载：

> 武德八年，岁居协洽，驾幸国学，礼陈释奠。堂列三座，拟叙三宗。时胜光寺慧乘法师，隋炀所珍，道俗敦敬，众所乐推，以为导首。于时五都才学，三教通人，荣贵宰伯，台省咸集。天子下诏曰："老教孔教，此土元基。释教后兴，宜崇客礼。今可老先次孔，末后释宗。"当时相顾，莫敢酬抗。乘虽登座，情虑不安。太宗时为秦王，躬临位席，直视乘面，目未曾回，频降中使云："一无所虑，师但广述佛宗，先敷帝德。"既最末陈唱，冠彻前通，乃命宗曰："上天下地，其贵在人。荣位缘业，必宗佛圣。今将叙大致，须具礼仪。"并合掌虔跪，表师资有据。声告才止，皇储以下爰逮群僚，各下席胡跪，竚聆清辩。乘前开帝德，云："陛下巍巍堂堂，

---

① （宋）宋敏求编：《唐大诏令集》卷一百零五，中华书局 2008 年版，第 537 页。

众圣中王，如星中之月。"言多不载。次述释宗，后以二难，双征两教。

先问道云："先生广位道宗，高迈宇宙。向释《道德》云：上卷明道，下卷明德。未知此道更有大此道者？为更无大于道者？"

答曰："天上天下，唯道至极最大，更无大于道者。"

难曰："道是至极最大，更无大于道者，亦可道是至极之法，更无法于道者。"

答曰："道是至极之法，更无法于道者。"

难曰："《老经》自云：人法地，地法天，天法道，道法自然。何意自违本宗，乃云'更无法于道者'？若道是至极之法，遂更有法于道者。何意道法最大，不得更有大于道者？"

答曰："道只是自然，自然即是道。所以更无别法法于道者。"

难曰："道法自然，自然即是道，亦得自然还法道不？"

答曰："道法自然，自然不法道。"

难曰："道法自然，自然不法道。亦可道法自然，自然不即道。"

答曰："道法自然，自然即是道，所以不相法。"

难曰："道法自然，自然即是道。亦可地法于天，天即是地。然地法于天，天不即地。故知道法自然，自然不即道。若自然即是道，天应即是地。"

于是仲卿在座，周惮神府，抽解无地，怛赧无答。当时荣贵唱言：道士遭难不通。遂使玄梯广布，义网高张，可谓蹑响风飞，应机河泻。于时，天子回光，惊美其辩，舒颜解颐而笑。皇储懿戚，左右重臣，并同叹重。黄巾之党，结舌无报。博士祭酒，张喉愕视，束体辕门。慧日所以更明，法云于兹还布。

寻于座中，下诏问乘："道士潘诞奏云：悉达太子不能得佛，六年求道方得成佛。是则道能生佛，佛由道成。道是佛之师父，佛乃道之弟子。故佛经云：求于无上正真之道。又云：体解大道，发无上意。外国语云阿耨菩提，晋音翻之无上大道。若以此验，道大佛小，于事可知。"乘答，略云："震旦之与天竺，犹环海之比麟洲。聃乃周末始生，佛是周初前出，计其相去二十许王。论年所经，三百余载，岂有昭王世佛而退求敬王时道乎？钩虚验实，足可知也。仲卿向叙道者，谓太上大道，先天地生，郁勃洞虚之中，炜烨玉清之上，是佛之师，不言周时之老聃也。且五帝之前，未闻有道。三王之季，始有聃名。汉景以来，方兴道学。穷今计古，道者为谁。案七籍九流，经国之典。宗师《周易》，五运相生。既辟两仪，阴阳是判。故曰：一阴一阳之谓道，阴阳不测之谓神。天地于事可明，阴阳在生有验。此理数然也，不云有道先天地生。道既莫从，何能生佛？故车胤云：在己为德，及物为道。王充、殷仲文云：德者得也，道者由也，言得孝在心，由之而成者也。王充《论衡》：立身之谓德，成名之谓道。道德也者，为若此矣。卿所言道，宁异是乎？若异斯者，不足苦词。岂有头戴金冠，身被黄褐，鬓垂素发，手把玉璋，别号天尊，居大罗之上，独名大道？治玉京之中，《山海》之所未详，经史之所不载，大罗同乌有之说，玉京本亡是之谈。"言毕下座。

　　乘尔时独据词锋，举朝瞩目，致使异宗无何而退。可谓一席扬扇，足为万代舟航。可尚可师，立功立事。是知近假叨幸之力，远庇护念之恩。道藉人弘，惟乘有矣。[1]

武德八年高祖释奠仪式中，儒家讲经的环节以三教论衡代替。按照《大唐开元礼》，释奠仪式上执经升讲榻讲经，侍讲升论议座问难论议。然而，这次释奠仪式上，"堂列三座，拟叙三宗"，只有三个论议座，为三教各自讲经、问难者设置。

这次论衡，是在高祖颁布"三教先后诏"以后展开的。因此，论衡的主题应该是高祖所确立的三教先后顺序。论辩参与者，儒家一方为"博士""祭酒"，佛教一方为释慧乘，道教一方为李仲卿、潘诞。除了儒释道三教论衡

---

[1]　（唐）释道宣撰，刘林魁校注：《集古今佛道论衡校注》卷丙，中华书局 2018 年版，第 176—182 页。

者，还有"五都才学，三教通人，荣贵宰伯"作为观众，参与其中。

三教讲论的先后顺序也是按照高祖意图排列，先是道教，次为儒家，后是佛教。因而，代表佛教讲论的释慧乘，"最末陈唱"。儒、道二教陈述论难的内容因文献阙失，已无从得见。从佛教一方的记载中，可推测儒、道二教的一般情况。讲论者一般先陈述自己的观点，然后才质难对方。慧乘因为是最后一方，所以先"述释宗，后以二难，双征两教"。但慧乘开始时有命宗、具仪、敷帝德三个环节，似乎为自己独创。所谓"命宗"者，就是表明讲述者的宗教立场，慧乘说"上天下地，其贵在人。荣位缘业，必宗佛圣"。所谓"具仪"者，就是按照佛教讲经仪式开始，慧乘"合掌虔跪，表师资有据"即为此。因为国子学释奠，本来就是儒家祭孔仪式，不应再有"命宗""具仪"表明讲论者的宗教归属。唐初道教似乎很少反对儒家的讲经仪式。由此推测，"命宗""具仪"儒道二教不应该由此。至于"敷帝德"者，应为释慧乘接受秦王李世民的建议，在讲论佛教观点之前，说了一大套"陛下巍巍堂堂，众圣中王，如星中之月"之类颂扬皇权的话，此亦不为前此儒、道二教讲论所具有。

释慧乘虽然"后以二难，双征两教"，但这里记载的只有佛、道论衡，儒、佛论衡有意回避不载。从释慧乘的质难来看，道士李仲卿应该以诠释《道德经》书名入手，张扬道教"道生万物"的观点，以之证明"道大佛小"。释慧乘的质难，以《道德经》文本中的"人法地，地法天，天法道，道法自然"，来破解李仲卿以"道"为世界生成之本原的观点。在李仲卿无法有效回应释慧乘的质难之后，旁听之荣贵唱道："道士遭难不通"，此种效应是道士辩论失败的直接证明。此后，高祖引用潘诞的道优佛劣观来质难慧乘。潘诞的观点，与李仲卿一致。只是在论证途径上，他抓住佛教初入中土时翻译佛经常常借用儒、道思想这一历史，先用"道"来统一佛、道二教，然后再用悉达太子六年求道成佛之历史，来证明佛教以追求道教之"道"来实现解脱成佛。慧乘的反驳重在分辨儒、佛、道三教之"道"不同，以及老子之教与道教的不同。

这次三教论衡没有武德七年儒辩三教的环节。儒辩三教环节从整体安排来看，似乎是有意为论衡作结论的。这次论衡，没有达到高祖原定的论辩结果，高祖于是亲自上阵，以潘诞之"道大佛小"的观点来质疑释慧乘。不过，整个辩论似乎气氛比较融洽。在释慧乘"具仪"时，旁听之佛教信徒也参与并配合，"声告才止，皇储以下爰逮群僚，各下席胡跪，竚聆清辩"。在道士论辩失败后，"天子回光，惊美其辩，舒颜解颐而笑。皇储懿戚，左右重臣，并同叹重"。虽然这种描述带有佛教徒张扬其教的倾向，但论辩过程中没有强硬、霸道的政权力量参与，应该是可信的。

由以上两则文献来看，高祖朝的国子学释奠三教论衡，与唐初宗教政策的转化、形成有密切关联。武德二年（619），高祖下诏："宜令有司于国子监立周公、孔子庙各一所，四时致祭。"① 由此开始，武德年间高祖多次参与孔庙释奠礼仪。孔庙释奠礼仪是统治者尊重儒家学术传统的一种表现方式，也是儒生士大夫实现自我认同的重要途径②。高祖在呈现儒家学术传统的仪式上，举行三教论衡，其用意必在于以儒家统合佛、道，而不在以佛、道改造儒家。

---

① （宋）王溥：《唐会要》卷三十五，上海古籍出版社 2006 年版，第 742 页。
② 朱溢：《唐代孔庙释奠礼仪新探——以其功能和类别归属的讨论为中心》，《史学月刊》2011 年第 1 期。

第三章　唐高宗朝的三教论衡

唐高宗朝的三教论衡，时间集中在显庆、龙朔年间，地点集中在宫廷内，如蓬莱宫蓬莱殿、太极宫百福殿、东都苑内合璧宫、兴庆宫花萼楼，论衡者主要是佛道二教教徒，因此可称为"宫廷三教论衡"（此下或称"宫廷论衡"）。宫廷论衡主要继承了讲经论衡的程式，但在将讲经论衡引入帝王宫廷文化活动的过程中出现了新气象。此处以高宗朝 12 次佛道论衡文献为核心，勾勒出此一时期宫廷佛道论衡的一般程序。

一、升座竖义

（一）论衡席与观众席

宫廷三教论衡开始前，参与之僧、道由内官引领同时入场。论辩双方对坐，"僧在东，道士在西"[①]，成两军对垒之势。佛、道团队各自成员的排位，应该有一定的顺序。显庆二年（657）六月十三日百福殿论衡时高宗对僧人说："师等依位坐。"[②]"依位"者，僧人入场前就有了座位顺序之排列，并非

---

① （唐）释道宣撰，刘林魁校注：《集古今佛道论衡校注》卷丁，中华书局 2018 年版，第 258 页。
② （唐）释道宣撰，刘林魁校注：《集古今佛道论衡校注》卷丁，中华书局 2018 年版，第 260 页。

随便入座。

辩论除了佛、道论衡者外，还有观众群体。"内外宫禁，咸集法筵，释李搜扬，选穷翘楚"①。"宫禁"包括高宗、后妃、太子等，观众中的佛、道教徒也都是德高望重、才华出众的"翘楚"。观众席以高宗为核心，高宗应面南背北，"僧及道士陪侍臣僚佐两行立听"②。按照唐代的一般惯例，观众席应该居于高位，辩论席在台阶之下③。观众以俯视之势，欣赏僧人、道士的辩论。

（二）开场致辞

双方入座、论衡开始之前，需要开场辞。此一环节一般由高宗来完成。内容或者鼓励僧人道士自由讲论，如显庆三年（658）六月十三日，高宗在百福殿佛道论衡开始前说："佛道二教，同归一善。然则梵境虚寂，为于无为；玄门深奥，德于不德。师等栖诚碧落，学照古今，志契宝坊，业光空有，可共谈名理，以相启沃。"④或者直接提出辩论议题，如显庆五年八月十八日洛宫佛道开始论衡时，高宗问僧曰："《老子化胡经》述化胡事，其事如何？可备详其由绪。"⑤

（三）佛道争抢首发权

辩论开始时，由僧人或者道士确立命题。宫廷佛道论衡中，曾发生过争

---

① （唐）释道宣撰，刘林魁校注：《集古今佛道论衡校注》卷丁，中华书局 2018 年版，第 266 页。
② （唐）释道宣撰，刘林魁校注：《集古今佛道论衡校注》卷丁，中华书局 2018 年版，第 257 页。
③ 周侃：《唐代中后期宫廷宴飨与乐舞、百戏表演场所考察——以勤政楼、花萼楼、麟德殿、曲江为考察中心》，《中华戏曲》2008 年第 2 期。
④ （唐）释道宣撰，刘林魁校注：《集古今佛道论衡校注》卷丁，中华书局 2018 年版，第 259 页。
⑤ （唐）释道宣撰，刘林魁校注：《集古今佛道论衡校注》卷丁，中华书局 2018 年版，第 280 页。

抢首发权的事情。显庆三年六月十三日，高宗命先选一位僧人上座立论，道士反对：

> 时清都观道士张惠元奏云："周之宗盟，异姓为后。陛下宗承柱下，今日竖义，道士不得不先。又夷夏不同，客主位别，望请道士于先上座。"帝沉默久之。（慧）立遂奏曰："窃寻诸佛如来，德高众圣，道冠人天，为三千大千之独尊，作百亿四洲之慈父，引迷拯溺，惟佛一人。此地未出娑婆，即是释迦之兆域。惠元何得滥言客主，妄定华夷？伏惟陛下，屈初地之尊，光临赡部，受佛付嘱，显扬圣化。爇慈灯于暗室，浮慧舸于苦流。《书》云：皇天无亲，惟德是辅。盖此之谓欤？惠元邪说，未可为依。"
>
> 敕云："好。"更遣上，仍僧为先。①

张惠元以李耳为唐王室之祖和主客有别，争抢首发权。慧立以中土未出"释迦之兆域"、唐室帝王"受佛付嘱，显扬圣化"反驳张惠元。张惠元观点指向道优佛劣、道先佛后，慧立正好相反。两人的争论与太宗朝的佛道先后排序有关。以常理推测，张惠元的陈述更符合唐王朝的统治需要，但这次论衡中高宗仍然坚持"仍僧为先"。其中缘由可能与高宗的宗教选择有关。《集古今佛道论衡》卷丁所记载高宗主持的9次佛道论衡中，只有显庆三年冬十一月别中殿论衡明确记载是道士李荣首先立论的。

（四）颂圣德

在确立辩论题目和观点之前，常常有颂圣德一个环节。此环节中，辩论者常常颂扬帝王之圣明、治化之太平。如，显庆三年六月十三日：

> 慧立奉对："陛下叡性自天，钦明纂历，九功包于虞夏，七德冠于嬴刘，遂使天平地成，遐安迩肃。既而宇内无事，垂虑玄门，爰诏缁黄，考核名理，但僧道士等，轻生多幸，滥沐恩光，遂得屡

---

① （唐）释道宣撰，刘林魁校注：《集古今佛道论衡校注》卷丁，中华书局 2018 年版，第260 页。

入金门，频升玉砌。所恐闻见寡狭，词韵庸疏，虚烦听览，不足观采，伏增悚汗。"①

这里的颂圣，涉及歌颂高宗英明、教化成功，甚至还包括了论衡者的自谦之词。

又如，显庆三年冬十一月论衡时，义褒依法登座：

> 便辞让曰："义褒江表庸僧，山中朽荞，天光远被，漏影林泉，轻枉丝纶，亲临御览。然则佛法僧宝，无上福田，梯蹬乐山，津梁苦海，法身常住，迹示兴亡。像教住持，取资帝力。伏惟陛下，道迈轩羲，德隆尧舜，游刃万机，弘显三宝，皇后懋续宫闱，皇太子声高启颂。今为膏雨不降，瑞雪未零，忧劳黎庶，设斋祈福。紫庭之内建立胜幢，黄屋之中安施法座，欲使道风常扇，佛日连辉，爰诏缁黄，各陈名理。玉阶阐玉京之教，金阙扬金口之言，以斯景福，庄严圣御。伏愿皇帝，金轮永转，玉镜恒明，等敬北辰，庆隆南岳。皇后心明七耀，体洞二仪，垂训六宫，母仪万国。皇太子凝神望苑，作睿春坊，布彩前星，披图下武。义褒海隅遗隐，忽厕嵩华，以有怯之心登无畏之座，用木讷之口释解颐之谈。"云云。②

义褒颂圣德包含了自谦，佛法赖帝王以弘传，高宗、皇后、太子都弘扬佛法，高宗设法座论衡为黎庶祈福，为高宗、皇后、太子祈福，等等内容。

又如，显庆五年（660）八月十八日论衡时，高宗问《老子化胡经》其事如何，静泰奏言：

> 详夫皇王盛事，其迹不同。或辟明堂以待贤，或临衢室而问下，或赋清文于柏殿，或延雅论于蓬山，并驱名教之场，未践真玄之肆。岂若我皇，德静两仪，道清八表，岩廊多暇，二教融襟，

---

① （唐）释道宣撰，刘林魁校注：《集古今佛道论衡校注》卷丁，中华书局2018年版，第259—260页。
② （唐）释道宣撰，刘林魁校注：《集古今佛道论衡校注》卷丁，中华书局2018年版，第269—270页。

控方外之轮，高升惠日，理域中之蹋，畅引玄风，爰诏缁黄，对扬宾主。①

静泰颂圣德时，则盛赞高宗"爰诏缁黄，对扬宾主"为"皇王盛事"，超过前代帝王。

竖义之后的辩论开始时，质难者也可以颂圣德。如，显庆三年四月：

> 李荣立道生万物义，大慈恩寺僧慧立登论座。先叙云："皇帝皇后，神功圣德，远夷顺化，宇内肃清，岂直掩映轩羲，亦乃牢笼周汉。"云云。又叹仰佛化，弼济黎元，文多不载。②

慧立颂圣德，则以歌赞皇帝皇后的"神功圣德"为主。

（五）竖义

陈述命题，在佛道论衡中常常称作竖义、树义、立义、开义、开题等。这个环节，要求陈述所立观点的准确含义。如显庆三年冬十一月义褒竖义：

> 今示义目，厥号"摩诃般若波罗蜜义"，此乃大乘之象驾，方等之龙津，菩萨大师，如来智母。摩诃大也，般若慧也，波罗蜜者到彼岸也。夫玄府不足尽其深华，故寄大以目之；水镜未可喻其澄朗，假慧以明之；造尽不可得其崖极，借度以称之。③

"义目"即题目。陈述义目之后，先总述此义在佛法中的地位与价值，后逐个解释梵语词的汉义，结尾再将汉文"大""智（慧）""度"三词佛法内涵做一总体阐发。

---

① （唐）释道宣撰，刘林魁校注：《集古今佛道论衡校注》卷丁，中华书局 2018 年版，第 280 页。
② （唐）释道宣撰，刘林魁校注：《集古今佛道论衡校注》卷丁，中华书局 2018 年版，第 250 页。
③ （唐）释道宣撰，刘林魁校注：《集古今佛道论衡校注》卷丁，中华书局 2018 年版，第 270 页。

二、佛道辩难

（一）辩难

竖义之后是佛道辩难。辩难是三教论衡中最精彩、最重要的环节。辩难的方式，有一对一和一对多。一对一，就是一人竖义、一人辩难。显庆三年四月论衡时，佛教竖义两场：会隐竖"五蕴"义，黄颐与之辩难；神泰竖"九断知"义，李荣质难。此后道教竖义两场：李荣竖"道生万物"义，大慈恩寺僧慧立与之辩论；道士黄寿竖"老子名"义，会隐法师与之论难。显庆五年八月十八日，高宗问《老子化胡经》事真伪，僧人静泰与道士李荣辩论。龙朔二年（662）十二月八日，灵辩奉诏开《净名经》题目，道士一人与其辩难。龙朔三年（663）四月十四日，道士方惠长开《老经》题，僧人灵辩与之辩论。同年六月十二日，李荣开《升玄经》题目，灵辩与之辩论。

一对多，就是一人竖义、多人辩论。显庆三年六月十二日论衡时，会隐竖"四无畏"义，道士七人各陈论难；道士李荣开"六洞"义，慧立等诸僧与论辩。有时，同一次辩论中，两种方式都有。如，显庆三年冬十一月，李荣立"本际"义，义褒与之共谈名理；义褒立"摩诃般若波罗蜜"义，道士张惠元（即张元）、姚道士、李荣先后与之辩论。

（二）指点对方

辩论过程，由于一方一开始就失利，辩论难以进行下去，另一方就开始指点。如龙朔三年五月十六日：

……（李）荣领难不得。（灵）辩谓荣曰："求鱼兔者必藉于筌蹄，寻玄旨者要资于言象。在言既其蹇棘，于理信亦迷蒙。"又更为述前难。

答曰："玄道实绝言，假言以诠玄。玄道或有说，玄道或无说。

微妙至道中，无说无不说。"①

在李荣无法回答灵辩的质难时，灵辩给予指点。然后"又更为述前难"，即再次重复他前面提出的质疑，论辩接着又继续下去。

有时候，这种指点是在辩论结束后。如，显庆三年冬十一月：

> 事罢相从，还栖公馆。褒谓诸道士曰："驷不及舌，明言非易。天下清论，何有穷涯？等星曜之在天，类河山之镇地。须便引用，未待鄙言。何有面对天颜，轻为谑论？脱付法推，罪当不敬。赖圣上慈弘，恕其不逮不敬之罪，终难可逃。"道士等大惭。张元曰："不须述也。"褒曰："往不可咎，来犹可追。请广义方，统详名理。岂非释李高轨，不坠风流，胜负两亡，情理双遣者也。"②

这次论衡结束后，僧人义褒批评道士，"面对天颜，轻为谑论"，依照常理"脱付法推，罪当不敬"。在道士张惠元承认错误后，义褒又鼓励他"往不可咎，来犹可追"。

（三）"并"与"重并"

显庆三年冬十一月佛道论衡中：

> 时道士李荣先升高座，立本际义。敕褒云："承师能论义，请升高座，共谈名理。"便即登座。
>
> 问云："既义标本际，为道本于际名为本际，为际本道名为本际？"
>
> 答云："互得进。"
>
> 难云："道本于际，际为道本。亦可际本于道，道为际元。"
>
> 答云："何往不通。"

---

① （唐）释道宣撰，刘林魁校注：《集古今佛道论衡校注》卷丁，中华书局 2018 年版，第 302—303 页。

② （唐）释道宣撰，刘林魁校注：《集古今佛道论衡校注》卷丁，中华书局 2018 年版，第 275 页。

　　并曰："若使道将本际互得相通，返亦可，自然与道互得相法。"

　　答曰："道法自然，自然不法道。"

　　又并曰："若使道法于自然，自然不法道。亦可道本于本际，本际不本道。"

　　于是，道士著难，恐坠厥宗，但存缄默，不能加报。

　　褒即覆结，难云："汝道本于本际，遂得道际互相本。亦可道法于自然，何为道自不得互相法。"

　　荣得重并，既不领难，又不解结，便浪嘲云："法师唤我为先生，汝则便成我弟子。"①

　　李荣解释"本""际""互得进"，既可"道本于际，际为道本"，又可"际本于道，道为际元"，也就是"本"与"际"互为本元。义褒在假定李荣的论断正确的前提下，推导出《老子》中"道法自然"之说，同样可以"道法自然""自然也法道"。这种依照前一推理的逻辑来推导后一命题的结论，属于模拟推理。因此，上文中的"并"就是类推的意思。这种"并"的类推方法，在灵辩质难范赟《庄子》"齐物之理"以及灵辩质难李荣《升玄经》题时，都采用过。

　　"并"是类推，"又并"就是再次类推。义褒在假定李荣"本际"义逻辑正确的前提下，推导出《老子》"道法自然"的荒谬内涵，这是第一次类推。在李荣否定了义褒对"道法自然"的解释后，义褒由假设李荣"道法自然，自然不法道"的逻辑正确，接着推导出李荣"本际"义的荒谬，这是第二次类推，即"又并"。此后，义褒的质难直接针对李荣竖义与《老子》经文的矛盾。这里的"重并"应该就是指前面两次类推。

　　并法形成于南北朝时期，到隋代已经广泛应用于儒、佛、道三教。它是"一种用于论义仪式上的问难技巧。其最主要特点是采用四言式的难式进行问难，有强烈的美文化倾向"②。唐初道士王玄览，将这种问难之法归结为八

① （唐）释道宣撰，刘林魁校注：《集古今佛道论衡校注》卷丁，中华书局 2018 年版，第 267—268 页。

② 曹凌：《八并明义——对一种早期辩论法的探讨》，见高田时雄编：《敦煌写本研究年报》（第十一号）2007 年 3 月，京都大学人文科学研究所"中国中世写本研究班"。

种，撰写了《八并》一文①。八并即相望、反对、覆却、纵横、往还、互从、芰角、颠倒八种论难方法。然而，曾经盛极一时用并法辩论的文献存世者并不多。高宗朝高僧义褒以并法辩论的实例，为我们了解南北朝隋唐时期儒释道三教辩论问难技巧提供了鲜活的例证。

（四）"覆结"与"解结"

"覆结""解结"，在《资福藏》《碛砂藏》《普宁藏》《永乐南藏》《径山藏》《龙藏》等诸本《集古今佛道论衡》中，分别作"覆诘""解诘"。隋吉藏法师《十二门论疏》云："复次，下第二五句破自在体，初句明有所须，故不自在破。复次，下以果征因破，众生之果既由自在，自在之因应更有所从，反覆结之。"②"反覆结之"就是反复诘之。

上引文献中，李荣立论为"本际"义，义褒据《老子》"道法自然"两次类推，将李荣推到了两难地步：要么承认自己的"本际"义不能成立，要么篡改《老子》经典原意。因此，李荣"但存缄默，不能加报"。在李荣进退维艰之际，义褒再次将自己质难的核心问题推出，"汝道本于本际，遂得道际互相本，亦可道法于自然，何为道自不得互相法"。这样来看，"覆结"就是"覆诘"，即反复诘难。如果"覆结"可做"覆诘"理解，"解结"也就可以作"解诘"理解，即回应、反驳对方的诘难。

（五）"问"与"难"

"问"与"难"是辩难过程中两种不同的方式。"问"的目的在于确定竖义者命题的确切内涵，"难"则是对命题的直接质疑诘难。"问"一般在辩论

① 见王卡：《王玄览著作的一点考察——为纪念恩师王明先生百年冥诞而作》，《中国哲学史》2011 年第 3 期；[日] 麦谷邦夫：《〈道教义枢〉序文に见える〈王家八并〉をめぐって——道教教理学と三论学派の论法》，京都大学中国哲学史研究会编：《中国思想史研究》（第三十三号），2012 年 12 月。
② （隋）释吉藏：《十二门论疏》卷下，《大正藏》第 42 册，新文丰出版公司 1983 年版，第 209 页下。

开始，需要竖义一方对与命题相关的问题做出表态，因而很可能是辩难一方设计的论辩陷阱。如，显庆三年四月辩论时李荣立"道生万物"义，慧立开始辩难：

> 便问荣云："先生云道生万物，未知此道为是有知，为是无知？"
>
> 答曰："道经云：人法地，地法天，天法道。既为天地之法，岂曰无知？"[1]

"问"的目的，是要李荣回答"生万物"的"道""有知"还是"无知"，李荣回应"道"为"有知"。于是，慧立质难，万物有善有恶，"道"是"有知"却不辨善、恶，故而"道"是"无知"，"万物不由道生"。慧立在"问"的环节已经设计好了后面的辩难环节，李荣完全按照他的设计响应。慧立"问"技高超，李荣不管回答"道"是有知还是无知，都逃不脱他的论辩陷阱。

这种论辩程序，道士也常采用。如，显庆三年冬十一月，义褒立"摩诃般若波罗蜜"义后：

> 道士张惠元问曰："音是胡音，字是唐字。翻胡为唐，此有何益？"
>
> 答曰："字是唐字，音是梵音。译梵为唐，彼此俱益。"
>
> 又难曰："胡音何能益人？"[2]

张惠元的质问，是说音译"摩诃般若波罗蜜"对唐人有何利益。义褒的回应不说"有何"，是说"彼此俱益"。张惠元变"问"为"难"，质疑"何能益人"。张惠元对音译方法质难，包含了这样的论辩陷阱：摩诃般若波罗蜜为天竺语音，只是用中土文字记录转译过来了，但中土人不说梵语，不知语音所代表的语意，这种翻译并没有消除语言隔膜，是没有多大益处的。不过，在道宣的记载中，张惠元的"问""难"极乏机巧。这里可能有偏袒僧

---

[1] （唐）释道宣撰，刘林魁校注：《集古今佛道论衡校注》卷丁，中华书局2018年版，第251页。

[2] （唐）释道宣撰，刘林魁校注：《集古今佛道论衡校注》卷丁，中华书局2018年版，第271页。

人的倾向。

（六）"反问"与"反难"

龙朔三年五月十六日论衡云：

上大笑，曰："向者道士标章，今乃翻是道人竖义。"令难。

（灵辩）问："玄理是可诠，可使以言诠。玄理体是不可诠，如何得言诠。"

（李荣）答："晓悟物情，假以言诠，玄亦可诠。"

（灵辩）难："玄体不可诠，假言以诠玄，玄遂可诠者，空刺不可拔。强以手来拔，空刺应可拔。"

（李荣）反问："空是玄不？"

（灵辩）反答："非是玄。"

（李荣）反难："是玄可并玄，非玄若为得并玄？"

（灵辩）正难："空既不并玄，空体非是玄。言既可诠玄可并玄，非玄若为得并玄？"

（灵辩）正难："空既不并玄，空体非是玄。言既可诠玄，言应得是玄。言虽不是玄，言亦可诠玄。空虽不是玄，何妨空并玄？"

（李荣）答："玄是微妙，如何以空来并？"

（灵辩）难："玄是微妙，如何以言来诠？又汝玄理不可诠，玄理亦可诠。空虽不可并，空亦应可并。空体不可并，非并不得并。玄体不可诠，非诠不得诠。"

荣不能答，直抗声曰："明王有道，致使番僧入贡。"①

此段论难中，李荣"开《升玄经》题"，灵辩质难。本来是灵辩"难"、李荣"答"，但灵辩以"空"来"并玄"时，李荣反问"空是玄不"。这样答、

---

① （唐）释道宣撰，刘林魁校注：《集古今佛道论衡校注》卷丁，中华书局 2018 年版，第304—305 页。

难双方位置改变。灵辩本该质难的，却只能应对李荣提问。所以，灵辩的回答就变成了"反答"。李荣进一步质难（"反难"），"空"不是"玄"何以用"空"来比"玄"时，灵辩似乎从李荣的反驳中清醒过来，他不直接回答，也反问了（"正难"）。两次反问，实则是从"言"虽不是"玄"却可以诠释玄来推导"空"不是"玄"为什么不可以比拟"玄"。此下的答、难归于正途：灵辩难，李荣答。

（七）论座

竖义者与辩难者都有专门的论座。立论者升座竖义，之后等待对手质难。论辩者也升席登座质难，质难结束后下座。另一质难者照前例登座。一轮辩难结束后，双方都下座。下一轮辩论依前例进行。如，显庆三年四月，"道士黄寿登座，竖老子名义"；李荣立道生万物义，"大慈恩寺僧慧立登论座"。与慧立辩难之后，"荣亦杜口默然，于是赧然下座"。显庆三年六月十三日，辩论开始高宗降敕，令慧立"上座开题"；李荣开六洞义，慧立升席辩难。显庆三年冬十一月，道士李荣先升高座，立"本际"义，敕义褒云"承师能论义，请升高座，共谈名理"，义褒便登座；义褒竖义，道士张惠元质难后，"张遂复座"；姚道士质难义褒失利后，"遂饮气吞声，周惕失守，无难，坐默"。义褒辩难结束后，"言讫下座"。

三、嘲谑

嘲谑，就是嘲笑戏弄，这是佛道论衡中经常采用的方法。它有多种称法，如，显庆三年四月论衡，李荣被慧立的质难所怔住，"愕然，不知何对，（慧）立时乘机拂弄，荣亦杜口默然，于是赧然下座"。"拂弄"就是嘲弄。有时又作"体""调"。如，显庆三年冬十一月：

彼（即张惠元）进无难，返唱不通。（义）褒体之曰："道士年耄，今复发狂。答义若此，顿不思量。"

> 张曰："我那忽狂。"
>
> 褒调曰："子心不狂，那出狂语。退亦佳矣，杼轴何为。"
>
> 张遂复座。①

张惠元对义褒的回答不满意，没有继续质难，而是说对方的回答于理不通。论辩过程中，判定其中一方失败或者胜利的，不应该是辩手。因此，义褒嘲笑对方不设难而直接评价，已经"发狂"了。当张惠元再次质问何以就说他发狂时，义褒就嘲笑其违背规则。"杼轴何为"，义即对手论辩不通，要通过质难体现出来，如果论衡者直接判定，那么就没有展开论衡的必要了。

因为论衡方式有一对一和一对多两种，所以论衡过程中的嘲弄也有针对一人和针对多人者。

> 如是覆却数番，姚遂饮气吞声，周惶失守，无难坐默。
>
> 褒因总调云："张生则逃狂无所，姚道又避愚无地。狂愚既退，李可进关。"……
>
> 李荣更无难，乃嘲曰："僧头似弹丸，解义亦团栾。"
>
> 褒接声曰："今一弹弹黄雀，已射两鸦鹣。弹弹黄雀足，射射鸦鹣腰。"
>
> 于时，李既发机被弹，张元乃拔箭助之。褒又调曰："李不自拔，张狂助亡。姚生一愚，那不见助。"姚即发言。云云。
>
> 褒合调曰："两人助一人，三愚成一智。昔闻今始见，斯言无有从。"②

显庆三年十一月的这场论衡，义褒有针对李荣一人的"嘲"，有针对张惠元和姚道士的"总调"，也有针对张惠元、姚道士、李荣三人的"合调"。

嘲弄涉及的内容相当广泛。如显庆二年六月十三日：

> （李）荣云："师缓，莫过相陵轹。荣在蜀日，已闻师名，不谓

---

① （唐）释道宣撰，刘林魁校注：《集古今佛道论衡校注》卷丁，中华书局 2018 年版，第 272 页。

② （唐）释道宣撰，刘林魁校注：《集古今佛道论衡校注》卷丁，中华书局 2018 年版，第 273—274 页。

今在天庭，得亲谈论。共师俱是出家人，莫苦相非驳。"

（慧）立报曰："观先生此语，似索孤息。古人云：黄尘之下，不许借稍。乍可出外，别叙暄凉，此席终须定其邪正。向云与立同是出家，检形讨事，焉可同耶？先生鬓发不剪，裈袴未除，手把桃符，腰悬赤袋，巡门厌鬼，历巷摩儿，本不异淫祀邪巫，岂得同我情虚释子？"

李荣大怒，云："汝若以翦发为好，何不剔眉。"

立曰："何为剔眉？"

荣曰："一种毛故。"

立曰："一种是毛，剔发亦剔眉。卿亦一种是毛，何为角发不角髭？"

荣遂杜默无对。立调曰："昔平津困于十难，李荣死于一言，论德立谢古人，论功无惭往哲。"于即避席。主上解颐大笑。①

慧立嘲弄李荣的道士身份，说他"鬓发不剪，裈袴未除，手把桃符，腰悬赤袋，巡门厌鬼，历巷摩儿"。而结尾的"调"则是针对李荣在论辩中一言之误导致整场论辩的失败。

又如显庆三年冬十一月：

（李荣）便浪嘲云："法师唤我为先生，汝则便成我弟子。"……

褒因调曰："麈尾已萎，鹿巾将折，语声既软，义锋亦摧。"李荣无对，逡巡下席。②

这次论衡，李荣嘲笑慧立在论辩中的口头禅"先生"二字，义褒则嘲笑李荣辩论失败垂头丧气的神情。

又如显庆五年八月十八日：

李荣辞穷，遂嘲云："静泰语莫憧惶，我未发，汝剩扬。"

静泰云："李荣乌黪，何异蚙蜍。先师米贼，汝亦不良。"

---

① （唐）释道宣撰，刘林魁校注：《集古今佛道论衡校注》卷丁，中华书局 2018 年版，第262—263 页。

② （唐）释道宣撰，刘林魁校注：《集古今佛道论衡校注》卷丁，中华书局 2018 年版，第268 页。

李荣遂云"汝头似瓠芦"等语云。

静泰奏言："此对疏冕，宜应雅论。幸许剧谈，敢欲间作，亦请嘲李荣头。"

圣旨便曰："可令连脚嘲。"

泰曰："李荣道士，额前垂发，已比羊头，口上生须，还同鹿尾，才堪按酒，未足论文。更事相嘲，一何孟浪。"

泰又奏言："向承圣旨，令连脚嘲。"便曰："李荣腰长，即貌而述，屡申驼项，亟蹙蛇腰，举手乍奋驴蹄，动脚时摇鹤膝。"

李荣频被嘲，急，不觉云："静泰不长不短。"

静泰奏云："静泰加之一分则太长。"

李荣云："向共相嘲，便诵《洛神之赋》。"

静泰云："此关宋玉之语，未涉陈王之词。义屈言穷，周悼迷妄。"

（李荣）："李荣是蜀郡词人。"

泰云："泰是洛阳才子。"

荣云："贾生已死，才子何关。"

静泰奏云："严、杨不嗣，江汉灵衰。荣为蜀郡词人，一何自枉。"

李荣无词，又转语云："个是灵衰，那得灵辉？"

静泰云："夷歌耀曲，自谓成章。鸟韵左言，用闲音赏。"①

李荣嘲笑静泰僧人剃发的装扮。静泰则嘲笑李荣的道士打扮，包括留发髻、胡须等，以及李荣长相，如身材瘦长、驼背等。结尾，静泰又嘲笑李荣蜀地方言口音。

又如显庆五年八月十八日：

李荣又奏云："静泰所言，荣疑宿构，请共嘲烛，即是临机之能。"

静泰奏言："泰虽无德，言若成诵。"又语李荣云："汝欲嘲烛，

---

① （唐）释道宣撰，刘林魁校注：《集古今佛道论衡校注》卷丁，中华书局2018年版，第287—290页。

汝宿构耶？烛与李荣，无情是同，烛明胜汝。"①

这次论衡，李荣和静泰以嘲烛来比试文才。静泰将灯烛与李荣对立，嘲讽李荣义理不明。

又如，龙朔三年四月十四日：

> 惠长不能答。因嘲之曰："昔列子才遇季咸，怳然心醉。黄冠暂逢缁服，不觉魂迷。"
>
> 上大笑，令更难。灵辩奏曰："向者才申短略，黄巾以成瓦解。今若更凭神算，赤舌将必冰销。"上又笑……
>
> 惠长总领前语不得。因嘲之曰："既非得意，何为杜默。已倒谷皮，答吞米贼。"……
>
> 惠长又无答。辩奏曰："灵辩忝预玄门，实怀慈忍。虽逢死雀，不愿重弹。"上大笑称善。②

这次论衡，灵辩嘲弄张惠长刚开始辩论就哑口无言。中间又嘲笑张惠元被自己的质难困住，结尾再次嘲笑张惠元已经无言可辩、自己心怀"慈忍"就不再质难了。

又如，龙朔三年五月十六日：

> 难曰："玄理幽深，至人可测。道士庸昧，若为得知？"
>
> 答："玄虽幽奥，至人深知，凡则浅知。"
>
> 难："道士学玄理，至人能深知，道士得浅知。道士学仙法，仙人能高飞，道士应下飞。仙飞有高下，道士高下俱不飞。玄理有浅深，道士浅深俱不测。"
>
> 荣不能答。辩嘲之曰："《老子》两卷，本末研寻。《庄生》七篇，何曾披读。头戴死谷皮，欲似钝啄木。"
>
> 荣未及对。又嘲曰："闻君来蜀道，蜀道信为难。何不乘凫游帝里，翻被枷项入长安（敕追荣入京日著枷）。"

---

① （唐）释道宣撰，刘林魁校注：《集古今佛道论衡校注》卷丁，中华书局 2018 年版，第 291 页。
② （唐）释道宣撰，刘林魁校注：《集古今佛道论衡校注》卷丁，中华书局 2018 年版，第 299—301 页。

荣曰："死灰其虑，槁木其形。行忘坐忘，著枷何妨？"

辩曰："行忘坐忘，终身是忘。亦可行枷坐枷，终身著枷。"仍嘲之曰："槁木犹应重，死灰方未然。既逢田甲尿，仍遭酷吏悬。"

荣未答。又嘲曰："柱枷异支策，擎枷非椐梧。闭口临枷柄，真似滥吹竽。"

荣恚曰："天子知有荣，乃与荣枷著，如汝道人之流，主上何曾记录。"

辩曰："天子今年知有荣，来年亦应知有荣。今年既与荣枷著，来年亦与荣枷著。圣恩方复未已，著枷岂有了时？"又谓曰："详刑抵罗，天子未必皆知。道士著枷，圣人何曾记识？"又谓曰："李荣著枷，圣人必不承意。傥若因枷被识，亦犹以丑见知。"

荣惭怒，厉声曰："道门英秀，蜀郡李荣，何物小僧，敢欲相轻？"

辩曰："李荣李荣，先乏雄情爽气，何劳瞋目励声？"

仍嘲曰："区区蜀地老，窃号道门英。已摧头上角，何用口中鸣。"

荣不能酬，但曰："道人何所知，努力加餐饭。"

辩曰："众僧本来斋戒，故当餐饭进蔬。道士唯重醮祭，应须酌醴焚鱼。"

荣曰："天宫清净，何意论鱼？"

辩曰："向已同斋，何为语饭？"（当论时在中后）

荣曰："蠢尔荆蛮，讵堪为敌。"

辩曰："周德未被，往日暂有荆蛮。皇泽远覃，今时犹见蜀獠。"

荣曰："心里若无乌泥，袈裟何为得黑？"

辩曰："心中既有柴棘，头上遂裹木皮。"

末席，辩嘲荣曰："道士当谛听，沙门赠子言。鸿鹤已高逝，燕雀徒自喧。"已前杂嘲甚多，不能尽记。每嘲，上皆垂恩欣笑。①

---

① （唐）释道宣撰，刘林魁校注：《集古今佛道论衡校注》卷丁，中华书局 2018 年版，第 306—308 页。

这次论衡中，灵辩多次嘲弄李荣。嘲谑的内容既有李荣的道士身份装扮及论辩的笨拙、失误，又有李荣"敕追荣入京日著枷"的经历。

嘲谑虽然不是论辩的核心，但对于论衡对手来说，则是致命的打击。它常常调动观众的情绪，激怒、羞辱对方，打乱对方的论辩思路，为自己的胜利赢得比分。

四、高宗的角色功能

（一）推动论衡展开

高宗作为论衡的主持者，常常需要激起论衡双方的论辩热情，让双方全身心投入辩难之中。如龙朔三年：

> 至六月十二日，于蓬莱宫蓬莱殿论义。灵辩与道士李荣同奉见。上谓荣曰："襄阳道人有精神，好交言，无令堕其围中。"荣奏曰："孔子尚畏后生，况荣不如前哲。"辩奏曰："灵辩诚为后生，李荣故当是老。"（以荣住在蜀中，故有此讥。）上大笑曰："荣已被逼。"[1]

高宗"大笑"的表情，以及对道教一方处境的评述，很容易激起道士对僧人的反击。释道宣记录的显庆、龙朔辩论，高宗不止一次"笑""哂"，高宗的表情就是辩论的助燃剂。

（二）佛道双方对高宗身份的借重

论衡过程中，双方都借重论衡主持者高宗。通过将论题与高宗或者皇室

---

① （唐）释道宣撰，刘林魁校注：《集古今佛道论衡校注》卷丁，中华书局 2018 年版，第 302 页。

结合，来为各自的辩论增码，这是论衡中常常采用的一种手段。如显庆三年四月：

> 次道士黄寿登座，竖老子名义。会隐法师将事整容，与其抗论。立唯论难之体，褒贬为先，恐难道名，有所触误。即奏云："黄寿身预黄冠，不知忌讳，城狐社鼠，徒事依凭。国家远承龙德之后，陛下即李老君之孙，岂有对人之孙公谈祖祢之名字？至如五千文内，大有好义，不能标列，而说圣人之名，计罪论刑，黄寿死有余及。"于是，蒙敕，云："是，更竖别义。"①

黄寿竖"老子名义"，因为老子为唐皇室认为远祖，论辩中很容易借重皇权张扬道教。会隐生怕论辩过程对老子有所不敬，遂转变策略。他指责黄寿，说《道德经》中可竖之义不少，但黄寿在高宗面前"不知忌讳"，公谈老子名字大为不敬。甚至斥责"计罪论刑，黄寿死有余及"。这番攻击确实起了效果。高宗最终令黄寿重新立论竖义。

又，显庆五年八月十八日：

> 又责荣云："汝面对宸极，而云我庄子耶？"
>
> 李荣曰："汝经中亦云：如是我闻。阿难亦复称我，我亦何妨。"
>
> 静泰曰："经云如是我闻，结集之语。又阿难无我，假言我我。汝我未除，不得我我。又阿难称我，以对后人。尔今称我，亲承严宸，此而不类，何以逃辜。"……
>
> 李荣又转语云："何意唤我为李王？"因言："大唐天子，故是李王。"
>
> 静泰云："汝此语为自属耶，为属帝耶？如其自属，尔是何人？如其属帝，言王非帝。"
>
> 李荣云："我经云：域中有四大，王居一焉。言王何过？"
>
> 静泰云："《管子》曰：明一者皇，察道者帝，通德者王。汝言域中有四大者，汝教自浅，汝复不闲，以帝为王，汝过之极。"②

---

① （唐）释道宣撰，刘林魁校注：《集古今佛道论衡校注》卷丁，中华书局2018年版，第253页。

② （唐）释道宣撰，刘林魁校注：《集古今佛道论衡校注》卷丁，中华书局2018年版，第287—290页。

李荣称"我庄子"，静泰则指责其"面对宸极"出语不恭，"此而不类，何以逃辜"。辩论中，李荣也想借助高宗皇帝来攻击对手。当静泰称李荣为"李王"时，李荣感觉机会来了。他一方面与高宗套近乎，说"大唐天子，故是李王"，一方面质问静泰，为什么要称"我为李王"。静泰以同样的理路反戈一击。他质问李荣，所谓"我"者是高宗还是李荣自己。如果是李荣自己，这不是自称为天子了。如果是指高宗，高宗应该是帝而不是王。于是，两人又各自引经据典说明帝大还是王大。

又，龙朔三年五月十六日：

> （李）荣曰："佛道何殊？西域名为涅槃，止是此处死灭。"

> （灵）辩曰："荧光日光不可一，邪法正法安得齐。西域名涅槃，唐翻为灭者，此乃玄寂之妙境，恬澹之虚宗，绝患累于后身，证无为于极地，讵得以生死变谢而相拟乎？子闻涅槃亦是灭，生死亦是灭，两灭即是齐。乌鹊亦有声，鸾凤亦有声，二声应可一。二鸟俱出声，清雅犹来别。二法虽同灭，冥寂本不均。"

> 因呵曰："足下若不情昏菽麦，目闇玄黄，何为以至人涅槃，同庶类生死。"

> 上大笑，曰："向者道士标章，今乃翻是道人竖义。"①

李荣以佛教涅槃同中土死灭来证明佛道一致。灵辩则却分涅槃与道教死灭的优劣。在得出"二法虽同灭，冥寂本不均"后，灵辩不忘再攻击李荣一次，"足下若不情昏菽麦，目闇玄黄，何为以至人涅槃，同庶类生死"。意为，你李荣若不是昏了头，怎么能将帝王的涅槃同庶人的生死等同呢？

（三）宣布辩论结果

一场辩论结束，需要宣布辩论结果。这个环节，一般由高宗亲自来完

---

① （唐）释道宣撰，刘林魁校注：《集古今佛道论衡校注》卷丁，中华书局 2018 年版，第303—304 页。

成。如显庆五年八月十八日：

> 李荣既急，不觉直云："静泰言是。"
>
> 静泰奏言："李荣既称泰是，伏乞宸鉴。"
>
> ……李荣不觉云是。
>
> 静泰云："李荣既屡云泰是，如何不伏重乞宸鉴。"①

这场辩论中，李荣两次失言，肯定静泰的观点。所以，静泰两次请高宗宣布辩论结果。又如显庆二年六月：

> 十四日平旦，敕使报奘，云："七僧入内，与道士论议。五人论大胜，蔺州师最好。两人虽未论议，亦应例是胜也。"②

这次是向玄奘通报辩论结果。又如，显庆三年四月：

> ……递相击论，遂至逼暝。僧等见将烛来，便起辞退。敕曰："向来观师等两家论义，宗旨未甚分明。"……敕云："好去。"各还宿所。经停少时，敕使告云："语师等，因缘义大好，何不早论。"……散席之后，承内给事王君德云："敕语，道士等何不学佛经。"③

这次高宗三次评论。第一次说佛道二教观点不鲜明，第二次说佛教的因缘义讲得好，第三次说道士学习佛经提升论辩技能。

宣布结果后，有时还会质问其中一方。如，显庆五年八月十八日：

> 明日，帝令给事王君德责李荣曰："汝比共长安僧等论激，连环不绝。何意共僧静泰论义，四度无答？"李荣事急，报云："若不如此，恐陛下不乐。"由是失厝，令还梓州。形色摧恧，声誉顿折。道士之望，唯指于荣。既其对论失言，举宗落采。④

---

① （唐）释道宣撰，刘林魁校注：《集古今佛道论衡校注》卷丁，中华书局 2018 年版，第 290—291 页。

② （唐）释道宣撰，刘林魁校注：《集古今佛道论衡校注》卷丁，中华书局 2018 年版，第 263 页。

③ （唐）释道宣撰，刘林魁校注：《集古今佛道论衡校注》卷丁，中华书局 2018 年版，第 253—257 页。

④ （唐）释道宣撰，刘林魁校注：《集古今佛道论衡校注》卷丁，中华书局 2018 年版，第 293 页。

　　李荣的回答，让高宗觉得辩论过程中有作弊嫌疑，一怒之下，贬回梓州。

　　高宗一朝的宫廷论衡，是三教论衡发展的一个重要阶段。从佛道论辩过程来看，宫廷论衡延续了佛教讲经论难的程式。但在其他方面又有一些突破。如，论座设置由南北对置变成了东西对置，论辩开始出现了佛道争抢首发权，开场由讲经高僧致辞转变成高宗本人，论辩中的嘲谑较南北朝佛教讲经更为激烈，论辩胜败结果由高宗来判定。这些变化，来自三个方面的原因。其一，三教论衡自北周开始，以帝王为主导，以宫廷为阵地，融入了许多朝堂议事的成分，皇帝成为三教论衡的核心。此种做法在佛道冲突激化的唐初，得到了继承。其二，唐初高祖、太宗两朝佛道矛盾的激化，佛道优劣之争、佛道先后排位成为当时最为集中的话题。高宗一朝虽然佛道矛盾有所缓和，但受前两朝宗教冲突的惯性，僧人道士对于先后排位非常重视，对于宫廷论议的胜负也极为在意。其三，高宗本人的身体状况决定了显庆、龙朔年间佛道论衡有着娱乐消遣的趋势。《旧唐书》载："帝自显庆（656—661）已后，多苦风疾，百司表奏，皆委天后详决。"[1] 同书又载："上苦头重不可忍，侍医秦鸣鹤曰：'刺头微出血，可愈。'天后帷中言曰：'此可斩，欲刺血于人主首耶！'上曰：'吾苦头重，出血未必不佳。'即刺百会，上曰：'吾眼明矣。'"[2] 高宗头痛疾病严重发作的时间，与宫廷佛道论衡的时间一致。因此，可以说，宫廷佛道论衡很可能是高宗转移病痛、纾解身体痛苦的一种途径。高宗朝宫廷佛道论衡为中唐以后的诞节三教论衡，在两个方面开创了先例。一则，论衡以皇帝为核心。东晋南北朝佛教讲论以高僧为核心，目的在于弘法；北周三教论衡以皇帝为核心，目的在于廷议三教优劣，最终决定禁断佛教还是道教；唐高宗宫廷佛道论衡也以皇帝为核心，目的却是以佛道谈论纾解身体之病痛。皇帝诞节三教论衡中，皇帝成为整个活动的中心，三教的讲经、论衡都围绕庆贺皇帝诞辰展开[3]。此一转变，实则源自高宗朝。二

---

① （后晋）刘昫等：《旧唐书》卷五《高宗纪下》，中华书局 1975 年版，第 115 页。
② （后晋）刘昫等：《旧唐书》卷五《高宗纪下》，中华书局 1975 年版，第 111 页。
③ 刘林魁：《唐五代帝王诞节三教论衡考述——以白居易〈三教论衡〉为核心》，《佛学研究》2014 年第 1 期。

则，嘲谑兴而问难衰。佛教讲论过程中，也有嘲谑，然只是点缀；北周三教论衡中，儒释道之问难针锋相对，既有嘲谑也语带锋芒，无多少审美与娱乐成效；唐高宗宫廷佛道论衡，虽然问难依然是论衡之中心内容，然嘲谑内容逐渐增多，娱乐趋势也逐渐明朗。至皇帝诞节论衡，问难逐渐流于形式，而嘲谑却成为贺寿庆生的重要环节。由此而言，唐高宗宫廷佛道论衡作为东晋至唐代三教论衡的中间环节，有着重要的学术参考价值。

第四章 唐五代的皇帝诞节论衡

从唐玄宗朝至五代结束，三教论衡是帝王诞节中庆生贺寿的一种主要方式。诞节三教论衡与诸多庆生活动相融合，催生了三教论衡参军戏，并成为宋金杂剧的重要内容之一。因此，唐代诞节论衡对节日民俗史、前戏剧史、宗教关系史等研究，意义甚大。但是，现存有关诞节论衡的记述，多类似于标题新闻，简略异常，只有白居易《三教论衡》一文较为完备。本章不避拙陋，以白居易文为核心，参照相关文献，勾勒唐代帝王诞节三教论衡之概貌。

一、论衡者身份

《三教论衡》一文，完整记述了大和元年（829）文宗诞日三教论衡者的身份。文前序言称，论衡者有秘书监赐紫金鱼袋白居易、安国寺赐紫引驾沙门义休、太清宫赐紫道士杨宏元三人。安国寺即位于西京长乐坊的大安国寺，本为唐中宗旧宅，中宗即位后于景云元年（707）九月十一日敕舍宅为寺，它是唐代帝王举行佛教法事的重要道场。太清宫源自祭祀老子的玄元庙，是唐皇室用以尊祖崇道的重要道观，更是唐代道教的最高学府。秘书监，为秘书省最高行政长官，掌管国家图书、典籍，是唐代主管文化事务的最高官员。由此可见，诞节论衡者在当时都有较高的威望和丰富的学识，是上层社会三教人士之代表。从设计者的初衷来看，他们的论衡在一定程度上代表了三教文化交锋的最高水平。

不过，从《三教论衡》一文来看，在诞节论衡正式论辩过程中，论衡者的真实姓名全部消失，代之以"儒""僧""道"这样的称谓。这种标识，不单单是为了节省笔墨，更为了突出论衡者的宗教身份。文献见载的三十多次诞节论衡，直接提到论衡者姓名的只占极少一部分。相对而言，对论衡者的记载更多只标注身份，像"僧徒、道士""僧、道""佛、道""儒、道、释""释、道""沙门、道士""浮图、道士"等记载者，就有 15 次，占到了 50%。这一数据说明，诞节论衡更注重论衡者的宗教身份。因此，高宗显庆、龙朔年间宫廷论衡过程中突破自身宗教身份、协助他方辩论的举措，诞节论衡中已经销声匿迹了。

唐代诞节论衡中，对于论衡者的称谓，除了经常性标注宗教身份外，有时还有专有身份称谓。如，"三教首座""三教谈论"就是如此。此种身份，虽然白居易《三教论衡》一文未曾提及，但《大宋僧史略》有明确记载：

> 首座之名，即上座也。居席之端，处僧之上，故曰也。寻唐世，敕辩章检校修寺，宣宗赏其功，署三教首座。元和中，端甫止称三教谈论，盖以帝王诞节，偶属征呼，登内殿而赞扬，对异宗而商榷，故标三教之字，未必该通六籍，博综二篇，通本教之诸科，控群贤而杰出。而脱或遍善他宗，原精我教，对王臣而无畏，挫执滞而有功，膺于此名，则无愧色矣。次后经论之学，或置首座。三教首座，则辩章为始也。朱梁洎周，或除或立，悉谓随时。①

三教首座为僧官，从昭宗朝开始更名副僧录，并一直延续到五代。释辩章最早充任三教首座。据《宋高僧传·慧灵传》，辩章任三教首座至晚应在宣宗大中七年（853）。除辩章外，文献记载的三教首座还有正言、知玄等僧人。三教谈论作为赐号，似乎仅仅在中晚唐使用，释端甫为最早膺获此号之高僧。端甫历经德宗、顺宗、宪宗、穆宗、敬宗、文宗六朝，其

① （宋）释赞宁撰，富世平点校：《大宋僧史略校注》卷中，中华书局 2015 年版，第 111—112 页。

赐号三教谈论，亦当在此一时期。藏内文献记载的获赐"三教谈论"之高僧，还有谈延、义林、知玄、齐高、元照等数人。按照赞宁的说法，"三教首座""三教谈论"，并没有精通儒释道三教的要求，能够在帝王诞节上无畏于王臣、畅辩佛法、回应儒道之质难，就可以无愧此殊荣。当然，"三教谈论"赐号并不仅仅针对僧人，道士也有。如《唐音癸签》卷二十九在记载道士杜光庭的诸多身份中，就有"三教谈论"①。此外，还有下文将提及的宣宗朝道士曹用之。

二、论衡内容

白居易《三教论衡》记载的大和元年诞日论衡，围绕儒家《孝经》、佛教《维摩诘经》、道教《黄庭经》展开，往返八番。八番论辩按宗教角色分为两类：儒佛论衡和儒道论衡。儒佛论衡中，佛教质难者有二题："何为"六义""四科"，"何故曾参独不列于四科者"；儒家质难者亦有二题："岂可芥子之内入得须弥山"，"诸佛菩萨以何因缘，证此解脱？修何智力，得此神通"。儒道论衡中，儒家质难二题："养气存神、长生久视之道，其义如何，请陈大略"，《黄庭经》"黄者何义，庭者何物，气养何气，神存何神，谁为此经，谁得此道"；道教质难者亦二题："敬一人则千万人悦，其义如何"，"何故敬一人而千万人悦？所悦者何义，所敬者何人"。这些论题大多与诞节庆生密切关联。

曾参不入儒门四科等问题，为唐代儒学密切关注。孔门弟子按"四科"标准，选出十位优秀者，即十哲，包括"德行：颜渊、闵子骞、冉伯牛、仲弓；言语：宰我、子贡；政事：冉有、季路；文学：子游、子夏"②。十哲之中没有曾参，但开元八年（720）玄宗以曾参大孝，为塑坐像，位列十哲之次，从祀孔子。《孝经》是唐代释奠讲经仪式中经常讲论的儒家经典，玄宗也曾

---

① （明）胡震亨：《唐音癸签》卷二十九，上海古籍出版社 1981 年版，第 302 页。
② 杨伯峻：《论语译注》"先进篇第十一"，中华书局 1980 年版，第 110 页。

两次亲自注解《孝经》。天宝三年（744）十二月，玄宗敕"令天下，家藏《孝经》一本，精勤诵习；学校之中，倍增教授，郡县官长明申劝课焉"①。《孝经·广要道章》有"敬其父，则子悦；敬其兄，则弟悦；敬其君，则臣悦；敬一人，而千万人悦"一句，宣讲"孝道"的重要功用，其基本思路为"移孝作忠"。大和元年诞节论衡，对"四科""十哲"以及曾参至孝却何故"独不列于四科者""敬一人，而千万人悦"的辩论，可能有三层颂扬之意：唐王朝推崇儒学，国家以四科选人，人才济济，此一也；臣民孝道天成，移孝作忠，国泰民安，此二也；唐文宗威临四海，万民归心，天下大治，此三也。

《维摩诘经》是大乘佛教早期的经典之一。该经通过毗耶离城居士维摩诘与文殊师利等人的讨论佛法，阐扬了大乘佛教般若性空的思想，宣扬了处世俗生活而修炼的成佛之道，是中土文人士大夫和居士群体推崇的重要经典之一。《维摩诘经·不思议品》云：

> 维摩诘言："唯，舍利弗！诸佛菩萨，有解脱，名不可思议。若菩萨住是解脱者，以须弥之高广内芥子中无所增减，须弥山王本相如故，而四天王、忉利诸天不觉不知已之所入，唯应度者乃见须弥入芥子中，是名住不思议解脱法门……"②

须弥纳芥子与借座灯王、请饭香土、手接大千、室包乾像，都是《维摩诘经》所描述的"不思议之迹"，是诸佛菩萨解脱神通之力所致。大和元年诞节论衡中，有关《维摩诘经》中"须弥纳芥子"的争论，可能有这样的用意：祝愿文宗如维摩诘一样，身处俗境，却能修行成无边法力，获"不思议"神通！

《黄庭经》是《太上黄庭外景玉经》及《太上黄庭内景玉经》的合称。二经成书有早晚，但思想并无二致。该经在唐代非常兴盛，士人临摹王右军《黄庭经》法帖以及读诵、注释、删修《黄庭经》者不在少数。《黄庭经》继承了人身脏腑均有主神之道经传统，结合古医经脏腑理论，以七言韵文形

---

① （宋）王溥：《唐会要》卷三十五，上海古籍出版社 2006 年版，第 753 页。
② 鸠摩罗什译：《维摩诘所说经》卷二，《大正藏》第 14 册，新文丰出版公司 1983 年版，第 546 页中。

式，阐述道教修炼的医理根据及长生久视之要诀。唐玄宗朝隐士白履忠注释《黄庭内景经》说："《黄庭内景经》者……诚学仙之要妙，羽化之根本"。《黄庭经》多次提及长生久视之道。如《内景经》"心神章第八"云："六腑五藏神体精，皆在心内运天经，昼夜存之自长生。""肾部章第二十"云："百病千灾急当存，两部水王对生门，使人长生升九天。"《外景经》也说："长生久视乃飞去，五行参差同根蒂……此非枝叶实是根，昼夜思之可长存。仙人道士非异有，积精所致和专仁"[①]。大和元年诞日三教论衡中，有关《黄庭经》的争论，可能存在这样的用意：祝愿文宗修养心性，成就长生久视之道，身体康泰，永生不老！

诞节论衡的内容与贺寿、庆生的需求密切相关，据上可知。但这种贺寿意图怎样表达，是在某个环节中直接加以言表，还是因贺寿背景的存在论衡者与听众心知肚明而不需要道出？文献阙载，无从得知。

诞节论衡也有明显选题不当者，如：

> 陈磻叟者……弱冠度为道士，隶名于昊天观。咸通中（860—874），降圣之辰，二教论议，而黄衣屡奔，上小不怿。宣下，令后辈新入内道场，有能折冲浮图者，论以自荐。磻叟摄衣奉诏，时释门为主论，自误引《涅槃经疏》，磻叟应声叱之曰："皇帝山呼大庆，阿师口称献寿，而经引《涅槃》，犯大不敬。"以其僧谓磻叟不通佛书，既而错愕，殆至颠坠，自是连挫数辈。圣颜大悦，左右呼万岁。其日帘前赐紫衣一袭。[②]

《涅槃经疏》为章安法师灌顶撰写、天台沙门湛然再治。该经为《大乘涅槃经》注疏。涅槃是指超越生死、灭却烦恼达到佛教之终极境界或状态。然在佛教传播过程中，也产生了另一种理解，即涅槃就是肉体之死，就是入灭，如"释称涅槃，道言仙化。释云无生，道称不死"[③]，"老君垂训，开不

---

① （宋）张君房编，李永晟点校：《云笈七签》卷十一、卷十二，中华书局2003年版，第189、213—214、220—221、296—303页。
② （宋）李昉等编：《太平广记》卷二百六十五，中华书局1961年版，第2078页。
③ （唐）释道宣编撰：《广弘明集》卷八，《大正藏》第52册，新文丰出版公司1983年版，第139页上。

生不灭之长生。释迦设教，示不灭不生之永灭"①。正是因为有这种理解，懿宗延庆节三教论衡时，道士陈磻叟抨击佛徒引经不当，不符合庆生、贺寿的需要，佛教连连受挫。

由此看来，诞节三教论衡的内容，重要的不在于思想是否深刻、高妙，也不在于论辩逻辑是否严谨，而在于通过三教经典的征引、三教义理的质难来表达对皇帝永生不死、圣寿无疆、天下太平、皇基永固的祝福。

三、论衡方式

大和元年诞节论衡中，儒臣白居易、沙门义休、道士杨宏元三人之间的辩论，《三教论衡》标注为"第一座"。这一座的核心是儒家一方，有儒佛论衡和儒道论衡两场。儒佛论衡有僧问儒对、僧难儒答、儒问僧对、儒难僧答四番辩论，儒道论衡也包括儒问道对、儒难道答、道问儒对、道难儒答四番辩论。此为一对多、分场次论衡的模式。既然第一座以儒为论主，那么第二座、第三座似乎应该各以佛、道为论主，每座也应各有两场论衡，每场似乎也应是四番辩论。

这一推测，在相关记载中得到了印证。《册府元龟》记载："太和元年十月降诞日，召秘书监白居易等与僧惟应、道士赵常盈于麟德殿讲论，赐锦彩有差。"②《大宋僧史略》"诞辰谈论"条也说："文宗九月诞日，召白居易与僧惟澄、道士赵常盈麟德殿谈论。"③白居易《三教论衡》所记述者正发生在大和元年，《册府元龟》《大宋僧史略》所载与此当为同一事件。因而，大和元年诞节论衡除白居易、义休、杨宏元三人外，还有沙门惟澄、惟应和道士赵常盈等。他们可能参加了第二座、第三座的论衡。

贞元年间德宗诞日，三教论衡频频举行。《旧唐书》记载："贞元十二

---

① （唐）释道宣编撰：《广弘明集》卷十三，《大正藏》第52册，新文丰出版公司1983年版，第176页上。
② （宋）王钦若等编纂，周勋初等校订：《册府元龟（校订本）》卷二，凤凰出版社2006年版，第21页。
③ （宋）释赞宁撰，富世平点校：《大宋僧史略校注》卷下，中华书局2015年版，第154页。

年（796）四月，德宗诞日，御麟德殿，召给事中徐岱、兵部郎中赵需、礼部郎中许孟容与（韦）渠牟及道士万参成、沙门谭延等十二人讲论儒道释三教。"①《册府元龟》记载："（贞元）十二年四月庚辰帝降诞之日，近岁常以其日会沙门道士于麟德殿讲论……是日兼召儒官给事中徐岱、兵部郎中赵需、礼部郎中许孟容、四门博士韦渠牟与沙门谈延、道士万参成等数十人，迭升讲，坐论三教。"②《大宋僧史略》云："贞元十二年四月诞日，御麟德殿，诏给事中徐岱、兵部郎中赵需及许孟容、韦渠牟，与道士葛（'葛'当为'万'之形讹）参成、沙门谈筵等二十人讲论三教。"③《旧唐书》说"十二人"，《册府元龟》说"数十人"，《大宋僧史略》则说"二十人"。三者比较，"十二人"之说更早，也更可取。按照三教参与人数均等的原则，12 人中儒、释、道各为 4 人。如果按照 3 人一座的安排，贞元十二年诞节论衡应该有 4 座。《刘宾客嘉话录》云："德宗诞日三教讲论，儒者第一赵需，第二许孟容，第三韦渠牟，与僧覃延嘲谑，因此承恩也。"这里记载的是儒者三座次第，属于一对多形式。大和元年、贞元十二年诞节论衡，前三座与此相同。贞元十二年第四座情况，文献阙载，无从得知。

诞节三教论衡的模式除了一对多，还有一对一。《刘宾客嘉话录》又云："德宗降诞日，内殿三教讲论，以僧监虚对韦渠牟，以许孟容对赵需，以僧覃延对道士郗惟素。"④ 这里所记，应为一对一的论衡形式。"僧监虚对韦渠牟"是儒佛论衡，"僧覃延对道士郗惟素"是佛道论衡。诞节三教论衡分成三组，代表三教，一般只有三教之间才可展开论衡，没有三教各自内部的论衡。故而"许孟容对赵需"有可能是儒道论衡，两人中应该有一人充当道士身份。《刘宾客嘉话录》的两则文献说明，德宗朝诞节论衡一对多和一对一

---

① （后晋）刘昫等：《旧唐书》卷一百三十五《韦渠牟传》，中华书局 1975 年版，第 3728 页。"太和"，唐文宗年号时，又作"大和"。除非文献征引，本书叙述论证中统一称为"大和"。
② （宋）王钦若等编纂，周勋初等校订：《册府元龟（校订本）》卷二，凤凰出版社 2006 年版，第 20 页。
③ （宋）释赞宁撰，富世平点校：《大宋僧史略校注》卷下，中华书局 2015 年版，第 154 页。
④ （宋）王谠撰，周勋初校证：《唐语林校证》卷六，中华书局 1987 年版，第 519 页。

两种模式并存。

《入唐求法巡礼记》云："（开成六年）六月十一日，今上降诞日，于内里设斋，两街供养大德及道士集谈经，四对论议。"①唐武宗朝的这次诞节论衡，只有佛道二教参加，"四对论议"者，应是佛道二教一对一展开。

不管是一对多还是一对一模式，论衡者都应升座之后"坐论三教"。而升座之仪式，《长兴四年中兴殿应圣节讲经文》记载为："一声丝竹，迎尧舜君暂出深宫；数队幡花，引僧道众高升宝殿。君臣会合，内外欢呼。明君面礼于三身，满殿亲瞻于八彩。牛香苒惹，鱼梵虚徐。得过万乘之道场，亦是一时之法界。"②此一升座仪式，包含对论衡者的无限尊敬。

四、论主角色

诞节论衡中每一座都有主导者，此与佛教讲经之法主、论主相当。论主除了回应他方的质难、申述己方的观点外，还主导论衡的展开与角色转换。如大和元年白居易参加的诞节论衡，第一座以儒家为论主，论衡开始，儒者入场辞为：

> 谈论之先，多陈三教，赞扬演说，以启谈端。伏料圣心，饱知此义，伏计圣听，饫闻此谈。臣故略而不言，唯序庆诞，赞休明而已。圣唐御区宇二百年，皇帝承祖宗十四叶，大和初岁，良月上旬，天人合应之期，元圣庆诞之日。虽古者有祥虹流月，瑞电绕枢，彼皆琐微，不足引喻。伏惟皇帝陛下，臣妾四夷，父母万姓，恭勤以修己，慈俭以养人。戎夏乂安，朝野无事。特降明诏，式会嘉辰。开达四聪，阐扬三教。儒臣居易，学浅才微。谬列禁筵，猥登讲座。天颜咫尺，隄越于前。窃以释门义休法师，明大小乘，通内外学。灵山岭岫，苦海津梁。于大众中，能狮子吼。所谓彼上人

---

① ［日］圆仁：《入唐求法巡礼行记》卷三，广西师范大学 2007 年版，第 123 页。
② 项楚：《敦煌变文选注（增订本）》，中华书局 2006 年版，第 11237 页。

者，难为酬对。然臣稽先王典籍，假陛下威灵。发问既来，敢不响答。①

此为诞节论衡第一座开始前论主的陈述，包括三层意思：第一，陈述三教、"赞扬演说"，此当介绍三教之功用，叙述诞节三教谈论之传统；第二，"序庆诞、赞休明"，此为赞扬皇帝圣明、天下大治，祝贺皇帝高寿齐天；第三，介绍第一座论衡者身份、学识。

就辩论开场词而言，诞节论衡与高宗朝宫廷论衡之明显不同在于：高宗朝宫廷论衡是三教参与者在论述之初，各自述身份、"赞休明"；诞节论衡变成了集中由论主来完成。此一环节的功能与变文之押座文相似。《三教论衡》一文的"序庆诞、赞休明"以皇帝为核心，但参照敦煌文献《长兴四年中兴殿应圣节讲经文》来看，诞节论衡的开场押坐，实不限于皇帝本人，还可以称颂皇后、太子以及诸王子等。

第一场儒佛辩论结束后，论主过场词为：

儒典佛经，讨论既毕。请回余论，移问道门。臣居易言：我大和皇帝祖玄元之教，挹清净之风。儒素缁黄，鼎足列座。若不讲论玄义，将何启迪皇情？道门杨宏元法师，道心精微，真学奥秘。为仙列上首，与儒争衡。居易窃览道经，粗知玄理。欲有所问，冀垂发蒙。②

过场词一则说明儒佛论衡结束、儒道论衡将开始，二则介绍了道教的重要性和道士杨宏元的身份。此下，随即转入儒道辩论。

第一座的两场辩论结束时，论主退场词为：

臣伏惟三教谈论，承前旧例，朝臣因对扬之次，多自叙才能及平生志业。臣素无志业，又乏才能。恐烦圣聪，不敢自叙。谨退。③

---

① （唐）白居易著，朱金城笺校：《白居易集笺校》卷六十八，上海古籍出版社1988年版，第3674页。
② （唐）白居易著，朱金城笺校：《白居易集笺校》卷六十八，上海古籍出版社1988年版，第3679页。
③ （唐）白居易著，朱金城笺校：《白居易集笺校》卷六十八，上海古籍出版社1988年版，第3682页。

按照白居易的介绍，诞节论衡退场环节论主要"自叙才能及平生志业"。据此而言，诞节论衡与高宗朝宫廷论衡的结束环节不同，高宗朝的宫廷论衡结束时要由主持人对论衡者的得失、输赢表态评论。

由此可见，诞节论衡每一座的论主，集组织者与辩论者于一身。作为辩论者，他既要回应对手的问难，又要难问对手。作为组织者，他要负责一座之中辩论的展开、角色的转换、辩论的收尾。由此更进一步推测，论主可能还有一些隐性的要求，如负责辩论气氛的调动、辩论者与听众之间的互动、辩论方向的把握，等等。

五、论衡设计

白居易参与的大和元年诞节论衡，有部分环节缺失。从文献记载来看，诞节论衡一般有三教会同的旨趣追求。《新唐书》云："帝（德宗）以诞日岁岁诏佛、老者大论麟德殿，并召（徐）岱及赵需、许孟容、韦渠牟讲说。始三家若矛楯然，卒而同归于善。帝大悦，赉予有差。"①《册府元龟》云："（贞元）十二年四月庚辰帝降诞之日……初如矛戟，森然相向；后类江河，同归于海"②《刘宾客嘉话录》更记载了德宗朝某次三教论衡的结果：

> 德宗降诞日，内殿三教讲论……诸人皆谈毕，监虚曰："诸奏事云：玄元皇帝，天下之圣人；文宣王，古今之圣人；释迦如来，西方之圣人；今皇帝陛下，是南赡部洲之圣人。臣请讲御制《赐新罗铭》。"讲罢，德宗有喜色。③

"南赡部洲"，佛教地理名词，又译作南阎浮提，在须弥山南方之咸海中，此处指代中国。《赐新罗铭》，原文已佚。这次诞节论衡中，僧人

---

① （宋）欧阳修、宋祁等：《新唐书》卷一百六十一《徐岱传》，中华书局1975年版，第4984页。
② （宋）王钦若等编纂，周勋初等校订：《册府元龟（校订本）》卷二，凤凰出版社2006年版，第20页。
③ （宋）王谠撰，周勋初校证：《唐语林校证》卷六，中华书局1987年版，第519页。

监虚在三教会同这一环节中表现出色。他将道教之老子、儒家之孔子、佛教之释迦牟尼以及唐德宗李适，都视作圣人。并沿用这一逻辑，讲解德宗之《赐新罗铭》，以表明大唐德化广布、遍及四方，由此而深得德宗之欢心。

诞节论衡三教归同的结局，应该与论衡主办方的指导思想密切相关。张九龄《贺论三教状》云：

> 伏奉今日墨制，召诸学士及道僧讲论三教同异。臣闻好尚之论，事踬于偏方；至极之宗，理归于一贯。非夫上圣，孰探要旨？[1]

权德舆《中书门下贺降诞日麟德殿三教论议状》云：

> 三教源流，久无错综。或使后学，泥于通途。陛下遂万物之宜，御六气之辨，徵缁黄之侣，振元古之风。精义入神，微言尽性，然后稽合同异，讨论指归。以元元之慈俭，宏于在宥；以释氏之定惠，纳诸诚明。用济斯人，共陶鸿化。足以光策书于东观，资圣寿于南山。[2]

德宗常常说：

> 三教与儒教所归不殊，但内外迹用有异尔。[3]

张九龄说三教"至极之宗，理归于一贯"，诞节论衡就是要探讨三教之"至极""一贯"。权德舆说诞节论衡要"稽合同异，讨论指归"，"指归"即张九龄所言之"一贯"。德宗也肯定三教"所归"不异。而这种三教之归同，权德舆将之归结为教化之理：老子之慈柔节俭，帝王可以之弘扬仁政、推行德化；佛教的智慧禅定，可以之熏陶民众、完美德性。三教归同，最终归结到为帝王和俗世政权服务上来。

诞节谈论之结果要三教归同，但过程仍然需要激烈、热闹一些。所谓"初如矛戟森然相向""始三家若矛楯然"即为这一层意思。从文献记载来看，

---

[1] （宋）李昉等编：《文苑英华》卷六百三十五，中华书局 1982 年版，第 3277 页。
[2] （清）董诰等编：《全唐文》卷四百八十四，中华书局 1983 年版，第 4950 页上。
[3] （宋）王钦若等编纂，周勋初等校订：《册府元龟（校订本）》卷二，凤凰出版社 2006 年版，第 20 页。

诞节论衡常常强调以下几点。

第一，是高妙的辩论才能。贞元十二年诞节论衡中，韦渠牟"枝词游说，捷口水注；上谓其讲耨有素，听之意动"①。"枝词"，指语词纷繁浮华。"捷口"，即利口，就是能言善辩。"耨"，本意为一种锄草的农具，引申为除秽去邪，这里为辩驳质疑。"讲耨"就包括了陈述自己的观点和反驳对方的观点两个方面。韦渠牟在诞节论衡中，口齿伶俐，言辞丰富，巧舌如簧，既善于反驳，又长于立论，不管立论还是反驳都能进退自如，表现出极高的论辩素养。《旧唐书》记载大和元年诞日论衡中白居易的表现，也是"论难锋起，辞辨泉注，上疑宿构，深嗟挹之"②。白居易的辩才，似乎没有在其《三教论衡》一文中凸现出来。这大概因为，白居易只是"略录大端，不可具载"的原因吧。

第二，三教相互嘲谑以祝兴。《大宋僧史略》云：

> 庄宗代，有僧录慧江与道门程紫霄谈论，互相切磋，谑浪嘲戏，以悦帝焉。庄宗自好吟唱，虽行营军中，亦携法师谈赞，或时嘲挫……明宗、石晋之时，僧录云辩多于诞日谈赞，皇帝亲坐，累对论议。③

三教论衡之谑浪嘲戏，在魏晋南北朝已有。风气渐盛是在高宗朝。高宗显庆年间的宫廷佛道论衡中，嘲谑之词比比皆是，且已有娱乐观众的倾向。诞节论衡的嘲谑之词，存世极少。但道士程紫霄与僧录慧江嘲谑者，见载《全唐诗》，其中有"僧录琵琶腿，先生髯栗头"④，前句为道士嘲笑僧人肥胖，后句为僧人嘲笑道士装束古怪。由此可见，诞节论衡之嘲谑，在一定程度上继承了高宗朝的宫廷论衡，可以嘲笑对方的身份、长相甚至论衡表现。相互嘲谑中产生的阵阵笑声，将诞节论衡推向高潮，将娱乐君臣发挥到极致。

论衡过程要激烈、热闹，每一位辩论者都要非常卖力，或论证己方观点，或辩驳对方说法，甚至还要嘲谑对方，"谈赞"自己或皇帝。但论衡的

---

① （后晋）刘昫等：《旧唐书》卷一百三十五《韦渠牟传》，中华书局 1975 年版，第 3728 页。
② （后晋）刘昫等：《旧唐书》卷一百六十六《白居易传》，中华书局 1975 年版，第 4353 页。
③ （宋）释赞宁撰，富世平点校：《大宋僧史略校注》卷下，中华书局 2015 年版，第 154 页。
④ （清）彭定求等编：《全唐诗》卷八百七十一，中华书局 1960 年版，第 9881 页。

结果却要千篇一律地实现三教归同。这样的安排，难度太大。尤其是，论主没有为对手确立论题的权力，辩驳时对手的质难是任意发问的。这些难度的化解，大概需要事前的设计，需要论衡之双方或多方通力合作。

诞节论衡的事前设计，已为当代学者关注。陈寅恪说：

> 《白氏长庆集》伍玖有《三教论衡》一篇。其文乃预设问难对答之言，颇如戏词曲本之比。又其所解释之语，大抵敷衍"格义"之陈说，篇末自谓"三教谈论，承前旧例"。然则此文不过当时一种应制之公式文字耳。①

任半塘将陈寅恪的"预设""颇如词曲本""应制之公式"诸说法，推进为"戏剧化"和"脚本"说：

> 足见三家预有谋酌，预有脚本，旨在取帝大悦而已，其事自非伎艺化不可……后来演变愈具体，甚且戏剧化。据《白居易集》所载，在麟德殿之内道场，设三高座，乃其场面也。升座者儒官原服，赐金鱼袋，释为赐紫引驾沙门，道亦赐紫道士，乃其服装也。僧问儒对，僧难儒对，儒问僧答，儒难僧答，儒问道答，儒难道答，道问儒对，道难儒对，然后退，乃其情节与科白也。②

作为君主诞节祝寿节目的三教论衡，三教辩论者要相互协调，通过观点矛盾、辩论激烈甚至相互嘲谑的场面，达到取悦帝王的目的。在此一预先设计、按计划表演的背景下，三教论衡就是一种场面宏大的广场艺术表演活动。

诞节三教论衡预设辩论内容，造成了后代文献记载中的"双赢"。如道士牛弘真《唐故太清宫内供奉三教讲论大德左街道门威仪葆光大师赐紫谥玄济先生曹公用之玄堂铭并序》说：

> 宣宗皇帝临御之元年，赐紫服象简，以旌其道。仍奉诏与谏议大夫李贻孙及右街僧辩章，为三教讲论。每入内殿、升御筵，穷圣教之指归，对天颜而启沃。俾缁徒望风而奔北，洪儒服义于指南。

---

① 陈寅恪：《元白诗笺证稿》，三联书店 2001 年版，第 341 页。
② 任半塘：《唐戏弄》，上海古籍出版社 1984 年版，第 742 页。

至十二年，命为左街道门威仪……①

《宋高僧传》云："大中三年（849）诞节，诏谏议李贻孙、给事杨汉公，缁黄鼎列论义，（释知玄）大悦帝情。"② 两则文献所记载者都在宣宗即位初期，都有谏议大夫李贻孙，故极有可能为同一次诞节论衡。但道教对辩论结果的记载是"缁徒望风而奔北，洪儒服义于指南"，佛教则记载为释知玄"大悦帝情"。他们的记载，都基于各自的宗教立场。这场辩论的成功，实应为儒释道三教合作的结果，而不是某一类宗教徒的突出表现，所奖励者也应该是论衡团队。

从以上分析来看，唐代帝王诞节三教论衡与唐高宗显庆、龙朔年间宫廷三教论衡有着密切联系。诞节论衡的诸多环节，如：三教论衡以服务皇帝诸王为目的，论衡开始时常常颂圣以押座，论衡过程中三教之间相互嘲谑，论衡结束时有类似于谢场的言辞，论衡常采用一对一或者一对多的方式，等等，都与宫廷论衡基本相同。诞节论衡最大的改变，是三教之间的辩论已经完全仪式化了。诞节论衡的所有环节，都是为了实现贺寿庆生，都必须与喜庆祥和的诞节气氛一致。为了实现这一最终目标，论衡者的宗教身份与角色得到凸显。普天同庆、万方朝贺的帝王诞节，不需要三教之间的思想争鸣，却需要作为宗教信仰界三种代表力量的儒释道，来表达三教归同、服从帝王统治的态度。这种服从于俗世政权、与俗世政权合作的政治表态，令唐代以后帝王诞节三教论衡逐渐消退，仅剩下了佛道或者儒释道的诞节贺寿。而曾经兴盛了两百多年的诞节三教论衡，投射到宋金杂剧中，就有了"打三教"一类的杂剧题材。

① 吴钢主编：《全唐文补遗》（第八辑），三秦出版社 2005 年版，第 218—219 页。

② （宋）释赞宁撰，范祥雍点校：《宋高僧传》卷六《释知玄传》，中华书局 1987 年版，第 131 页。

第五章　唐五代宗教政策与三教论衡

　　唐代三教论衡，多为官方组织。论衡地点多在皇宫内殿，选在寺院、道观等宗教场合者很少。论衡之组织，多有一定的程序，甚至演化为有着严格规定性的礼制。其参与论衡者，虽然未必以百官为主，但论衡之听众，或者论衡之接受对象必然以士大夫为核心。基于这些特点，可以断言，唐代宗教政策的演变与三教论衡的发展存在一定的关联。

一、唐初二帝宗教政策与三教论衡

　　唐高祖于隋末大乱中起兵太原，因利乘便，攻占大兴城，遂雄踞关中、图谋天下，终致建国称帝。有唐一朝的宗教政策，在高祖、太宗两朝大致成型。但高祖、太宗在确立三教政策的过程中，佛道关系迅速激化，僧人、道士之间的攻击、辩论屡见不鲜。由此，唐初宗教政策对三教论衡产生了广泛的影响。

（一）唐初宗教政策的确立

　　唐初三十余年的宗教政策，始终贯穿着儒、释、道三教先后排位之争这一主线。武德八年（625），高祖下诏叙三教先后，提出"老教、孔教，此土先宗，释教后兴，宜崇客礼。令老先，次孔，末后释宗"①。贞观十一年(637)，太宗下诏，令"自今以后，斋供行立，至于称谓，道士女道士可在僧尼之前"②。此两份诏书之产生与变化，见证了唐初二帝宗教政策建立的基本过程。

高祖武德八年之三教排位，有限制佛教的意图。早在武德四年（621）五月平定王世充后，高祖就敕令，"伪乱地僧，是非难识，州别一寺，留三十僧，余者从俗"③。此敕令说，王世充统治之"伪乱"之地洛阳地区，出家僧人"是非难识"，故需沙汰料拣。从表面看，似乎没有故意限制佛教之意。但一月后，高祖又下诏问出家僧人于政权有何利弊，说"弃父母之须发，去君臣之章服，利在何门之中，益在何情之外？损益二宜，请动妙释"④。这一诏书表明，高祖在质疑和权衡沙门出家以至整个佛教对于政权的利弊了。联系这一质疑，稍前沙汰东都地区僧侣、精简寺院的敕令，其中包含的限制佛教之意就无法否认了。

武德九年（626）五月，也就是叙三教先后诏颁布一年后，高祖下诏沙汰僧尼及道士。在这份《沙汰佛道诏》⑤中，高祖狠狠地批评了佛、道二教，说他们都违背了各自教祖的本意。诏书先评论佛教。他说，佛教以"清净为先"，意在教化信众"远离尘垢，断除贪欲"，因而佛徒应该"调忏身心，舍诸染著"。然而，末代佛法，却远离佛陀之教化，"渐以亏滥"。在诏令中，高祖不避烦琐，详细罗列了佛徒伪滥的种种状况：

> 乃有猥贱之侣，规自尊高；浮惰之人，苟避徭役。妄为剃度，托号出家，嗜欲无厌，营求不息。出入闾里，周旋阛阓，驱策田产，聚积货物。耕织为生，估贩成业，事同编户，迹等齐人。进违戒律之文，退无礼典之训。至乃亲行劫掠，躬自穿窬，造作妖讹，

① （唐）释道宣撰，郭绍林点校：《续高僧传》卷二十五《释慧乘传》，中华书局2014年版，第940页。
② （唐）释道宣编撰：《广弘明集》卷二十五，《大正藏》第52册，新文丰出版公司1983年版，第283页下。
③ （唐）释道宣撰，郭绍林点校：《续高僧传》卷二十五《释慧乘传》，中华书局2014年版，第946页。
④ （唐）释道宣编撰：《广弘明集》卷二十五，《大正藏》第52册，新文丰出版公司1983年版，第283页上。
⑤ （后晋）刘昫等：《旧唐书》卷一《高祖本纪》，中华书局1975年版，第16—17页。

交通豪猾。每罹宪纲，自陷重刑，黩乱真如，倾毁妙法。譬兹稂莠，有积嘉苗；类彼淤泥，混夫清水。又伽蓝之地，本曰净居，栖心之所，理尚幽寂。近代以来，多立寺舍，不求闲旷之境，唯趋喧杂之方。缮采崎岖，栋宇殊拓，错舛隐匿，诱纳奸邪。或有接延廛邸，邻近屠酤，埃尘满室，膻腥盈道。徒长轻慢之心，有亏崇敬之义。①

高祖用佛教自身的戒律来权衡僧人，进而发现，佛徒"进违戒律之文，退无礼典之训"，不但与民争利、"迹等齐人"，而且违反国法，"自陷重刑"。同时，他还指责佛教寺舍在选址、建构上，违背了"清净为先"的精神，诱导佛徒"徒长轻慢之心，有亏崇敬之义"。从高祖诏书对佛教弊端的描述中，不难看出，他准备沙汰僧侣、裁减寺舍了。

此后，诏书转而批评道教说："老氏垂化，本贵冲虚，养志无为，遗情物外。全真守一，是谓玄门。驱驰世务，尤乖宗旨。"对于道教的批评，仅仅在于道徒违背老子"贵冲虚"的宗旨而"驱驰世务"。《沙汰佛道诏》在批评佛、道二教的基础上，提出了整顿二教的方案："诸僧、尼、道士、女冠等，有精勤练行、守戒律者，并令大寺观居住，给衣食，勿令乏短。其不能精进、戒行有阙、不堪供养者，并令罢遣，各还桑梓。所司明为条式，务依法教，违制之事，悉宜停断。京城留寺三所，观二所。其余天下诸州，各留一所。余悉罢之。"从高祖宗教政策的发展来看，他的《沙汰佛道诏》似乎将武德四年沙汰洛阳地区佛教势力的举措推广到了全国，且兼及道教。因此，《新唐书·高祖纪》不言沙汰佛教，直接说"废浮屠、老子法"②。

高祖《沙汰佛道诏》，对佛、道二教都有大幅度的裁减。但影响最大的，无疑是佛、道的力量对比。若按照这一方案执行，"京城留寺三所，观二所。其余天下诸州，各留一所"，佛道力量将基本达到平衡。不过，武德九年五月辛巳颁布的《沙汰佛道诏》，并没有在全国范围内全面执行。六月庚申，

---

① （宋）欧阳修、宋祁等：《新唐书》卷一《高祖纪》，中华书局1975年版，第16页。
② （宋）欧阳修、宋祁等：《新唐书》卷一《高祖纪》，中华书局1975年版，第19页。新、旧《唐书》对高祖武德此事的记载稍有差异。《旧唐书》说是"五月辛巳"，《新唐书》说是"四月辛巳"。本文从《旧唐书》之说。

李世民发动玄武门兵变，诛杀了太子建成和齐王元吉。至八月癸亥，李世民登基。李渊沙汰佛道的计划半途夭折。李世民在兵变之后，即"大赦，复浮屠、老子法"①，沙汰佛、道的行动也就终止了。贞观元年（627），太宗敕令治书侍御史杜正伦，检校佛法，清肃非滥。此举大概是想对武德九年沙汰佛道举措一个体面的结尾吧！

至贞观十一年（637）春正月，太宗始颁布《令道士在僧前诏》，与12年前高祖叙三教排位之敕令相照应。在《令道士在僧前诏》中，太宗先论述佛、道二教之关系，"论其教也，汲引之迹殊途。求其宗也，弘益之风齐致"，此即二教归宗相同而形迹有异。不过《诏书》的重点不是"本同"而是"末异"。诏书比较佛、道二教三个方面的差异：其一，道教较佛教渊源甚远。"大道之兴，肇于遂古。源出无名之始，事高有形之表，迈两仪而运行，包万物而亭育。故能经邦致治，返朴还淳"，而佛教"爰自东汉，方被中华"。其二，佛教源自异域，但其声势超越了"诸夏之教"。"佛教之兴，基于西域"，"暨乎近世，崇信滋深"，"殊俗之典，郁为众妙之先。诸夏之教，翻居一乘之后"。其三，道教不同于佛教，其创教者与李唐皇室有宗族联系。"朕之本系，出自柱下。鼎祚克昌，既凭上德之庆。天下大定，亦赖无为之功。宜有解张，阐兹玄化。"基于此三条理由，太宗要求，凡斋供行立、佛道讲论，道士、女官位于僧、尼之前。

《令道士在僧前诏》的三条理由中，道优佛劣、夷夏有别是两晋南北朝以来佛道论衡的常见话题。唯独皇室祖承老子一条，是太宗为了提高皇室的社会身份、加强政权统治力、影响力采取的新措施。与高祖相比，太宗对道教的态度似没有根本变化，只是把高祖朝道教置于三教之先的用意说明白了②。因此，祖承老子、张扬道教成了唐初宗教政策定型之后的第一个核心。

① （宋）欧阳修、宋祁等：《新唐书》卷一《高祖纪》，中华书局1975年版，第19页。
② 李唐皇室为老子后裔之说，在高祖武德年间已经开始传播。如王溥《唐会要》卷五十《尊崇道教》条记载，武德三年五月，晋州人吉善行于羊角山见一老叟，自云为大唐天子之祖，高祖得知后立庙于其地。据此而言，唐皇室为老子后裔之观念，应该在唐高祖朝甚至高祖起义之初就开始造势宣传。现今所见高祖之叙三教先后诏中，没有特别叙述老子为唐天子之祖，大致是因为这种观念还没有完全建立。王永平《道教与唐代社会》将太宗诏书"老君是朕先宗，尊祖重亲有生之本"，作高祖诏书内容，有误（首都师范大学出版社2002年版，第19页）。

高祖叙三教，儒家置于道教之后，似乎只是为了张扬道教而采取的一种策略。对于儒家，高祖自登基以来颇为重视。义宁三年（618）五月，高祖李渊定制国子学、太学、四门学、上郡学之生员人数和来源①。武德二年（619）颁《令国子学立周公孔子庙诏》，一方面表明自己"兴化崇儒"之意，一方面要求国子学立周公、孔子庙各一所，四时致祭。武德七年（624），高祖又下诏兴学，诏文就通过儒佛对比来刺激王公儒士重儒的热情。其中说："朕今欲敦本息末，崇尚儒宗，开后生之耳目，行先王之典训。而三教虽异，善归一揆。岂有沙门事佛，灵宇相望，朝贤宗儒，辟雍顿废？"②联系高祖推崇儒学的种种实际举措，他置儒家于道教之后，并不是重道轻儒。如果用太宗李世民的话来给高祖做注解，是因为"朕之本系，出自柱下"，所以孔门儒学只能屈居其次。在统治意识形态中，儒家的功能远不能与道家道教相比。高祖的三教排序，给佛教一个毫无疑问的信号：儒家都置于道教之后，佛教还能排到道教前面去吗？这样看来，高祖的三教排位，只有两个目的：第一是借推崇老子和道教来抬高唐皇室的门第，第二是抑制佛教。

太宗的道教置佛前诏书中，完全没有提及儒家的地位。然而，太宗推崇儒家之举远远超过高祖。贞观二年（628），太宗停以周公为先圣，立孔子庙堂于国学，以孔子为先圣，颜回为先师，又增筑国子学学舍，扩充太学、四门学生员。同年，太宗在反思梁武帝父子崇佛亡国的史实后，向侍臣说："朕今所好者，惟在尧、舜之道，周、孔之教，以为如鸟有翼，如鱼依水，失之必死，不可暂无耳。"③贞观七年（633），太宗以经籍文字多讹谬，命颜师古考定五经，令学者研习。又以儒学多门，章句繁杂，命国子祭酒孔颖达与诸儒撰定《五经》义疏，名为《五经正义》，凡170卷，令天下传习。贞观十四年（640），下诏访求前代名儒子孙，以便引擢。贞观二十一年（647），

---

① （后晋）刘昫等：《旧唐书》卷一百八十九上《儒学上》，中华书局1975年版，第4940页。"义宁三年"或为"义宁二年"之讹。义宁为隋恭帝杨侑年号。高祖攻占关中后，于大业十三年（617）十一月立代王杨侑为天子，改元义宁。义宁二年（618）五月戊午，恭帝下诏退位，禅让于李渊。李渊充实儒学队伍，应该发生在恭帝退位前数日。

② （宋）王钦若等编纂，周勋初等校订：《册府元龟（校订本）》卷五十，凤凰出版社2006年版，第529页。

③ （唐）吴兢：《贞观政要》卷六"慎所好"，上海古籍出版社1978年版，第195页。

下诏令庙堂祭祀时，左丘明等 21 位先贤与颜回俱配享孔子。可以说，至太宗朝前期，儒以治国的理念就已经牢固树立起来。而唐太宗的道在佛前诏，只排定"斋供行立"和"称谓"时的佛道顺序。儒家是作为统治思想，与这些活动没有关系。所以，以儒为主、经国理民，这是唐初宗教政策的第二个核心。

至于对佛教的态度，高祖和太宗确实有较大差异。从武德四年沙汰王世充统治下洛阳地区的佛教，到武德九年在全国范围内沙汰佛教，高祖抑制甚至削弱佛教发展的动机一直贯穿下来。高祖的宗教政策中，不但三教排位之争很可能为后面的《沙汰佛道诏》提供理论依据，而且为了沙汰佛教甚至不惜牺牲道教的利益，连同道教加以裁减。温大雅曾评价高祖之佛道信仰说："帝弘达至理，不语神怪，逮乎佛道，亦以致疑，未之深信。"[1]高祖沙汰佛道者，应该不单单是不"深信"佛道，更重要的原因在于经历隋末战乱之后社会凋敝、百废待兴的社会现实，以及宗教与政权、民众争利的政教矛盾。

太宗对于佛教似乎较多的是尊重和谦让。在佛教徒的记载中，先道后佛诏颁布 4 年后的贞观十五年（641）五月十四日，太宗幸弘福寺为穆太后追福，手制愿文，再次申明道先佛后之意，仅仅出于对祖先的尊崇，并没有冒犯佛教之意。"朕以先宗在前，可即大于佛也。自有国已来，何处别造道观？凡有功德，并归寺家。国内战场之始，无不一心归命于佛。今天下大定，战场之地并置佛寺。乃至本宅先妣，唯置佛寺。朕敬有处，所以尽命归依，师等宜悉朕怀。彼道士者，止是师习先宗，故位在前。今李家据国，李老在前。若释家治化，则释门居上。"[2]这是特意向佛教界申明，先道后佛仅仅是为了尊奉先祖，并非为了抑制佛教。太宗对佛教的妥协，和高祖对佛教的强硬，形成了对比。

不过，虽然太宗自登基以来主导、参与了许多佛事活动，如以国家之力

---

[1] （唐）温大雅撰，李季平、李锡厚点校：《大唐创业起居注》卷二，上海古籍出版社 1983 年版，第 23 页。

[2] （唐）释道宣撰，刘林魁校注：《集古今佛道论衡校注》卷丙，中华书局 2018 年版，第 229 页。

支持玄奘的译经事业，但他对佛教的警惕和排斥似乎一直存在着。贞观八年（634），长孙皇后随太宗至九成宫，患病，太子请大赦度僧，皇后说："赦者国之大事，佛道者示存异方之教耳，非惟政体靡弊，又是上所不为，岂以吾一妇人而乱天下法？"①太宗驾崩前4年，即贞观二十年（646），萧瑀请出家，太宗下诏斥责，其中表述自己对佛教的态度，说："至于佛教，非意所遵，虽有国之常经，固弊俗之虚术。何则？求其道者，未验福于将来；修其教者，翻受辜于既往。"②

太宗对佛教是相当功利的。贞观三年（629）十二月，太宗下诏，令"建义已来交兵之处，为义士勇夫殒身戎阵者各立一寺"，立寺的动机在虞世南、李伯药、褚亮、颜师古、岑文本、许敬宗、朱子奢等人所撰碑铭中表述出来，即"以纪功业"③。这与寺院作为佛教宗教活动场所的功能完全背离了。汤用彤先生曾经说，"（太宗）所修功德，多别有用心。贞观三年之设斋，忧五谷之不登也。为太武皇帝造龙田寺，为穆太后造弘福寺，申孺慕之怀也。为战亡人设斋行道，于战场置伽蓝十有余寺。今所知者，破薛举于豳州，立昭仁寺；破宋老生于吕州，立普济寺；破宋金刚于晋州，立慈云寺；破刘武周于汾州，立弘济寺；破王世充于邙山，立昭觉寺；破窦建德于郑州，立等慈寺；破刘黑闼于洺州，立招福寺；征高丽后，于幽州立悯忠寺，均为阵亡将士造福也。至若曾下诏度僧，想因祈雨而酬德也。"④此言可谓一语中的。这种实用性的佛教态度，使太宗佛事活动中的信仰成分大大缩水。

太宗对佛教尊重、谦让的同时，竭力防止佛教势力坐大。一旦佛教力量与执政策略冲突，他将坚定不移地对佛教予以制裁。道先佛后的诏书颁布后，在当时引起了不小的宗教骚乱。沙门智实、法琳、法常、慧净等上表力争，太宗令中书侍郎岑文本宣敕严诫。智实不屈，太宗乃杖责放还⑤。贞观十三年，当道士秦世英奏沙门法琳针对道先佛后诏著书毁谤皇宗，太宗遂敕

①　（后晋）刘昫等：《旧唐书》卷五十一《长孙皇后传》，中华书局1975年版，第2166页。
②　（后晋）刘昫等：《旧唐书》卷六十三《萧瑀传》，中华书局1975年版，第2403页。
③　（后晋）刘昫等：《旧唐书》卷二《太宗本纪》，中华书局1975年版，第37页。
④　汤用彤：《隋唐佛教史稿》，江苏教育出版社2007年版，第10页。
⑤　（唐）释道宣撰，郭绍林点校：《续高僧传》卷二十五《释智实传》，中华书局2014年版，第946—947页。

刑部尚书刘德威、礼部侍郎令狐德棻、侍御史韦悰、司空毛明素等勘问，最终流放法琳至益州①。从这一角度说，太宗对佛教的警惕和高祖对佛教的沙汰，在根本动机上是一致的。因此，唐初二帝的宗教政策中，对待佛教的态度都是尊重、防范并利用，要佛教为政权服务。这是唐初宗教政策的第三个核心。

总体来看，成熟于太宗朝的宗教政策可以概括为：以便于世俗政权统治为目的，充分发挥儒家的作用；为了提高皇权的统治力和凝聚力，搭乘先秦老子姓氏的便车，自称为老子后裔，以此提倡道教；在尊崇佛教的旗帜下，利用佛教的社会影响，方便世俗政权的统治，同时又警惕佛教的负面影响。这一政策在高祖朝和太宗朝稍有差异。大致而言，高祖抑制、防范过重，甚至有废除佛教的倾向；太宗则较为稳健，较高祖要更尊重佛教一些。

这样的宗教政策是以加强世俗政权的统治为导向的实用、功利的政策。它具有一定的稳定性。推崇道教是为了抬高皇族身份，道教是不会受到禁绝的，但如果道教内部出现不利于政权稳定的倾向，将毫不犹豫地给予打压。佛教虽然相当盛行，帝王也有许多为僧人称道的崇佛之举，但其核心功能是服务政权，不会让梁武帝式的佞佛历史再次重演。

（二）唐初三教论衡的展开和激化

隋代虽然有三教优劣之论辩，但三教关系总体上较为和睦。卒于开皇八年（588）的李士谦论三教优劣，说："佛，日也。道，月也。儒，五星也。"②开皇十一年（591），隋文帝颁布《诏立僧尼二寺记》，其中云："老庄无申业报之言，岂畅因缘之旨，眷言大道未为益得"③，故佛教为高。这些说法，都包含了佛先道后、佛优于道的宗教倾向，但在当时并没有引起佛、道二教

---

① （唐）释彦悰：《唐护法沙门法琳别传》卷中，《大正藏》第 50 册，新文丰出版公司 1983 年版，第 204 页中—下。

② （唐）魏征等：《隋书》卷七十七《李士谦传》，中华书局 1973 年版，第 1754 页。此说与梁武帝萧衍《会三教诗》中评三教优劣似有关联。

③ （清）王昶编：《金石萃编》卷三十八，《石刻史料新编》第一辑第 1 册，新文丰出版公司 1977 年版，第 658 页下。

或者儒、释、道三教之辩论。至仁寿四年（604），释昙迁与文帝论辩，说"世有三尊，各有光明，其用异也"，三尊者"佛为世尊，道为天尊，帝为至尊"也①。这里则是三教同尊之义了。隋代三教优劣论并没有引发三教之间的激烈论辩，究其原因，当在于政权对三教态度的一致性和稳定性。隋文帝是在北周灭佛后的佛教复兴潮流中实现政权禅代的。废除灭佛政策，复兴佛、道，争取佛、道信徒，是他政权更替的一个主要策略。因此，即使大业四年（608）间隋炀帝有沙汰僧徒之举，佛、道之宗教关系却一直没有大的调整。隋代的这种三教关系，一直延续到唐初。武德元年（618），唐高祖命沙门、道士各六十九人于太极殿七日行道，散席之日设千僧斋，沙门法琳以释、老二教同处弘宣，乃撰颂称之，其中有："仙台将法苑共华，玉镜与金轮齐转。"②

唐初佛道矛盾的激化始于武德四年(621)。此年六月，傅奕上疏十一条，云："释经诞妄，言妖事隐。损国破家，未闻益世。请胡佛邪教，退还天竺。凡是沙门，放归桑梓。则我家国昌泰，李、孔之教行焉。"③高祖纳傅奕疏，下诏问沙门出家有何利益。由傅奕掀起的唐初佛道论争，从武德四年一直延续到高祖朝结束。武德五年（622），沙门法琳上太子建成、秦王世民启，力斥傅奕之说。同年，沙门法琳、普应各著《破邪论》，东宫学士李师政制《内德论》《正邪论》，三人之作均斥责傅奕，为佛教张目。武德六年（623），太子建成等奏上法琳所著《破邪论》，傅奕所奏遂暂时寝息。武德七年（624），傅奕又上疏斥佛教害政，沙门明概作《决对论》责傅奕诽谤佛法。武德九年（626），清灵观道士李仲卿著《十异九迷论》，刘进喜著《显正论》，诋毁佛教，并托傅奕奏上。法琳又撰《辩正论》8卷，反驳李仲卿、刘进喜之作。高祖于是下诏询问皇太子，并令群臣详议。大臣多袒护佛教，唯独太仆卿张道源附和傅奕之说。虽然太子和群臣商议结果有利于佛教，但同年五月高祖还是

---

① （唐）释道宣撰，郭绍林点校：《续高僧传》卷十八《释昙迁传》，中华书局2014年版，第667页。

② （唐）释法琳：《辩正论》卷四，《大正藏》第52册，新文丰出版公司1983年版，第512页上。

③ （唐）释彦悰：《唐护法沙门法琳别传》卷上，《大正藏》第50册，新文丰出版公司1983年版，第198页下。

颁布了《沙汰佛道诏》。

从时间来看，最早引发高祖朝佛道矛盾的是傅奕。傅奕为相州邺人，隋开皇年间曾以仪曹事汉王杨谅。谅败，徙扶风。隋大业中，李渊为扶风太守时，以礼待傅奕。及李渊即位，傅奕拜太史丞。太史令庾俭荐傅奕自代，傅奕遂升为太史令。傅奕的学术素养出入于儒、道之间，他注《老子》，穷究阴阳术数之书。但在佛教徒的叙事中，他是一个对佛教怀有敌意的道教徒：

> （傅）奕在隋为黄冠，甚不得志。既承革政，得志朝廷。及为令，有道士傅仁均者颇娴历学，奕举为太史丞。遂与之附合，上疏请除罢释教事。①

> 有唐太史傅奕者，本宗李老，猜忌释门，潜图芟剪，用达其鄙。②

> （傅）奕素本无，道门起家，贫贱投僧乞贷，不遂所怀，蓄愤致嫌，固其本志。武德之始，西来入京，投道士王岿。岿道左之望，都邑所知，见其饥寒，延居私宅。岿通人也，待以上宾。三数日间，遂通其妇，入堂宴语，曾不避人。岿有兄子为僧，寺近岿宅，因往见之。奕大瞋怒，僧便告岿。岿初不信，曰："傅奕贫士，我将接在宅，岂为不轨耶？"僧曰："叔若有疑，可一往视。"相将至宅，果如所言，岿掩气而旋。③

关于傅奕与王岿妻私通一事，无从查证，应该有佛教徒对其攻击污蔑的成分④。但这两则事实却毫无疑问指向傅奕的身份——一位纯粹的道教徒。且，按照佛教徒的叙事，傅奕"在隋为黄冠"，很可能早在隋代就已加入道教。

---

① （元）释念常：《佛祖历代通载》卷十一，《大正藏》第 49 册，新文丰出版公司 1983 年版，第 564 页上。

② （唐）释道宣编撰：《广弘明集》卷六，《大正藏》第 52 册，新文丰出版公司 1983 年版，第 123 页中。

③ （唐）释道宣编撰：《广弘明集》卷六，《大正藏》第 52 册，新文丰出版公司 1983 年版，第 124 页中。

④ （明）王世贞：《弇州四部稿》卷一百七十三云："奕武德初入京，六十余，近七袠矣，岂有滛王岿妇事？盖释门恨而丑诋之故也。"（《文渊阁四库全书》本）

从傅奕武德四年上疏高祖，到高祖颁布《沙汰佛道诏》，从时间上看，似乎如佛教徒所言，是傅奕鼓动了高祖李渊，然后才有了沙汰佛教的决定。不过，傅奕虽然活动于北朝末期到隋唐初期，但其排佛态度却似乎直到唐代爆发出来。武德四年他上疏高祖，要求沙汰僧尼削减寺院，武德九年他连续7次上疏请除佛法①。贞观年间，太宗与之辩论佛教，他说："佛是胡中桀黠，欺诳夷狄，初止西域，渐流中国。遵尚其教，皆是邪僻小人，模写庄、老玄言，文饰妖幻之教耳。于百姓无补，于国家有害。"傅奕临终前，遗言戒子，说："老、庄玄一之篇，周、孔《六经》之说，是为名教，汝宜习之。妖胡乱华，举时皆惑，唯独窃叹，众不我从，悲夫！汝等勿学也。"②他还汇集晋、魏以来驳佛教者言行事迹为《高识传》10卷，盛行于世。这样来看，傅奕在唐初始态度决绝地拉起排佛大旗，很可能与高祖的宗教政策有关。

傅奕最早上疏高祖废僧尼、减寺塔，是在武德四年六月。而前此一月有余，即五月丙寅，王世充举东都投降。大致就在五月，高祖下敕，对洛阳佛教进行整顿，整顿内容就是"州别一寺，留三十僧，余者从俗"。傅奕六月二十日所上《请废佛法表》，将这一敕令的限制佛教的精神变成了废除佛教，要求佛教"退还天竺"、沙门"放归桑梓"，甚至附加了"利国益民事"十一条：

> 一曰众僧剃发染衣，不谒帝王，违离父母，非忠孝者……
>
> 二曰……大唐丁壮僧尼二十万众，共结胡法，足得人心，宁可不预备之哉？
>
> 三曰诸州及县，减省寺塔，则民安国治者……
>
> 四曰僧尼衣布省斋，则贫人不饥，蚕无横死者……
>
> 五曰断僧尼居贮，则百姓丰满，将士皆富……
>
> 六曰帝王无佛则大治年长，有佛则虐政祚短……
>
> 七曰封周孔之教，送与西域，而胡必不肯行……

---

① （宋）沙门志磐：《佛祖统纪》卷三十九，《大正藏》第49册，新文丰出版公司1983年版，第362页下。

② （后晋）刘昫等：《旧唐书》卷七十九《傅奕传》，中华书局1975年版，第2717页。

八曰统论佛教，虚多实少。

九曰隐农安匠，市廛度中，国富民饶者……

十曰帝王受命，皆革前政者。

十一曰直言忠谏，古来出口，祸及其身者。①

这十一条中，正面抨击佛教者集中在前八条。八条内容，几乎没有从思想上抨击佛教，而是集中在佛教危害政权、经济安全和违背儒家正统思想上。所以，傅奕的上疏似乎没有准备与佛教进行深入的辩论，只是为沙汰佛教找一个理由。

从武德年间傅奕的活动来看，他似乎特别受高祖李渊器重。傅奕"所奏天文密状，屡会上旨，置参旗、井钺等十二军之号，奕所定也。武德三年，进《漏刻新法》，遂行于时"②。此外，对于武德末年李世民的玄武门兵变，他似乎也有预感：

奕武德九年五月密奏太白见秦分，秦王当有天下，高祖以状授太宗。及太宗嗣位，召奕赐之食，谓曰："汝前所奏，几累于我，然今后但须尽言，无以前事为虑也。"③

《旧唐书》本传说，傅奕"虽究阴阳术数之书，而并不之信"，《新唐书》本传则说"奕虽善数，然尝自言其学不可以传"。虽然两《唐书》记载傅奕对术数之学的态度有所差异，但傅奕长于"阴阳术数"则是肯定的。现在来看，"太白见秦分"只是个借口，而熟悉唐初高层政治势力的消长应该是内在原因。傅奕既然具有这样的政治洞察能力，跟随高祖沙汰洛阳佛教的步子，撰写《请废佛法表》，为高祖限制佛教提供依据，也在情理之中。

傅奕之所以能成为武德年间排佛的旗手，可能与他的经历有关。释道宣记述傅奕经历，说：

傅奕，北地泥阳人。其本西凉，随魏入代，齐平入周，仕通道

---

① （唐）傅奕：《请废佛法表》，（清）董诰等编：《全唐文》卷一百三十三，中华书局1983年版，第1346页中一下。其中第八条参照《广弘明集》卷七释道宣《列代王臣滞惑解》、卷十二沙门明概《决对傅奕废佛法僧事（并表）》。

② （后晋）刘昫等：《旧唐书》卷七十九《傅奕传》，中华书局1975年版，第2715页。

③ （后晋）刘昫等：《旧唐书》卷七十九《傅奕传》，中华书局1975年版，第2716—2717页。

观。隋开皇十三年，与中山李播请为道士。十七年，事汉王，及谅

反迁于岐州。皇运初，授太史令。①

此段记述中，"十七年，事汉王"之前的内容，多为两《唐书》不载。现逐

一考察。第一，道宣说籍贯为"北地泥阳人"，两《唐书》说是"相州邺人"。

相州在北朝末期属于北齐，道宣说傅奕"齐平入周"，这与"相州邺人"符合。

但傅奕是否祖上为"北地泥阳人，其本西凉，随魏入代"，无从证明。第二，

道宣言傅奕"齐平入周，仕通道观"。两《唐书》傅奕本传说，贞观十三年

（639）傅奕卒，时年85。据此，傅奕生年当在西魏恭帝二年（555）。北周

平定北齐是在宣政元年（578），按照两《唐书》记载推测此年傅奕已经24

岁了。按照这个时间，从年龄来说，傅奕"齐平入周，仕通道观"，倒是有

点可能。第三，"隋开皇十三年，与中山李播请为道士"。李播为淳风之父。

《册府元龟》云："李播，淳风之父，仕隋为高唐尉。秩卑不得志，弃官而为

道士，颇有文学，自号'黄冠子'，文集行于世。"②《旧唐书》卷四十七有"《李

播集》三卷"。《新唐书》卷五十九有"黄冠子李播《天文大象赋》一卷，李

台集解"。《老子翼》卷三有"隋道士李播《老子注》两卷"。这样来看，不

但隋代有李播其人，而且李播还是一位有名的道士。依据此三点来推测，道

宣所叙傅奕生平，似无明显疑问。

　　傅奕在24岁的时候为北周通道观学士，这一经历与他充当唐初排佛旗

手产生密切联系。通道观为北周灭佛一月后的建德三年（574）六月二十九

日下诏设置。通道观学士大致有120人，来源于儒、释、道三教。见于文献

记载的僧人有释普旷、释道安和以释彦琮为首的邺城义学沙门十人；道士有

田谷十老：严达、王延、苏道标、程法明、周化生、王真微、史道乐、于长

文、张法成、伏道崇等；儒士官员有长孙炽、傅奕、张弌、阴颙等。通道观

设置的目的是为了会归歧说、消息诸种学说间的争驱，"壹圣贤之教"③。通

---

① （唐）释道宣编撰：《广弘明集》卷七，《大正藏》第52册，新文丰出版公司1983年版，
　　第134页上。

② （宋）王钦若等编纂，周勋初等校订：《册府元龟（校订本）》卷八百二十二，凤凰出版社
　　2006年版，第9566页。

③ （宋）司马光编著，（元）胡三省音注：《资治通鉴》卷一百七十一"陈高宗六年"，中华
　　书局1956年版，第5335页。

道观学士的文化活动主要是讲说《周易》《老子》《庄子》和佛经。他们最大的成果是编纂了道经目录7卷《三洞珠囊》以及100卷道教类书《无上秘要》①。进入通道观,对于24岁的傅奕来说,是熟悉佛、道二教教义以及各自利弊的绝好机会。他在武德四年沙汰洛阳佛教一个月后,就能完成《请废佛法表》,击中佛教要害,为高祖之举措提供历史和理论依据,这种素养或与他通道观期间与僧人道士的论辩、交流有关。②

是唐高祖的宗教政策激化了佛道矛盾,而不是道士傅奕的上疏,此点还可以从傅奕在太宗朝的排佛活动效应得到证明。太宗即位之初,鼓励傅奕"今后但须尽言,无以前事为虑也"。傅奕在太宗朝确实有许多排佛之举,除了撰成10卷《高识传》、临终诫子勿读佛书之外,他还在贞观六年(632)上书"令僧吹螺,不合击钟"③。傅奕排佛事迹在唐人小说中也留下踪迹:

> 太史令傅奕,博综群言,尤精《庄》《老》,以齐生死、混荣辱为事,深排释氏,嫉之如仇。尝至河东,遇弥勒塔,士女辐辏礼拜,奕长揖之曰:"汝往代之圣人,我当今之达士。"奕上疏请去释教……又上论十二首,高祖将从之,会传位而止。④

> 贞观中,西域献胡僧,咒术能生死人。太宗令于飞骑中选卒之壮勇者试之,如言而死,如言而苏。帝以告宗正卿傅奕,奕曰:"此邪法也。臣闻邪不干正,若使咒臣,必不能行。"帝召僧咒奕,奕对之,初无所觉。须臾,胡僧忽然自倒,若为物所击者,更不复苏。⑤

> 贞观中,有婆罗门僧言"佛齿所击,前无坚物",于是士女奔

---

① 刘林魁:《〈广弘明集〉研究》,中国社会科学出版社2011年版,第224—232页。
② (明)王世贞:《弇州四部稿续稿》卷一百五十六云:"考傅公十二论,引据治体正学,必以李老、孔子并称。然则公果少入通道观、事李播为道士耶?将无武德之际天子崇老氏为鼻祖,不免借重求胜耶?"(《文渊阁四库全书》本)。
③ (唐)释道宣撰:《广弘明集》卷七,《大正藏》第52册,新文丰出版公司1983年版,第135页上。
④ (唐)刘肃:《大唐新语》卷十,见上海古籍出版社编:《唐五代笔记小说大观》,上海古籍出版社2000年版,第302—303页。
⑤ (宋)王谠撰,周勋初校证:《唐语林校证》卷三,中华书局1987年版,第218页。

凑，其处如市。时傅奕方病卧，闻之，谓子曰："非是佛齿也。吾闻金刚石至坚，物莫能敌，唯羚羊角破之。汝但取试焉。"胡僧监护甚严。固求，良久乃得见。出角叩之，应手而碎，观者乃止。今理珠者用此角。①

傅奕的排佛行为，从高祖朝一直持续到太宗朝。但太宗朝似乎没有过多僧人在意傅奕的言行。他的《高识传》虽然在当时引起了较大反响，但对之认真批驳者是高宗朝释道宣，时间大概到了《广弘明集》成书的麟德（663—664）年间了。这一现象说明，傅奕的排佛思想没有得到太宗的支持，也不会引起佛徒的关注。

整个太宗朝的宗教关系渐趋缓和。对于强烈反对"道先佛后"宗教政策的僧人，太宗一方面严诫甚至杖责，一方面竭力示好，表明自己身为李老之后裔的不得已之处。与高祖的"道先佛后"政策相比，太宗似乎没有借助先后排序来沙汰甚至废除佛教之义。因此，太宗一朝的佛道辩论攻击之文献，就相当零散了。

综上所述，唐初二帝时期，因为宗教政策的变化引发了佛道之间的冲突。但因为高祖、太宗对待佛教政策的差异，不但始终如一坚持排佛的傅奕在这两朝有着不同的命运，而且两朝的佛道冲突之面貌也存在较大差异。由高祖创始，至太宗确立的宗教政策，渐渐在佛道信徒中得到了部分认可。这种接受作为一种社会思想基础，在此后佛道先后排序发生变化的情况下，也没有在宗教界掀起大的思想动荡。

二、高宗至玄宗时期宗教政策与三教论衡

从高宗至玄宗，是唐王朝走向繁盛并达到顶峰的一个重要历史阶段。此一阶段，由于武周改制，唐王朝的宗教政策在继承沿袭中出现了局部调整。三教论衡与宗教政策的调整相一致，也出现了一些变化。

---

① （宋）王谠撰，周勋初校证：《唐语林校证》卷三，中华书局 1987 年版，第 268 页。

（一）高宗朝宗教政策与三教论衡

贞观二十三年（649）六月李治即皇帝位，是为唐高宗。至弘道元年（683）十二月驾崩，高宗在位共 35 年。其间，永徽六年（655）立武则天为皇后，此后即参与朝政大事。虽然如此，高宗在位的三十多年，宗教政策基本上是一致的。武则天对宗教政策的调整，主要发生在高宗驾崩之后。基于此，考察高宗朝宗教政策与三教论衡的关系，以其在位的 35 年间的相关政令和宗教活动为依据，是基本可行的。

高宗一朝，基本上延续了高祖、太宗时期的宗教政策。这种延续，突出地表现在僧道先后排位和佛道二教服务于政权两个方面。道先佛后政策肇始于高祖朝，至太宗则明确下来。显庆元年（656），玄奘病重，上奏高宗二事：请变更僧道名位先后政策、请停止用俗法推勘僧道事。高宗回答说："佛道名位，先朝处分，事须平章。其同俗敕，即遣停废。"[1]不久即停止以俗法推勘僧道，但对"平章"僧道先后事却反应极慢。直至上元元年（674）八月二十四日，始诏令："公私斋会及参集之处，道士、女冠在东，僧、尼在西，不须更为先后。"[2]以左、右之空间顺序代替先、后之时间顺序，意在调和佛道矛盾、缓解冲突。

高宗同样推行佛、道二教服务于政权的政策。显庆二年（657）八月，高宗颁《僧尼不得受父母拜诏》：

> 释典冲虚，有无兼谢，正觉凝寂，彼我俱忘，岂自尊崇，然后为法？圣人之心，主于慈孝，父子君臣之际，长幼仁义之序，与夫周公、孔子之教，异轸同归。弃礼悖德，深所不取。僧尼之徒，自云离俗，先自贵高，父母之亲，人伦以极，整容端坐，受其礼拜，自余尊属，莫不皆然，有伤名教，实斁彝典。自今以后，僧尼不得受父母及尊者礼拜。[3]

① （唐）沙门慧立、彦悰撰，孙毓棠、谢方点校：《大唐大慈恩寺三藏法师传》卷九，中华书局 2000 年版，第 193 页。

② （宋）王溥：《唐会要》卷四十九，上海古籍出版社 2006 年版，第 1006 页。

③ （唐）杜佑撰，王文锦等点校：《通典》卷六十八，中华书局 1988 年版，第 1892—1893 页。

此诏立足佛经与儒典"异辙同归"，以佛教伦理有悖儒家礼仪为缘由，要求僧尼放弃"自贵高"而服从于人伦之极则。诏令之精神，是要强令僧尼服从儒家之孝道和父子礼制。

显庆二年的诏令，似乎并没有激起佛教界的强烈反抗。龙朔二年（662）四月，高宗又敕令僧道致敬父母：

> 君亲之义，在三之训为重。爱敬之道，凡百之行攸先。然释老二门，虽理绝常境，恭孝之躅，事叶儒津。遂于尊极之地，不行跪拜之礼，因循自久，迄乎兹辰。宋朝暂革此风，少选还遵旧贯。朕禀天经以扬孝，资地义而宣礼，奖以名教，被兹真俗，而濑乡之基克成天构，连河之化付以国王，裁制之由，谅归斯矣。今欲令道士、女官、僧、尼，于君、皇后及皇太子、其父母所致拜，或恐爽其恒情，宜付有司详议奏闻。[①]

此敕令延续显庆二年诏书之精神，以儒家君亲孝敬之义约束佛、道信徒。但对僧尼道士的要求，力度和内容都有所拓展：僧尼不仅不受俗世之敬拜，反而要拜俗；僧尼敬拜的范围也不仅限于有血缘关系的父母，更要拓展至帝王、皇后、太子等。这次敕令是高宗在试探宗教界的反应，所以说"或恐爽其恒情，宜付有司详议"。之后，沙门道宣、威秀等200多人至蓬莱宫上表抗拒，又上书亲贵权要求助，其中就有武则天生母荣国夫人杨氏。至五月，高宗大集文武官僚九品以上及州县官千有余人，坐中台都堂议之。以议致敬事状崇佛者多，高宗乃于六月再下诏停令致敬其君，跪拜父母依旧。

高宗推动沙门致拜君亲一事，是高祖、太宗宗教政策的延续和深化。这一举措，促生了一批三教论衡文献。龙朔二年（662），弘福寺沙门彦悰纂录《集沙门不应拜俗等事》6卷，汇集历代佛徒辩论沙门不应跪拜君亲的文献和事件，所辑录者始于东晋成帝咸康六年（340），终于唐高宗龙朔二年（662）十月。龙朔元年（661）至麟德元年（664），西明寺沙门道宣

---

① 唐高宗：《制沙门等致拜君亲敕》，见（唐）释道宣编撰：《广弘明集》卷二十五，《大正藏》第52册，新文丰出版公司1983年版，第284页上。

撰集《集古今佛道论衡》4 卷，叙录历代佛道二教交争事件，迄于东汉，终于唐初，共收录 34 事。麟德元年，道宣在借鉴参考《集古今佛道论衡》《集沙门不应拜俗等事》以及僧祐《弘明集》的基础上，撰成 30 卷《广弘明集》。《广弘明集》分 10 篇归类收录东汉至唐初各类弘扬佛法的文献。此书之"归正篇""辨惑篇"论证以佛为正的三教关系，此两篇多与《集古今佛道论衡》重合。"僧行篇"张扬名僧大德之行迹，也收录了沙门致拜君亲的相关文献。这三部著作的成书，与高宗朝沙门致拜君亲以及道先佛后政策相关联。不同的是，高祖、太宗朝由宗教政策调整而引起的三教矛盾，在此一时期似乎渐趋平和。彦悰、道宣的著作有一个共同之处，那就是通过文献汇编来证明自己的宗教立场，从而达到宣扬佛教的目的。这种做法，在一定程度上带有总结性质，即对南北朝至唐朝初期三教关系发展历程的回顾与评判。

除了龙朔年间沙门敬拜君亲的争议曾经引起过佛教界的群体性回应，整个高宗一朝宗教关系还是比较平稳的。此种较为平和的宗教政策，与高僧玄奘的影响以及高宗自身体弱多病等因素密切相关。

高宗患头痛疾病，见于史书记载。《旧唐书·则天皇后本纪》云："帝自显庆（656—661）以后，多苦风疾，百司表奏，皆委天后详决。"[1]《旧唐书·高宗本纪》亦云：

> 上苦头重不可忍，侍医秦鸣鹤曰："刺头微出血，可愈。"天后帷中言曰："此可斩，欲刺血于人主首耶！"上曰："吾苦头重，出血未必不佳。"即刺百会，上曰："吾眼明矣。"[2]

《新唐书·后妃传》明确记载秦鸣鹤医治高宗"头眩不能视"[3]之病痛是在仪凤三年（678）。由此上推，可以说，高宗登基不久，便因头重、头眩之苦，即将朝政事务托于武则天。

高宗从繁忙的朝政事务中脱身，选择其他路径转移注意力，减轻病痛。

---

[1] （后晋）刘昫等：《旧唐书》卷六《则天皇后本纪》，中华书局 1975 年版，第 115 页。

[2] （后晋）刘昫等：《旧唐书》卷五《高宗本纪》，中华书局 1975 年版，第 111 页。

[3] （宋）欧阳修、宋祁等：《新唐书》卷七十六《则天武皇后传》，中华书局 1975 年版，第 3477 页。

显庆到龙朔年间（656—663），高宗多次驾临西都蓬莱宫、东都合璧宫，举行三教讲论。据不完全统计，高宗一朝的三教论衡计 13 次，举行时间明确为显庆、龙朔年间者凡 10 次，在蓬莱宫举行者凡 4 次，在合璧宫举行者凡 2 次。从时间上推算，这段时间正是高宗"委天后详决"政务之初。从辩论动机来看，娱情目的也很明显。辩论过程中僧人、道士非常注重相互嘲谑，而对辩论的效果、气氛的记载也同样突出观众尤其是高宗的笑声、笑容。如："天子欣然""上大笑称善""上大笑曰""上大笑""上皆垂恩欣笑""天子回光，惊美其辩，舒颜解颐而笑""上大笑，令更难""上又笑"。当然，高宗以三教论衡娱乐性情，麟德年间之后或有减少，但并没有中断。《旧唐书·罗道琮传》云："（罗）道琮寻以明经登第。高宗末，官至太学博士。每与太学助教康国安、道士李荣等讲论，为时所称。"[1]这说明，以帝王为观众之核心、以娱情为目的的宫廷三教论衡，一直延续到高宗朝末期。现有此一时期的三教论衡文献，主要保存在释道宣《集古今佛道论衡》。但因为此书撰成于麟德年间，麟德以后至高宗驾崩期间的三教论衡文献，也就存世极少了。

高宗朝宫廷三教论衡的兴起过程中，玄奘法师扮演着一个重要的角色。早在李治为太子时，玄奘法师就与其交往密切。贞观二十二年（648）六月，太宗李世民撰写《大唐三藏圣教序》，太子李治也撰写《述圣记》以赞美玄奘。李治登基之后，一直支持玄奘的译经事业。显庆元年（656），应玄奘法师之请，高宗命于志宁、许敬宗、薛元超、李义府、杜正伦等人为译经润文使，并自撰《慈恩寺碑》。同年，诏以坊州玉华宫为寺，命玄奘法师居之，以便译经。从这一时期的论衡文献来看，玄奘与三教论衡关系密切。

其一，三教论衡的僧人，多与玄奘有密切关联。显庆、龙朔年间，参与三教论衡的僧人主要有会隐、慧立、神泰、义褒、静泰、灵辩六人。六人之中，会隐、慧立、神泰、义褒等都先后参与了玄奘主持的佛经翻译，自然与

---

[1]　（后晋）刘昫等：《旧唐书》卷一百八十九上《罗道琮传》，中华书局 1975 年版，第 4956—4957 页。

玄奘有过学识之交流、共鸣。静泰于麟德二年撰《众经目录》5卷，在隋代译经录基础上特意增加了玄奘译经。灵辩于永徽年中暂游东都，寻奉敕住大慈恩寺，此时的大慈恩寺正是玄奘翻经之译场。由此可言，显庆、龙朔年间三教论衡释教一方，与玄奘三藏之学识息息相关。

其二，三教论衡的教义，也与玄奘佛经翻译存在关联。玄奘在每部佛经翻译成功之后，都要组织僧人宣讲，宣讲的目的就是弘扬新译经典之教义。高宗朝三教论衡中佛教方面的竖题立义，也与玄奘翻译之经典有着直接关联。如显庆三年（657）四月，会隐竖"五蕴"义。"五蕴"义的佛典依据很可能就是玄奘翻译之《大乘五蕴论》。高宗显庆三年（658）四月佛道论衡时，慧立讲因缘义、三性义，此义当为宣扬唯识学之经义，而唯识学正是玄奘大力宣扬的佛教义学。

其三，三教论衡的过程有玄奘的身影。如，唐显庆三年六月十三日百福殿佛道论衡结束后：

> 三藏玄奘在西明寺度僧，不在论席。十四日平旦，敕使报奘，云："七僧入内与道士论议。五人论大胜，齗州师最好。两人虽未论议，亦应例是胜也。"①

这次佛道论衡，玄奘虽然没有参与，但高宗及时告知玄奘辩论结果。显然，玄奘在此次佛道论衡中的地位是非常特别的。显庆三年四月皇宫内佛道论衡结束时：

> 时既夜久，息言奉辞。敕云："好去。"各还宿所。经停少时，敕使告云："语师等，因缘义大好，何不早论。"于时三藏已下，莫不欣庆。②

此次辩论中，佛教一方的命题受到了高宗的肯定。"三藏已下"欢欣鼓舞者，特别强调玄奘三藏，亦足见他在三教论衡中的地位相当重要，被作为一个特别的参照。

---

① （唐）释道宣撰，刘林魁校注：《集古今佛道论衡校注》卷丁，中华书局2018年版，第263页。
② （唐）释道宣撰，刘林魁校注：《集古今佛道论衡校注》卷丁，中华书局2018年版，第257页。

（二）则天朝宗教政策与三教论衡

弘道元年（683）十二月，高宗李治驾崩，太子李显即位，是为中宗。光宅元年（684）二月，武则天废中宗为庐陵王，立李旦为帝，此为睿宗，政事则由太后武则天处理。载初元年（690）武则天废睿宗，正式称帝，改国号为周。神龙元年（705），宰相张柬之等人发动政变逼迫武则天退位。同年十二月武则天病逝于洛阳上阳宫。武则天统治的 20 多年间，宗教政策有大的调整，三教论衡也因此有了较大变化。

武则天在她登基的第二年，即天授二年（691）三月，即颁布《释教在道法上制》：

> 朕先蒙金口之记，又承宝偈之文，历数表于当今，本愿标于曩劫。《大云》阐奥，明王国之祯符；《方等》发扬，显自在之丕业。驭一境而敷化，弘五戒以训人。爰开革命之阶，方启惟新之运，宜叶随时之义，以申自我之规。虽实际如如，理忘于先后；翘心恳恳，畏展于勤诚。自今已后，释教宜在道法之上，缁服处黄冠之前。庶得道有识以归依，拯群生于回向。布告遐迩，知朕意焉。①

制令肯定了佛教在武周"革命""维新"中的巨大贡献，并规定"释教宜在道法之上，缁服处黄冠之前"。武则天张扬佛教抑制道教的做法，与她在高宗朝的表现形成了鲜明对比。高宗上元元年（674），武后曾上奏高宗十二条，迎合自高祖以来定老子为唐皇室宗祖的政策，请王公百僚皆习《老子》，并要每岁依《孝经》《论语》例试人。仪凤三年（678），高宗诏《道德经》为上经，要求贡举人皆需兼通。武则天登基之后，长寿二年（693）即罢举人习《老子》。形势变了，武则天要实现周唐改制，就要在思想上压低李唐皇祖老子的地位，佛教成为与道教抗衡的有力武器。

《释教在道法上制》中说"《大云》""明王国之祯符"，"《方等》""显自在之丕业"，亦见于武则天《大周新译大方广佛华严经序》。其中云："金山

---

① （宋）宋敏求编：《唐大诏令集》卷一百一十三，中华书局 2008 年版，第 587 页。

降旨，《大云》之偈先彰；玉扆披祥，《宝雨》之文后及"。前文之《方等》，是指《方等经》，为大乘佛经之总称。《大云》《宝雨》，为佛教经典《大云经》《宝雨经》。《大云经》现存两种：北凉昙无谶译6卷《大方等无想经》、姚秦竺佛念译《大云无想经》（仅存第九卷）。《宝雨经》仅一部10卷，为唐达摩流支翻译。《大方等无想经》卷四讲述天女以女身王国土的前世因缘：

> 佛即赞言："善哉善哉。夫惭愧者，即是众生善法衣服。天女，时王夫人即汝身是。汝于彼佛暂得一闻《大涅槃经》，以是因缘，今得天身，值我出世，复闻深义。舍是天形，即以女身当王国土，得转轮王所统领处四分之一，得大自在，受持五戒，作优婆夷，教化所属城邑、聚落、男子、女人、大小，受持五戒，守护正法，摧伏外道，诸邪异见。汝于尔时实是菩萨，为化众生，现受女身。"①

《宝雨经》则讲述佛于伽耶山授记于月光天子，言其当于支那国作女王。此二部佛经所宣扬之女身成王之说，正足以成为武周禅代的理论依据。基于此，有僧人遂依据佛经为武则天登基造势。《旧唐书》云："有沙门十人伪撰《大云经》，表上之，盛言神皇受命之事。制颁于天下，令诸州各置大云寺，总度僧千人。"② 这里的《大云经》实则为《大云经疏》，现存敦煌文献中就有S2658、S6502两个抄本。有学者研究后认为，"《大云经疏》之作，实是武则天授命薛怀义等所炮制，目的是为武则天以女身君临天下制造舆论，使她具有'受命于佛'的'合法身份'。"③

借宗教为其登基造势，是武则天一贯的政策。载初元年（690），即颁布《释教在道法上制》的前一年，武则天组织明堂三教论衡。《旧唐书》云："其年（载初元年）二月，则天又御明堂，大开三教。内史邢文伟讲《孝经》，命侍臣及僧、道士等以次论议，日昃乃罢。"④ 此次三教论衡的内容，略见于《新唐书·邢文伟传》：

---

① 昙无谶译：《大方等无想经》卷四，《大正藏》第12册，新文丰出版公司1983年版，第1098页上。
② （后晋）刘昫等：《旧唐书》卷六《武则天皇后传》，中华书局1975年版，第121页。
③ 林世田：《〈大云经疏〉初步研究》，《文献》2002年第4期。
④ （后晋）刘昫等：《旧唐书》卷二十二《礼仪志二》，中华书局1975年版，第864页。

武后时，累迁凤阁侍郎，兼弘文馆学士。载初元年，为内史。后御明堂，诏文伟发《孝经》。后问："天与帝异称云何？"文伟曰："天、帝一也。"制曰："郊后稷以配天，祀文王于明堂以配上帝，奈何而一？"对曰："先儒执论不同，昊天及五方总六天帝。"后曰："帝有六，则天不同称，固矣。"文伟不得对。后曰："移风易俗，莫善于乐。伯牙鼓琴，钟期听之，知意在山水，是人能移风易俗矣。何取乐邪？"文伟曰："圣人作乐，平人心，变风俗。末世乐坏，则为人所移。"后喜，赐帛。①

明堂是儒家礼制的重要组成部分。在传统意义上，祭祀上帝、飨食祖先、接见诸侯、发布政令、讲学行礼，均在此举行。武周时期的明堂建于垂拱三年（687）春至四年（688）正月。明堂北面又造佛堂。证圣元年（695）正月，佛堂和明堂为大火烧毁。武则天建造明堂，除了传统的祭祀与政教目的外，更有现实的政治用意，她要"借助明堂禅唐建周，登上皇帝宝座"②。

载初元年的明堂论衡中，武则天与邢文伟辩论的内容是"天"与"帝"的关系，辩论的结果不在于二者到底有何种区别、联系，而要归结于"移风易俗"的精神。武则天所喜者正在于自己从辩论中得出"人可以移风易俗"的结论。邢文伟的回答，也在一定程度上肯定了人可以移"乐"。"礼乐"是中国封建社会的制度总称。既然可以移礼乐，也就可以周唐禅代，女子可以为皇帝、为天子了！明堂三教论衡中，佛道二教参与者及其辩论内容文献阙载。但大致而言，其辩论内容不出邢文伟辩论的范围。三教论衡只是形式，目的是要从三教中寻找武则天君临天下的理论依据。

借助宗教为实现武周禅代造势，但佛道二教又是区别对待的。抬高了佛教，自然就要压制道教。在李唐皇室自命为道教教祖老子后裔的背景中，此举有突出的政治用意。从这一角度说，武则天宗教政策的改变，是为已经改变了的统治势力服务。不过，这种变化势必加剧佛道二教的争斗，在一定程

---

① （宋）欧阳修、宋祁等：《新唐书》卷一百零六《邢文伟传》，中华书局1975年版，第4057—4058页。

② 邵治国：《武则天明堂政治与明堂大火考》，《唐都学刊》2005年第2期。

度上这又是武则天不愿意看到的。

万岁通天元年（696），沙门惠澄乞依前朝毁《老子化胡经》，敕秋官侍郎刘如璇等八学士议之。《佛祖统纪》云："福先寺沙门慧澄，乞依前朝毁《老子化胡经》"①。"慧澄"即惠澄，曾驻锡福先寺。惠澄事迹，文献缺载，付诸阙如。但福先寺在武周一朝，地位极高。《唐会要》卷四十八云："福先寺，游艺坊。武太后母杨氏宅。上元二年（675），立为太原寺。垂拱三年（687）二月，改为魏国寺。天授二年（691），改为福先寺。"②此次辩论中，八学士以为《化胡经》"汉隋诸书所载，不当除削"。辩论结束后，武则天颁布《僧道并重敕》：

> 老君化胡，典诰攸著，岂容僧辈，妄请削除。故知偏辞，难以凭据，当依对定，佥议惟允。傥若史籍无据，俗官何忍虚承？明知化胡是真，作佛非谬，道能方便设教，佛本因道而生，老释既自元同，道佛亦合齐重。自今后，僧入观不礼拜天尊，道士入寺不瞻仰佛像，各勒还俗，仍科违敕之罪。③

文中所云"老君化胡，典诰攸著"以及"明知化胡是真，作佛非谬，道能方便设教，佛本因道而生"，有道教优于佛教之寓意，或有道教徒篡改之处，但全文宗旨大致不伪。敕令立足于"老释既自元同，道佛亦合齐重"的观点，要求"僧入观不礼拜天尊，道士入寺不瞻仰佛像"者要"各勒还俗"，判以"违敕之罪"受处罚。这里要求佛道二教不互敬对方教主，纯粹是调和矛盾、平息争端的态度！所谓佛道"元同""齐重"之说，已经在一定程度上否定天授二年《释教在道法上制》的政策。

圣历元年（698）正月，武则天又有《条流佛道二教制》制止佛道二教争毁：

> 佛道二教，同归于善，无为究竟，皆是一宗。比有浅识之徒，竞生物我，或因忿怒，各出丑言。僧既排斥老君，道士乃诽谤佛

---

① （宋）沙门志磐：《佛祖统纪》卷三十九，《大正藏》第49册，新文丰出版公司1983年版，第370页中。
② （宋）王溥：《唐会要》卷四十八，上海古籍出版社2006年版，第993页。
③ （清）董诰等编：《全唐文》卷九十六，中华书局1983年版，第990页下—991页上。

法，更相訾毁，务在加诸，人而无知，一至于此。且出家之人，须
崇业行，非圣犯义，岂是法门。自今僧及道士，敢毁谤佛道者，先
决杖，即令还俗。①

制令立足于"佛道二教，同归于善"，要求"僧及道士"不得相互毁谤。
而颁布政令的背景则是"僧既排斥老君，道士乃诽谤佛法，更相訾毁，务在
加诸"，甚至"或因忿怒，各出丑言"。看来，前此三年颁布的《僧道并重敕》，
在调和佛道矛盾、平息佛道争衡上，并没有起到明显的效应。这次，则天皇
帝惩罚措施更为激进，不光要勒令违背宗教政策者还俗，而且要在撤销宗教
身份之前以俗世之法"决杖"。这说明则天一朝佛道交争是何等激烈！这种
僧人道士恶言相向的状况，与武则天的宗教政策有直接关联。

武则天的宗教政策刺激了此一时期的宗教斗争，有些宗教徒在此一形势
下即转变信仰：

> 释玄嶷，俗姓杜氏。幼入玄门，才通经法，黄冠之侣推其明
> 哲。出类逸群，号杜乂炼师。方登极箓，为洛都大恒观主。游心
> 《七略》，得理《三玄》，道术之流，推为纲领。天后心崇大法，杨
> （"杨"当为"扬"）阐释宗，悟其食蓼非甘，却行远舍，愿反初服，
> 向佛而归。遂恳求剃落，诏许度之，住佛授记寺，寻为寺都焉。则
> 知在草为英，在禽为雄，信有之矣。续参翻译，悉彼宗之乖谬，知
> 正教之可凭。或问之曰："子何信佛邪？"嶷曰："生死飙疾，宜早图
> 之，无令临衢整辔，中流竚柂乎？有若环车望斗，劾鬼求仙，以此
> 用心，非究尽也。"乃造《甄正论》一部，指斥其失，令归正真，
> 施设主客问答，极为省要焉。嶷不知厥终。②

杜乂所在之"洛阳大恒观"，《开元释教录》卷九作"大弘道观"。"大
恒观"，或许为"大恒道观"，《宋高僧传·释法明传》记述中宗神龙元年
《老子化胡经》辩论时，参与者有"洛京大恒道观主桓道彦"③。又，《佛祖

---

① （宋）宋敏求编：《唐大诏令集》卷一百一十三，中华书局 2008 年版，第 587 页。
② （宋）释赞宁撰，范祥雍点校：《宋高僧传》卷十七《释玄嶷传》，中华书局 1987 年版，
　第 414 页。
③ （宋）释赞宁撰，范祥雍点校：《宋高僧传》卷十七《释法明传》，中华书局 1987 年版，
　第 415 页。

统纪》卷四十记载同一事件说"弘道观者桓道彦表留《化胡经》"①。故而，"大弘道观"就是"大恒道观""大恒观""弘道观"。此应为洛京比较显赫的道观。

据《佛祖统纪》卷三十九，杜乂舍道事佛在万岁登封元年（696）。此事不仅为则天皇帝许可，更得到了某种程度的鼓励。钱易《南部新书》云："天后朝，道士杜乂，回心求愿为僧。敕许剃染，配佛授记，法名'元（玄）嶷'，敕赐三十夏腊，以其乍入法流，须居下位，苟赐虚腊，则顿为老成也。赐夏腊始于此矣。"②《大宋僧史略·赐夏腊》有同样记载。赐夏腊保证了杜乂由道教转入佛教之后，仍能够居于僧团之高层。

杜乂舍道事佛之后，取法名为玄嶷，驻锡佛授记寺，参与佛经翻译，又撰《甄正论》3卷。此书指斥道教天尊为虚谬之说，认为道教三世因果之说全为剽窃佛教，道教经典多为妄造。由曾经信仰道教的佛教徒攻击道教，其效果是显著的。释赞宁说："历闻玄嶷曾寄黄冠，熟其本教。及归释族，斥彼妄源，不须四月而试之，已纳一城之款矣。"③佛道教徒转变信仰，古已有之。但杜乂舍道事佛，却由特定宗教政策所导致。

（三）玄宗朝宗教政策与三教论衡

武周政权结束后，从唐中宗开始，宗教政策又有了变革。这种变革并不像武则天朝那样迅速。从中宗经睿宗至玄宗，才基本完成了宗教政策的变革和调整。不过，由于种种原因，此一时期宗教政策的调整对于三教论衡的影响效果，已经没有唐初二帝和武则天朝那样显著了。

中宗两次即皇帝位。嗣圣元年即位不足两月即被武则天废为庐陵王，其施政纲领尚未得施展。神龙元年（705）再次即位，景龙四年（710）六月驾崩。第二次即位之初，中宗诏僧、道集内殿定夺《化胡经》真伪。时百官盛

① （宋）沙门志磐：《佛祖统纪》卷四十，《大正藏》第49册，新文丰出版公司1983年版，第371页中。
② （宋）钱易撰，黄寿成点校：《南部新书》卷戊，中华书局2002年版，第62页。
③ （宋）释赞宁撰，范祥雍点校：《宋高僧传》卷十七《释玄嶷传》，中华书局1987年版，第414页。

集侍听，高僧、高道对抗论辩。九月壬午，下敕禁《老子化胡经》。道士桓道彦上表反对，中宗解释说："矧夫三圣重光，玄元统序，岂忘老教，偏意释宗。朕志款还淳，情存去伪。理乖事舛者，虽在亲而亦除；义符名当者，虽有怨而必录。"①从中宗的回应言辞来说，似乎在去妄存真。但宗教典籍中，自神其教者比比皆是，若要去妄，何以仅选择道教一方经典。在《禁〈化胡经〉敕》中，中宗说："朕明居宝位，惟新阐政，再安宗社，展恭禋之大礼，降雷雨之鸿恩，爰及缁黄，兼申惩劝。如闻天下诸道观皆尽（当为"画"之讹）《化胡成佛变相》，僧寺亦画玄元之形，两教尊容，二俱不可。"②据此可知，《老子化胡经》在当时已经成为佛道二教争斗的焦点，二教都以此为依据证明各自的优胜。中宗即位之初，即禁止《化胡经》流行，其目的是在调和因则天宗教政策而激化的佛道矛盾，更为自己"再安宗社"赢得宗教界的支持。这种调和佛道以获取宗教支持的政策，还体现在他建立佛寺道观上。中宗复位之初，即下令天下诸州立寺、观各一所，皆以中兴为名。至神龙三年（707），所有中兴寺、观又改名为龙兴。

睿宗也先后两次即位。第一次在中宗废为庐陵王后，虽然在位6年，政出其母武则天。第二次即位是景云元年（710），中宗驾崩后临淄王李隆基与太平公主发动政变诛杀韦皇后，然后扶持睿宗李旦登基。睿宗再次即位后执政3年，至太极元年（712）禅位。退位前一年，即景云二年（711）四月，睿宗颁布《僧道并行并进制》：

> 朕闻释及玄宗，理均迹异，拯人救俗，教别功齐。岂有于其中间，妄生彼我，不遵善下之旨，相高无上之法，有殊圣教，颇失道源。自今每缘法事集会，僧尼道士女冠等，宜齐行并进。③

此制仍以佛道二教"理均迹异，拯人救俗，教别功齐"为依据，要求"每缘法事集会"佛道教徒要齐行并进。《佛祖历代通载》云："初太宗以老子为皇宗，升于释氏之上。至则天朝，复在释氏之下。今此已往，遂为永式，令

① （宋）释赞宁撰，范祥雍点校：《宋高僧传》卷十七《释法明传》，中华书局1987年版，第415页。
② （宋）释赞宁撰，范祥雍点校：《宋高僧传》卷十七《释法明传》，中华书局1987年版，第415页。
③ （宋）宋敏求编：《唐大诏令集》卷一百一十三，中华书局2008年版，第587页。

齐班并集。"① 此即说明睿宗此制令的调和性。实则，制令中已经说明，之所以如此要求，是因为佛道二教"妄生彼我"、互争高下。同样是在景云二年，睿宗为两位公主造道观，命太清观道士史崇玄为师，"观始兴，诏崇玄护作，日万人。群浮屠疾之，以钱数十万赂狂人段谦冒入承天门，升太极殿，自称天子。有司执之，辞曰：'崇玄使我来。'诏流岭南，且敕浮屠、方士无两竞。"② 此事亦见睿宗极力调和佛道宗教矛盾的意愿。

玄宗先天元年（712）登基，至天宝十五年（756）退位共执政 45 年。玄宗朝的宗教政策，与前朝最显著的差别是崇道抑佛。现存文献中，玄宗有十九道敕令整肃佛教。这些敕令集中在五个方面：整理僧制、限制寺院数目，限制佛事活动的内容和规模，改变佛教礼仪，限制僧尼与世俗人士的交往，取缔三阶教教团的无尽藏③。玄宗的崇道，显著体现在提高老子地位、尊崇道教经典、优待道士女冠和广修道观、屡度道士四个方面④。玄宗在位近半个世纪，宗教政策前后有一些变化和调整，其抑制佛教的力度在天宝年间逐渐减弱，但总体上崇道抑佛的政策是前后一致的。

玄宗的某些举措颇同于前朝。如：玄宗亲自注释《孝经》《老子》《金刚经》，令天下传授，以调和三教、缓解矛盾；开元二年（714），玄宗问左街僧录神光法师曰："佛于众生有何恩德，致舍君亲妻子而师事之？说若有理，朕当建立。说若无理，朕当削除。"⑤ 此举与高祖问沙门法琳出家有何损益，如出一辙；同年闰二月三日，制《令僧尼道士女冠拜父母敕》，敕令以"孝者，天之经，地之义，人之行。故自天子下至庶人，资于敬爱，以事父母"⑥ 为依据，要求僧道敬拜父母，此举又同于高宗令沙门致拜君亲之举。但总体而言，玄宗的宗教政策是对武则天佛先道后政策的反振。武则天扶持佛教，他

① （元）释念常：《佛祖历代通载》卷十二，《大正藏》第 49 册，新文丰出版公司 1983 年版，第 587 页中—下。
② （宋）欧阳修、宋祁等：《新唐书》卷八十三《金仙公主传》，中华书局 1975 年版，第 3656—3657 页。
③ 赖永海主编：《中国佛教通史（第五卷）》，江苏人民出版社 2010 年版，第 202—203 页。
④ 薛平栓：《论唐玄宗的宗教政策》，《兰州大学学报》2001 年第 4 期。
⑤ （元）释觉岸：《释氏稽古略》卷三，《大正藏》第 49 册，新文丰出版公司 1983 年版，第 824 页中。
⑥ （宋）宋敏求编：《唐大诏令集》卷一百一十三，中华书局 2008 年版，第 588 页。

扶持道教。从这一点讲，玄宗的宗教政策自然颇同于高祖、太宗、高宗三朝。但时代变迁，玄宗不再简单重复唐初三帝的宗教政策。

自太宗后期开始，虽有道先佛后政策，但对佛教的扶持一直没有减弱，佛教的发展至武则天朝达到高潮。则天朝以来，士大夫阶层一直有人反对过分扶持佛教：

天册万岁元年（695），左拾遗刘承庆请罢总章以来佛舍。

久视元年（700），则天将造大像于白马阪用功数百万，令天下僧尼每人出一钱助成之。狄仁杰上疏谏阻，力陈佛事害国，则天不纳。

大足元年（701），御史张廷珪以则天将建大像，上疏力谏建功德害国病民。

长安四年（704），则天复税天下僧尼，作大像于洛阳城北邙山白司马阪，李峤上疏谏之。

神龙元年（706），酸枣县尉袁楚客上书中书令魏元忠论国政十失，斥左道僧徒害国。

景龙二年（708），中宗、韦后及公主等多营佛寺，百姓劳弊，帑藏为之空竭。左拾遗辛替否上疏极谏。同年，并州清源县尉吕元太以营建佛寺，劳民病国，上疏极谏。

景龙三年（709），兵部尚书同中书门下三品韦嗣立上疏谏营寺观事。同年，中宗宴侍臣近亲于梨园，因问以时政得失，绛州刺史成珪谏营寺观事。

景龙四年（710），睿宗欲为二女城西造观，谏议大夫宁原悌谏止。

景云二年（711），睿宗令造金仙、玉真二观，散骑常侍魏知古、黄门侍郎李义、吏部员外郎崔湜等上疏谏。

太极元年（712），睿宗为二女造寺观，中书舍人裴漼上疏力谏。①

---

① 以上文献系整理张遵骝《唐五代佛教大事年表》而成，文字有异。见范文澜：《唐代佛教》，重庆出版社2008年版，第132—144页。

从这些事件来看，高宗以后宗教势力的发展、壮大引起了朝臣的警惕与排斥。玄宗朝限制佛教，也正是基于这种宗教势力对世俗政权的威胁。虽然朝臣文士对宗教势力的警惕和抑制，更多时候是将佛道二教放在一起处理的，玄宗基于老子为皇室始祖的训导，以为"崇我祖训，其惟道门。将以福助生灵，弘拯天下"①，抑制势力更大的佛教，就在情理之中了。

玄宗宗教政策的调整也波及三教论衡。开元十八年（730），西崇福寺释智昇编纂《续集古今佛道论衡》一卷。此书仿照道宣《集古今佛道论衡》搜集佛道论衡事件②，其撰写当与佛道争胜有关。道士叶法善"自高宗、则天、中宗历五十年，常往来名山，数召入禁中，尽礼问道。然排挤佛法，议者或讥其向背。以其术高，终莫之测。睿宗即位，称法善有冥助之力，先天二年（713），拜鸿胪卿，封越国公，仍依旧为道士，止于京师之景龙观，又赠其父为歙州刺史。当时尊宠，莫与为比"③。《朝野佥载》记叶法善参与佛道论衡时的法术：

> 唐孝和帝（即中宗），令内道场僧与道士，各述所能，久而不决。玄都观叶法善，取胡桃二升，并壳食之并尽。僧仍不伏。法善烧一铁钵赫赤，两手欲合老僧头上。僧唱贼，袈裟掩头而走。孝和抚掌大笑。④

此虽为故事，然叶法善依凭中宗之宠排挤佛教是不争的事实。而玄宗即位之初，厚遇叶法善。此与扬道抑佛的宗教政策，当有关联。

道士吴筠也为玄宗所崇。吴筠也有排斥佛教之文：

---

① （宋）王钦若等编纂，周勋初等校订：《册府元龟（校订本）》卷五十四，凤凰出版社 2006 年版，第 567 页。

② 陈士强以为"本书的绝大部分内容是从唐法琳《破邪论》上卷抄来的，又与道宣《集古今佛道论衡》重合"，"颇疑今本《续集古今佛道论衡》并非智昇的原作。而是后人对《破邪论》上卷的错简与智昇原作残文的拼凑。"（《大藏经总目提要（文史藏二）》，上海古籍出版社 2008 年版，第 347 页）刘林魁《敦煌本〈佛法东流传〉及其作者考》（《敦煌研究》2014 年第 6 期）认为，《续集古今佛道论衡》实则抄自《佛法东流传》。而《佛法东流传》本为释法琳著作之一部分。释智昇之所以抄写，是因为法琳著作被禁止传播，智昇抄录改名的方式使之顺利入藏。

③ （后晋）刘昫等：《旧唐书》卷一百九十一《叶法善传》，中华书局 1975 年版，第 5107—5108 页。

④ （宋）李昉等编：《太平广记》卷二百八十五，中华书局 1961 年版，第 2271—2272 页。

（吴）筠在翰林时，特承恩顾，由是为群僧之所嫉。骠骑高力士素奉佛，尝短筠于上前，筠不悦，乃求还山。故所著文赋，深诋释氏，亦为通人所讥。[1]

始，（吴）筠见恶于力士而斥，故文章深诋释氏。[2]

先是，中岳道士吴筠造邪论数篇，斥毁释教，昏蒙者惑之。本道观察使陈少游请（神）邕决释老二教孰为至道，乃袭世尊之摄邪见，复宝琳之《破魔文》，爰据城堑，以正制狂。旗鼓才临，吴筠覆辙，遂著《破倒翻迷论》三卷，东方佛法再兴，实邕之力欤。[3]

正史与佛教文献，对吴筠佛道争衡的结果似有差异，但吴筠排斥佛教的态度坚决，不同文献于此却无差异。

整体上说，玄宗朝由宗教政策导致的三教论衡已经渐渐衰落。究其原因，有两点比较突出。其一，玄宗宠信的开元三大士，宣扬密宗。密宗被玄宗接受，是因其密咒之法接近道教。而三大士为玄宗推崇的就是他们的祈雨、疗疾之术。其二，中国宗派佛教发展至盛唐已经相当成熟。这些宗派佛教大多是印度佛教与中土文化融合之后的产物。已经中国化的佛教，在教理、教规、仪式等方面，越来越接近中土文化。因此，三教即使有争论，思想的尖锐、深刻已经大不如两晋南北朝时期了。学术冲突减弱，在一定程度上促成了宗教矛盾的缓解。

玄宗时期，另一种形式的三教论衡——诞节三教论衡已经产生。但诞节三教论衡的兴盛是在德宗之后。此问题待后文再讨论。

三、中晚唐五代宗教政策与三教论衡

以安史之乱为标志，唐代政治文化进入一个新阶段。此后 250 余年间，

---

[1]（后晋）刘昫等：《旧唐书》卷一百九十二《吴筠传》，中华书局 1975 年版，第 5130 页。

[2]（宋）欧阳修、宋祁等：《新唐书》卷一百九十六《吴筠传》，中华书局 1975 年版，第 5605 页。

[3]（宋）释赞宁撰，范祥雍点校：《宋高僧传》卷十七《释神邕传》，中华书局 1987 年版，第 422—423 页。

宗教政策上最有影响的大事之一为武宗灭佛。以此为界，唐代宗教文化就有
了中晚唐之分。至哀帝，唐王朝政权结束。此后，中原地区相继出现了后
梁、后唐、后晋、后汉、后周五个朝代，西蜀、江南、岭南、河东等地同时
存在十几个割据政权，此为五代十国。五代十国在文化上是唐代的延续，其
宗教政策承自晚唐。下文即对中唐、晚唐、五代三个历史阶段宗教政策的发
展作一简要描述。

（一）中唐宗教政策的发展

肃宗兴兵灵武，即面临安史叛军的威胁，为凝聚国力、人心，遂采取倚
重佛道二教的政策。这种倚重在三个方面展开。

第一，精神上，依靠佛道二教鼓舞士气。即位灵武之初，肃宗屡梦有
金色人念宝胜佛于御前，以梦中事问左右，有大臣回答沙门无漏恒诵此佛
号，肃宗乃命朔方副元帅、中书令郭子仪亲往谕之，此后无漏长期于内寺
供养[1]。宝胜佛，为《法华经》之赞叹者，是东方宝净世界教主，亦为五如
来之一，又名多宝佛、大宝佛、多宝如来等。肃宗对宝胜佛的尊崇，大概与
对平叛战争的期许相关。

肃宗常召集沙门百人入行宫朝夕念佛，以祈福佑，声闻禁外，以致中书侍
郎张镐奏云"臣闻天子修福，要在安养含生，靖一风化，未闻区区僧教，以致
太平。伏愿陛下以无为为心，不以小乘而挠圣虑"[2]。对于张镐谏阻，《旧唐书》
云："肃宗甚然之"，《佛祖历代通载》云："帝不纳，寻敕五岳各建寺，妙选高
行沙门主之。"[3]藏内文献记载较为详细，恐《旧唐书》于事件真相有所隐匿。

此外，以通化郡上言"玄元皇帝真容见"改天柱山老君庙为启圣宫[4]，

---

[1] （宋）释赞宁撰，范祥雍点校：《宋高僧传》卷二十一《释无漏传》，中华书局 1987 年版，
第 546 页。

[2] （后晋）刘昫等：《旧唐书》卷一百一十一《张镐传》，中华书局 1975 年版，第 3327 页。

[3] （元）释念常：《佛祖历代通载》卷十三，《大正藏》第 49 册，新文丰出版公司 1983 年版，
第 598 页中。

[4] （宋）王钦若等编纂，周勋初等校订：《册府元龟（校订本）》卷五十四，凤凰出版社 2006
年版，第 570 页。

遣使向不空三藏求"秘密法"，请不空入内建道场护摩法、为肃宗受转轮王位七宝灌顶①，等等诸事，均属此类。

第二，财政方面，鬻僧道度牒，聚集财力。裴冕建议"卖官鬻爵，度尼僧道士，以储积为务"②。于是，"大府各置戒坛度僧，僧税缗谓之香水钱，聚是以助军须"。神会时在草莽，"群议乃请会主其坛度。于时寺宇宫观，鞠为灰烬，乃权创一院，悉资苫盖，而中筑方坛，所获财帛顿支军费。代宗、郭子仪收复两京，会之济用颇有力焉"③。香水钱成为唐王朝平定叛乱的重要财政资源之一。

第三，军力上吸收部分僧人道士到平叛大军中。"沙门道平住金城县寺，遇禄山逆乱，玄宗幸蜀，肃宗过寺，平恳劝论兵灵武，收复长安。肃宗遂以兵属之，用为左金吾大将军。至临皋，遇贼大战，累次立功。后还，乞为僧。敕配崇福、兴庆两寺，赐紫衣，入内奏对为常。"④虽然此类事迹藏内文献保存较少，但佛道二教信徒是平定安史叛乱的人心依赖之一，却是不争的事实。

安史之乱在代宗宝应二年（763）二月被平定，肃宗在前一年驾崩。从代宗至文宗，近八十年内，唐王朝虽然一直面临深重的内忧外患，但这些忧患并不像安史之乱那样直接搅动整个社会、影响每一个阶层。倚重佛道二教的宗教政策，由于缺少了肃宗朝那种恢复秩序、期盼太平的政治目标而失去了动力，也一变为基于上层统治集团信仰的扶持佛道二教。

中唐扶持佛道二教的宗教政策，最显著的表现，是对高僧大德的笃信。至德初年（756），肃宗銮驾在灵武、凤翔时，不空法师即常密奉表起居。乾元（758—760）中，肃宗请不空法师入内殿，建道场护摩法，为帝受转轮王位七宝灌顶。代宗即位，恩渥弥厚，译《密严》《仁王》二经毕，帝为序焉。永泰元年（765）十一月一日，制授特进试鸿胪卿，加号大广智三藏。大历三年（768），于兴善寺立道场，敕赐锦绣褥十二领、绣罗幡三十二首，又赐

① （宋）释赞宁撰，范祥雍点校：《宋高僧传》卷一《不空传》，中华书局1987年版，第9页。
② （后晋）刘昫等：《旧唐书》卷一百一十三《裴冕传》，中华书局1975年版，第3354页。
③ （宋）释赞宁撰，范祥雍点校：《宋高僧传》卷八《释神会传》，中华书局1987年版，第180页。
④ （宋）释赞宁撰，富世平点校：《大宋僧史略校注》卷下，中华书局2015年版，第159页。

道场僧二七日斋粮，敕近侍大臣诸禁军使并入灌顶。

澄观法师，为华严宗四祖。贞元十二年（796）奉诏入京，协助罽宾三藏般若翻译《华严经》后分梵本，历时二年译出《华严经》40卷，即"四十华严"。后又受敕住终南山草堂寺为《四十华严》作疏解释，撰成《贞元新译华严经疏》10卷。次年，唐德宗寿辰，又奉诏入京在宫内宣讲《华严经》，被授"清凉国师"的称号。时，"朝臣归向，则齐相国抗、韦太常渠牟，皆结交最深。故相武元衡、郑絪、李吉甫、权德舆、李逢吉、中书舍人钱徽、兵部侍郎归登、襄阳节度使严绶、越州观察使孟简、洪州韦丹，咸慕高风，或从戒训"①。

释端甫，"德宗皇帝闻其名，征之，一见大悦，常出入禁中，与儒道议论，赐紫方袍。岁时锡施，异于他等。复诏侍皇太子于东朝。顺宗皇帝深仰其风，亲之若昆弟，相与卧起，恩礼特隆。宪宗皇帝数幸其寺，待之若宾友。常承顾问，注纳偏厚"②。

道教方面，申泰芝、李国桢、桑茅道、吴瑾等，亦为帝王尊崇。

除了笃信高僧高道外，中唐诸帝还对宗教活动异常热心。皇宫内设置佛道二教活动场所，大兴内道场法事，此频频见于文献记载。而影响最大的莫过于拜迎佛骨。肃宗上元初（760）五月，"敕僧法澄、中使宋合礼、府尹崔光远启发（舍利），迎赴内道场，圣躬临筵，昼夜苦行，从正性之路，入甚（阙一字）之门"③。唐德宗贞元六年（790）正月，"岐州无忧王寺（即法门寺）有佛指骨寸余，先是取来禁中供养，乙亥，诏送还本寺"④。元和十四年（819）正月，宪宗令"中使杜英奇押宫人三十人，持香花，赴临皋驿迎佛骨。自光顺门入大内，留禁中三日，乃送诸寺。王公士庶，奔走舍施，唯恐在后。百姓有废业破产、烧顶灼臂而求供养者"⑤。唐代6次迎请佛骨：高宗、

---

① （宋）释赞宁撰，范祥雍点校：《宋高僧传》卷五《释澄观传》，中华书局1987年版，第106页。
② （宋）释赞宁撰，范祥雍点校：《宋高僧传》卷六《释端甫传》，中华书局1987年版，第123页。
③ （唐）张彧：《圣朝无忧王寺大圣真身宝塔碑铭并序》，（清）董诰等编：《全唐文》卷五百一十六，中华书局1983年版，第5246页上。
④ （后晋）刘昫等：《旧唐书》卷十三《德宗纪下》，中华书局1975年版，第369页。
⑤ （后晋）刘昫等：《旧唐书》卷一百六十《韩愈传》，中华书局1975年版，第4198页。

则天朝 2 次，中唐 3 次，晚唐 1 次。其中，元和十四年迎请佛骨，因韩愈的反对，影响最大。

中唐扶持佛道二教宗教政策，与上层社会的影响广泛的宗教信仰密切相关。杜鸿渐"酷好浮图道"①，王缙"弟兄奉佛，不茹荤血，缙晚年尤甚"。杜鸿渐、王缙的佛教信仰影响了代宗。"初，代宗喜祠祀，未甚重佛，而元载、杜鸿渐与缙喜饭僧徒。代宗尝问以福业报应事，载等因而启奏，代宗由是奉之过当"②。大历十三年（778），德宗以太子摄政，剑南东川观察使李叔明奏请澄汰佛道二教，德宗下尚书省集议，结果"大臣以二教行之已久，列圣奉之，不宜顿扰，宜去其太甚，其议不行"③。建中元年（780）七月，德宗仍然坚持"罢内出盂兰盆，不命僧为内道场"④，但贞元二年（786），德宗又于章信寺从道澄律师受菩萨戒⑤。德宗宗教信仰的变化，与朝中诸多大臣的宗教信仰密切相关。

中唐在扶持佛道二教的同时，也对他们进行有效管理。如，试经度僧制度自唐中宗即已实施，此一制度在中唐仍被屡屡强调。代宗大历八年（773），"制悬经、论、律三科，策试天下出家者，中等第方度。（神）凑应是选"⑥。穆宗长庆二年（822）五月敕："诸色人中有情愿入道者，但能暗记《老子经》及《度人经》，灼然精熟者，即任入道。其《度人经》情愿以《黄庭经》代之者，亦听。"⑦敬宗宝历元年（825），"仍令两街功德使各选择有戒行僧谓之大德者，考试僧尼等经，僧能暗诵一百五十纸，尼一百纸，即令与度"⑧。除了严格出家制度，对于已经剃度之僧人，也加强管理。元和

① （后晋）刘昫等：《旧唐书》卷一百零八《杜鸿渐传》，中华书局 1975 年版，第 3283—3284 页。

② （后晋）刘昫等：《旧唐书》卷一百一十八《王缙传》，中华书局 1975 年版，第 3417 页。

③ （后晋）刘昫等：《旧唐书》卷一百二十七《彭偃传》，中华书局 1975 年版，第 3581 页。

④ （后晋）刘昫等：《旧唐书》卷十二《德宗纪上》，中华书局 1975 年版，第 326 页。

⑤ （宋）释赞宁撰，范祥雍点校：《宋高僧传》卷十六《释道澄传》，中华书局 1987 年版，第 388 页。

⑥ （宋）释赞宁撰，范祥雍点校：《宋高僧传》卷十六《释神凑传》，中华书局 1987 年版，第 391 页。

⑦ （宋）王溥：《唐会要》卷五十，上海古籍出版社 2006 年版，第 1016 页。

⑧ （宋）释赞宁撰，范祥雍点校：《宋高僧传》卷二十九《释法真传》，中华书局 1987 年版，第 736 页。

二年（807）二月，"诏僧尼道士全隶左右街功德使，自是祠部司封不复关奏"[1]。祠部为礼部所属机构，两街功德使作为专门管理僧道事务的机构，其功能较祠部更为明确。大和五年（831），"敕天下州郡造僧尼籍"[2]，也是为了加强管理出家僧尼。

（二）晚唐宗教政策的发展

武宗灭佛为晚唐宗教政策转变的开端。然而，从宗教政策的纵向变化来看，文宗朝抑制宗教的一些调整性措施，恰恰可以视作武宗灭佛的尝试。

文宗后期，就尝试抑制宗教发展过于迅猛的趋势：

> 开成元年（836）……上尝谓近臣曰："天下有无补教化而蠹食于国者，卿等可悉言之。"有对者曰："祖宗已来，广行佛教，缁徒益多，兹为蠹物耳。"上即敕中外，罢缁徒讲说佛经。[3]

张遵骝认为，此事应在大和九年（835）[4]。因为，此年文宗采取了一些抑制佛教的措施。如：《佛祖统纪》记载，大和九年四月"翰林学士李训请罢长生殿内道场，沙汰僧尼伪滥者"[5]；《旧唐书》也记载，大和九年四月二十六日，"废长生院，起内道场，取李训言沙汰僧尼故也"[6]。又如，《佛祖统纪》云，大和九年"七月，李训请令天下僧尼试经业不中格者罢之"[7]；《旧唐书》云，大和九年七月"丁巳，诏不得度人为僧尼"[8]；《新唐书》云，李训"尝建言天下浮屠避徭赋，耗国衣食，请行业不如令者还为民。既执政，

---

① （后晋）刘昫等：《旧唐书》卷十四《宪宗本纪上》，中华书局 1975 年版，第 420 页。
② （宋）沙门志磐：《佛祖统纪》卷四十二，《大正藏》第 49 册，新文丰出版公司 1983 年版，第 385 页上。
③ （宋）沙门志磐：《佛祖统纪》卷四十二，《大正藏》第 49 册，新文丰出版公司 1983 年版，第 385 页中。
④ 张遵骝：《隋唐五代佛教大事年表》，附范文澜：《隋唐佛教》，重庆出版社 2008 年版，第 213 页。
⑤ （宋）沙门志磐：《佛祖统纪》卷四十二，《大正藏》第 49 册，新文丰出版公司 1983 年版，第 385 页中。
⑥ （后晋）刘昫等：《旧唐书》卷三十七《五行志》，中华书局 1975 年版，第 1362—1363 页。
⑦ （宋）沙门志磐：《佛祖统纪》卷四十二，《大正藏》第 49 册，新文丰出版公司 1983 年版，第 385 页中。
⑧ （后晋）刘昫等：《旧唐书》卷十七《文宗纪下》，中华书局 1975 年版，第 559 页。

自白罢，因以市恩"①。诸种文献证明，大和九年文宗听取李训建言，曾采取了抑制佛教的一些措施。

开成四年（839），户部侍郎奏请除去国忌日行香礼仪，文宗颁布《废国忌日行香敕》：

> 朕以郊庙之礼，严奉祖宗，备物尽诚，庶几昭格。恭惟忌日之感，所谓终身之忧，而近代已来，归依释、老。徵二教以设食，会百辟以行香，将以仰助圣灵，而资福佑。有异皇王之术，颇乖教义之宗。时因崔蠡奏论，遂遣讨寻本末。礼文令式，曾不该明，习俗因循，雅当厘革。其京城及天下州府，国忌日于寺观设斋行香，起今已后，并宜停废。②

此举虽未直接贬抑佛教，但强调设斋行香仪式非本土固有，且将其排斥在重要节日礼仪之外，无疑对佛教的发展产生了负面影响。

同样，从宗教政策的横向比较来看，武宗灭佛的最直接动机是扬道灭佛。《旧唐书》记载：

> 帝（武宗）在籓时，颇好道术修摄之事，是秋（开成五年九月，840），召道士赵归真等八十一人入禁中，于三殿修金箓道场，帝幸三殿，于九天坛亲受法箓。右拾遗王哲上疏，言王业之初，不宜崇信过当，疏奏不省。③

> （会昌元年六月，841）以衡山道士刘玄靖为银青光禄大夫，充崇玄馆学士，赐号广成先生，令与道士赵归真于禁中修法箓。左补阙刘彦谟上疏切谏，贬彦谟为河南府户曹。④

> （会昌四年三月，844）以道士赵归真为左右街道门教授先生。时帝志学神仙，师归真。归真乘宠，每对，排毁释氏，言非中国之教，蠹耗生灵，尽宜除去，帝颇信之。⑤

---

① （宋）欧阳修、宋祁等：《新唐书》卷一百七十九《李训传》，中华书局1975年版，第5311页。
② （宋）宋敏求编：《唐大诏令集》卷七十八，中华书局2008年版，第447页。
③ （后晋）刘昫等：《旧唐书》卷十八《武宗纪》，中华书局1975年版，第585—586页。
④ （后晋）刘昫等：《旧唐书》卷十八《武宗纪》，中华书局1975年版，第587页。
⑤ （后晋）刘昫等：《旧唐书》卷十八《武宗纪》，中华书局1975年版，第600页。

（会昌）五年春正月己酉朔，敕造望仙台于南郊坛。时道士赵归真特承恩礼，谏官上疏，论之延英。帝谓宰臣曰："谏官论赵归真，此意要卿等知，朕宫中无事，屏去声技，但要此人道话耳。"李德裕对曰："臣不敢言前代得失，只缘归真于敬宗朝出入宫掖，以此人情不愿陛下复亲近之。"帝曰："我尔时已识此道人，不知名归真，只呼赵鍊师。在敬宗时亦无甚过。我与之言，涤烦尔。至于军国政事，唯卿等与次对官论，何须问道士。非直一归真，百归真亦不能相惑。"归真自以涉物论，遂举罗浮道士邓元起有长年之术，帝遣中使迎之。由是与衡山道士刘玄靖及归真胶固，排毁释氏，而拆寺之请行焉。①

武宗对以赵归真为代表的道教派别的痴迷，早已丧失了决策者应有的判断力。而赵归真等道士排斥佛教的态度，通过武宗又上升为国家意志。由此，唐武宗灭佛，实际上是国家宗教政策从调和二教、兼收并用，转变到抑制佛教、张扬道教上。

武宗灭佛政策的推行，有一个发展过程。会昌元年（841），所有敕令表明，对佛教的限制，还停留在条流不合格僧尼、纯洁僧侣队伍的层面上：

三月三日，李宰相（即李德裕）闻奏僧尼条流，敕下发遣保外无名僧，不许置童子沙弥。②

十月九日，敕下：天下所有僧尼解烧练、咒术、禁气，背军、身上杖痕、鸟文、杂工功，曾犯淫养妻，不修戒行者，并勒还俗。若僧尼有钱物及谷斗、田地、庄园，收纳官，如惜钱财，情愿还俗去，亦任勒还俗，充入两税徭役。③

会昌二年，继续推行条流僧尼政策，且延及摩尼教：

（正月）十八日早朝，还俗讫，左街还俗僧尼共一千二百卅二人，右街还俗僧尼共二千二百五十九人。④

---

① （后晋）刘昫等：《旧唐书》卷十八《武宗纪》，中华书局 1975 年版，第 603 页。
② ［日］圆仁：《入唐求法巡礼行记》卷三，广西师范大学出版社 2007 年版，第 125 页。
③ ［日］圆仁：《入唐求法巡礼行记》卷三，广西师范大学出版社 2007 年版，第 128 页。
④ ［日］圆仁：《入唐求法巡礼行记》卷三，广西师范大学出版社 2007 年版，第 129 页。

武宗会昌三年敕，天下摩尼寺并废入官，京城女摩尼七十二人死，及在此国回纥诸摩尼等配流诸道，死者大半。①

会昌四年（844），沙汰僧尼政策转为毁拆天下小寺：

（七月）又敕下：令毁拆天下山房兰若，普通佛堂，义井村邑斋堂等。未满二百间，不入寺额者，其僧尼等尽勒还俗，充入色役，具令分析奏闻。且长安城里坊内佛堂三百余所，佛堂、经楼等庄严如法，尽是名工所作。一个佛堂院，敌外州大寺。准敕并除罄尽。②

（九月）敕令：毁拆天下小寺，经佛搬入大寺，钟送道士观。其被拆寺僧尼，粗行不依戒行者，不论老少，尽勒还俗，递归本贯，充入色役。年老、身有戒行者，配大寺，虽有戒行，若是少年者，尽勒还俗，归本贯。③

会昌五年（845），料拣佛教政策转换为全面灭佛，沙汰僧尼的范围逐渐扩大，毁拆天下小寺也扩大为限制各地设置寺院数量：

会昌五年七月，中书门下奏："天下诸州府寺，据令式，上州以上并合国忌日集官吏行香。臣等商量，上州已上合行香州，各留寺一所，充国忌日行香。列圣真容，便移入合留寺中。其下州寺并合废毁。"敕旨："所合留寺，如舍宇精华者，即留；如是废坏不堪者，亦宜毁除。但国忌当州官观内行香，不必定取寺名。余依。"其月又奏："请两街合留寺十所，每寺留僧十人。"敕旨："宜每街各留寺两所，每寺各留三十人。"④

会昌五年八月，武宗颁布《毁佛寺勒僧尼还俗制》，诏告天下，灭佛取得了全面胜利：

……朕博览前言，旁求舆议，弊之可革，断在不疑。而中外诚臣，协予至意，条疏至当，宜在必行。惩千古之蠹源，成百王之典

---

① （宋）释赞宁撰，富世平点校：《大宋僧史略校注》卷下，中华书局 2015 年版，第 217 页。
② ［日］圆仁：《入唐求法巡礼行记》卷三，广西师范大学出版社 2007 年版，第 139—140 页。
③ ［日］圆仁：《入唐求法巡礼行记》卷三，广西师范大学出版社 2007 年版，第 141 页。
④ （宋）王溥：《唐会要》卷四十八，上海古籍出版社 2006 年版，第 999 页。

法，济人利众，予何让焉？其天下所拆寺四千六百余所，还俗僧尼
二十六万五百人，收充两税户，拆招提、兰若四万余所，收膏腴上
田数千万顷，收奴婢为两税户十五万人。隶僧尼属主客，显明外国
之教。勒大秦穆护、祆三千余人还俗，不杂中华之风。于戏！前
古未行，似将有待；及今尽去，岂谓无时。驱游惰不业之徒，已逾
十万；废丹膜无用之室，何啻亿千。自此清净训人，慕无为之理；
简易齐政，成一俗之功。将使六合黔黎，同归皇化。尚以革弊之
始，日用不知，下制明廷，宜体予意。①

会昌六年（846）三月，武宗以服食丹药崩。武宗之后的宣宗执政之初，
即将武宗赖以毁灭佛教的道士群体赵归真、刘玄靖、邓元起等十二人全部杖
杀。大中元年（847）闰三月，宣宗颁布《复废寺敕》：

> 会昌季年，并省寺宇。虽云异方之教，无损致理之源。中国之
> 人，久行其道，厘革过当，事体未弘。其灵山胜境、天下州府，应
> 会昌五年四月所废寺宇，有宿旧名僧，复能修创，一任住持，所司
> 不得禁止。②

宣宗否定武宗灭佛政策的理由有两条：佛教无损治国，中国佛教历久成俗。
对于恢复佛教的必要性，宣宗也说武宗毁佛"厘革过当，事体未弘"。武宗
苦心酝酿、逐步推进、持续了七个年头的毁佛政策，宣宗就这样轻描淡写地
推翻了。随后，宣宗朝的崇佛活动逐步推进。至大中五年（851），宰臣上
奏，"虑士庶等物力不逮，扰人生事，望令两畿及州府长吏，与审度事宜撙
节闻奏，不必广为建造，驱役黎甿。其所请度僧尼，亦须选有道行为州县所
称信者，不得容隐凶恶之流，却非敬道，望委长吏，精加拣择。其村邑佛
堂，望且待兵罢建置为便"③。大中六年（852），祠部又奏，"近日天下未谕
圣心，建置（佛堂）渐多，剃度（僧尼）弥广，奢靡相尚，浸以日系，恐黎
甿因兹受弊。臣职司其局，不敢旷官，当陛下求理纳谏之时，是小臣罄竭肝
胆之日。伏乞允臣所奏，明立新规，旧弊永除，天下知禁。如此见佛法可

① （后晋）刘昫等：《旧唐书》卷十八上《武宗纪》，中华书局1975年版，第606页。
② （后晋）刘昫等：《旧唐书》卷十八下《武宗纪》，中华书局1975年版，第617页。
③ （宋）王溥：《唐会要》卷四十八，上海古籍出版社2006年版，第1000—1001页。

久，民不告劳"①。短短五六年间，佛教势力已经恢复到了需要大臣上书谏阻的程度。

宣宗之后的诸位帝王面对江河日下的国势，没有足够的精力、能力来控制佛道二教，他们只能在恐惧的现实与梦幻的宗教中，等待唐王朝的终结。宗教政策更多地表现为对宣宗朝的继承与延续。

（三）五代宗教政策的发展

后梁作为五代的第一个王朝，在宗教政策方面，最直接的调整，就是放弃了道教归于宗正管理的这一做法。开平元年（907），"梁革唐命，道士不入宗正，僧尼还系祠部"②。宗正寺为管理皇族事务的机构。"道士不入宗正"，也就是放弃了李唐皇室尊奉老子李耳为先祖的国策。同年五月，"废雍州太清宫，改西都太微宫、亳州太清宫皆为观，诸州紫极宫皆为老君庙"③。改道宫为道观、老君庙，与"道士不入宗正"一样，意在弱化道教在世俗政权中的特殊地位。

五代时期，政权更替频繁，但在宗教政策上却明显沿袭了唐代的两大策略。

第一，试经出家制度。后梁末帝龙德元年（921）三月，祠部员外郎李枢上言："请禁天下私度僧尼，及不许妄求师号紫衣。如愿出家受戒者，皆须赴阙比试艺业施行，愿归俗者一听自便。"④至后唐末帝，"比试艺业"有了更详细的分科。清泰二年（935）三月，两街功德使奏："每年诞圣节，诸道州府奏荐僧尼紫衣师号。今欲量立条式，试讲论科、讲经、表白各三科，文章应制十三科，持念一科，禅科，声赞科，并于本技能中条贯。"末帝从之。⑤同年，道士也分经法科、讲论科、文章应制科、表白科、

---

① （宋）王溥：《唐会要》卷四十八，上海古籍出版社 2006 年版，第 987 页。
② （宋）释赞宁撰，富世平点校：《大宋僧史略校注》卷中，中华书局 2015 年版，第 127 页。
③ （宋）薛居正等：《旧五代史》卷三《梁书·太祖纪三》，中华书局 1976 年版，第 51 页。
④ （宋）薛居正等：《旧五代史》卷十《梁书·末帝纪下》，中华书局 1976 年版，第 146 页。
⑤ （宋）王溥：《五代会要》卷十二，上海古籍出版社 2006 年版，第 199 页。

声赞科、焚修科 6 类"比试艺业"①。此举大致在五代一直延续下来。后晋高祖天福二年（937）十二月二日敕："祠部奏：请不置官坛剃度，但于皇帝降圣之辰，即于本住处州府陈状，便比试学业、勘详事行不虚，则容剃度。"②后周显德二年（955）五月，敕令："僧尼今后不得私受戒，只于两京、大名府、京兆府、青州戒坛。候受戒时，两京委祠部差官引试前项所习经业，其大名府等三处戒坛，只委本判官、录事参军引试，合敕条者分析闻奏。"③

第二，依照俗礼赏赐僧尼道士。这主要体现在赐紫、赐师号等赏赐名分上。佛教、道教都有其超越世俗的一套理念，世俗荣誉自然无关乎佛徒、道士。但赐紫、赐师号之举，却是唐五代宗教文化中频频出现的一种现象。此举虽然不始于五代，但至五代却愈演愈烈。后梁太祖开平二年（908），镆铘山僧法通、道璘赐紫。开平四年（910），赐湖南开化寺长老可复号惠光大师，赐紫衣。乾化元年（911），潭州僧法思、桂州僧归真赐紫衣。后梁末帝龙德元年（921），沙门归屿赐紫衣，号演法大师。此后，赐紫、师号逐渐集中在皇帝诞节。如：后晋天福四年二月庚子，以高祖天和节，僧尼赐紫衣、师号者一百有五；天福五年二月甲子，天和节，道、释赐紫衣、师号者凡九十人；天福六年二月戊午，天和节，道、释赐紫衣、师号者凡百三十有四；天福七年三月壬子，天和节，三京诸道州府请求，僧尼道士乞紫衣、师号凡百人，悉从之。④

五代时期在扶持佛道二教外，同时还有整顿宗教团体、纯洁宗教队伍之举措。后唐明宗天成二年（927），条流僧尼敕令：

> 访闻近日僧尼等，或因援请托，以便参寻，既往来以为常，致奸讹之有悖。自此后如有官中斋会行香，显有告援，及大段斋供，请命即行，依时赴会。除此外不计斋前斋后，僧尼不得辄有相过……

---

① （宋）王溥：《五代会要》卷十二，上海古籍出版社 2006 年版，第 203—204 页。
② （宋）王溥：《五代会要》卷十二，上海古籍出版社 2006 年版，第 199 页。
③ （宋）王溥：《五代会要》卷十二，上海古籍出版社 2006 年版，第 201 页。
④ （宋）王钦若等编纂，周勋初等校订：《册府元龟（校订本）》卷五十二，凤凰出版社 2006 年版，第 551—552 页。

此后如有修补寺宇功德，要开讲求化，须至断屠之月，即得于大寺院开启，仍许每寺只开一坐。……今后僧不因道场及斋会，不得公然于俗舍安下住止……

访闻僧尼寺院，多有故违条法，衷私度人，此后有志愿出家，准旧例，经官陈状，比试所念经文，则容剃削，仍不因官坛，不得私受戒法……

访闻近日有矫伪之徒，依凭佛教，诳诱人情，或伤割形体，或负担钳索，或书经于都肆，或卖药于街衢，悉是乖讹，须行断绝。此后如有此色之人，并委所在街坊巡司纠察，准上决配。

此后应是僧尼，不计高低，于街衢逢见呵殿官僚，并须回避……

州城之内，村落之中，或有多慕邪宗，妄称圣教，或僧尼不辨，或男女混居，合党连群，夜聚明散，托宣传于法会，潜纵恣于淫风。若不却除，实为弊恶……①

以上内容，分别涉及限制僧尼活动、约束僧尼开讲化缘、严格僧尼剃度出家、强制执行僧尼拜俗、惩治不良僧尼等几个方面。后周显德二年（955）五月，世宗柴荣颁布《毁私建寺院禁私度僧尼诏》：

释氏贞宗，圣人妙道，助世劝善，其利甚优。前代以来，累有条贯，近年已降，颇紊规绳。近览诸州奏闻，继有缁徒犯法，盖无科禁，遂至尤违，私度僧尼，日增猥杂，创修寺院，渐至繁多，乡村之中，其弊转甚。漏纲背军之辈，苟剃削以逃刑；行奸为盗之徒，托住持而隐恶。将隆教法，须辨否臧，宜举旧章，用革前弊。

诸道州府县镇村坊，应有敕额寺院，一切仍旧，其无敕额者，并仰停废……天下诸县城郭内，若无敕额寺院，只于合停废寺院内，选功德屋宇最多者，或寺院僧尼各留一所，若无尼住，只留僧寺院一所。诸军镇坊郭及二百户已上者，亦依诸县例指挥。如边远

---

① （宋）王溥：《五代会要》卷十二，上海古籍出版社 2006 年版，第 197—198 页。

州郡无敕额寺院处，于停废寺院内僧尼各留两所。今后并不得创造寺院兰若。王公戚里诸道节刺已下，今后不得奏请创造寺院及请开置戒坛。

男子女子如有志愿出家者，并取父母、祖父母处分，已孤者取同居伯叔兄弟处分，候听许方得出家。男年十五已上，念得经文一百纸，或读得经文五百纸，女年十三已上，念得经文七十纸，或读得经文三百纸者，经本府陈状乞剃头，委录事参军本判官试验经文。

……应男女有父母、祖父母在，别无儿息侍养，不听出家。曾有罪犯，遭官司刑责之人，及弃背父母、逃亡奴婢、奸人细作、恶逆徒党、山林亡命、未获贼徒、负罪潜窜人等，并不得出家剃头。如有寺院辄容受者，其本人及师主、三纲、知事僧尼、邻房同住僧，并仰收捉禁勘，申奏取裁。

僧尼俗士，自前多有舍身、烧臂、炼指、钉截手足、带铃挂灯、诸般毁坏身体、戏弄道具、符禁左道、妄称变现还魂坐化、圣水圣灯妖幻之类，皆是聚众眩惑流俗，今后一切止绝……每年造僧账两本，其一本奏闻，一本申祠部，逐年四月十五日后，勒诸县取索管界寺院僧尼数目申州，州司攒帐，至五月终以前文帐到京，僧尼籍帐内无名者，并勒还俗。其巡礼行脚，出入往来，一切取便。①

周世宗沙汰佛教敕令颁布当年，"诸道供到帐籍，所存寺院凡二千六百九十四所，废寺院凡三万三百三十六，僧尼系籍者六万一千二百人"②。

（四）宗教政策与三教论衡

中唐五代时期，皇帝诞节三教论衡长盛不衰。此一时期宗教政策的波

① （宋）薛居正等：《旧五代史》卷一百一十五《周书·世宗纪二》，中华书局 1976 年版，第 1529—1531 页。
② （宋）薛居正等：《旧五代史》卷一百一十五《周书·世宗纪第二》，中华书局 1976 年版，第 1531 页。

动，在诞节论衡的执行上并不明显。只有武宗会昌灭佛期间，诞节论衡中断过数年。有两个方面的原因，一是中唐五代宗教政策整体上波动不大，二是诞节论衡已经作为政治生活的一部分融入诞节贺寿礼俗之中。武宗灭佛作为中晚唐五代时期最为极端的宗教政策，催生了一批三教论衡文献。

楚南《破邪论》一卷。《新唐书·艺文志》云："楚南《般若经品颂偈》一卷，又《破邪论》一卷。大顺（890—891）中人。"[1]《宋高僧传·楚南传》记载，楚南为闽人，俗姓张，始投开元寺昙蔼师受训，弱冠落发，诣五台山受戒，后值武宗废教，遂深窜林谷。宣宗朝佛教复兴，楚南随黄檗禅师出山弘法。据《宋高僧传》，楚南景福二年（893）五月辞众，春秋 70，僧腊 56。又《宋高僧传》云"南公（即楚南）平昔著《般若经品颂偈》一卷、《破邪论》一卷，以枝梧异宗外敌，见贵于时也"[2]。据此可知，《破邪论》为佛教弘法著作。又楚南曾经历唐武宗灭佛，故《破邪论》或为针对灭佛而撰。

玄畅《显正记》《三宝五运图》《历代帝王录》。《宋高僧传·释玄畅传》云："方事讲谈，遽钟埋厄，则会昌废教矣。时京城法侣颇其彷徨，两街僧录灵宴、辩章。同推畅为首，上表论谏。遂著《历代帝王录》，奏而弗听"，又云"撰《显正记》一十卷……《三宝五运》三卷，虽祖述旧闻，标题新目，义出意表，文济时须"[3]。《显正记》《三宝五运》《历代帝王录》，此三部著作均已佚失。据名推测，《显正记》可能是弘扬佛法、排斥异端的，《历代帝王录》大致叙述前代帝王崇佛事迹。至于《三宝五运》，即《三宝五运图》。《佛祖统纪》卷四十二云："会昌三年，上欲芟夷释氏，诏令两街述有佛以来兴废之际有何征应。法宝大师玄畅撰《三宝五运图》以上。"[4]《大宋僧史略》云："畅遂撰《三宝五运图》，明佛法传行年代，若费长房开皇《三宝录》同也。"[5] 又，此书虽然已经佚失，但藏内文献偶有征引，如：

① （宋）欧阳修、宋祁等：《新唐书》卷五十九《艺文志三》，中华书局 1975 年版，第 1530 页。
② （宋）释赞宁撰，范祥雍点校：《宋高僧传》卷十七《释楚南传》，中华书局 1987 年版，第 429 页。
③ （宋）释赞宁撰，范祥雍点校：《宋高僧传》卷十七《释玄畅传》，中华书局 1987 年版，第 430 页。
④ （宋）沙门志磐：《佛祖统纪》卷四十二，《大正藏》第 49 册，新文丰出版公司 1983 年版，第 385 页。
⑤ （宋）释赞宁撰，富世平点校：《大宋僧史略校注》卷中，中华书局 2015 年版，第 103 页。

案《五运图》云：东周平王四十八年戊午岁佛生。①

《五运图》云：周世圣教灵迹及阿育王造塔置于此土，合有传记。②

按《五运图》云："自汉永平丁卯洎宋元嘉甲戌，中间相去三百六十七年，尼方具戒。"③

《五运图》云：康僧会吴赤乌年中，注《法镜经》。此注经之始也。④

据此推测，《三宝五运图》是叙述佛教兴废、传播历史的。此外，《破胡集》一卷，辑录会昌年间沙汰佛教之诏敕。又有《会昌皇帝降诞日内道场论衡》一卷，日本僧人圆仁《入唐新求圣教目录》著录，不存，撰者与内容均不明。以上是唐武宗朝宗教政策的急剧变化对三教论衡最为直接的影响。

这一时期，文士朝臣在排斥佛、道二教时，大多停留在佛教、道教对俗世政权负面影响的揭露上，基本要求为限制、沙汰佛道二教，很少有全盘否定者。如德宗朝李叔明抨击佛道二教云：

佛，空寂无为者也；道，清虚寡欲者也。今迷其内而饰其外，使农夫工女堕业以避役，故农桑不劝，兵赋日屈，国用军储为斁耗。臣请本道定寺为三等，观为二等，上寺留僧二十一，上观道士十四，每等降杀以七，皆择有行者，余还为民。

都官员外郎彭偃云：

今叔明之请虽善，然未能变人心，亦非因人心者。夫天生蒸人，必将有职；游闲浮食，王制所禁。故贤者受爵禄，不肖者出租税，古常道也。今僧、道士不耕而食，不织而衣，一僧衣食，岁无虑三万，五夫所不能致。举一僧以计天下，其费不赀。臣谓僧、道士年未满五十，可令岁输绢四，尼及女官输绢二，杂役与民同之；

① （宋）释赞宁撰，富世平点校：《大宋僧史略校注》卷上，中华书局 2015 年版，第 2 页。
② （宋）释赞宁撰，富世平点校：《大宋僧史略校注》卷上，中华书局 2015 年版，第 12 页。
③ （宋）释赞宁撰，富世平点校：《大宋僧史略校注》卷上，中华书局 2015 年版，第 41 页。
④ （宋）释赞宁撰，富世平点校：《大宋僧史略校注》卷上，中华书局 2015 年版，第 48 页。

过五十者免。凡人年五十，嗜欲已衰，况有戒法以检其性情哉！

刑部员外郎裴伯云：

> 衣者，蚕桑也；食者，耕农也；男女者，继祖之重也。而二教悉禁，国家著令，又从而助之，是以夷狄不经法反制中夏礼义之俗也。传曰："女子十四有为人母之道，四十九绝生育之理；男子十六有为人父之道，六十四绝阳化之理。"臣请僧、道士一切限年六十四以上，尼、女官四十九以上，许终身在道，余悉还为编人，官为计口授地，收废寺观以为庐舍。①

李叔明之意，当时之佛、道教徒迷失了二教之本质，严重影响了农业劳动人口、兵员赋税以及国库收入，故需沙汰、精简佛道群体。彭偃之意，僧尼、道士有"变人心""因人心"之作用，至于"游闲浮食"之害，可以僧、道输绢的方式解决。裴伯之意，参照生育年龄，退僧尼、道士、女官为"编人"。三人所提建议虽有所不同，但对佛、道二教的保留、认可却是一致的。

中晚唐五代三教政策以调和三教、政教和谐相处为主流，其根本缘由在宗教文化已经成为当时社会生活中必不可少的一部分。如前文所引，大历十三年（778）李叔明奏请澄汰佛道二教的辩论结果。又如开平三年（909）七月，以"寝殿栋折"，"减膳，进素食，禁屠宰，避正殿，修佛事，以禳其咎"②。乾化二年（912）四月，敕："近者星辰违度，式在修禳，宜令两京及宋州、魏州取此月至五月禁断屠宰。仍各于佛寺开建道场，以迎福应。"③再如，国忌日举行设斋行香活动。这些佛教世俗化的氛围，成为中晚唐五代诞节论衡盛行的宗教背景。

---

① （宋）欧阳修、宋祁等：《新唐书》卷一百四十七《李叔明传》，中华书局1975年版，第4758页。

② （宋）薛居正等：《旧五代史》卷四《梁书·太祖纪四》，中华书局1976年版，第71页。

③ （宋）薛居正等：《旧五代史》卷七《梁书·太祖纪七》，中华书局1976年版，第106页。

第六章　唐代佛教论议述论

　　汉魏之际，伴随佛教的传入与发展，佛教论议在中土逐渐兴起。经过两晋的酝酿和积累，佛教论议至南北朝进入兴盛期。此一时期，围绕一些经典形成的佛教学派，为了处理不同佛经、不同流派的差异，统一佛说之真谛与俗谛，整合佛教思想资源，常常展开辩论。发展至唐代，佛教论议出现了新的变化。宗派佛教的兴起在一定程度上抑制了佛教论难，佛教内部对阐释教义教理的热情锐减，因此唐代僧传中有关佛教讲经论议的记载也越来越少。20 世纪敦煌宝藏的发现，为了解唐代佛教讲经论议的概貌打开了一扇窗户。敦煌文献中有相当一批卷子，记述佛教论议的内容、过程或者论议文的范式。这批卷子虽然句式、内容多有雷同者，然而其数量巨大、内容庞杂，是唐代佛教论议研究的重要参考。目前，对于这些卷子的研究还不够深入。就笔者所见，只有王小盾、潘建国《敦煌论议考》①和侯冲《汉地佛教的论义——以敦煌遗书为中心》②。王小盾、潘建国之作，以敦煌变文为核心考察世俗论议；侯冲之作虽然以佛教论议为核心，但并没有将敦煌文献置于佛教论议的发展过程中考查。因此，本章即从历史视野入手，分析唐代佛教论议的源流与演变③，扩大唐代三教论衡的考察视野。

---

① 王小盾、潘建国：《敦煌论议考》，原载国家古籍整理出版规划小组主办：《中国古籍研究》第一辑，上海古籍出版社 1996 年版。
② 侯冲：《汉地佛教的论义——以敦煌遗书为中心》，《世界宗教研究》2012 年第 1 期。
③ 敦煌佛教论议的卷子，基本无法断定其撰写抄录时间。但有一些或者为唐代撰写抄录。如 P.2361 有"大中皇帝陛下"的字样，P.2174 则有"伏惟开元皇帝""我开元御极，神武君临，万事宁为天下，明主国安，人感风化，肃清宣猷""是则我大唐盛事，旷古无闻。列圣崇规，实为明主"，等等。所以，大致可以断定这批卷子所描述的佛教论议仪轨，主要是唐代的。

一、论端释义

关于唐代佛教论议的仪式，日僧圆仁《入唐求法巡礼行记》"赤山院讲经仪式"条，有比较完整的记述：

> 誓愿讫，论义者论端举问。举问之间，讲师举麈尾，闻问者语。举问了，便倾麈尾，即还举之，谢问便答。帖问帖答，与本国同，但难仪式稍别。侧手三下后，申解白前，卒尔指申难，声如大嗔人，尽音呼诤。讲师蒙难，但答，不返难。①

其中，所云"论端"者，似最早见于中土佛教讲经。姚秦僧肇《注维摩诘经》云："大乘之法，皆名不可思议。上问止室久近，欲生论端，故答以解脱。今言实年，以明所闻之不杂也。"②隋代吉藏《维摩经义疏》："今欲显其眷属，住不思议，就文为三。初现身散华，发起论端。二正与身子，交言端义。三论义既竟，拂天女迹。"③佛经讲解影响及佛经翻译，汉译佛经中也出现了"论端"一词。刘宋求那跋陀罗译《杂阿含经》："火种居士！譬如士夫持斧入山，求坚实材。见芭蕉树洪大脯直，即断其根叶，剽剥其皮，乃至穷尽，都无坚实。火种居士！汝亦如是，自立论端。我今善求真实之义，都无坚实，如芭蕉树也，而于此众中敢有所说。"④唐义净译《根本说一切有部毗奈耶》："大王当知！我于本国颇亦寻师，曾习少多书论文字，欲于王所建立论端，敢共诸人略申激难。"⑤

在汉译佛经和佛经讲解注疏风气影响下，中土佛教论议的记述也有"论端"一说。北周武帝宇文邕与沙门任道林辩论时：

---

① ［日］圆仁：《入唐求法巡礼行记》卷二，广西师范大学 2007 年版，第 61 页。
② （后秦）释僧肇：《注维摩诘经》卷六《观众生品第七》，新文丰出版公司 1983 年版，《大正藏》第 38 册，第 389 页上。
③ （隋）释吉藏：《维摩经义疏》卷五《观众生品第七》，《大正藏》第 38 册，新文丰出版公司 1983 年版，第 967 页下。
④ 求那跋陀罗译：《杂阿含经》卷五，《大正藏》第 2 册，新文丰出版公司 1983 年版，第 36 页中。
⑤ （唐）释义净译：《根本说一切有部毗奈耶》卷九，《大正藏》第 23 册，新文丰出版公司 1983 年版，第 671 页中。

于是帝不答。乃更开异途，以发论端。问曰："朕闻：君子举厝必合于礼，明哲动止要应于机。比频赐卿食，言不饮酒食肉。且酒是和神之药，肉为充肌之膳，古今同味，卿何独鄙？若身居丧服，礼制不食，即如今赐，自可得食。可食不食，岂非过耶？"

奏曰："贪财惠色，贞夫所鄙。好膳嗜美，廉士所恶。割情从道，前贤所叹。抑欲崇德，往哲同嗟。况肉由杀命，酒能乱神，不食是理，宁可为非？"[①]

发论端，又作起论端、启论端、举论端。凡事总有一个起始，有一个开端，论端就是论议的开始，其核心内容就是提出观点，以引起佛徒的辩论。从周武帝宇文邕与任道林的辩论来看，论端既可以指整场论议的开端，也可以指论议过程中一种论辩思路、路径的开始。

提问在佛教论议中常称为"竖义"，又可作"树义""立义"。就文献记载而言，魏晋南北朝时期的佛教论议，更多记载了"竖义"的环节、内容。此一时期，记载比较完整的竖义论难是梁代萧统的"二谛义""法身义"论议。论议开始，萧统先陈述命题，然后是22位僧俗佛徒先后质疑问难，萧统再一一分别回应。这种问答常以番为单位，一问一答为一番。22位佛徒与萧统的问答，多者6番，少者2番，因人因题而异。"法身义"论难，亦是如此，只是参与人数较少，只有6位佛徒。这种以确立佛法新解为核心的论议，是由座主竖义的。但在讲经论义中，座主讲完佛经，听经佛徒有时会竖义提问，向座主请教或挑战。梁武帝曾自讲《涅槃经》，命释宝海论"佛性"义，宝海升论榻后，即与梁武帝往返言晤。此外，隋唐之际"有辩相法师学兼大小，声闻于天。《摄论》初兴，盛其麟角，在净影寺创演宗门，造《疏》五卷，即登敷述。京华听众五百余僧，竖义之者数登二百"[②]。辩相讲《摄大乘论》，听众五百余人中竖义者有二百。

---

① （唐）释道宣编撰：《广弘明集》卷十，《大正藏》第52册，新文丰出版公司1983年版，第155页下。
② （唐）释道宣撰，郭绍林点校：《续高僧传》卷十五《释灵润传》，中华书局2014年版，第538页。此事可能发生在隋代。

唐代前期的佛教论议中，仍比较重视竖义：

武德初岁，时为三府，官僚上下，咸集延兴，京城大德，竞陈言论。有清禅法师立破空义，声色奋发，厉逸当时。相府记室王敬业启上曰："登座法师，义锋难对，非纪国慧净，无以挫其锐者。"即令对论……因问曰："未审破空，空有何破？"答曰："以空破空，非以有破。"难曰："执空为病，还以空破，是则执有为病，还以有除。"覆却往还，遂无以解……①

武德年内，释侣云繁，屡建法筵，皆程气宇。时延兴寺百座讲《仁王经》，王公卿士并从盛集。沙门吉藏爰竖论宗，声辩天临，贵贱倾目。（释慧）赜才施锐责，言清理诣，思动几神，惊越四部，骇心百辟。藏顾而叹曰："非惟论辩难继，抑亦银钩罕踪。"②

暨高祖东巡岱宗，銮驾伊洛，敕遣江南吴僧与关东大德升殿竖义。（释慧）乘应旨首登，命章对论，巧问勃兴，切并纷集，纵横骆驿，罔弗丧律亡图。高祖目属称扬，群英叹异。③

贞观十四年九月十七日，于清信士张英家宿集，（释智拔）竖义开《法华》题，或问今昔开覆三一之旨者，答对如风响，解悟启时心。④

未几，因避难三蜀，居于多宝寺。好事者素闻道誉，乃命（释道因）开筵《摄论》《维摩》，听者千数。时有宝暹法师，东海人也，殖艺该洽，尤善大乘，昔在隋朝，英尘久播，学徒来请，接武磨肩。暹公傲尔其间，仰之弥峻。每至因之论席，肃然改容，沈吟久之，方用酬遣。因抗音驰辩，雷惊波注，尽妙穷微，藏牙

---

① （唐）释道宣撰，郭绍林点校：《续高僧传》卷三《释慧净传》，中华书局2014年版，第75页。
② （唐）释道宣撰，郭绍林点校：《续高僧传》卷三《释慧赜传》，中华书局2014年版，第69页。
③ （唐）释道宣撰，郭绍林点校：《续高僧传》卷二十五《释慧乘传》，中华书局2014年版，第939页。
④ （唐）释道宣撰，郭绍林点校：《续高僧传》卷十四《释智拔传》，中华书局2014年版，第500页。

折角。①

吉藏讲《仁王经》"竖论宗",释慧赜"施锐责"问难;释智拔开《法华》题竖义,听众有问经中今昔"开覆三一之旨者";道因开《摄论》《维摩经》讲筵竖义,宝暹法师与之"酬遣":此三者并为讲经论义,竖义者讲师,问难者为听众。清禅法师立"破空义",纪国寺释慧净与之对论;江南吴僧与关东大德论议,释慧乘应旨,升殿竖义,竖义辩论:此二者为就具体法义命题开讲,质疑辩难。

发论端和竖义,两者在一定程度上有重合。凡是发论端,一般都要竖义,除非不想进行辩论了、自动放弃了。但两者的侧重又有所不同:"论端"重在环节,即佛教论议的开始环节,开始之后应该是过程和结果;"竖义"的精髓在命题上,有命题就得有回应。所以,论端的核心是"竖义",但又不仅仅包括陈述论题。如窥基将论端的内容,就概括为六项:"初发论端,略以六门解释。一教起所因,二论兴所为,三彰体性,四显宗旨,五释题目,六解本文。"②

总之,论端和竖义都是中土佛徒民众在接受佛经、传播讲解佛经过程中产生的语词。这些语词在中土佛教论议中频繁出现。但魏晋南北朝时期的佛教论议喜好"竖义"一词,而唐代佛教论议偏好"论端"一词。前者注重论议的思想性,后者注重论议的过程性。唐代佛教论议语词的演变,正好显示了其发展方向与演变趋势的变化。

二、论端程式

论端是唐代佛教论议非常重视的一个环节。许多题名"释门文范"的敦煌卷子,或者抄录某次论议的发论端,或者汇总论端常用语句范式。参照这

---

① (宋)释赞宁撰,范祥雍点校:《宋高僧传》卷二《释道因传》,中华书局1987年版,第26—27页。

② (唐)释窥基:《杂集论述记》卷一,《卍续藏》第48册,日本株式会社国书刊行会1975—1989年版,第1页下。

些敦煌卷子，可以推断，唐代佛教论议之论端常常包括颂扬论场、陈述佛法、描述场景、扬人抑己、叙述议论理由、竖义等内容。这六项内容，并不是所有敦煌卷子全部具备，在叙述偏重上也不是平均用墨的。一般而言，论端颂扬、扬人抑己、论议理由三项比较常见，而论端颂扬常常浓墨重彩。如P.3500：

　　厶乙：今遇庵菌（园）大讲，无耳尚自而来听，□嵌闻音，有口何敢而不说。今欲吟三五声仏，诸弟子能不能？已若，能尽惣听。

　　且说如来臂下生，然后包括出家事，比夜说尽涅槃□。如来千般变化，万劫修行，久为鱼鳖之身□，多作鹰雕之形状，皮剥万处，明灯彻耀于黄泉，肉舍千山，普舍一切之饥渴，回身隐化，入摩耶腹肚之中，变体真金，诞于右胁之下……至熙连河畔，浴洗浊尘，出到岸头，便登清坐。振动魔王宫殿，兼及岳渎山河，魔王努（怒）发冲冠，便行兵甲，佛将慈悲定力，降八十万之魔军，乃坚二之鸿盟，成菩提之上路。今欲说根穷底，若大海如何斟量。微说微谈，如小尘郭添山岳。肚中拍满，回落西山。更欲繁辞，恐滞后辈。念仏。

　　厶乙闻，三乘说教，四愿度人。毛孔融于海涛，心藏含于法界。终身离染，长辞六趣之中。习定于禅，永出四魔之外。是我仏之德也。

　　伏惟我当今皇帝，尧阶列位，舜历须行。八方慕化而梯山，四路投龟而航海。文句句而兴盛，便是周时；武渐渐而将灭，一同禹日，则我当今帝宦家之德也。

　　伏惟我府王太保，千年间气，天边之一鹤孤飞。五百时生，地上之只麟独骤。故曰金鞍东面，理六郡之人民；铁领西头，保烟尘之清帖。由是刺煞万贼，弗尽九烦，归洁净之十方，入无垢之方丈者，则我太保之绩也。

　　次则伏惟天使司空，文传寰海，武静塞垣。为圣主之腹心，作皇王志臂腹。遂使远传帝语，遐慰边蕃。比春季而达昆岗，愿路上而无疏失。亦将净意，合掌虔恭，听八相之经文，看十哲之谈论者，即是我司空之德也。

次则伏惟当座法奖和尚，德高龙树，艺越生公。谈万万之尊经，如同海口。唱千千之月偈，一似星流。

欲将拙钝，拟问小疑。恐恼乱于大才，且流吟而不敢。适来横疑走马，为飞水之交锋。今之争雄，似电池之大阵。有心撩计，于煞一场，合座高才，能敢以否？

况僧政等，并胆如季布，声似张辽，无贼处爱把箭搭弓，临阵时何不高声大喊。口号。

开头言"庵薗（园）大讲"者，说明此敦煌卷子应为佛教讲经仪式的记述。卷子先是对佛陀生平的一番介绍，然后是对"当今皇帝""我府王太保""天使司空""当座法奖和尚""僧政等"的称颂。称颂之末，是论难者陈述辩难理由、准备发文的言辞。由此来看，从这段文字不是讲师言说，而是论难者的言辞。"当今皇帝"等称颂对象，可能绝大部分是在论议现场的。其中既有这次讲经说法的大施主，更有佛教界的僧官和高僧大德。

（一）陈述佛法。陈述佛法主要是对佛教历史、基本教义的简要介绍，这些大多为常识性内容，不是论议的核心，一般用语不多。此举在南北朝佛教论议中就已经出现。南朝刘宋孝武帝时期，僧导于瓦官寺讲《维摩诘经》时，登场即云："昔王宫托生，双树现灭。自尔以来，岁逾千载，淳流永谢，浇风不追。给苑丘墟，鹿园芜秽。九十五种，以趣下为升高；三界群生，以火宅为净国。岂知上圣流涕，大士栖惶者哉。"[1]不同者在于，僧导的身份是讲经法师，而唐代佛教论议中陈述佛法者是论难法师。

（二）称颂论场。P.3500 即对参与论场之高僧道德、帝王将相、社会名流的称扬。此种做法，很少见于唐前佛教论议。但称扬佛经和高僧大德，是佛教弘法的途径之一，佛经中屡屡提及。唐前佛教也有专门的倡导文、发愿文、初夜文等文体，其中常用"仰愿"等句式，来描述佛徒的宗教期许。而唐代佛教论议中的誓愿常用"伏惟"句式来表述。"伏惟"常见于俗世臣子

---

① （梁）释慧皎撰，汤用彤校注：《高僧传》卷七《释僧导传》，中华书局 1992 年版，第 281—282 页。

对皇帝或者下级对上级的应用文体。这种用词上的转变，说明唐代佛教论议在向世俗靠拢。

（三）描述场景。描述场景有些固定的句式和内容。P.2174 云：

春 是日也，鹰振翔仪（翼）而还北塞，鱼跃鳞而詳（泮）冰，桃花发而散轻红，柳叶吐而含翠绿。

夏 是日也，朱景驰于南陆，火星曜于东郊，兰紫熏庭，花鲜绣野。

秋 是日也，九秋气爽，千里月花，紫兰发而玉露垂，城芷洛（落）而金风举。

冬 是日也，寒树俪凤之向霜，谭下爱（暖）日之辉冻，冷静而游鱼雪洛，开而翻鹤。

这种季节物色的描述，P.2631 更为详细。有时，场景描述也会关照论场活动。如 P.2770V："是日也，柳絮未坼，梅花□残，媚景驻于南轩，春光垂于北□。僮翻迎席，香梵盈场。上下倾心，忻观福事。"这种描述论场环境的内容，似尚未见于唐前佛教论议。

（四）扬人抑己。张扬他人，就是颂扬讲师。此在发誓愿时已经完成，但论议开始前再次专门称颂讲师，仍然屡见不鲜。如 P.2174："夫滔滔大海，归之者百川。岌岌孤峰，登之者万刃（仞）。法师以山为德，以海为心。度天地知成败之原，恻阴阳知生灭之际。洞闲般若，妙悟无生，挺特难伦。"贬抑自身，P.2174 亦有多条。如："某乙五尺薇（微）命，一界小俗，叨造化之□恩，儒觉浪之余闻，识也愚闇，性唯增愦，至于佛法，实所莫闲。端以微诚，募义修学，先因不植，今贯實闻。幸大德慈悲，滥垂明及。或之滥推升座，虽即雷门击于布鼓，日下吐于荧光，小僧使瑟遇于孔门，自愧不合韶雅。又荧光下或即云法席，法师理有击扬，希垂提升。"卑己高人的做法，似不见于魏晋南北朝佛教论议。

（五）叙述论议理由。论端中常常卑己高人，但陈述论议理由时，有些却咄咄逼人。如 P.2174："夫水之在榷，决之去流。教起在人，弘之即有道。钟鼓不击，何以知音？琴瑟不调，谁能见曲？然峰端利用，可以研究。是非权变，方圆论量。得失之义若不述，理在何凭？"也有不卑不亢者。武德初年京城佛教讲论，清禅法师立破空义，声色奋发，厉逸当时，慧净登座对论，云："今在英雄之侧，厕龙象之间，奉对上人，难为高论。虽然，敢藉敛秋霜之威，布春雨之泽，使慧净咨质小疑，令法师揄扬大慧，岂非佛法之盛哉。"① 此种情形，在唐前佛教论议中似乎没有出现。

（六）竖义。论端的结束部分，常常是问难内容。P.3500 并没有列举竖义内容。但有相当一部分敦煌卷子，有这一环节。如 P.3549："谨依所集《维摩经》中立三身义，《百法论》中立四智义。一经一论，立义两端。幸请法师，略垂呵责。"竖义环节，如上文所考证，于南北朝佛教论议中屡见不鲜。

综合以上考察，可以推断，唐代佛教论议之论端，在继承唐前佛教论议之竖义环节相关内容的基础之上，融合了一些佛教文体、世俗文体的特点，并根据需要增加或扩充了一些环节，最终形成了一种相当宏大、典雅的讲述活动。

三、论议问答

论议是按照论端竖义题目展开。唐代佛教论议之议题似乎比较集中：

P.3547V：向者法师于所集《维摩经》中立四谛义、五逆义，《菩提经》中立真如仏性义。岂不如是？

P.2930：谨依本叶《维摩经》中立六神通义，依《百法论》中立四谛义。一经一论，立义两端。向者六神通、四谛□占□如何，幸请法师希垂何责。

P.2930：谨于《菩提经》中立真如仏性，于《维摩经》中立五逆义。谨于所习，立义两端。

P.2871：谨依所习《金刚经》中立六波罗蜜义，《最胜王经》中立三身义，《百法论》中立八识义，又依下文之中立四智义。依

---

① （唐）释道宣撰，郭绍林点校：《续高僧传》卷三《释慧净传》，中华书局 2014 年版，第75 页。

经及论，立义四端。幸请法师，许垂开决。

P.2871V：谨依所集《温室经》立洗浴众僧义，《百法论》中立三藏义，依经及论，立义两端，幸愿法师，请垂明断。

P.2770V：谨依所业《维摩经》中□□因果义、不思议解脱义。于《识论》中立八识义，又六卷为义。一经一论，立义四端。幸愿慈悲，略垂呵结。

P.2807：于所习《维摩经》中立八难义，又于本文中立四无畏义，又于《入道次弟本经》中立三性三无性义。谨依所见，立义三端，幸请法师，愿垂呵责。

P.2807：谨于所业立仏图因果为崇义，又不思议解脱义，《唯识论》立八识义，又六无为义。一经一论，五义四科，幸众慈悲，略垂所诺。

P.2670：谨依本业《维摩经》中立六神通义，依《百法论》中立四谛义。一经一论，立义两端。向者六神通、四谛等，名目如何，幸请□□。

S.4341：谨依所□□□□立所缘缘义，依《维摩经》中立六神通义。一经一论，立义两端。向者所缘缘、六神通等名目如何，幸愿法师，请垂开阐。

S.4341：向者所说《菩提经》中立真如仏性，《百法论》中立大乘义者，岂不如是？

S.4341V：谨依所习《维摩经》中不立（当为"立不"）思议解脱义，又依下文立生无菩萨性平等义。又依《瑜伽论》中立五分十支义，又依《本地经》中立十七地增减义，又依四寻伺地中立三性三无性义，又依菩萨地中立六波罗蜜义，又依《百法论》中立惟识五门义，一经二论，立义七端。

《维摩经》，即《维摩诘所说经》，有吴支谦译两卷本、姚秦鸠摩罗什译三卷本、唐玄奘译六卷本等三个译本。《百法论》，又称《百法明门论》，一卷，玄奘翻译，是从《瑜伽论·本事分》中摘录的百法名数。《菩提经》，即《文殊师利问菩提经》，一卷，姚秦鸠摩罗什译。《金刚经》，一卷，姚秦鸠摩罗什译。《最胜王经》，即《金光明最胜王经》，十卷，唐义净译。《入道次弟本经》，或为唐智周撰《大乘入道次第》。《唯识论》，或为玄奘译十卷本《成唯识论》，或为一卷本《唯识二十论》，后者有后魏菩提流支、陈真谛、唐玄奘三个译本。《温室经》，即《佛说温室洗浴众僧经》，一卷，后汉安世高译。《瑜伽论》，即《瑜伽师地论》，一百卷，唐玄奘译，此经唐前有多种节译本。《本地经》，未知确指。

这些统计并不完全，但从中可以看到，唐代佛教论议中论端竖义，以《维摩经》和《百法论》居多。这些经典，多数篇幅不太长，在五卷以内。但从论难者所列佛经情况来看，讲经法师与论议法师并非围绕某一部具体佛经展开，因为罗列佛经常常在一部以上。这说明，讲经之后的论议，常常由论难者参照别部佛经提出疑问。这些疑问更多集中在佛教名数概念上，而讲师的回答也常常只是名数分析。

圆仁《入唐求法巡礼行记》记载赤山院佛教论议，为"但难仪式稍别。侧手三下后，申解白前，卒尔指申难，声如大嗔人，尽音呼净。讲师蒙难，但答，不返难。"赤山院，为唐穆宗三年（823）新罗商人张保皋建于登州（今山东荣成市），住锡僧人、服务对象多为新罗人，佛教仪轨多与新罗接近。①但上引圆仁于唐文宗开成四年（839）十二月间所见上述讲经仪式，实为汉地佛教仪轨，因为圆仁于此下即有"新罗一日讲仪式"之说。

圆仁所言"但难仪式稍别"者，是中土与新罗佛教论议有差别。圆仁记载论议问难之两个特点，即讲师只答不问、问难咄咄逼人。此点敦煌佛教论议卷子可以印证。敦煌卷子中，有些以主答、客难来标注讲师与问难者之间的论议，如 P.2807、P.3219 等。这说明，身份为"主"的讲师，其作用只是回答听经僧人的问难。至于问难者"声如大嗔人，尽音呼净"，也可以找到一些文字痕迹。如 P.2807 客之问难有"法师比日经论，目历而潜通，书史耳闻即阇诵，今日恰似失魂"，P.2807V 客之问难有"法师所答稍蒙胧"。这些语词，有可能以"声如大嗔人，尽音呼净"的声音和神态表达的。

强调主客身份的论议，与魏晋南北朝佛教论议有别。《世说新语》记载，

---

① 王公伟：《赤山法华院与中日韩佛教文化交流》，《世界宗教文化》2007 年第 2 期。

支道林与诸名士会稽西寺讲论时，许询"与王（苟子）论理，共绝优劣。苦相折挫，王遂大屈。许复执王理，王执许理，更相覆疏，王复屈"①。"许复执王理，王执许理"即转换论辩角色、话题的做法。但问难者要求声势咄咄逼人，在魏晋南北朝的佛教论议中倒是可以找到某些痕迹。

魏晋南北朝佛教论议中常见的嘲谑风气，在唐代似乎还有痕迹。《宋高僧传·元康传》：

> 既入京城，见一法师盛集讲经化导，康造其筵，近其座，便就所讲义申问，往返数百言，人咸惊康之辩给如此。复戏法师曰："甘桃不结实，苦李压低枝。"讲者曰："轮王千个子，巷伯勿孙儿。"盖讥康之无生徒也。康曰："丹之藏者赤，漆之藏者黑，随汝之赤者非纁绛焉，入汝之黑者非铅墨焉。"举众皆云："辞理涣然，可非垂迹之大士也？"帝闻之，喜曰："何代无其人！"诏入安国寺，讲此三论。②

P.2807V 中讲师的答词中有"主嘲辞：如是妙判，疑网合除。若再发论端，即是个没孔铁槌。"S.4341 有"幸愿请法师，请垂开嘲"。然这一风气，似乎没有在敦煌卷子中大篇幅记载。此或可言，唐代佛教论议中，嘲谑之举依然存在，然此举似乎不再是论辩双方竭力追求的一种风气。

四、论议身份

佛教论议，很多时候属于佛教讲经的一部分。《入唐求法巡礼行记》中，记述"赤山院讲经仪式"，有"辰时，打讲经钟，打惊众钟讫。良久大会，大众上堂，方定众钟"。敦煌卷子中也有与此相关的记述。如，P.2770V 有"今者开钟，须理合击扬"，P.2174V 有"夫鸿钟不击，难以辩其声。楛木不

---

① （南朝宋）刘义庆撰，（梁）刘孝标注，余嘉锡笺疏，周祖谟等整理：《世说新语笺疏》"文学四"第 38 条，上海古籍出版社 1993 年版，第 225 页。
② （宋）释赞宁撰，范祥雍点校：《宋高僧传》卷四《释元康传》，中华书局 1987 年版，第 70 页。

攒，难以见其大"。故而，同一场次的佛教论议与讲经参与者是重合的。圆仁著作记述佛教讲经之人物、角色云：

> 讲师上堂，登高座间，大众同音称叹佛名——音曲一依新罗，不似唐音——讲师登座讫，称佛名便停。时有下座一僧作梵，一据唐风，即"云何于此经"一行偈矣。至"愿佛开微密"句，大众同音唱云——"戒香、定香、解脱香"等颂。梵呗讫，讲师唱经题目，便开题，分别三门，誓题目讫。维那师出来于高座前，读申会兴之由，及施主别名、所施物色申讫，便以其状转与讲师。讲师把麈尾，一一申施主名，独自誓愿。

这里记载讲经时，身份、职责明确的有三类。第一是讲师，即讲经者，魏晋南北朝时期常有法主、座主、论主等称呼。第二是作梵僧，此僧似乎没有固定名分。第三是维那师，"维那师出来于高座前"者，说明维那师也是下座者之一，因为要完成特定功能，才"出来于高座前"。

圆仁所见佛教论议之身份，似乎没有都讲。都讲在魏晋南北朝佛教讲经、论议中频繁出现。其职责主要有读经、问难、覆讲等。圆仁所见论议，读经者为讲师本人，"讲师唱经题目，便开题，分别三门，誓题目讫"；问难者为听众，"誓愿讫，论义者论端举问"；覆讲者，"更有覆讲师一人，在高座南下坐。便读讲师昨所讲文。至'如含义'句，讲师牒文释义了。覆讲亦读，读尽昨所讲文了。讲师即读次文。每日如斯"。这种对都讲身份、职责的分解，应该不是圆仁的疏忽。因为都讲在"新罗一日讲仪式"中有明确记载：

> 辰时打钟。长打槌了。讲师、都讲二人入堂。大众先入列座。讲师、读师入堂之会。大众同音称叹佛名长引。其讲师登北座，都讲登南座了。赞佛便止。时有下座一僧作梵，"云何于此经"等一长偈也。作梵了，南座唱经题目——所谓唱经长引，音多有屈曲。唱经之会，大众三遍散花。每散花时，各有所颂。唱经了，更短音唱题目。讲师开经目。三门分别，述经大意。释经题目竟，有维那师披读申事兴所由。其状中具载无常道理，亡者功能，亡逝日数。[①]

---

① [日]圆仁:《入唐求法巡礼行记》，广西师范大学出版社2007年版，第62页。

新罗讲经仪式中，讲师、都讲"二人入堂"，"讲师登北座，都讲登南座"，"南座唱经题目"，"讲师开经目"。谢灵运《山居赋》有"南倡者都讲，北机者法师"。新罗讲经仪式正与之相合，也更接近魏晋南北朝。而唐代中土讲经、论议仪式上，都讲的地位在淡化，其职能也被分解：读经有讲师，覆讲有"覆讲师"，论难有听众之中的"论义者"。敦煌卷子中的讲经文中，有讲经活动身份、功能的明确提示，其中可见讲经、读经、唱诵的分工。参照圆仁的记述，似可以判断，这些职能未必像南北朝那样由特定身份者担任，而是适应讲经的条件、需求由不同身份的佛徒担任。

中土佛教的发展，存在明显的地区差异。佛教论议更是一种民众广泛参与的、俗文化特色鲜明的弘法方式。因此，圆仁所记述的唐代中土佛教讲经论议，也与敦煌文献完全一致了。圆仁记述讲经一个环节完成之后，有讲师誓愿，"维那师出来于高座前，读申会兴之由，及施主别名、所施物色申讫，便以其状转与讲师。讲师把麈尾，一一申施主名，独自誓愿。誓愿讫，论义者论端举问"。而讲经誓愿，正好可以敦煌卷子 P.3256 印证：

> ……

> 以此开赞大乘不思议解脱法门，所生功德无量无边。先将益法悲□□□龙天八部。惟愿威光炽盛，只弥□兴，运慈悲救人护国，使四时顺□，八表无虞，九横不纵，万人安乐，法轮常转，仏日恒晖，刀兵不兴，疫毒休息，仏影经声□上彻天宫，钟鼓灵□下□地狱，火山落飞，剑树作针，炉灰□收烟，冰河息浪，针咽饿鬼永绝……

> 以此开赞大乘甚深句义，所生功德无量无边。先用上资梵释四王，龙天八部。伏愿威光炽盛，枢力增高，匡护法城，保绥家国。愿使真身化仏，长在世间，宝字金经，恒传沙界，大悲菩萨，来赞末法。□小果声闻，住持法藏。圣神赞□，天阶益峻。宝历恒昌。太子法王，克增盘石。东军尚相，禄秩永安，文武百僚，功名不坠。郎儿都督，富位时迁。部落志官，永无忧厄。释门教主，高建法幢。法律纲维，护持不倦。说者听者，灾债不侵。法界有情，同赖斯福。然后天感地平，河清海晏，五谷丰稔。年厢善盈，官布恩

波。人民乐业，般若波罗蜜，无的不从。大众虔诚，一切普诵。

复持此福尽用庄严当今圣主。伏愿开南山之长劫，作镇坤仪。悬北极之枢星，继明干像。历千载龙颜万春，四神保长寿之征。五老送延灵之翼。皇太子前星永耀，少海澄兰。法王作固维城，宠光盘石。朝廷将相，助理和□。文武百官，恒居禄位。

以此庄严我皇太子殿下。伏愿圣躬坚远，神寿充缰。功业积于丘山，德量深于巨海。十郎十一郎□石永固，仙□连辉。色力增高，官禄弥厚。

以此功德庄严太夫人等，浓梅丛艳，桃李增荣。公主等，月桂含春，星芳孕彩。节□上论，愿使天禄弥积，富位增高，常为大国之良臣，承作释门之信士。

庄严都督，形同大地。历千载而不倾命，等山阿□跨万龄而用固，福禄惟盛，欢荣转新，常为明主之福梅，镇作苍生之。(《法藏敦煌文献》，第 22 册，第 315—351 页)

P.3256 包含了讲经和发愿两部分。上引文献之前，有"不思议人法为名""仏性说"等内容，更有对天台智者的一些介绍，故而所讲经文很可能是沙门智顗的《维摩经玄疏》。发誓愿部分，与讲经密切相关。"以此开赞大乘不思议解脱法门，所生功德无量无边""以此开赞大乘甚深句义，所生功德无量无边"等，是对讲经内容的照应。"先用上资梵释四王，龙天八部"，是为祈福佛法兴盛。"持此福尽用庄严当今圣主""以此功德庄严太夫人等……公主等"，则是以讲经所获之功德为诸位大德、施主祈福。圆仁所见汉地佛教讲经过程中，维那师"读申会兴之由，及施主别名、所施物色申讫"，讲师再"一一申施主名，独自誓愿"，是则发愿是由讲师完成的。

佛教讲经，不仅仅源于施主的具体需求，更有佛教特定节日的需要。现存敦煌佛教论议文献，大多在大斋日、二月八日佛逾城日、四月八日佛成道日、七月十五日盂兰盆节等时间举行①。这些佛教的重大节日，既有社会名

---

① 侯冲：《汉地佛教的论义——以敦煌遗书为中心》，《世界宗教研究》2012 年第 1 期，第 47 页。

流设斋置法会，更有高僧大德云集说法。敦煌卷子佛教论议文献中，有许多称颂施主与高僧大德者，此即论议开论端中由听经佛徒完成的称颂论场，此已见前文分析。这说明，唐代中土佛教论议中，讲师之誓愿与论师之称颂论场，不但在内容上有一致、重合者，而且在某些论议过程中是完全重合的。即，伴随论议参与者身份的淡化，其职责也在随论场需求发生转变。

五、论议失误

P.2770V 收录了论议过程中的 12 种失误。其中，论师质难讲师者 7 种：

领问不明　向来所宣多义，非□之□。然谁为领问不明，更索再提修身，□□果知仏也……□天假聪明，神与才辩，方可堪升法座，启发义端。未达老聃之宗，岂识如来奥旨？不晓以杖叩□，为作□□苦。若愚蒙难教，良功凿窍。

答义违宗　凡立义宗旨，无不博考金言；起答问端，理藉达于圣教。开一面之纲，容遣偷生。放令掉尾振鳞，还望衔珠相报。若也不知恩贷，处陆非遥。纵使相吁，何年见湿？

引文避难　才欲切磋妙理，巧拙先章。不作图南，便为奔北。苟且引文脱难，终期大败，诚将难逃。未展七擒之谋，岂劳百胜之术？速须衔璧，负请诣论，若也进退迟疑，俄见头飞白刃。

答不依问　所答深义，将为洞达幽微，详槛兼词，真似梦中更梦。彰（章）疏并无此义，经论不载斯文。应缘狂间多时，今日擅生穿凿，未睹公输之巧，先陈媒母之形。以方投圆，终为龃龉。不料井班之智，来此对谈；更独龙象之威，致使自夷伊戚。

答语朦胧　凡是问答义理，皆须剖析分明。听彼答词，深为朦昧可叹；齐芋（竽）滥吹，然知怪石乱珍。自责失言，何堪征诘？

重言报语　若欲激扬圣教，先须讨本穷源。未得升堂，无由入室。论难深乖理性，征诘多败真宗。先言不易管窥，后语复依前范，足为矜愍，何可笑焉？宁进伽膝之荣，不忍坠泉之辱。若难而退，幸且偷生。只应溷沌顽嚚，无事来游武口。

　　责重言　一言有失，驷马何追？土覆白珪，终难磨点。若有别理，可答前征。既无异闻，徒宣旧义。重言而藏己过，此未必为能；报语而惑时人，此未必为是。更有见解，即任申明。知无智能，早须避席。重言报语，何所益乎？

"领问不明"，是说讲师没有领会自己的问难；"答义违宗"，是指讲师之应答不依从佛陀之言教，违背了"立义宗旨，无不博考金言；起答问端，理藉达于圣教"的根本宗旨；"引文避难"，是指本应"切磋妙理，巧拙先章"的讲师，在论议中不够谨慎，"苟且引文"，欲脱离论难，这是指责讲师论议不用心；"答不依问"，是指论师的质疑在于理解经论，但讲师的回答"彰（章）疏并无此义，经论不载斯文"；"答语朦胧"，是指讲师的回答并未"剖析分明"，而是语义含糊不清，论师难以明白。"重言报语"，是指讲师前后两次回答出现了重复，"先言不易管窥，后语复依前范"，两次回答都没有讲明问题；"责重言"，是指讲师"既无异闻，徒宣旧义"，以"重言而藏己过"、用"报语而惑时人"。

讲师责难论师的有两种：

　　问不当宗　夫问语兴词，须当宗旨。未寻秘藏，妄起异端。有若登太华而访明珠，涉沧波而求粃梓。纵当五味，莫辩酸辛；纵听八音，匪谐律吕。自可居阴，止影座下。伏应不息良工，为雕朽木。

　　为说不领　适开秘典，言为甘露沃心，不期未悟真如，法义凭何入耳？虞公清唱，感动梁尘；伯牙鼓琴，驷马仰抹。尘马上（尚）明音律，法师深昧玄言。回遑无处容头，进退复羸其角，急须塞旗卧鼓，弃甲遁逃。忽然万弩齐施，不得妄称尸骸。明镜含晖，不照暗中之象；华钟蓄响，岂应风击之鸣？

"问不当宗"，是说论师没有听明白讲师的讲经而随便竖义提问。"为说不领"，是说论师"深昧玄言""未悟真如"，不解讲师之意。

讲师或者论师责难对手的三种是：

　　问答错谬　且如一问一答，须引经论为宗。听彼来词，出何章疏。穷诘理将，纰谬对答。颠之倒之，未是铁内铮铮，妄作佣中佼佼。不揣子微之□，来敌丘也之门。即欲子（仔）细根寻，实恐未知死所。

多语乱人 某乙闻：言语者，君子之枢要也。向听申述，无一要词。妄事多言，徒乱人耳。若效钝刀一割，由拟哀矜。更骋石□五能成，堪以为口实。井鱼受知沧海，蟪蛄莫识春秋。可惜造化之功，虚生天地之一物。□□□□，难与其言。樗散之林，安施斤斧。

言词蹇涩 未发清词，为有赐也之辩；及闻宣吐，翻成李广之谈。只如目槛五行，口扬三教。大击大响，小叩小鸣者，敢以当人焉。观彼讷言，实非君子；登其论座，可惜光阴。急须六鹢退飞，用避后贤之路。

"问答错谬"，是指论议双方的问答未恰当引用经论，造成了"穷诘理将，纰谬对答"的论议困境。"多语乱人"，是指对手语言散漫，没有突出中心，"向听申述，无一要词。妄事多言，徒乱人耳"。"言词蹇涩"，是说论辩者如同李广一样讷口少言。

这些失误的记述，并非结合具体论议过程进行的分析或总结，而是佛教论议中常见的批驳责难对手的语言模板。适应论场的需要，范本有几个明显的特点。第一，极少分析论议失误，对某类失误的核心特征并没有明晰地确定，以至于有些失误似乎可以等同，如"重言报语"与"责重言"。这说明，这种模板在论议中使用时，将结合论辩的具体问题和对手所出现的具体失误，进行适当的扩充。第二，批评标准是最基本的常识。"言词蹇涩""多语乱人""答语朦胧""重言报语""责重言"等失误，是违反了论议要语言准确、简洁、流畅的要求。"领问不明""答不依问""为说不领""问答错谬""引文避难"等失误，违反了论议必须围绕预定议题展开辩难的要求。"答义违宗""问不当宗"等失误，违反了论议必须要依照佛法展开的要求。这种对论议者不遵守论议常识的批评，是任何层次的听众、信徒都可以听懂的。这说明唐代佛教论议的世俗性非常突出。第三，批评语言要有挑战性。如"观彼讷言，实非君子；登其论座，可惜光阴。急须六鹢退飞，用避后贤之路"，是讥刺对手不具备辩才，令其尽快退席让座。

综上考察，唐代佛教讲经论议程式化、世俗化的特征越来越突出。诞节论衡从源头来看，本身就有佛教论议的痕迹。所不同者，佛教论议弘法的场所、时间、对象与诞节论衡有所变化。就讲论频次而言，佛教论议比诞节论衡更为频繁。由此而言，佛教论议与诞节论衡在程式、风格、趣味追求上自然会相互影响，由此而导致相互学习。所以，程式化、世俗化的佛教论议必然成为诞节论衡发展的一大动力。

第七章　唐五代皇帝诞节的礼俗及庆寿活动

开元十七年（729），玄宗诞日被定为全国性节日。此后，每逢诞节，从宫内到宫外，从京城到地方，都有形式丰富的庆贺活动，其中就包括三教论衡。玄宗朝开创的诞节庆贺，一直延续到五代结束。正是因为皇帝诞节庆贺礼俗的盛行，促进了诞节三教论衡的迅速发展。因此，考察唐代皇帝诞节礼俗的基本情况，是深化诞节三教论衡研究的一条有效途径。

一、皇帝诞节的设置与休假

唐玄宗之前，民间和官方就存在庆生礼仪民俗。先秦时期的庆生礼仪，见于《礼记·内则》[①]已相当成熟，与诞节庆贺不同者在于：此为生子庆贺，不是生辰庆贺。汉代以后，民间之庆生辰渐渐成为风气。《汉书·卢绾传》记载，卢绾与刘邦出生在同一天，里正曾持羊、酒祝贺两人生日[②]，此为生辰庆贺。《颜氏家训》则完备记载了北朝的周岁试儿风俗和每年生辰庆贺风俗[③]。隋文帝仁寿三年(603)夏五月癸卯，于自己生辰之日下诏感念母恩，令全国"断屠"禁杀，为已故之父母修福[④]。可以说，唐前生辰庆贺习俗已

---

① （清）孙希旦：《礼记集解》卷二十八《内则之二》，中华书局1989年版，第761页。
② （汉）班固撰，（唐）颜师古注：《汉书》卷三十四《卢绾传》，中华书局1962年版，第1890—1891页。
③ （北齐）颜之推撰，王利器集解：《颜氏家训集解（增补本）》卷二《风操》，中华书局1993年版，第115页。
④ （唐）魏徵等：《隋书》卷二《高祖本纪下》，中华书局1973年版，第49页。

经非常普遍。

玄宗诞节的设置，延续了生辰庆贺习俗。左丞相源乾曜、右丞相张说在《请八月五日为千秋节表》中说明了设置动机：

> 臣闻：圣人出则日月记其初，王泽深则风俗传其后，故少昊著流虹之感，商汤本玄鸟之命，孟夏有佛生之供，仲春修道祖之箓，追始乐原，其义一也。伏惟开元神武皇帝陛下二气合神，九龙浴圣，清明总于玉露，爽朗冠于金天，月惟仲秋，日在端午，常星不见之夜，祥光照室之期。群臣相贺曰："诞圣之辰也，焉可不以为嘉节乎？"比夫曲水禊亭，重阳射圃，五日彩线，七夕粉筵，岂同年而语也？臣等不胜大愿，请以八月五日为千秋节。著之甲令，布于天下，咸令宴乐，休假三日……上明玄天，光启大圣，下彰皇化，垂裕无穷，异域占风，同见美俗。①

张说等人提议设置"千秋节"的理由是"圣人出则日月记其初，王泽深则风俗传其后"。前句指圣人出世伴随有祥瑞呈现，如"少昊著流虹之感，商汤本玄鸟之命"，后句指圣人福泽后代遂有节俗纪念，如"孟夏有佛生之供，仲春修道祖之箓"。两句相合则说明，设置玄宗诞节千秋节的原因在于，皇帝是上天之骄子，其降生有祥瑞现世，其治国可以福泽万民。张说等人接着强调，这种圣王教化以节俗彰显的必要，远在上巳（"曲水禊亭"）、重阳（"重阳射圃"）、端午（"五日彩线"）、七夕（"七夕粉筵"）诸节日之上。基于此，千秋节庆既符合上天之神意，"上明玄天，光启大圣"，又可以彰化民众，"下彰皇化，垂裕无穷"，达到"异域占风，同见美俗"的功效。

玄宗朝的这封章表，成了唐五代叙述设置皇帝诞节必要性的模式性文字。此后在叙述诞节设置的必要性时，一方面延续了诞圣祥瑞与王化福祉这两条理由，另一方面又增加了一条理由——延续玄宗皇帝诞节"故事"旧例：

---

① （宋）王钦若等编纂，周勋初等校订：《册府元龟（校订本）》卷二，凤凰出版社 2006 年版，第 18—19 页。文章题名录自《全唐文》卷二百二十三。

况历运光启，圣人降生，固宜纪载诞之辰，与八节同号。故玄宗生日命曰天长节，肃宗生日命曰天平地成节，并以饮食宴乐，布庆万方，使赐及同轨，风流异代。(独孤及《请降诞日置天兴节表》)①

这是依准前例的思维习惯。但这种习惯在溯源时，越来越久远。代宗朝置天兴节时溯源至玄宗，文宗朝置庆成节时溯源至太宗，至唐末帝朝置千春节更溯源至周代。不过，这种以沿袭前朝诞节惯例为本朝设置皇帝诞节之必要性，在五代时期已经悄无声息了。毕竟已经改朝换代了！

可以说，由承天意、应民心、准前例等原因，唐五代时期设置了诸多皇帝诞节。

表7—1　唐五代皇帝诞节统计表

皇帝庙号	诞节名	时间	诞节设置时间
唐玄宗	千秋节、天长节	八月五日	开元十七年（729）
唐肃宗	天成地平节	九月三日	乾元元年（758）
唐代宗	天兴节②	十月十三日	永泰元年（765）
唐德宗		四月十九日	
唐顺宗		正月十二日	
唐宪宗		二月十四日	元和二年（807）
唐穆宗		七月六日	元和十五年（820）
唐敬宗		六月九日	宝历元年（825）四月
唐文宗	庆成节	十月十日	大和七年（833）十月
唐武宗	庆阳节	六月十一日	开成五年（840）四月
唐宣宗	寿昌节	六月二十二日	会昌六年（846）六月
唐懿宗	延庆节	十一月十四日	
唐僖宗	应天节	五月八日	
唐昭宗	嘉会节	三月二十二日	龙纪元年（889）二月

---

① （宋）王溥：《唐会要》卷二十九，上海古籍出版社2006年版，第632页。
② 王溥的《唐会要》记载代宗对独孤及上表设置天兴节的态度为"表奏，不报"，但后代文献，如《玉海》卷七十四，仍称代宗诞节为天兴节。

皇帝庙号	诞节名	时间	诞节设置时间
唐哀宗	乾和节	九月三日	天祐元年（904）八月
后梁太祖	大明节	十月二十一日	开平元年（907）
后梁末帝	明圣节	九月十二日	乾化二年（912）
后唐庄宗	万寿节	十月二十二日	同光元年（923）
后唐明宗	应圣节	九月九日	天成元年（926）六月
后唐末帝	千春节	正月二十三日	清泰元年（934）九月
后晋高祖	天和节	二月二十八日	天福元年（936）十二月
后晋少帝	启圣节	六月二十七日	天福八年（943）六月
后汉高祖	圣寿节	二月四日	天福十二年（947）八月
后汉隐帝	嘉庆节	三月九日	乾祐元年（948）十二月
后周太祖	永寿节	七月二十八日	广顺元年（951）六月
后周世宗	天清节	九月二十四日	显德元年（954）七月
后周恭帝	天寿节	八月四日	显德六年（959）

休假制度是诞节庆贺的一个重要部分。开元十七年（729）张说、源乾曜的千秋节休假三日方案，似乎并未确定下来。至开元十八年（730），礼部再次奏请"千秋节休假三日"，诞节休假始成定制。千秋节后来更名为天长节后，休假三日制度未变，但活动内容有所调整：

> 开元二十二年（734）六月十七日敕："诸州千秋节多有聚会，颇成糜费。自今以后，宜听五日一会，尽其欢宴，余两日休假而已。任用当处公廨，不得别有科率。"①

开元十八年，诞节休假三天都是用来庆贺的。到了开元二十二年，只有八月五日当天诸州安排"聚会""欢宴"，庆贺玄宗寿辰，前后各一天变成自由休假。

乾元元年（758）九月三日，肃宗诞日始定为天平地成节，也是休假三

---

① （宋）王溥：《唐会要》卷八十二，上海古籍出版社2006年版，第1798页。

日①。宝应元年（762）四月肃宗崩，同年九月一日即位的代宗调整了玄宗天长节、肃宗天平地成节的休假时间：

> 至宝应元年（762）八月三日敕："八月五日本是千秋节，后改为天长节。旧给假三日，其前后一日假权停。"至九月一日，敕："天平地成节，准乾元（758）元年九月一日敕，休假三日，望准八月三日敕，前后日权停。"②

宝应元年九月，玄宗诞节、肃宗诞节暂时由三日变为一日。一月后，宰臣上言"今月十三日，皇帝降诞日，望准天长节休假三日"，代宗以肃宗"山陵未毕"不许，宰臣又上言休假一日，代宗乃从之③。据此而言，宝应元年代宗确定的降诞节休假为：玄宗天长节、肃宗天平地成节与代宗诞日各为一天。

德宗诞日休假，也是一天。贞元五年（789）四月十五日敕："四月十九日，降诞之辰，宜休假一日。"④宪宗延续了这种惯例。永贞元年（805）十二月，太常上奏"太上皇正月十二日降诞，皇帝二月十四日降诞，并请休假一日"，宪宗从之⑤。可见，宪宗即位之初，顺宗诞日、宪宗诞日各休假一日。

元和二年（807）此一休假制度又有变革。此年二月，御史大夫李元素、太常卿高郢等上言：

> 玄宗、肃宗降诞日，据太常博士王泾奏，按《礼经》及历代典故，并无降诞日为节假之说。惟国朝开元十七年，左丞相源乾曜以八月五日是玄宗降诞之辰，请以此日为千秋节，休假一日……乾元元年，太子太师韦见素以九月三日肃宗降诞之辰，又请以此日为天平地成节，休假一日。自后代宗、德宗、顺宗即位，虽未别置节日，每至降诞日，天下亦皆休假。臣以为乾曜、见素等所奏以为节

---

① （宋）王溥：《唐会要》卷二十九，上海古籍出版社 2006 年版，第 632 页。
② （宋）王溥：《唐会要》卷八十二，上海古籍出版社 2006 年版，第 1798 页。
③ （宋）王钦若等编纂，周勋初等校订《册府元龟（校订本）》卷二，凤凰出版社 2006 年版，第 19 页。
④ （宋）王溥：《唐会要》卷八十二，上海古籍出版社 2006 年版，第 1799 页。
⑤ （宋）王溥：《唐会要》卷二十九，上海古籍出版社 2006 年版，第 634 页。

假者，盖当时臣子之心，喜君父圣寿无疆，以为荣庆。今园陵既修，升祔将华，谨寻礼意，不合更存休假之名，请付尚书省集百官与学官参议，敕宜依者。臣等闻君子名之必可言，言之必可行，故可言不可行，君子不言。伏以玄宗、肃宗、代宗、德宗、顺宗五圣，威灵在天已久，而当时庆诞犹存，正可言不可行之礼，请依王泾奏议，并停①。

此一记载中有两个问题：第一为诞节休假不合礼制。奏言中说，"《礼经》及历代典故，并无降诞日为节假之说"。降诞日举国同庆始于玄宗朝，《开元礼》中就有了降诞日祝寿的完备礼制。故而此处所言"《礼经》"，当指玄宗以前的礼学典籍。第二为玄宗诞节天长节休假一日之说。据上文所引文献，天长节在玄宗朝、肃宗朝都休假三日，代宗之后由休假三日改为休假一日。李元素、高郢奏言千秋节休假一日者，不合史实。

皇帝诞节，本源自庆贺诞圣祥瑞、促进王化福祉，与已亡故者似不关联。亡故之皇帝还需要延续诞节庆贺吗？这一问题进入了唐王朝决策层的视野。《唐语林》记载：

德宗即位，诏公卿议，吏部尚书颜真卿奏："准《礼经》及历代帝王无降诞日，唯开元中始为之。复推本意：以为节者，喜圣寿无疆之庆，天下咸贺，故号节；若千秋万岁之后，尚存此日以为节假，恐乖本意。"于是敕停之。②

颜真卿以为，去世之国君的诞圣节是滑稽而可笑的，于是德宗"敕停之"。但是，《唐语林》所载与《唐会要》所载有出入。《唐语林》所云"敕停之"，如果是德宗以前皇帝的诞节，《唐会要》元和二年停"五圣"诞节之事就无从谈起；如果《唐语林》所载不误，则可能是德宗自己的诞节庆贺停止过一段时间。不管事实真相如何，认识到已故皇帝之诞节庆贺为一滑稽之事，并将之废除，是在宪宗朝。

此规定宪宗以后得到了继承。唐哀宗天祐元年八月庚申下《停嘉会节

---

① （宋）王溥：《唐会要》卷二十九，上海古籍出版社 2006 年版，第 634—635 页。
② （宋）王谠撰，周勋初校证：《唐语林校证》卷八，中华书局 1987 年版，第 704 页。

敕》：“三月二十三日嘉会节。伏以大行皇帝仙驾上升，灵山将卜，神既游于天际，节宜辍于人间。准故事，嘉会节宜停。”① 所谓“准故事”者，即上引元和二年诞节节庆之新规定。

宪宗以后，诞节休假制度虽然延续下来，但假期长短不固定。元和十五年（820）穆宗即位，太常礼院奏：“准玄宗降诞为千秋节，肃宗降诞为天成地平节，并假一日。自后累圣降诞，虽不别置节名，其休假献馈如旧。今皇帝七月六日降诞，准故事，合休假上礼”② 。穆宗诞节也休假一日。穆宗之后的敬宗，其诞节也是休假一日：

（唐敬宗）宝历元年（825）四月，中书门下奏：“皇帝降诞日，准故事，休假一日。”从之。③

敬宗之后，文宗诞节庆成节的休假又由一日改为三日：

（开成）二年（837）九月……又诏：“庆成节假宜依上元日休假三日。”④

武宗、宣宗诞节休假也是三日：

（开成）五年（840）四月，中书门下奏请（唐武宗）以六月（佚“十”）一日为庆阳节，休假三日，著于令式。⑤

（会昌）六年（846）六月奏：“中书门下奏请（唐宣宗）以降诞日为寿昌节，天下州府并置宴一日，以为庆乐，前后休假三日，永著令式。”从之。⑥

宣宗之后，懿宗、僖宗、昭宗、哀宗虽有诞节，但休假时间长短不得而知。不过，按照皇帝诞节“准前例”的做法，很可能也是三天。

五代时期的诞节休假延续晚唐制度。后梁二帝诞节都是三日：

---

① （后晋）刘昫等：《旧唐书》卷二十下《哀帝纪》，中华书局1975年版，第787页。
② （宋）王钦若等编纂，周勋初等校订：《册府元龟（校订本）》卷二，凤凰出版社2006年版，第21页。
③ （宋）王溥：《唐会要》卷二十九，上海古籍出版社2006年版，第636页。《册府元龟（校订本）》卷二，凤凰出版社2006年版，第21页。
④ （宋）王钦若等编纂，周勋初等校订：《册府元龟（校订本）》卷二，凤凰出版社2006年版，第22页。
⑤ （宋）王溥：《唐会要》卷二十九，上海古籍出版社2006年版，第637页。
⑥ （宋）王溥：《唐会要》卷二十九，上海古籍出版社2006年版，第637—638页。

开平元年（907）五月辛巳，有司奏以降诞之日为大明节，休假前后各一日。

乾化二年（914）三月，文武百官上言请以九月十二日帝降诞日为明圣节，休假三日，从之。①

后唐、后晋、后汉、后周四朝，有关诞节休假的记载也是三日：

天成元年（926）六月中书奏："九月九日皇帝（后唐明宗）降诞之辰，旧例特置节名，以其日为应圣节，休假三日，仍令京都天下设乐，以申祝寿。"从之。②

乾祐元年（948）十二月辛卯，百僚上表曰："……皇帝（后汉隐帝）三月九日诞圣，请以其日为嘉庆节，休假三日，群臣宴乐上寿。"从之。③

综合以上考察，唐五代皇帝诞节休假制度沿革情况如下：

表7—2 唐五代皇帝诞节休假制度一览表

皇帝庙号	诞节休假
玄宗、肃宗	天长节（千秋节）、天成地平节各休假三日
代宗、德宗、顺宗	天长节、天成地平节、天兴节以及德宗、顺宗诞日各休假一日。
宪宗	玄宗、肃宗、代宗、德宗、顺宗等五圣庆诞废除。宪宗诞日休假一日。
穆宗、敬宗	各朝仅在位皇帝诞日休假，休假一日。
文宗、武宗、宣宗、懿宗、僖宗、昭宗、哀宗	各朝仅在位皇帝诞日休假，休假三日。
后梁、后唐、后晋、后汉、后周	大明节、明圣节、万寿节、应圣节、千春节、天和节、启圣节、圣寿节、嘉庆节、永寿节、天清节，休假三日。

---

① （宋）王钦若等编纂，周勋初等校订：《册府元龟（校订本）》卷一百八十二，凤凰出版社2006年版，第2023页。

② （宋）王钦若等编纂，周勋初等校订：《册府元龟（校订本）》卷二，凤凰出版社2006年版，第23页。

③ （宋）王钦若等编纂，周勋初等校订：《册府元龟（校订本）》卷二，凤凰出版社2006年版，第25页。

二、皇帝诞节礼仪

皇帝诞日定为全国性节日，就纳入国家礼仪考量范围。礼制的规定性将诞节的内涵发扬到了极致。随着唐王朝的衰落，诞节礼仪也渐渐发生变化。一些礼仪背离了原创者的用意。这种发展变化，在上寿、赏赐、进献三个方面尤为明显。

（一）诞节上寿

诞节礼仪，在张说等人的上表中，已有设计，"群臣以是日献甘露醇酎，上万岁寿酒；王公戚里，进金镜绶带，士庶以丝结承露囊，更相遗问；村社作寿酒宴乐，名为赛白帝，报田神"[①]。开元十八年（730）六月，礼部在规定千秋节礼仪时，有"村闾社会并就千秋节先赛白帝，报田祖，然后坐饮"[②]。开元二十四年（736）千秋节，玄宗召京兆父老等宴会，宣敕云："今兹节日，谷稼有成，顷年以来，不及今岁。百姓既足，朕实多欢，故于此时与父老同宴，自朝及野，福庆同之。并宜坐食，食讫乐饮，兼赐少物，宴讫领取。"[③]

萧嵩等人编撰、开元二十年（732）颁行的《大唐开元礼·嘉礼》"皇帝千秋节受群臣朝贺并会"条，详细记载了玄宗千秋节群臣贺寿礼[④]。第一，诞节上寿礼应在宫内楼阁之前举行。其目的可能是在楼上楼下的地势差异中凸显诞节主角——皇帝的身份。但实际情况是，玄宗以后在内殿举行的较多。第二，上寿时侍中单独执笏跪奏，上皇帝千万岁寿。群臣在侍

[①] （宋）王钦若等编纂，周勋初等校订：《册府元龟（校订本）》卷二，凤凰出版社2006年版，第19页。

[②] （宋）王钦若等编纂，周勋初等校订：《册府元龟（校订本）》卷二，凤凰出版社2006年版，第19页。

[③] （宋）王钦若等编纂，周勋初等校订：《册府元龟（校订本）》卷二，凤凰出版社2006年版，第19页。

[④] （唐）杜佑撰，王文锦等点校：《通典》卷一百二十三，中华书局1988年版，第3158—3159页。

中之后，"皆再拜"。唐代"侍中之职，掌出纳帝命，缉熙皇极，总典吏职，赞相礼仪，以和万邦，以弼庶务，所谓佐天子而统大政者也"，"大朝会、大祭祀，则板奏中严外办，以为出入之节。"[1] 侍中是祭祀、朝会活动的主持者，故有此重托。第三，先上寿后宴会百官，宴会是上寿礼的重要组成部分。但实情是，玄宗以后上寿与宴会的地点有时合在一起，有时又分开。肃宗之天成地平节上寿、宴会百官，乾元元年（758）同在金明楼，乾元二年（759）同在宣政殿，上元二年（761）同在三殿。至宪宗诞节，仍遵从上寿与宴会结合的礼制。上寿与宴会分开，可能在文宗朝以前。大和八年（835）九月敕令："庆成节宜令百僚诣延英殿上寿，仍令太常寺具仪注闻奏。仍准上巳、重阳例，于曲江锡宴。"大和九年（836）十月庆成节，下诏："宰臣及文武百官，庆成节赴延英殿奉觞称贺。礼毕，锡宴于曲江亭。"[2] 文宗朝的改制，参照了上巳节、重阳节礼俗。但"仍准"二字表明，此前已经改制。具体改制时间，文献缺载。五代时期，上寿与赐宴地点有时合一，有时分开。这种改变可能与中唐以后的诞节斋会，存在关联。

《开元礼》中的诞节礼仪，是文武百官之贺寿上寿礼。但"王公戚里，进金镜绶带"，是皇亲国戚的贺寿程式，这在宫内举行，具体仪式《开元礼》中没有记载。不过，穆宗对诞节礼仪之变革将宫内庆生贺寿仪式也正规化了。元和十五年（820）七月乙巳，下诏：

> 昔者圣王之法，以孝理天下也。广爱敬之心，推于四海，尽奉养之志，示于兆人。然后自诚之化，有情思感。朕以眇身，只荷鸿业，皇太后就安长乐，朝夕承颜，慈训所加，庆感兼极。伏以今月六日，是载诞之辰，奉迎皇太后于宫中上寿。朕既获申欢慰，亦欲公卿大夫同之：宜以今月六日平明，光顺门集百僚及外命妇，进名贺皇太后。朕御光顺门内殿，与百僚相见，永为常式。[3]

---

① （后晋）刘昫等：《旧唐书》卷四十三《职官志二》，中华书局 1975 年版，第 1842 页。
② （宋）王钦若等编纂，周勋初等校订：《册府元龟（校订本）》卷二，凤凰出版社 2006 年版，第 22 页。
③ （宋）王钦若等编纂，周勋初等校订：《册府元龟（校订本）》卷二，凤凰出版社 2006 年版，第 21 页。

　　这封诏书，以"圣王之法，以孝理天下"为由，规定穆宗诞节为皇太后、皇帝同时上寿。此为尚书右丞韦绶之建言。元和十五年穆宗降诞日"百僚与命妇并集于光顺门"奉和皇帝、皇太后。长庆元年（821），以"群情不便"而"改其仪"，"百僚于紫宸殿称贺毕，诣昭德门外；命妇诣光顺门，并进门奉贺皇太后"。长庆二年（822），"宰臣率百僚入内奉贺讫，又诣光顺门，进名贺皇太后"[①]。据此而言，穆宗朝的诞节礼仪，分两个阶段进行，先是百官朝臣上寿皇帝，此应该是侍中主持。后为百官朝臣及命妇进奉皇太后，此种仪式如何，不得而知。

　　皇帝诞节进贺皇太后之仪式，只在穆宗为政期间贯彻执行。若据玄宗以前庆生风俗而言，诞日当以感恩父母为主，韦绶此举合于诞节庆生之基本用意。但是，此举终因"宰臣奏古无生日称贺之仪，其事终寝"[②]。敬宗即位，宝历元年（825）六月，敕"降诞日文武百僚于紫宸殿称贺及诣光顺门奉贺皇太后，自今已后宜停"[③]。虽然进贺皇太后已停，但皇帝诞日内宫宴会感念皇太后之举似乎仍然延续了下来。文宗大和七年（833），中书上奏在皇帝诞日设置庆成节时，对诞节庆生之设想中，有"是日陛下于宫中奉迎太皇太后与昆弟诸王，盛陈宴乐；群臣诣延英门，奉觞上千万岁寿；天下州府，置宴一日"[④]。对于诞节设斋，宰臣进谏文宗时，又说"诞圣之辰，普天同庆，陛下只合侍皇太后，与诸王盛陈宴乐，以奉慈颜……今若修祖宗故事，至是日奉迎两宫太后欢宴，实为盛美"[⑤]。大概因为，宫内欢宴多属于皇室事务，与"群臣称觞上寿"[⑥]这种朝中欢宴的国家性质不同，文献极少记载。这说明，诞节上寿礼仪中，皇宫之内的感恩贺寿在某种程

① （宋）王钦若等编纂，周勋初等校订：《册府元龟（校订本）》卷二，凤凰出版社2006年版，第21页。
② （后晋）刘昫等：《旧唐书》卷一百六十二《韦绶传》，中华书局1975年版，第4245页。
③ （宋）王钦若等编纂，周勋初等校订：《册府元龟（校订本）》卷二，凤凰出版社2006年版，第21页。
④ （宋）王钦若等编纂，周勋初等校订：《册府元龟（校订本）》卷二，凤凰出版社2006年版，第22页。
⑤ （宋）王钦若等编纂，周勋初等校订：《册府元龟（校订本）》卷二，凤凰出版社2006年版，第22页。
⑥ （宋）欧阳修、宋祁等：《新唐书》卷二十二《礼乐志十二》，中华书局1975年版，第477页。

度上一直存在。

（二）进献与赏赐

诞节进献礼制，张说等人议定千秋节时也有规划，"群臣以是日献甘露醇酎，上万岁寿酒；王公戚里，进金镜绶带，士庶以丝结承露囊，更相遗问；村社作寿酒宴乐，名为赛白帝，报田神"。开元十八年，"以千秋节百官献贺，赐四品以上金镜、珠囊、缣彩；赐五品以下束帛有差"，"村闾社会并就千秋节先赛白帝，报田祖，然后坐饮"①。两相对照可知，进献按身份分为群臣与王公戚里两类，前者进献甘露醇酎，后者进献金镜绶带。至于赏赐，是按照官职品级进行的：四品以上，赐金镜、珠囊、缣彩；五品以上，赐束帛有差。

诞节进献物与上寿庆贺密切相关。"甘露"，即金秋之露水，历来被视为祥瑞，是天地谐和、风雨调顺之瑞象，此意宋人蔡卞的《毛诗名物解》卷二有详细解释。醇酎，是正月所酿、八月所成之酒。金镜，为政治清明的象征。"绶带"，"绶""寿"谐音，形长，以喻长寿。综上分析可知，"醇酎"是贺寿仪式、宴会必需之美酒，"甘露""铜镜"预示盛世太平、天下大治、政治清明，"绶带"则期盼皇帝福寿绵延、基业代代相传。

与进献物相比，赏赐物品与诞节联系似乎要疏远一些。赏赐之金镜在王宫戚里的进献物中也出现过。但珠囊、缣彩、束帛则似乎更多体现了皇恩浩荡、广被万民的用意。如，天宝十四年（755）天长节赐物诏令中，用确切的数量来说明国家富有、皇恩远被："南衙九品以上并京兆府畿令等，宜共赐物二万匹；左右龙武军各赐一千匹。其唐元功臣，言念勋旧，宜异常伦，两军各赐物二千匹。余各有差天下侍老各量赐米。"②

---

① （宋）王钦若等编纂，周勋初等校订：《册府元龟（校订本）》卷二，凤凰出版社 2006 年版，第 19 页。

② （宋）王钦若等编纂，周勋初等校订：《册府元龟（校订本）》卷八十，凤凰出版社 2006 年版，第 880 页。

从有关记载来看，千秋节似乎更为突出的是皇帝的赏赐。开元二十四年（736）千秋节，帝御广远楼，宴群臣，赐物有差，召京兆父老等宴之，兼赐少物。开元二十八年（740）千秋节，帝御花萼楼，宴群臣，赐帛有差。天宝十四年，直接将赏赐物数量以国家公文形式公布。与赏赐相比，有关进献的记载似乎较少。开元二十四年，张九龄在百僚多献珍异时独出心裁，进献《千秋金镜录》10 章 5 卷，言前古兴废之道，为玄宗赏异之。此外，还有千秋节扬州李长史进毛龟，萧颖士为之做表以记之。张九龄之进献，事关国家兴废。李长史之进献，寓意吉祥。玄宗一朝，国库殷实，各方之进献似乎不足为奇，也就不甚留意了。

玄宗诞节的进献与赏赐，实际上借鉴了当时的一些习俗。千秋节赐珠囊与"士庶以丝结承露囊，更相遗问"的做法，可能来自八月一日的节俗传统。应劭的《风俗通义》云："八月一日是六神日，以露水调朱砂蘸小指，宜点灸，去百疾。"①《荆楚岁时记》云：

> 八月十四日，民并以朱水点儿头额，名为天灸，以压疾。又以锦彩为眼明囊，递相饷遗。
>
> 按：《述征记》云："八月一日作五明囊，盛百草头露洗眼，令眼明也。"《续齐谐记》云："弘农邓绍尝以八月旦入华山采药，见一童子执五彩囊，承柏叶上露，皆如珠满囊。绍问：'用此何为？'答曰：'赤松先生取以明目。'言终便失所在。"今世人八月旦作眼明袋，此遗象也。或以金为之，递相饷焉。②

汉魏六朝之际，六神日的时间似乎有变化：从八月一日到八月十四日，再到八月一日。但这一节日，"天灸"以及互赠"眼明囊"的习俗，一直保留了下来。"眼明囊"即"承露囊"，或取"百草头露"，或取"柏叶上露"，以之明眼目。

千秋节"赛白帝，报田祖"，当来自秋社习俗。秋社为立秋之后的社祭，本来在立秋后的第五个戊日，武则天改为九月，唐中宗改为八月。这

---

① （汉）应劭撰，王利器校注：《风俗通义校注》，中华书局 1981 年版，第 606 页。
② （梁）宗懔撰，杜公瞻注，黄益元校点：《荆楚岁时记》卷一，见上海古籍出版社编：《汉魏六朝笔记小说大观》，上海古籍出版社 1999 年版，第 1059 页。

样，玄宗朝诞节进献、赏赐实则是将诞节、秋社、六神日三者合而为一。当然，这种做法的依据在于三个节日时间相邻。然玄宗之后的诞节，就不会有这种移俗就节的做法，珠囊、承露囊等物品也就很少在玄宗之后的诞节中出现。

玄宗以后，国力已经远远不及开元、天宝年间，有关赏赐的记载越来越简略，赏赐物已失却玄宗朝之皇家富贵气，多以荣誉为主。诞节进献所具有的祝贺圣寿无疆、政治清明、天下太平等类政治用意，已经渐渐淡化。进献不再按照皇亲、大臣分为王公戚里、群臣两类，而是按照进献礼品的轻重贵贱分为内官朝臣、外官诸道节度使，外官诸道节度使进献物件极多，由是为了明晰进献内容，就只递上一个清单，具体物件则交呈相关人员。如令狐楚《降诞日进银器物及零陵香等状》《降诞日进鞍马等状》，刘禹锡《为京兆李尹降诞日进衣状》《为京兆韦尹降诞日进衣状》，等等。中央王朝虽然屡有限制举措，然终无法抗拒其可以解财税燃眉之急的诱惑，始终饮鸩解渴，愈演愈烈，终于成为压倒唐王朝的众多稻草之一。唐亡后，进入五代十国，诞节赏赐与进献承继中晚唐之风，甚至进献时间不再限于诞节本日、本月，只要呈递进献礼品就可以了。这样，诞节进献已经等同于赋税征敛了。

三、皇帝诞节宗教活动

皇帝诞节庆贺活动中，有一些属于宗教活动。这些宗教活动，虽然早在皇帝诞节设置以前就已经大量存在，但诞节庆贺进一步推动了其繁荣兴盛。诞节论衡、修斋、行香、度僧以及赏赐僧人道士，是这些宗教活动中最为重要的几项内容。诞节论衡前文已经讨论。下文钩沉资料，探索诞节其他宗教活动的一般情况。

（一）诞节修斋与行香

唐代皇帝诞节斋会、行香之仪式，兴盛于代宗朝。大历二年（767）十月十三日代宗降诞日，宰臣及常参官率钱修斋。大历四年（769）降诞日，百僚于章敬寺修斋、行香，陈乐大会。大历六年（771）降诞日，修众僧斋于资圣寺，百僚行香。大历八年（773）降诞日，于资圣寺修一千僧斋。大历九年（774）降诞日，百僚分寺观行香，颁赐茶药。[1] 代宗朝修斋、行香的地点多在佛寺道观，主要是章敬寺、资圣寺。章敬寺在长安通化门外，大历二年七月十九日，内侍鱼朝恩请以城东庄为章敬皇后立为寺，拆哥舒翰宅及曲江百司看屋、观风楼建造而成，殿宇总 4130 间，分 48 院。资圣寺在长安崇仁坊东南隅，本为太尉、赵国公长孙无忌宅，高宗龙朔三年（663）为文德皇后追福立为尼寺，咸亨四年（673）改为僧寺，武则天长安三年（703）七月经火焚后重建。[2]

修斋，就是斋会，即会集僧众而施斋食。斋，本指佛教不过中食的戒律，梁武帝禁佛教徒肉食后，斋转变为不食肉、食蔬之意。通过汇集僧侣、布施素食来修功德、种福田，是佛教祈福的途径之一。诞节修斋，自然是百官为皇帝修福。

修斋的同时，还有行香祈福仪式。行香，取礼敬三宝之意。佛教凡有法会，多烧香以示恭敬、虔诚。中土行香仪式，始于释道安。道安创制僧尼轨范三则，其一即为行香、定座、上讲：

> 安法师三例中，第一是行香定座上讲，斯乃中夏行香之始也。后魏及江表皆重散香，且无沿革。至唐高宗朝，薛元起、李义府奉敕为太子斋行香，因礼奘三藏。又中宗设无遮斋，诏五品以上行香。或用然香熏手，或将香粖遍行，谓之行香。后不空三藏奏为高祖、太宗七圣忌辰设斋行香，敕旨宜依，寻因多故，不斋，但行香而已。[3]

行香时，主斋人或绕佛像、法座等礼敬对象环周右行道场，即"将香粖遍行"；或者执香依次熏香客之手并有祝愿之词，即"用然（即燃）香熏

---

[1]　（宋）王钦若等编纂，周勋初等校订：《册府元龟（校订本）》卷二，凤凰出版社 2006 年版，第 20 页。

[2]　李芳民：《唐五代佛寺辑考》，商务印书馆 2006 年版，第 43、41 页。

[3]　（宋）释赞宁撰，富世平点校：《大宋僧史略校注》卷中，中华书局 2015 年版，第 74 页。

手"①。唐代诞节斋会、行香，较早者可能在肃宗朝。上元二年（761）九月三日天成地平节，肃宗于三殿置道场②。然肃宗之后十余年间的诞节庆贺，似乎绝少有斋会行香之举。直到代宗大历年间，此种仪式才频繁起来。

代宗之后，诞节修斋、行香仪式长期延续下来。贞元六年（790）四月十九日德宗降诞日，京师诸司百官多于佛寺斋会。元和九年（814）二月十四日降诞日，宪宗御麟德殿，垂帘，名沙门道士三百五十人斋会于殿内，食毕，较论于高座，晡而罢，颁赐有差③。这种情况文宗朝有了改变。大和七年（833）八月，中书门下奏："近者广集缁黄，多为法会，诚有资于景福，且未叶于旧仪"④。文宗对此回应说："降诞设斋，起自近代，朕缘相承已久，未可便革，虽置斋会，唯对（王）源中等暂入殿。至僧道讲论，尽不临听。"⑤这次商议的结果是，诞节斋会照常举行，只是皇帝不参与斋会之后僧道讲论罢了。此举颇有些掩耳盗铃的味道。开成二年（837）九月，文宗又颁《定庆成节宴会常例诏》：

> 庆成节朕之生辰，天下赐宴，庶同欢泰。不欲屠宰，用表好生。非是信尚空门将希无妄之福；恐中外臣庶，不喻朕怀，广置斋筵，大集僧众，非独凋耗物力，兼恐致惑生灵。自今宴会蔬食，任陈脯醢，永为常例，咸使闻知。⑥

---

① 参见周一良：《魏晋南北朝史札记》"行香与行酒"条，中华书局 1985 年版，第 463—464 页。

② （宋）王钦若等编纂，周勋初等校订：《册府元龟（校订本）》卷二，凤凰出版社 2006 年版，第 19 页。

③ （宋）王钦若等编纂，周勋初等校订：《册府元龟（校订本）》卷二，凤凰出版社 2006 年版，第 20 页。

④ （宋）王钦若等编纂，周勋初等校订：《册府元龟（校订本）》卷二，凤凰出版社 2006 年版，第 22 页。

⑤ （宋）王钦若等编纂，周勋初等校订：《册府元龟（校订本）》卷二，凤凰出版社 2006 年版，第 22 页。刘昫等《旧唐书》卷十七下《文宗下》，记载此事顺序与《册府元龟（校订本）》颠倒：先有文宗对诞节斋会、三教谈论的反思，后有宰臣路随上奏诞节斋会不合中国教法，然后才是文宗"深然之"（中华书局 1975 年版，第 552 页）。《旧唐书》之记载，似乎有悖情理。

⑥ （宋）王钦若等编纂，周勋初等校订：《册府元龟（校订本）》卷二，凤凰出版社 2006 年版，第 22 页。（宋）王溥：《唐会要》卷二十九，上海古籍出版社 2006 年版，第 637 页，于此条下有小字："至四年，复令其日肉食。"

在这份诏书中，文宗一方面要求庆成节不欲屠宰、宴会蔬食，一方面又否定自己信奉佛教。但其中所言庆成节"广置斋筵，大集僧众"者，无疑在说明此前的诞节一直有斋会、行香仪式。

开成四年（839）以后，文宗朝国忌日斋会、行香似乎遭到全面封杀：

> （开成）四年，（崔蠡）拜礼部侍郎，转户部。上疏论国忌日设僧斋，百官行香，事无经据。诏曰："朕以郊庙之礼，严奉祖宗，备物尽诚，庶几昭格。恭惟忌日之感，所谓终身之忧。而近代以来，归依释、老，征二教以设食，会百辟以行香。将以有助圣灵，冥资福祚。有异皇王之术，颇乖教义之宗。昨得崔蠡奏论，遂遣讨寻本末，礼文令式，曾不该明，习俗因循，雅当整革。其两京、天下州府，以国忌日为寺观设斋焚香，从今已后，并宜停罢。"①

文宗朝停罢国忌日行香是否影响到皇帝诞节行香仪式，不得而知。《大宋僧史略》记载，国忌日修斋、行香似乎在宣宗以后才恢复的②，但此后的诞节修斋、行香极少有文献记载。至唐末五代，诞节修斋、行香仪式又频繁举行起来。

> （开成）五年（840）四月，中书门下奏请以六月一日为庆阳节，休假三日，著于令式。其天下州府，每年常设降诞斋，行香后，便令以素食宴乐，惟许饮酒及用脯醢等。京城内，宰臣与百官就诣大寺，共设一千人斋，仍望田里借教坊乐官，充行香庆赞，各移本厨，兼下令京兆府别置歌舞。依奏。

> （会昌）元年（841）六月，中书门下奏："庆阳节，准敕，其日设斋钱，臣等请以百官共率料钱三百贯文充。"从之。

> （会昌）二年（842）五月敕："今年庆阳节，宜准例，中书、门下等并于慈恩寺设斋，行香后，以素食合宴，仍别赐钱三百贯

---

① （后晋）刘昫等：《旧唐书》卷一百一十七《崔蠡传》，中华书局 1975 年版，第 3403 页。
② （宋）释赞宁撰，富世平点校：《大宋僧史略校注》卷中，中华书局 2015 年版，第 74—75 页。

文，委度支给付。令京兆府量事陈设，不用追集坊市歌舞。"①

（唐哀帝）天祐元年（904）八月即位……诏文武百僚、诸军诸使、诸道进奉官，准故事于寺观设斋，不得宰杀，只许酒果脯醢。②

五代后唐：同光元年（923）十月，庄宗万寿节，百官斋会于开封府；天成元年（926）九月九日明宗应圣节，百僚于敬爱寺设僧斋；天成二年（927），应圣节，百官于敬爱寺行香设斋，宣教坊伎宴乐之；天成三年（928），应圣节，宰相进寿酒，百官行香斋会于相国寺；天成四年（929）应圣节，百官于敬爱寺斋设；长兴元年（930）应圣节，百官又于敬爱寺斋设。③

五代后晋：天福七年（942）二月二十八日，高祖天和节，帝御武德殿，宰臣率文武百官上寿如仪，退就佛寺行香，宴乐而罢。其年诏天下郡县不得以天和节禁屠宰、辄滞刑狱。

五代后汉：乾祐二年（949）三月九日，隐帝嘉庆节，群臣诣佛寺斋设祝寿。乾祐三年（950）嘉庆节，御广政殿，文武百僚上寿酒。礼毕，群臣入相国寺设斋，赐教坊乐。④

五代后周：广顺元年（951）七月二十八日，太祖永寿节，帝御广政殿，百僚进酒上寿。班退，赐衣服分物有差，群臣赴相国寺斋设。广顺二年（952）七月：

内外文武臣僚遇永寿节辰，皆于寺观起置道场，便为斋供，访闻皆是率敛，不唯牵费，兼且劳烦。念忠节以可嘉，在诚抱而增愧，所宜减损，以便公私。今后中书门下与文武百僚共设一斋，枢密使与内诸司使、副使等共设一斋，侍卫亲军、马步都指挥使已

---

① （宋）王溥：《唐会要》卷二十九，上海古籍出版社 2006 年版，第 637 页。
② （宋）王钦若等编纂，周勋初等校订：《册府元龟（校订本）》卷二，凤凰出版社 2006 年版，第 23 页。
③ （宋）王钦若等编纂，周勋初等校订：《册府元龟（校订本）》卷二，凤凰出版社 2006 年版，第 23—24 页。
④ （宋）王钦若等编纂，周勋初等校订：《册府元龟（校订本）》卷二，凤凰出版社 2006 年版，第 23—25 页。

下共设一斋。其余前任官员及诸司职掌，并不得更请开置道场及设斋。①

《册府元龟》云，"访闻皆是率醵，不唯牵费，兼且劳烦。念忠节以可嘉，在诚抱而增愧，所宜减损，以便公私"，《五代会要》"节日"条作"访闻皆是醵金，所宜减损，以足公私"②。"醵金"意为集资、凑钱，"率醵"意为按比率捐钱。诞节百官修斋，本来就是凑钱斋会。《旧唐书》云："（会昌元年）五月，敕庆阳节百官率醵外，别赐钱三百贯，以备素食合宴。"③后周时期，这种诞节集资修斋为皇帝祈福的行为，已经成了许多官员的负担，故而后周太祖敕令将所有内外官员归为三类，供设三斋。广顺二年（952）永寿节，群臣诣广政殿上寿毕，赴相国寺斋设，就应该是按照此一规定设三斋进行的。广顺三年（953）永寿节，群臣赴僧寺斋会。显德五年（958）九月二十四日，周世宗天清节，文武百僚诣广政殿上寿如仪，既罢，又诣相国寺修斋。由此而言，至五代时期，诞节斋会与诞节进献一样，也完全变味了。

（二）度僧道与赐紫、赐师号

诞节度僧尼道士女冠，玄宗千秋节就开始了。开元二十六年（738）正月丁酉，制曰："其每年千秋节日，仍不得辄有屠宰。道释二门，皆为圣教，义归弘济，理在专崇。其天下观寺有绝无女冠道士僧尼者，宜量观寺大小，度六七人，简择灼然有经业戒行，为乡闾所推，仍先取年高者。"④这是玄宗千秋节官方政策规定的度"道士女冠僧尼"。除了官度之外，还有一些来自个人的度僧道请求。御史大夫王琚于天宝十年（751）请舍宅为道观，上表云："因诞圣之辰，充报恩之观，捧迎仙榜，光映蔽庐。每至三元八节

---

① （宋）王钦若等编纂，周勋初等校订：《册府元龟（校订本）》卷二，凤凰出版社2006年版，第26页。
② （宋）王溥：《五代会要》卷五，上海古籍出版社2006年版，第77页。
③ （后晋）刘昫等：《旧唐书》卷十八上《武宗本纪》，中华书局1975年版，第591页。
④ （宋）宋敏求编：《唐大诏令集》卷七十八《亲祀东郊德音》，中华书局2008年版，第408页。亦见（清）董诰等编：《全唐文》卷二十四，中华书局1983年版，第277页。

之时，天长乙酉之日，臣得澡雪纷垢，奉持斋戒……傥蒙睿泽，曲流愚诚，俯遂仰望，许臣诸处招灼然有行业道士二十七人，常修香火。"①王琪于天长节舍宅为道观，并请求为之度道士 27 人。由此可见，诞节度僧道，不仅有来自官方下达的名额指标，更有私人建造寺观后随即请求没有固定名额的度僧道。

官方限定名额的度僧道，虽然涉及面广，但后代似乎较少。如，后唐末帝清泰二年（935）四月乙酉，功德使奏言："左右街僧录可肇报在京诸寺院童子行者，于千春节考录，及限各给得文，许令披剃，及僧尼沙弥年满二十受具戒。伏乞开置官坛，缘四月十五日僧门结夏至七月十五日方满，至千春节前开置戒坛"②。而个人源于信仰需求请求度僧道者似乎更为频繁。如：

> 右件，骁将自贞元年身亡，其妻行服三年，情礼毕备。去岁秋首，已及祥除，素习真经，志愿入道。伏以草野之人，能修柏舟之誓，义足以劝，志不可移。今因圣诞之辰，愿崇景福，请度充女道士，法名真元，仍请就润州道林观。（王仲周《奏姚季立妻充女道士状》）③

> 有观察使、尚书、御史大夫赵国魏公，愿以我皇帝降诞之辰，奏为宝应寺，仍请山林高行僧三七人。冬十月二十三日（笔者注：代宗诞节十月十三日，此诞节后恩准），圣恩允许。（颜真卿《抚州宝应寺律藏院戒坛记》）④

> （后唐庄宗同光二年，924）十一月甲戌，河南尹张全义奏："万寿节于嵩山开琉璃戒坛，度僧百人"。敕："张全义首冠王臣，心明佛性，资善弘于净众，增福聚于皇基。将欲坛启琉璃，人铨鸳鹭，实彰忠节，宜示允俞。"⑤

---

① （宋）王钦若等编纂，周勋初等校订：《册府元龟（校订本）》卷八百二十二，凤凰出版社 2006 年版，第 9567—9568 页。

② （宋）王钦若等编纂，周勋初等校订：《册府元龟（校订本）》卷五十二，凤凰出版社 2006 年版，第 551 页。

③ （清）董诰等编：《全唐文》卷五百三十一，中华书局 1983 年版，第 5397 页。

④ （清）董诰等编：《全唐文》卷三百三十八，中华书局 1983 年版，第 3422 页下。

⑤ （宋）王钦若等编纂，周勋初等校订：《册府元龟（校订本）》卷五十二，凤凰出版社 2006 年版，第 550 页。

来自官方的宗教决策与个人的信仰需求，促成诞节剃度僧道动辄达数百人之多。大历二年（767）十月代宗降诞日，度僧尼道士，凡数百人。大历八年（773）十月代宗降诞日，度僧尼凡二百余人。[1]但这两种原因导致的度僧道数量，尚可为国家控制。私度僧尼道士，就不是这样了。

李德裕《王智兴度僧尼状》云：

> 王智兴于所属泗州置僧尼戒坛，自去冬于江、淮已南，所在悬榜招置。江、淮自元和二年（807）后，不敢私度。自闻泗州有坛，户有三丁必令一丁落发，意在规避王徭，影庇资产。自正月已来，落发者无算。臣今于蒜山渡点其过者，一日一百余人，勘问唯十四人是旧日沙弥，余是苏、常百姓，亦无本州文凭，寻已勒还本贯。访闻泗州置坛次第，凡僧徒到者，人纳二缗，给牒即回，别无法事。若不特行禁止，比到诞节，计江、淮已南，失却六十万丁壮。此事非细，系于朝廷法度。[2]

李德裕预测王智兴之私度，"比到诞节，计江、淮已南，失却六十万丁壮"，虽然危言耸听，但却说明王智兴之私度僧尼，是打着诞节庆贺的旗号进行的。顺宗诞日为正月十七日，王智兴私度僧尼，应在诞节前就开始了。此事的处理结果，只是诏徐州罢除僧尼戒坛，不得再私度僧尼了。

此后文宗大和三年（829）十月，江西观察使沈传师欲将所有私度之僧尼重新正度：

> （沈传师）奏："当道未具戒僧尼等，愿因降诞之月，于当州开方等道场，凡私度之人皆与正度。"诏曰："不度僧尼，累曾有敕。传师既为藩守，合奉条诏，诱致迷妄，须示薄惩，罚一月俸料，戒僧勒停。"[3]

顺宗时的王智兴私度僧尼，于泗州置有僧尼戒坛。文宗时沈传师所在的

---

[1] （宋）王钦若等编纂，周勋初等校订：《册府元龟（校订本）》卷二，凤凰出版社2006年版，第20页。

[2] （后晋）刘昫等：《旧唐书》卷一百七十四《李德裕传》，中华书局1975年版，第4514页。

[3] （宋）王钦若等编纂，周勋初等校订：《册府元龟（校订本）》卷六百九十九，凤凰出版社2006年版，第8078页。

江西，有官方设置的戒坛，沈传师以诞节贺寿为名，要求开方等道场，设僧尼戒坛，将非法私度者重新剃度。此举为文宗制止。

诞节私度之僧尼，缺少官方发给的僧牒，其身份合法性得不到社会认可。此种背景下，官方剃度的严肃性、正当性就得到增强。如后梁末帝龙德（921—923）初，曾颁诏曰："每遇明圣节，两街各许官坛度七人。诸道如要度僧，亦仰就京官坛，仍令祠部给牒。"[1]后梁通过强调诞节京城官方设置的戒坛的严肃性，来限制诞节度僧。但后晋、后周与此不同，它是通过提高剃度的标准来限制诞节度僧道的人数、质量：

> 晋天福二年（937）十二月二日敕节文："祠部奏：'请不置官坛剃度，但于皇帝降圣之辰，即于本住处州府陈状，便比试学业、勘详事行不虚，则容剃度，及取本乡里五人已上耆宿保明文状，具言已前实是良善，兼须结罪，如为僧之后，别行恶事，即罪甘连坐。如是外来百姓，不得辄有容许。侯剃讫，仍具乡贯姓号，申祠部请告牒者。'当司欲依前敕，再举条流：如此后遇皇帝降圣之辰，即于逐州府投状剃落，仍验所习经业不虚，即具出家因依、本居乡里、俗姓、法名、年几，申省请给告牒，始永为公据。若有不遵条理、衷私剃度者，便委逐州府本判官追收勘责，事由不虚，其新剃度之人，并请重行决断发遣，归本乡里收管色役。其元招引师主及保人等，先具勘责，违犯条流惩罪，亦请痛行决断。常住所在，仍具流号寺院因由申省，如是州府不遵敕命，衷私剃度，不申请祠部告牒，其原行官吏，请行朝典。"奉敕："宜依。"[2]

> 显德二年五月六日敕……应合剃头受戒人等，仰逐处于天清节一月前，具姓名、乡贯、寺院、年几，及所习经业申奏，候敕下，委祠部给付凭由，方得剃头受戒，不得非时施行。起今后应有僧尼剃头受戒，无祠部凭由者，并勒还俗。[3]

---

① （宋）王钦若等编纂，周勋初等校订：《册府元龟（校订本）》卷一百九十四，凤凰出版社2006年版，第2175。

② （宋）王溥：《五代会要》卷十二，上海古籍出版社2006年版，第199—200页。

③ （宋）王溥：《五代会要》卷十二，上海古籍出版社2006年版，第200—201页。

这两次对诞节度僧的规定中，度僧道之举逐渐集中在了诞节。形式上似乎诞节的重要性愈来愈突出，但诞节度僧的核心精神却是要保持国家对僧人剃度权的绝对控制。度僧祈福的用意，也渐渐淡化了。

诞节度僧道之外，还有为僧道赐紫、赐师号。僧人赐紫，始于则天朝。时法朗等人重译《大云经》，陈说符命，言则天是弥勒下生，法朗等九人皆赐紫袈裟银龟袋。诞节赐紫，似乎始于德宗朝，时德宗归心释氏，端甫入内殿与儒道讲议，由此赐紫方袍。文宗大和二年（828）庆成节，征圭峰禅师入内殿问法要，赐紫方袍为大德①。此后宣宗大中四年（850）六月二十二日降诞节，内殿诸位禅大德并赐紫。大中十一年（857）懿宗延庆节，僧可孚赐紫。大中十二年（858）延庆节，左街僧清韵、思礼、云卿等五人赐紫，右街僧幼章、慧晖、清远等四人赐紫②。僧人始赐德号的时间，要早于赐紫，大致在魏晋之际就有了，但赐德号之兴盛时间，与赐紫相吻合。唐宪宗朝，释端甫被赐为引驾大德。大中四年（850）六月宣宗降诞日，有"辩、肇"二位僧人被赐内殿禅大德之号。唐昭宗嘉会节，"僧道赐师号者，右街两人，紫衣各四人，德号各十人"③。由于自魏晋以后，佛道二教经常较胜。道教赐紫、师号时间大致和佛教相前后。如僖宗应天节，弘农道士强思齐"默起祝寿行殿，宠赐紫衣"④。

僧尼道士赐紫、赐号泛滥，并引起官方关注，是在五代时期。后梁末帝龙德（921—923）初，祠部员外郎李枢上言，请禁僧尼妄求师号、紫衣。末帝遂下诏曰："两都左右街赐紫衣及师号僧，委功德使具名奏闻。今后有阙方得奏荐，仍须道行精至，夏腊高深，方得补填。"⑤这就是说，只有功德使才有资格上奏请求给僧尼赐紫、师号。天成元年（926）十月十一日，后唐明宗敕："上国两街僧道，自前赐师号，不数人而已，至于赐紫，并系特恩。

---

① （唐）裴休：《圭峰禅师碑铭》，（清）董诰等编：《全唐文》卷七八四十三，中华书局1983年版，第7693页。

② （宋）释赞宁撰，富世平点校：《大宋僧史略校注》卷下，中华书局2015年版，第160页。

③ （宋）释赞宁撰，富世平点校：《大宋僧史略校注》卷下，中华书局2015年版，第173页。

④ （唐）杜光庭：《道德真经元德纂序》，（清）董诰等编：《全唐文》卷九百三十一，中华书局1983年版，第9700页上。

⑤ （宋）王钦若等编纂，周勋初等校订：《册府元龟（校订本）》卷一百九十四，凤凰出版社2006年版，第2175页。

近日诸道州府，因应圣节，表荐僧道颇多，宜令中书门下，此后凡有诸处不系应圣节及横荐僧道，不得等闲申发章表，请行命服师号。"①此道敕令表明，诞节僧人道士赐紫、赐师号一事已经泛滥，明宗不得不强调其诞节应圣节之此种赏赐宗教界的做法，应该落到实处，"不系应圣节及横荐僧道，不得等闲申发章表"。即使出台了这一限制性政策，天成三年（928）九月九日应圣节，"僧道虚受等赐紫衣、师号，共六十人"②。

至后唐末帝时期，诞节赐紫、赐师号按照僧道之"技能"分类进行了：

> （清泰二年三月）辛亥，功德使奏："每年诞节，诸州府奏荐僧道，其僧尼欲立讲论科、讲经科、表白科、文章应制科、持念科、禅科、声赞科，道士欲立经法科、讲论科、文章应制科、表白科、声赞科、焚修科，以试其能否。"从之。③

按照这一规定，僧尼分七类、道士分六类比试，然后确定可否赐紫、赐师号。不过，此种做法似乎并没有坚持下来。五代末又有了类似的举措：

> 汉隐帝乾祐二年（949），太子率更令李守琼上言二事："其一，沙门著紫，比非佛门，贵务奢华，以邀名利。诸处奏荐，盖出颜情。以臣愚见，不敢便望止绝。每岁诞节前据所奏荐，便令其身随荐章诣阙，令功德使召两院僧官，考试所业长短，以行恩泽，庶绝滥举之门。"④

也就是说，至后汉隐帝时期，又有大臣提出沙门"考试所业长短"方可赐紫的建议。至后周，僧道赐紫、赐师号的名额分配到各级官员身上：

> （后周太祖广顺）二年（952）四月癸丑，敕："永寿节每年诸道节度防御团练等使、刺史奏荐僧尼、道士紫衣、师号等，今后见任节度使带使相，僧尼、道士紫衣、师号可共奏三人；见任节度使

---

① （宋）王溥：《五代会要》卷十二，上海古籍出版社 2006 年版，第 197 页。
② （宋）王钦若等编纂，周勋初等校订：《册府元龟（校订本）》卷二，凤凰出版社 2006 年版，第 24 页。
③ （宋）薛居正等：《旧五代史》卷四十七《唐书·末帝纪中》，中华书局 1976 年版，第 644—645 页。
④ （宋）王钦若等编纂，周勋初等校订：《册府元龟（校订本）》卷五十二，凤凰出版社 2006 年版，第 552 页。

不带使相，共二人；见任防御团练、刺史等，只奏一人，在朝文武臣僚及前任官，今后更不得奏荐。"①

这样的分配标准透露出，诞节赐紫、赐师号成为世俗官员敛财的途径之一。而这种分配方案很可能与各级官员的利益关联。

不过，即使做出了种种限制，诞节赐佛道二教的数量还是比较大的。如：后晋高祖天福四年天和节，僧尼赐紫衣、师号者一百有五；天福五年天和节，道释赐紫衣、师号者凡九十人；天福六年天和节，道释赐紫衣、师号者凡百三十有四；天福七年天和节，僧尼道士赐紫衣、师号凡百人。②

四、皇帝诞节游艺活动与诗文创作

诞节礼俗诸项庆生活动中，游艺活动属于广场表演，意在天子与臣民同乐；诗文唱和是艺文佐兴，继承诗可以群的传统做法。这两项活动在诞节中频频出现，颇值得关注。

（一）乐舞百戏

唐代诞节，必有乐舞。然对于音乐之使用，记载不详。《通典》卷八十三"皇帝千秋节受群臣朝贺并会"条说："太官令酌酒以进，侍中执酒以出，群官登俱出谢酒讫，就座。太常卿引乐作止如常仪。""引乐"者为何种音乐，文中未尝明言。然此条之前，为"会"礼，其中所奏之乐有《太和》《休和》《昭和》。据《旧唐书·乐志》记载，贞观年间制十二和之乐，皇帝临轩、郊庙出入奏《太和》之乐，皇帝食举及饮酒奏《休和》之乐，元日、冬至皇帝礼会登歌奏《昭和》之乐。玄宗千秋节受群臣朝贺，所奏之乐为何，

---

① （宋）王钦若等编纂，周勋初等校订：《册府元龟（校订本）》卷二，凤凰出版社2006年版，第26页。又见（宋）王溥：《五代会要》卷十二，上海古籍出版社2006年版，第200页，稍略。

② （宋）王钦若等编纂，周勋初等校订：《册府元龟（校订本）》卷五十二，凤凰出版社2006年版，第551—552页。

不易推定。

《唐六典》云："凡千秋节，皇帝御楼，设九部之乐，百官袴褶陪位，上公称觞献寿。"①《旧唐书》亦云："凡千秋节，御楼设九部之乐，百官袴褶陪位。"②今案，九部乐定型于隋炀帝大业年间，包括：《清乐》《西凉》《龟兹》《天竺》《康国》《疏勒》《安国》《高丽》《礼毕》。高祖武德初，继承了九部乐。太宗贞观十六年，改九部乐为十部乐。此后，又发展出坐部伎与立部伎两部乐。《旧唐书》云："则天、中宗之代，大增造坐、立诸舞，寻亦废寝。"③《文献通考》云："每遇千秋节，大宴勤政楼，奏立、坐二部伎毕，则自内厩引出舞之（倾杯舞）。"④按照《文献通考》的说法，千秋节宴会百官所奏之乐为立、坐两部伎。立部伎有《安乐》《太平乐》《破阵乐》《庆善乐》《大定乐》《上元乐》《圣寿乐》《乐圣乐》，共八部；坐部伎有《宴乐》《长寿乐》《天授乐》《鸟歌万寿乐》《龙池乐》《破阵乐》，共六部。有关九部乐和立、坐二部伎的关系，学术界至今仍未形成一致看法。不过，从《唐六典》来看，立、坐二部伎似乎在当时尚未通用。而玄宗之后诞节用乐，有可能是奏立、坐二部伎。

除如常式乐舞外，还有一些专门用于皇帝诞节贺寿的音乐。《通志》卷四十九云："《中和乐》，德宗生日自作。《继天诞圣乐》，德宗生日昭义节度王虔休所献，以宫为调。"⑤《说郛》卷一百载"《千秋节》，明皇生日作"，"《继天诞圣乐》，德宗生日昭义节度王虔休献"，"《中和曲》，德宗生日作"。三首音乐中，《千秋节》的记载最为模糊。《继天诞圣乐》为昭义军节度使王虔休贞元十二年（796）十二月进献，"大抵以宫为调，表五音之奉君也；以土为德，知五运之居中也。凡二十五遍，法二十四气而足成一岁也。每遍一十六拍，象八元、八凯登庸于朝也。"⑥《中和乐》作于贞元十四年（798）。《旧唐

---

① （唐）李林甫等撰，臣仲夫点校：《唐六典》卷四《礼部尚书》，中华书局1992年版，第114页。
② （后晋）刘昫等：《旧唐书》卷四十三《职官二》，中华书局1975年版，第1829页。
③ （后晋）刘昫等：《旧唐书》卷二十九《音乐二》，中华书局1975年版，第1061页。
④ （宋）马端临：《文献通考》卷一百四十五，中华书局1986年版，第1277页上。
⑤ （宋）郑樵：《通志》卷四十九，中华书局1987年版，第635页下。
⑥ （后晋）刘昫等：《旧唐书》卷一百三十二《王虔休传》，中华书局1975年版，第3651—3652页。

书》云："（贞元）十四年二月，德宗自制《中和舞》，又奏《九部乐》及禁中歌舞，伎者十数人，布列在庭，上御麟德殿会百僚观新乐诗，仍令太子书示百官。"①

诞节乐舞之外，还有百戏。关于百戏表演，陈鸿的《东城父老传》描写为：

> 昭成皇后之在相王府，诞圣于八月五日。中兴之后，制为千秋节。赐天下民牛酒乐三日，命之曰酺，以为常也。大合乐于宫中，岁或酺于洛。元会与清明节，率皆在骊山。每至是日，万乐具举，六宫毕从。（贾）昌冠雕翠金华冠，锦袖绣襦袴，执铎拂，导群鸡，叙立于广场，顾眄如神，指挥风生。树毛振翼，砺吻磨距，抑怒待胜，进退有期，随鞭指低昂，不失昌度，胜负既决。强者前，弱者后，随昌雁行，归于鸡坊。角抵万夫，跳剑寻撞，蹴毬踏绳，舞于竿颠者，索气沮色，逡巡不敢入。岂教猱扰龙之徒欤？②

《东城父老传》中贾昌于千秋节指挥表演斗鸡，其时还有角抵、跳剑、寻撞（橦）、蹴球、踏绳、舞竿等。《旧唐书》记载：

> 玄宗在位多年，善音乐，若宴设酺会，即御勤政楼……日旰，即内闲厩引蹀马三十匹，为《倾杯乐曲》，奋首鼓尾，纵横应节。又施三层板床，乘马而上，抃转如飞……又五坊使引大象入场，或拜或舞，动容鼓振，中于音律，竟日而退……若绳戏竿木，诡异巧妙，固无其比。③

其中，舞马技艺《新唐书》有更详细记载：

> 玄宗又尝以马百匹，盛饰分左右，施三重榻，舞《倾杯》数十曲，壮士举榻，马不动。乐工少年姿秀者十数人，衣黄衫、文玉带，立左右。每千秋节，舞于勤政楼下，后赐宴设酺，亦会勤政楼。其日未明，金吾引驾骑，北衙四军陈仗，列旗帜，被金甲、短

---

① （后晋）刘昫等：《旧唐书》卷二十八《音乐一》，中华书局 1975 年版，第 1052—1053 页。
② （宋）李昉等编：《太平广记》卷四百八十五，中华书局 1961 年版，第 3993 页。
③ （后晋）刘昫等：《旧唐书》卷二十八《音乐一》，中华书局 1975 年版，第 1051—1052 页。

后绣袍。太常卿引雅乐，每部数十人，间以胡夷之技。内闲厩使引戏马，五坊使引象、犀，入场拜舞。宫人数百衣锦绣衣，出帷中，击雷鼓，奏《小破阵乐》，岁以为常。[①]

舞马是乐舞百戏的融合，百匹马随着乐工演奏的《倾杯》曲调舞动，又按照驯马者的引导做出相应的动作。《明皇杂录》也记载了舞马盛况：

> 玄宗尝命教舞马四百蹄，分为左右。各有部，目为某宠某家骄。时塞外亦有善马来贡者，上俾之教习，无不曲尽其妙。因命衣以文绣，络以金银，饰其鬃鬣，间杂珠玉，其曲谓之《倾杯》乐者数十回，奋首鼓尾，纵横应节。又施三层板床，乘马而上，施转如飞。或命壮士举一榻，马舞于榻上，乐工数人立左右前后，皆衣淡黄衫，文玉带，必求少年而姿貌美秀者，每千秋节，命舞于勤政楼下。其后上既幸蜀，舞马亦散在人间。禄山常睹其舞而心爱之。自是因以数匹置于范阳。其后转为田承嗣所得，不之知也，杂之战马，置之外栈。忽一日，军中享士，乐作，马舞不能已，厩养皆谓其为妖，拥彗以击之。马谓其舞不中节，抑扬顿挫，犹存故态。厩吏遽以马怪白。承嗣命棰之，甚酷，马舞甚整，而鞭挞愈加，竟毙于枥下。时人亦有知其舞马者，惧暴而终不敢言。[②]

这里不但详细描述了舞马的具体过程，而且以宫中舞马流落藩镇终毙于枥下的遭遇，抒发了作者对世事无常的感叹，读来令人心酸落泪。

乐舞表演，玄宗之后的诞节庆贺保存下来，但文献所载百戏表演极少。

（二）诞节诗文

唐代皇帝诞日诗文唱和，早在中宗朝就有了。《唐语林》云："中宗常以

---

① （宋）欧阳修、宋祁等：《新唐书》卷二十二《礼乐十二》，中华书局 1975 年版，第 477 页。
② （宋）李昉等编：《太平广记》卷四八三十五，中华书局 1961 年版，第 3535—3536 页。

降诞日宴侍臣内庭，与学士联句《柏梁体诗》。"①《全唐诗》卷二录有《十月诞辰内殿宴群臣效柏梁体联句》，参与联句者有李峤、宗楚客、刘宪、崔湜、郑愔、赵彦昭、李适、卢藏用、李义、马怀素、薛稷、宋之问、陆景初、上官婕妤等人。此应为中宗诞节效柏梁体联句之一种②。玄宗设置千秋节，诞节诗文唱和风气日盛。

千秋节诗文唱和，文献有明确记载。开元十八年八月千秋节，玄宗赋八韵诗，又制《秋景诗》。开元二十三年千秋节，玄宗制《千秋节诗序》③。《秋景诗》《千秋节诗序》，《全唐诗》《全唐文》不录。所谓《千秋节诗序》者，可能是玄宗为自己所作《千秋节诗》作序，也可能是千秋节唱和之作众多，玄宗为之作序。后一种可能更大。玄宗千秋节诗作，现存三首：

> 铸得千秋镜，光生百炼金。分将赐群后，遇象见清心。台上冰华澈，窗中月影临。更衔长绶带，留意感人深。(《千秋节赐群臣镜》)④

> 兰殿千秋节，称名万寿觞。风传率土庆，日表继天祥。玉宇开花萼，宫县动会昌。衣冠白鹭下，帝幕翠云长。献遗成新俗，朝仪入旧章。月衔花绶镜，露缀彩丝囊。处处祠田祖，年年宴杖乡。深思一德事，小获万人康。(《千秋节宴》)⑤

> 瑞露垂花绶，寒冰澈宝轮。对兹台上月，聊以庆佳辰。(《千秋节赐群臣镜》)⑥

《千秋节赐群臣镜》记述千秋节礼俗："台上冰华澈，窗中月影临"，写八月五日之秋景；"衔长绶带"，则是指佩戴王公戚里所进献之绶带这一礼俗。《千秋节宴》记载千秋节风俗更详细："称名万寿觞"指群臣上寿，"玉宇开花萼"指宴会在花萼楼，"月衔花绶镜，露缀彩丝囊"指"王公戚里进

---

① （宋）王谠撰，周勋初校证：《唐语林校证》卷八，中华书局1987年版，第703页。
② 中宗诞日为显庆元年（656）十一月乙丑。诗题作"十月诞辰"者，疑"十"下阙"一"。
③ （宋）王钦若等编纂，周勋初等校订：《册府元龟（校订本）》卷二，凤凰出版社2006年版，第19页。
④ （清）彭定求等编：《全唐诗》卷三，中华书局1960年版，第32页。
⑤ （清）彭定求等编：《全唐诗》卷三，中华书局1960年版，第38页
⑥ （清）彭定求等编：《全唐诗》卷三，中华书局1960年版，第41页

金镜绶带，士庶以丝结承露囊"的礼俗，"处处祠田祖，年年宴杖乡"则是指"村社作寿酒宴乐，名为赛白帝，报田神"的风俗。《千秋节宴》不仅描述了千秋节的礼俗和祥和气氛，而且表达玄宗渴求天下太平、百姓康乐的愿望。

参与设置千秋节的张说，也撰写过千秋节诗：

五德生王者，千龄启圣人。赤光来照夜，黄云上覆晨。海县衔恩久，朝章献舞新。高居帝座出，夹道众官陈。槊杖洗清景，磬管凝秋旻。珠囊含瑞露，金镜抱仙轮。何岁无乡饮，何田不报神。薰歌与名节，传代幸群臣。（《奉和圣制千秋节宴应制》）①

仲秋金帝起，五日土行昭。瑞表壬寅露，光传甲子宵。阴风吹大泽，梦日照昌朝。不独华封老，千年喜祝尧。（《皇帝降诞日集贤殿赐宴》）②

张说奉和诗，同样有对千秋节献承露囊、金镜、报田神等礼俗的描述，但诗中更多的是对千秋节承天运而设置以及普天同庆的颂扬。张说还有专门描述千秋节百戏的诗作：

金天诞圣千秋节，玉醴还分万寿觞。试听紫骝歌乐府，何如騄骥舞华冈。连骞势出鱼龙变，蹀躞骄生鸟兽行。岁岁相传指树日，翩翩来伴庆云翔。

圣皇至德与天齐，天马来仪自海西。腕足徐行拜两膝，繁骄不进踏千蹄。髬髵奋鬣时蹲踏，鼓怒骧身忽上跻。更有衔杯终宴曲，垂头掉尾醉如泥。

远听明君爱逸才，玉鞭金翅引龙媒。不因兹白人间有，定是飞黄天上来。影弄日华相照耀，喷含云色且徘徊。莫言阙下桃花舞，别有河中兰叶开。（《杂曲歌辞·舞马千秋万岁乐府词》）③

这三首诗描写千秋节的舞马表演。第一首写舞马胜于听乐府，并总写数百匹马一齐表演的盛况。第二首写舞马跪拜、跑小步、鬃毛奋张、衔杯等表

---

① （清）彭定求等编：《全唐诗》卷八十八，中华书局1960年版，第966页。
② （清）彭定求等编：《全唐诗》卷八十七，中华书局1960年版，第945页。
③ （清）彭定求等编：《全唐诗》卷八十七，中华书局1960年版，第962页。

演。第三首颂扬明君爱才、骏马献舞。

除了诗歌之外，千秋节唱和之作中还有辞赋。钱起的《千秋节勤政楼下观舞马赋》以"态有余妍，貌无停趣"为韵。赋中描述舞马：

> 须臾，金鼓奏，玉管传。忽兮龙踞，愕尔鸿翻；顿缨而电落朱鬣，骧首而星流白颠。动容合雅，度曲遗妍；尽庶能于意外，期一顾于君前。喷玉生风，呈奇变态。虽燕王市骏骨，贰师驰绝塞。岂比夫舞皇衢、娱圣代，表吾君之善贷？向使耳长坂，翘足远垌，天骥之才莫用，盐车之役不停，安得播天乐、辉皇灵，服御惟允，箫韶是听？①

张楚金《楼下观绳伎赋》：

> 惟千秋之令节，启圣寿兮无疆……名为索上之戏。掖庭美女，和欢丽人，身轻体弱，绝代殊伦。被罗縠与珠翠，铺琼筵与锦茵。其彩练也，横亘百尺，高悬数丈，下曲如钩，中平似掌。初绰约而斜进，竟盘姗而直上，或徐或疾，乍俯乍仰。近而察之，若春林含耀吐阳葩；远而望之，若晴空回照散流霞。其格妙也，窈窕相过，蹁跹却步，寄两木以更蹑，有双童而并骛。还回不恒，踊跃无数，惊骇疑落，安然以住，虽保身于万龄，恃君恩于一顾。节应钟鼓，心谐律吕，履冰谷兮徒云，临焦原兮虚语。是时齐讴辍响，赵舞掩色，丝桐发而沮势，丸剑调而挫力。方今寰海清，太阶平，兵革不用兮国无征，风雨既洽兮年顺成。上曰可乐，人胥以亨，大则有焘载之义，小则无角抵之名。固端拱而成理，岂繁物而为程者哉。②

赵自励《八月五日花萼楼赐百官明镜赋》：

> 天下之美风猷，崇五日，重千秋，欢心达于四海，圣泽均于九州。是日也，天子以载诞昔辰，同汉武猗兰之殿，登高抚政，则圣文花萼之楼。皇帝乃御龙衮，拱洪休，申景命于万方宇县，赐明镜

---

① （清）董诰等编：《全唐文》卷三百七十九，中华书局 1983 年版，第 3850 页中。
② （清）董诰等编：《全唐文》卷二百三十四，中华书局 1983 年版，第 2362—2363 页。

于百辟公侯。伟其烂矣生光，炯尔明发，色洞秋水，精涵夜月。均曲池之引照，或浅或深；比太阳之圆明，不盈不阙。咨尔千品，勖尔万官，钦哉明主之锡，训尔为臣之难。手平者必正，体静者必安，水清则鉴澈，表正则影端。居燥湿而不变，是之谓可久；无小大而虚受，是之谓内宽。可以励心者坚白，可以接翼者鹓鸾，拟兹镜之在匣，则何忧乎考槃。于是群公卿士，警扈仙跸，宠赉自天，恩深此日。执明镜者无所私其照，对明镜者无所隐其质，并陈力以效能，各呈才而献术。莫不再拜稽首，奉承天子之休，备有德于咸一。①

钱起之作当有唱和，已佚。张楚金之作是否有唱和无从得知。但两篇辞赋除了以观众的视觉写千秋节的百戏表演外，还以臣民的身份颂扬国家强盛，两篇作品用意相近。而赵自励赋千秋节赏赐百官明镜，更借明镜阐发玄宗意欲政治清明的用意。

玄宗之后的诞节诗赋唱和之风依然延续。唐宣宗寿昌节，僧人栖白撰有《寿昌节赋得红云表夏日》：

> 景候融融阴气潜，如峰云共火相兼。霞光捧日登天上，丹彩乘风入殿檐。行逐赤龙千岁出，明当朱夏万方瞻。微臣多幸逢佳节，得赋殊祥近御帘。②

寿昌节在六月二十二日。传说仙人居处，有红云盘绕。如唐代曹唐《小游仙诗》之四十七："红云塞路东风紧，吹破芙蓉碧玉冠。"③所以，栖白所说"微臣多幸逢佳节，得赋殊祥近御帘"，此为以诗作进献祥瑞、贺寿庆生。

现存五代十国时期，撰写诞节诗歌最多的是僧人贯休。他写有《寿春节进大蜀皇帝五首》《大蜀皇帝寿春节进尧铭舜颂二首》《寿春节进》等八首诗作。贯休卒于前蜀皇帝王建时期，其诗作中的寿春节应该就是王建诞圣节。王建诞日以及设置诞节的时间，文献缺载，不得而知。唐昭宗天复

---

① （清）董诰等编：《全唐文》卷四百零一，中华书局1983年版，第4098页。
② （清）彭定求等编：《全唐诗》卷八百二十三，中华书局1960年版，第9278页。
③ （清）彭定求等编：《全唐诗》卷六百四十一，中华书局1960年版，第7349页。

六年（906），王建即前蜀皇帝位，定都成都，仍以天复为年号。王建在位共有 13 年，共用 6 个年号：天复（906—907）、武成（908—910）、永平（911—915）、通正（916）、天汉（917）、光天（918）。所谓寿春节，大概仅仅在王建所统治巴蜀之地庆贺，且最多庆贺过 13 年。贯休之寿春节诗，描述诞节庆贺活动者极少，更多是对皇帝的称颂和祝寿。如《寿春节进大蜀皇帝五首》（其一）：

> 上玄大帝降坤维，箕尾为臣副圣期。岂比赤光盈室日，全同白象下天时。文经武纬包三古，日角龙颜遏四夷。今日降神天上会，愿将天福比须弥。①

此外，于邵有《降诞颂并序》。其序文说"元冬阳月，旬外三日"，其颂词说"十月良日，降生我皇"，是则此为代宗天兴节十月十三日。又序文说"皇唐八叶之中兴，提天纲，披宝图，临八纮，俯万物，垂鸿储休，粤十有七年"②，是则此文作于大历十三年（778），时代宗即位 17 年。颂词称扬帝德、贺寿万年。又，侯喜有《唐德宗神武皇帝降诞节献寿文》，其中说："维孟夏十四日，天降皇帝之辰。群臣感覆帱之恩，朝明庭而献万寿者，外尽四海，罔有不至。时臣亦幸在京师，无因缘以陪进。窃自思念，其感恩受赐，与群臣无异。徒以其身之卑贱，至愿莫伸。如喑者欲言，蹇者欲趋。乃作降诞日献寿文一篇，恭置于康庄之衢。"③全文亦是谢恩、贺寿、称颂之意。不过，德宗诞日为四月十九日，"十四"或为"十九"之误。

开元、天宝盛世中的千秋节，在后代诗人心中五味混杂。杜甫有《千秋节有感二首》，顾况有《八月五日歌》，戎昱有《八月十五日》，舒元舆《八月五日中部官舍读唐历天宝已来追怆故事》，杜牧有《华清宫三十韵》。这些诗作或者怀念千秋节及其所代表的盛唐社会的繁荣、强盛，或者感慨世事无常，或者批判玄宗君臣之荒淫嬉游。其中，以经历过千秋节庆贺和安史之乱变故的杜甫诗作，更有代表性：

---

① （清）彭定求等编：《全唐诗》卷八百三十五，中华书局 1960 年版，第 9413 页。
② （清）董诰等编：《全唐文》卷四百二十三，中华书局 1983 年版，第 4314 页下。
③ （清）董诰等编：《全唐文》卷七百三十二，中华书局 1983 年版，第 7553 页上。

　　自罢千秋节，频伤八月来。先朝常宴会，壮观已尘埃。凤纪编生日，龙池堙劫灰。湘川新涕泪，秦树远楼台。宝镜群臣得，金吾万国回。衢尊不重饮，白首独余哀。

　　御气云楼敞，含风彩仗高。仙人张内乐，王母献宫桃。罗袜红蕖艳，金羁白雪毛。舞阶衔寿酒，走索背秋毫。圣主他年贵，边心此日劳。桂江流向北，满眼送波涛。（《千秋节有感二首》）①

这两首诗虽然视角不同，但表现安史之乱后整个知识分子阶层伤怀、落寞、悲慨的精神状态，却是完全相同的。玄宗以后的皇帝诞节，偶有诗文唱和、进献诗赋，但此种风气在诞节庆贺中已经越来越淡薄了。

---

① （清）彭定求等编：《全唐诗》卷二百三十三，中华书局 1960 年版，第 2570—2571 页。

中编　文献考述

第八章　傅奕《益国利民事十一条》辑考

武德四年（621）傅奕上唐高祖《减省寺塔废僧尼事十有一条》。其内容由《请废佛法表》和《益国利民事十一条》（简称"《十一条》"）两部分构成①。前者作为后者的序言，见存于道宣《广弘明集》②和法琳《破邪论》③中。后者已经佚失，然《全唐文》卷一百三十三有辑佚④。相对于《请废佛法表》，《十一条》更易激起佛教徒的护法激情。武德年间，释法琳⑤、释普应⑥各撰2卷《破邪论》，释明概撰《决对傅奕废佛法僧事并表》（简称"《决对事》"）⑦，三部著作均回应《十一条》对佛教的批驳与攻击。贞观年间，李师政撰《内德论》，其中之"辩惑篇"设辩聪书生与忠正君子论辩，辩聪书生所言有明

---

① 《请废佛法表》全文收录在法琳《破邪论》中。虽然题作《大史令朝散大夫臣傅奕上减省寺塔废僧尼事十有一条》，然仅有《请废佛法表》，无《益国利民事十一条》。法琳以夹注方式进行了反驳。傅奕上书时间，《赵城金藏》本作"武德四年六月二十一日"，《高丽藏》本作"武德四年六月二十日"，《资福藏》《碛砂藏》《普宁藏》《永乐南藏》《径山藏》《龙藏》等诸本作"武德四年四月二十日上"。
② （唐）释道宣编撰：《广弘明集》卷十一，《大正藏》第52册，新文丰出版公司1983年版，第160页上—下。《广弘明集》该文系选录《破邪论》内容而来。
③ （唐）释法琳：《破邪论》卷上，《大正藏》第52册，新文丰出版公司1983年版，第475页下—476页中。
④ （清）董诰等编：《全唐文》卷一百三十三，中华书局1983年版，第1346页上—下。
⑤ （唐）释法琳：《破邪论》卷上，《大正藏》第52册，新文丰出版公司1983年版，第477页中—489页下。
⑥ （唐）释道宣撰，郭绍林点校：《续高僧传》卷二十五《释普应传》，中华书局2014年版，第948页。
⑦ （唐）释道宣编撰：《广弘明集》卷十二，《大正藏》第52册，新文丰出版公司1983年版，第168页中—175页下。

确节录自傅奕《十一条》者①。高宗麟德年间，释道宣为回应傅奕《高识传》撰有《列代王臣滞惑解》（简称"《滞惑解》"），其中第 25 条即集中反驳傅奕《十一条》②。以上反驳傅奕著作中，除了普应著 2 卷《破邪论》完全佚失外，其余均有传本或者节录本：法琳《破邪论》，原著见存，道宣《广弘明集》卷十一又有节录，两者内容基本吻合；李师政《内德论》"辩惑篇"原作不存，见录于道宣《广弘明集》卷十四、道世《法苑珠林》卷五十五《邪正相翻第二》），其文字有详于原作者，有一定的辑佚价值；释明概撰《决对傅奕废佛法僧事并表》，原作亦不存，《广弘明集》卷十二有节录；道宣《滞惑解》，见录于《广弘明集》卷五、卷六。

傅奕武德四年的上表，激发了唐代立国以后的首场佛道论衡，对佛道二教的发展和唐代宗教政策的确立产生了重要影响，成为国内外学术界关注的焦点之一③。然有关此场论辩的核心文献《十一条》，尚未有理想的辑录。《全唐文》系补缀辑录而成。其辑录体例不明，不著录文献之出处。日本学者西山蕗子也对《益国利民事十一条》进行了考证，然其立足点在于论证傅奕上表排佛的背景，辑佚之内容尚有补充的余地④。今以现存最为完备的《滞惑解》所见《十一条》为本，对照法琳《破邪论》、明概《决对事》、道宣《滞惑解》、李师政《内德论》以及道世《法苑珠林》之相关文字，评判《全唐文》辑录文本之得失，重新辑录《十一条》。

一、辑录体例

《全唐文》没有明确的辑录体例说明。从辑录《十一条》的面貌来

---

① （唐）释道宣编撰：《广弘明集》卷十四，《大正藏》第 52 册，新文丰出版公司 1983 年版，第 187 页中—191 页上。
② （唐）释道宣编撰：《广弘明集》卷七，《大正藏》第 52 册，新文丰出版公司 1983 年版，第 134 页上—135 页中。
③ [日]砥波护著，韩昇译：《隋唐佛教文化》，上海古籍出版社 2004 年版，第 10—33 页。[日]吉川忠夫著、王启发译：《六朝精神史研究》，江苏人民出版社 2010 年版，第 409—418 页。
④ [日] 西山蕗子：《论法琳的〈破邪论〉》，《铃木学术财团研究年报》第九号，1972 年，第 59—81 页。

看，系补缀而成。相对而言，西山蔀子《论法琳的〈破邪论〉》复原傅奕
《十一条》则有较为详备的考虑和体例说明。他将所有与此相关的文献归
为八类：

> Ⅰ《破邪论》（"丽本""明本"）；Ⅱ《破邪论》（《广弘明集》
> 卷 11 辩惑篇）；Ⅲ《傅奕传》（《广弘明集》卷 7 辩惑篇）；Ⅳ《傅奕传》
> （《旧唐书》卷 79 列传）；Ⅴ《决对论》（《广弘明集》卷 12 辩惑篇）；
> Ⅵ《内德论》（《广弘明集》卷 14 辩惑篇）；Ⅶ《续高僧传》卷 24《法
> 琳传》、《法琳别传》、《集古今佛道论衡》卷丙、《问出家损益诏》（《广
> 弘明集》卷 25 僧行篇）；Ⅷ《傅奕上减省寺塔废僧尼事十有一条》（《破
> 邪论》）①

然后将内容接近的文献，归类整理为九条。西山蔀子的做法做到了
《十一条》相关内容的完整展现，然而也出现了一些问题：为了排除零碎文
献的干扰，求得文献核心部分的基本一致，他按照自己对文本的理解剔除了
一些文献，从而造成只辑录九条的结果；相关内容，如《破邪论》反驳《十一
条》时，征引的第一条只采纳了其中一部分，割裂了原有文献。同时，西山
蔀子的做法，也不是严格意义上的文献辑佚，因为他最终没有形成可以为其
他学者作为研究参考的一个完整文本。

本次辑录，将遵从两条体例。第一，是以道宣《滞惑解》反驳《十一条》
时征引文献之顺序为主要依据。

西山蔀子所言关于《十一条》的八类文献中，只有释道宣的《滞惑解》
有《十一条》较完整的排序。然而，《滞惑解》征引《十一条》时，从第二
条开始，分别用"二明""三明"一直到"十一明"，但第一条的内容指代不
清。在"二明"之前，曾经 3 次征引《十一条》，分别是：

奕表云：

> 一僧尼六十已下，简令作民，则兵强农劝。《易》曰："男女构
> 精，万物化生。"此则阴阳父子，天地大象，不可乖也。今卫壮之

---

① ［日］西山蔀子：《论法琳的〈破邪论〉》，《铃木学术财团研究年报》第九号，1972 年，第
78 页。

僧，婉娈之尼，失礼不婚。夭胎杀子，减损户口，不亦伤乎。今佛家违天地之化，背阴阳之道，未之有也。请依前条。寻老子至圣，尚谒帝王。孔丘圣人，犹跪宰相。况道人无取，德义未隆，下忽公卿，抗衡天子。如臣愚见，请同老孔弟子之例，拜谒王臣，编于朝典者。①

又云：请同孔老门人拜谒王臣者。②

奕云：大唐丁壮僧尼二十万众，共结胡心，可不备预之哉。请一配之，则年产十万。③

以上三条，第二条明显是第一条的一部分。其余的两条，《全唐文》分别辑录为《十一条》的第一、二条。西山蔯子《论法琳的〈破邪论〉》，则将"僧尼六十已下，简令作民，则兵强农劝"辑入《十一条》之第一，"大唐丁壮僧尼二十万众，共结胡心"删去不录。

今案，《滞惑解》是道宣对傅奕的《高识传》的回应与反驳。辨析《高识传》征引的人物事迹和文献，是道宣常用的反驳方法。《滞惑解》之"傅奕"条，则专门回应傅奕的《十一条》。《滞惑解》之"傅奕"条的体例，基本上是逐条征引展开反驳的。上文所见《滞惑解》"一 僧尼六十已下"和"一 奕云：大唐丁壮僧尼二十万众"之"一"，为征引文献的提示符号，当无疑义。这两条引文，也应符合道宣《辨惑论》的编纂体例。按照这一体例，他们应该都出自《十一条》的第一条④。

按照这一体例，本文辑录之《十一条》与《全唐文》、西山蔯子辑录之序列，有以下对应关系。

---

① （唐）释道宣编撰：《广弘明集》卷七，《大正藏》第52册，新文丰出版公司1983年版，第134页上。
② （唐）释道宣编撰：《广弘明集》卷七，《大正藏》第52册，新文丰出版公司1983年版，第134页中。
③ （唐）释道宣编撰：《广弘明集》卷七，《大正藏》第52册，新文丰出版公司1983年版，第134页中。
④ 唯"请依前条"一语，似乎再说此条之前还有内容。辑录本身就是一项有风险的工作。今将"上条"解释为《请废佛法表》中的排佛语句，虽有风险，然亦为无可奈何之举。

表8—1 三种《十一条》文本顺序对照表

《滞惑解》	《全唐文》	西山蕗子	备注
1	1	1	
2		2	《全唐文》此条，辑录《破邪论》"西域胡旦末国，兵三百二十人"条。
3	3		西山蕗子此条，以《破邪论》"西域胡者，恶泥而生"为核心。
4	4	4	
5	5	5	
6	6	6	
7	7	7	
8		8	《全唐文》此条，辑录《破邪论》"海内勤王者少，乐私者多"条。
9	9	3	西山蕗子此条，采纳《滞惑解》第三条之部分，即"自古已来僧反十余，自余凶党至今犹在。请必除荡，用消胡气。浃旬之间，宇宙廓清"。
10	10		西山蕗子无此条。
11	11		西山蕗子无此条。

第二，将《滞惑解》之外的其他文本所征引的《十一条》文献或合并，或掺其中，皆需著录文献来源。

此种拼凑文献的做法，要求尽可能多的见到第一手文献。然而，傅奕《十一条》已经完全佚失，佛教文献本身就有片面征引的倾向。基于此一文本的遗存现状，本章辑佚只能尽力而为。所谓"尽力而为"者，一是尽可能疏通文意，二是尽可能征用原文。

由此，有四条文献的辑录归类需特别说明。首先，是《破邪论》征引《十一条》的文献：

西域胡旦末国兵三百二十人，小苑国兵二百人，戎卢国兵三百人，渠勒国兵三百人，依耐国兵三百五十人，郁立师国兵三百三十一人，单相国兵三十五人，孤湖国兵四十五人。凡八国胡兵，合有一千八百九十一人，皆得绍其王业，据其土地，自相征伐，屠戮人国。况今大唐僧尼二十万众，共结胡法，足得人心，宁可不备预之哉。①

此条，西山蕗子归入第九条，以为属于攻击佛教徒有反叛世俗政权之一部分。《全唐文》归入第二条。今案，《滞惑解》"大唐丁壮僧尼二十万众，共结胡心，可不备预之哉。请一配之，则年产十万"②，正见于上引《破邪论》中。细绎其文意，"请一配之，则年产十万"，正与《滞惑解》第一条上半部分"僧尼六十已下，简令作民，则兵强农劝"相衔接，强调僧尼还俗生育，可以促进社会劳动力再生产。故，此应为《益国利民事十一条》第一条内容。

其次，是《全唐文》辑录《十一条》第三条的文献：

> 盖闻释迦生于天竺，修多出自西蕃，名号无传于周、孔，功德靡称于典谟，实远夷所尊敬，非中夏之师儒。广致精舍，甲第当衢，虚费金帛，福利焉在。③

今案，上文辑自《法苑珠林》。《法苑珠林》作："盖闻释迦生于天竺，修多出自西蕃。名号无传于周、孔，功德靡称于典谟。实远夷所尊敬，非中夏之师儒。广致精舍，甲第当衢。虚费金帛，福利焉在。未若销像而绝镌铸，货泉可以无损。毁经以禁缮写，废僧以从编户。窃谓益国利人，兴家多福也。"④《全唐文》辑录不完备。再者，如前文所言，《法苑珠林》此文节录自李师政《内德论》。《广弘明集》收录之《内德论》云：

> 盖闻释迦生于天竺，修多出自西胡。名号无传于周、孔，功德靡称于典谟。寔远夷所尊敬，非中夏之师儒。逮摄摩腾之入汉，及康僧会之游吴，显舍利于南国，起招提于东都。自兹厥后，乃尚浮图。沙门盛洙泗之众，精舍丽王侯之居。既营之于爽垲，又资之以膏腴。擢修幢而曜日，拟甲第而当衢。王公大人，助之以金帛。农

① （唐）释法琳：《破邪论》卷下，《大正藏》第 52 册，新文丰出版公司 1983 年版，第 484 页。
② （唐）释道宣编撰：《广弘明集》卷七，《大正藏》第 52 册，新文丰出版公司 1983 年版，第 134 页中。
③ （清）董诰等编：《全唐文》卷一百三十三，中华书局 1983 年版，第 1346 页上。
④ （唐）释道世撰，周叔迦、苏晋仁校注：《法苑珠林校注》卷五十五，中华书局 2003 年版，第 1652 页。

商富族，施之以田庐。其福利之焉在，何尊崇之有余也。未若销像而绝镌铸，货泉可以无费。毁经以禁缮写，笔纸不为之贵。废僧以从编户，益黍稷之余税。坏塔以补不足，广赈恤之仁惠。欲诣阙而效愚忠，上书而献斯计，窃谓可以益国而利民矣。①

对照《内德论》，《法苑珠林》所引"广致精舍，甲第当衢。虚费金帛，福利焉在"，应为《内德论》所引"逮摄摩腾之入汉，及康僧会之游吴……其福利之焉在，何尊崇之有余也"一段之节略。而"未若销像而绝镌铸，货泉可以无损。毁经以禁缮写，废僧以从编户。窃谓益国利人，兴家多福也"，当为《内德论》所引"未若销像而绝镌铸，货泉可以无费……上书而献斯计，窃谓可以益国而利民矣"之节略。《全唐文》删去"窃谓益国，利人兴家多福也"数字者，可能是从体例考虑，断定此为李师政之言。此种考量有一定道理。但《全唐文》从《内德论》中辑录《十一条》，不用文献完备的《广弘明集》，转用《法苑珠林》，不辨先后，不分主次，误矣。

再次，《全唐文》辑录《十一条》之第六条中有：

天道无亲，顿成虚阐。祸淫福善，胡其爽忒？因何损替者翻享遐龄，崇道者无终厥寿。计应蕴福延庆，积恶招殃，何乃进退矛盾，情状皎然。去取自乖，若为酬对。②

今案，上文辑自《法苑珠林》。如上所论，《法苑珠林》这些内容实改造李师政《内德论》而成。《内德论》分三部分：《辩惑篇》《通命篇》《空有篇》。《辩惑篇》专门回应傅奕言论。《法苑珠林》中有关报应运命的辩论文字，与《通命篇》关系密切，非出自傅奕《益国利民事十一条》，故应删去。

最后，《全唐文》辑录的第十一条，其内容"明直言忠诤，古来出口，祸及其身"。此条在法琳等人的反驳文章中，找不到对应的文献。但《旧唐书·傅奕传》收录的武德七年（624）上疏中，有一段文字，即：

古今忠谏，鲜不及祸。窃见齐朝章仇子他上表言："僧尼徒众，糜损国家，寺塔奢侈，虚费金帛。"诸僧附会宰相，对朝谗毁；诸

① （唐）释道宣编撰：《广弘明集》卷十四，《大正藏》第52册，新文丰出版公司1983年版，第188页上。
② （清）董诰等编：《全唐文》卷一百三十三，中华书局1983年版，第1346页上。

尼依托妃主，潜行谤讟。子他竟被囚执，刑于都市。及周武平齐，制封其墓。臣虽不敏，窃慕其踪。①

其中的"古今忠谏，鲜不及祸"，与《十一条》的"明直言忠诤，古来出口，祸及其身"，意思完全相同，都是在表明自己不惧龙威、坚持上疏排佛的决心。故而，将《旧唐书·傅奕传》的这一段文字，补充进第十一条。

二、文本拟测

按照以上两条体例，现辑录《益国利民事十一条》如下：

一曰：僧尼六十已下，简令作民，则兵强农劝。《易》曰："男女构精，万物化生。"此则阴阳父子，天地大象，不可乖也。今卫壮之僧，婉娈之尼，失礼不婚。（《滞惑解》）仇匹内通，衣形外隔。（《决对事》）夭胎杀子，减损户口，不亦伤乎。今佛家违天地之化，背阴阳之道，未之有也。请依前条。寻老子至圣，尚谒帝王。孔丘圣人，犹跪宰相。况道人无取，德义未隆。下忽公卿，抗衡天子。如臣愚见，请同老、孔弟子之例，拜谒王臣，编于朝典者。（《滞惑解》）众僧剃发染衣，不谒帝王，违离父母，非忠孝者。（《决对事》）夫父母之体，不可毁伤。何故沙门剃发去髭，反先王之道，失忠孝之义耶。（《法苑珠林》）西域胡旦末国，兵三百二十人。小宛国，兵二百人。戎卢国，兵三百人。渠勒国，兵三百人。依耐国，兵三百五十人。郁立师国，兵三百三十一人。单相国，兵四十五人。孤胡国，兵四十五人。凡八国胡兵，合有一千八百九十一人。皆得绍其王业，据其土地，自相征伐，屠戮人国。况今大唐，丁壮僧尼二十万众，共结胡法，足得人心，宁可不预备之哉？（《破邪论》）请一配之，则年产十万。（《滞惑解》）

---

① （后晋）刘昫等：《旧唐书》卷一百七十九《傅奕传》，中华书局 1975 年版，第 2716 页。章仇子他，藏内文献作章仇子佗。

二明寺作草堂土舍，则秦皇汉武为有德之君。良以佛纵奢侈，寺塔八万四千。此国效之，又增其倍。凡百士庶，暗愁往罪，虚规来福，浪说天堂地狱，诅我华人。至如秦皇阿阁，汉武甘泉，古迹宫观，不过十数，史官书之号曰无道，曾不言佛无道过之。又引张融三破之言。（《滞惑解》）

三明诸州及县，减省寺塔，则民安国治。（《滞惑解》）盖闻释迦生于天竺，修多出自西胡。名号无传于周、孔，功德靡称于典谟。寔远夷所尊敬，非中夏之师儒。逮摄摩腾之入汉，及康僧会之游吴，显舍利于南国，起招提于东都。自兹厥后，乃尚浮图。沙门盛洙泗之众，精舍丽王侯之居。既营之于爽垲，又资之以膏腴。擢修幢而曜日，拟甲第而当衢。王公大人，助之以金帛。农商富族，施之以田庐。其福利之焉在，何尊崇之有余也。未若销像而绝镕铸，货泉可以无费。毁经以禁缮写，笔纸不为之贵。废僧以从编户，益黍稷之余税。坏塔以补不足，广赈恤之仁惠。欲诣阙而效愚忠，上书而献斯计，窃谓可以益国而利民矣。（《内德论》）西域胡人，因泥而生，是以便事泥瓦塔像，今犹毛臊，人面而兽心，道人土枭，驴骡四色，皆是贪逆之恶种。佛是妖魅之气，寺是淫邪之祀。（《破邪论》）由妖胡虚说造寺之福，庸人信之，角营寺塔。小寺百僧，大寺二百。以兵率之，五寺强成一旅。总计诸寺，兵多六军。侵食生民，国家大患。（《滞惑解》）寺多僧众，妖孽必作。如后赵沙门张光，后燕沙门法长，南凉道密，魏孝文时法秀，太和时惠仰，梁武时僧光等，并皆反乱。（《破邪论》）自余凶党，至今犹在。请必除荡，用消胡气。浃旬之间，宇宙廓清。（《滞惑解》）寺多僧众，损费为甚。但是寺舍，请给孤老贫民，无宅义士。三万户州，唯置一寺。草堂土塔，以安经像。遣胡僧二人，传示胡法（《破邪论》）。

四明僧尼衣布省斋，则贫人不饥，蚕无横死者。臣闻佛戒僧尼粪扫衣，五缀钵，望中一食，独坐山中，清居禅诵。此佛之章法也。若杀蚕作衣，佛戒不许。今则知佛理虚故生违犯。（《滞惑解》）

佛是黠儿，理丰智慧。观音戏伎，实足权奇。（《决对事》）

五明断僧尼居积，则百姓丰满，将士皆富。（《滞惑解》）礼佛不得尊豪，设斋不得富贵。（《决对事》）

六明帝王无佛则大治年长，有佛则虐政祚短。（《滞惑解》）庖牺氏凡三十世，治二万二百九十七年。（《破邪论》）秦起秦仲，三十五世，六百三十八年。（《破邪论》）庖牺已下，爰至汉高，二十九代，父子君臣，立忠立孝，守道履德，生长神州，得华夏正气，人皆淳朴，以世无佛故也。（《破邪论》）汉魏以来，时经九代。（《决对事》）自开辟已来，至今武德四年辛巳，积二百七十六万一千一百八岁。（《破邪论》）少昊至汉高，有三千二百一年。（《破邪论》）自后汉光武已前，无佛法则祚久年长，子必嗣父，臣不篡君。从汉明以后，为有佛法，子弗嗣父，臣多篡君。（《决对事》）佛来汉地，有损无益，入家破家，入国破国。汉明之世，佛法始来。（《破邪论》）汉魏以来，时经九代。（《决对事》）有之为损，无之为益。故未有佛法之前，人皆淳和，世无篡逆。佛法来到，多悖乱尔。（《法苑珠林》）

七明封周孔之教，送与西域，胡必不行。（《滞惑解》）

八明统论佛教，虚多实少。（《滞惑解》）海内勤王者少，乐私者多。乃外事胡佛，内生邪见。翦剃发肤，回换衣服。出臣子之门，入僧尼之户。立谒王庭，坐看膝下。不忠不孝，聚结连房。且佛在西域，言妖路远。舍亲逐财，畏壮慢老。重富强而轻贫弱，爱少美而贼耆年。以幻惑而作艺能，以矫诳而为宗旨。然佛为一姓之家鬼也，作鬼不兼他族，岂可催驱生汉，供给死夷？贱此明珠，贵彼鱼目，违离严父，而敬他人。何有跪十个泥夷而为卿相，置一盆残饭得作帝王？据佛邪说，不近人情。欲求忠臣孝子，佐世治民，惟《孝经》一卷，《老子》二篇，不须广读佛经。佛滑稽大言，不及俳孟。奢侈造作，罪深桀纣。入家破家，入国破国者。（《破邪论》）

九明隐农安匠，市廛处中，国富民饶。（《滞惑解》）

十明帝王受命，皆革前政。（《滞惑解》）

十一明直言忠诤，古来出口，祸及其身。(《滞惑解》)古今忠谏，鲜不及祸。窃见齐朝章仇子他上表言："僧尼徒众，糜损国家，寺塔奢侈，虚费金帛。"为诸僧附会宰相，对朝谗毁；诸尼依托妃主，潜行谤讟。子他竟被囚执，刑于都市。及周武平齐，制封其墓。臣虽不敏，窃慕其踪。(《旧唐书·傅奕传》)

以上十一条之间，有内容重复者。每一条内部，也有逻辑不清、层次混乱者。作为辑录补缀之成果，所依据的文献来自僧人为反驳《十一条》而征引、节录之内容，而僧人的征引、节录本来就有融合诸条、间接引用的做法。故而，悲观地说，我们根本无法辑录出完全符合《十一条》原貌的文本；乐观地说，这又给我们提供了想方设法尽可能接近原貌的兴趣和动力。以上辑录，正是在这种兴趣和动力引导下完成的。

三、余论

作为《请废佛法表》的一部分，《十一条》的核心是讲述减省寺塔、裁减僧尼益国利民的好处，以之证明傅奕自己废佛主张的合理与妥当。傅奕的废佛主张，其上高祖表中明确表述为"请胡佛邪教退还天竺，凡是沙门放归桑梓。令逃课之党，普乐输租。避役之曹，恒忻效力。勿度秃小，长揖国家，自足忠臣，宿卫宗庙，则大唐廓定作造化之主，百姓无事为牺皇之民"[1]。但"退还天竺"者，《十一条》中只提出了"僧尼六十已下，简令作民"，60岁以上者大概是自生自灭、不用还俗了！

十一条益国利民理由，按照逻辑联系，大致可以分为三类。第一类，紧紧围绕"减省寺塔废僧尼"的益处展开论述，共五条。第一条"僧尼六十已下，简令作民，则兵强农劝"，第四条"僧尼衣布省斋，则贫人不饥，蚕无横死"，第五条"断僧尼居积，则百姓丰满，将士皆富"，这三条是讲"废僧

---

① （唐）释法琳：《破邪论》卷上，《大正藏》第52册，新文丰出版公司1983年版，第476页上。

尼"的益处；第二条"寺作草堂土舍，则秦皇汉武为有德之君"，第三条"诸州及县，减省寺塔，则民安国治"，这两条是讲"减省寺塔"的益处。第二类，总论灭佛益国利民，共两条。即第六条"帝王无佛则大治年长，有佛则虐政祚短"、第九条"隐农安匠，市廛处中，国富民饶"。第三类，论述灭佛的必然性，共三条。第七条"封周孔之教，送与西域，胡必不行"，是从夷夏之辨来排斥佛教的；第八条"统论佛教，虚多实少"，是从佛教教化虚妄来排斥佛教的；第十条"帝王受命，皆革前政"，是从政权革命的惯性来论证排斥佛教之必然性的。至于第十一条，如前所论，是傅奕表达自己上表排佛的决心，是用来表达忠心的。

《十一条》排斥佛教的理由，体现了南北朝佛教文化融合的特征。其中，从夷夏之别、佛教破身破家破国、佛教教义虚妄以及沙门应敬王、剃发去髭有悖于忠孝等指责佛教之理由，广泛见于南朝的佛道辩论中。关于僧尼"夭胎杀子，减损户口"，则出自北齐刘昼；僧尼还俗则兵源充足，则见于北周灭佛之争论；"销像而绝镌铸，货泉可以无费。毁经以禁缮写，笔纸不为之贵。废僧以从编户，益黍稷之余税。坏塔以补不足，广赈恤之仁惠"，大多为北周灭佛的具体做法。但是，从整体排佛立场来看，《十一条》可以说是完全立足于北朝佛道论争的氛围、语境、思想中。南朝佛道优劣异同的争论成果，傅奕只是将其用作自己排斥佛教的依据。旗帜鲜明地以"邪""胡""妖魅""贪逆"等用语来指责佛教，甚至以"人面而兽心，道人土枭，驴骡四色"咒骂僧人，这完全是北朝佛道之争的做法。傅奕出生于北方，曾在北周禁断佛教之后建立的通道观中任学士。这种暴戾粗鲁的做法，大概源自北周禁断佛教前后的多次佛道争论。

傅奕的《请废佛法表》《益国利民事十一条》，引起了佛教界的强力回应。法琳、明概、李师政、道宣等四人选择不同角度，反驳傅奕的排佛观点。法琳《破邪论》分十一条反驳傅奕之作：第一条虽针对《十一条》之第八条，然其核心是以汉魏以来孔老师敬佛教之文献反驳"佛为胡鬼，僧为秃丁"；第二条反驳傅奕《十一条》之第一条"僧尼六十已下，简令作民，则兵强农劝"；第三、四、十条反驳傅奕《十一条》之第三"诸州及县，减省寺塔，则民安国治"；第五至第九条反驳傅奕《十一条》之第六条"帝王无佛则大治年长，有佛则虐政祚短"；第十一条反驳傅奕《上废佛表》之"请胡佛邪教退还西域，凡是僧尼悉令归俗"，这一条实际是《十一条》上疏之最终目的。李师政《内德论》将傅奕之说，归结为十条，逐一破之。这十条分别为"一惑佛出西胡，二惑周孔不言，三惑毁佛誉道，四惑比佛妖魅，五惑昔有反僧，六惑比僧土枭，七惑讥毁须发，八惑泥种事泥，九惑有佛政虐，十惑无佛民和"①。十条之中，第一至六条以及第八条针对傅奕《十一条》之第三条，第七条针对《十一条》之第一条，第九至第十条针对《十一条》之第六条。明概《决对事》以八条破决傅奕《十一条》，其破决次序与傅奕《十一条》之前八条次序完全相同。道宣的《滞惑解》所摘录《十一条》之文字，并对前四条做了反驳。综上所述，佛教徒对傅奕《十一条》最关注的前三条，依次为"诸州及县，减省寺塔，则民安国治""帝王无佛则大治年长，有佛则虐政祚短""僧尼六十已下，简令作民，则兵强农劝"。寺塔为佛教活动场所，其建设耗费财力时日。减省寺塔，很容易令僧徒回忆起刚刚过去半个世纪左右的北周灭佛。无佛大治、有佛祚短，此实对佛教的社会功能，尤其是佛教对王权政治影响的全盘否定，这是历史批判，更容易成为灭佛的现实依据。至于僧尼六十以下还俗，则接近于前代的料拣沙门。此举使用得当，可在一定程度纯洁佛教队伍。由此来看，佛徒将傅奕的《益国利民事十一条》看作毁灭佛教的具体措施。僧团群起抗争，甚至舍身护法，自在情理之中。

　　《十一条》与《请废佛法表》中的排佛思想，在傅奕后期的宗教思想中一以贯之。武德七年，傅奕又上《请除释教疏》。其中除了继承武德四年的排佛思想，有些语句和思路更是直接引用《十一条》。如，"降自牺、农，至于汉、魏，皆无佛法，君明臣忠，祚长年久……洎于苻、石，羌胡乱华，主庸臣佞，政虐祚短，皆由佛教致灾也。"② 这与《十一条》之第六条相近。又如，"今之僧尼，请令匹配，即成十万余户，产育男女，十年长养，一纪教训，自然益国，可以足兵。四海免蚕食之殃，百姓知威福所在，则妖惑之风

---

① （唐）释道宣编撰：《广弘明集》卷十四，《大正藏》第52册，新文丰出版公司1983年版，第188页上。

② （后晋）刘昫等：《旧唐书》卷一百七十九《傅奕传》，中华书局1975年版，第2715—2716页。

自革,淳朴之化还兴。"① 这与《十一条》第一条接近。武德七年上《请除释教疏》后,傅奕"又上疏十一首,词甚切直"②。"上疏十一首"当与《益国利民事十一条》有密切联系。傅奕的《十一条》与《请废佛法表》,也影响了武德九年(626)高祖李渊的宗教政策。武德九年(626)五月辛巳,高祖"以京师寺观不甚清净",颁诏令"京城留寺三所,观二所。其余天下诸州,各留一所。余悉罢之"③。这次裁汰僧尼的理由,与《十一条》多处吻合,特别是第四条"僧尼衣布省斋,则贫人不饥,蚕无横死"。至于裁汰僧尼的做法,实际将《十一条》依照年龄"僧尼六十已下,简令作民"的设想,改版成按照京城内外地区差异来落实了。此外,傅奕排佛的决然态度和"无佛则大治年长,有佛则虐政祚短",更影响了中唐韩愈的排佛思想和态度④。此亦见《十一条》及傅奕排佛思想之影响深远。

---

① (后晋)刘昫等:《旧唐书》卷一百七十九《傅奕传》,中华书局1975年版,第2716页。
② (后晋)刘昫等:《旧唐书》卷一百七十九《傅奕传》,中华书局1975年版,第2716页。另,《新唐书》于疏文后,言"又上十二论,言益痛切"。((宋)欧阳修、宋祁等:《新唐书》卷一百零七《傅奕传》,中华书局1975年版,第4061页)"十二",可能为"十一"传抄之讹误。此十一疏,当与《利国益民十一条》有密切联系。至少,应该是在《益国利民事十一条》的修正版。
③ (后晋)刘昫等:《旧唐书》卷一《高祖本纪》,中华书局1975年版,第17页。
④ (宋)薛居正等:《旧五代史》卷一百二十七《周书·马裔孙传》,中华书局1976年版,第1670页。

第九章 傅奕《高识传》考

傅奕撰 10 卷《高识传》，见录于新、旧《唐书·傅奕传》和《新唐书·艺文志》。《高识传》以辑录历代排佛文献为主，间以傅奕本人之评论。此书虽佚，但释道宣为反驳《高识传》而撰写的《列代王臣滞惑解》完整保存在《广弘明集》中。参照《列代王臣滞惑解》，不但可以恢复《高识传》的部分面貌，而且有助于了解傅奕及唐代宗教学术、政策的新变化。基于此，下面试就《高识传》的基本情况做一考述。

一、《高识传》的成书时间

关于《高识传》的成书情况，《旧唐书·傅奕本传》云：

> 贞观十三年（639）卒，年八十五。临终诫其子曰……其纵达皆此类。注《老子》，并撰《音义》，又集魏、晋已来驳佛教者为《高识传》十卷，行于世。①

"高识传"之名，《新唐书》记载有异：傅奕本传作"高识篇"，《艺文志》作"高识传"。唐以后的文献中，"高识传""高识篇"均有著录。"篇""传"字形相差甚大，非传抄讹误所致。《广弘明集》汇集佛教弘法文献，分为十类，每类以"篇"为题，如"法义篇""佛德篇"等。如此，"高识传"作"高识篇"似亦可成立，两者当为同书异名。《广弘明集》所见《列代王臣滞惑解》

---

① （后晋）刘昫等：《旧唐书》卷七十九《傅奕传》，中华书局 1975 年版，第 2717 页。

提及此作时称之为《高识传》。《广弘明集》成书于唐高宗麟德元年（664），此距傅奕去世26年。故而，此书最早传播者可能为"高识传"。

释道宣的《列代王臣滞惑解》介绍《高识传》的成书背景云：

> 有唐太史傅奕者，本宗李老，猜忌释门，潜图艾剪，用达其鄙。武德（618—626）之始，上书具述，既非经国，当时遂寝。奕不胜其愤，乃引古来王臣讪谤佛法者二十五人，撰次品目，名为《高识传》一帙十卷，抄于市卖，欲广其尘，又加润饰，增其罪状。①

道宣所言"武德之始"傅奕上疏一事，当发生在武德四年。《广弘明集》卷十一有傅奕的《废省佛僧表》。法琳为反驳傅奕的《请废佛法表》而撰写弹文时，也著录了傅奕原文，文末有"武德四年六月二十日，朝散大夫行太史令臣傅奕上奏"②。然而，释道宣对于傅奕撰写《高识传》背景的介绍，存在一些问题。按照道宣记载，"武德之始，上书具述，既非经国，当时遂寝"，这是傅奕撰写《高识传》的直接动机，也可以据此断定《高识传》当撰成于武德五年（621）前后。然而，傅奕武德四年《请废佛法表》的影响，与傅奕同时的法琳这样记载："窃见傅奕所上诽毁之事，在司既不施行，奕乃公然远近流布，人间酒席，竞为戏谈，有累清风，实秽华俗，长物邪见，损国福田，理不可也。"③若据法琳所言，傅奕"远近流布"很可能是《请废佛法表》，而不是上书不成又撰写的《高识传》。又，道宣撰写之《续高僧传·法琳传》云："至武德四年，有太史令傅奕，先是黄巾，深忌佛法，上《废佛法事》者十有一条……武皇容其小辩，朝辅未能抗也……傅氏所奏，在司犹未施行，奕乃多写表状，远近公然流布。"④道宣自己的说法也是傅奕"多写表状，远近公然流布"，此"表状"即《请废佛法表》。是则，《高识传》

---

① （唐）释道宣编撰：《广弘明集》卷六，《大正藏》第52册，新文丰出版公司1983年版，第123页中。
② （唐）释法琳：《破邪论》卷上，《大正藏》第52册，新文丰出版公司1983年版，第476页中。
③ （唐）释法琳：《破邪论》卷上，《大正藏》第52册，新文丰出版公司1983年版，第475页中。
④ （唐）释道宣撰，郭绍林点校：《续高僧传》卷二十五《释法琳传》，中华书局2014年版，第952—953页。

应该不是武德四年《请废佛法表》之后撰写。

道宣《列代王臣滞惑解》通过评述《高识传》所辑录二十五人排佛事迹来反驳傅奕的观点。二十五人中，唐代仅有二人，即唐高祖与傅奕。只要能确定《列代王臣滞惑解》这两人相关事迹的时间，傅奕《高识传》的成书时间，也就基本可以断定。

"唐高祖"条云：

> 帝以武德末年，僧徒多僻，下诏澄简，肃清遗法，非谓除灭，尤为失旨。故诏云："朕膺期驭宇，兴隆教法，深思利益，情在护持。使玉石区分，熏莸有辩，长存妙道，永固福田，正本澄源，宜从沙汰。"斯正诏也，而奕叙为灭法，则诬君罪惘。值容养宽政，网漏吞舟，故存其首领耳。余如后述……①

文中所引高祖李渊于武德末年所颁发诏文，出自《沙汰佛道诏》。《旧唐书·高祖本纪》收录《沙汰佛道诏》，且注明时间为武德九年（626）夏五月辛巳。道宣说"斯正诏也，而奕叙为灭法，则诬君罪惘"，此正说明《高识传》录有高祖《沙汰佛道诏》。是则，《高识传》的撰写当在武德九年以后。

《列代王臣滞惑解》"傅奕"条，重点批驳傅奕《请废佛法表》中减省寺塔、僧尼益国利民事十一条。此外，还有以下内容：

> 奏之，高祖览之大悦，诏废诸州寺塔。至九年六月四日后，上谓曰："你大直奏事，怕杀人，今日后勿惧。"贞观六年又上书，令僧吹螺，不合击钟。
>
> 又言："佛法妖伪。"敕示萧瑀，瑀曰："傅奕非圣人者无法。"奕驳曰："瑀先祖已来，不事宗庙，专崇胡鬼，非孝者无亲。"因集佛教入中华已来士人识见高远、有驳议其妖惑者为《高识传》。云。奕传如此。
>
> 云高祖从其言而废寺者，斯惘君也。岂有四年上事，九年方

---

① （唐）释道宣编撰：《广弘明集》卷六，《大正藏》第 52 册，新文丰出版公司 1983 年版，第 126 页上。

废省诸州寺塔乎？竟无此诏，如何信之？一条假诳，万途可悉。奕身死后，出传货之。言虽矫诏，无命可死。又云："上书不许击钟。"斯妄作也。经云："击鼓戒兵，鸣槌集众。"又云："撞击佛钟，斯非教耶。"又述萧瑀不事宗庙，专事胡佛，斯面欺于宰伯也……①

道宣的叙述，从"云。奕传如此"后断开分为两层。"云"表示对《高识传》内容的省略，"奕传如此"是说前文是对傅奕《高识传》的转述。故，此前为道宣对《高识传》原文的转述，此下为道宣对傅奕的反驳。据上引文献，《高识传》中傅奕事迹依次有："奏之"指武德四年（620）六月二十日傅奕上《请废佛法表》，"诏废诸州寺塔"武德九年（626）五月高祖颁布《沙汰佛道诏》，"今日后勿惧"为贞观年间太宗鼓励傅奕的话，"佛法妖伪"是对武德七年（624）七月十四日傅奕《请除释教疏》部分语句的概括，傅奕与萧瑀论议佛教也发生在《请除释教疏》之后，此外还有发生在贞观六年的傅奕上书令僧吹螺一事。就此而言，虽然道宣的转引时间顺序稍显混乱，但《高识传》收录傅奕排佛事迹时间最晚者，明确可以断定为贞观六年（632）上书令僧吹螺事。故而，《高识传》当作于贞观六年之后。联系傅奕卒于贞观十三年，《高识传》的成书时间在贞观七年至十三年（633—639）间。

二、《高识传》的内容

《高识传》所辑录的人物与事迹，借助道宣《列代王臣滞惑解》可见一斑。道宣云：

> 奕学周子史，意在诛除，搜扬列代论佛法者，莫委存废。通疏二十五人，大略有二：初则崇敬佛法，恐有淫秽，故须沙汰，务得

---

① （唐）释道宣编撰：《广弘明集》卷八，《大正藏》第 52 册，新文丰出版公司 1983 年版，第 135 页上。

住持；二则憎嫉昌显，危身挟怨，故须除荡，以畅胸襟。

初列住持王臣一十四人，傅奕《高识传》通列为废除者，今简则是兴隆之人：宋世祖、唐高祖、王度、颜延之、萧摹之、周朗、虞愿、张普惠、李场、卫元嵩、顾欢、邢子才、高道让、卢思道。

二列毁灭王臣一十一人，傅奕《高识传》列为高识之人，今寻乃是废灭者：魏太武、周高祖、蔡谟、刘昼、阳衒之、荀济、章仇子陁、刘惠琳、范缜、李绪、傅奕、王文同。①

上文"毁灭王臣一十一人"，但所列名单从魏太武到王文同总共12人。其中的"王文同"颇值得怀疑。王文同毁法事迹，释道宣叙述为："隋大业八年（612），天子在辽。有王文同者，郊东王堡人也，夙与僧争水硙之利。敕令巡问军实，乃矫诏集僧。三木加身，考令云反。并令引邑议同谋，遂诛剪僧徒于河间郡，杀道俗近一千人。传符达于蒲州，酷声遍于天下。时窦庆为河东太守，以状奏闻。帝大怒，于河间戮之。未及加刑，百姓脔之生噉。"②此事源自《隋书·酷吏传》王文同本传③，略有差异。道宣对傅奕的《高识传》所录25人之评述逐人展开、每人均有小标题，但王文同事迹却在《列代王臣滞惑解》序文末尾，且无小标题，此不合体例；"毁灭王臣一十一人"名单基本按照时代顺序排列，傅奕卒年晚于王文同近三十年，但"傅奕"却在"王文同"之前，此又不合体例。从《列代王臣滞惑解》序文内容来看，王文同毁法本是道宣用来说明"泄在帝臣，非关上事"的一个证据，后人不明就里误入"毁灭王臣一十一人"名单中。故而，傅奕在《高识传》中并未录王文同言行事迹。

《高识传》辑录之二十五人，《列代王臣滞惑解序》与正文之排列顺序，有较大差异。正文之排序如下：

后魏世祖　周高祖　宋世祖　唐高祖　赵王度　晋蔡谟

---

① （唐）释道宣编撰：《广弘明集》卷六，《大正藏》第52册，新文丰出版公司1983年版，第123页中—下。

② （唐）释道宣编撰：《广弘明集》卷六，《大正藏》第52册，新文丰出版公司1983年版，第124页中。

③ （唐）魏征等：《隋书》卷七十四《酷吏传》，中华书局1973年版，第1702页。

宋颜延之　宋萧摹之　宋周朗　宋虞愿　魏张普济　魏李场　齐刘昼
魏杨衒之①

梁荀济　齐章仇子陁　周卫元嵩　宋刘慧琳　梁范缜　齐顾
欢　魏邢子才　凉高道让　齐李公绪　隋卢思道　唐傅奕②

在《列代王臣滞惑解序》中，道宣将 25 人分成两类，即废除佛教之王臣 14 人和高识王臣 11 人，每一类先帝王后臣子，帝王类、臣子类均按照时代先后排列。正文中的排序去掉了序文中两大类别的理念，将帝王、臣子各自归为一类。按照常理，序文对 25 人之分类、排序，正文应该严格执行的。正文与序文在体例上的严重背离，与擅长编撰佛教文献的释道宣的学养完全不合。唯一可能的解释就是，道宣《列代王臣滞惑解》的人物序次是按照傅奕《高识传》展开的。

傅奕《高识传》的人物排序，帝王类 4 人，按照时间与空间结合的顺序，以北朝、南朝、南北统一的唐代来排列。臣子类 21 人，前 6 位为东晋刘宋人物，最后 2 位为隋唐人物，中间 13 人排序比较混乱：

魏张普济　魏李场　齐刘昼　魏杨衒之　梁荀济　齐章仇子
陁　周卫元嵩　宋刘慧琳　梁范缜　齐顾欢　魏邢子才　凉高道
让　齐李公绪

这些人物的朝代标注有些问题。杨衒之、邢子才卒于北齐却标注为"魏"，荀济由南入北卒于东魏却标注为"梁"，高道让卒于北魏却标注为"凉"。这样来看，傅奕的《高识传》对以上 13 人的排序不是全部依据卒年前后，有些可能参照了人物言行、著述的时间。如荀济曾上梁武帝书抨击佛教、卫元嵩上周武帝书限制佛教，他们分别标注为"梁""周"。总体而言，除了中间"宋刘慧琳　梁范缜　齐顾欢"三人为南朝人物外，其余 11 人均为北朝人物。据此可言，傅奕的《高识传》之人物排序，有比较突出的南北地域区分观念。

---

① （唐）释道宣编撰：《广弘明集》卷六，《大正藏》第 52 册，新文丰出版公司 1983 年版，第 124 页下。
② （唐）释道宣编撰：《广弘明集》卷七，《大正藏》第 52 册，新文丰出版公司 1983 年版，第 128 页下。"梁范缜"原本目录中无，但正文中有此一条，故补入其中。

从道宣《列代王臣滞惑解》的反驳来看，《高识传》著录了"驳佛教者"言行事迹以及傅奕本人的评论。现依据《列代王臣滞惑解》和相关史料、文献，拟测《高识传》内容如下：

表9—1 傅奕的《高识传》内容简表①

姓名	"驳佛教"事迹	傅奕述评
后魏世祖	太武帝太平真君年（440—451）间禁毁佛法。	奕叙为命世之明后。
周高祖	周武帝禁毁佛法。	奕述云："观武帝为政，果决能断，此其志也。既除妖邪之教，惟务强兵，五年之间，大勋斯集，盛矣，其有成功也！"
宋世祖	大明二年（455）颁布《沙汰沙门诏》，大明六年（462）准有司《奏沙门当拜王者》。	奕叙为高识之帝。
唐高祖	武德九年（626）颁布《沙汰佛道诏》。	奕又引元魏尚书令任城王澄奏议，不许邑里更造伽蓝，妨人居住。又引尚书令高肇奏，僧祇户粟散给贫人；奕叙为灭法。
赵王度	上《奏禁奉佛》。	奕云："佛图澄令弟子游说郡国，支道之徒为其股肱。翻三玄妙旨，文饰邪教。"奕乃云："令虎杀侄取其帝位。"
晋蔡谟	撰《敕作佛象颂议》。	奕叙为纯臣。
宋颜延之	释慧琳为太祖所赏，每升独榻之礼，颜延之斥慧琳为刑余之人。	奕叙之为名士。
宋萧摹之	元嘉十二年（435）上《奏铸象造寺宜加裁检》。	
宋周朗	《上书献谠言》中指责佛教事。	
宋虞愿	明帝起湘宫寺，费极奢侈，虞愿讥刺。	奕谓为除弹。

---

① 表格中涉及文章题名者，均沿用了严可均编《全上古三代秦汉三国六朝文》和董浩等编《全唐文》。所录事迹，见于现存正史本传者多略述，而不见于正史者稍详。"评述"一栏，可辨明为傅奕原文者，依据《列代王臣滞惑解》摘录。

续表

姓名	"驳佛教"事迹	傅奕述评
魏张普济	北魏孝明帝时，上奏《上疏谏崇佛法不亲郊庙》。	奕云："荒秽之淫僧，游于宫内，恣行非法，凡是妃主，莫不通淫。百姓苦之，而上不觉。"
魏李玚	奏《上言宜禁绝户为沙门》，与沙门都统僧暹辩论。	
齐刘昼	上书言："佛法诡诳，避役者以为林薮。"又诋诃淫荡，言"佛是疫胎之鬼也，全非圣人。"	奕重为正谏。
魏杨衒之	撰《洛阳伽蓝记》言："不恤众庶也。"上书云："释教虚诞，有为徒费"，"佛言有为虚妄，皆是妄想"，"请沙门等同孔、老拜俗，班之国史。行多浮险者，乞立严敕，知其真伪"。	
梁荀济	上梁武帝《论佛教表》，批驳佛教。	
齐章仇子陁（他）	北齐武平（570—575）年间，上《请禁抑僧尼表》。	
周卫元嵩	天和二年（567），上周武帝《上书请造平延大寺》。	
宋刘慧琳	著《均善论》。	
梁范缜	著《神灭论》。	
齐顾欢	著《夷夏论》。	
魏邢子才	邢子才与元景论议佛教，子才曰："佛是西域圣人，寻已冥灭。使神更生，安能劳苦今世邢子才，为后身张阿得耶?"	
凉高道让	撰《凉书》，评论佛教。	
齐李公绪	见有丧之家，忧斋供福利，便曰："佛教者，脱略父母，遗蔑帝王，捐六亲，舍礼义，赭衣髡剔，自比刑余，妄说炫惑，惟利是亲。"	
隋卢思道	于《西征记》《周齐兴亡论》中肯定北周灭佛。	
唐傅奕	武德四年上《请废佛法表》；贞观六年上书，令僧吹螺，不合击钟；与萧瑀论辩佛教；集士人识见高远、有驳议其妖惑者，为《高识传》。	

作为宗教斗争，道宣对《高识传》之转引、评述，夸大、曲解甚至杜撰事迹者肯定存在。傅奕《高识传》，亦不例外。如《高识传》中王度事迹“奕为润饰，多陈妖诈”，章仇子陁事迹“傅奕又加粉墨”。《高识传》中人物事迹，除卫元嵩、邢子才、刘昼、杨衒之、卢思道、李公绪等人外，多见于现存魏晋南北朝隋唐诸史。傅奕辑录、编纂《高识传》，应该不用耗费太大气力。不过现存25位高识之文献、事迹，多为一鳞半爪之记载，距离《高识传》10卷的篇幅差距很大。故，以上对《高识传》内容的钩沉，也仅仅是一种立足现有文献的拟测！

三、《高识传》的学术价值

《高识传》成书后，唐人有仿之成《续高识传》者①，宋元之际的方凤“摭奕后辟异教者数十事，以拟《高识篇》，题之曰‘正人心书’”②。宋郑樵《通志・艺文略三》、宋王应麟《玉海・艺文》、宋佚名《白孔六帖・道教》、明彭大翼《山堂肆考・文学》等都著录有《高识传》之名，但《宋史》以下的正史已经失载，大概宋代可能已经佚失。依据释道宣《列代王臣滞惑解》对内容的部分复原和拟测，正足以补充唐初宗教学术研究之不足。

首先，《高识传》对傅奕排佛思想研究提供了新文献。武德四年（621）的《请废佛法表》、武德七年（624）的《请除释教疏》中，傅奕都表达其坚决排佛的态度。贞观七年（633）后成书的《高识传》，不但在排佛的态度与两篇上疏一致，而且对排佛之历史人物的评价，也一以贯之。《请废佛法表》附有“益国利民事十一条”，其中最后一条为“直言忠谏，古来出口祸及其身者”，但“直言忠谏”者为谁，因文献缺失不得而知。《请除释教疏》则云：“古今忠谏，鲜不及祸。窃见齐朝章仇子他上表言：‘僧尼徒众，糜损国家，

① （宋）郑樵：《通志》卷六十五《艺文略二》云有“续高识传”，未载著者，列于“《梁四公子传》四卷，唐卢诜撰”下、“《文林馆纪》十卷，郑忱撰”上（中华书局1987年版，第1562页）。据此位置判断，当为唐代之作。

② （明）宋濂：《方凤》，黄宗羲编：《明文海》卷四百零八，《文渊阁四库全书》本。

寺塔奢侈，虚费金帛。'为诸僧附会宰相，对朝谗毁；诸尼依托妃主，潜行谤讟。子他竟被囚执，刑于都市。及周武平齐，制封其墓。臣虽不敏，窃慕其踪。"① 据此可知，《请废佛法表》中所言"直言忠谏"者当指章仇子他（陁）。至《高识传》，则辑录北齐武平年间章仇子他（陁）《请禁抑僧尼表》，更为完整、全面地展现章仇子他（陁）的"直言忠谏"，表达自己对坚决排佛者的仰慕之情。

《高识传》更能体现傅奕的排佛特色。释僧祐总结东晋南朝怀疑佛教者为：

> 一疑经说迂诞，大而无征；二疑人死神灭，无有三世；三疑莫见真佛，无益国治；四疑古无法教，近出汉世；五疑教在戎方，化非华俗；六疑汉魏法微，晋代始盛。以此六疑，信心不树，将溺宜拯，故较而论之。②

"疑"者并非仅仅怀疑也，此为僧祐回护佛教之词，实则就是排斥佛教的依据。上引文献中，第一条针对佛经之文本特征，亦即中印文化表现形式之差异，第二条针对佛教因果报应观念，第三条针对佛教与世俗政权的关系，第四至六条基本上是华夷文化身份之辨。六条之中，只有第三条涉及政权与宗教的关系。与《弘明集》相对照，《高识传》是另一番面貌：

> 寻奕搜检列代上事言及释门者，大略五焉。前已显之，今重昌辩。一以业运冥昧，报果交加；二以教指俗伪，终归空灭；三以寺宇崇丽，顾陵嫉之；四以僧有杂行，抄掠财色；五以僧本缘俗，位隆抗礼。五相虽惑，多以杂行者为言焉。斯不达之曲士也。③

此为释道宣对《高识传》内容的总结。第一条针对佛教因果报应的，第二条针对佛教的世俗社会效应，第三至五条针对寺院、僧人对世俗社会的负面影响。五条之中，只有一条是从佛教教义教理出发，其余四条都针对佛教与世俗社会的关系。从《高识传》的内容来看，傅奕排佛已经不属于东晋南

---

① （后晋）刘昫等：《旧唐书》卷七十九《傅奕传》，中华书局 1975 年版，第 2716 页。
② （梁）释僧祐编撰：《弘明集》卷十四，《大正藏》第 52 册，新文丰出版公司 1983 年版，第 95 页上。
③ （唐）释道宣编撰：《广弘明集》卷六，《大正藏》第 52 册，新文丰出版公司 1983 年版，第 125 页上。

北朝以来的文化与宗教冲突，而属于政教冲突。傅奕的文化价值，也就在于他坚守皇权与政权立场，强调世俗政权对佛教的绝对控制，为此不余遗力地攻击佛教。这种排佛立场，最鲜明的是排佛的坚决态度，而不是理性论辩。从傅奕到韩愈，一直走这种排佛路子。

其次，《高识传》是观察唐初三帝宗教政策演变的一个重要窗口。唐初高祖、太宗、高宗朝的宗教政策，一脉相承者主要是祖承老子、尊奉道教和道先佛后。但在细节上又有差异。如对待佛教的态度上，高祖李渊抑制、防范过重，甚至有废除佛教的倾向；太宗则较为稳健，较高祖要更尊重佛教一些。武德四年（621）五月丙寅，高祖下敕对洛阳佛教进行沙汰，要求"州别一寺，留三十僧，余者从俗"，同年六月傅奕上《请废佛法表》。武德七年（624）傅奕又上《请除释教疏》，八年（625）高祖下诏叙三教先后，"令老先，次孔，末后释宗"[1]的宗教排序，九年（626）高祖颁布《沙汰佛道诏》。可以说，傅奕两次上疏排佛与高祖一朝的宗教政策变化遥相呼应。不过，傅奕在太宗朝的十三年间，并没有上疏排佛。其间，太宗问傅奕佛教事，傅奕对以佛教"于百姓无补，于国家有害"，太宗颇然之[2]。然贞观十三年（639）之前，太宗鲜有抑制佛教之举措，贞观五年（631）虽诏僧、道致敬父母，贞观七年（633）即下诏停止[3]。傅奕汇集前代排佛文献、言行，撰成《高识传》，希望为太宗朝的宗教政策给予借鉴。《高识传》以古证今的理路，相对于高祖朝的两次直接上疏，傅奕表达排佛的观点要曲折、委婉得多，攻击佛教的力度也在减弱。由此而言，《高识传》的撰写正是太宗调整佛教政策在佛道斗争上的折射。

傅奕《高识传》在太宗一朝似乎并没有引起佛教徒的太多回应。傅奕去世的当年，道士秦世英奏沙门法琳著论毁谤皇家宗室，法琳被流放益州，行至中途而卒。随着与傅奕针锋相对的僧人法琳的离世，佛教界似乎很少有人关注傅奕及其排佛著述。直到高宗麟德年间，道宣编纂《广弘明

---

[1]　（唐）释道宣撰，郭绍林点校：《续高僧传》卷二十五《释慧乘传》，中华书局2014年版，第940页。

[2]　（后晋）刘昫等：《旧唐书》卷七十九《傅奕传》，中华书局1975年版，第2717页。

[3]　张遵骝：《隋唐五代佛教大事年表》，见范文澜：《唐代佛教》，重庆出版社2008年版，第104—105页。

集》时，《高识传》似乎才引起了佛教界的关注。释道宣汇集三教论衡文献、回应《高识传》，与高宗的宗教政策调整相关联。唐高宗即位后，对佛道二教同等推崇，显庆年间（656—661）多次举行宫廷佛道论议，论辩佛道教理教义的异同①。但显庆二年(657)，高宗诏僧、道不得受父母及尊者礼拜，龙朔二年（662）四月高宗下敕令僧、道致敬父母，同年六月因崇佛者反对又下诏停令致拜。致拜君亲事，推行以世俗伦理代替佛教伦理，体现高宗以政权压制宗教的意图。虽然此事以停令致拜结束，但佛教界对高宗宗教政策调整的意向感受敏锐。道宣于麟德元年（664）编纂成 4 卷《集古今佛道论衡》、30 卷《广弘明集》，对佛教弘法文献进行汇总。二十多年前的《高识传》，仍然引起了道宣的注意。道宣亲自动手撰写《列代王臣滞惑解》，逐条对《高识传》中人物之言行、著述进行分析，以之张扬佛法。就此而言，《高识传》在高宗朝的传播情况，正是高宗宗教政策之变化在佛道斗争中的体现。

最后，《高识传》是唐初三教论衡的重要文献。从《牟子理惑论》以来，汇集、整理三教论衡文献者多为僧人、佛教徒，如陆澄《法论》、僧祐《弘明集》、道宣《广弘明集》等。这些文献多从回护佛教的角度辑录整理，所有排佛文献都不收录。《高识传》特别之处在于，它是汉唐以来保存面貌比较清晰的第一部排佛文献总集。从三教论衡的角度来看，《高识传》有三个特点。第一，保持与道教的距离。唐代僧人批评傅奕时常常十分肯定地说，傅奕是出于道教信仰而排佛的。但《高识传》辑录的道教徒排佛文献只有顾欢《夷夏论》一篇，其他如南齐道士托名张融撰写的《三破论》、南齐道士孟景翼撰写的《正一论》以及北周道士张宾、王延等道士的排佛言行，都没有收录进《高识传》中。究其原因，大概是要避免《高识传》的道教批判立场，以维护其世俗政权的批判权威。第二，坚持以帝王大臣排佛为主。25人之中有 2 位僧人，释慧琳和卫元嵩。释慧琳，为释道渊弟子，其为宋文帝崇信，"元嘉中，遂参权要，朝廷大事皆与议焉。宾客辐辏，门车常有数十两。四方赠赂相系，势倾一时。方筵七八，座上恒满"，会稽孔觊叹为"黑

---

① 刘立夫：《唐代宫廷的三教论议》，《宗教学研究》2010 年第 1 期。

衣宰相"①。卫元嵩，益州成都人，亡名法师弟子，天和二年（567）入北后给周武帝《上书请造平延大寺》，请求沙汰僧侣、裁减寺院，同年还俗为官。故慧琳、卫元嵩二人，亦可以看作大臣。第三，以文献辑录为主。如前表所拟测，《高识传》的核心内容是对 25 位帝王大臣排佛文献、言行的辑录，相关述论也都是以文献为前提的宗教观念阐发。

《高识传》的这三个特点，恰与佛教弘法文献完全一致。如僧祐《弘明集》所录文献中，参与三教论衡之僧人 25 人，皇帝王公士大夫 120 人，后者近乎僧人数量的 5 倍。又如法琳《辩正论》"十代奉佛篇"专门汇集西晋至唐太宗朝 10 代奉佛之帝王士大夫，其中共录 46 帝、72 王和 203 位三公宰辅通儒博识之名姓与事迹。此种以宗教发展之历史证明当代宗教政策合理性的论证路径，同样体现在《高识传》中。由此或可言，《高识传》不录道士排佛文献，既是对佛教弘法文献编纂经验的借鉴，更说明傅奕很可能是从道教信仰的角度来撰写《高识传》的。

---

① （唐）李延寿：《南史》卷七十八《天竺迦毗黎国传》，中华书局 1975 年版，第 1964 页。

第十章　道宣《通惑决疑录》考

两《唐志》著录释道宣撰有《通惑决疑录》两卷。从俗世文献的记载来看，此书宋代即已失传。然道宣为唐初著名的律学僧人、南山律宗的开山祖师，其著作多为大藏经收录，通过查阅细读佛教文献，从中可以发现，《通惑决疑录》并没有佚失，而是以另一名称完整保存下来。本章即考证《通惑决疑录》之相关信息，分析其学术价值，希望能借此了解有关唐初佛教弘法思想和策略的更多细节。

一、《通惑决疑录》即《叙列代王臣滞惑解》

《旧唐书》卷四十七《经籍志》、《新唐书》卷五十九《艺文志》记载，释道宣撰有《通惑决疑录》两卷。此书宋人文献即已失载。今案，此书即《广弘明集》卷六、卷七辑录之《叙列代王臣滞惑解》的单行本。

《广弘明集》全书30卷，以10篇辑录文献①。10篇实际就是10类，包括：归正、辩惑、佛德、法义、僧行、慈恻、戒功、启福、悔罪、统归。每篇序文之下都有收文目录。《叙列代王臣滞惑解》虽属于"辩惑篇"，然行文之中屡屡提及其他篇（类）之内容：

> 十八刘慧琳……著《均善论》（一云《白黑论》），其论难穷通，
> 后《法义篇》备之矣。②

① 刘林魁：《〈广弘明集〉辑录文献来源及其客观性考辨》，《长江学术》2010年第1期。
② （唐）释道宣编撰：《广弘明集》卷七，《大正藏》第52册，新文丰出版公司1983年版，第132页中—下。

十九范缜……危言高论，盛称无佛，有于自然。其词亦备后
《法义篇》。①

二十顾欢……欢著《夷夏论》以统之……又张融《门律》，意
亦同欢，前集已详，后更略引，亦备《法义篇》。②

二十一邢子才……子才曰……亦有难解，如《法义篇》自
寻之。③

在《广弘明集》10篇编纂体例之排序中，"法义篇"为第四，"辩惑篇"
为第二。据此推断，《叙列代王臣滞惑解》撰写者应该预先知道《广弘明集》
的编纂体例以及自己撰述在《广弘明集》中所处的位置④。能做到这一点者，
有两种可能：或者道宣本人在辑录《叙列代王臣滞惑解》时，为了照应《广
弘明集》全书的编纂，删节他人著述并做了注释；或者《叙列代王臣滞惑解》
的撰写者与《广弘明集》的编纂者为同一人，两书都是释道宣之作。前一种
可能基本不存在。《广弘明集》删节辑录文献的方式，最有代表性的是《释
老志》，然而其中并没有《叙列代王臣滞惑解》"如《法义篇》"那一种的⑤。
更为重要的是，《广弘明集》"辩惑篇（类）"目录下之20篇文献中，除《叙
列代王臣滞惑解》外都标明了作者，那么没有标明作者的应该就是道宣本人
撰写的了。

从名称来看，《叙列代王臣滞惑解》与《通惑决疑录》两者非常接近。
在佛教中，"惑"意为迷于所对之境而颠倒事理，"滞惑"即固执、拘泥于"惑"
境，释僧叡《中论序》说"夫滞惑生于倒见，三界以之而沦溺；偏悟起于厌

---

① （唐）释道宣编撰：《广弘明集》卷七，《大正藏》第52册，新文丰出版公司1983年版，
第132页下。
② （唐）释道宣编撰：《广弘明集》卷七，《大正藏》第52册，新文丰出版公司1983年版，
第132页下。
③ （唐）释道宣编撰：《广弘明集》卷七，《大正藏》第52册，新文丰出版公司1983年版，
第132页下。
④ 《广弘明集》之《法义篇》并未完整收录围绕慧琳、范缜、顾欢、邢子才等人观点展开
辩论的文献。除邢子才外，与其余三人相关的文献收录在《弘明集》中。但《广弘明集》
在编纂体例上以归类《弘明集》录文目录的方式，包融了《弘明集》的内容。所以，《叙
列代王臣滞惑解》对此4人的记载，除了邢子才，其余都能在《法义篇》中找到印证。
⑤ 刘林魁：《四库全书总目》子部释家类〈广弘明集〉条辨正，《图书馆工作与研究》2011
年第10期。

智，耿介以之而致乖"①，就是这个意思。"滞惑解"，就是"解惑"，按照道宣的说法，"解惑之生，存乎博见义举，传闻闇托，信为难辩舟师"②。因此，从名称看，《叙列代王臣滞惑解》就是要疏通、除却佛教入华以来中土帝王臣子对佛教的颠倒错误的认识。"通惑决疑"中，"通"与"决"、"惑"与"疑"意思相近，"通惑决疑"就是"解惑"，"通惑决疑录"也就是对疏通、除却相关颠倒错误认识的记载。虽然两《唐志》所收录的《通惑决疑录》已经佚失，但从书名推测，《通惑决疑录》应该就是《广弘明集》所收录的道宣本人撰写的《叙列代王臣滞惑解》。

有关道宣的著述情况，记载最早的是道宣法弟道世《法苑珠林》和道宣本人的《大唐内典录》，此后的僧传、经录、正史中都有记载。但除了两《唐志》，任何文献都没有记载道宣曾经撰写过两卷本《通惑决疑录》。这种情况并不是说《通惑决疑录》是托名道宣之作。同作却不同名者，藏内文献大量存在。如《广弘明集》卷十辑录任道林《周祖巡邺请开佛法事》、王明广《周祖天元立对卫元嵩上事》，《法苑珠林》卷一百分别题作任道林《周高祖问难佛法》、王明广《王氏破邪论》③。由此推断，《通惑决疑录》很可能是唐人将《广弘明集》之《叙列代王臣滞惑解》辑录出来，单独流传的一个本子。

从《广弘明集》收录内容看，《叙列代王臣滞惑解》由序言和两卷正文组成。序言包括3层意思，即撰写动机、内容以及道宣自己的弘法观点。道宣说，唐太史令傅奕"本宗李老，猜忌释门"，武德年间上疏排佛却不为高祖采纳，傅奕遂"不胜其愤，乃引古来王臣讪谤佛法者二十五人，撰次品目，名为《高识传》，一帙十卷，抄于市卖，欲广其尘"。于是，道宣撰文回应，"因其立言，仍随开喻"④。傅奕搜罗的25位论佛法者，道宣将其分为两

① （梁）释僧祐撰，苏晋仁、萧鍊子点校：《出三藏记集》卷十一，中华书局1995年版，第400页。
② （唐）释道宣编撰：《广弘明集》卷五，《大正藏》第52册，新文丰出版公司1983年版，第118页上。
③ （唐）释道世撰，周叔迦、苏晋仁校注：《法苑珠林校注》卷一百，中华书局2003年版，第2879页。
④ （唐）释道宣编撰：《广弘明集》卷六，《大正藏》第52册，新文丰出版公司1983年版，第123页中。

类。第一类是通过沙汰佛教以求兴隆佛法者，共 14 人，有宋世祖、唐高祖、王度、颜延之、萧摹之、周朗、虞愿、张普惠、李玚、卫元嵩、顾欢、邢子才、高道让、卢思道等。第二类是实实在在的废灭佛法者，共 11 人，有魏太武、周高祖、蔡谟、刘昼、杨（阳）衒之、荀济、章仇子陁、刘惠琳、范缜、李绪、傅奕等。此下，道宣分别在"初序沙汰僧众""后序除废三宝意"中陈述了自己的观点。从结构上看，"后序"似乎更应该置于卷二之首。在两卷内容中，道宣按照序言的排列顺序，逐人叙述文献，反驳傅奕，证明自己的观点。

傅奕是武德末期、贞观前期佛道论衡中道教一方的主将，道宣本人并没有参加高祖、太宗朝的佛道论衡，与傅奕针锋相对的僧人法琳似乎也没有对《高识传》作出回应。因此，《高识传》的流行很可能在贞观十三年（639）傅奕去世前后，而《通惑决疑录》的成书时间也应与道宣撰写《广弘明集》相一致，大致在麟德年间（663—664）或稍前。此一时期，道宣还撰写了另一部佛教弘法著作《集古今佛道论衡》。由此而言，《通惑决疑录》的撰写更多与高宗朝的佛道论衡关系密切。

有唐一代，针对佛教与政权关系展开的论争，佛典正史屡见不鲜，然所有辩论问题没有超越傅奕《高识传》的范围。因此，道宣反驳《高识传》的《叙列代王臣滞惑解》的弘法价值受到佛教界的关注，自在情理之中。这一背景下，有佛徒从《广弘明集》中辑录出《叙列代王臣滞惑解》，并更名为《通惑决疑录》，以应对诸种争辩，也在情理之中。不过，《通惑决疑录》的流行因此就渐渐脱离、超越了《广弘明集》。从相关记载来看，两《唐书》对《通惑决疑录》的记载没有差异。但唐以后就出现了讹误。成书于宋代庆历元年（1041）的《崇文总目》说："《通感决疑录》一卷，阙。"[1]"通惑"讹作"通感"，两卷变成了一卷，且已经佚失不存。《宋史·艺文志》继承《崇文总目》之说法，录为"道宣《通感决疑录》，一卷"[2]。一旦"通惑"讹为"通感"，就很容易和道宣的佛教应验记类著作混淆。《通

---

① （宋）王尧臣：《崇文总目》卷四，上海商务印书馆 1936 年版，第 314 页。
② （元）脱脱等：《宋史》卷二百零五《艺文志》，中华书局 1977 年版，第 5182 页。

志》卷六十七就有"《感通决疑论》一卷，释道宣撰""《通应决疑》二卷，唐僧道宣撰"。这里明显是将《通惑决疑录》与 3 卷《东夏三宝感通记》、1 卷《感通记》等著作混淆了。由于这些讹误，元以后的正史中就再也不提"通感决疑录"了。

二、《通惑决疑录》的文献价值

《通惑决疑录》辑录引用了 25 位帝王臣子论佛法者文献，有极高的学术价值。如，北魏荀济《论佛教表》，可参之考察刘勰《灭惑论》的写作背景以及《文心雕龙》与佛教的关系；北周卫元嵩《上书请造平延大寺》，可参之考察北周灭佛的理论依据以及南北朝三教思想的交融状况；北齐刘昼《上书诋佛法》《又诋诃淫荡》，可证明北齐文宣帝禁绝道教后不到十年间道教再次兴盛，成为儒士攻击的对象；北魏高道让《凉书》，可参之考察其《凉书》对待佛教的态度。

《通惑决疑录》的辑佚价值，已为前代学者所关注。严可均的《全上古三代秦汉三国六朝文》就从《通惑决疑录》中辑出多篇文献。但是，由于体例限制，有些文献严可均并没有辑录，其价值也少为学人关注。如，"卢思道"条就征引了卢思道之《西征记》：

> 范阳人，仕齐为黄门郎。周武平齐，诣京师，作《西征记》。
> 略云："姚兴好佛法，罗什译经论，佛图遍海内，士女为僧尼者十六七，縻费公私，岁以巨万。帝独运远略罢之，强国富民之上策也。"[1]

卢思道《西征记》，《隋书》和两《唐书》都未著录，然唐宋人的著作中有征引，如唐人封演《封氏闻见记》卷六、卷七和宋人高承《事物纪原》卷九、乐史《太平寰宇记》卷五十五等。不过，《通惑决疑录》所征引者，以上诸

---

[1] （唐）释道宣编撰：《广弘明集》卷七，《大正藏》第 52 册，新文丰出版公司 1983 年版，第 133 页上—中。

书均未见录。据道宣之征引可知，《西征记》可能是卢思道在北齐破亡由邺城入长安后，对沿途所见所感之记述，其中包含了对北周灭佛的肯定。由此推测，北朝后期，伴随北周对外战争的胜利，北周灭佛可能得到了部分士人的认可。

又如，唐魏征策文《问经佛兴行早晚得失》。"蔡谟"条记载：

> 唐特进郑公魏征策有百条，其一条曰："问经佛兴行早晚得失。"

> 答："珠星夜陨，佛生于周辰；白马朝来，法兴于汉世。故唐尧虞舜，靡得详焉；孔子周公，安能述也。然则法王自在，变化无穷，纳须弥于芥子之中，覆日月于莲华之下。法云惠雨，明珠宝船，出诸子于火宅，济群生于苦海。硇得砥则截骨而断筋，车得膏则马利而轮疾。诚须精心回向，洁志归依，宜信傅毅之言，无从蔡谟之仪。"①

两《唐书》载《魏征集》20卷。魏征之作多疏策类应用文。《通惑决疑录》所引魏征策文，作于何时，现无确证，不得而知。《梁书·敬帝纪》载魏征评价梁高祖萧衍云：

> 史臣侍中、郑国公魏征曰：高祖……不能息末敦本，斫雕为朴，慕名好事，崇尚浮华，抑扬孔、墨，流连释、老。或经夜不寝，或终日不食，非弘道以利物，惟饰智以惊愚。且心未遗荣，虚厕苍头之伍；高谈脱屣，终恋黄屋之尊。②

此处是对梁武帝崇奉佛教的批判，而策文则反对蔡谟用夷夏之辨反驳佛教。结合两者来看，可见唐初史臣对待佛教的完整态度。严可均之辑佚限于只录先唐文的体例，未录此文。但《全唐文》《全唐文补遗》也未收录。

再如，"李公绪"条：

> 赵郡人，通经史，善阴阳，见有丧之家忧斋供福利，便曰：

---

① （唐）释道宣编撰：《广弘明集》卷六，《大正藏》第52册，新文丰出版公司1983年版，第127页上—中。

② （唐）姚思廉：《梁书》卷六《敬帝纪》，中华书局1973年版，第150—151页。

"佛教者，脱略父母，遗蔑帝王，捐六亲，舍礼义，赭衣髡剔，自比刑余，妄说炫惑，惟利是亲。阴阳名墨，虽纰缪苛察，而四时节用有取。至如兹术，则伤化托幽，滋为鬼道，惜哉！举国皆迷，彼众我寡，悲哉！吾之死也，福事一切罢之。弃华即戎，有识不许。"①

"邢子才"条：

河间人，仕魏著作郎，迁中书黄门郎。以为姓人不可保，谓元景曰："卿何必姓王？"元景变色。子才曰："我亦何必姓邢？能保五世耶？然佛是西域圣人，寻已冥灭。使神更生，安能劳苦今世邢子才，为后身张阿得耶？"②

李公绪、邢子才对佛教的批评，不属于文献辑佚的范围。但这两则资料在北朝文化史研究中，具有一定的价值。南朝佛教重理，北朝佛教重教。但在北朝后期，儒释道三教的辩论中重理的趋势越来越明显。李公绪对佛教批评的立足点完全是夷夏之辨，邢子才则批评佛教的三世轮回学说，这和北魏时期思想界的认识完全不同，但却与北周后期思想界的倾向比较接近。故而，此则资料对于南北朝的宗教思想研究具有一定的参考价值。

此外，《通惑决疑录》还具有一定的校勘价值。如：

1."宋世祖孝武皇帝"条有：

下诏曰："佛法讹替，沙门混杂，未足扶济鸿教而专成逋薮。加以奸心频发，凶状屡闻，败道乱俗，人神交忿……"萧子显述曰："宋氏自称水德，承运典午，正位八君，卜年五纪，四经绝嫡，三号中兴，关间祸难，相陵骨肉，何可言哉。"③

前引诏文出自《宋书》卷九十七《夷蛮传》，其中"加以奸心频发"，《宋书》

---

① （唐）释道宣编撰：《广弘明集》卷七，《大正藏》第52册，新文丰出版公司1983年版，第133页上。

② （唐）释道宣编撰：《广弘明集》卷七，《大正藏》第52册，新文丰出版公司1983年版，第132页下。

③ （唐）释道宣编撰：《广弘明集》卷六，《大正藏》第52册，新文丰出版公司1983年版，第126页上。

佚"以"字。后引萧子显语，出自《南齐书》卷二《高祖纪》，然《南齐书》没有"自称水德，承运典午"，据此可补足。

2."王度"条有：

> 石虎下书问曰："佛号世尊，国家所奉，间里小人无爵秩者，为应得事佛不……今沙门甚众，或有奸宄避役，多非其人，可料简，详议。"度奏：……惟听西域胡人立寺都邑……虎下诏曰："……苟允事无亏……。"①

"小人无爵秩者"，《高僧传·佛图澄传》作"小无爵秩者"，脱"人"字；"为应得事佛不"，《高僧传·佛图澄传》作"为应得事佛与不"，衍"与"字；"或有奸宄避役"，《高僧传·佛图澄传》作"或有奸宄避后"，"役"讹为"后"；"西域胡人"，《高僧传·佛图澄传》作"西域人"，慧皎可能出于维护佛法正统，删去了"胡"字；"苟允事无亏"，《高僧传·佛图澄传》脱"允"字。

3."萧摩之"条：

> 兰陵人，宋元嘉十二年（435）为丹阳尹，奏称："佛化被于中国，已历四代……违中越制，宜加检裁，不为之防，流遁未已……"②

"违中越制"，《宋书》卷九十七《夷蛮传》作"建中越制"，"建"应为"违"之讹误。

4."周朗"条：

> 汝南人，宋世祖时仕庐陵内史，上书曰："自释氏流教，其来有源，舒引容润，既亦广矣。而假糅医术，托以卜数……余则随其艺行，各为之条例……"③

"假糅医术，托以卜数"，《宋书》卷八十二《周朗传》作"假精医术，

---

① （唐）释道宣编撰：《广弘明集》卷六，《大正藏》第52册，新文丰出版公司1983年版，第126页中。

② （唐）释道宣编撰：《广弘明集》卷六，《大正藏》第52册，新文丰出版公司1983年版，第127页中。

③ （唐）释道宣编撰：《广弘明集》卷六，《大正藏》第52册，新文丰出版公司1983年版，第127页中—下。

托杂卜数"。"各为之条例",《宋书》卷八十二《周朗传》作"各为之条"。

诸如此类,《通惑决疑录》中还有许多,此不赘述。

三、《通惑决疑录》的宗教思想价值

《通惑决疑录》是道宣针对傅奕《高识传》而撰写的,其中贯穿了道宣个人的弘法思想。探讨道宣的弘法思想和策略,对于深化唐代三教关系的研究,不无裨益。

首先,是道宣的守律弘法思想。《通惑决疑录》是道宣晚年著作,此前道宣已经撰写了多部律学著作,南山律宗的思想体系也已完整成型。道宣广博的律宗思想自然而然地渗透到佛道论争中来,就形成了守律弘法的思想。《高识传》搜罗 25 位帝王士大夫驳斥佛教的观点。道宣认为,其中的14 人虽有沙汰佛法之言行,实则为兴隆佛教者。道宣分析说:"沙汰括检之条,斯实王化之本,故僧条俗格,代代滋彰,此乃禁非,岂成除毁?"① 意思是说,沙汰僧侣实则是为了纯洁僧侣队伍,既符合佛教戒律,又符合俗世法条。因而,沙汰佛教是符合佛教的"禁非"之举,而不是"除毁"佛法者。沙汰佛教屡屡见于文献记载,其原因复杂,但主要在于两个方面:政权对佛教的主动限制以及佛教自身的不节制。魏晋南北朝时期,佛教界很少对帝王沙汰佛教有认同感,如释慧远就对桓玄沙汰佛教提出了建议,从而减少了政权对佛教的冲击。道宣将前代沙汰僧人之举,看成佛教兴盛之措施,这不仅仅是出于佛道论争的技巧需要,更与其律宗思想密切相关。道宣认为,佛教的核心在律学,"戒律以检于七非,摈罚以正于三格,僧制以遮其外犯,法令以勖其内心,此佛教也。"② 正是因为道宣的律学修养,他将傅奕《高识传》的核心归结为对僧人不守戒律的攻击,"寻奕搜检列代上事言及释门者,大

---

① (唐) 释道宣编撰:《广弘明集》卷六,《大正藏》第 52 册,新文丰出版公司 1983 年版,第 123 页中。

② (唐) 释道宣编撰:《广弘明集》卷六,《大正藏》第 52 册,新文丰出版公司 1983 年版,第 125 页中。

略五焉……四以僧有杂行，抄掠财色……五相虽惑，多以杂行者为言焉。"①
《通惑决疑录》这种守律弘法的思想，也体现在《广弘明集》整部著作的编纂中②。

其次，以因果报应解释王权更替的思想。佛教因果报应学说，是关于个体的业报理论，与政权之兴亡无关。但在中土，帝王崇佛与政权之更替，却是人们考察佛教之效验的途径之一。傅奕说佛教"业运冥昧，报果交加"，自然包括了对帝王崇奉佛教的否定。唐初君臣屡屡抨击梁武帝、北齐文宣帝崇佛亡国，傅奕这一观点有极大的煽动性和蛊惑力。道宣回应说：

> 夫运业废兴，天之常数。禅让放诛，有国变通。前王自享于万年，后帝无宜而取位。此乃交谢之恒理，生灭之大期。何得执一代之常存，而迷百王之革运，都不可也。齐宋诸帝，所以重佛敬僧者，知帝位之有由，故衔恩而酬厚德也。又知帝位之无保，故行因而仰长果也。昔因既短，不可延以万年，故有梁之受禅也。今因未就，不可即因而成果，故受报于未来也。是则业运相循，四序无失，如何轻佛无报应乎？③

道宣以佛教因果报应学说来解释政权更替。他的立足点是"运业废兴，天之常数"。这一立足点，既有史实依据，又与佛教生灭四相和无常观一致。以此为基点，道宣说，帝王"重佛敬僧"，一方面是因为"知帝位之有由，故衔恩而酬厚德也"，另一方面是因"知帝位之无保，故行因而仰长果也"。又因为取得帝位的过去因不会永远起作用，所以帝位不会长存；而目前"重佛敬僧"之今因又尚未转因成果，受报只能在将来，现在无法见到。因此，帝位就不可避免出现了更替。道宣用因果报应说解释帝王政权之更替，作出了一定努力，但存在着明显的缺陷。譬如，帝王因"衔恩而酬厚德"崇佛敬僧，此"恩"与佛教有无关联，道宣并没有说，当然也不能说。因为佛教入华之历史要比中土王权政治之历史短得多，无法以佛教来解释所有的政权更

---

① （唐）释道宣编撰：《广弘明集》卷六，《大正藏》第52册，新文丰出版公司1983年版，第125页上。
② 刘林魁：《〈广弘明集〉研究》，中国社会科学出版社2011年版，第115—120页。
③ （唐）释道宣编撰：《广弘明集》卷七，《大正藏》第52册，新文丰出版公司1983年版，第131页中。

替现象。

最后，以天竺中心说破除传统夷夏之辨加给佛教的"紧箍咒"。夷夏之辨早在春秋时代就已兴起。佛道论争中，这一思想常常被道教利用，以之攻击、排斥外来的佛教文化。南朝顾欢的《夷夏论》就是代表性的著作。唐初这种思想依然盛行。道宣总结当时道教攻击佛教的文献，说"极笔而书罪状，深文而挂刑网，'秃贼'以惊视听，'妖胡'而动王臣"。"秃贼""妖胡"等词就是攻击佛教为夷狄之教。道宣对道教的夷夏之辨是从两个方面展开的。一是胡、梵区分。道教的夷夏之辨，常常将佛教归入"胡"类文化，道宣反驳说："佛之非胡，乃为天种。胡乃戎类，本异梵乡。犹言神州号为汉地，今检汉者止可方于梁。汉虽曰初封，帝都在于京洛，自余吴楚未曰中华。陆浑观戎，又戎变夏矣。惟佛一法，教绝色心，胡、梵二种，生生常习。"① 将佛教从"胡"中脱离出来，单列为"梵"，也就将道教借夷夏之辨来攻击佛教的理论路径斩断了。二是以天竺中心说反对神州"地中"说。夷夏之辨的立足点之一，就是地理位置上华夏为天地之唯一中心。道宣反驳此一观点说：

> （蔡谟）局据神州一域，以此为中国也。佛则通据阎浮一洲，以此（即神州）为边地也。即目而叙，斯国东据海岸，三方则无，无则不可谓无边可见也。此洲而谈，四周环海，天竺地之中。夏至北行，方中无影，则天地之正国也，故佛生焉。况复堤封所及，三千日月、万亿天地之中央也，惟佛所统，非（蔡）谟能晓……中原嵩洛，土圭测景，以为中也。乃是神州之别中耳，至时余分不能定之。②

以"日影"求大地中心的做法，最早出现在《周礼·地官·司徒》中。释道宣则以之为标准，考量神州中心说，虽表面上肯定了"中原嵩洛"为"神州之别中"，但同时又得出了"天竺地之中心"说。这种观点，大有佛教文

---

① （唐）释道宣编撰：《广弘明集》卷七，《大正藏》第52册，新文丰出版公司1983年版，第129页下。

② （唐）释道宣编撰：《广弘明集》卷七，《大正藏》第52册，新文丰出版公司1983年版，第126页下至127页上。

化与中土文化平等的用意。守律弘法与王权更替符合因果报应这两种思想，基本是道宣的原创。而回应道教夷夏之辨的思想，则多是对南北朝以来三教论衡思想成果的继承和总结。由此可见，成书于高宗麟德前后的《通惑决疑录》，在继承南北朝三教论衡思想成果的基础上，已经着手开始弘法思想和路径创新的尝试。

第十一章　唐高宗至玄宗朝三教论衡内容考述

　　唐高宗至玄宗朝是三教论衡发展的重要阶段。此一时期三教论衡程式方面的发展创新，本书"上编"中已经做过考辨，此处主要就三教论衡的内容做一详细考述。就存世文献而言，这一方面佛教文献最为丰富，且大多集中在释道宣《集古今佛道论衡》中。相对于佛教，道教次之，儒家又次之。故而，本章以儒、释、道的结构按时间顺序将相关论辩归类整理，非对三教有所轻重褒贬。然而，有部分论辩内容无法准确归入三教，以儒家一类论题最少遂与之合并，题名曰"儒家及其他"。

一、儒家及其他

（一）"《易》经题"义

　　显庆五年（660）六月，高宗御齐圣殿，引弘文馆学士上官仪及吕才、直学士李玄植、道士张惠元、李荣、黄玄归及名僧等，于御前讲论，命李玄植登讲座发《易》题，吕才、李荣等以次问难，敷扬经义，移时乃罢。[①]

　　李玄植平生所学，以《三礼》《春秋左氏传》《毛诗》为长。升座发《易》题者，大概是在演述唐代官方所定《五经正义》之《周易正义》。《周易正义》

---

① （宋）王钦若等编纂，周勋初等校订：《册府元龟（校订本）》卷五百九十九，凤凰出版社2006年版，第6912页。

以王弼《周易注》为主。《旧唐书》李玄植本传说，"高宗时，屡被召见，与道士、沙门在御前讲说经义，玄植辨论甚美，申规讽，帝深礼之"①。如本次三教论衡玄植仍然"申规讽"，则很有可能在发挥《周易正义序》中的"王者动必则天地之道，不使一物失其性。行必协阴阳之宜，不使一物受其害。故能弥纶宇宙，酬酢神明，宗社所以无穷，风声所以不朽。非夫道极元妙，孰能与于此乎，斯乃乾坤之大造，生灵之所益也"②之意。

（二）"讲《孝经》"

载初元年（690）二月三教论衡时，则天御明堂，邢文伟讲《孝经》，命侍臣及僧道士等以次论议，日昃乃罢。三教论衡中儒士讲《孝经》，在太宗朝就有了。这次论衡，据《孝经》之竖义，已见"上编"，此不赘述。

（三）《老子化胡经》真伪

高宗至玄宗的一百多年间，有关《老子化胡经》的争论，文献所载者共有三次。显庆年间、神龙年间的两次争论，是由帝王引起的。显庆五年（660）八月十八日，敕召僧静泰、道士李荣在洛宫论议：

> 帝问僧曰："《老子化胡经》述化胡事，其事如何？可备详其由绪。"……
>
> 静泰奏言："《老子》二篇，庄生内外，或以虚无为主，或以自然为宗，固与佛教有殊，然是一家恬素。降兹以外，制自下愚。《灵宝》创起张陵，吴时始盛；《上清》肇端葛氏，齐代方行；亦有鲍静，谬作《三皇》被诛，具明《晋史》。大唐贞观之际，下诏普焚此《化胡经》者。泰据晋代《杂录》及裴子野《高僧传》，皆云：道士王浮与沙门帛祖对论每屈，浮遂取《汉书西域传》，拟为《化胡经》。《搜

---

① （后晋）刘昫等：《旧唐书》卷一百八十九上《李玄植传》，中华书局 1975 年版，第 4950 页。
② （唐）孔颖达：《周易正义序》，（清）董诰等编：《全唐文》卷一百四十六，中华书局 1983 年版，第 1473 页上。

神记》《幽明录》等亦云：王浮造伪之过。"

道士李荣云："静泰无知，浪为援引。荣据《化胡经》云：老子化胡为佛。又《老子序》云：西适流沙。此即化胡之事显矣。"

静泰奏言："李荣重引《化胡》，静泰前已指伪，纵令此经实录，由须归《佛大师化胡经》中。老子云：我师释迦文，善入于泥洹。又荣引《老子经序》，竟无西迈流沙之论。但云，尹喜谓老子曰：将隐乎。据荣对诏不实，请付严科。又《庄子》云：老聃死，秦失吊之。又《西京杂记》云：'老子葬于槐里。'此并典诰良证。又道士诸经，唯有《庄》《老》，余皆伪诳。偷窃佛教，安置纵横，首尾蹈机，进退惟咎。假令荣经改无归佛之语，陛下秘阁亦有道经，请对三观学士，以定是非，即源真谬。"

李荣云："道人亦浪译经，据白马将经，唯有《四十二章》，余者并是道人伪作。近亦有玄奘，浪翻经论。"

静泰奏言："李荣苟事往来，莫知史籍。据腾、兰初至此地，大译诸经。其后支迦提之徒，康僧会之辈，昙摩提之属，鸠摩罗之流，翻译皆有年月，详诸国史，亦有俗士聂承远、谢灵运等皆翻译，备详群录。岂比汝之伪经？或云朱鸟味衔，或道青鸟吻噬，终散失于龙汉，卒改易于赤明。并涉凭虚，未闻崇有。又荣所云：近有玄奘，亦浪翻经。窃谓不可据。玄奘久游五印，妙尽梵言。考之风雅，理无伦夺。又玄奘所译，契我圣朝，藻二帝之天文，焕两皇之宸照，无知祭酒，辄事毁誉，案荣之罪，已合万死。"

李荣奏云："老、释二教，并是圣言，非荣、静泰即能陈述。"

静泰奏言："荣自不能，泰即能矣。"

李荣重云："荣据《道劫经》云：道生于佛，佛还小道。化胡之事，断亦不虚。"

静泰奏言："道士语称檀越，已窃僧言。经引劫文，还偷梵语。蹶角受化，尚戴黄巾。既渐佛风，不披缁服。食我桑椹，不见好音。人之无良，胡不遄死。劫是梵语，岂是道言。边境有人，其名窃矣。"

李荣云："大道空同，何佛何道？"

静泰奏言："李荣体中无物，固是空同。"

李荣自云："可无粪屎耶？"……①

此次论衡，高宗命题竖义，令僧道辩论老子化胡经事之由绪。高祖命题之动机不得而知。但此一命题，令静泰与李荣之辩论剑拔弩张、硝烟四起。静泰直指《化胡经》为王浮伪造，李荣引《老子序》证明《化胡经》其事不伪。静泰指老子死于中土，并未西渡流沙，并指出道经除《老子》《庄子》外均"偷窃佛教"，李荣则回应佛经只有《四十二章经》为真，"余者并是道人伪作"，当下之玄奘也"浪翻经论"。此后在静泰的驳斥中，李荣转而求同，说"老、释二教并是圣言"，此又为静泰驳斥。继而，论辩由老子化胡真伪，转移到佛道大小上。二人之论辩，没有任何理论深度。

万岁通天元年（696），福先寺沙门慧澄乞依前朝毁《老子化胡经》，敕秋官侍朗刘如睿八学士议之②。刘如睿应该是刘如璿之讹。《新唐书》云："《议化胡经状》一卷。万岁通天元年，僧惠澄上言乞毁《老子化胡经》，敕秋官侍郎刘如璿等议状。"③《全唐文》卷一百六十五有吴杨昊、张思道、刘如璿、张太元四人《不毁化胡经议》。此四人据以证明《化胡经》不伪的文献有：《史记》《列仙传》《后汉书》《高士传》《皇朝实录》等。其思想依据则为佛道本同说，"李释元同，未始有异。法身道体，应现无方。降迹诞灵，各行其志"④，"道本中华，释垂西域。随方设教，同体异名"⑤。

神龙元年（705），中宗颁诏定夺《化胡成佛经》真伪，僧人、道士又展开了论辩：

① （唐）释道宣撰，刘林魁校注：《集古今佛道论衡校注》卷丁，中华书局2018年版，第280—286页。

② （宋）沙门志磐：《佛祖统纪》卷三十九，《大正藏》第49册，新文丰出版公司1983年版，第370页中。

③ （宋）欧阳修、（宋）宋祁等：《新唐书》卷五十九《艺文志》，中华书局1975年版，第1521页。

④ （唐）刘如璿：《不毁化胡经议》，（清）董诰等编：《全唐文》卷一百六十五，中华书局1983年版，第1681页下。

⑤ （唐）张太元：《不毁化胡经议》，（清）董诰等编：《全唐文》卷一百六十五，中华书局1983年版，第1686页下。

时盛集内殿，百官侍听。诸高位龙象，抗御黄冠，翻覆未安，觌觎难定。（法）明初不预其选，出场擅美，问道流曰："老子化胡成佛，老子为作汉语化？为作胡语化？若汉语化胡，胡即不解。若胡语化，此经到此土，便须翻译。未审此经是何年月，何朝代，何人诵胡语，何人笔受？"时道流绝救无对。明由此公卿叹赏，则神龙元年也。①

此次论辩，僧人法明借鉴了佛经翻译的经验，从老子化胡语言入手，驳斥老子化胡之说。辩论的结果是中宗废除《老子化胡经》：

其年九月十四日，下敕曰："仰所在官吏废此伪经，刻石于洛京白马寺，以示将来。"敕曰："朕叨居宝位，惟新阐政，再安宗社，展恭禋之大礼，降雷雨之鸿恩，爰及缁黄，兼申惩劝，如闻天下诸道观皆画《化胡成佛变相》，僧寺亦画玄元之形，两教尊容，二俱不可。制到后限十日内并须除毁。若故留，仰当处官吏科违敕罪。其《化胡经》累朝明敕禁断，近知在外仍颇流行。自今后其诸部《化胡经》及诸记录有化胡事，并宜除削。若有蓄者，准敕科罪。②

中宗废除《化胡经》，但意在调和二教。他说"爰及缁黄，兼申惩劝"，即佛道二教都有教化之功。他同时又要求，佛道二教停止以老子化胡事得相互攻击。在此后响应道士反对废弃《化胡经》的敕文中，他再次表述了这一观点。

其月洛京大恒道观主桓道彦等上表固执，敕批曰："朕以匪躬忝承丕业，虽抚宁多失，而平恕实专。矧夫三圣重光，玄元统序，岂忘老教，偏意释宗。朕志款还淳，情存去伪。理乖事舛者，虽在亲而亦除；义符名当者，虽有怨而必录。顷以万机余暇，略寻三教之文。至于《道德》二篇，妙绝希夷之境。天竺有空二谛，理秘真如之谈。莫不敷畅玄门，阐扬至赜，何假《化胡》之伪，方盛老

①　（宋）释赞宁撰，范祥雍点校：《宋高僧传》卷十七《释法明传》，中华书局1987年版，第415页。
②　（宋）释赞宁撰，范祥雍点校：《宋高僧传》卷十七《释法明传》，中华书局1987年版，第415页。

君之宗。义有差违，文无典故，成佛则四人不同，论弟子则多闻舛互。尹喜既称成佛，已甚凭虚。复云化作阿难，更成乌合。鬼谷、北郭之辈，未践中天；舍利、文殊之伦，妄彰东土。胡汉交杂，年代亦乖。履水而说涅槃，曾无典据；蹈火而谈妙法，有类俳优。诬诈自彰，宁烦缕说。经非老君所制，毁之则匪曰孝亏；文是鄙人所谈，除之则更彰先德。来言虽切，理实未安。宜悉朕怀，即断来表。"①

中宗在回应洛京大恒道观主桓道彦时，主要说了以下几点内容：废除《老子化胡经》并不是遗忘老教（即道教）而偏意释宗；老教《道德》二篇"妙绝希夷之境"，不需要《化胡经》来张扬道法；《化胡经》太假了，"义有差违，文无典故"，骗人都骗不过去。这应该是最高政权阶层对《化胡经》最直接而明确的否定。

（四）"齐物之理"

高宗末，国学博士范赟与释灵辩辩论"齐物之理"：

范曰："庄子之书，颇曾披揽，其间旨趣，待问当酬。"

问曰："七篇繁广，一问无由得穷。请更别举章门，以申往复。"

范曰："齐物之理，今古以为难，法师可依此义，以开宗辙。"

问曰："今古若难，诚如所论。命开宗辙，未敢辙当。联复竭愚，试陈短句。秋毫太山，儒墨咸称大小，庄生以为不尔，岂非孟浪之谈。"

范曰："俗滞情于是非，庄生遂忘于大小。"

难曰："但忘俗见之情，应不齐彼山毫之质。"

范曰："意在忘情。"

---

① （宋）释赞宁撰，范祥雍点校：《宋高僧传》卷十七《释法明传》，中华书局1987年版，第415—416页。

难曰:"不须齐质。"

范曰:"不论齐质,情讵得忘?"

难曰:"秋毫既无陵霄之峰,太山未有入尘之细。逼令均等,其可得乎?"

范曰:"毫有入尘之细,不羡陵霄之峰。山有陵霄之峰,不鄙入尘之细。各冥自性,故说为齐。"

难曰:"物虽各冥,其极大小之体不无。庄周虽贵捐情,不觉翻迷物理。至如空虚,本无质象,不可论有差殊。山毫既有形容,安得谈其均等。"

范曰:"谈其齐等,本贵忘情。若欲均形,岂非为蛇画足?"

难曰:"前言形均,始可情丧,未是悟他。今持画足过人,翻为自因。"

更并曰:"山大毫小,《庄书》遂可齐其大小。天尊地卑,《周易》应可混其尊卑。庄生安得齐其大小?"

范曰:"二教所诠,由来是别。均齐之理,本自不同。难易本是,别不得同。山毫本不齐,不齐应说异。异物既不异,不异得说异。别物应可同,何得说不同。"①

这次论辩的动机何在,不得而知。范赟命题竖义,题目为《庄子》"齐物论",释灵辩质难。论辩过程分两个环节。第一个环节,是就"齐物论"理解的争论。范赟坚持"齐物论"的两个层面:精神层面的"忘俗见之情"和物质层面的"不齐彼山毫之质",这个坚持就前者而言是"齐物",就后者就不"齐物"了。于是,灵辩不断对"不齐彼山毫之质"进行逼问,范赟以"各冥其性"来调和。第二个环节,是对"齐物论"价值的争论。灵辩以类比推理由"齐物论"推导出混同"尊卑",此一结论表面上看似乎是对"齐物论"的应用,但实质上又包含着归谬法在里面。故而,范赟又以儒道"二教所诠,由来是别"来回应。

---

① (唐)释道宣撰,刘林魁校注:《集古今佛道论衡校注》卷丁,中华书局 2018 年版,第 310—312 页。

（五）三教优劣异同

开元十六年（728），玄宗悉召能言佛道孔子者，相答难禁中，有员俶者九岁，升堂辩论，坐人皆屈。开元十八年（730），玄宗于花萼楼对御定二教优劣，释鼃雄论奋发，河倾海注，道士尹谦对答失次，理屈辞殚，论宗乖舛，帝再三叹羡，诏赐绢伍伯匹用充法施。开元二十三年（735）八月癸巳千秋节，命诸学士及僧、道，讲论三教同异。天宝四年（745），浙西观察使陈少游请法师神邕与道士吴筠，面论邪正，旗鼓才临，吴筠竟败北。又开元前期，三教各选一百人，有叶静能、空门思明、大理评事秘校韦玎等，于内殿定释道二教之胜负优劣。

以上论衡的具体内容，文献阙载。但从相关文献来看，核心内容是三教优劣先后。

二、佛教

（一）"五蕴"义

高宗显庆三年（658）四月佛道论衡时，会隐竖"五蕴"义，道士黄赜以"荫"名来难。会隐反驳说："荫以覆盖为宗，蕴以积聚为义。如色有十一聚，在色名之下。识有八种聚，在一名之下。举统以收，称为蕴义。若以荫名来难，义理全乖。"[1]

佛教认为，宇宙间一切事物和现象都不是孤立的存在，而是由多种因素条件集合而成的。五蕴就是构成我们的存在以及我们赖以生存的环境的五项因素，即色、受、想、行、识。五蕴之"蕴"为梵语 Skandha 之意译，旧译为阴（或作"荫"），又译为众，新译为蕴。天台智者解释"阴"义，说"阴

---

[1]　（唐）释道宣撰，刘林魁校注：《集古今佛道论衡校注》卷丁，中华书局 2018 年版，第 255 页。

者阴盖善法，此就因得名。又阴是积聚，生死重沓，此就果得名"①。据此而言，"阴"兼有荫覆与积聚两义。若据天台智者之意，黄赜以"荫"义难会隐"五蕴"义，似乎没有什么问题。不过，吕澂先生评价鸠摩罗什的佛经翻译时，对"五蕴""五阴"的区别做过分析。以之分析僧会隐和道士黄赜的论辩，会有新收获：

> 原译"五蕴"为"五阴"，这固然不好（因为阴是幽微的意思，对识说还可以，对色就不合。甚至后人对此还产生了许多牵强的解释，说阴者，蔽也。等等），罗什改译为"五众"，有些进步，但却未能把这字的原义充分地表达出来。"蕴"原同于"聚"（集体的），是指一类法略为一聚的意思，如色一类包括过去、现在、未来的色，都可略归为色蕴。罗什译为"众"就不能体现。②

吕澂之分析，恰好能帮助我们理解此次辩论的焦点。会隐对黄赜问难做了直接响应，他说"色有十一聚，在色名之下，识有八种聚，在一名之下"③。唯识宗将色分为十一种，是指五根(眼、耳、鼻、舌、身)、五境(声、色、香、味、触)、法处所摄色，此即"色有十一"；将识分为八种，即眼、耳、鼻、舌、身、意、末那、阿赖耶八识，此为"识有八种"。据此揣测，会隐竖义是依据唯识宗的，黄赜问难是依据天台宗的。印度世亲论师造、玄奘三藏贞观二十一年（647）译一卷本《大乘五蕴论》，重在阐明大乘五蕴法门，兼说十二处、十八界。会隐竖义，很有可能是依据此经。在新翻译成的佛经问世后，宣讲佛经在当时比较盛行，会隐在此一风气中将佛道论衡之命题定为新译佛经，似乎顺理成章。

（二）"九断知"义

高宗显庆三年（658）四月佛道论衡时，神泰竖"九断知"义。道宣记

---

① （隋）释智顗：《摩诃止观》卷五，《大正藏》第46册，新文丰出版公司1983年版，第51页下。
② 吕澂：《中国佛学源流略讲》，中华书局1979年版，第90页。
③ （唐）释道宣撰，刘林魁校注：《集古今佛道论衡校注》卷丁，中华书局2018年版，第255页。

载当时的辩论为，"道士生来未闻此名，虽上论座，不知发问之处。"①

"九断知"又作"九断智"。据《阿毗昙八犍度论》卷五，"九断智"为：欲界苦谛习谛所断结尽，一断智；色无色界苦谛习谛所断结尽，二断智；欲界尽谛所断结尽，三断智；色无色界尽谛所断结尽，四断智；欲界道谛所断结尽，五断智；色无色界道谛所断结尽，六断智；五下分结（贪结、嗔结、身见结、戒取结、疑结）尽，七断智；色爱尽，八断智；一切结尽，九断智。② 隋慧远法师《大乘义章》卷十三云："烦恼尽处名之为断。断是智果，果仍因名，故号断智。"③"九断智"是佛法修行学说，除《阿毗昙八犍度论》，北凉时期浮陀跋摩与道泰等翻译《阿毗昙毗婆沙论》、后秦鸠摩罗什译《大智度论》都频繁出现这一名称。"道士生来未闻此名"，或许只是佛徒的一面之词。

（三）"因缘"义与"三性"义

高宗显庆三年（658）四月佛道论衡时，慧立讲因缘义：

> 佛法大宗，因缘为义。故论云：未曾有一法，不从因缘生。且如眼见殿柱，须具五缘：一识心不乱，二眼根不坏，三藉以光明，四有境现前，五中间无障。必具此缘，方得见柱。若使羲光已没，龙烛未明，纵有朱楹，何由可见？又如禾子、谷子阳和之月，遇水土人功则能生芽。夏盛瓮里，冬委地中，缘不具故，毕竟不生。

> 人亦如是，内则业惑为因，外则父母为缘，身方得生。父母乖各，终不得生。如是禽鱼鸟兽，万物皆尔，从因缘生。故经云："深入缘起，断诸邪见，有无二边，无复余习。"以佛智慧，穷法实相，是故号佛为无等觉，为天人师。外道之辈，则不如是，皆悉邪

---

① （唐）释道宣撰，刘林魁校注：《集古今佛道论衡校注》卷丁，中华书局 2018 年版，第 255 页。

② 迦旃延子造，僧伽提婆、竺佛念译：《阿毗昙八犍度论》卷五，《大正藏》第 26 册，新文丰出版公司 1983 年版，第 790 页上。

③ （隋）释慧远：《大乘义章》卷十三，《大正藏》第 44 册，新文丰出版公司 1983 年版，第 736 页中。

网覆心，倒针刺眼，或言诸法自然而生，即是此方老、庄之义，或言诸法从自在天生，韦纽天生，冥性生，或言无因，或言宿作，此并西方异道之计也。皆不知法本，不识因缘，信意放言，诖误蒙俗，致使天人惑其饰诈。①

高宗评价此次论衡，说佛道"两家论义，宗旨未甚分明"，慧立遂讲因缘大义，既与此次论衡中李荣竖"道生万物"义相对立，又有区分佛法与外道之用意。因缘义佛教大小乘均有，唯识宗对之有更详细的分析。

同一次佛道论衡中，慧立还对高宗讲三性义：

又对圣上说三性义：一遍计性，二依他起性，三圆成实性。外道所立，遍计性收，事等空花，由来非有。广解三性，言多不具。②

三性，又称三自性，是唯识宗教义的纲要。遍计性，又作遍计所执性，是指凡夫众生普遍计度种种因缘生起之诸法，执取为实有。依他起性，是指一切万法、无量事相，皆假外缘而生，离外缘而灭，生生灭灭，无有暂息。圆成实性，是指佛性真如具有本来圆满、本来现成、真实不虚。三自性中，以依他起性为中心。万法皆由因缘而起，于此因缘和合之假法，若执着计较，认妄为真，就是遍计所执性；若了知诸法缘起，皆无本质自性，此即圆成实性。慧立讲三自性义，实则是因缘义的延续。两者都是对唯识教义的阐扬。

（四）"四无畏"义

高宗显庆三年（658）六月十三日的佛道论衡中，会隐法师升座竖"四无畏"义，道士七人各陈论难。③"四无畏"有佛四无畏与菩萨四无畏两种。

① （唐）释道宣撰，刘林魁校注：《集古今佛道论衡校注》卷丁，中华书局2018年版，第255—256页。
② （唐）释道宣撰，刘林魁校注：《集古今佛道论衡校注》卷丁，中华书局2018年版，第256页。
③ （唐）释道宣撰，刘林魁校注：《集古今佛道论衡校注》卷丁，中华书局2018年版，第261页。

佛四无畏是指佛对众生说法时有四种的泰然无畏，即一切智无所畏、漏尽无所畏、说障道无所畏、说尽苦道无所畏。菩萨四无畏是菩萨教化众生时的四种无畏：总持不忘，故说法无畏；尽知法乐，知众生根机心性，故说法无畏；善能问答，故说法无畏；能断物疑，故说法无畏。会隐法师在竖"四无畏"义之前，与清都观道士张惠元争抢首发权。他说："窃寻诸佛如来，德高众圣，道冠人天，为三千大千之独尊，作百亿四洲之慈父，引迷拯溺，惟佛一人。"① 会隐以佛陀的崇高无上，来反驳张惠元的佛道主、客之别，故而他所竖之"四无畏"义应该是佛四无畏义。

佛四无畏，佛教内部将其分为两类：依自利、依利他。"一切智无所畏"和"漏尽无所畏"依自利而言：我是真实正等觉者，遍知一切法智，故而可以"一切智无所畏"；我是真实诸漏尽者，烦恼诸漏永尽，所以"漏尽无所畏"。"说障道无所畏"和"说尽苦道无所畏"依利他说：我为弟子说惑业诸障法，是真实能碍，所以"说障道无所畏"；我为弟子说戒定慧等诸尽苦之正道，能真实出离，故"说尽苦道无所畏"。四无畏是佛陀摧伏邪难外道、弘扬正法时的心理状态。佛陀在论辩时，认为自身已经真实等觉，诸漏已断，是真理的化身，因此不怕问难；自己说法的目的，是向众生讲种种障碍法和脱离苦道法，为利他而宣讲，没有自我利益，因此不怕问难。会隐竖"四无畏"义，既是对自身论辩心态的表白，更是对佛教辩论理论的张扬。这一论题，道教徒似乎没有怎样反驳，因而佛教徒认为，道教的回答"无足叙之事"②。

（五）"摩诃般若波罗蜜"义

高宗显庆三年（658）冬十一月佛道论衡中，义褒立"摩诃般若波罗蜜"义。义褒解题说："今示义目，厥号'摩诃般若波罗蜜义'，此乃大乘之象驾，

---

① （唐）释道宣撰，刘林魁校注：《集古今佛道论衡校注》卷丁，中华书局 2018 年版，第260 页。

② （唐）释道宣撰，刘林魁校注：《集古今佛道论衡校注》卷丁，中华书局 2018 年版，第261 页。

方等之龙津，菩萨大师，如来智母。摩诃大也，般若慧也，波罗蜜者到彼岸也。夫玄府不足尽其深华，故寄大以目之；水镜未可喻其澄朗，假慧以明之；造尽不可得其崖极，借度以称之。"① 义褒竖义之后，道士问难。

> 道士张惠元问曰："音是胡音，字是唐字，翻胡为唐，此有何益？"
>
> 答曰："字是唐字，音是梵音。译梵为唐，彼此俱益。"
>
> 又难曰："胡音何能益人？"
>
> 答曰："佛出天竺，梵音为正，教流中夏，利见甚多，云何无益？"
>
> ……
>
> 姚道士次论义，曰："般若非愚智，何以翻为智？"
>
> 答曰："为欲破愚痴，叹美称为智。"
>
> 张责云："何者是愚痴，而将智来破？"
>
> 答曰："愚人是道士，将智以破之。"
>
> ……
>
> （李）荣因问曰："义标般若波罗蜜，斯乃非彼非此，何以言到彼岸。"
>
> 答曰："般若非彼此，叹美为度彼。"
>
> 李曰："非彼非此，叹度彼岸。亦应非彼非此，叹到此岸。"
>
> 答曰："虽彼此两亡，叹彼令离此。"
>
> 李曰："叹彼不叹此，亦应非此不非彼。"
>
> 答曰："叹彼令离此，此离彼亦亡。"
>
> 李荣更无难……②

"摩诃般若波罗蜜"为梵语之音译，意为智慧，是六度之一③，玄奘之

---

① （唐）释道宣撰，刘林魁校注：《集古今佛道论衡校注》卷丁，中华书局 2018 年版，第270 页。

② （唐）释道宣撰，刘林魁校注：《集古今佛道论衡校注》卷丁，中华书局 2018 年版，第271—274 页。

③ （唐）释道宣撰，郭绍林点校：《续高僧传》卷十五《释义褒传》记载此次佛道论衡，说义褒立"大智度义"。此明"大智度"即"摩诃般若波罗蜜"。

后译为"摩诃般若波罗蜜多"。《大智度论》说："'摩诃'秦言大，'般若'言慧，'波罗蜜'言到彼岸。以其能到智慧大海彼岸，到诸一切智慧边，穷尽其极故，名到彼岸。"①义褒之解释，沿用了鸠摩罗什翻译《大智度论》之解释。

张惠元从音译佛经名数的价值来问难。他提问说，用汉字直接记录梵文语音的"译梵为唐"方法是否有益。义褒并未对这一问题直接响应。因此，此两人之辩论都是自言自语。

道士姚义玄是从音译的可靠性来问难的。他说，"般若"是音译，本身并没有愚、智等字，凭什么要将"般若"翻译成"智慧"，义褒的回答是"欲破愚痴，叹美称为智"，这是从目的来回答的。两人之间的辩论尚未深入，就进入了宗教攻击。义褒说"愚人是道士"，般若智慧正是要破除道教之愚妄。

李荣也是针对音译词内涵解释的可靠性问难的。他说，"般若波罗蜜"不是"彼"也不是非"此"，为什么就断定其中有"到彼岸"之含义。波罗蜜有不同之意译。《法界次第初门》云："六通云波罗蜜者，并是西土之言。秦翻经论多不同，今略出三翻。或翻云事究竟，或翻云到彼岸，或翻云度无极。菩萨修此六法，能究竟通别二种因果，一切自行化他之事，故云事究竟。乘此六法，能从二种生死此岸，到二种涅槃彼岸，谓之到彼岸。因此六法，能度通别二种事理，诸法之旷远，故云度无极也。若依别释，三翻各有所主。若依通解，则三翻虽异意，同无别也。"②据此，李荣实则是质疑为什么将"波罗蜜"解为"到彼岸"，而不是其他。义褒回答说，佛徒以"叹美"义。此后，李荣、义褒遂胶着于此。道教讲现世得道成仙，佛教说来世涅槃成佛；道教重视此世，佛教宣扬彼岸。义褒、李荣对"波罗蜜"汉译之争论，实则和佛道二教解脱路径有关。

---

① 天竺龙树造、（后秦）鸠摩罗什译：《大智度论》卷十八，《大正藏》第 25 册，新文丰出版公司 1983 年版，第 191 页上。

② （隋）释智顗：《法界出门次第》卷三，《大正藏》第 46 册，新文丰出版公司 1983 年版，第 686 页上—中。

（六）《大品》《三论》义

显庆五年（660），高宗驾幸东都，召僧道讲论，后停东都净土寺，西京大慈恩寺僧义褒即讲《大品》《三论》。净土寺讲经以及佛道论衡内容，文献阙载，不可考。

（七）"《净名经》题"义

龙朔二年（662）十二月八日佛道论衡中，灵辩奉诏开"《净名经》题"目，道士与之论辩：

> 问曰："难思之道，唯凡不测？圣亦不知？"
> 答："凡圣俱不思。"
> 难："至理玄微，凡流容可不测。圣心悬鉴，妙智宁得不知？"
> 答："法性虚融，道无不遍。物理平等，何法可思？"
> 难："山芥无容入之义，于凡故是难思。大小有苞含之理，在圣宁非不测？"
> 答："难思之道，物无不遍。何必山芥有纳，凡圣分思不思？"
> 难："凡智圣智，不分思不思。凡力圣力，不分纳不纳？"
> 答："凡圣迹殊，容有纳不纳。凡圣本一，不分思不思。"
> 难："凡圣本无二，不分思不思。凡圣迹有殊，应有议不议。"
> 答："本迹虽殊，不思议一也。"
> 难："此是圣者本迹殊，何预凡夫事？"
> 答："一切众生，即涅槃相。难思之道，讵简圣凡？"
> 难："难思无有二，可使凡圣本无别。难思既不殊，凡圣迹宁两？"
> 答："不二处说二，二亦何所二。"
> 难："亦可不思处说思，说思何得圣人亦不思？"
> 答："不二处说二，无二不二。若存二，可使不思处说思，不思得有思。不二处说二，无二不存二。无思处说思，不立思不思。"

难："此乃何止不立思，亦不存不思，何得经首称不思？"

答："绝思虑，故言不思，非谓有不思。故《华严经》云：如是不思议，不可得。深入不思议，思非思寂灭。"①

《净名经》即《维摩诘经》。灵辩竖义之内容，文献阙载。但僧肇撰《维摩诘经序》专门解题，可参照此来理解灵辩与道士之间的辩论：

《维摩诘不思议经》者，盖是穷微尽化，妙绝之称也。其旨渊玄，非言像所测；道越三空，非二乘所议。超群数之表，绝有心之境，眇莽无为而无不为，罔知所以然而能然者，不思议也。何则？夫圣智无知，而万品俱照；法身无像，而殊形并应；至韵无言，而玄籍弥布；冥权无谋，而动与事会。故能统济群方，开物成务，利现天下，于我无为。而惑者睹感照因谓之智，观应形则谓之身，觌玄籍便谓之言，见变动便谓之权。夫道之极者，岂可以形言权智而语其神域哉！然群生长寝，非言莫晓，道不孤运，弘之由人。是以如来命文殊于异方，召维摩于他土，爰集毗耶，共弘斯道。此经所明，统万行则以权智为主，树德本则以六度为根，济蒙惑则以慈悲为首，语宗极则以不二为门。凡此众说，皆不思议之本也。至若借座灯王，请饭香土，手接大千，室包乾像，不思议之迹也。然幽关难启，圣应不同，非本无以垂迹，非迹无以显本，本迹虽殊，而不思议一也。故命侍者，标以为名焉。②

对照僧肇《维摩诘经序》可知，灵辩"维摩诘不思议经"议题，是其中的"不思议"三字的解释。道士的问难，也是紧紧围绕"不思议"三字展开。道士首先难，"不思议"是就凡人而言还是就"圣人"而言。此一质难实则通过凡圣有别来撬开"不思议"的普遍性。义褒在佛性论的指导下，自然以"法性虚融，道无不遍""凡圣本一，不分思不思"来响应，反对凡人不思议而圣人思议之说。道士进一步的质难，则将"思""议"分开，从凡圣本同

① （唐）释道宣撰，刘林魁校注：《集古今佛道论衡校注》卷丁，中华书局2018年版，第295—296页。

② （梁）释僧祐撰，苏晋仁、萧鍊子点校：《出三藏记集》卷八，中华书局1995年版，第309页。

迹殊来撬动他们"思议"之差别。义褒以"一切众生即涅槃相,难思之道讵简圣凡"来回应,否定了在"不思议"上区分凡圣命题的虚妄。道士更进一步的质难,则将问题引向了佛教"中道"方法。这场针对"维摩诘不思议经"题目的争论,僧人义褒贯彻了佛性论,道士的质难也有一定的冲击力。

三、道教

(一)"六洞"义

显庆三年(658)六月十三日佛道论衡时,李荣开"六洞"义,释慧立与之辩论:

> (慧)立升论席,问荣六洞名数,答讫,征云:"夫言洞者,岂不于物通达无拥义耶?"
>
> 答云:"是。"
>
> 难曰:"若使于物通达无拥名洞,未委老君于物得洞以不?"
>
> 答云:"是。老君上圣,何得非洞?"
>
> 征曰:"若使老君于物通洞者,何故道经云'天下大患,莫若有身,使我无身,吾何患也'?据此则老君于身尚碍,何能洞于万物?"
>
> 荣云……①

道教"六洞"是指修道者获得的六种神通,即眼通洞视、耳通洞听、鼻通洞空、口通洞虚、身通洞微、心通洞清。佛教也有"六通",是指三乘圣者所得之神通,即天眼通、天耳通、他心通、宿命通、神足通、漏尽通,亦称"六神通"。道教"六洞"系仿拟佛教"六通"而来,因此有时也称"六通""六神通"。

慧立的问难,是从"洞"的含义入手的。在与李荣的问难中,慧立肯定

---

① (唐)释道宣撰,刘林魁校注:《集古今佛道论衡校注》卷丁,中华书局 2018 年版,第261—262 页。

了"洞"以"于物通达无拥"为义后，进而引用《老子》"天下大患，莫若有身。使我无身，吾何患也"，以之证明即使老子也未曾洞达无碍。慧立的质难，存在两方面的用意。其一，如果连老子都没有达到"六洞"境界，那么道教"六洞"遥不可及，不具有指导道徒修炼的意义。其二，达到"六洞"是修道成真之境界，老子如未通"六洞"，老子上圣的地位就遭到了质疑。第二层用意，实际上涉及唐代帝王定老子为上圣的国策。如此，围绕"六洞"的争论，实际上已经延伸到了唐代道教的地位问题。对于此一性质，道士当然心知肚明。要回应质疑，也并非难事。如果用佛教的说法，就是方便说教。李荣以后的道士吴筠说"玄圣立言为中人耳"，即用得意忘言的方法，将身为大患"解释为第一个层面的玄或遣"①。但李荣并未直接响应，此中可能为佛教徒的选择性辑录。

（二）"道生万物"义

唐显庆三年（658）四月佛道论衡中，李荣竖"道生万物"义，慧立难：

便问荣云："先生云道生万物，未知此道为是有知，为是无知？"

答曰："道经云：人法地，地法天，天法道。既为天地之法，岂曰无知？"

难曰："向叙道为万物之母，今度万物不由道生，何者？若使道是有知，则惟生于善，何故亦生于恶？据此，善恶升沈，丛杂总生，则无知矣。如不通悟，请广其类。至如人君之中，开辟之时，何不早生今日圣主，子育黔黎，与之荣乐，乃先诞共工、蚩尤、桀纣、幽、厉之徒，而残酷群生，授以涂炭？人臣之中，何不惟生稷、偰、夔、龙之辈，而复生飞廉、恶来、靳尚、新王之侣，谀谄其君，令邦国危乱哉？羽族之中，何不惟生鸾凤善鸟，而复生枭鹫恶鸟乎？毛群之中，何不惟生骐骥骦马，而复生豺狼豪猏乎？草木

① 卢国龙：《道教哲学》，华夏出版社 2007 年版，第 222 页。

之中，何不惟生松柏梓桂，蕙荪兰菊，而复生楠枥樗棘，葶艾蒺蔾乎？既而混生万物，不蠲善恶，则道是无知，不能生物，何得云天地取法而为万物皆之宗始乎？据我如来大圣穷理尽性之教也，天地万物是众生业力所感。善业多者，则瑠璃为地，黄金界道，琼枝荫陌，玉叶垂空，甘露充粮，绮衣为座。恶业多者，则沙壤为土，瓦砾为衢，稗饭充虚，麻衣被体，泥行雨宿，霜获暑耘，日夜驱驰，以供公府。皆自业自作，无人使之。吾子心愚不识，横言道生。道实不生，一何可愍。"……①

"道生万物"出自《道德经》，其中既有本原论的成分，也有本体论的因素。慧立从本原论入手，以"生"为论辩核心，从自然界和人类社会"善恶升沈，丛杂总生"的现实存在出发，论断"道"非"有知"。他甚至将论据推广，从君主、人臣、羽族、毛群、草木等均为万物混生、不蠲善恶中找到更多证明。慧立的质难，将善恶的道德评判标准定为万物本原之"道"的特性。这样的质难，对李荣而言回答"有知""无知"，辩论结果都是一样的。不过，李荣选择道是"有知"，就可以说明，有知之道可以感应众生修习，因而更有利于他的"道生万物""道法自然"。李荣的理论困惑，在此后重玄学者王玄览、孟安排等人的著作中，做了解答。他们认为道既是寂本（无知），又感应众生修习（有知），道在有知、无知之间。

慧立质难李荣之后，推出了佛教的业果报应之说，扬佛教而贬道教。但业果报应之说引起的争论，在南北朝时期更多。

（三）"老子名"义

唐显庆三年（658）四月佛道论衡中，黄寿竖"老子名"义，会隐要求换题：

> 会隐法师将事整容，与其抗论。立唯论难之体，褒贬为先，恐

---

① （唐）释道宣撰，刘林魁校注：《集古今佛道论衡校注》卷丁，中华书局 2018 年版，第 251 页。

难道名，有所触误。即奏云："黄寿身预黄冠，不知忌讳，城狐社鼠，徒事依凭。国家远承龙德之后，陛下即李老君之孙，岂有对人之孙公谈祖祢之名字。至如五千文内，大有好义，不能标列，而说圣人之名，计罪论刑，黄寿死有余及。"于是，蒙敕云："是，更竖别义。"寿因此挫锐，流汗失图，虽事言对，次序乖越。①

《史记》称"姓李氏，名耳，字聃"。唐陆德明《经典释文》卷一称："老子者，姓李名耳，字伯阳。河上公云：名重耳。"老子作为历史人物，其名称本身没有辩论的必要。在道教将老子神仙化后，赋予其许多道教的身份和尊号，这些道教化的称谓应该包含了道教教理。黄寿以老子名竖义，到底是从哪一方面着手，不得而知。不过，这个命题本身就是一个陷阱：唐皇室尊老子为先祖，会隐质难"老子名"义，难免不敬之词，如此则可能触及宗教政策的高压线。会隐意识到论辩的危险，遂批驳黄寿竖义大为不敬，高宗命黄寿变换论题。变换之后，如何辩论，不得而知。

（四）"本际"义

唐显庆三年（658）冬十一月佛道论衡中，道士李荣立"本际"义，义褒法师问难：

问云："既义标本际，为道本于际名为本际，为际本道名为本际？"

答云："互得进。"

难云："道本于际，际为道本。亦可际本于道，道为际元？"

答云："何往不通？"

并曰："若使道将本际互得相通，返亦可，自然与道互得相法。"

答曰："道法自然，自然不法道。"

① （唐）释道宣撰，刘林魁校注：《集古今佛道论衡校注》卷丁，中华书局 2018 年版，第253 页。

又并曰:"若使道法于自然,自然不法道。亦可道本于本际,本际不本道。"

于是,道士著难,恐坠厥宗,但存缄默,不能加报。

襃即覆结,难云:"汝道本于本际,遂得道际互相本。亦可道法于自然,何为道自不得互相法?"……①

"本际"一词,源自佛教,指真理之根源、万法之根本。李荣竖"本际"义,当依据刘进喜、李仲卿二人所造之《本际经》。《本际经》是一部佛经色彩极重的道教重玄学经典。其中主要阐述道体问题,其说以为道非有非无、亦动亦寂、能本能迹,道为宇宙众生之本,但本于无本,众生修行虽曰返本,但实则无本可返,所以道与众生的关系,是即一而二的。基于此,李荣认为道与本际互为本元。

义襃是参照《老子》"道法自然"来质难的。义襃将道与自然割裂开,辩论说,如果"道"效法"自然","自然"不得效法道,那么"道本于本际","本际"不会"本于道"。"道法自然"义,是唐代重玄学学者关注的核心议题之一。义襃的质难,在李荣本人注的《老子》以及此前成玄英注疏的《老子》、此后唐玄宗注疏的《老子》中都有关注②。但这次论衡中,李荣对"道法自然,自然不法道"的回应,似乎并没有彻底明确道与自然本际体用的关系。

(五)"《老经》题"义

龙朔三年(663)四月十四日佛道论衡时,道士方惠长开《老经》题,灵辩问难:

灵辩问曰:"向陈《道德》,唯止老教,亦在儒宗?"

答:"道经独有,儒教所无。"

难:"《孝经》曰:有至德要道。《易》云:一阴一阳谓之道。此则已显于儒家,岂独明于老氏?"

---

① (唐)释道宣撰,刘林魁校注:《集古今佛道论衡校注》卷丁,中华书局2018年版,第267—268页。

② 卢国龙:《道教哲学》,华夏出版社2007年版,第223页。

答："自然之道为本，余者为末。"

难："自然之道，不摄在阴阳，老氏可为本。阴阳亦苞于自然，《周易》岂为末？"

答："元气已来，大道为本。万物皆从道生，道为万法祖。"

难曰："道为物祖，不异前言。《老》《易》同归，若为遣难？"

惠长不能答……

重问曰："向云：道为物祖，能生万象。以何为体？"

答："大道无形。"

难："有形可有道，无形应无道？"

答："虽复无形，何妨有道？"

难："无形得有法，亦可有形是无法。有形不是无，无形不有道。"

答："大道生万物，万法即是道，何得言无道？"

难："象若非是道，可使象外别有道。道能生于象，既指象为道。象外即无道，无道说谁生。"

答："大道虽无形，无形之道能生于万法。"

难："子外见有母，知母能生子。象外不见道，谁知汝道生？又前言，道能生万法，万法即是道。亦可如母能生子，子应即是母。又前言：道为万法祖。自违彼经教。《老子》云：无名天地始，有名万物母。母祖语虽殊，根本是一义。道既是无名，宁得为物祖？"

惠长总领前语不得……

又难曰："道无有形，指象为道形。亦可道无有祖，指象为物祖。"

答："道为物祖，象非物祖。"

难："道别有形，不得象即道形？"

答："大道无形。"

难："大道非祖。"

答："道本无名，强为立名，为物之祖，那得非祖。"

265

难："道本无名，强为立名。亦可道本非祖，强为物祖。"

答："然。"

难："道本非是祖，非祖强说祖。亦可大道无有形，无形强说形。"又难："离象无别道，象未生时有道生。亦可离眼无别目，未有目时有眼见。"

答："道是玄微，眼为粗法。二义不同，安得为类。"

难："象是质碍，道本虚无，有无性乖，若为同体。"

惠长又无答。[①]

从灵辩的质难来看，方惠长开"老经题"义，实际上是在解释《道德经》经名的含义，并由经名推断出"道为万法祖，能生万象"的观点。

灵辩的质难分三个环节展开。第一，他以儒家经典《孝经》《周易》等著作亦屡见"道""德"二字为由，质难方惠长以"道德"为道教根基、要旨的说法。由此，将道教与儒家对立起来，逼迫方惠长表态，到底儒道何先何后。道教虽然被唐王朝定为皇室之祖，但在社会政治生活中，儒家的底气是无法撼动的。灵辩的质难，令方惠长无法直接响应。

第二，灵辩质疑方惠长无形之"道"生有形之"万象"的观点。方惠长肯定道体无形，这里继承了魏晋玄学"无生有"的观点。然而，在灵辩看来，如果"道为物祖""道生万物"成立，则道为有形。如果象外有无形之道，无形之道又是谁生？至此，灵辩以母能生子、子非是母为喻，指出方惠长道体与道物齐同观点（"大道生万物，万法即是道"）的荒谬，并以《老子》"无名天地始，有名万物母"，指出无形之道生万物之说与道教基本经典相悖。

第三，灵辩继续质疑方惠长之"道为物祖"之说。他由道体无形强为之名，推导出道非物祖强为之祖。在方惠长接受"强为之祖"的说法后，接着质疑有形之"象"与无形之"道"如何同"体"，亦即万物与道如何可能统一。

这场辩论中，方惠长混同了本体论与本原论。"万法即是道"是本体论，"大道生万物"是本原论。本原论者，"生万物"之"道"必定有形。本体论

---

① （唐）释道宣撰，刘林魁校注：《集古今佛道论衡校注》卷丁，中华书局 2018 年版，第 298—301 页。

者，大道无形，与"万法"同体，它们之间是一而二、二而一的。灵辩抓了本体论与本原论的矛盾，在本体无形而本原有形上做文章。方惠长思想的困境，是唐初重玄学亟待解决的一个问题。灵辩的质难帮助道教明确了这个问题，对唐代道教由本体论向心性论的转变，起到了推动作用。

（六）"道玄不可以言象诠"义

龙朔三年（663）六月十二日佛道论衡中，李荣开《升玄经》题曰"道玄不可以言象诠"，僧灵辩问难：

（灵）辩问曰："玄理本寂，思虑情智，不可度量。妙道既绝言词，若为得启题目？"

答："玄虽不可说，亦可以言说。虽复有言说，此说无所说。"

难："玄若可言诠，即当云可诠。如实不可诠，当云不可诠。何得向云不可诠，今复言可诠。"

荣领难不得。辩谓荣曰："求鱼兔者必藉于筌蹄，寻玄旨者要资于言象。在言既其寋棘，于理信亦迷蒙。"又更为述前难。

答曰："玄道实绝言，假言以诠玄。玄道或有说，玄道或无说，微妙至道中，无说无不说。"

辩曰："此是《中论》龙树菩萨偈。偈云：诸佛或说我，或说于无我。诸法实相中，无我无非我。安得影兹正偈，为彼邪言？窃菩萨之词，作监斋之语？"

荣曰："佛道何殊？西域名为涅槃，止是此处死灭。"

辩曰："荧光日光不可一，邪法正法安得齐……"

……令难。

问："玄理是可诠，可使以言诠。玄理体是不可诠，如何得言诠。"

答："晓悟物情，假以言诠，玄亦可诠。"

难："玄体不可诠，假言以诠玄。玄遂可诠者，空刺不可拔。强以手来拔，空刺应可拔。"

反问："空是玄不？"

反答："非是玄。"

反难："是玄可并玄，非玄若为得并玄？"

正难："空既不并玄，空体非是玄。言既可诠玄可并玄，非玄若为得并玄？"

正难："空既不并玄，空体非是玄。言既可诠玄，言应得是玄。言虽不是玄，言亦可诠玄。空虽不是玄，何妨空并玄。"

答："玄是微妙，如何以空来并？"

难："玄是微妙，如何以言来诠？又汝玄理不可诠，玄理亦可诠。空虽不可并，空亦应可并。空体不可并，非并不得并。玄体不可诠，非诠不得诠。"

荣不能答……

上大笑，令更难。难曰："玄理幽深，至人可测。道士庸昧，若为得知？"

答："玄虽幽奥，至人深知，凡则浅知。"

难："道士学玄理，至人能深知，道士得浅知。道士学仙法，仙人能高飞，道士应下飞。仙飞有高下，道士高下俱不飞。玄理有浅深，道士浅深俱不测。"荣不能答。①

李荣据《升玄内教经》竖义"道玄不可以言象诠"。魏晋玄学家依据《庄子》有"得意忘象""得理忘筌"之说。李荣之观点大致与此相同。但"得意忘象"是说精神追求达到一种可以抛弃语言的境界，李荣完全可以竖义为"道玄忘象"。竖义为"道玄不可以言象诠"者，很可能是李荣想在论衡题目的设置上就将对方钳口。然而此一改动，却将自己放在论辩举措与论题设置的矛盾中。灵辩开始就质难，"妙道既绝言词，若为得启题目"。李荣的解释更是矛盾：玄不可说，亦可说；虽有说，实无说。在李荣无法应答之际，灵辩替其解围，"求鱼兔者必藉于筌蹄，寻玄旨者要资于言象"。

---

① （唐）释道宣撰，刘林魁校注：《集古今佛道论衡校注》卷丁，中华书局2018年版，第302—306页。

此后的论辩，分三节进行。第一节，李荣仿照龙树菩萨偈言，说"玄道或有说，玄道或无说，微妙至道中，无说无不说"，以此来回应灵辩绝言辞之妙道何以需要言辞竖义。由此引发了佛道是否相同、相通，乃至可以相互借鉴的问题。第二节，灵辩按照李荣的逻辑，将假言以诠之"玄"比作徒手来拔之"空"，虽是假言以诠，终究玄还是空。李荣则竭力反对"空""玄"相并的说法。第三节，灵辩质疑假言以诠玄的道人是否就具有诠玄的能力，甚至嘲讽李荣"玄理有浅深，道士浅深俱不测"。

第十二章 《慧琳音义》所见《利涉论衡》《道氤定三教论衡》考

　　《慧琳音义》卷八十四收录的《利涉论衡》和《道氤定三教论衡》，是两部三教论衡著作。这两部著作虽不见载于两《唐志》，但在唐代的佛教界却流传广泛。考察这两部著作的内容，有助于丰富玄宗朝宗教关系与政教关系的互动研究。更为重要的是，玄宗朝的三教论衡，是由高宗朝宗教思想争鸣向玄宗以后帝王诞节庆贺祝寿转变的重要环节。考察这两部著作的内容，对于梳理唐代时期帝王诞节三教论衡的演变流程，将大有益处。

一、《利涉论衡》考

　　慧琳《一切经音义》卷八十四的音义注解中有《利涉论衡》一书中的十个语词。

　　释利涉，本西域大梵婆罗门之种姓。东游中土，途遇玄奘，遂礼求玄奘度为僧人，既而洞达经论，凿窍通幽。至汉地，为唐中宗李显钦重。开元年间于安国寺讲经说法。晚年遭谴谪，寻又逢宽宥，移徙于南阳龙兴寺。卒年不详。大历年间（766—779），西明寺沙门圆照撰《大唐安国寺利涉法师传》十卷，书其生平事迹，惜其已佚。《宋高僧传》卷十七有传。

　　《利涉论衡》收录之三教论衡，可能发生在开元时期（713—742）。《宋高僧传》本传云：

开元中，于安国寺讲《华严经》。四众赴堂，迟则无容膝之位矣。檀施繁炽，利动人心。有颍阳人韦玎，垂拱（685—688）中中第，调选河中府文学，迁大理评事秘校。见涉讲筵币帛堆积，就乞选粮，所获未厌。表请释道二教定其胜负，言释道蠹政可除。玄宗诏三教各选一百人，都集内殿，韦玎先陟高座，挫叶静能及空门思明，例皆辞屈。涉次登座，解疑释结，临敌有余，与韦往返百数千言，条绪交乱，相次抗之，棼丝自理，正直有归。涉重问韦曰："子先登席，可非主耶？未审主人何姓？"玎曰："姓韦。"涉将韦字为韵，揭调长吟。偈词曰："我之佛法是无为，何故今朝得有为？无韦始得三数载，不知此复是何韦？"涉之吟作，百官悚然。帝果忆何韦之事，凛然变色曰："玎是庶人宗族，敢尔轻慢朕玄元祖教及凌轹释门。"玎下殿俯伏待罪，叩头言："臣非庶人之属。"涉贵其钳利口以解疏狂，奏曰："玎是关外之人，非玄贞之族类。"敕贬象州，百姓赐涉钱绢，助造明教寺，加号明教焉。二教重熙，涉之力也。因著《立法幢论》一卷。公卿间有言曰："涉公是韦掾之膏肓也。"涉曰："此举也，矢在弦上，不得不发。"自此京城无不改观，言谈讲者，以涉为最焉。①

据此可知《利涉论衡》之概况：

其一，《慧琳音义》所见《利涉论衡》很可能是转录 10 卷本《大唐安国寺利涉法师传》相关内容而成。《大唐安国寺利涉法师传》为沙门圆照撰成于大历年间（766—779），《慧琳音义》的撰写始于贞元四年（788）终于元和五年(810)。从时间上看，很可能有好事者从前者中摘录利涉之相关事件，编纂成 1 卷本《利涉论衡》。此外，圆照年十岁即师从西明寺景云律师，僧传中多次提到"西明寺圆照""西明寺照律师"，慧琳曾驻锡西明寺多年，西明寺又是《利涉论衡》编纂成功、进入《慧琳音义》的空间机缘。

其二，论衡的起因在于玄宗的扬道抑佛政策。《宋高僧传》记载论衡起

① （宋）释赞宁撰，范祥雍点校：《宋高僧传》卷十七《释利涉传》，中华书局 1987 年版，第 420 页。

于韦玎的品行缺陷：利涉于安国寺讲佛经，吸引众多信徒捐钱施舍，"讲筵币帛堆积"，韦玎"就乞选粮，所获未厌"，遂攻击佛教，并要求与释、道辩论。然而，论衡的发生不在安国寺而在内殿，论衡的主持者为玄宗；论衡参与者有儒释道各 100 人。这样的规模、安排，并不是为了解决个人恩怨。联系玄宗执政前期张扬道教抑制佛教的种种举措，论衡之缘起实情很可能如下：玄宗欲扬道抑佛，遂召集三教人士辩论，适逢韦玎常常攻击佛教，说类似于"释道蠹政可除"的话，遂被选作儒家一派的主将之一。《宋高僧传》对辩论的细节极少记载，反倒详细记载利涉攻击韦玎的不光彩事件：借用韦玎与中宗朝之韦后同姓，唤起玄宗对曾经作为自己政敌的韦皇后一族的仇恨，来达到击败韦玎的目的。《宋高僧传》偏向利涉的做法，可能是承继《利涉论衡》《大唐安国寺利涉法师传》而来。这说明，《利涉论衡》一书，在记载此事时，遵照张扬佛教的宗教倾向，对辩论内容有所取舍。

其三，此次论辩的核心成员为三教精英人士。参与的三教人士共三百多人，如果人人辩论，就只能作表态性发言了。不过从《宋高僧传》记载来看，是几个主要人物之间的辩论。所以，这次辩论应该与高宗朝三教论衡的方式接近，是三教各选数人作为辩手参与。其中道士叶静能、僧人思明、儒士韦玎，是辩论者之一。

韦玎其人，史书无传。《东域传灯目录》有《利涉法师与韦挺论》一卷[①]。韦挺史书有所记载，他卒于太宗贞观二十年（646）前后，自不会参加玄宗朝的三教论衡。因此，"韦挺"应为"韦玎"之讹。不过，如据此而言，《利涉论衡》又称作《利涉法师与韦玎论》。

叶静能，很可能为叶法善之误。叶静能在唐中宗朝先后为尚衣奉御、国子祭酒、金紫光禄大夫。景龙四年（710）因劝韦后尊武后故事，在李隆基诛杀韦后及其宗党时，叶静能也被诛杀。睿宗朝已被诛杀之叶静能，何以能在玄宗朝参加三教论衡？有唐一代的叙事中，将叶静能、叶法善事迹混淆是相当普遍的现象[②]。如，写于公元 838—860 年之间的赵璘《因话录》说："有

---

① ［日］沙门永超集：《东域传灯目录》卷一，《大正藏》第 55 册，新文丰出版公司 1983 年版，第 1164 页中。

② 吴真：《唐代社会关于道士法术的集体文学想象》，《武汉大学学报》2010 年第 3 期。

人撰《集怪异记传》云：'玄宗令道士叶静能书符，不见国史。'不知叶静能中宗朝坐妖妄伏法。玄宗时，有道术者乃法善也。谈话之误差尚可，若著于文字，其误甚矣。"① 甚至，早在赵璘之前，戴孚撰志怪小说《广异记》时便开始将叶静能、叶法善混为一谈。故而，开元年间与利涉论辩之道士当为叶法善，而不是叶静能。

叶法善，《旧唐书》卷一百九十一、《新唐书》卷二百零四有传。据本传，叶法善为括州括苍县人，生于隋大业十二年（616），自曾祖三代为道士，少传符箓，尤能厌劾鬼神。显庆年间（656—661），高宗征诣京师，将加爵位，固辞不受，求为道士，因留在内道场，供待甚厚。时高宗令广征诸方道术之士合炼黄白，因叶法善谏阻，一切罢之。法善自高宗、则天、中宗历50年，常往来名山，数召入禁中，尽礼问道。然排挤佛法，议者或讥其向背，以其术高，终莫之测。睿宗即位，称法善有冥助之力，先天二年（713）拜鸿胪卿，封越国公，仍依旧为道士，止于京师之景龙观，又赠其父为歙州刺史，当时尊宠，莫与为比。开元八年（720）法善卒，玄宗追赠越州都督。若据叶法善生平推测，《利涉论衡》所载事件当发生在开元八年以前。

由叶法善、韦玎的思想倾向来看，他们都排挤佛法，这符合玄宗扬道抑佛的辩论目的。这似乎可以证明，这次论辩与玄宗的宗教政策密切相关。

其四，这次辩论从程式上看，很可能延续了高宗朝的模式。即，一方登座，竖题立义，其余两方辩驳。按照《宋高僧传》记载，首场辩论竖题立义者是儒家。"韦玎先陟高座，挫叶静能及空门思明，例皆辞屈"。即韦玎确立命题，道士叶法善、僧人思明与之辩论。在首场儒、释、道论辩中，儒士大胜。第二场辩论佛徒竖题立义。"涉次登座，解疑释结，临敌有余，与韦往返百数千言，条绪交乱，相次抗之，棼丝自理，正直有归。"这场辩论中，佛教一方为利涉，儒家一方为韦玎，道教一方如何，文献缺载，不得而知。又，《宋高僧传》对于利涉论衡的记载，缺少道教方面的信息。以玄宗朝宗教政策推测，道教徒很可能在儒士竖义之前登台立论。

---

① （唐）赵璘：《因话录》，见上海古籍出版社编：《唐五代笔记小说大观》，上海古籍出版社2000年版，第865页。

其五，参照《慧琳音义》，可以恢复《利涉论衡》的部分面貌。《慧琳音义》收录《利涉论衡》的前4个语词为：

老聃，菼甘反，老君字也。《论》作聃，俗字也，菼音，他敢反。

反噬，时制反。王弼注《周易》云：噬，啮也。《说文》：从口筮，筮亦声，《经》从艹，作噬，误也。

诸崤，效交反。《尚书》云：晋襄公师（"帅"之讹误）师败诸崤。孔注云：崤，要塞也。杜注《左传》云：在弘农渑他（"池"之讹误）县西也。或作殽。

褒为，上保毛反。顾野王云：褒，犹扬美之。郑注《礼记》云：褒，犹进也……①

"老聃""诸崤"大概事涉老子出函谷关之事。老子化胡事是佛道争论的焦点问题之一，唐代也不例外。据学界研究，老子化胡本来是佛教入华初期，佛教界为了借助老子融入中土文化而杜撰出来的一个故事。魏晋以降，佛道竞争激烈，道教遂依重此一故事用来扬道抑佛，而佛教同时推出了改版之后的佛教化胡说②。由于儒道二教同属中土文化，化胡之说同时具有了佛道之争、夷夏之争的性质。"反噬"意为反咬一口。"褒为"意为称赞为、称赞说，"为"暗含将原先某一用意作出了反方向或他种解读。这两个词语可能是佛教对道教依重此一故事攻击佛教的一个定性。这四个词语联系起来看，《利涉论衡》中道士或者儒士很可能是据老子化胡事以证道先佛后，或者证明佛教为夷狄之教、不适合中土民众。

《慧琳音义》收录《利涉论衡》最后的3个词语为：

赧然，馎酢反。《孟子》曰：其色色（"色"为衍字）赧赧然也。《尔雅》云：面愧曰赧。《说文》：面惭赤也。……

耐羞，上乃代反。顾野王云：耐，犹能也。苏林注《汉书》云：耐，能任也。《考声》：忍也。《说文》从而经，从面……

簏未（为"末"之讹）……《考声》云：簏，厕也，齐也。杜

---

① （唐）释慧琳：《一切经音义》卷八十四，《大正藏》第54册，新文丰出版公司1983年版，第854页下—855页。

② 汤用彤：《汉魏两晋南北朝佛教史》，北京大学出版社1997年版，第34—36页。

注《左传》：副律也。《说文》从艹造。《经》从竹作箻，误也。①

"赧然"者，即面露愧色。据《宋高僧传》记载的结果，应该是韦玎"赧然"。"耐羞"者，当为讥讽语。《灯指经》云："若闻他语，有所不尽，为其判释，言其金趋，以愚代智，耐羞之甚。"②此语当为韦玎失败之后利涉的讥讽之词。"箭末"者，身预下座、下席。如《北齐书》云："场早箭末席，降薛君之吐握，荷魏公之知遇。"③"箭末"应是退场时的客套语词。这种程式在高宗朝佛道论衡中也常有所见。此三个词语表明：韦玎下场时，利涉曾对其有嘲讽之语；论衡结束，利涉下场前曾有类似谢幕之词。

另外，《慧琳音义》收录《利涉论衡》中间的 3 个词语为："耕殖""斲锥""默啜"。"默啜"为东突厥之可汗，与唐王朝对立。突厥参照中土文化，应该属于"胡"。故，提及"默啜"者可能与利涉的身份有关。这应该是叶法善或韦玎对利涉的攻击之词。至于其余两个词语所包含的信息，暂时无从考证。

二、《道氤定三教论衡》考

《慧琳音义》卷八十四还为《道氤定三教论衡》一书中的八个词语进行音义注解。

释道氤，俗姓长孙，长安高陵人，应进士科擢第。后遇梵僧乞食，悟其言中理，即出家礼西京招福寺慎言律师为师。道氤文才甚著，兴善寺复礼法师求道氤造《西方赞》一本，援毫立就，辞采典丽，复礼赞叹不绝。玄宗幸洛，敕道氤与良秀、法修随驾。撰有《大乘法宝五门名教》1 卷、《信法仪》1 卷、《唯识疏》6 卷、《法华经疏》6 卷、《御注金刚经疏》6 卷。开元二十八年（740），疾终，俗寿 73，以其年秋八月十二日葬于终南山阴逍遥

① （唐）释慧琳：《一切经音义》卷八十四，《大正藏》第 54 册，新文丰出版公司 1983 年版，第 855 页上。
② （唐）释道世撰，周叔迦、苏晋仁校注：《法苑珠林校注》卷五十六，中华书局 2003 年版，第 1698 页。
③ （唐）李百药：《北齐书》卷三十二《王琳传》，中华书局 1972 年版，第 436 页。

园侧。《宋高僧传》卷五有传。

释道氤之佛学成就，于两方面非常突出。其一，于佛学宗派之中偏重密宗。道氤驻锡之长安青龙寺，为唐代倡导密宗之寺院；开元年间金刚智来中国后，大建曼荼罗法事，道氤与僧一行、不空三藏同时师尊金刚智。其二，于佛教经律论三学中擅长论学。道氤深得佛教论辩之精髓，常常于辩给难酬中善于立破，名声远播，以致为玄宗招纳，供奉于朝廷。一行禅师曾奉诏召天下英髦、学兼内外者集于洛京福先寺，大建论场，道氤为众推许，乃首登座于《瑜伽师地论》《成唯识论》《因明论》《百法明门论》等论，竖立大义六科，敌论诸师，茫然屈伏。

《道氤定三教论衡》所记述事件很可能发生在开元十八年（730）。《宋高僧传》云：

> 开元十八年，于花萼楼对御定二教优劣，（道）氤雄论奋发，河倾海注。道士尹谦对答失次，理屈辞殚，论宗乖舛。帝再三叹羡，诏赐绢伍伯匹，用充法施。别集《对御论衡》一本，盛传于代。[1]

据此，《对御论衡》一书又名《开元佛道论衡》。释本觉《释氏通鉴》又云：

> （开元十八年）帝御花萼楼，召二教伟匠论义。法师道氤与道士尹谦，对辨四十往反，谦义负。有旨编所论入藏，题曰《开元佛道论衡》。[2]

据释本觉所言，《对御论衡》一书南宋时尚存留于世，释本觉知道此书记载了道氤与尹谦之间四十余番的对辩。元代释熙仲《历朝释氏资鉴》卷七、元代释觉岸《释氏稽古略》卷三，都沿用了《释氏通鉴》的说法。

《道氤定三教论衡》与《对御论衡》《开元佛道论衡》同为释道氤所编撰，很可能为同一本著作。它们的命名，都与《宋高僧传》释道氤本传有关：《宋

---

[1] （宋）释赞宁撰，范祥雍点校：《宋高僧传》卷五《释道氤传》，中华书局1987年版，第98页。

[2] （宋）释本觉撰，（明）毕延玠校订：《释氏通鉴》卷九，《卍续藏》第76册，日本株式会社国书刊行会1975—1989年版，第97页中。

高僧传》所见此书，是从论题、论辩所服务的对象来确定著作的名称，道氤本传中有"对御定二教优劣"，著作即题为《对御论衡》；《释氏通鉴》所见此书，按照辩论发生的时间、参与双方的宗教身份题名，就成了《开元佛道论衡》；《慧琳音义》所见，以道氤本传中"对御定二教优劣"一句为主，或者将"定二教"讹为"定三教"，或者因辩论的内容有佛道二教各自依托儒家论证自己优于对方遂将"二教"更变为"三教"，基于上述两个可能之一种，遂有了《道氤定三教论衡》。当然，这种解释面临一个问题，那就是《宋高僧传》较《慧琳音义》晚出。但是《宋高僧传》多有抄录传主同时代之文献而成，如传主之碑文、铭文等。据此，题名释道氤的三部著作为异名同实之作，这种设想大致可以成立。

开元十八年（730）佛道论衡参与者道士尹谦，其生平事迹不详。但论衡发生的地点花萼楼则更为特殊。花萼楼位于兴庆宫西南隅，全称花萼相辉楼，其名来源于《诗经·小雅》之《常棣》篇"常棣之华，鄂不韡韡。凡今之人，莫如兄弟"，象征兄弟手足之情。它始建于开元八年（720），至开元十四年（726）又加扩建。史书所载开元十八年花萼楼活动有：

> （四月）丁卯，侍臣已下燕于春明门外宁王宪之园池，上御花萼楼邀其回骑，便令坐饮，递起为舞，颁赐有差。……八月丁亥，上御花萼楼，以千秋节百官献贺，赐四品已上金镜、珠囊、缣彩，赐五品已下束帛有差。上赋《八韵诗》，又制《秋景诗》。①

若从以上两例花萼楼活动来看，开元十八年花萼楼佛道论衡，很有可能属于玄宗千秋节的一部分。当然，史书所载并非开元十八年在花萼楼举行的所有活动。故，此仅为设想而已。

《慧琳音义》所收录《道氤定三教论衡》语词八个：道氤、纽地维、毕萃、讵容、下俚、哇声、英髦、堵土。从这些语词可以观察到这次佛道论衡的大致面貌。

第一，论辩开始有称颂皇帝这一环节。《慧琳音义》曾注释"纽地维"

---

① （后晋）刘昫等：《旧唐书》卷八《玄宗纪》，中华书局1975年版，第195页。

一词：

> 纽地维，昵九反。《广雅》：纽，束也。《说文》：系也，从纟，
> 丑声……①

古人以为天圆地方，天有九柱支持，地四维有绳系缀天柱，故而"地维"就是系大地的绳子，常常引申为"纲纪"。"纽地维"也就成了重整纲纪之意。如，南朝陈代何元之《梁典总论》说：

> 世祖聪明特达……遂乃拨乱反正，夷凶殄逆，纽地维之已绝，
> 扶天柱之将倾，黔首蒙拯溺之恩，苍生荷仁寿之惠，微管之力，民
> 其戎乎？②

又如，唐初沙门法琳《辩正论》卷三云：

> 梁高祖迈有德之前踪，蹑净名之圣轨，纽地维之既裂，振天网
> 之云颓，未明求衣，坐以待旦，自强不息，敦缉彝伦。③

据此而言，开元十八年的三教论衡中，有称颂玄宗"纽地维"重振国家纲纪的语句。此外，《慧琳音义》还有"毕萃"一词：

> 毕萃，慈醉反。《周易》：萃者，聚也。《毛诗传》云：萃，集也。
> 《说文》：从艹，卒声。④

"毕萃"可能是对论辩参与群体特点的描述，是说三教人才荟萃于此，此意有颂扬皇恩浩荡、人才云集之意。

称颂皇帝这一程式在唐高宗朝的佛道论衡中经常出现。如，显庆三年（658）六月十三日百福殿佛道论衡开始时：

> 慧立奉对："陛下睿性自天，钦明纂历，九功包于虞夏，七德
> 冠于嬴刘，遂使天平地成，遐安迩肃。既而宇内无事，垂虑玄门，
> 爰诏缁黄，考核名理。但僧道士等，轻生多幸，滥沐恩光，遂得屡

---

① （唐）释慧琳：《一切经音义》卷八十四，《大正藏》第54册，新文丰出版公司1983年版，第855页上。
② 严可均编：《全陈文》卷五，见《全上古三代秦汉三国六朝文》，中华书局1958年版，第3430页上。
③ （唐）释法琳：《辩正论》卷三，《大正藏》第52册，新文丰出版公司1983年版，第504页上。
④ （唐）释慧琳：《一切经音义》卷八十四，《大正藏》第54册，新文丰出版公司1983年版，第855页上。

入金门，频升玉砌……"①

这里称颂高宗英明聪睿、教化成功等。至于显庆三年（658）十一月别中殿论衡时，义褒称颂之内容更为广泛。故而，开元十八年（730）佛道论衡开始称颂皇恩，实则是继承了高宗朝的做法。

第二，辩论过程中有相互嘲弄。《慧琳音义》云：

诅容，渠吕反。《考声》云：诅，未也。《说文》：从言，巨声也。

下俚，离止反。何休注《公羊传》云：俚，鄙也。……

哇声，厄佳反。《苍颉篇》云：哇，谓讴也。……《论》：从虫，作蛙。《考声》：水虫也，非讴哇之义。哇音，乌蜗反。

英髦，冒高反。《毛诗传》云：髦，俊也。郭注《尔雅》云：士中之俊，如毛中之髦也。《说文》：从髟，毛声，髟音，必遥反。

塇土，情脊反。《国语》云：择塇土而处之也。贾逵注云：塇，薄也。或从月，作膌也。②

"诅容"即未容，表示反驳与否定语气。按照僧人撰录佛道论衡著作的惯例，一般都详佛教而略道教，甚至以道教徒之无知、辩论之有悖常识来体现佛教的优胜、高深，故而"诅容"所写很可能是道氤对道士尹谦所陈述观点或者所驳佛教反用理论、知识的荒谬性的回应。

"下俚"取下里巴人之典故，表示出身地位低下或观点低俗。"哇声"是说对方的论辩只是增添聒噪、没有实质内容。如释法琳抨击傅奕《减省寺塔废僧尼事十有一条》时，曾说："发汝哇声、扬汝鲍臭，听之必知丧本，过者宁不失香。仰面唾天，自受其辱，斯言信矣。"③"塇土"是生长环境差。这三个词语很可能是道氤对尹谦观点粗劣、道教层次低下的批评与嘲谑。至于"英髦"则可能是道氤对佛教群体聪慧过人的肯定。

《道氤定三教论衡》记载了道氤与尹谦之间展开的四十余番论辩。但从

① （唐）释道宣撰，刘林魁校注：《集古今佛道论衡校注》卷丁，中华书局2018年版，第259页。

② （唐）释慧琳：《一切经音义》卷八十四，《大正藏》第54册，新文丰出版公司1983年版，第855页上。

③ （唐）释法琳：《破邪论》卷上，《大正藏》第52册，新文丰出版公司1983年版，第476页上。

《慧琳音义》所见八个词语，所能推测的只有开始和结尾的部分。对照唐高宗显庆、龙朔年间的佛道论衡程式，称颂皇帝之后，应该是其中一方命题竖义环节，另一方展开辩驳。通常情况下，佛、道二教应该交换辩论角色。相互之间的嘲谑攻击，一般情况下在辩论高潮之后，当双方相持不下时，就有了调谑之词。

据以上考察可见，《利涉论衡》《道氤定三教论衡》两书所载玄宗朝三教论衡，仍然是宗教政策调整引发的宗教辩论，而宗教辩论又为宗教政策调整服务。其中的皇帝主持、宫廷举行、辩论以宗教优劣为主、三教分场主导辩论、辩论开始称颂皇帝、辩论过程中相互嘲弄等特点，更接近唐高祖和高宗朝的三教论衡。开元十七年（729），玄宗生日始定为千秋节。此后千秋节庆生贺寿风气渐盛。此两部著作所载为开元十八年（730）前的三教论衡。三教论衡与帝王诞节贺寿礼俗的结合，尚待开元后期展开。

第十三章　唐代三教论衡者事迹钩沉

　　唐代三教论衡，按照前文考察分为三个阶段：高祖太宗朝三种论衡并存，高宗至玄宗朝以宫廷三教论衡为主，肃宗至五代以诞节论衡为主。今依照三个阶段的分期，按照儒释道之类别，搜罗三教论衡者的事迹，以备后续研究与此相关课题之需①。

一、唐高祖太宗朝

（一）儒者

1. 徐文远

　　徐文远，洛州偃师人，南齐司空徐孝嗣玄孙②。父彻，梁秘书郎。江陵破亡后，被虏至长安。文远兄徐休鬻书为事③，文远日阅书于肆，遂博览《五经》，尤精《春秋左氏传》。文远方正纯厚，有儒者风，窦威、杨玄感、李密皆从其受学。开皇中，累迁太学博士。因涉汉王杨谅造反事，除名。大业初，又擢授国子博士。文远擅长《左传》，多立新义。先儒异论，皆定其

---

① 有关三教论衡人物事迹与论衡内容的考察，是以探究三教论衡与三教论衡戏的关联性为目的。所以，此章与下章所勾勒之人物、事件，以即时即景之言辩为主。
② 《旧唐书》云，徐文远为陈司空孝嗣玄孙。《新唐书》云，徐文远为南齐司空孝嗣五世孙。徐孝嗣为南朝南齐人，《新唐书》所载为是。
③ 《旧唐书》云徐文远兄徐休。《新唐书》本传云，徐旷字文远，其兄为徐文林。是则徐文远兄名休，字文林。

是非，然后诘驳诸家，又出己意，博而且辨，听者忘倦。后越王侗署为国子祭酒。李唐禅代，复授国子博士。后封东莞县男，年74，卒官。撰《左传音》三卷、《义疏》六十卷。《旧唐书》卷一百八十九上、《新唐书》卷一百九十八有传。

徐文远参与的三教论衡，见《旧唐书》卷一百八十九上《陆德明传》。论衡中，徐文远讲的是《孝经》，并非他擅长的《左传》。

2.陆德明

陆德明，苏州吴人，初受学于周弘正，善言玄理。陈太建中，太子征四方名儒于承光殿讲论，德明年始弱冠，往参儒讲。国子祭酒徐孝克开讲，众莫敢当，独德明与抗对，合朝赏叹。陈亡，归乡里。隋炀帝嗣位，以为秘书学士。大业中，广召经明之士，四方至者甚众，遣德明与鲁达、孔褒俱会门下省，共相交难，无出其右者，授国子助教。王世充僭号，封其子为汉王，署德明为师，就其家，将行束脩之礼。德明耻之，因服巴豆散，卧东壁下，遂移病于成皋，杜绝人事。王世充平，太宗征为秦府文学馆学士，命中山王承乾从其受业。寻补太学博士。贞观初，拜国子博士，封吴县男，寻卒。撰《经典释文》30卷、《老子疏》15卷、《易疏》20卷，并行于世。《旧唐书》卷一百八十九上、《新唐书》卷一百九十八有传。

陆德明参加了高祖朝的三教论衡，见于新、旧《唐书》陆德明本传。此事据《隆兴编年通论》卷十记载①，当发生在武德七年（624）二月。然《隆兴编年通论》所载论衡内容，据《集古今佛道论衡》卷丙又应发生在武德八年（625）。两部文献记载有异，难以断定是非。

3.孔颖达

孔颖达，字冲远，冀州衡水人。祖硕，后魏南台丞。父安，齐青州法曹参军。颖达八岁就学，日诵千余言。及长，明《左氏传》、郑氏《尚书》、王氏《易》、《毛诗》、《礼记》，兼善算历，解属文。隋大业初，举明经高第，授河内郡博士。时炀帝征诸郡儒官集于东都，令国子秘书学士

---

① （宋）释祖琇：《隆兴佛教编年通论》卷十，《卍续藏》第75册，日本株式会社国书刊行会1975—1989年版，第158页上。

与之论难，颖达为最，补太学助教。属隋乱，避地于虎牢。太宗平王世充，引为秦府文学馆学士。武德九年（626），擢授国子博士。贞观初，封曲阜县男，转给事中。贞观六年（632），累除国子司业。岁余，迁太子右庶子，仍兼国子司业。又与魏征撰成《隋史》，加位散骑常侍。贞观十一年（637），又与朝贤修订《五礼》，所有疑滞，咸谘决之。书成，进爵为子，赐物三百段。太子李承乾令撰《孝经义疏》，颖达因文见意，更广规讽之道，学者称之。十二年，拜国子祭酒，仍侍讲东宫。十四年，太宗幸国学观释奠，命颖达讲《孝经》，既毕，颖达上《释奠颂》，手诏褒美。与颜师古、司马才章、王恭、王琰等诸儒，受诏撰定《五经正义》，凡180卷。付国子监施行，赐颖达物300段。十七年，以年老致仕。十八年，图形于凌烟阁。二十二年卒，陪葬昭陵。《旧唐书》卷七十三、《新唐书》卷一百九十八有传。

孔颖达三教论衡事迹见《集古今佛道论衡》卷丙、《续高僧传》卷三。论衡发生在贞观十二年（638）拜国子祭酒后。论衡地点在弘文殿，由太子李承乾主持。此外，《旧唐书》孔颖达本传载颖达与太宗论《论语》事，《册府元龟》卷四十载贞观十四年（640）颖达于国子学与太宗论曾子大孝事，可能与三教论衡题材有关。

（二）僧人

1. 释僧辩

释僧辩，俗姓张，南阳人。梁代金陵陷没后，入关住于冯翊。开皇初年，隋文帝敕遣苏威，简取3000人用充度限，辩年幼小，最在末行。大业初岁，召入大禅定道场。贞观翻经，被征证义，弘福寺慧立又召居之。僧辩谦让知足，不重荣势，名满天下，公卿咸委，而不识其形，皆来觅之。贞观十六年（642）六月十三日卒于弘福寺，春秋七十五。其《摄论》《中边论》《唯识论》《思尘佛性无论》，并具出章疏，在世流布。《续高僧传》卷十五有传。

据《续高僧传》，释僧辩参加了武德年间在芮城的佛道论辩。

2. 释慧乘

释慧乘①，俗姓刘氏，徐州彭城人。父雅，陈兵部郎中。慧乘年十二，发心入道，事叔祖智强为师。年十六，游于杨都，听庄严寺智嶷法师讲《成实论》，始受具戒，预陈武帝仁王斋席，对御论义，词辩绝伦，数千人中独回天睠。时陈主于庄严寺总令义学僧人集会，慧乘竖"佛果出二谛外"义，辩才无碍，陈武帝赏天柱纳袈裟，陈尚书毛喜、仆射江总深表敬慕。陈亡隋立，晋王杨广于江都建慧日道场，慧乘奉旨入住，号为家僧。晋王杨广即位，弥相崇重，随驾行幸，无处不经。大业六年（610），于四方馆仁王行道，敕乘为大讲主。隋亡唐兴，武德四年（621），料拣僧尼，敕洛阳僧尼二百余人入住同华寺，余者从俗，慧乘等五人别敕住京室，慧乘由此入住长安胜光寺。贞观元年（627），慧乘奉敕为太宗于胜光寺起舍利宝塔。贞观三年（629），大兴善寺传译佛经，慧乘为证义沙门。贞观四年（630）十月二十日圆寂。《续高僧传》卷二十五有传。

释慧乘之三教论衡事迹，《集古今佛道论衡》《续高僧传》及两《唐书》之《陆德明传》均有记载。据此可知，释慧乘参与了武德七年（624）于国子学举行的三教论衡。道宣评价慧乘之论辩，说"涌注若河倾，名貌如摛锦，能使智人倾心清耳，竚聆逸辩，不觉暑度形疲。自余昏漠，但闻写送轻快，莫知荃绪"②。当时僧人释慧赜长于辩机，词注难穷，时人亦以之比拟慧乘。

3. 释慧净

释慧净，俗姓房氏，常山真定人，隋国子博士房徽远从子。世习儒宗，乡邦称美。十四出家，志业弘远。开皇之末，来仪帝城大兴。于佛经论议中屡折对手，更驰名誉。注述之余，缵述《杂心玄文》30卷，包括群典，笼罩古今。以《俱舍论》所译词旨宏富，为之《文疏》30余卷。学士颍川庾初孙请注《金刚般若经》，慧净乃为释文举义③。武德初岁，为三府官僚咸集延兴寺，清禅法师立"破空义"，慧净遂辩驳之。贞观二年（628），新经既

---

① 藏内文献又作"惠乘"。
② （唐）释道宣撰，刘林魁校注：《集古今佛道论衡校注》卷丙，中华书局 2018 年版，第187—188 页。
③ （唐）释道世撰，周叔迦、苏晋仁校注：《法苑珠林校注》卷一百记慧净有《注金刚般若经》一卷、《诸经讲序》一卷。

至，将事传译，净笔受《大庄严论》，宗本既成，并缵《文疏》为 30 卷。贞观十年（636），梁国公房玄龄求为法友。此外，慧净又撰《法华经缵述》10卷，为《胜鬘经》《仁王经》《般若经》《温室经》《盂兰盆经》《上生经》《下生经》各出要缵，盛行于世。又撰《诗英华》10 卷，吴王咨议刘孝孙为之序。贞观十三年（639），皇储请为普光寺任。贞观十九年（645），玄奘翻译，慧净因病未至。至《集古今佛道论衡》成书之龙朔元年（661），慧乘年将八十[1]，终于胜光寺。《续高僧传》卷三有传。

据《续高僧传》《集古今佛道论衡》《广弘明集》，慧净参与了隋开皇初由始平令杨宏组织在智藏寺举行的佛道论衡、贞观十年（636）在京师长安举行的佛道论衡、贞观十三年（639）由太子李承乾组织在弘文殿举行的三教论衡。又，太子中舍辛谞，学该文史，傲诞自矜，慧净乃作《析疑论》一卷以驳之，文存《广弘明集》卷十八。

4.释道岳

释道岳，俗姓孟氏，河南洛阳人。家世儒学，专门守业，九岁读《诗》《易》《孝经》，聪敏强识，卓异伦伍。十五出家，依僧粲法师为弟子。后习《成论》《杂心论》于志念、智通二师，备穷根叶，辞义斯尽。从九江道尼学《摄论》，海内知名。从太白寺慧安学真谛《俱舍论》。又于广州显明寺，获真谛口传之《俱舍疏本》并十八部记，由此而学业大进。大业八年（612），被召住大禅定道场，即唐代之大总持寺。道岳以真谛三藏本疏判通《俱舍》，先学后进，大为称异。武德初，从业蓝谷化感寺。贞观八年（634）秋，太子敕任普光寺上座。贞观十年（636）春二月卒[2]，春秋六十九。《续高僧传》卷十三有传。

据《释道岳传》，道岳参与了贞观年间与道士刘进喜的辩论。

5.玄奘

玄奘，俗姓陈氏，洛州偃师人。大业末出家，博涉经论。贞观初，随

---

[1] （唐）释道宣撰，刘林魁校注：《集古今佛道论衡校注》卷丙，中华书局 2018 年版，第189 页。《续高僧传》言慧净贞观十九年六十八岁。据此，龙朔元年当为八十四岁。

[2] 《续高僧传》于道岳年龄记载不统一。前文言大业八年（612）三十四岁，即生于北周大象元年（579）；后云卒于贞观十年（636），卒年六十九，即生于北齐天统三年（567）。此两处必有一误。

商人往游西域。在西域十七年，经百余国，悉解其国之语，仍采其山川谣俗，土地所有，撰《西域记》12卷。贞观十九年（645），归至京师。太宗见之，大悦，于是诏将梵本657部于弘福寺翻译。显庆元年，高宗又令左仆射于志宁等人，共润色玄奘所定之经，凡成75部。显庆六年（661）卒，时年五十六，归葬于白鹿原，士女送葬者数万人。生平见《旧唐书》卷一百九十一《僧玄奘传》、《续高僧传·京大慈恩寺释玄奘传》、彗立《大慈恩寺三藏法师传》等。

据《集古今佛道论衡》卷丙，贞观二十一年（647），玄奘在五通观与诸道士将《老子》翻译成梵文时，曾经发生论辩。

（三）道士

此一时期参与三教论衡的道士，见于文献记载者有六人。李荣三教论衡事迹多出现在唐高宗朝。故李荣事迹钩沉，将置于高宗朝。

1.刘进喜

刘进喜，两《唐书》无传。《集古今佛道论衡》卷丙记载，武德九年（626），清虚观刘进喜著《显正论》，猜忌佛法。宋敏求《长安志》卷十记载，清虚观在崇化坊，隋开皇十年（590）文帝为道士吕师玄所立，因文帝师玄辟谷练气，故以清虚命名。刘进喜著述情况，《新唐书》卷五十九载有《老子通诸论》1卷、《显正论》1卷。此外，沙门玄嶷《甄正论》卷三记载隋道士刘进喜造《本际经》5卷，《本际经》"模写佛经，潜偷罪福，构架因果，参乱佛法"①。看来刘进喜出名很早，僧人提及其时代，常称作"隋道士"。

刘进喜参与唐初三教论衡，见于《旧唐书》卷一百八十九上《陆德明传》、《新唐书》卷一百九十八《陆德明传》。时，道士刘进喜、沙门慧乘与儒士徐文远、陆德明论辩。据《佛祖历代通载》卷十一记载，此次论衡时间在武德七年（624）二月丁巳，地点在国子学。此外，据《续高僧传·释道岳传》

---

① （唐）释玄嶷：《甄正论》卷三，《大正藏》第52册，新文丰出版公司1983年版，第569页下。

记载，刘进喜在贞观年间曾与释道岳发生过辩论。

2. 潘诞

潘诞，两《唐书》不载。隋代有道士名潘诞者。《资治通鉴》卷一百八十一云，嵩高道士潘诞自言三百岁，为炀帝合炼金丹，炀帝为其作嵩阳观，屋数百间，以童男童女各一百二十人充给使，位视三品，常役数千人，所费巨万。大业八年（612），炼丹无成，为炀帝所杀。唐代道士潘诞，或者与隋代道士同名，或者为佛徒别有用意篡改人名。

唐道士潘诞活动时间主要在高祖朝。《集古今佛道论衡》卷丙、《续高僧传·释慧乘传》云，武德八年（625），武帝驾幸国学将行释奠，堂置三座，拟叙三宗，遂举行三教论衡。道士潘诞即参与此次论衡①。

3. 李仲卿

李仲卿，两《唐书》无传。其相关事迹保存于藏内文献。武德九年（626），清虚观李仲卿曾撰《十异九迷论》，贬量佛教，导致高祖沙汰佛教。此后，沙门法琳撰《辩正论》以反驳。又道士刘进喜造《本际经》5 卷，李仲卿续成 10 卷。此经仿效佛教经典和观念，流行甚广，敦煌宝藏中就保存了《太玄真一本际经》。

据《集古今佛道论衡》卷丙、《续高僧传》卷十六记载，李仲卿参与了武德八年（625）二月于国子监举行的三教论衡。

4. 蔡子晃

蔡子晃，两《唐书》不载。晁公武《郡斋读书志》卷三上记载，蔡子晃曾有注解《老子》之作，为唐蜀郡岷山道士张君相 8 卷本《三十家注老子》所收录。

《集古今佛道论衡》卷丙记载，蔡子晃参加了贞观十年（636）纪国寺佛道论衡，贞观十二年（638）弘文殿儒释道论衡，贞观二十一年（647）五通观佛道论衡。

5. 成玄英

成玄英，《新唐书》卷五十九"《（庄子）疏》十二卷"下注云："玄英，

---

① （元）沙门熙仲集：《历朝释氏资鉴》卷六记载，此事在武德八年二月乙酉（《卍续藏》第 76 册，日本株式会社国书刊行会 1975—1989 年版，第 180 页中）。

字子实，陕州人，隐居东海，贞观五年（631），召至京师。永徽中，流郁州。书成，道王元庆遣文学贾鼎就授大义，嵩高山人李利涉为序，唯《老子注》《庄子疏》著录。"① 据此可知成玄英大致生活在唐初高祖、太宗、高宗三帝时期。成玄英的著述，史书有较完备记录。《旧唐书》卷四十七有：《老子》2 卷，成玄英注；《庄子疏》12 卷，成玄英撰。《新唐书》卷五十九有道士成玄英注《老子道德经》2 卷、《开题序诀议疏》7 卷、注《庄子》30 卷、《疏》12 卷。《宋史》卷二百零二有成玄英《流演穷寂图》5 卷，同书卷二百零二有成玄英《道德经开题序诀义疏》7 卷、成玄英《庄子疏》10 卷，同书卷二百零六有成玄英《易流演》五卷。明白云霁《道藏目录详注》有《度人上品妙经四注》，南齐严东和唐薛幽栖、李少微、成玄英注，宋陈景元集注。据此可知成玄英著述之大概。

据《集古今佛道论衡》记载，成玄英参与了贞观二十一年（647）五通观佛道论衡。

二、唐高宗至玄宗朝

（一）儒者

1. 上官仪

上官仪，本陕州人，父上官弘，隋江都宫副监，因家于江都。大业末，上官仪私度为沙门，游情释典，尤精《三论》，兼涉猎经史，善属文。贞观初，杨仁恭为都督，深礼待之，举进士。太宗闻其名，召授弘文馆直学士，累迁秘书郎，转起居郎。高宗嗣位，迁秘书少监。龙朔二年（662），加银青光禄大夫、西台侍郎、同东西台三品，兼弘文馆学士如故。麟德元年（664），为许敬宗所构，下狱而死。《旧唐书》卷八十、《新唐书》卷一百零五有传。

---

① （宋）欧阳修、（宋）宋祁等：《新唐书》卷五十九《艺文三》，中华书局 1975 年版，第 1517 页。

据《册府元龟》卷五百九十九，上官仪参加了显庆五年（660）六月齐圣殿三教论衡。

2.范赟

范赟，两《唐书》无传，《集古今佛道论衡》卷丁记载他与释灵辩之论辩①。其中释灵辩称赞范赟说"范先生洞晓儒宗，兼精李释，未尝不核玄微于道肆，谈空理于法筵"②。

关于这次论辩的时间，释灵辩之言，可推测一二。释灵辩说："小僧往游江左，遐想风流，适至关中，弥钦道德。尚未披叙，邂逅相逢，深适鄙怀，是所愿也。既而光阴易失，嘉会难留，岂可使慧远、仲堪独论《象系》，道林、玄度自解《逍遥》，请各据宗涂，标榜题目，以申考击，共叙幽微云尔。"③据《集古今佛道论衡》卷丁介绍，释灵辩本是南方僧人，永徽年中暂游东都，声驰天阙，寻奉敕住大慈恩寺。据现有资料，灵辩参与佛道论衡是在龙朔二年（662）。依次推测，范赟论辩事可能在龙朔年间或者稍前。

此一推测，还可从范赟的官职记载找到证据。《集古今佛道论衡》卷丁目录题本次辩论为"又在司成宣范义頵宅难庄易义一条"。即，"范赟"即"范义頵"。又《旧唐书·职官一》记载，龙朔二年（662）二月甲子，改百司及官名，国子监改为司成馆，国子祭酒改为大司成，司业改为少司成，博士改为宣业；咸亨元年（670）十二月，又令龙朔二年新改尚书省百司及仆射已下官名并依旧。是则，"司成"当为国子监，释灵辩与范赟的辩论也应发生在龙朔二年至咸亨元年之间。又《集沙门不应拜俗等事》有"司成守宣业范义頵等议状一首"④，是则龙朔二年四月有关沙门拜俗的争议中，范义頵已经为"司成（馆）守宣业"，即国子监博士。又，《旧唐书》云："显庆元年，高宗又令左仆射于志宁、侍中许敬宗、中书令来济、李义府、杜正伦、黄门

① 唐沙门湛然《止观辅行传弘决》卷五称"如《论衡》范赟与静泰论于齐物，赟屈于泰者，以齐物无理故也"。此中称静泰与范赟论齐物者，误也。
② （唐）释道宣撰，刘林魁校注：《集古今佛道论衡校注》卷丁，中华书局 2018 年版，第309 页。
③ （唐）释道宣撰，刘林魁校注：《集古今佛道论衡校注》卷丁，中华书局 2018 年版，第309—310 页。
④ （唐）释彦悰编撰：《集沙门不应拜俗等事》卷四，《大正藏》第 52 册，新文丰出版公司1983 年版，第 460 页上。

侍郎薛元超等，共润色玄奘所定之经，国子博士范义硕、太子洗马郭瑜、弘文馆学士高若思等，助加翻译。"① 同样的记载，见释智昇《古今译经图记》卷四，但其中云"国子博士范义頵"②。据此可知，范义頵在龙朔二年（662）改百司官名之前，已经任国子监博士。由此，可进一步推知，范义頵、范赟与释灵辩之论辩，当在龙朔二年或此后不久。

关于范义頵生平，还有数则文献。孔颖达《礼记正义序》有"魏王东阁祭酒臣范义頵"，《礼记正义》为"五经正义"之一，贞观十六年（642）撰成，"魏王"当为太宗第四子李泰。《新唐书》志47《艺文一》："《礼记正义》七十卷，孔颖达、国子司业朱子奢、国子助教李善信、贾公彦、柳士宣、范义郡、魏王参军事张权等奉诏撰，与周玄达、赵君赞、王士雄、赵弘智覆审。"③ 是则，"魏王东阁祭酒""国子助教"为太宗后期范义頵的官职。又，永徽四年（653）二月二十四日，长孙无忌《进五经正义表》中有"朝散大夫行太学博士宏文馆直学士臣范义頵"，此又为高宗登基之初范义頵的官职。

3.李玄植

李玄植，赵州人，曾受《三礼》于贾公彦，撰《三礼音义》行于当代。玄植兼习《春秋左氏传》于王德韶，受《毛诗》于齐威，博涉汉史及《老》《庄》诸子之说。贞观中，累迁太子文学、弘文馆直学士。后坐事左迁汜水令，卒官。《旧唐书》卷一百八十九上、《新唐书》卷一百九十八有传。

《旧唐书》记载，唐高宗时，李玄植屡被召见，与道士、沙门在御前讲说经义，玄植辩论甚美，申规讽，帝深礼之。④

4.邢文伟

邢文伟，滁州全椒人，少与和州高子贡、寿州裴怀贵，俱以博学知名于

---

① （后晋）刘昫等：《旧唐书》卷一百九十一《僧玄奘传》，中华书局1975年版，第5109页。从官职名称来看，"范义硕"可能就是"范义頵"。

② （唐）释智昇：《古今译经图记》卷四，《大正藏》第55册，新文丰出版公司1983年版，第367页中。

③ （宋）欧阳修、（宋）宋祁等：《新唐书》卷五十七《艺文一》，中华书局1975年版，第1433页。

④ 《大宋僧史略》卷下记载，唐高宗召贾公彦于御前，与道士沙门讲说经义。核对文献可知，《大宋僧史略》所用文献见《旧唐书》卷一百八十九上《贾公彦传》。据后者，与道士沙门讲说经义者为李玄植而不是贾公彦。

江、淮间。咸亨中，累迁太子典膳丞。时李弘为东宫，罕与宫臣接见。文伟辄减膳上书切谏，由是益知名。其后擢拜右史。则天临朝，累迁凤阁侍郎，兼弘文馆学士。载初元年（690），迁内史。天授初，内史宗秦客以奸赃获罪，文伟坐附会秦客，贬授珍州刺史。后有制使至其州境，文伟以为杀己，遂自缢而死。《旧唐书》卷一百八十九下、《新唐书》卷一百零六有传。

邢文伟三教论衡事迹见《旧唐书》卷二十二《礼仪志二》。天授元年（690）二月，则天又御明堂，大开三教，内史邢文伟讲《孝经》。命侍臣及僧、道士等以次论议，日昃乃罢。此事《新唐书》邢文伟本传有载①。

5. 尹思贞

尹思贞，秦州天水人，字季弱，明《春秋》，擢高第。尝受学于国子博士王道珪，以亲丧哀毁。除丧，不仕，左右史张说、尹元凯荐为国子大成，每释奠，讲辨三教，听者皆得所未闻。迁四门助教，撰《诸经义枢》《续史记》皆未就，梦天官、麟台交辟，寤而会亲族叙诀，二日卒，年四十。事迹见《新唐书》卷二百《尹愔传》。

尹愔参与讲辨三教，应在长安二年（702），因为张说任右史大致在这一年。

6. 韦玎

韦玎，两《唐书》无传。其生平简介和三教论衡事迹见藏内文献。《宋高僧传·利涉传》云：

> 颖阳人韦玎，垂拱中（685—688）中第，调选河中府文学，迁大理评事秘校。见涉讲筵币帛堆积，就乞选粮，所获未厌。表请释道二教定其胜负，言释道蠹政可除。玄宗诏三教各选一百人，都集内殿，韦玎先陟高座，挫叶静能及空门思明，例皆辞屈。……帝果忆何韦之事，凛然变色……②

据此次辩论涉及"何韦"之事推测，此事当发生在玄宗登基之初。《入唐新求圣教目录》记载此事，"韦玎"作"韦珽"。《新唐书》卷五十九载，

---

① （后晋）刘昫等：《旧唐书》卷二十二《礼仪志二》，中华书局1975年版，第864页。（宋）欧阳修、（宋）宋祁等：《新唐书》卷一百零六《邢文伟传》，中华书局1975年版，第4057—4058页。

② （宋）释赞宁撰，范祥雍点校：《宋高僧传》卷十七《释利涉传》，中华书局1987年版，第420页。

韦斑有《碁图》一卷，未知韦玎是否为此人。又《东域传灯目录》则作"韦挺"。此说可能有误，韦挺为太宗朝人，曾为太常卿、扶风郡开国男，卒于太宗伐高丽时。

7. 员俶

员俶，两《唐书》无传，生平事迹不详。《新唐书》有其两则文献：

> 员俶《太玄幽赞》十卷。开元四年（716）京兆府童子，进书，召试及第，授散官文学，直弘文馆。①

> 玄宗开元十六年（728），悉召能言佛、道、孔子者，相答难禁中。有员俶者，九岁升坐，词辩注射，坐人皆屈。帝异之，曰："半千孙，固当然。"因问："童子岂有类若者？"俶跪奏："臣舅子李泌。"②

据上引第二条材料，员俶参见了开元十六年的三教论衡。但这条材料在细节上可能有问题。因为如果开元十六年员俶九岁，则应生于开元八年（720）。而第一条材料有关员俶开元四年的事迹，则纯粹不可能。所以宋代吴缜《新唐书纠谬》卷九"员俶年齿差误"条，专门探讨此事。《新唐书·李泌传》主要参考李泌之子李繁所撰《邺侯外传》，后者记细节多有夸大失真之处。开元十六年，员俶九岁时，或可有误，但员俶参加三教论衡事可能不虚。同时，据《新唐书·李泌传》得知，员俶为员半千之孙；据《新唐书·艺文志》得知，员俶所著属于儒学类，其参与三教论衡的儒士身份大致不容怀疑。又，《全唐文》卷三百五十一员俶《对家僮视天判》。

（二）僧人

1. 释慧立

沙门释慧立，又作"惠立"③，本名子立，则天皇帝朝改。俗姓赵氏，天

---

① （宋）欧阳修、（宋）宋祁等：《新唐书》卷五十九《艺文三》，中华书局 1975 年版，第 1512 页。

② （宋）欧阳修、（宋）宋祁等：《新唐书》卷一百三十九《李泌传》，中华书局 1975 年版，第 4631—4632 页。

③ 《宋高僧传》之惠立本传，主要依据释智昇《开元释教录》卷九《大唐慈恩寺三藏法师传》条解题。故应以后者为准，作"慧立"者是。

水人。远祖因官徙寓新平，故为豳人。其祖及父俱有高誉于当世，其父为隋秘书郎赵毅①。慧立生而岐嶷，有弃俗之志。贞观三年（629），年十五出家，住豳州昭仁寺。慧立识敏才俊，神清道远，声誉闻彻，太宗敕召充大慈恩寺翻经大德。贞观十九年（645）夏六月，慧立自豳至京，预入玄奘翻经缀文大德之列。显庆三年（658）六月，西明寺成，慧立补西明寺都维那。后又授太原寺主②。麟德元年（664），玄奘法师逝世，慧立始撰《大慈恩寺三藏法师传》，至则天垂拱四年（688），慧立的同门法弟彦悰续而成之，合为 10卷，流布于世。则天皇帝以其"博考儒释，雅著篇章，妙辩云飞，益思泉涌，加以直词正色，不惮威严，赴火蹈汤，无所屈挠"③，频召入内，与道士对论。《宋高僧传》卷十七有传。

《集古今佛道论衡》记载慧立参加的佛道论衡有三次：显庆三年（658）六月十三日、十四日百福殿佛道论衡，显庆三年四月皇宫内佛道论衡，唐显庆五年（660）东都合璧宫、净土寺佛道论衡。慧立于弘扬佛法，颇为用心，尚医奉御吕才造《释因明图注》三卷，非斥诸师正义，慧立致书责之。

2. 释会隐

释会隐，籍贯、姓氏不详，曾驻锡长安弘福寺④。精明神朗，于僧众中若鹤立鸡群。则天皇帝时，选高学名德，会隐在其中。麟德二年（665），敕于长安北门、西龙门修书所，会隐与西明寺玄则等 11 人，于一切经中略出精义玄文三十卷，号《禅林要钞》，又称《禅林妙记》，书成奏呈，敕藏秘阁。龙朔二年（662）五月，高宗大集文武官僚九品以上及州县官等千有余人，

---

① 赵毅官职，《宋高僧传》作"起居舍人、司隶从事"，《开元释教录》作"秘书郎"。
② 太原寺在西京长安休祥坊。唐高宗咸亨元年（670），以武则天外氏故宅立，垂拱三年（687）改为魏国寺，载初元年（690）又改为崇福寺（李芳民：《唐五代佛寺辑考》，商务印书馆 2006 年版，第 30 页）。《宋高僧传》卷十七有"唐京兆魏国寺惠立传"。故慧（惠）立授太原寺主者，当在咸亨元年之后。其卒年亦可能在垂拱三年至载初元年之间。
③ （宋）释赞宁撰，范祥雍点校：《宋高僧传》卷十七《沙门惠立传》，中华书局 1987 年版，第 413 页。
④ 《宋高僧传》卷四作"周京兆广福寺会隐"者，误，应为"弘福寺"。广福寺在长安辅兴坊西南隅，玄宗开元二十四年（736）九月一日由崇先寺改，见王溥《唐会要》卷四十八"崇先寺"条。弘福寺在长安修德坊西北隅，贞观八年（634）太宗为穆皇后追福所立，中宗神龙元年改名兴福寺，见徐松《唐两京城坊考》卷四"兴福寺"下注。《集沙门不应拜俗等议》卷三、《广弘明集》卷二十五、《法苑珠林校注》卷一百并称"弘福寺沙门会隐"，以是知赞宁误矣。

于中台都堂议沙门是否敬拜君亲事。会隐等三百余僧人搜集沙门不拜君亲之经文，并撰写《序佛教隆替事简诸宰辅等状》，呈送与台省。会隐亦尝预玄奘译经事，然具体职责，文献阙载。《宋高僧传》卷四有传。

释会隐为高宗朝声明卓著之僧人。据《集古今佛道论衡》载，会隐曾参与显庆三年（658）六月十三日、十四日百福殿举行佛道论衡，以及显庆三年四月皇宫内佛道论衡。

3. 释灵辩

灵辩，高宗朝僧人。《续高僧传》不录其事迹，唯《集古今佛道论衡》卷丁有道宣之介绍。据道宣云，灵辩俗姓安氏，襄阳人也。其先西域古族，西晋徙居长安白鹿原，永嘉末随中原士族南迁，家于襄阳。灵辩幼而聪慧，早能言理。年十五出家，听习"三论"。大乘经典，常究极幽微。灵辩善辩，其讲论如河箭飞流，月弦扬彩。永徽年中，暂游东都，声驰天阙，寻奉敕住大慈恩寺，仍被追入内殿论义。与道士李荣等往复论议，常能望敌摧锋。嘲戏间，常发滑稽语，频解圣颐，每被优奖。然素怀谦把，愈加谨慎。

名为灵辩之隋唐僧人，藏内文献记载者有两位。其一为沙门灵乾之门徒。《续高僧传·释灵乾传》云："沙门灵辩，即乾之犹子也。少小鞠育，诲以义方，携在道位，还通大典。今住胜光寺，众议业行，擢知纲任，扬导《华严》，擅名帝里。"[1] 灵乾卒于隋大业八年（612）正月二十九日。胜光寺在西京长安光德坊西南隅，本为隋幽州总管燕荣宅，隋炀帝大业元年（605）自丰乐坊徙胜光寺于此[2]。此处所言"今住"者，或许在《续高僧传》成书的贞观十九年（645）。另一为高宗朝参与译经者。《宋高僧传·沙门圆测传》云："高宗之末，天后之初，应义解之选，入译经馆，众皆推把。及翻《大乘显识》等经，测充证义，与薄尘、灵辩、嘉尚攸方其驾。"[3] 此事《宋高僧传·释日照传》也有记载："至天后垂拱（685—688）末，于两京东西太原

---

① （唐）释道宣撰，郭绍林点校：《续高僧传》卷十二《释灵乾传》，中华书局 2014 年版，第 518 页下。
② 李芳民：《唐五代佛寺辑考》，商务印书馆 2006 年版，第 28 页。
③ （宋）释赞宁撰，范祥雍点校：《宋高僧传》卷四《沙门圆测传》，中华书局 1987 年版，第 69 页。

寺，及西京广福寺，译《大乘显识经》《大乘五蕴论》等凡一十八部。沙门战陀般若提婆译语，沙门慧智证梵语。敕诸名德助其法化，沙门道成、薄尘、嘉尚、圆测、灵辩、明恂、怀度证义，沙门思玄、复礼缀文笔受，天后亲敷睿藻，制序冠首焉。"① 从灵乾卒至睿宗垂拱年间（685—688），少说也有七十多年。此灵乾门徒之灵辩与参与译经之灵辩是否为同一人，很难下断语。但其中参与译经之灵辩，从时间上说，很可能就是参与高宗朝三教论衡的灵辩。

释灵辩在高宗朝三教论衡中，是佛教方面的主要辩手之一。龙朔二年（662）十二月八日，灵辩于蓬莱宫碧宇殿开《净名经题目》。龙朔三年（663）四月十四日于蓬莱宫月陂北亭，灵辩与道士姚义玄等五人以及西明寺僧慧立等四人讲论。同年五月十六日，灵辩于蓬莱宫又与道士论难。同年六月十二日，灵辩于蓬莱宫蓬莱殿与道士李荣论难。另外，灵辩又曾于茅斋中与国学博士范赟谈论。

4. 释神泰

释神泰，《续高僧传》《宋高僧传》俱不载事迹。其驻锡地，藏内文献所见者，分别为蒲州栖岩寺、蒲州普救寺、长安慈恩寺。蒲州栖岩寺，为隋文帝杨坚之父改建云居寺而成。普救寺经唐沙门道积改建，极为壮观，为蒲州名寺。此两寺应为神泰在蒲州的驻锡地，然驻锡时间文献阙载，无从得之。慈恩寺为贞观十九年（645）神泰加入玄奘译经僧团后的驻锡地。藏内文献对神泰之译经事迹多有记载。他曾为《大乘大集地藏十轮经》《阿毗达磨大毗婆沙论》《瑜伽师地论》《成唯识论》等佛经之翻译证义，还为所翻译之多部佛经作讲疏，如《正理述记》1 卷、《摄大乘论疏》10 卷、《观所缘缘论疏》1 卷、《掌珍论疏》2 卷、《俱舍论疏》20 卷、《道品章》1 卷、《大乘四善根章》1 卷、《十二缘起章》1 卷等。显庆二年（657），高宗敕建西明寺，诏道宣律师为上座，神泰法师为寺主。据《集古今佛道论衡》记载，神泰参与了唐显庆三年（658）四月皇宫内佛道论衡。

---

① （宋）释赞宁撰，范祥雍点校：《宋高僧传》卷二《释日照传》，中华书局 1987 年版，第 32—33 页。

5. 释义褒

释义褒，俗姓薛，常州晋陵人。天体高远，履性明朗，出家以后以游谈为务，周流会稽，统御法筵。初从苏州永定寺小明法师，研学《华严》《大品》①。后辞别小明法师，前往缙云山婺州永安寺旷法师所。时兴皇寺盛集，旷法师常当其法选。义褒敬竭法筵，纵思披择。旷法师劝其行传灯礼，义褒从之。义褒传经述论三十余年，光问五湖，驰名三辅。后住东阳金华法幢寺，弘道不倦，终日坐忘。会慈恩译经申请，搜扬髦彦俊杰。下敕征延，义褒即而入朝，驻锡慈恩寺。义褒在译经正字工作之外②，多有讲经活动。龙朔元年（661），高宗车驾往东都，召义褒追往。义褒频入宫禁，义论横驰，乃于净土寺讲解经论。七众载驱，群公毕至，名声逾盛。乾封二年（667）遘疾，卒于净土，春秋五十一。《续高僧传》卷十五有传。

据《集古今佛道论衡》，义褒参加了显庆三年（658）冬十一月别中殿、显庆五年（660）东都合璧宫和净土寺的佛道论衡。

6. 释静泰

释静泰，《续高僧传》《宋高僧传》均无传记，现存著作仅有《大唐东京大敬爱寺一切经论目序》一篇、《众经目录》一部五卷。其中《众经目录》第一卷题作"隋沙门法经等撰"，后四卷题作"释静泰撰"。《开元释教录》卷十有"《众经目录》五卷，于隋录内加类译经，余皆无异。大唐大敬爱寺沙门静泰撰"。故，释静泰曾驻锡东京大爱敬寺。据《唐会要》卷四十八记载，显庆二年（657），孝敬在春宫，为高宗、武太后立寺，以敬爱为名，制

---

① （唐）释道宣撰，郭绍林点校：《续高僧传》卷十三《释慧暠》有"苞山（'苞山'或为'茅山'之误）明法师，兴皇遗属，世称郢匠，通国瞻仰。"（中华书局2014年版，第433页）同书卷十五《释法敏传》云："听明法师三论，明即兴皇之遗属也。初，朗公将化，通召门人，言在后事，令自举处，皆不中意，以所举者并门学有声，言令自属。朗曰：'如吾所举，乃明公乎！'徒侣将千，名明非一。皆曰：'义旨所拟，未知何者明耶。'朗曰：'吾坐之东柱下明也。'明居此席，不移八载，口无谈述，身无涉染，众且痴明。既有此告，莫不回惑，私议'法师他力扶义'。朗曰：'吾举明公，必骇众意。法教无私，不容瑕隐。'命就法座，对众叙之，明性谦退，泣涕固让。朗曰：'明公来！吾意决矣。为静众口，聊举其旨。'命少年捧就师座，告曰：'大众听，今问论中十科深义，初未尝言，而明已解，可一一叙之。'既叙之后，大众慊伏，皆惭谢于轻蔑矣。即日辞朗，领门人入茅山，终身不出，常弘此论。故兴皇之宗，或举山门之致者也。"（中华书局2014年版，第509页）此明法师驻锡茅山，驻锡苏州永定寺小明法师身份不得而知。

② 《阿毗达磨大毗婆沙论》之翻译，大慈恩寺沙门义褒曾为之正字。

度与西明寺同。天授二年（691），改为佛授记寺，其后又改为敬爱寺①。五卷之《众经目录》，为静泰等僧人奉诏于敬爱寺撰写。龙朔三年（663）正月二十二日，高宗始命撰写。麟德元年（664）正月二十六日，惠概、明玉、神察、道英、昙邃等沙门十人奉诏参撰。首末三年，大概在麟德二年（665）前后撰成。释静泰为之撰序，其序文中论述佛教疑伪经之形成与三教论衡之关系，说："亦有黄巾之丑，混庄、释为同源。素褐之首，格儒、佛为派绪。叻天侮圣，肆虐胸襟。颜子摽光净之谈，尼父谤儒童之称。进退维谷，首尾陷机。窃负神器，偷安智识。波旬妄说，邪辩乱真。疑伪之兴，实由于此。"②

据《集古今佛道论衡》，静泰参与了显庆五年（660）八月十八日洛宫内佛道论衡。

7.释法明

释法明，荆楚人，博通经论，外善群书，辩给如流，戒范坚正。中宗时，由江陵入长安，游访诸高僧，适遇诏僧道定夺《化胡成佛经》真伪。时盛集内殿，百官侍听，京城诸高僧抗御黄冠，翻覆未安，是非难定。法明初不预其选，后参与辩论。其以老子化胡之语言及化胡经之翻译时间、翻译者等问题质难道士，遂使道士失策，公卿叹赏，后中宗下诏，废《化胡经》，并刻石于洛京白马寺以示将来。《宋高僧传》记此事为神龙元年（705），然《佛祖统纪》卷三十九和《佛祖历代通载》卷十二、卷二十一并云法明证《化胡经》之伪在总章元年（668）。《唐大诏令集》卷七十三录中宗《亲祀明堂赦》，注明时间为神龙元年（705）九月。是则，《宋高僧传》不误，而《佛祖统纪》《佛祖历代通载》有误。《宋高僧传》卷十七有法明传。

又，《宋高僧传·天智传》记载，于阗僧人释提云般若（华言天智）永

---

① （宋）王溥：《唐会要》卷四十八"寺"条，上海古籍出版社 2006 年版，第 993 页。又释道世撰，周叔迦、苏晋仁点校：《法苑珠林校注》卷一百云："显庆之际，常令玄奘法师入内翻译，及慈恩大德，更代行道，不替于时。又出诏为皇太子于西京造西明寺。因幸东都，即于洛下又造敬爱寺。寺别用钱。各过二十万贯。寺宇堂殿，尊像幡华，妙极天仙，巧极神鬼。"（中华书局 2003 年版，第 2898 页）
② （唐）释静泰：《众经目录》卷一，《大正藏》第 55 册，新文丰出版公司 1983 年版，第 180 页下。

昌元年（689）到达中土，谒天后于洛阳，敕令就魏国东寺（后改大周东寺）翻译。即以其年己丑至天授二年（691）辛卯，出《华严经》《法界无差别论》等六部七卷，有沙门法明者为之证义。《宋高僧传》云，法明本江陵府僧人，中宗朝入长安。中宗初即皇位在嗣圣元年（684），据此，法明可能入长安不久即至东都洛阳，于魏国东寺助天智译经。而围绕《化胡经》展开的三教论衡，也可能在洛阳展开。

8. 释道氤

释道氤，俗姓长孙，长安高陵人。父长孙容，殿中侍御史。道氤神气俊秀，学问详明，应进士科，一举擢第。有梵僧扣门乞食，氤与之谈话，言皆中理，无调选之心，乞愿出家，礼京招福寺慎言律师为师。时有兴善寺复礼法师善属文，求道氤造《西方赞》一本，道氤援毫立就，为复礼法师所称赞。复礼于稠人广众中，宣言论辩，道氤势若泉涌，由此名声远播，供奉于朝廷。玄宗幸洛，敕道氤与良秀[1]、法修[2]随驾。御史李峥时同行，请氤于天宫寺[3]讲《净业障经》。一行禅师国之师匠，奏召天下英髦学兼内外者，集于洛京福先寺，大建论场，氤为众推许，竖立大义六科。后撰《大乘法宝五门名教》并《信法仪》各1卷，《唯识疏》6卷，《法华经疏》6卷，《御注金刚经疏》6卷。开元二十八年（740），因疾而终，俗寿73，僧腊53。道氤驻锡之长安青龙寺[4]，为唐代倡导密宗之寺院。《宋高僧传》卷五有传。

开元十八年（730），于花萼楼对御定佛道二教优劣，道氤雄论奋发，河倾海注。道士尹谦，对答失次，理屈辞殚，论宗乖舛。帝再三叹羡，诏赐道氤绢伍伯匹，用充法施。别集《对御论衡》一本盛传于代。

9. 释利涉

释利涉，西域人，为婆罗门之种姓。夙龄强志，机警过人，宗党之中，

---

① 良秀，《宋高僧传》卷五有传。俗姓郭氏，蒲津人，驻锡京师西明寺。贞元四年（788），曾奉诏与罽宾国般若三藏同译《大乘理趣六波罗蜜经》十卷。

② 法修事迹，僧传不录。

③ 天宫寺在洛阳尚善坊。唐高祖龙潜旧宅，贞观六年（633）立为寺（李芳民：《唐五代佛寺辑考》，商务印书馆2006年版，第64页）。

④ 青龙寺在西京长安新乐坊南门之东，本为隋灵感寺，隋开皇二年（582）立，唐武德四年（621）废。高宗龙朔二年（662），城阳公主奏请立为观音寺，睿宗景云二年（711）改为青龙寺。

以其佛法卓著。欲游中土，结侣东征，至金梭岭，遇玄奘三藏，礼求奘度。玄奘门人贤哲辐凑，利涉于中特为显达。唐中宗与利涉最加钦重。开元中，讲《华严经》于安国寺。晚遭谴谪汉东，寻属宽宥，移徙南阳龙兴寺。大历中，西明寺翻经沙门圆照撰《大唐安国寺利涉法师传》10 卷。藏内文献记载，又有两利涉。第一，为东都太平寺利涉，其著有《成唯识论同异义》一卷。太平寺在东京洛阳归义坊，则天垂拱二年（686）太平公主建。第二，著《因明入正理论要钞》1 卷之利涉。未知此二利涉是否同为玄宗朝之利涉。《宋高僧传》卷十七有《释利涉传》。

利涉参与玄宗朝之三教论衡，《宋高僧传》本传有载。

10. 释神邕

释神邕，字道恭，姓蔡氏，生于暨阳。年十二辞亲学道，请业于法华寺俊师。每览孔、释二典，一读能诵，同辈者罕不欣慕。开元二十六年（738）敕度，隶诸暨香严寺名籍，依法华寺玄俨师通《四分律钞》。又从左溪玄朗师习《天台止观禅门》《法华玄疏》《梵网经》等四教三观等义。天宝中，游问长安，居安国寺，公卿藉其风宇，迫慕者结辙而至。方欲大阐禅律，遇禄山兵乱，遂东归江湖。居故乡法华寺，殿中侍御史皇甫曾等，与赋诗往复，卢士式为之序引，以继支道林、许询之游，为邑中故事。邕修念之外，时缀文句，有集十卷，皇甫曾为序。自至德迄大历中，频受请登坛度戒，起自丹阳，迄于金华，其间释子皆命为亲教师。又于焦山建寺，赐寺额，大历末游天台，纂《天台地志》两卷。贞元四年（788）十一月十四日遇疾，归寂于大历寺。报龄七十九，法岁五十。《宋高僧传》卷十七有传。

据《佛祖统纪》卷四十，天宝四年（745）神邕与中岳道士吴筠论辩，并撰写《破倒翻迷论》三卷，已佚。

（三）道士

1. 李荣

李荣，两《唐书》无传，《宋高僧传·法江传》称其为巴西人。《老子翼》

卷三云："任真子李荣，注（《老子》），上下二卷。"①《新唐书》卷五十九为"任真子《（老子）集解》，四卷"②。此则，李荣号任真子。李荣先后在玄都观和东明观宣扬道法。据宋敏求《长安志》卷九，玄都观在南崇业坊，隋开皇二年（582）自长安故城徙通道观于此，改名玄都，东与大兴善寺相比。东明观的修建大概与西明寺相前后。

现存有关李荣的事迹，多为佛教藏内文献记载。《法苑珠林》卷五十五载，麟德元年（664），李荣曾依托佛经伪造道经。"东明观李荣、姚义玄、刘道合，会圣观道士田仁慧、郭盖宗等，总集古今道士所作伪经，前后隐没不行者，重更修改。私窃佛经，简取要略，改张文句，回换佛语、人法名数，三界、六道、五阴、十二入、十八界、三十七道品、大小法门，并偷安道经，将为华典。旧时道经祭醮并有鹿脯清酒，今新改安干枣香水。但道经言辞拙朴杂恶处，并以除却。"③沙门玄嶷《甄正论》卷三攻击李荣私造道经《洗浴经》，此或为麟德元年所造。

《集古今佛道论衡》卷丁记述李荣参与的佛道论衡共六次：唐武德八年（625）高祖主持的国子监儒释道论衡，唐显庆三年（658）六月十三日、十四日高宗主持的百福殿佛道论衡，显庆三年（658）四月高宗主持的皇宫内佛道论衡，显庆三年冬十一月高宗主持的别中殿佛道论衡，显庆五年（660）高宗主持的洛宫佛道论衡，龙朔三年（663）六月十二日高宗主持的蓬莱宫蓬莱殿佛道论衡。另外，《册府元龟》卷五百九十九记载李荣参与了显庆五年六月高宗主持的齐圣殿佛道论衡。而《旧唐书》卷一百八十九上又记载，李荣参与了高宗末期的一次儒释道论衡。

藏内文献记载李荣三教论衡大都以失败告终。然从唐人小说来看。实情不尽如此。《大唐新语》卷十三云：

> 京城流俗，僧、道常争二教优劣，递相非斥。总章中兴善寺
> 为火灾所焚，尊像荡尽。东明观道士李荣因咏之曰："道善何曾善，

---

① （明）焦竑：《老子翼》卷三，文渊阁《四库全书》本。
② （宋）欧阳修、（宋）宋祁等：《新唐书》卷五十九《艺文志》，中华书局1975年版，第1515页。
③ （唐）释道世撰，周叔迦、苏晋仁校注：《法苑珠林校注》卷五十五，中华书局2003年版，第1660页。

云兴遂不兴。如来烧亦尽，唯有一群僧。"时人虽赏荣诗，然声称从此而减。①

此事又见《宋高僧传·法江传》：

又长安大兴善寺，本隋舍卫寺也，至唐先天中火灾，殿宇荡然，唯遗基耳。明庆中东明观道士李荣者，本巴西人也，好事薄徒，多与释子争竞优劣。荣来玄都观，因率黄冠指其灰烬而嘲之曰："道善何曾善？言兴且不兴。如来烧赤尽，唯有一群僧。"僧中有愤其异宗讥诮者，急募劝重新缔构，复广于前。十二亩之地，化缘虽日盈千万，计未能成。僧众搔首踌蹰，未知何理克成。忽有一僧，衣服粗弊，形容憔悴，负一破囊入缘，言速了佛殿，步骤而去。启视之，则黄金也，校未之一千两矣。时人奇之，由此檀施日繁，殿速成矣。②

《太平广记》卷二百四十八引《启颜录》云：

唐有僧法轨，形容短小。于寺开讲，李荣往共论议。往复数番，僧有旧作诗咏荣，于高座上诵之云："姓李应须李，言荣又不荣。"此僧未及得道下句，李荣应声接曰："身长三尺半，头毛犹未生。"四座欢喜，伏其辩捷。③

据上引三条材料来看，李荣在三教论衡中反应也是相当机敏的。

2. 张惠元

张惠元，两《唐书》无传。据藏内文献记载，张惠元在太宗朝就已有较高声望。《法苑珠林》卷六十九记载，贞观二十二年（648），吉州囚人刘绍妻王氏，传播《三皇经》。因经中有言，凡有此文者或为国王，或为皇后，太宗敕令刑部郎中纪怀业等，追京下清都观道士张惠元、西华观道士成武英等勘问。据宋敏求《长安志》卷七记载，清都观在南永乐坊，隋开皇七年（587）文帝为道士孙昂所立，本在永兴坊，武德初徙于南永乐坊。是则，太

---

① （唐）刘肃：《大唐新语》卷十三，见上海古籍出版社编：《唐五代笔记小说大观》，上海古籍出版社 2000 年版，第 330 页。

② （宋）释赞宁撰，范祥雍点校：《宋高僧传》卷二十一《释法江传》，中华书局 1987 年版，第 551—552 页。

③ （宋）李昉等编：《太平广记》卷二百四十八，中华书局 1961 年版，第 1925 页。

宗朝后期，张惠元已经为太宗器重。

杜光庭撰《道德真经广圣义序》记载，唐代诠疏笺注《道德经》之群体中有道士张惠超者，作《志玄疏》四卷。成玄英、蔡子晃、黄玄赜、李荣、车玄弼、张惠超、黎元兴等皆张扬道教重玄学，《宋史》卷二百零五也载张惠超有《道德经志玄疏》3卷，此张惠超未知与张惠元为同一人否。

又，宋叶廷珪《海录碎事》卷二十一记载，贞观中，西京道士张惠元忽谓门人，自己被天书征为八威观主。此事在唐人传奇《原化记》中已有记载。然"八威观主"非张惠元，而是薛尊师。

《集古今佛道论衡》卷丁记载，张惠元参与了三次三教论衡：唐显庆三年（658）六月十三日、十四日高宗在百福殿举行的佛道论衡，显庆三年冬十一月高宗在别中殿举行的佛道论衡。另外，《册府元龟》卷五百九十九记载，显庆五年（660）六月齐圣殿儒释道三教论衡张惠元参与。

3. 黄赜

黄赜，两《唐书》无传，《集古今佛道论衡》卷丁记述他参与了显庆三年（658）四月由高宗主持在皇宫内举行的佛道论衡。《旧唐书》卷一百九十二《王希夷传》载："隐于嵩山，师道士黄颐，向四十年，尽能传其闭气导养之术。颐卒，更居兖州徂徕山中，与道士刘玄博为栖遁之友。好《易》及《老子》，尝饵松柏叶及杂花散。景龙中，年七十余，气力益壮。"[①]景龙（707—710）为唐中宗年号。依此上推七十年，王希夷当生于贞观十四年（640）之前。至显庆三年，王希夷已年二十有余，黄颐之年龄参与此年三教论衡似乎尚可成立。黄颐、黄赜可能为同一人，"颐""赜"可能是字形之讹。佛教文献，如《佛祖统纪》《佛祖历代通载》《隆兴编年通论》《历朝释氏资鉴》等，俱记"黄赜"为"黄颐"。

又，杜光庭撰《道德真经广圣义序》中提到"黄玄赜"，此或与黄赜为同一人。

又，《册府元龟》卷五百九十九记载，显庆五年齐圣殿三教论衡，有"黄玄归"参与，"赜""归"繁体字形相近，可能为同一人。

---

① （后晋）刘昫等：《旧唐书》卷一百九十二《王希夷传》，中华书局1975年版，第5121页。

4. 黄寿

黄寿，两《唐书》不载，生平事迹不详。《集古今佛道论衡》卷丁记述其参与了显庆三年（658）四月在皇宫内举行的佛道论衡。

5. 姚义玄

姚义玄，两《唐书》无传。《法苑珠林》卷五十五记载，麟德元年（664），道士郭行真与东明观李荣、刘道合，会圣观田仁惠、郭盖宗等，将隐没道书重更修改，私窃佛经改换文句。姚义玄时为东明观道士，也参与了这次伪造道经的活动。

《集古今佛道论衡》卷丁记载，姚义玄参加了龙朔三年（663）四月十四、十五日于蓬莱宫月陂亭西高宗主持的佛道论衡。

6. 方惠长

方惠长，两《唐书》无传。沙门玄嶷《甄正论》卷三记载，益州道士黎兴、澧州道士方长共造《海空经》10 卷。此"方长"可能就是方惠长。是则，方惠长为澧州人（今湖南澧县）。《集古今佛道论衡》卷丁记载，方惠长参与了龙朔三年（663）四月十四、十五日于蓬莱宫月陂亭西高宗主持的佛道论衡。

7. 桓道彦

桓道彦，生平事迹不详。《宋高僧传·释法明传》记载，神龙元年（705）内殿论议《老子化胡经》真伪时，桓道彦参与了论衡，时为洛京大恒道观主。其年九月十四日，中宗下敕除毁道观所画化胡成佛变相、僧寺所画玄元之形，后桓道彦上疏谏阻，未果。另据《岱岳观碑》记载，圣历元年（698）腊月，桓道彦"奉敕于此东岳，设金箓宝斋、河图大醮，漆（七）日行道，两度投龙，遂感庆云三见，用斋醮物，奉为天册金轮圣神皇帝敬造等身老君像一躯，并二真人夹侍。"[1]

8. 叶法善

叶法善，括州括苍县人，生于隋大业十二年(616)，自曾祖三代为道士，少传符篆，尤能厌劾鬼神。显庆年间（656—661），高宗征诣京师，将加爵

---

① （清）王昶编：《金石萃编》卷五十三，见《石刻史料新编》第一辑第 2 册，新文丰出版公司 1977 年版，第 889 页下。

位，固辞不受，求为道士，因留在内道场，供待甚厚。时高宗令广征诸方道术之士合炼黄白，因叶法善谏阻，一切罢之。法善自高宗、则天、中宗历五十年，常往来名山，数召入禁中，尽礼问道。然排挤佛法，议者或讥其向背，以其术高，终莫之测。睿宗即位，称法善有冥助之力，先天二年（713）拜鸿胪卿，封越国公，仍依旧为道士，止于京师之景龙观，又赠其父为歙州刺史，当时尊宠，莫与为比。开元八年（720）法善卒，玄宗追赠越州都督。《旧唐书》卷一百九十一、《新唐书》卷二百零四有传。

叶法善生平推测，《利涉论衡》所载法善参与的三教论衡当发生在开元八年以前。

9. 尹谦

尹谦，生平事迹不详。据《宋高僧传·道氤传》，尹谦参与了开元十八年（730）花萼楼之佛道论衡。故其人活动在玄宗朝。

10. 吴筠

吴筠，字贞节，法号洞阳子，华州华阴人，少通经，善属文，举进士不第，性高洁，不奈流俗，乃入嵩山依潘师正为道士，传正一之法。开元中，南游金陵，访道茅山，久之东游天台。筠尤善著述，所著歌篇传于京师，玄宗闻其名遣使征之，既至与语，甚悦，令待诏翰林。天宝中，李林甫、杨国忠用事，纪纲日紊，筠知天下将乱，坚求还嵩山，累表不许，乃诏于岳观别立道院。禄山将乱，求还茅山，许之。既而中原大乱，江淮多盗，乃东游会稽，尝于天台剡中往来，与诗人李白、孔巢父诗篇酬和，逍遥泉石，人多从之，竟终于越中。《新唐书》卷五十九载吴筠著述有：《文集》20卷，《神仙可学论》1卷，又《玄纲论》3卷，《明真辨伪论》2卷，《辅正除邪论》1卷，《辨方正惑论》1卷，《道释优劣论》1卷[1]，《心目论》1卷，《复淳化论》1卷，《著生论》1卷，《形神可固论》1卷，《两同书》1卷。《旧唐书》卷一百九十二、《新唐书》卷一百九十六有传。其生平事迹又见权德舆《权载之文集》卷三十三《唐故中岳道士宗玄先生吴尊师集序》，宋高似孙《剡录》卷三《仙道》，陈者卿《嘉

---

[1] （后晋）刘昫等：《旧唐书》卷一百九十二《道释优劣论》，似乎为《宋史》卷二百零五《诸家论优劣事》。

定赤城志》卷三十五，元辛文房《唐才子传》卷八。今人卢仁龙对吴筠生平事迹有详细考证①。

吴筠参与三教论衡事迹，《旧唐书》本传有记载：

> 每与缁黄列坐，朝臣启奏，筠之所陈，但名教世务而已，间之以讽咏，以达其诚。玄宗深重之。②

> 筠在翰林，时特承恩顾，由是为群僧之所嫉。骠骑高力士素奉佛，尝短筠于上前，筠不悦，乃求还山。故所著文赋，深诋释氏，亦为通人所讥。然词理宏通，文彩焕发，每制一篇，人皆传写。③

"缁黄列坐"与"著文赋深诋释氏"，均为佛道论衡，然前者为言辩，后者为文辩。此为玄宗开元年间事。《宋高僧传·神邕传》记载："中岳道士吴筠造邪论数篇，斥毁释教，昏蒙者惑之。本道（浙西道）观察使陈少游请（神）邕决释老二教孰为至道。"④此为佛徒之记载，似乎仅为文辩之论衡。然"缁黄列坐"一说，肯定吴筠曾参加了玄宗朝的佛道论衡，只是具体时间不得而知。

11.吕才

吕才，博州清平人，少好学，善阴阳方伎之书。贞观三年（629），以长于声乐，太宗征令其值引文馆。太宗尝览周武帝所撰《三局象经》，不晓其旨，召吕才问之，一宿便解。太宗又以阴阳书近代以来渐致讹伪，遂命吕才与学者十余人共加刊正，勒成53卷，并旧书47卷，贞观十五年（641）书成，诏颁行之。太宗又令吕才造《方域图》及《教飞骑战阵图》，皆称旨。永徽初，预修《文思博要》及《姓氏录》。显庆中，高宗以琴曲古有《白雪》，近代顿绝，吕才作《白雪歌词》十六首，付太常编于乐府。时陶弘景所撰《本草》，事多舛谬，诏中书令许敬宗与吕才等，并诸名医，增损旧本，并图合成54卷，大行于代。麟德二年（665）卒。所著《隋记》20卷，行于时。《旧唐书》卷七十九、《新唐书》卷一百零七有传。

① 卢仁龙：《吴筠生平事迹著作考》，《中国道教》1990年第4期。
② （后晋）刘昫等：《旧唐书》卷一百九十二《吴筠传》，中华书局1975年版，第5129页。
③ （后晋）刘昫等：《旧唐书》卷一百九十二《吴筠传》，中华书局1975年版，第5130页。
④ （宋）释赞宁撰，范祥雍点校：《宋高僧传》卷十一《释神邕传》，中华书局1987年版，第422页。

据《册府元龟》卷五百九十九，吕才参加了显庆五年（660）六月齐圣殿三教论衡。从吕才学养来看，似乎更接近于道家一类。《册府元龟》记载，李玄植"发易题"，"吕才、李荣等，以次问难"，是则吕才当代表道家道教参与的。

三、唐肃宗至五代

（一）儒者

1. 徐岱

徐岱，字处仁，苏州嘉兴人。世以农为业，徐岱好学，六籍诸子，悉所探究，问无不通，难莫能屈。大历中，刘晏表荐为校书郎。后改授河南府偃师县尉。建中年间，蒋镇特荐为太常博士，掌礼仪，从德宗出奉天、兴元，改膳部员外郎兼博士。贞元初，迁水部郎中，为太子、诸王侍读，寻改司封郎中，擢拜给事中、史馆修撰，并依旧侍读。承两宫恩顾，时无与比，而谨慎过甚，未尝泄禁中语，亦不谈人之短。卒年五十，赠礼部尚书。《旧唐书》卷一百八十九下、《新唐书》卷一百六十一有传。

徐岱有《唐故招圣寺大德慧坚禅师碑铭并序》，可见其三教融合以佛为主的观点：

> 昔老聃将之流沙，谓门人曰："竺乾有古先生，吾之师也。"仲尼亦称："西方有圣人焉。"古先生者，非释迦欤？夫教之大者，曰道与儒。仲尼既学礼于老聃，伯阳亦将师于释氏。由是而推，则佛之尊，道之广，宏覆万物，独为世雄，大矣哉！若观其会通，则天地之运，不足骇也；极其源流，则江海之浸，不足大也。固已越乾坤，遗造化，离生死，证空寂，岂文字称谓能名言哉？[①]

文中还记载了慧坚禅师参与的德宗诞节讲论：

[①]　陈尚君编：《全唐文补编》卷五十九，中华书局2005年版，第722页下。

　　贞元初，诏译斯经，俾充鉴义大德。皇上方以玄圣冲妙之旨，素王中和之教，稽合内典，辅成化源。后当诞圣之日，命入禁中，人天相见，龙象毕会。大君设重云之讲，储君降湙雷之贵，乃问禅师见性之义。答曰："性者，体也，见其用乎？体寂则不生，性空则无见。"于是，听者朗然，若长云秋霁，宿雾朝彻。又奉诏与诸长老辩佛法邪正，定南北两宗。禅师以为开示之时，顿受非渐；修行之地，渐净非顿。知法空则法无邪正，悟宗通则宗无南北。孰为分别而假名哉。其智慧高朗，谓若此也。①

　　慧坚禅师参与的德宗诞节论衡，以佛教讲论为主。其讲论内容，又集中在佛教禅宗南北二派之邪正上。

　　徐岱参与贞元十二年（796）德宗诞节论衡，载《旧唐书》卷一百三十五、《新唐书》卷一百六十七韦渠牟本传。

　　2. 赵需

　　赵需，两《唐书》无传。据柳宗元《先君石表阴先友记》，赵需为天水人，卒于兵部郎中任上。《旧唐书》卷一百三十五《卢杞传》记载，贞元元年（785）赵需为谏官时，与程京、裴佶、宇文炫、卢景亮、张荐等两次上疏，反对卢杞为饶州刺史。赵需参与贞元十二年的诞节论衡，事见《唐语林》卷五。

　　3. 许孟容

　　许孟容，字公范，京兆长安人。父鸣谦，究通《易象》，官至抚州刺史。孟容少以文词知名，举进士甲科，后穷究《王氏易》，登科授秘书省校书郎。贞元初，徐州刺史张建封辟为从事，四遣侍御史。李纳屯兵境上，杨妍入寇，使孟容见纳，敷引逆顺。李纳即悔谢，为罢兵。德宗知其能，召拜礼部员外郎。贞元十九年（803）夏，因大旱上疏，德宗不悦，改太常少卿。元和初，再迁尚书右丞、京兆尹。盗杀武元衡后，许孟容白宰相，主张索贼党。俄以尚书左丞宣慰汴、宋、陈、许、河阳行营，拜东都留守。年七十六卒，赠太子少保。《旧唐书》卷一百五十四、《新唐书》卷一百六十二有传。

---

①　陈尚君编：《全唐文补编》卷五十九，中华书局 2005 年版，第 723 页下。

据柳宗元《先君石表阴先友记》，许孟容"读书为文口辩"，有辩才。许孟容参加贞元十二年诞节论衡事，见《旧唐书》本传、《说郛》卷三十六下、《册府元龟》卷二、《唐语林》卷五等。

4. 韦渠牟

韦渠牟，京兆万年人，少慧悟，涉览经史。初为道士，复为僧。兴元中，韩滉镇浙西，奏授试秘书郎，累转四门博士。贞元十二年（796），转秘书郎，又迁右补阙、内供奉。贞元后期，陆贽免相后，德宗躬亲庶政，所倚而取信之数人中即有韦渠牟。贞元十六年（800）十一月，再擢太常卿。贞元十七年（801）七月卒，时年五十三，赠刑部尚书。《旧唐书》卷一百三十五、《新唐书》卷一百六十七有传。

权德舆撰有《唐故太常卿赠刑部尚书韦公墓志铭》，记韦渠牟著述，云："公敏于歌诗，缛采绮合，大凡文集若干卷，撰《庄子会释》，《老子》《金刚经》释文，《孝经》《维摩经》疏，《三教会宗图》共十余万言，又奏修《贞元新集开元后礼》二十卷，诏下有司，令行于代"，又引颜真卿之评价云"鲁公尝称遗名子洞彻三教，读佛书儒书道书向三万卷"①。据此可知，韦渠牟有三教会通的宗教倾向及学术修养。

韦渠牟参加贞元十二年麟德殿诞节论衡，见新旧《唐书》本传、《说郛》卷三十六下、《册府元龟》卷二、《唐语林》卷五等。

5. 丁公著

丁公著，字平子，苏州吴郡人。三岁丧母，七岁绝粒学老子道。稍长，父勉敕就学，举明经高第，授集贤校书郎。父丧，负土作冢，貌力羸惙，淮南节度使李吉甫表授太子文学，兼集贤校理，擢为右补阙，迁直学士，充皇太子、诸王侍读。穆宗立，未听政，召居禁中，条询治理，且许以相。公著陈让牢切，乃擢给事中，迁工部侍郎，知吏部选事，又迁授浙西观察使，徙为河南尹，治以清静闻。四迁礼部尚书、翰林侍读学士。长庆中，浙东灾疹，拜观察使，诏赐米七万斛，使赈饥捐。大和中卒，年六十四。著《皇太子及诸王训》10卷，《礼志》10卷，《孟子手音》1卷。《旧唐书》卷

---

① （清）董诰等编：《全唐文》卷五百零六，中华书局 1983 年版，第 5146 页下。

一百八十八、《新唐书》卷一百六十四有传。

丁公著三教论衡事迹，见《旧唐书》卷一百三十《李繁传》、《新唐书》卷一百三十九《李繁传》、《册府元龟》卷二。

6.陆亘

陆亘，字景山，苏州吴郡人。元和三年（808），策制科中第，补万年丞，再迁太常博士，又累迁户部郎中、太常少卿，历兖、蔡、虢、苏四州刺史，迁越州刺史、浙东观察使，徙宣歙。大和八年（834）卒，年七十一，赠礼部尚书。陆亘所到，以善政称，民望颇高。《旧唐书》卷一百六十二、《新唐书》卷一百五十九有传。

陆亘三教论衡事迹，见新旧《唐书·李繁传》、《册府元龟》卷二。

7.李繁

李繁，李泌之子，少聪警，有才名，师事梁肃。后为太常博士，权德舆为卿，奏斥之，改河南府士曹参军。累迁隋州刺史，罢归，不得调。后改大理少卿、弘文馆学士。谏官御史交章弹治，乃出为亳州刺史。州有剧贼，繁有机略，悉知贼巢薮所在，一旦出兵捕斩之。议者责繁不先启观察府，为擅兴。诏御史舒元舆按之，元舆与繁素隙，尽翻其狱，以为滥杀不辜，有诏赐死。繁下狱，从吏求废纸握笔，著《桐国邶侯家传》十卷，传于世。此外，李繁还著有《北荒君长录》三卷、《玄圣蘧庐》一卷、《说纂》四卷。《旧唐书》卷一百三十、《新唐书》卷一百三十九有传。

李繁有推崇儒学之举措。韩愈《处州孔子庙碑》云：

> 独处州刺史邶侯李繁至官，能以为先。既新作孔子庙，又令工改为颜子至子夏十人像，其余六十二子，及后大儒公羊高、左丘明、孟轲、荀况、伏生、毛公、韩生、董生、高堂生、扬雄、郑玄等数十人，皆图之壁。选博士弟子必皆其人，又为置讲堂，教之行礼，肄习其中。置本钱廪米，令可继处以守。庙成，躬率吏及博士弟子，入学行释菜礼，耆老叹嗟，其子弟皆兴于学。邶侯尚文，其于古记无不贯达，故其为政知所先后，可歌也已。①

---

① （清）董诰等编：《全唐文》卷五百六十一，中华书局1983年版，第5678页下。

李繁参加宝历二年（826）诞节论衡，事见《旧唐书》本传、《册府元龟》卷二。

8.白居易

白居易，字乐天，祖籍太原，徙居下邽。贞元十四年（798），以进士就试，擢升甲科，吏部判入等，授秘书省校书郎。元和元年（806），应才识兼茂、明于体用科，策入第四等，授盩厔尉、集贤校理。元和十年（815），因率先上疏请急捕刺杀武元衡凶手，被贬江州司马。白居易儒学之外，尤通释典，常以忘怀处顺为事，都不以迁谪介意。在浔城，立隐舍于庐山遗爱寺，与凑、满、朗、晦四禅师追永、远、宗、雷之迹，为人外之交。会昌中，以刑部尚书致仕。大中元年（847）卒。尝写其文集，送江州东、西二林寺，洛城香山、圣善等寺，如佛书杂传例流行之。《旧唐书》卷一百六十六、《新唐书》卷一百一十九有传。

白居易参与大和元年三教论衡事迹，见《旧唐书》本传，又撰有《三教论衡》一文记载其始末。

9.杨嗣复

杨嗣复，字继之，年七八岁时，已能秉笔为文。年二十，进士擢第。二十一，登博学宏词科，释褐秘书省校书郎，迁右拾遗，直史馆。以嗣复深于礼学，又改太常博士。元和十年（815），累迁至刑部员外郎。长庆元年（821）十月，以库部郎中知制诰，正拜中书舍人。长庆四年（824），牛僧孺作相，欲荐拔大用，以其父于陵为东都留守，未历相位，乃令嗣复权知礼部侍郎。宝历元年（825）二月，选贡士六十八人，后多至达官。大和四年（830），丁父忧免。七年（833）三月，起为尚书左丞。开成三年（838）正月，与同列李珏同平章事。武宗立，杨嗣复出为湖南观察使，明年再贬潮州刺史。宣宗即位，征拜吏部尚书。大中二年（848）卒，时年六十六。《旧唐书》卷一百七十六、《新唐书》卷一百七十四有传。

《册府元龟》卷二记载，吏部侍郎杨嗣复参与了大和二年（828）文宗诞节三教论衡。然，翻阅两《唐书》杨嗣复本传，嗣复一生未曾担任吏部侍郎一职。大和元年（827）文宗即位，杨嗣复任职户部侍郎，直至大和四年。此处"吏部侍郎"可能是"户部侍郎"之讹。杨嗣复有《九征心戒》一卷，其中多道教心法。

10.崔戎

崔戎，字可大，崔玄暐从孙。举明经，登科授太子校书，调判入等，授蓝田主簿，为藩镇名公交辟。裴度领太原，署为参谋。时王承宗据镇州叛，裴度请崔戎单车往谕之，王承宗感泣受教。入为殿中侍御史，累拜吏部郎中，迁谏议大夫。寻为剑南东西两川宣慰使。西州承蛮寇之后，戎既宣抚，兼再定征税，废置得所，公私便之。还拜给事中，驳奏为当时所称。改华州刺史，迁兖、海、沂、密都团练观察等使。大和八年（834）五月卒，赠礼部尚书。《旧唐书》卷一百六十二、《新唐书》卷一百五十九有传。

崔戎三教论衡事迹，见《册府元龟》卷二。

11.李贻孙

李贻孙，两《唐书》无传。据现存文献，李贻孙活动于武宗、宣宗时期，曾官至刺史，工书。会昌五年（845）九月作《神女庙诗》，同年十一月撰《夔州都督府记》。大中六年（852）四月十三日撰《新造上生院记》。又有《故四门助教欧阳詹文集序》一篇，未知作年。李商隐有《为李贻孙上李相公德裕启》。

李贻孙三教论衡事件，见《宋高僧传·释知玄传》。

12.杨汉公

杨汉公，字用乂，虢州弘农人，擢进士，释褐为兴元李绛幕府。累迁户部郎中、史馆修撰。大和七年（833），转司封郎中。坐其兄虞卿事，下除舒州刺史，徙湖、亳、苏三州。擢桂管、浙东观察使。由户部侍郎升荆南节度使，召为工部尚书。宣宗擢为同州刺史，后又迁为宣武、天平两节度使，卒于是任。《旧唐书》卷一百七十六、《新唐书》卷一百七十五有传。

杨汉公参与大中三年（849）三教论衡事迹，见《宋高僧传·释知玄传》。又《佛祖统纪》卷四十二云："统左禁军杨汉公，以策定功，请复佛教。乞访求知玄法师，于是复僧，入居宝应寺。"[1]此或许有误，杨汉公担任统左禁

---

[1]　（宋）沙门志磐：《佛祖统纪》卷四十二，《大正藏》第49册，新文丰出版公司1983年版，第386页下。

军一职，未见文献记载。

（二）僧人

1. 释端甫

释端甫，俗姓赵，天水人。十岁依崇福寺道悟禅师为沙弥，十七正度为比丘，隶安国寺，受具于西明寺照律师，学《毗尼》于崇福寺升律师，传《唯识》于安国寺素法师，通《涅槃经》于福林寺鉴法师。德宗皇帝闻其名征之，一见大悦，常出入禁中，与儒道议论，赐紫方袍。岁时锡施，异于他等，复诏侍皇太子于东朝。顺宗皇帝深仰其风，亲之若昆弟。相与卧起，恩礼特隆。宪宗皇帝数幸其寺，待之若宾友。时天子端拱无事，诏甫率缁属迎真骨于灵山，开法场于秘殿。掌内殿法仪，录左街僧事，以标表净众者凡十年。开成元年（836）六月一日，西向右胁而灭，俗寿67。《宋高僧传》卷六有传。又见裴休《玄秘塔碑铭》。

据《宋高僧传》，端甫在德宗朝"常出入禁中，与儒道议论"。案，德宗有三个年号：建中（780—783）、兴元（784）、贞元（785—805）。其中，贞元年间诞节论衡最为频繁，端甫参与三教论衡，可能在贞元年间。《新唐书》载："贞元初……帝以诞日岁岁诏佛、老者大论麟德殿，并召岱及赵需、许孟容、韦渠牟讲说。"[1] 释端甫当与赵需、韦渠牟等论衡三教。

2. 释谈延

谈延，又作"谈筵""谭延"，藏内文献阙载，事迹不详。《大唐贞元续开元释教录》卷二记载，贞元五年（789），谈延于当寺赞演《大乘理趣六波罗蜜多经疏》。唐文宗开成（836—840）年间日本僧人撰成的《慈觉大师在唐送进录》、《日本国承和五年入唐求法目录》，均有内供奉谈延法师《叹齐（当作"斋"）格并文》一卷。

文献记载谈延参与三教论衡两次。《大唐贞元续开元释教录》载：

---

[1] （宋）欧阳修、（宋）宋祁等：《新唐书》卷一百六十一《韦渠牟传》，中华书局1975年版，第4984页。

右去四月十九日，皇帝降诞之辰，在内道场东面，及前一日退食之余，在麟德殿西廊下，有章敬寺禅行大德道澄、庄严寺大慧、总持寺藏山，及三教谈论大德谈筵等一十一人，奉对殿下"心地法门"义已……贞元九年（793）八月二十三日，临坛翻经西明寺沙门圆照上启。①

是则，谈延参加了贞元八年皇帝诞辰之讲经论议。又，《册府元龟》卷二载，谈延参与了贞元十二年诞节论衡。

3. 释惟应

惟应，事迹不详。《册府元龟》卷二记载，惟应参加了大和元年诞节论衡。

4. 释义休

义休，生平不详。《白氏长庆集》卷二十八《三教论衡》记述，义休参加了大和元年诞节论衡。

5. 释义林

义林，僧传不录。唐刘轲《大唐三藏大遍觉法师塔铭并序》有："大和二年（828），安国寺三教谈论大德内供奉赐紫义林，修三藏忌斋于寺。"② 唐李宏庆《大慈恩寺大法师基公塔铭并序》有："太和二年（828）二月五日，异时门人安国寺三教大德赐紫法师义林，见先师旧塔摧圮，遂唱其首，率东西街僧之右者，奏发旧塔，起新塔，功未半而疾作。"③ 据此而言，义林之"三教大德"即"三教谈论大德"之省文。三教谈论既然是对诞节三教论衡表现突出者的赐号，义林当参加诞节论衡。

6. 释匡白

匡白，僧传不录。匡白《江州德化东林寺白氏文集记》，"时太和六年（832），岁次甲午八月己巳朔十二日庚辰，管内僧正讲论大德赐紫沙门匡白记"。据此知，匡白获"讲论大德"赐号，可能参加了三教论衡。

---

① （唐）释圆照：《大唐贞元续开元释教录》卷二，《大正藏》第55册，新文丰出版公司1983年版，第765页中—下。

② （清）董诰等编：《全唐文》卷七百四十二，中华书局1983年版，第7681页下。

③ （清）董诰等编：《全唐文》卷七百六十，中华书局1983年版，第7895页上。

7. 释怀晖

怀晖，姓谢氏，泉州人。贞元初，礼洪州大寂禅师。次寓齐州灵岩寺，又移卜百家岩。元和三年，宪宗诏入于章敬寺毗卢遮那院安置。则大历中敕应天下名僧大德三学通赡者，并丛萃其中，属诞辰多于此修斋度僧焉。晖既居上院，为人说禅要。朝僚名士，日来参问。复诏入麟德殿赐斋，推居上座。元和十年（815）十二月十一日灭度，春秋六十二。《宋高僧传》卷十有传。

权德舆《唐故章敬寺百岩大师碑铭并序》亦云："元和三年，有诏征至京师，宴坐于章敬寺，每岁召入麟德殿讲论，后以疾固辞。"据此，怀晖参与诞节论衡在元和年间。

8. 释惟宽

释惟宽，姓祝氏，衢州信安人。生十三岁，见杀生者尽然不忍食，退而出家。贞元六年（790）始行化于闽越间。元和四年（809）宪宗章武皇帝诏于安国寺，五年（810）问道于麟德殿。十二年（817）二月迁化，报龄六十三，僧夏三十九。谥曰大彻禅师。《宋高僧传》卷十有传。事迹又见白居易《西京兴善寺传法堂碑铭并序》。

据此可知，惟宽参加元和五年论衡。

9. 释大义

释大义，僧传不录。韦处厚《兴福寺内道场供奉大德大义禅师碑铭》载其事迹。大义，俗姓徐氏，衢州须江人。年二十，依本郡潜灵寺僧惠绩受具戒。后谒道一于江西。应缘上京，右神策护军霍公表为内道场供奉大德。后入内神龙寺法会群僧，与湛然法师论辩。后德宗降诞日，于麟德殿大延论议，龙梵冥护，人天倾听。大历中，游上饶郡西百里所。山名鹅湖，三峰秀揭，摩霄荫江，鸡犬四绝。元和十三年（818）正月甲子顺化，报龄七十三，僧腊五十四。

据此可知，释大义参加德宗朝诞节论衡。

10. 释元照、释齐高、释光颢、释海岸、释圆镜、释文漱

此六人，僧传不录。《常晓和尚请来经目》云："（开成三年，838）幸遇栖灵寺灌顶阿阇梨，法号文璨和尚，并华林寺三教讲论大德元照座主。

其文璨和尚则不空三藏弟子，兼惠应阿阇梨付法人也。"①《灵岩寺和尚请来法门道具等目录》："招福寺内供奉讲论大德沙门齐高，兴唐寺内供奉讲论大德沙门光颢，云花寺内供奉讲论大德沙门海岸，青龙寺内供奉讲论大德沙门圆镜。"圆镜《回日本僧实慧等书》："开成四年（839）正月日，大唐青龙寺内供奉三教讲论大德沙门圆镜……状日本国律大德传灯大法师实慧阿阇黎等座前，谨空。"《入唐求法巡礼行记》云："招福寺内供奉、三教讲论大德齐高法师……内供奉、三教讲论、赐紫、引驾起居文溆法师。"②

"三教讲论"与"三教谈论"相同，获此号者当为诞节论衡突出者。另，文溆法师，《宋高僧传》不录。不过，《资治通鉴》卷二百四十三记载，宝历二年（826）六月唐敬宗幸福兴寺，观沙门文溆俗讲。《太平广记》卷二百零四引《卢氏杂说》，文溆法师为入内大德，后被流放，曾依据其讲经之声作曲子《文溆子》。此亦说明，诞节三教论衡与佛教俗讲存在关联。

11. 释云端

释云端，僧传不录。《大宋僧史略》记载，唐武宗欲毁灭佛法，"端公奉敕旨，欲芟夷释氏"，武宗下诏"有佛教来，自古迄今，兴废有何征应？仰两街僧录与诸三学僧录其事目进上"。云端推荐玄畅撰《三宝五运图》，"明佛法传行年代"。③赵嘏有《题崇圣寺简云端僧录》："暮尘飘尽客愁长，来扣禅关月满廊。宋玉逢秋空雪涕，净名无地可容床。高云覆槛千岩树，疏磬含风一夜霜。回首故园红叶外，只将多病告医王。"④说明云端为僧录，且住锡崇圣寺。

据《大宋僧史略》，释云端在会昌年间武宗毁佛时，参与三教论衡。

12. 释知玄

知玄，字后觉，姓陈氏，眉州洪雅人也。年十一削发，随师诣唐兴邑四安寺，授大经四十二卷。时丞相杜公元颖作镇西蜀，闻玄名，命升堂讲谈于

---

① 佚名：《常晓和尚请来目录》卷一，《大正藏》第 55 册，第 1068 页下。
② ［日］圆仁：《入唐求法巡礼行记》卷三，广西师范大学 2007 年版，第 119 页。
③ （宋）释赞宁撰，富世平点校：《大宋僧史略校注》卷中，中华书局 2015 年版，第 103 页。
④ （清）彭定求等编：《全唐诗》卷五百四十九，中华书局 1960 年版，第 6357 页。

大慈寺普贤阁下。文宗皇帝闻之，宣入顾问，甚惬皇情。武宗御宇，因德阳节，缁黄会麟德殿，独诏玄与道门敌言，共黄冠往复。帝虽不纳忠谏，而嘉其识见口给也。玄即归巴岷旧山，例施巾帔。宣宗龙飞，属寿昌节讲赞，赐紫袈裟，署为三教首座。大中三年（849）诞节，诏谏议李贻孙、给事杨汉公缁黄鼎列论义，大悦帝情。广明二年春，僖宗违难西蜀，肩舆诏赴行在。帝接谈论，颇解上心。七月圆寂。享年七十三，僧腊五十四。《宋高僧传》卷六有传。

据《宋高僧传》，知玄参加唐武宗、宣宗、懿宗三朝诞节论衡。

13. 释玄畅

释玄畅，字申之，俗姓陈氏，宣城人。年九岁于泾邑水西寺，依清逸上人教授经法。年十九削发，二十岁往福州兜率戒坛受具足戒。后入京华，渐萌头角，方事讲谈，遽钟会昌废教。两街僧录灵宴、辩章同推畅为首，上表论谏。遂著《历代帝王录》，奏而弗听，由是例从俗服。及宣宗复佛，玄畅于大中中，凡遇诞辰入内谈论，即赐紫袈裟，充内外临坛大德。懿宗钦其宿德，蕃锡屡臻。大中七年（853）三月，福寿寺临坛大德赐紫玄畅充都维那，寻署上座。撰《显正记》十卷、《科六帖名义图》三卷、《三宝五运》三卷。咸通十年（869），左右街僧令霄、玄畅等上表，乞为释道宣追赠，后谥号澄照。乾符中，懿宗特赐玄畅号曰法宝。乾符二年（875）三月二十一日示灭，俗龄九十三，僧腊五十九。《宋高僧传》卷十七有传。

据《宋高僧传》，释玄畅参加唐懿宗大中年间诞节论衡。

14. 释灵宴、释辩章

灵宴、辩章，生平不详。《大宋僧史略》云"次则宣宗朝，灵宴、辩章为僧录，同奏请《千钵大教王经》入藏。（章、宴二公受僧录，见《五运图》。）大中八年（854），诏修废总持寺，敕三教首座辩章专勾当修寺，护军中尉骠骑王元宥宣章公由首座充左街僧录。"①《宋高僧传·玄畅传》云，武宗灭

---

① （宋）释赞宁撰，富世平点校：《大宋僧史略校注》卷中，中华书局 2015 年版，第 103—104 页。

佛前，"时京城法侣颇甚彷徨，两街僧录灵宴、辩章同推畅为首，上表论谏。遂著《历代帝王录》，奏而弗听。"①据《宋高僧传》，灵晏、辩章充两街僧录似在武宗朝以前；据《大宋僧史略》，云端充左右街僧录至武宗灭佛前后，灵晏、辩章为僧录是在武宗之后的宣宗朝。又，《佛祖统纪》卷四十二记载，宣宗大中三年（849）"敕沙门灵晏为左右街僧录"②，大中八年"敕三教首座辩章充左街僧录"③，此非但与《大宋僧史略》基本相合，且时间更为确切，故《大宋僧史略》之说更为可信。灵晏、辩章充左右街僧录可能是在宣宗朝。

案，僧录一职，是唐代参加诞节论衡的重要人选。如此，灵晏、辩章可能参与了宣宗朝诞节论衡。

15. 释僧彻

僧彻，幼慕悟达国师知玄，知玄凡有新义别章，咸嘱付僧彻畅衍之。僧彻为《如来藏经疏》著《法鉴》四卷，《大无量寿经疏》著《法灯》二卷，《胜鬘师子吼经疏》著《法苑》十卷。宣宗大中八年（854），充右街僧录。每属诞辰，升麟德殿法座讲谈，敕赐紫袈裟。懿宗咸通十一年（870）十一月十四日延庆节，麟德殿召京城僧道赴内讲论，其日僧彻述皇猷，辞辩浏亮，帝悦，敕赐僧彻号曰净光大师，续录两街僧事。僖宗中和二年（882），为其师知玄述传，时为左街僧录。《宋高僧传》卷六有传。

16. 释彦楚、释清兰

彦楚、清兰，僧传不录。《大宋僧史略》云："懿宗咸通十二年（871）十一月十四日延庆节，两街僧道赴麟德殿讲论，右街僧录彦楚赐明彻大师，左街僧录清兰赐慧照大师。"④据此可知，释彦楚、释清兰参加了咸通十年（869）的诞节论衡。

---

① （宋）释赞宁撰，范祥雍点校：《宋高僧传》卷十七《释玄畅传》，中华书局1987年版，第430页。
② （宋）沙门志磐：《佛祖统纪》卷四十二，《大正藏》第49册，新文丰出版公司1983年版，第387页上。
③ （宋）沙门志磐：《佛祖统纪》卷四十二，《大正藏》第49册，新文丰出版公司1983年版，第387页下。
④ （宋）释赞宁撰，富世平点校：《大宋僧史略校注》卷中，中华书局2015年版，第104页。

17. 释觉晖、释云皓

觉晖、云皓，僧传不录。《大宋僧史略》云："僖宗朝，则有觉晖为僧录焉。中和（881—885）巢寇犯阙，时僧录云皓与道门威仪杜光庭执香炉案等随驾，苍黄穿袜行，至武功，脚皆创疼。及收复京师随回，方署录职，莫知于时。"① 案，僧录为佛教参与诞节论衡的主要人选，故，此二人可能参与僖宗朝诞节论衡。

但是，觉晖充僧录的时间，藏内文献存在抵牾之处。《佛祖历代通载》卷十二："（知玄）弟子僧彻，彻弟子觉晖，俱有重名，三世为僧统。"《佛祖统纪》卷四十二记载，唐昭宗乾宁三年（896）"敕沙门觉晖为左右街副僧录。副职始此。"②《大宋僧史略》亦云："昭宗乾宁中，改首座为副僧录，得觉晖焉。副录自晖公始也。"③ 此与上引文献"僖宗朝则有觉晖为僧录"相矛盾。难道觉晖僖宗朝（874—888）为僧录、昭宗朝（889—904）为副录？抑或觉晖僖宗朝之僧录本身就是"副僧录"，后人去"副"而直呼"僧录"？或者，僖宗朝之僧录非左右街僧录，其职位低于后来的副僧录？不得而知。

至于"云皓"，可能为"云颢"异文。《大宋僧史略》："至懿宗咸通十一年（870）十一月十四日延庆节，因谈论，左街云颢赐'三慧大师'，右街僧彻赐'净光大师'。"④《宋高僧传》僧彻本传，也记载了咸通十一年延庆节论衡事，其时僧彻已经为僧录。故而，"右街僧彻"应为"右街僧录僧彻"之简称。依次推测，同样"左街云颢"应为"左街僧录云颢"的简称。此"云颢"与中和年间陪同唐僖宗躲避黄巢战乱的"云皓"读音相同，活动时间也接近，故"云皓""云颢"很可能为同一人。

18. 释可肇

可肇，僧传不录。《旧五代史》云："（天福二年）辛亥，天和节，帝御

---

① （宋）释赞宁撰，富世平点校：《大宋僧史略校注》卷中，中华书局 2015 年版，第 104 页。
② （宋）沙门志磐：《佛祖统纪》卷四十二，《大正藏》第 49 册，新文丰出版公司 1983 年版，第 390 页上。
③ （宋）释赞宁撰，富世平点校：《大宋僧史略校注》卷中，中华书局 2015 年版，第 110 页。
④ （宋）释赞宁撰，富世平点校：《大宋僧史略校注》卷下，中华书局 2015 年版，第 169 页。

长春殿，召左右街僧录、威仪殿内谭经，循旧式也。"①《册府元龟》云："（天福）三年（938）十一月庚午，西京左右街僧录可肇等赍佛牙到阙，宣付汴京收掌。"②据此可知，可肇应该参与了后晋高祖诞节论衡。《册府元龟》又载，后唐末帝清泰二年（935），功德使言："左右街僧录可肇报在京诸寺院童子行者，于千春节考试，及限各给得文，许令披剃，及僧尼沙弥年满二十受具戒。伏乞开置官坛，缘四月十五日僧门结夏至七月十五日方满，至千春节前开置戒坛。"③据此，可肇在后唐之际就已经充左右街僧录。

19. 释惠江

惠江，僧传不录。《大宋僧史略》"诞辰谈论"条云："庄宗代，有僧录慧江与道门程紫霄谈论，互相切磋，谑浪嘲戏，以悦帝焉。庄宗自好吟唱，虽行营军中，亦携法师谈赞，或时嘲挫。每诞辰饭僧，则内殿论义。"④《类说》又载：

> 左街僧录惠江、威仪程紫霄俱捷，每相嘲诮。江素充肥，会暑袒露，霄忽见之曰："僧录琵琶腿。"江曰："先生臇簞头。"又见骆驼数头，霄见一大者，曰："此必头陀也。"江曰："此辈滋息，亦有先后，此则是先生者，非头陀也。"⑤

《佛祖统纪》卷四十二亦云："（后唐庄宗）同光元年（923）诞节，敕僧录慧江、道士程紫霄，入内殿谈论，设千僧斋。"⑥据此可知，慧（惠）江为后唐庄宗朝僧录，曾参与后唐庄宗万寿节三教论衡。

20. 释云辩

云辩，僧传不录。《大宋僧史略》云："（天成元年）九月九日应圣节，

---

① （宋）薛居正等：《旧五代史》卷七十六《晋书·高祖纪》，中华书局1976年版，第997页。《旧五代史》原断句以为"威仪殿"为一宫殿名，误。"威仪"为道教一方三教论衡者身份。新、旧《五代史》无"威仪殿"之名。

② （宋）王钦若等编纂，周勋初等校订：《册府元龟（校订本）》卷五十二，凤凰出版社2006年版，第551页。

③ （宋）王钦若等编纂，周勋初等校订：《册府元龟（校订本）》卷五十二，凤凰出版社2006年版，第551页。

④ （宋）释赞宁撰，富世平点校：《大宋僧史略校注》卷下，中华书局2015年版，第154页。

⑤ 曾慥：《类说》卷十二，"琵琶腿臇簞头"，《文渊阁四库全书》本。

⑥ （宋）沙门志磐：《佛祖统纪》卷四十二，《大正藏》第49册，新文丰出版公司1983年版，第391页上。

百僚于敬爱寺设僧斋，召缁黄众于中兴殿论难经义。"①《佛祖统纪》云："（后唐明宗）天成元年（926）诞节，敕僧录云辩与道士入内殿谈论。"②敦煌卷子有"故圆鉴大师二十四孝押座文，左街僧录圆鉴大师赐紫云辩述。"③

据此可知，云辩在后唐明宗朝以僧录身份参与诞节论衡。

21. 释道丕

道丕，长安贵胄里人，唐之宗室。七岁绝荤膻，九岁善梵音礼赞，十九岁学通《金刚经》义。二十七岁遇曜州牧娄继英，招丕住洛阳福先弥勒院，即晋道安翻经创浴之地也。天祐三年（906）丙寅，济阴王赐紫衣。后唐庄宗署大师曰广智。丕于梁朝后主、后唐庄宗、明宗，凡内建香坛，应制谈论，多居元席。及晋迁都，天福三年（938）诏入梁苑，副录左街僧事。开运甲辰岁，为左街僧录。周太祖潜隐所重，广顺元年（951），敕召为左街僧录。显德二年（955）六月迁化，春秋六十七，僧四十七④。《宋高僧传》卷十七有传。

道丕在后唐时期就参与应制谈论，其中应有诞节论衡。在后晋时期，充左街副僧录、左街僧录，后周时期仍为左街僧录。由此来看，道丕多次参与五代时期的诞节论衡。

22. 觉辉、光业、灵准、圆敬、体虚等

此五人僧传不录，但都出任僧录：

> 中和二年（882），弟子左街僧录净光大师僧彻述《传》，法孙右街僧录觉辉，辉弟子伪蜀佑圣国师重孙光业僧录，绵绵瓜瓞，皆名公也。⑤

① （宋）王钦若等编纂，周勋初等校订：《册府元龟（校订本）》卷二，凤凰出版社2006年版，第23页。
② （宋）沙门志磐：《佛祖统纪》卷四十二，《大正藏》第49册，新文丰出版公司1983年版，第391页中。
③ 项楚：《敦煌变文选注（增订本）》，中华书局2006年版，第993页。
④ （宋）释赞宁撰，范祥雍点校：《宋高僧传》卷十七《释道丕传》，中华书局1987年版，第434页。
⑤ （宋）释赞宁撰，范祥雍点校：《宋高僧传》卷六《释知玄传》，中华书局1987年版，第132—133页。

若偏霸之国，则蜀后主赐右街僧录光业为佑圣国师。①

穆宗皇帝即位之年（即长庆元年，821），圣情虔虔，思一瞻礼，乃命两街僧录灵准公远赍敕旨迎请（无业）。②

大师讳圆敬，姓陈氏，河南陆浑人……代宗朝，征入内道场，累诏授兴善、安国、宝应等寺纲首，又充僧录。寻授宝应寺上座，赐律院以居。授瑜伽灌顶密契之法，讲《楞伽经》《起信论》，译虚空藏经，鉴义润文，内典群书，靡不该贯。（权德舆《唐故宝应寺上座内道场临坛大律师多宝塔铭并序》）③

右街僧录、三教讲论大德沙门体虚，奉本使仇骠骑怙三觉供奉大德六人，就青龙寺与日本国传灯大法师位圆行语论本教玄理，具名如后。④

左街僧录、三教讲论、赐紫、引驾大德体虚法师。⑤

按照惯例，僧录很可能参加诞节论衡。

23. 报圣寺寺主佚名

释正言《病中上寺主疏》："正言自小入道，谬列缁伦，陪行伍。今缘身婴风疾，恐僧务多有，故用悟用三宝圣言，所有罪障，不敢覆皆消灭。有少许儆利，充众僧外，请将自出钱，买得废安所在万年县浐川乡并先庄，并院内家具什物，兼庄内若外若轻若重，并嘱授内供奉、报圣寺三教谈论首座、答制赐紫大德兼当寺主。"⑥正言法师病中交代，自己的轻重物一并授予报圣寺寺主。此寺主有诸如"内供奉""三教谈论首座""答制赐紫大德"等称号。据此推测，"三教首座"可能是"三教谈论首座"之省文。故，报圣寺寺主当参与诞节论衡。

24. 释普明

《普明大师幢记》："甲子岁九月上旬九日，有故内殿讲论普明大师赐紫

---

① （宋）释赞宁撰，富世平点校：《大宋僧史略校注》卷中，中华书局 2015 年版，第 114 页。
② （宋）释赞宁撰，范祥雍点校：《宋高僧传》卷十一《释无业传》，中华书局 1987 年版，第 248 页。
③ （清）董诰等编：《全唐文》卷五百零一，中华书局 1983 年版，第 5104 页下。
④ ［日］圆行：《请来法门道具等目录》卷一，《大正藏》第 55 册，新文丰出版公司 1983 年版，第 1073 页下。
⑤ ［日］圆仁：《入唐求法巡礼行记》卷三，广西师范大学 2007 年版，第 119 页。
⑥ （清）董诰等编：《全唐文》卷九百二十，中华书局 1983 年版，第 9588 页上。

弘哲，俗姓李，寿年七十二，僧□五十二，迁化于洛京长寿寺。……门人内讲论大德德□四年募道……同学师弟内讲论大德匡符……开平二年（908）七月十四日记。"（《八琼室金石补正》七十九）

据此可知，普明及其门人、同学师弟，可能参加了三教论衡。

25. 释登辉、释南叙、释守澄

登辉，《全唐文》卷九百二十云："悟达国师门人，昭宗龙纪时内殿讲德，赐紫。"

南叙，《全唐文》卷九百二十云："景福中左街内殿讲论，兼应制大德沙门。"

守澄，《全唐文》卷九百二十一云："陕州夏县景福寺沙门，晋乾福中充左街讲论大德。"

（三）道士

1. 万参成

其生平事迹不详。《旧唐书》卷一百三十五《韦渠牟传》、《册府元龟》卷二记其参与贞元十二年（796）德宗诞节三教论衡。《大宋僧史略·诞辰谈论》条记此事时，"万参成"作"葛参成"，"葛"当为"万"之讹误。

2. 郄玄表

郄玄表生平不详。令狐楚《大唐回元观钟楼铭并序》云："大和初，今上以慈修身，以俭莅物……由是，道门威仪麟德殿讲论大德，赐紫□玄表，冲用希声，为玄门领袖，抗疏上论，请加御赐。"[①] 此"□玄表"，当为郄玄表，曾被赐号"麟德殿讲论大德"。又大和三年撰写的《唐大明宫玉晨观故上清大洞景弟子东岳青帝真人田法师玄室铭并序》有："太清宫内供奉三教讲论大德兼左街道门威仪赐紫郄玄表书。"[②] 据此可知，郄玄表的"麟德殿讲

---

① （唐）令狐楚：《大唐回元观钟楼铭并序》，吴钢主编：《全唐文补遗（第一辑）》，三秦出版社1994年版，第8页。

② （唐）郄玄表：《唐大明宫玉晨观故上清大洞三景弟子东岳青帝真人田法师玄室铭并序》，周绍良、赵超主编：《唐代墓志汇编续编》，上海古籍出版社2001年版，第892页。

论大德"可能与"三教讲论"相近。郗玄表参加三教论衡，可能在宪宗大和年间或稍前。

3.杨宏元

生平事迹亦不详。《唐诗纪事》卷三十九，又作"杨洪元"。其文宗大和元年（827）三教论衡事迹，见白居易《三教论衡》一文。

4.赵常盈

生平不详。《旧唐书·白居易传》："（大和元年，827）九月上诞节，召居易与僧惟澄、道士赵常盈对御讲论于麟德殿。"[1]刘禹锡有《和令狐相公送赵常盈炼师与中贵人同拜岳及天台投龙毕却赴京师》。《天台山记》："宝历元年（825），主上遣中使王士岌、道门威仪赵常盈、太清宫大德阮幽闲、翰林待诏禄通玄，五月十三日到山，于天台观，设醮许往三井，投龙壁也。"[2]权德舆《唐故太清宫三洞法师吴先生碑铭并序》："道门威仪赵常盈，遍得先生之学，与符洞幽、周元德、晏元寿、董太珣等，或关尹受教，或庚桑为役，有年数矣。"[3]

5.曹用之

曹用之，生平事迹与参与三教论衡事，见牛弘真《曹公（用之）玄堂铭并序》：

> 先生讳用之，字道冲，其先谯国人也……曾祖义感，皇任吉州长史。祖柬吴，皇任右监门卫长史，赐绯鱼袋。父公汶，皇任虢州司法参军……以长庆二年，恩赐官度……敬宗皇帝于兴唐观置道学会，宣扬圣教，启辟真宗。先生以学洞幽微，受膺选擢。文皇恩诏，升为大德。于是复诣通玄先生，受《洞玄》等法。宣宗皇帝临御之元年，赐紫服象简，以旌其道。仍奉诏与谏议大夫李贻孙及右街僧辩章，为三教讲论。每入内殿，升御筵，穷圣教之指归，对天颜而启沃。俾缁徒望风而奔北，洪儒服义于指南。

---

[1] （后晋）刘昫等：《旧唐书》卷一百六十六《白居易传》，中华书局1975年版，第4353页。

[2] （唐）徐征君：《天台山记》卷一，《大正藏》第51册，新文丰出版公司1983年版，第1054页上。

[3] （清）董诰等编：《全唐文》卷五百零一，中华书局1983年版，第5107页下。

至（大中）十二年（858），命为左街道门威仪，总此玄坛，率诸
仙子……今上纂嗣洪猷，恢弘至道。欲稽疑于河上，必献寿于华
封。咸通十二年（871），赐号葆光大师……以十三年（872）四月
十一日遘疾，委形于京玄真观之本院，享年六十三……侄道士延
祯、延祚与门人太清宫讲论大德赐紫陈知章、伍又玄等，或如其
室，或游其蒲……①

据序文，曹用之生于元和五年（810），卒于咸通十三年，曾任左街道
门威仪。曹用之参与宣宗朝谈论三教事，佛教文献中也有记载。《宋高僧
传·知玄传》记载，大中三年（849）诞节，诏谏议李贻孙、给事杨汉公与
缁黄鼎列论义。《佛祖统纪》卷四十二、卷五十四记载，李贻孙与释知玄谈
论三教。据上引牛弘真文，右街僧录辩章以及道士曹用之也参与了宣宗朝的
三教谈论。

6. 陈磻叟

磻叟，生平不详。《唐摭言》卷九录其参与懿宗咸通年间（860—873）
三教论衡事迹。据此可知，磻叟形质短小，长喙疏齿，尤富文学。弱冠度为
道士，隶名于昊天观。咸通中，降圣之辰，因三教论衡中表现突出，帘前赐
紫衣一袭，授至德县令。磻叟莅事，未经考秩，抛官，诣阙上封事，触怒宰
相路岩，除名为民，流爱州。及路岩贬，磻叟得量移为邓州司马。时属黄巢
之后，刘巨容起徐将，得襄阳，不能知磻叟，待以巡属一州佐。磻叟沿汉南
下，中途与巨容幕吏书，触怒巨容，遣步健十余辈，移牒潭鄂，追捕磻叟。
时天下丧乱，无人为堤防，既而为卒伍所凌。门三十余口，无噍类矣。

7. 赵归真

归真，生平事迹散见于两《唐书》。敬宗宝历二年（826）十一月，太清
宫道士赵归真充两阶道门都教授博士。同年十二月，僧惟真、齐贤、正简、
道士赵归真并配流岭南。文宗开成五年（840）秋，召道士赵归真等八十一
人入禁中，于三殿修金箓道场，帝幸三殿，于九天坛亲受法箓。会昌元年

---

① 牛弘真：《唐故太清宫内供奉三教讲论大德左街道门威仪葆光大师赐紫谥玄济先生曹公
（用之）玄堂铭并序》，吴钢主编：《全唐文补遗》（第八辑），三秦出版社 2005 年版，第
218—219 页。

（841），以衡山道士刘玄靖为银青光禄大夫，充崇玄馆学士，赐号广成先生，令与道士赵归真于禁中修法箓。会昌四年（844），以道士赵归真为左右街道门教授先生。时帝志学神仙，师归真。归真乘宠每对，排毁释氏，言非中国之教，蠹耗生灵，尽宜除去。帝颇信之。会昌五年（845），归真自以涉物论，遂举罗浮道士邓元起，帝遣中使迎之。由是衡山道士刘玄靖及归真胶固，排毁释氏，而拆寺之请行焉。会昌六年（846）五月，捕赵归真、刘元清、邓元超等十二人①，并集朝堂诛之，陈其尸首。赵归真参与三教论衡事迹，见《旧唐书》卷十八上《武宗纪》、《佛祖统纪》卷四十二、《宋高僧传·释知玄传》。

8. 杜光庭

杜光庭，晚唐五代人，少习儒学，博通经史，咸通年间应九经举落第，遂入天台山，师从应夷山，为陶弘景七传弟子。入道后，杜光庭广泛搜集天下道书，考辨真伪，条列始末。七八年后，道学与诗文闻名朝野。乾符初年经翰林学士郑畋推荐，得唐僖宗召见，赐紫服象简，授麟德殿文章应制。中和元年（881），黄巢农民起义军破长安，唐僖宗入蜀，下旨召杜光庭至成都，赐号"广成先生"。天祐四年（907），四川节度使王建称蜀王，邀杜光庭出山辅政，为皇子师，任谏议大夫、户部侍郎。光天三年（919），王建十一子王衍即位。乾德三年（921）八月，王衍受道箓，授杜光庭崇真馆大学士，赐号"传真天师"。长兴四年（933）十一月羽化，终年八十四岁。②事迹见宋陶岳《五代史补》卷一、宋张唐英《蜀梼杌》卷上、宋内臣奉敕编《宣和书谱》卷五、元赵道一《历世真仙体道通鉴》卷四十、清吴任臣《十国春秋》卷四十七等。

杜光庭曾为《太上洞渊神咒经》撰写序文，序前署自己名号有"传真天师"，有"三教谈论"。杜光庭赐号"传真天师"是在前蜀后主时期。据此而言，至少在前蜀时期，杜光庭就已经获赐"三教谈论"。罗争鸣认为，《太上洞渊神咒经》序文中杜光庭的官职名号，是唐僖宗、前蜀王建、后主王衍

---

① （宋）沙门志磐：《佛祖统纪》卷四十二，《大正藏》第49册，新文丰出版公司1983年版，第386页中。对照《旧唐书》可知，刘元清、邓元超分别为刘玄靖、邓元起之讹误。

② 杜光庭生平，参照严振非：《杜光庭的生平及其学术成就》，《中国道教》1991年第1期。

等不同时期所充任、赏赐，"若确实由杜光庭自己签署，多少带有总结回顾的意味"①。如果这种说法成立，则杜光庭在僖宗朝有可能已经参加了三教论衡，并获赐"三教谈论"。

杜光庭与佛教的关系，文献记载也有矛盾。《宋高僧传》记载，杜光庭与僧彻、悟达国师知玄、贯休等僧人相善。《佛祖历代通载》卷二十二"圣旨禁断道藏伪经"条，有杜光庭《辟邪归正论》《谤道释经》，后者为杜光庭与林灵素同撰，内容是"破大藏经"的。《北山录》卷七夹注有"杜光庭造《无佛论》，竟以双瞽而卒也"。《宋史》卷二百零八也有"杜光庭《三教论》一卷"。据这些记载来看，杜光庭确实对儒佛道关系尤其是释道关系，发表过一些看法。这些看法很有可能与诞节三教论衡相关。

9. 强思齐

《道德真经元德纂序》："弘农强思齐，字默越……侍先师京金仙观，讲论大德，赐紫全真居葛仙中宫……僖宗皇帝顺动六飞，驻跸三蜀，五月应天节，默起祝寿行殿，宠赐紫衣。高祖神武皇帝应历开图，配天位极，二月寿春节，允承明命，赐号"玄德大师"……乾德二年（920）庚辰降圣节戊申日，广成先生、光禄大夫、尚书、户部侍郎、上柱国蔡国公杜光庭序。"

是则，强思齐在僖宗和前蜀皇帝王衍朝，参加诞节论衡。

此外，道教方面，参加三教论衡者多担任"道门威仪"一职。道门威仪最初在隋代设置，隋文帝始以玄都观主王延为威仪②。唐代的道门威仪，有统摄、监领诸道士，管理道教内部事务的职能。开元二十五年（737）五月庚子，有《停京都检校僧道威仪敕》：

> 敕：道释二教，必在护持。须置威仪，令自整肃。徒众既广，统摄尤难，更相是非，却成烦弊。自今已后，京都检校僧道威仪事宜并停。或恐先有猜嫌，因此妄相纠诉，所由亦不须为理。③

据此而言，不但道教有威仪一职，大致相当于佛教僧录，而且佛教也置有威仪。

---

① 罗争鸣：《关于杜光庭生平几个问题的考证》，《文学遗产》2003 年第 5 期。
② （宋）高承：《事物纪原》卷七"道释科教部第三十八"，中华书局 1989 年版，第 382 页。
③ （宋）宋敏求编：《唐大诏令集》卷一百一十三，中华书局 2008 年版，第 590 页。

　　道门威仪是道教方面参加三教论衡的一个重要群体。前面所引，赐号"三教谈论"的几位道士中，曹用之、杜光庭、郤玄表三人都曾任"道门威仪"。除此三人之外，道门威仪赵常盈、程紫霄也参与了此一时期的三教论衡。据周奇统计，肃宗以后道门威仪还有数人：大历年间的申甫，文宗朝的谢遵符、聂师道、尹嗣玄、孙智清，唐末邓启霞①，以及撰写《曹公（用之）玄堂铭并序》的牛弘真。此数人也有可能诞节参与三教论衡。

---

① 　周奇：《道门威仪考》，《史林》2008 年第 6 期。

第十四章　唐代三教论衡文献编年

唐代三教论衡文献内容丰富，种类庞杂，但记载信息相对零散，有些甚至相互抵牾。为了全面了解此一时期三教论衡的整体面貌，有必要对这些文献进行系统编年。本章对唐武德元年（618）至五代后周显德七年（960）三百五十多年间的三教论衡文献，特别是言辩式三教论衡文献进行系年考订。此一考订，在结构上由时间、事件、文献三部分构成。时间部分由朝代、庙号、年号、对应西历四个要素构成，事件部分是对文献主要内容的提炼，文献部分以"[文献]"标注辑录记载事件的文献文本并考辨文献的真伪。此外，玄宗之后三教论衡以诞节论衡为主，诞节贺寿涉及的一些文献如诞节设置与变更、诞节宗教活动等，都纳入本文考察范围；文献有不止一种来源时，以记载较早、较为准确完备的文献为主，并将文献出处加圆括号标注，其他文献则以"又"补充，视具体情况或详或略征引罗列；文献记载过于详细，则摘要以存之；文献间相互有抵牾者，稍作辨析或取舍。

唐高祖武德元年（618）

释僧辩与道士在芮城发生论辩。

[文献] 武德之始，步出关东，蒲虞陕虢，大弘法化，四远驰造，倍胜初闻。尝处芮城，将开《摄论》，露缦而听，李释同奔，序王将了，黄巾致问，酬答乃竟，终诵前关。辩曰："正法自明，邪风致翳。虽重广诵，不异前通。"黄巾高问，转增愚叟，谓其义壮，忽旋风勃起，径趣李宗，缦倒掩抑，身首烦扰，冠帻交横，衣发紊乱，风至僧伦，怗然自灭。大众笑异其相，一时便散。（《续高僧传·僧辩传》）

据"武德之始"一语，系其于武德元年。

唐高祖武德四年（621）

六月，傅奕上疏，请废僧尼、减寺塔。高祖纳疏，下诏问沙门出家损益。

［文献］此事及疏文《集古今佛道论衡》卷丙、《广弘明集》卷二十五、《破邪论》卷一、《法琳别传》卷二并有收录。傅奕上疏，《破邪论》录云："搢绅门里，翻受秃丁邪戒。儒士学中，倒说妖胡浪语。曲类哇哥，听之丧本。臭同鲍肆，过者失香。复广置伽蓝，壮丽非一。劳役工匠，独坐泥胡。撞华夏之鸿钟，集蓄僧之伪众。动淳民之耳目，索营私之货贿。女工罗绮，剪作淫祀之旛。巧匠金银，散雕舍利之冢。秔粱面米，横设僧尼之会。香油蜡烛，枉照胡神之堂。剥削民财，割截国贮。朝廷贵臣，曾不一悟。"

唐高祖武德五年（622）

沙门法琳、普应、东宫学士李师政撰文反驳傅奕。

［文献］法琳著《破邪论》驳傅奕。又，武德五年正月十二日法琳作《上秦王启》，二十七日又作《上殿下破邪论启》，另有虞世南《襄阳法琳法师集序》，并录于《破邪论》。《破邪论》现存《大正藏》第52册。又见《广弘明集》卷十一、《法琳别传》卷上。

又，《续高僧传·智实传》记载，沙门普应制《破邪论》反驳傅奕。《广弘明集》卷十五节录东宫学士李师政为驳斥傅奕而撰写的《内德》《正邪》二论。

唐高祖武德六年（623）

太子建成等上奏法琳所著《破邪论》，傅奕所陈因此致寝。

［文献］武德六年五月二日，济法寺沙门琳等上启，皇储等人因奏法师之论，高祖异焉，故傅氏所陈，因而致寝。（《法琳别传》卷上）

然《破邪论》录法琳上秦王李世民、太子李建成启，是在武德五年正月。李建成、李世民上书高祖李渊，乃法琳上启二人一年之后。"傅氏所陈，因而致寝"，此当为形势使然。

唐高祖武德七年（624）

高祖亲临释奠，令三教讲论。

［文献］武德七年二月丁酉，幸国子学，亲临释奠，引道士、沙门有学业者，与博士杂相驳难，久之乃罢。（《旧唐书》卷二十四《礼仪志四》）

又见《通典》卷五十三。

又，《旧唐书》卷一百八十九《陆德明传》："高祖亲临释奠，时徐文远讲《孝经》，沙门惠乘讲《波若经》，道士刘进喜讲《老子》，德明难此三人，各因宗指，随端立义，众皆为之屈。高祖善之，赐帛五十匹。"又见《新唐书》卷一百九十八《陆德明传》、《唐会要》卷三十五、《大唐新语》卷十一、《册府元龟》卷五十。此或即《旧唐书·礼仪志四》所载释奠论衡。故，同系此年。

傅奕上疏请革除佛教，招致僧人辩驳。

[文献] 武德七年，傅奕上疏请除去释教。其中云："今之僧尼，请令匹配，即成十万余户。产育男女，十年长养，一纪教训，自然益国，可以足兵。四海免蚕食之殃，百姓知威福所在，则妖惑之风自革，淳朴之化还兴。"（《旧唐书》卷七十九《傅奕传》）

此事《佛祖统纪》卷三十九系于武德八年。今从《旧唐书·傅奕传》。

又，《广弘明集》卷十二录有绵州振响寺沙门明概《决对傅奕废佛法僧事并表》，然《佛祖统纪》卷三十九系此事于武德九年。今暂置此年。

唐高祖武德八年（625）

高祖释奠，集三教辩论。

[文献] 武德八年，岁居协洽，驾幸国学，礼陈释奠，堂列三座，拟叙三宗。时胜光寺慧乘法师，隋炀所珍，道俗敦敬，众所乐推，以为导首。于时五都才学，三教通人，荣贵宰伯，台省咸集。天子下诏曰："老教孔教，此土元基。释教后兴，宜崇客礼。今可老先次孔，末后释宗。"道士李仲卿树义"道至极至大"，潘诞树义"道大佛小"，慧乘与之辩论。（《集古今佛道论衡》卷丙）

又见《续高僧传·慧乘传》。

唐高祖武德九年（626）

道士李仲卿、刘进喜著文诋毁佛教，法琳撰《辩正论》以回应。

[文献] 武德九年，清虚观道士李仲卿、刘进喜，猜忌佛法，恒加讪谤。李著《十异九迷论》，刘著《显正论》，仍托傅氏上闻天听。沙门法琳乃因刘、李二论，造《辩正论》以拟之，一帙八卷，纶综终古，立信当今。东宫学士

陈子良为《辩正论》作序。(《集古今佛道论衡》卷丙)

唐太宗贞观五年（631）

刘进喜与道岳辩论《老子》。

[文献] 会贞观中，广延两教，时黄巾刘进喜，创开《老子》，通诸论道。道岳乃问以"道生一二"，征据前后，遂杜默焉。道岳曰："先生高视前彦，岂谓目击取通乎。"坐众大笑而退。至六年秋八月，岳兄旷公从化，悲痛缠怀。(《续高僧传·释道岳传》)

据上文"六年八月"之说，暂系此事于贞观五年。

唐太宗贞观七年（633）

太子中舍人辛谞与沙门慧净、法琳辩论。

[文献] 太子中舍辛谞，学该文史，诞傲自矜，心在道术，轻弄佛法，染翰著论，详略释宗。时有对者，谞必碎之于地，谓僧中之无人也。慧净法师不胜其侮，乃裁论以拟之。又有李远问舍人者，曾读慧净之论，意所未详，便以示沙门法琳，请广其义类，法琳著论回应。(《集古今佛道论衡》卷丙)

又见《续高僧传·慧净传》、《广弘明集》卷十八、《法琳别传》卷九。

唐太宗贞观十年（636）

释慧净与道士蔡子晃、成玄英于纪国寺辩论。

[文献] 贞观十年，纪国寺开讲，王公宰辅，才辩有声者，莫不毕集，时以为荣望也。京辅停轮，盛言陈抗，皆称机判，委绰有余逸。黄巾蔡子晃、成世英，道门之秀，才申论击，因遂征求，自覆义端，失其宗绪。慧净乃安词调引，蔡子晃等饮气而旋，合坐解颐，贵识同美。(《续高僧传·慧净传》)

唐太宗贞观十二年（638）

皇太子李承乾集三教学士于弘文殿论议。

[文献] 贞观十二年，皇太子集诸官臣及三教学士于弘文殿开明佛法，纪国寺慧净法师预斯嘉会。有令召慧净开《法华经》，奉旨登座，如常序胤。道士蔡子晃讲道论好，独秀时英，下令遣与抗论。慧净树"法华经序品第一"义，蔡子晃、孔颖达先后与慧净辩论。(《集古今佛道论衡》卷丙)

又见《续高僧传·慧净传》，然谓其事发生于贞观十三年。今从《集古今佛道论衡》。

唐太宗贞观二十一年（647）

玄奘与道士在五通观将《老子》译汉为梵，翻译过程中发生论辩。

[文献] 贞观二十一年，西域使李义表还，奏称东天竺童子王所未有佛法，外道宗盛。义表告以中国未有佛教前，已有圣人说经，在俗流布，彼王请译为梵言。太宗下敕，令玄奘法师与诸道士对共译出。于时道士蔡子晃、成玄英二人，李宗之望，自余锋颖三十余人，并集五通观，日别参议，详核《道德》。奘乃句句披析，穷其义类，得其旨理。（《集古今佛道论衡》卷丙）

又见《续高僧传·玄奘传》。翻译过程，就可否借用《中论》《百论》翻译《老子》，《老子》之"道"译为"末伽"还是"菩提"，是否需要翻译《河上公序》，玄奘与诸道士展开论辩。中书马周问玄奘"西域有道如老庄否"，玄奘说："九十六道，并欲超生，师承有滞，致论诸有。至如顺世四大之术，冥初六谛之宗，东夏所未言也。"

唐高宗永徽五年（654）

胡僧与道士争称其名，高宗参与佛道论辩。

[文献]永徽五年(654)，因胡僧与道士争称其名，胡僧反列于道士之上。唐高宗与于志宁论道尊佛贱。（《天皇至道太清玉册·清规仪范章》）

唐高宗显庆三年（658）

四月，高宗于皇宫内召集佛道论衡。

[文献] 显庆三年四月下敕，追僧、道士各七人入内论义。时会隐法师竖"五蕴"义，神泰法师立"九断知"义。道士黄赜、李荣、黄寿等，次第论义。次下敕遣道士竖义，李荣遂立"道生万物"义，大慈恩寺僧慧立登论座辩难。次道士黄寿登座，竖"老子名"义，会隐法师将事整容，与其抗论，慧立以论难之体褒贬为先，恐难道名有所触误，遂指斥黄寿"对人之孙，公谈祖祢之名字"。此后，慧立讲"因缘"义、"三性"义，为高宗所称赞。（《集古今佛道论衡》卷丁）

六月十三日，高宗于百福殿举行佛道论衡。

[文献] 显庆二年六月十二日，西明寺成，道俗云合，幢盖严华，明晨

良日，将欲入寺，箫鼓振地，香华乱空，自北城之达南寺十余里，十街衢阗噎。至十三日清旦，帝御安福门上，郡公僚佐，备列于下，内出绣像，长幡高广，惊于视听，从于大街沿路南往，并皆御览，事讫方还。寻即下敕，追僧道士各七人入。上幸百福殿，内官引僧在东，道士在西，俱时上殿。论辩之僧人有会隐、慧立等，道士有张惠元、李荣等。会隐树"四无畏"义，道士七人各陈论难。李荣树"六洞"义，慧立与之辩难。（《集古今佛道论衡》卷丁）

此事《集古今佛道论衡》置于显庆三年之后，于编纂体例不合。《大唐大慈恩寺三藏法师传》卷十载：显庆三年正月，驾自东都还西京，法师亦随还。秋七月，再有敕法师徙居西明寺。寺以元年秋八月戊子十九日造。至显庆三年六月十三日，于寺建斋度僧，命法师看度。据此可知，此事当在显庆三年。《集古今佛道论衡》卷丁"显庆二年六月十二日"，"二年"乃"三年"之讹误。

十一月，高宗于别中殿举行佛道论衡。

[文献] 显庆三年冬十一月，上以冬雪未零，忧劳在虑，思弘法雨，雩祈雪降，爰构福场，故能静处中禁，广严法座。下敕召大慈恩寺沙门义褒、东明观道士张惠元等入内，于别中殿讲道论也。内外宫禁，咸集法筵，释李搜扬，选穷翘楚，即斯荣观，终古无之。时道士李荣先升高座，立"本际义"，义褒与之辩论。义褒开"摩诃般若波罗蜜"义，张惠元、姚道士、李荣三人与之辩论。（《集古今佛道论衡》卷丁）

又见《续高僧传·义褒传》。

唐高宗显庆五年（660）

高宗于东都合璧宫举行佛道论衡。

[文献] 显庆五年，车驾东都，归心佛道，宗尚义理，非因谈叙，无由释会。下敕，追大慈恩寺僧义褒、西明寺僧惠立等，各侍者二人，东赴洛邑，登即邮传，依往至合璧宫奉见。叙论义旨，不爽经通。下敕，停东都净土寺，义褒即于彼讲《大品》《三论》，声华崇盛，光价逾隆。（《集古今佛道论衡》卷丁）

此事《集古今佛道论衡》题为"上幸东都又召西京僧、道士等往论"。

是则，此为佛道论衡。

六月，高宗于齐圣殿举行三教论衡。

［文献］显庆五年六月，高宗御齐圣殿，引弘文馆学士上官仪及吕才、直学士李玄植、道士张惠元、李荣、黄玄归及名僧等，于御前讲论，命李玄植登讲坐发《易》题，吕才、李荣等以次问难，敷扬经义，移时乃罢。（《册府元龟》卷五百九十九）

八月十八日，高宗于洛阳宫内举行佛道论衡。

［文献］显庆五年八月十八日，敕召僧静泰、道士李荣在洛宫中，帝问僧曰："《老子化胡经》述化胡事，其事如何，可备详其由绪。"随后，僧道围绕《老子化胡经》展开辩难。李荣词屈，高宗命还梓州。（《集古今佛道论衡》卷丁）

唐高宗龙朔二年（662）

高宗于蓬莱宫碧宇殿举行佛道论衡。

［文献］龙朔二年十二月八日，于蓬莱宫碧宇殿，灵辩奉诏开《净名经》题目，道士与之对论。（《集古今佛道论衡》卷丁）

灵辩与国学博士范赟谈论。

［文献］《集古今佛道论衡》卷丁收录《茅斋中与国学博士范赟谈论序》。其中灵辩云："小僧往游江左，遐想风流。适至关中，弥钦道德。尚未披叙，邂逅相逢，深适鄙怀，是所愿也。"此可证明此事当发生在灵辩至长安之初。又，《集古今佛道论衡》记范赟身份为"司成"。司成属国子监，此名称使用于龙朔二年至咸亨元年之间。据此，暂系此事于龙朔二年。

唐高宗龙朔三年（663）

四月十四日，高宗于蓬莱宫月陂北亭举行佛道论衡。

［文献］龙朔三年四月十四日，于蓬莱宫月陂北亭，灵辩与道士姚义玄等五人、西明寺僧子立等四人讲论。其日晚，敕放道人、道士各还观寺，别敕留僧灵辩及道士二人。至十五日乃放还。初十四日，道士方惠长开《老经》题，灵辩对论。（《集古今佛道论衡》卷丁）

五月十二日，高宗又于蓬莱宫举行佛道论衡。

［文献］五月十六日，沙门灵辩于蓬莱宫又与道士论难。其道士对答不

相领，无可记录。(《集古今佛道论衡》卷丁)

六月十二日，高宗又于蓬莱宫蓬莱殿举行佛道论衡。

[文献] 六月十二日，于蓬莱宫蓬莱殿论义。灵辩与道士李荣同奉见。李荣开《升玄经》题曰"道玄不可以言象诠"，灵辩与之对论。(《集古今佛道论衡》卷丁)

唐高宗乾封二年（667）

高宗颁布《戒谕争论敕》，禁止僧人、道士论辩佛道先后问题。

[文献]《天皇至道太清玉册·清规仪范章》录唐高宗乾封二年《戒谕争论敕》，文长不赘。其中有云："朕今敷谕之后，二教咸体朕言，敢有不遵，仍前争论，重则加以极刑，轻则罚为城旦之春，令下有司，俱从朕断。"

唐高宗弘道元年（683）

高宗颁布《禁绝党恶敕》，叙述僧、道反叛之事，禁止私蓄僧人、道士。

[文献]《天皇至道太清玉册·清规仪范章》录有唐高宗弘道元年（683）《禁绝党恶敕》。文长不赘。其中云："今后道释之徒已有定额，敢有私蓄门徒，藏匿逃亡，诱惑良善，聚为党类，更相仿效者，许诸人执赴法司，推究其故，苟有不轨，诛族无赦，故敕。"

武则天载初元年（690）

二月，武则天于明堂开三教论议。

[文献] 载初元年二月，则天御明堂，大开三教，内史邢文伟讲《孝经》，侍臣僧道，以次论议。(《旧唐书》卷二十二《礼仪志》)

武则天万岁登封元年（696，三月改元万岁通天）

敕八学士论议《老子化胡经》。

[文献]《议化胡经状》一卷，万岁通天元年僧惠澄上言，乞毁《老子化胡经》，敕秋官侍郎刘知璇等议状。《化胡经议状》见录《混元圣纪》。(《新唐书》卷五十九《艺文志》)

武则天圣历元年（698）

正月，则天下诏制止佛道争毁。

[文献] 佛道二教，同归于善。无为究竟，皆是一宗。比有浅识之徒，竞于物我，或因恚怨，各出丑言，僧既排斥老君，道士乃诽谤佛法，更相訾

毁，务在加诸。人而无知，一至于此。且出家之人，须崇业行，非圣犯义，岂是法门。自今僧及道士，敢毁谤佛道者，先决杖，即令还俗。（《唐大诏令集》卷一百一十三《条流佛道二教制》）

制文标注时间为"圣历元年"。

武则天长安二年（702）

尹思贞于国子释奠讲辨三教。

[文献] 左右史张说、尹元凯荐尹思贞为国子大成。每释奠，讲辨三教，听者皆得所未闻。迁四门助教，撰《诸经义枢》《续史记》皆未就。梦天官、麟台交辟，寤而会亲族叙诀，二日卒，年四十。（《新唐书》卷二百《尹愔传》）

参照张说任左史的时间，尹思贞讲辨三教的时间在长安二年前后。故暂系此年。

唐中宗神龙元年（705）

僧道辩论《化胡经》真伪。

[文献] 中宗朝，入长安游访诸高达，适遇诏僧道定夺《化胡成佛经》真伪。时盛集内殿，百官侍听。诸高位龙象，抗御黄冠。翻覆未安，臲卼难定。法明初不预其选，出场擅美，问道流曰："老子化胡成佛，老子为作汉语化，为作胡语化？若汉语化胡，胡即不解。若胡语化，此经到此土便须翻译，未审此经是何年月、何朝代、何人诵胡语、何人笔受？"时道流绝救无对，明由此公卿叹赏。则神龙元年也。其年九月十四日，下敕曰："仰所在官吏，废此伪经。刻石于洛京白马寺，以示将来。"洛京大恒道馆主桓道彦等以废《化胡经》事上表反对，下敕不许。（《宋高僧传》卷十七《法明传》）

又，《佛祖统纪》卷三十九："总章元年（668），诏百僚僧道会百福殿，议《老子化胡经》。沙门法明排众而出，曰：'此经既无翻译朝代，岂非伪造？'举众愕然，无能应者。乃敕令搜聚伪本，悉从焚弃。"又见《佛祖历代通载》卷十二。

法明参与论辩《老子化胡经》真伪事，有神龙元年、总章元年两种说法。今从《宋高僧传》记载。

唐玄宗开元七年（719）

玄宗内殿集三教论衡。

[文献] 开元中于安国寺讲《华严经》，四众赴堂，迟则无容膝之位矣，檀施繁炽，利动人心。有颍阳人韦玎，垂拱中中第，调选河中府文学，迁大理评事秘校。见涉讲筵币帛堆积，就乞选粮，所获未厌，表请释道二教定其胜负，言释道蠹政可除。玄宗诏三教各选一百人，都集内殿。韦玎先陟高座，挫叶静能及空门思明，例皆辞屈。涉次登座，解疑释结，临敌有余，与韦往返百数千言，条绪交乱，相次抗之，棼丝自理，正直有归。(《宋高僧传》卷十七《利涉传》)

《慧琳音义》卷八十四有《利涉论衡》一卷，当为本次论衡之记载，然全文已佚，所存者仅个别文词。论衡中的叶静能，睿宗朝已被诛杀。叶静能或为叶法善之讹。叶法善开元八年卒。故系此事于开元七年。

唐玄宗开元十四年（726）

玄宗召能言佛、道、孔子者答难禁中。

[文献] 玄宗开元十六年（728），悉召能言佛、道、孔子者，相答难禁中。有员俶者，九岁升坐，词辩注射，坐人皆屈。帝异之，曰："半千孙，固当然。"因问："童子岂有类若者？"俶跪奏："臣舅子李泌。"(《新唐书》卷一百三十九《李泌传》)

唐玄宗开元十七年（729）

玄宗诞日宴百官于花萼楼，议定玄宗诞日为千秋节。

[文献]（开元十七年）八月癸亥，上以降诞日，燕百僚于花萼楼下。百僚表请以每年八月五日为千秋节，王公已下献镜及承露囊，天下诸州咸令燕乐，休假三日，仍编为令，从之。(《旧唐书》卷八《玄宗纪》)

又见《册府元龟》卷二、《封氏见闻记·降诞》、《张燕公集》。

唐玄宗开元十八年（730）

玄宗于花萼楼定二教优劣。

[文献] 开元十八年，于花萼楼对御定二教优劣。道氤雄论奋发，河倾海注，道士尹谦对答失次，理屈辞殚，论宗乖舛。帝再三叹羡，诏赐绢伍伯匹，用充法施。别集《对御论衡》一本，盛传于代。(《宋高僧传》卷五《道氤传》)

《对御论衡》又题作《开元佛道论衡》，原书已佚，《慧琳音义》卷八十四有部分信息。

千秋节百官献贺。

[文献]（开元十八年）八月丁亥，上御花萼楼，以千秋节百官献贺，赐四品已上金镜、珠囊、缣彩，赐五品已下束帛有差。上赋《八韵诗》，又制《秋景诗》。（《旧唐书》卷八《玄宗纪》）

又见《册府元龟》卷二《帝王部·诞圣》。

唐玄宗开元二十一年（733）

玄宗注《道德经》。

[文献]见《封氏见闻记》卷一。又，贾善翔《犹龙传》卷五："（开元）二十一年癸酉，御注《道德经》及制序，诏士庶家藏一本。"

唐玄宗开元二十二年（734）

玄宗注《金刚经》。

[文献]（开元）二十三年九月亲注《金刚经》及《修义诀》。（《册府元龟》卷五十一）

又，房山石经本《金刚经》的尾刻题记可知，《金刚经》于开元二十三年（735）的六月三日以前，已经注释完毕。

又，张九龄《贺御注金刚经状》："陛下至德法天，平分儒术，道已广度其宗，僧又不违其愿：三教并列，万姓知归。伏望降出御文，内外传授。"唐玄宗《答张九龄贺御注金刚经批》："不坏之法，真常之性，实在此经，众为难说。且用稽合同异，疏决源流。朕位在国王，远有传法，竟依群请，以道元元。与夫《孝经》《道经》，三教无阙，岂兹秘藏能有探详。所贺知。"

唐玄宗开元二十三年（735）

玄宗于千秋节集三教讲论异同。

[文献]开元二十三八月癸巳，千秋节，命诸学士及僧道讲论三教同异。（《册府元龟》卷三十七）

又，张九龄上《贺论三教状》云："好尚之论，事踬于偏方；至极之宗，理归于一贯。非夫上圣，孰探要旨。"玄宗亦作《答张九龄贺论三教批》回应说："顷因节日，会以万方，略举三教，未暇尽理。""会三归一，初分渐顿，理皆共贯，使自求之。"

又，《册府元龟》卷二："（开元）二十三年八月五日千秋节，御花萼楼宴群臣。御制《千秋节诗序》。时小旱，是日大澍雨。百官等咸上表贺。"

唐玄宗开元二十四年（736）

玄宗于千秋节宴群臣。

[文献]（开元）二十四年八月五日千秋节，帝御广达楼宴群臣。奏九部乐，内出舞人绳伎，颁赐有差。（《册府元龟》卷二）

唐玄宗天宝四年（745）

法师神邕与道士吴筠论二教邪正。

[文献]中岳道士吴筠造邪论数篇，斥毁释教，昏蒙者惑之。本道观察使陈少游请神邕决释老二教，孰为至道。乃袭世尊之摄邪见，复宝琳之《破魔文》，爰据城堑，以正制狂，旗鼓才临，吴筠覆辙。遂著《破倒翻迷论》三卷。东方佛法再兴，实邕之力欤。（《宋高僧传》卷十七《神邕传》）

案，《佛祖统纪》卷四十记此事于天宝四年。

又，《旧唐书》卷一百九十二《吴筠传》："吴筠在翰林时，特承恩顾，由是为群僧之所嫉。骠骑高力士素奉佛，尝短筠于上前，筠不悦，乃求还山。故所著文赋，深诋释氏，亦为通人所讥。然词理宏通，文彩焕发，每制一篇，人皆传写。"

唐玄宗天宝七年（748）

改千秋节为天长节。

[文献]（天宝七年）秋八月己亥朔，改千秋节为天长节。（《旧唐书》卷九）

又，《册府元龟》卷二："天宝七载七月，文武百官、刑部尚书兼京兆尹萧照等及宗子咸上表，请改千秋节为天长节。从之。"《唐会要》卷二十九："天宝二年八月一日刑部尚书兼京兆尹萧炤及百僚请改千秋节为天长节。制曰可。"《唐会要》"二年"之说有误。

唐肃宗乾元元年（758）

玄宗诞日宴百官。

[文献]乾元元年八月甲辰，上皇诞日，于金明楼宴百官，赐彩五百匹。（《册府元龟》卷二）

唐肃宗乾元二年（759）

肃宗诞日宴百官。

[文献]（乾元）二年八月甲辰，帝降诞日，宴百官于宣政殿前，赐绢三千匹。（《册府元龟》卷二）

唐肃宗上元二年（761）

四月于唐兴寺、七月于景龙观，讲论二教。

[文献]上元二年，四月甲申，诏于唐兴寺设高座讲论二教。七月癸巳，于景龙观设高座讲论道释二教。（《册府元龟》卷五十二）

肃宗诞节于三殿置道场。

[文献]（上元二年）九月，甲申，天成地平节，上于三殿置道场，以宫人为佛菩萨，武士为金刚神王，召大臣膜拜围绕。（《资治通鉴》卷二百二十二）

又，《南部新书》卷九：“上元二年九月甲申天成地平节，上于三殿置道场。以内人为佛菩萨象，宝装饰之。北门武士为金刚神王，结彩被坚执锐，严侍于座隅。焚香赞呗，大臣近侍作礼围绕。设斋奏乐，极欢而罢，各赠帛有差。”《册府元龟》卷二：“上元二年九月，天成地平节，于三殿置道场。”

唐代宗宝应元年（762）

代宗准许诞日休假一日。

[文献]宝应元年四月即位，十月，宰臣等上言：“今月十三日，皇帝降诞日，望准天长节休假三日。”帝以山陵未毕，不许，宰臣又上言休假一日。从之。（《册府元龟》卷二）

唐代宗广德二年（764）

代宗诞日剃度僧人。

[文献]《代宗朝赠司空大辨正广智三藏和上表制集》卷一有《降诞日请度七僧祠部敕牒一首》。中书门下、祠部回复时间为“广德二年十月十九日”。

唐代宗永泰元年（765）

章敬寺沙门崇慧与道士斗法。

[文献]章敬沙门崇慧与道士角法告胜，敕赐紫衣。（《佛祖统纪》卷四十二）

唐代宗永泰二年（766）

二月国子释奠举行三教论衡。

[文献] 永泰二年二月朔上丁释奠，集诸儒、道、僧，质问竟日。此礼久废，一朝能举。八月，国子学成祠堂、论堂、六馆及官吏所居厅宇，用钱四万贯，拆曲江亭子瓦木助之。四日，释奠，宰相、常参官、军将尽会于讲堂，京兆府置食，讲论。军容使鱼朝恩说《易》，又于论堂画《周易》镜图。（《旧唐书》卷二十四《礼仪志四》）

十月代宗诞日节度使进献上寿。

[文献] 永泰二年十月降诞日，诸道节度使进献珍玩、衣服、名马二十余万记，以陈上寿。自是以为常。（《册府元龟》卷二）

唐代宗大历二年（767）

代宗诞日，宰臣及常参官率钱修斋。

[文献] 大历二年十月降诞日，宰臣及常参官率钱修斋，度僧尼道士，凡数百人。（《册府元龟》卷二）

唐代宗大历三年（768）

慧忠、太白山人于内殿辩论。

[文献] 大历三年，诏慧忠国师入内，引太白山人见之。师曰："汝蕴何能？"山人曰："识山、识地、识字、善算。"师曰："山人所居是雄山、雌山？"茫然不知对。师曰："殿上此是何地？"答曰："容弟子算。"师于地上一画，问："何字？"答曰："是一字。"师曰："土上一画，岂不是王字？"师曰："三七是多少？"答曰："二十一。"师曰："三七岂不是十字？"师谓帝曰："问山不识山，问地不识地，问字不识字，问算不识算，陛下何以得此愚人。"（《佛祖统纪》卷四十一）

九月二十三日，道士史华与惠崇斗法。

[文献] 大历三年戊申岁，九月二十三日，太清宫道士史华上奏："请与释宗当代名流，角佛力道法胜负。"于时，代宗钦尚空门，异道愤其偏重，故有是请也。遂于东明观坛前架刀成梯，史华登蹑如常磴道焉。时缁伍互相顾望推排，且无敢蹑者。惠闻之，谒开府鱼朝恩。鱼奏请于章信寺庭树梯，横架锋刃，若霜雪然，增高百尺。东明之梯，极为低下。时惠徒跣登级下

层，有如坦路，曾无难色。复蹈烈火，手探油汤，仍餐铁叶，号为馎饦，或嚼钉线，声犹脆饴。史华怯惧惭惶，掩袂而退。（《宋高僧传》卷十七《惠崇传》）

十月代宗诞日贺寿。

[文献]（大历）三年十月降诞日，诸道节度使上寿。各献衣服、名马及绫绢，凡百余万。（《册府元龟》卷二）

唐代宗大历四年（769）

代宗诞日百僚于章敬寺修斋行香。

[文献]（大历）四年十月降诞日，百僚于章敬寺修斋行香，陈乐大会。（《册府元龟》卷二）

唐代宗大历六年（771）

代宗诞日百僚于资圣寺修斋行香。

[文献]（大历）六年十月降诞日，修众僧斋于资圣寺，百僚行香，诸道使各献方物上寿。（《册府元龟》卷二）

又，《大唐故大德赠司空大辨正广智不空三藏行状》："十月圣诞日，大师进前后所译经。有敕宣示中外，编入一切经目箓。并僧俗弟子等，都赐物五百一十匹。"《宋高僧传》卷一《不空传》："年十月二日，帝诞节进所译之经。表云：爰自幼年，承事先师三藏，十有四载……起于天宝，迄今大历六年，凡一百二十余卷，七十七部，并目录及笔受等僧俗名字。兼略出念诵仪轨，写毕遇诞节。谨具进上。"今案，"十月二日"可能为"十月十二日"。"十月十三日"为代宗生日。

唐代宗大历八年（773）

代宗诞日百僚于资圣寺修斋。

[文献]（大历）八年十月降诞日，于资圣寺修一千僧斋，度僧尼凡二百人。（《册府元龟》卷二）

唐代宗大历九年（774）

代宗诞日百僚修斋行香。

[文献]（大历）九年十月降诞日，百僚分寺观行香，颁赐茶药。（《册府元龟》卷二）

唐德宗贞元六年（790）

德宗诞日于佛寺斋会。

［文献］贞元六年四月乙酉帝降诞日，京师诸司百官多于佛寺斋会。（《册府元龟》卷二）

唐德宗贞元八年（792）

德宗诞日麟德殿设内道场。

［文献］右去四月十九日，皇帝降诞之辰，在内道场东面，及前一日退食之余，在麟德殿西廊下，有章敬寺禅行大德道澄、庄严寺大慧、总持寺藏山，及三教谈论大德谈筵等一十一人，奉对殿下"心地法门"义已……贞元九年（793）八月二十三日，临坛翻经西明寺沙门圆照上启。（《大唐贞元续开元释教录》卷二）

德宗诞日沙门静居将《华严经》。

［文献］沙门静居有《皇帝降诞日于麟德殿讲大方广佛华严经玄义》，经末云"贞元八年四月二十一日，安国寺沙门静居进上"。是则，此为四月十九日德宗诞日节庆之后整理的文本。

唐德宗贞元十二年（796）

德宗诞日三教论衡。

［文献］贞元十二年四月，德宗诞日，御麟德殿，召给事中徐岱、兵部郎中赵需、礼部郎中许孟容与韦渠牟及道士万参成、沙门谭延等十二人，讲论儒、道、释三教。渠牟枝词游说，捷口水注。上谓其讲耨有素，听之意动。（《旧唐书》卷一百三十五《韦渠牟传》）

又，《旧唐书·德宗纪》："贞元十二年，（四月）庚辰，上降诞日，命沙门、道士加文儒官讨论三教，上大悦。"《新唐书》卷一百六十一《徐岱传》："贞元初，为太子、诸王侍读，迁给事中、史馆修撰。帝以诞日岁岁诏佛、老者大论麟德殿，并召岱及赵需、许孟容、韦渠牟讲说。始三家若矛楯然，卒而同归于善。帝大悦，赉予有差。两宫恩遇无比。"

此事又见载于《权德舆集》卷三十五《韦公诗集序》、《册府元龟》卷二、《唐语林》卷六、《南部新书》乙、《佛祖统纪》卷四十一、《大宋僧史略》卷下。《新唐书》卷一百六十一《徐岱传》虽云"帝以诞日岁岁诏佛、老者大论麟德殿"，然可见之文献唯有贞元十二年诞日讲论。

唐德宗贞元十三年（797）

释端甫入内三教论衡。

［文献］德宗皇帝闻其名，征之，一见大悦。常出入禁中，与儒道议论，赐紫方袍。岁时锡施，异于他等。复诏侍皇太子于东朝。（《宋高僧传》卷六《端甫传》）

此事《佛祖统纪》卷四十一系于贞元十三年。

又，裴休《唐故左街僧录内供奉三教谈论引驾大德安国寺上座赐紫大达法师玄秘塔碑铭并序》：“德宗皇帝闻其名，徵之，一见大悦。常出入禁中，与儒道议论，赐紫方袍。岁时锡施，异于他等。复诏侍皇太子于东朝……顺宗皇帝深仰其风，亲之若昆弟，相与卧起，恩礼特隆。宪宗皇帝数幸其寺，待之若宾友，常承顾问，注纳偏厚……掌内殿法仪，录左街僧事，以标表净众者凡一十年。讲《涅槃》以识经论，位处当仁传授宗主以开诱道俗者，凡一百六十座。”据端甫“三教谈论”之赐号可知，端甫当参加诞节讲论。

唐德宗贞元十五年（799）

释澄观入内三教论衡。

［文献］（贞元）十五年，清凉受镇国大师号，进加天下大僧录。四月帝诞节，敕有司备仪赞迎教授和上澄观，入内殿阐扬《华严》宗旨。（《佛祖历代通载》卷十四）

释法藏定、释宗密录《大乘起信论疏科文》及澄观《华严经行愿品疏》卷一所录内容与《佛祖历代通载》大同。是则，贞元十五年澄观所讲内容即《华严经行愿品疏》。

澄观有《七圣降诞节对御讲经谈论文》。卷数不详，暂系此年。

唐宪宗永贞元年（805）

宪宗诞日休假一天。

［文献］永贞元年八月即位，十二月太常奏：“太上皇正月十二日降诞，皇帝二月十四日降诞，并请休假一日。”诏“可”。（《册府元龟》卷二）

案，“太上皇”者顺帝也。顺帝在位八个月。《玉海》卷七十四有“顺宗圣寿节。《见齐抗寺碑》，正月十二日"。此事又见《唐会要》卷二十九。

唐宪宗元和七年（812）

宪宗诞日宰臣进献。

［文献］元和七年二月降诞日，宰臣举旧制，例进衣一袭；李吉甫独进马二匹，赐通天犀带一条，金石凌一合。（《册府元龟》卷二）

唐宪宗元和九年（814）

宪宗诞日麟德殿佛道论衡。

［文献］元和九年二月，降诞日，御麟德殿，垂帘命沙门道士三百五十人，斋会于殿内。食毕，较论于高座，晡而罢，颁赐有差。（《册府元龟》卷二）

唐穆宗元和十五年（820）

正月穆宗令诞日休假一天。

［文献］（元和十五年）闰正月辛亥，太常礼院奏，今皇上七月六日降诞，准故事，合休假上礼。从之。（《册府元龟》卷二）

七月穆宗观佛道讲论。

［文献］元和十五年七月乙巳，颁《诞辰令百僚命妇入贺皇太后诏》。又诏御麟德殿，观僧道讲论，颁赐有差。（《册府元龟》卷二）

又，《旧唐书》卷十六《穆宗纪》："（元和十五年）秋七月辛丑朔……乙巳，颁《诞辰令百僚命妇入贺皇太后诏》……丙午，敕：乙巳诏书载诞受贺仪宜停。先是，左丞韦绶奏行之，宰臣以古无降诞受贺之礼，奏罢之……乙卯……是日，上幸安国寺观盂兰盆……壬戌，盛饰安国、慈恩、千福、开业、章敬等寺，纵吐蕃使者观之。"案：元和十五年七月乙巳，对照陈垣《二十史闰朔表》，当为七月五日。这是在诞节前一天举行佛道讲论。当然也有可能是《册府元龟》编者省文导致。《旧唐书》卷十六《穆宗纪》未载诞日三教讲论事。

唐穆宗长庆元年（821）

穆宗诞日百僚贺寿。

［文献］长庆元年七月庚子降诞日，百僚于紫宸殿称贺寿，诣昭德门外；命妇诣广顺门，并进门贺皇太后。（《册府元龟》卷二）

唐穆宗长庆二年（822）

穆宗诞日百僚贺寿。

[文献]（长庆）二年甲午降诞日，宰臣率百僚入阁奉贺讫，又诣光顺门，进名贺皇太后。（《册府元龟》卷二）

唐敬宗长庆四年（824）

敬宗诞节佛道讲论。

[文献]（长庆四年）四月庚辰朔，中书门下奏："皇帝六月九日降诞，伏准故事，休假一日。"七日帝御三殿，命浮图、道士讲论，内官及翰林学士、诸军士、驸马皆从。既罢，赏赐有差。（《册府元龟》卷二）

唐敬宗宝历元年（825）

六月废除皇帝诞日贺仪。

[文献]宝历元年六月，敕："降诞日文武百僚于紫宸殿称贺及诣光顺门奉贺皇太后，自今已后宜停。"（《册府元龟》卷二）

又见《唐会要》卷二十九。

唐敬宗宝历二年（826）

敬宗诞日麟德殿三教讲论。

[文献]宝历二年六月，敬宗降诞日，御三殿，特诏兵部侍郎丁公著、太常少卿陆亘与繁等三人抗浮图道士讲论。（《旧唐书·李繁传》）

又，《册府元龟》卷二载此事，云："内官、翰林学士及诸军使、公主驸马皆从"。《佛祖统纪》卷四十二云："宝历二年，敕沙门道士四百余人，于大明宫谈论、设斋。"案：三殿即麟德殿，麟德殿是大明宫内最大的宫殿之一。《佛祖统纪》所载，可能与《旧唐书·李繁传》为同一事。

唐文宗大和元年（827）

文宗诞日麟德殿三教论衡。

[文献]大和元年十月，皇帝降诞日，奉敕召入麟德殿内道场，对御三教谈论。略录大端，不可具载。第一座秘书监赐紫金鱼袋白居易、安国寺赐紫引驾沙门义休、太清宫赐紫道士杨宏元。（《白氏长庆集》卷五十九《三教论衡》）

又，《旧唐书》卷一百六十六《白居易传》云："文宗即位，征拜秘书监，赐金紫。九月上诞节，召居易与僧惟澄、道士赵常盈对御讲论于麟德殿。"又见《册府元龟》卷二、《大宋僧史略》卷下等。

唐文宗大和二年（828）

文宗诞日麟德殿三教论衡。

[文献] 大和二年十月壬戌，以降诞日，召吏部侍郎杨嗣复、吏部郎中崔戎等赴麟德殿讲论，赐锦彩银器有差。（《册府元龟》卷二）

又，《宋高僧传》卷六《宗密传》："宗密累入内殿，问其法要。大和二年庆成节，征赐紫方袍，为大德，寻请归山。"刘轲《大唐三藏大遍觉法师塔铭并序》云："大和二年（828），安国寺三教谈论大德内供奉赐紫义林，修三藏忌斋于寺。斋众方食，见塔上有光，圆如覆镜。道俗异之，林乃上闻。"据"三教谈论大德"推断，义林当参加诞日讲论。今暂系此年。

唐文宗大和三年（829）

沈传师因请求诞日为僧尼起方等戒坛受罚。

[文献]（大和三年）冬十月戊申朔。己酉，江西沈传师奏："皇帝诞月，请为僧尼起方等戒坛。"诏曰："不度僧尼，累有敕命。传师悉为藩守，合奉诏条，诱致愚妄，庸非理道，宜罚一月俸料。"（《旧唐书》卷十七上《文宗纪》）

道士郄玄表参加诞日讲论。

[文献]《唐代墓志汇编续集》录有《唐大明宫玉晨观故上清大洞三景弟子东岳青帝真人田法师玄室铭并序》，撰于大和三年（829），撰者为"太清宫内供奉三教讲论大德兼左街道门威仪赐紫郄玄表"。"三教讲论大德"简称"三教讲论"，为皇帝诞日讲论之赐号。据此推测，郄玄表参加诞节讲论。

现依据《田法师玄室铭》撰写时间，暂系郄玄表诞日讲论时间于此年。

唐文宗大和四年（830）

文宗诞日麟德殿佛道论衡。

[文献] 大和四年十月辛亥降诞日，命道士、僧徒讲论于麟德殿。（《册府元龟》卷二）

唐文宗大和五年（831）

文宗诞日麟德殿佛道论衡。

[文献] 大和五年十月甲戌，降诞日，命沙门、道士讲论于麟德殿。（《册

府元龟》卷二）

唐文宗大和七年（833）

七月定文宗诞日十月十日为庆成节。

[文献]（大和）七年八月，中书门下《上庆成节表》，请求"近者广集缁黄，多为法会，诚有资于景福，且未叶于旧仪。夫四时成岁，百谷成实，必在首冬，用成神化。今臣等不胜大愿，请以十月十日为庆成节，著在令式，以示四方。是日陛下于宫中奉迎太皇太后与昆弟诸王，盛陈宴乐；群臣诣延英门奉觞上千万岁寿。天下州府置宴一日。"文宗《答请庆成节表制》云："朕以诞生之日，延集缁黄，式遵常仪，用宏二教。卿等启心辅德，叶志纳忠，稽贞观开元之旧章，述庆善千秋之令范，爰崇诞日，请号庆成，顾予寡昧，惧忝彝典。"（《册府元龟》卷二）

文宗庆成节麟德殿佛道论衡。

[文献]大和七年冬十月壬辰，上降诞日，僧徒、道士讲论于麟德殿。翌日，御延英，上谓宰臣曰："降诞日设斋，起自近代。朕缘相承已久，未可便革，虽置斋会，唯对王源中等暂入殿，至僧道讲论，都不临听。"宰相路随等奏："诞日斋会，诚资景福，本非中国教法。臣伏见开元十七年张说、乾源曜以诞日为千秋节，内外宴乐，以庆昌期，颇为得礼。"上深然之，宰臣因请十月十日为庆成节上诞日也。从之。（《旧唐书》卷十七下《文宗纪》）

又见《册府元龟》卷二，其中宰臣等奏云："斋会诚资景福，且非中国教化，伏自开元十七年张说、宋璟请以降诞为千秋节，事颇得宜。今若修祖宗故事，至是日奉迎两宫太后欢宴，实为盛美。"

案，《旧唐书》卷十七下《文宗纪》云："（大和八年四月）乙巳，翰林学士、兵部侍郎王源中辞内职，乃以源中为礼部尚书。"是则，大和七年十月，王源中可能为翰林学士、兵部侍郎。

唐文宗大和八年（834）

庆成节令百僚诣延英殿上寿。

[文献]（大和）八年九月敕："庆成节宜令百僚诣延英上寿，仍令太常寺具仪注奏闻。仍准上巳重阳例，于曲江锡宴。"（《册府元龟》卷二）

唐文宗大和九年（835）

庆成节百僚诣延英殿上寿。

[文献]（大和）九年十月庆成节诏："宰臣及文武百官，庆成节赴延英殿庭奉觞称贺。礼毕，锡宴于曲江亭。"（《册府元龟》卷二）

唐文宗开成元年（836）

文宗庆成节赐宴曲江。

[文献]开成元年十月庆成节，宴于延英殿，太常进云韶乐，宰臣及翰林学士赴宴。又赐百僚宴于曲江。（《册府元龟》卷二）

唐文宗开成二年（837）

文宗庆成节赐宴曲江。

[文献]（开成二年八月）甲申，诏曰："庆成节朕之生辰，天下锡宴，庶同欢泰。不欲屠宰，用表好生，非是信尚空门，将希无妄之福。恐中外臣庶不谕朕怀，广置斋筵，大集僧众，非独凋耗物力，兼恐致惑生灵。自今宴会蔬食，任陈脯醢，永为常例。"又敕："庆成节宜令京兆尹准上巳、重阳例，于曲江会文武百僚，延英奉觞宜权停。"……（十月）庚子，庆成节，赐群臣宴于曲江，上幸十六宅，与诸王宴乐。（《旧唐书》卷十七下《文宗纪》）

又见《册府元龟》卷二。

唐文宗开成三年（838）

文宗庆成节赐宴曲江。

[文献]（开成三年十月）甲午庆成节，命中人以酒醢、仙韶乐赐群臣宴于曲江亭。（《旧唐书》卷十七下《文宗纪》）

又见《册府元龟》卷二。

又，《常晓和尚请来目录》："（开成三年）幸遇栖灵寺灌顶阿阇梨，法号文璨和尚，并华林寺三教讲论大德元照座主。"据"三教讲论大德"赐号推测，元照当参加诞日讲论。暂系此年。

唐文宗开成四年（839）

文宗庆成节赐宴曲江。

[文献]（开成四年十月）戊午，庆成节，赐群臣宴于曲江亭。（《旧唐书》卷十七下《文宗纪》）

又，《册府元龟》卷二："（开成）四年十月庆成节，宴中书门下及文武百僚于曲江亭，命中人以酒馔、仙韶乐宣锡之。"释圆镜《回日本僧实慧等书》有"开成四年正月卅日，大唐青龙寺内供奉三教讲论大德沙门圆镜……"。据"三教讲论大德"推测，圆镜可能参加文宗朝庆成节讲论。暂系此年。

又，《入唐沙门圆行承和六年（839）请来经佛道具目录》云："保寿寺内供奉临坛大德沙门常辨，章敬寺内供奉禅宗大德沙门弘辨，招福寺内供奉讲论大德沙门齐高，兴唐寺内供奉讲论大德沙门光颢，云花寺内供奉讲论大德沙门海岸，青龙寺内供奉讲论大德沙门圆镜。右件大德等所与圆行大德语论教门策目并录申闻。""内供奉讲论大德"或即三教讲论大德。暂系此年。

唐文宗开成五年（840）

定武宗生日为庆阳节。

[文献]（开成五年）五月，中书奏：六月十二日，皇帝载诞之辰，请以其日为庆阳节。（《旧唐书》卷十八上《武宗纪》）

又见《册府元龟》卷二。

唐武宗会昌元年（841）

五月敕令庆阳节百官素食合宴。

[文献]会昌元年五月辛未敕："庆阳节百官率醵外，别赐钱三百贯文。且以素食合宴。仍委京兆府量事陈设，不用追集坊市歌舞。"（《册府元龟》卷二）

武宗诞日佛道论议。

[文献]会昌元年六月十一日，今上降诞日，于内设斋，两街供养大德及道士集谈经，四对论议，二个道士赐紫，释门大德总得不著。（《入唐求法巡礼行记》卷三）

又，《旧唐书》卷十八上《武宗纪》："（会昌元年）六月……以衡山道士刘玄靖为银青光禄大夫，充崇玄馆学士，赐号广成先生，令与道士赵归真于禁中修法箓。左补阙刘彦谟上疏切谏，贬彦谟为河南府户曹。"同书同卷载："帝在藩时，颇好道术修摄之事。是秋，召道士赵归真等八十一人入禁中，于三殿修金箓道场，帝幸三殿，于九天坛亲受法箓。"《唐会要》卷五十《尊崇道教》、《资治通鉴》卷二百四十六均记载此事发生在会昌元年（841）六月。

又，日僧圆仁《入唐求法巡礼行记》载："（会昌元年正月九日，841）又敕于左右街七寺开俗讲。左街四处：此资圣寺令云花寺赐紫大德海岸法师讲《花严经》；保寿寺令左街僧录三教讲论赐紫引驾大德体虚法师讲《法花经》；菩提寺令招福寺内供奉三教讲论大德齐高法师讲《涅槃经》；景公寺令光影法师讲。右街三处：会昌寺令内供奉三教讲论赐紫引驾起居大德文溆法师讲《法花经》——城中俗讲，此法师为第一；慧日寺崇福寺讲法师未得其名。"体虚、齐高、文溆均有"三教讲论"赐号，当参加诞节讲论。暂系此年。

封敖《庆阳节玉晨观叹道文》："伏以今月十一日，皇帝降诞之辰，女道士等焚香行道，敬修功德。伏惟圣寿山固，皇恩海深。将四序而周行，与三光而长烛。天覆地载，何得而名；道护神扶，臻乎无极。"今案，玉晨观为大明宫内金銮殿东、紫宸殿北的一所女观。见樊波《唐大明宫玉晨观考》（严耀中主编：《唐代国家与地域社会研究：中国唐史学会第十届年会论文集》，上海古籍出版社 2008 年版，第 417—424 页）。暂系此年。

唐武宗会昌二年（842）

武宗诞日佛道论议。

［文献］会昌二年六月十一日，上德阳日，大内降诞设斋，两街大德对道士，御前论议。道士二人赐紫，僧门不得著紫。（《入唐求法巡礼行记》卷三）

唐武宗会昌三年（843）

武宗诞日佛道论议。

［文献］会昌三年六月十一日，今上德阳日，内里设斋，两街大德及道士御前论义。每街停止十二员大德，功德使帖巡院，令简择大德，每街各七人，依旧例入内，大德对道士论义。道士二人敕赐紫衣，而大德总不得著紫。（《入唐求法巡礼行记》卷四）

《入唐新求圣教目录》著录有《会昌皇帝降诞日内道场论衡》一卷。据书名当为诞节讲论的记载，暂系此年。

唐武宗会昌四年（844）

武宗诞日停佛教论议。

［文献］每年至皇帝降诞日，请两街供奉讲论大德及道士，于内里设斋

行香，请僧谈经，对释教、道教论义。今年（会昌四年）只请道士，不请僧也。看其体色，从今已后，不要僧人入内。（《入唐求法巡礼行记》卷四）

唐武宗会昌五年（845）

李德裕排挤道士赵归真。

［文献］（会昌）五年春正月己酉朔，敕造望仙台于南郊坛。时道士赵归真特承恩礼，谏官上疏，论之延英。帝谓宰臣曰："谏官论赵归真，此意要卿等知。朕宫中无事，屏去声技，但要此人道话耳。"李德裕对曰："臣不敢言前代得失，只缘归真于敬宗朝出入宫掖，以此人情不愿陛下复亲近之。"帝曰："我尔时已识此道人，不知名归真，只呼赵炼师。在敬宗时亦无甚过。我与之言，涤烦尔。至于军国政事，唯卿等与次对官论，何须问道士。非直一归真，百归真亦不能相惑。"归真自以涉物论，遂举罗浮道士邓元起有长年之术，帝遣中使迎之。由是与衡山道士刘玄靖及归真胶固，排毁释氏，而拆寺之请行焉。（《旧唐书》卷十八上《武宗纪》）

五月佛道麟德殿辩论。

［文献］武宗御宇，初尚钦释氏，后纳蛊惑者议，望祀蓬莱山，筑高台以祈羽化，虽谏官抗疏，宰臣屡言，终不回上意。因德阳节，缁黄会麟德殿，独诏玄与道门敌言："神仙为可学不可学耶？"帝又手付《老氏》中"理大国若烹小鲜"义，共黄冠往复。知玄陈帝王理道教化根本，言："神仙之术，乃山林间匹夫独擅高尚之事业，而又必资宿因，非王者所宜。"辞河下倾，辩海横注，凡数千言，闻者为之股栗。大忤上旨，左右莫不色沮。（《宋高僧传》卷六《知玄传》）

此事《佛祖统纪》卷四十二系于会昌五年。

八月下敕限制佛教。

［文献］（会昌五年）秋七月庚子，敕并省天下佛寺。（《旧唐书》卷十八上《武宗纪》）

唐宣宗会昌六年（846）

五月宣宗恢复佛教。

［文献］五月，左右街功德使奏："准今月五日敕书节文，上都两街旧留四寺外，更添置八所……右街添置八所……"敕旨依奏。诛道士刘玄靖等

十二人，以其说惑武宗，排毁释氏故也。(《旧唐书》卷十八下《宣宗纪》)

以宣宗诞日二十二日为寿昌节。

[文献]（会昌）六年六月，中书门下奏："请以降诞日为寿昌节，天下州府并置宴一日，以为庆乐，前后休假三日，永著令式。"从之。(《唐会要》卷二十九)

唐宣宗大中三年（849）

五月佛道麟德殿辩论。

[文献] 大中三年诞节，诏谏议李贻孙、给事杨汉公，缁黄鼎列论义，大悦帝情。因奏天下废寺基，各敕重建。大兴梵刹，玄有力焉。命画工图形于禁中，其优重如是。(《宋高僧传》卷六《知玄传》)

又，道士牛弘真《曹公（用之）玄堂铭并序》云："宣宗皇帝临御之元年……仍奉诏与谏议大夫李贻孙及右街僧辩章为三教讲论。每入内殿，升御筵，穷圣教之指归，对天颜而启沃。俾缁徒望风而奔北，洪儒服义于指南。"《大宋僧史略》卷下"内供奉并引驾"条："宪宗朝，端甫、皓月、栖白相次应命。"今案：栖白有《寿昌节赋得红云表夏日》诗作一首，其人必然预寿昌节。李频有《题荐福寺栖白上人》，是则栖白住锡荐福寺。

又，《佛祖统纪》卷四十二："（大中三年）寿昌诞节，敕谏议李贻孙、法师知玄，同道士于麟德殿谈论三教。玄奏宜大复天下废寺，帝素重师德，命图形置禁中。"《宋高僧传·释玄畅传》载："（玄）畅于大中（847—860）中，凡遇诞辰，入内谈论，即赐紫袈裟，充内外临坛大德。懿宗钦其宿德，蕃锡屡臻。"

唐宣宗大中五年（851）

寿昌节断屠。

[文献] 其年（大中五年）五月敕，寿昌节天下不得屠杀。(《唐会要》卷二十九)

唐懿宗大中十三年（859）

懿宗生日定为延庆节。

[文献] 懿宗以大和七年十月十四日生，大中十三年八月即位，号延庆节。(《册府元龟》卷二)

唐懿宗咸通元年（860）

懿宗延庆节佛道二教论议。

[文献] 咸通中降圣之辰，二教论议，而黄衣屡奔，上小不怪。宣下，令后辈新入内道场，有能折冲浮图者，论以自荐。磻叟摄衣奉诏。时释门为主论，自误引《涅槃经疏》，磻叟应声叱之曰："皇帝山呼大庆，阿师口称献寿，而经引《涅槃》，犯大不敬。"以其僧谓磻叟不通佛书，既而错愕，殆至颠坠。自是连挫数辈，圣颜大悦，左右呼万岁。其日，帝前赐紫衣一袭。（《唐摭言》卷九）

又见《唐阙史》卷下。今暂系咸通元年。

又，《宋高僧传·释虚受传》载："咸通（860—874）中，累应奉圣节，充左街鉴义，辈流孰不弭伏。"

唐懿宗咸通十一年（870）

懿宗延庆节佛道二教论议。

[文献] 以十一月十四日延庆节，麟德殿召京城僧道，赴内讲论。尔日彻述皇猷，辞辩浏亮，帝深称许。而又恢张佛理，旁慑黄冠，可谓折冲异论者，当时号为法将。帝悦，敕赐号曰净光大师。咸通十一年也。（《宋高僧传》卷六《僧彻传》）

又见《大宋僧史略》卷下。

唐懿宗咸通十二年（871）

懿宗延庆节佛道二教论议。

[文献] 懿宗咸通十二年十一月十四日，延庆节，两街僧道赴麟德殿讲论。右街僧录彦楚赐明彻大师，左街僧录清兰赐慧照大师。（《大宋僧史略》卷中）

又见载于《大宋僧史略》卷下。

又，《唐阙史》载李可及咸通中于延庆节戏三教事。文长不录。今暂系此年。

唐僖宗咸通十四年（873）

僖宗生日定为应天节。

[文献] 僖宗以咸通三年五月八日生于东内，十四年七月即位，号应天

节。(《册府元龟》卷二)

唐僖宗乾符二年（875）

应天节赐应天雪峰寺。

[文献]（乾符）二年乙未，师年五十四，观察使韦公舍钱三百缗为建造费，自庚寅至兹山凡六载，寺乃大备。僧智朗诣长安，上院事以乏额。时遇应天节，乃赐应天雪峰寺。(《雪峰真觉大师语录》卷下)

唐僖宗广明二年（881）

僖宗在蜀地庆贺应天节。

[文献]僖宗皇帝顺动六飞，驻跸三蜀，五月应天节，默起祝寿行殿，宠赐紫衣。(杜光庭《道德真经玄德纂疏序》)

案，黄巢战乱中僖宗逃往蜀地是在广明元年（880）十二月，光启元年（885）返回长安。故应天节祝寿最早当在广明二年。故暂系此年。

又，新罗人崔致远《桂苑笔耕录》卷十五录有《应天节斋词三首》。其一云："伏愿德乃日新，祸当天悔，暂兴时雨，遍洗妖氛，高整鸾旗，早回凤辇。"其二云："伏愿尘销九野，波息四溟，早回西幸之仪，遍举东封之礼。"其三云："伏愿峒山顺轨，汾水回銮，迎万岁之严音，归九重之天阙。"是则，此三首斋词当为僖宗蜀中时期应天节所作。另外，《桂苑笔耕录》卷十五还有一些斋词，可见僖宗于蜀中频繁举行道教法事活动。

唐昭宗文德元年（888）

昭宗降诞日佛道二教论议。

[文献]昭宗文德初，生辰号嘉会节，诏两街僧道讲论。至暮，各赐分物银器。僧道赐师号者右街两人，紫衣各四人，德号各十人。(《大宋僧史略》卷下)

据"文德初"，暂系文德元年。

唐昭宗龙纪元年（889）

定昭宗生日为嘉会节，并于此日僧道谈论。

[文献]（龙纪元年二月）己丑……中书奏请以二月二十二日为嘉会节，从之。(《旧唐书》卷二十上)又见《唐会要》卷二十九、《册府元龟》卷二。

又，《佛祖统纪》卷四十二："龙纪元年圣诞，敕两街僧道入内殿谈论。"

唐哀帝天祐元年（904）

哀帝生日定为乾和节，废除嘉会节。

[文献]（天祐元年八月）甲寅，中书奏："皇帝九月三日降诞，请以其日为乾和节。"从之……丁巳，敕："乾和节方在哀疚，其内道场宜停……庚申，敕："乾和节文武百僚诸军诸使诸道进奏官准故事于寺观设斋，不得宰杀，只许酒果脯醢。"辛酉，敕："三月二十三日嘉会节。伏以大行皇帝仙驾上升，灵山将卜，神既游于天际，节宜辍于人间。准故事，嘉会节宜停。"（《旧唐书》卷二十）

又见《唐会要》卷二十九、《册府元龟》卷二。

后梁太祖开平元年（907）

梁太祖罢除诞节佛道论衡。

[文献]（开平元年五月）辛巳，有司奏，以降诞之日为大明节，休假前后各一日……十月庚午，大明节，内外臣僚各以奇货良马上寿。故事，内殿开宴，召释、道二教对御谈论，宣旨罢之。命合门使以香合赐宰臣佛寺行香。（《旧五代史》卷三）

又见《册府元龟》卷一百八十二。

后梁太祖开平二年（908）

大明节宰臣百官设斋相国寺。

[文献]（开平二年十月）己未，大明节，诸道节度刺史各进献鞍马、银器、绫帛以祝寿，宰臣百官设斋相国寺。（《旧五代史》卷四）

前蜀皇帝王建寿春节庆贺。

[文献] 太祖降诞日，僧门祝辟支佛牙，道门进《武成混元图》。光业诏图以嘲之，德辉诏佛牙以答之。议者以光业先兴北郭之师，德辉报尽东门之役。光业《嘲进图》云："夜深灯火满坛铺，拔剑挥空乱叫呼。黑撒半筐兵甲豆，朱书一道厌人符。重臣诱饲刚教活，圣主慈悲未忍诛。佛说毗卢三界内，如何更有《混元图》。"德辉《嘲佛牙》云："比来降诞为官家，堪笑群僧赞佛牙。手软阿师持磬钹，面甜童子执幡花。纵饶黎庶无知识，不可公王尽信邪。捧拥一函枯骨立，如何延得寿无涯。"（后蜀何光远《鉴诫录》）

又,《十国春秋》卷一百一十四:"(武成元年)是岁,帝以降生日为寿春节。诸僧进辟支佛牙,道士献《武成混元图》。诏重建百神庙于梓橦县。"

又,贯休《禅乐集》卷十六有《寿春节进》,注文云:"武成元年(908)作"。贯休又有《寿春节进大蜀皇帝五首》《大蜀皇帝寿春节进尧铭舜颂二首》《寿春节进贺七首》。其中《寿春节进贺七首》有《大兴三教》。诗云:"曈曈悬佛日,天俣动云韶。逢掖诸生集,麟洲羽客朝。非烟生玉砌,御柳吐金条。击壤翁知否,吾皇即帝尧。"此或为诞节讲论。

后梁太祖开平三年(909)

大明节设斋僧道。

[文献](开平三年)十月癸未,大明节,帝御文明殿,设斋僧道,召宰臣、翰林学士预之,诸道节度、刺史及内外诸司使咸有进献。(《旧五代史》卷五)

又,《佛祖统纪》卷四十二:"(开平)三年,大明节,敕百官诣寺行香祝寿。"《大宋僧史略》卷中《行香唱导》:"开平三年,大明节,百官入寺行香祝寿,后还荐祖宗。行香于今不绝。"

后梁末帝乾化三年(915)

定末帝生日为明圣节。

[文献](乾化三年三月)是月,文武百官上言,请以九月十二日帝降诞日为明圣节,休假三日。从之。(《旧五代史》卷八)

又见《册府元龟》卷一百八十二。

又,《宋高僧传·梁东京相国寺归屿传》:"时朱梁后主与屿卬角同学庠序,狎密情浓,隔面年深,即位半载,下诏访之。屿虽知故旧,终岁不言,事不可逃,应召方入。帝见悲喜交集,宣赍丰厚。时属嘉庆节,曾下敕止绝天下荐僧道恩命。其年独赐屿紫衣,仍号演法大师,两街威仪迎导至寺。兼敕东塔御容院为长讲院。时闽帅以圣节进《金刚经》一藏、绢三百匹,尽赐屿焉。法侣荣之。"今案,"朱梁后主",不知所指为后梁哪一位皇帝。按照常理推测,当为最后一位,即后梁末帝。嘉庆节为后汉隐帝生日。按照《归屿传》,其卒于后唐清泰三年(936)十月十日。暂系于此。

357

前蜀高祖天汉元年（917）

前蜀高祖王建寿春节庆贺。

[文献]《广成集》卷一有《寿春节进章真人像表》，注云："天汉元年二月八日。"

又，杜光庭《道德真经玄德纂疏序》："高祖神武皇帝应历开图，配天立极，二月寿春节，允承明命，赐号玄德大师，奕世栖心，皆洽光宠，羽衣象简，其何盛欤。"《广成集》卷二又有《寿春节进元始天尊帧并功德疏表》。

前蜀后主乾德二年（920）

前蜀后主王衍降圣节庆贺。

[文献]乾德二年庚辰降圣节戊申日，广成先生光禄大夫尚书户部侍郎上柱国蔡国公杜光庭序。（杜光庭《道德真经玄德纂疏序》）

后梁末帝龙德元年（921）

下诏明圣节两街各许官坛度七人。

[文献]（龙德元年三月）诏曰："两都左右街赐紫衣及师号僧，委功德使具名闻奏。今后有阙，方得奏荐，仍须道行精至，夏腊高深，方得补填。每遇明圣节，两街各许官坛度七人。诸道如要度僧，亦仰就京官坛，仍令祠部给牒。今后只两街置僧录，道录僧正并废。"（《旧五代史》卷十）

又见《册府元龟》卷一百九十四。

后唐庄宗同光元年（923）

庄宗诞节僧道谈论。

[文献]同光元年诞节，敕僧录慧江、道士程紫霄，入内殿谈论，设千僧斋。（《佛祖统纪》卷四十二）

又，《册府元龟》卷二："同光元年十月壬辰万寿节，百官斋会于开封府。"《册府元龟》卷一百一十一："同光元年六月……癸卯，以内园新殿成，名曰长春殿，宴大臣，赐分物有差。十月辛巳，万寿节宴长春殿，赐百官分物。"

又，《类说》："左街僧录惠江、威仪程紫霄俱捷，每相嘲诮。江素充肥，会暑祖露，霄忽见之曰：'僧录琵琶腿。'江曰：'先生箬篱头。'又见骆驼数头，霄见一大者，曰：'此必头陀也。'江曰：'此辈滋息，亦有先后，此则是先生者，非头陀也。'"据《故左街威仪九华大师洞玄先生赐紫程公玄宫记》记载，程紫霄于后梁贞明六年（920）仙化。同光元年诞日讲论程紫霄绝无可能参加。

后唐庄宗同光二年（924）

庄宗万寿节度僧。

[文献]（同光二年十月）甲戌，河南尹张全义上言："万寿节日，请于嵩山开瑠璃戒坛，度僧百人。"从之。（《旧五代史》卷三十二）

又，《册府元龟》卷二："（同光）二年十月丁亥万寿节，宴群臣于长春殿。"《册府元龟》卷五十二："后唐庄宗同光二年九月，敕天下应有本朝所造寺观宜令所在长史取寺常住物添修，至万寿节日须毕其功。"

后唐庄宗同光三年（925）

庄宗万寿节度僧。

[文献]（同光）三年十月辛巳万寿节，宴长春殿，赐百官分物。（《册府元龟》卷二）

后唐明宗天成元年（926）

定明宗生日为应圣节。

[文献]（天成元年六月）己丑……中书奏："请以九月九日皇帝降诞日为应圣节，休假三日。"从之。（《旧五代史》卷三十六）

又见《册府元龟》卷二。

明宗诞节佛道谈论。

[文献]（天成元年九月）癸亥，应圣节，百僚于敬爱寺设斋，召缁黄之众于中兴殿讲论，从近例也。（《旧五代史》卷三十七）

又，《册府元龟》卷二："天成元年九月九日应圣节，百僚于敬爱寺设僧斋，召缁黄众于中兴殿论难经义。"

又，《五代会要》卷十二《杂录》，天成元年十月十一，颁布《今诸道不得表请僧道师号敕》，敕令言时"应圣节表荐僧道颇多"。此事又见《佛祖统纪》卷四十二。

又，《大宋僧史略》卷下"诞辰谈论"条："明宗、石晋之时，僧录云辩多于诞日谈赞，皇帝亲坐，累对论议。"

后唐明宗天成二年（927）

明宗诞节佛道谈论。

[文献] 天成二年九月九日应圣节，四方诸侯并有进献。丁巳，百官奉为应圣节于敬爱寺行香设斋，宣教坊伎宴乐之。宰臣枢密使以下咸进寿酒，各赐锦衣。召两街僧道于中兴殿讲论。（《册府元龟》卷二）

又，《旧五代史》卷三十八：（天成二年九月）伪吴杨溥遣使以应圣节贡献。

后唐明宗天成三年（928）

明宗诞节佛道谈论。

[文献] 天成三年九月九日应圣节，召两街僧道谈经于崇元殿。宰相进寿酒，百官行香修斋于相国寺。宣教坊乐及左右厢百戏以宴乐之。又僧道虚受等赐紫衣师号共六十人。（《册府元龟》卷二）

后唐明宗天成四年（929）

明宗诞节佛道谈论。

[文献] 天成四年九月九日应圣节，百官于敬爱寺斋设，赐宰臣锦袍、香囊、手帕、酒、乐。帝御广寿殿，近臣献寿，各颁锦袍，复御中兴殿听僧道讲论。（《册府元龟》卷二）

后唐明宗长兴元年（930）

明宗诞节佛道谈论。

[文献] 长兴元年九月九日应圣节，百官于敬爱寺斋设，帝御广寿殿听僧道讲论。（《册府元龟》卷二）

后唐明宗长兴二年（931）

明宗诞节佛道谈论。

[文献] 长兴二年九月九日应圣节，帝御中兴殿，观僧道讲论，赐物有差。（《册府元龟》卷二）

后唐明宗长兴四年（933）

明宗诞节佛道谈论。

[文献]《敦煌变文集》有《长兴四年中兴殿应圣节讲经文》。文中有僧道共同谈经的记载。

后唐末帝清泰元年（934）

定末帝生日为千春节。

[文献]（清泰元年）冬十月辛未……中书门下奏："请以正月二十三日皇帝诞庆日为千春节。"从之。（《旧五代史》卷四十六）

又见《册府元龟》卷二。

后唐末帝清泰二年（935）

令遇千春节刑狱公事次月施行。

[文献]清泰二年春正月丙申朔，帝御明堂殿受朝贺，仗卫如式。乙巳，中书门下奏："遇千春节，凡刑狱公事奏覆，候次月施行。今后请重系者即候次月，轻系者即节前奏覆决遣。"从之。（《旧五代史》卷四十七）

又，《册府元龟》卷二："（清泰二年正月）戊戌，于佛寺供斋张乐。甲子，宴群臣于长春殿。"

后晋高祖天福元年（936）

定高祖生日为天和节。

[文献]（天福元年十二月）庚子……中书门下奏："请以来年二月二十八日帝庆诞日为天和节。"从之。（《旧五代史》卷七十六）

又见《册府元龟》卷二。

后晋高祖天福二年（937）

高祖天和节谈经。

[文献]（天福二年二月）辛亥，天和节，帝御长春殿，召左右街僧录、威仪，殿内谭经，循旧式也。（《旧五代史》卷七十六）

又见《册府元龟》卷二。

后晋高祖天福三年（938）

高祖天和节谈经。

[文献]（天福三年二月）乙巳，天和节，宴近臣于广政殿。（《旧五代史》卷七十七）

又，《册府元龟》卷二："天福三年二月乙巳天和节，岳牧玉帛皆至。是日，宴近臣于广政殿，召僧道讲论，各赐有差。"

后晋高祖天福四年（939）

高祖天和节宴群臣。

[文献]（天福四年二月）庚子，以天和节宴群官于广政殿，赐物有差。（《旧五代史》卷七十八）

又见《册府元龟》卷二。

后晋高祖天福六年（941）

高祖禁天和节屠宰。

[文献]（天福六年）二月辛卯，诏："天下郡县，不得以天和节禁屠宰，辄滞刑狱。"（《旧五代史》卷七十九）

又，《册府元龟》卷二："（天福）六年二月戊午天和节，宴群臣于广政殿，赐道释紫衣、师号并寺额。"

后晋高祖天福七年（942）

高祖天和节上寿行香。

[文献]七年二月壬子天和节，帝御武德殿，宰臣率文武百官上寿如仪。退就佛寺行香，宴乐而罢。七年诏天下郡县不得以天和节禁屠宰、辄滞刑狱。（《册府元龟》卷二）

后晋少帝天福八年（943）

少帝生日定为启圣节。

[文献]（天福八年）夏四月……己巳，中书门下奏："请以六月二十七日降诞日为启圣节。"（《旧五代史》卷八十一）

《册府元龟》卷二录《请以圣寿日为启圣节表》全文，并云"（天福）八年六月"上表。未知孰是孰非，存疑。

后汉高祖天福十二年（947）

高祖生日定为圣寿节。

[文献]（天福十二年）八月壬午朔……庚戌，文武百僚上表，请以二月四日降诞日为圣寿节，从之。（《旧五代史》卷一百）

又见《册府元龟》卷二。

后汉隐帝乾祐元年（948）

隐帝生日定为嘉庆节。

［文献］（乾祐元年）十二月……辛卯，群臣上表，请以三月九日诞圣日为嘉庆节，从之。（《旧五代史》卷一百零一）

又见《册府元龟》卷二。

后汉隐帝乾祐二年（949）

隐帝嘉庆节群臣斋设祝寿。

［文献］（乾祐）二年三月壬子嘉庆节，群臣诣佛寺斋设祝寿。（《册府元龟》卷二）

后汉隐帝乾祐三年（950）

隐帝庆贺诞节嘉庆节。

［文献］（乾祐三年三月）是月，邺都留守高行周、兖州符彦卿、郓州慕容彦超、西京留守白文珂、镇州武行德、安州杨信、潞州常思、府州折从阮皆自镇来朝，嘉庆节故也。戊午，宴群臣于永福殿，帝初举乐。（《旧五代史》卷一百零三）

又，《册府元龟》卷一百一十一："隐帝乾祐三年三月丙午，嘉庆节，群臣入相国寺斋，赐教坊乐。"

后周太祖广顺元年（951）

定太祖生日为永寿节。

［文献］（广顺元年）六月辛卯朔……甲午，百僚上表，请以七月二十八日皇帝降圣日为永寿节，从之。（《旧五代史》卷一百一十一）

又见《册府元龟》卷二。

七月，永寿节庆贺。

［文献］（广顺元年）七月戊子永寿节，帝御广政殿，百僚进酒上寿。班退，赐衣服分物有差，群臣赴相国寺斋设。（《册府元龟》卷二）

后周太祖广顺二年（952）

四月限制永寿节奏荐僧尼、道士紫衣、师号。

［文献］周广顺二年四月敕，永寿节每年诸道节度防御团练使、刺史奏荐僧尼、道士紫衣、师号。今后见任带使相，共奏二人；见任防御团练刺史只许奏一人。在朝文武臣僚及前任官今后更不得奏荐。（《五代会要》卷十二）

又见《册府元龟》卷二，然奏荐僧尼、道士紫衣、师号等数量有异。

七月太祖下诏限制诞节斋供。

［文献］（广顺二年）秋七月丙辰，诏："内外臣僚，每遇永寿节，旧设斋供。今后中书门下与文武百官共设一斋，侍卫亲军都指挥使已下共设一斋，枢密使、内诸司使已下共设一斋，其余前任职员及诸司职掌，更不得开设道场及设斋。"（《旧五代史》卷一百一十二）

又见《册府元龟》卷二，其中云："内外文武臣僚遇永寿节辰，皆于寺观起置道场，遍为斋供。访问皆是率敛，不唯牵费，兼且劳烦。"等等。

七月永寿节群臣贺寿。

［文献］（广顺二年七月）壬午永寿节，群臣诣广政殿上寿毕，赴相国寺斋设。宰臣、学士、内诸使司、前任节度使、防御团练等使、侍御诸军都将、刺史等，赐衣各一袭。（《册府元龟》卷二）

后周太祖广顺三年（953）

太祖永顺节王殷上表请觐，止之。

［文献］（广顺）三年秋，以永寿节上表请觐，太祖虽允其请，且虑殷之不诚，寻遣使止之。（《旧五代史》卷一百二十四）

又见《新五代史·王殷传》。

永顺节京城人家于门首斋僧燃灯。

［文献］周广顺三年七月，京城民晁诸殷等为永寿节请各于门首斋僧燃灯三昼夜。从之。（《五代会要》卷十二）

又见《册府元龟》卷二。

永顺节群臣上寿。

［文献］（广顺三年七月）乙巳，永寿节，太祖御永福殿，群臣上寿。赐将作大臣、禁军大将等衣有差，群臣赴僧寺斋会。（《册府元龟》卷二）

后周世宗显德元年（954）

世宗诞节赐大臣衣服。

［文献］（显德元年七月）壬辰，百僚上表，请以九月二十四日诞圣日为天清节，从之。（《旧五代史》卷一百一十四）

又见《册府元龟》卷二。

后周世宗显德二年（955）

世宗诞节天清节百官上寿。

[文献]（显德）二年九月己巳天清节，帝御广政殿，文武百僚上寿。(《册府元龟》卷二）

又，《旧五代史》卷一百一十五："（显德二年九月）乙酉，诏文武百僚，今后遇天清节，依近臣例各赐衣服。"

后周世宗显德三年（956）

世宗诞节天清节百官上寿。

[文献]（显德）三年九月癸丑天清节，赐文武百僚衣有差。宰臣率百官诣广政殿上寿如仪。(《册府元龟》卷二）

后周世宗显德四年（957）

世宗诞节天清节百官上寿。

[文献]（显德）四年九月丁未天清节，百官上寿如仪，赐内外臣僚衣有差。(《册府元龟》卷二）

后周世宗显德五年（958）

世宗诞节天清节群臣上寿。

[文献]（显德五年九月）壬申，天清节，群臣诣广德殿上寿。江南进奉使商崇仪代李景捧寿觞以献。(《旧五代史》卷一百一十八）

又，《册府元龟》卷二："（显德）五年九月壬子天清节，赐文武臣僚衣有差。既而诣广政殿上寿，江南进奉使商崇义代李景捧寿觞以献。既罢，百官诣相国寺修斋。"

下编　文学影响

第十五章　诞节论衡与变文

中唐五代，帝王的生日被定为全国性节日，诞节三教论衡成为庆生贺寿的重要文化活动之一。虽然有关诞节论衡的文献记载甚多，但涉及论衡的内容、过程等具体信息者却少之又少，仅白居易《三教论衡》一文比较完备。敦煌宝藏问世后，《长兴四年中兴殿应圣节讲经文》（下文简称"应圣节讲经文"）成为帝王诞节庆生活动的又一份重要参考文献。不过，学术界更多参照这份文献来研究变文，而与此关联的诞节讲经文和诞节三教论衡关系，却关注不够①。此问题的解决不但能够为《应圣节讲经文》提供深厚的文化背景，更能厘清变文在唐代上层社会的成长环境、变文和俗讲与三教论衡之间的关系等问题。基于此，本章将以敦煌文献为核心，考察如下几个问题：其一，《应圣节讲经文》与诞节论衡的关系，即此文献可否作为研究三教论衡的参考；其二，《应圣节讲经文》与《三教论衡》的关系，即参照此文献可否对唐五代诞节三教论衡的表演过程有更清楚的了解；其三，《应圣节讲经文》与其他皇帝降诞日讲经文的关系，即诞节论衡上的讲经风格、程序的演

---

① 李明伟的《〈长兴四年中兴殿应圣节讲经文〉研究》（《社会科学》1988 年第 3 期）以《应圣节讲经文》的辞赋化为证据，将俗讲分为三类，在此基础上分析《应圣节讲经文》在敦煌流播的原因。杨雄的《〈长兴四年中兴殿应圣节讲经文〉补校》（《社科纵横》1989 年第 1 期）和《〈长兴四年中兴殿应圣节讲经文〉研究》（《敦煌研究》1990 年第 1 期），涉及所讲之佛经、主题、史事勾稽、作者与艺术、尾诗等几个问题。郭在贻、张涌泉、黄征的《〈长兴四年中兴殿应圣节讲经文〉校议》（《敦煌学辑刊》1990 年第 1 期）对向达的《敦煌变文集》中的此一卷子进行补充。程兴丽、许松的《〈长兴四年中兴殿应圣节讲经文〉性质、作用与用韵研究》（《敦煌研究》2015 年第 3 期）认为此一经卷是骈雅化的案头文学而非通俗的说唱文本。而有关专著，以项楚的《敦煌变文选注（增订本）》最为完备。本章对以上成果均有参考。

变；其四，俗讲与诞节论衡的关系。

一、诞节论衡的文献记载

后唐明宗李嗣源生于唐懿宗咸通八年（867）九月九日，天成元年（926）四月即皇帝位，六月定明宗生日为应圣节，休假三日，令京都天下设乐，以申祝寿。明宗朝诞节庆贺活动，《册府元龟》有多次记载：

（天成元年，926）九月九日应圣节，百僚于敬爱寺设僧斋，召缁黄众于中兴殿论难经义。

（天成）二年（927）九月九日应圣节，四方诸侯并有进献。丁巳，百官奉为应圣节，于敬爱寺行香设斋，宣教坊伎宴乐之。宰臣枢密使以下咸进寿酒，各赐锦衣。召两街僧道于中兴殿讲论。

（天成）三年（928）九月九日应圣节，召两街僧道谈经于崇元殿。宰相进寿酒，百官行香修斋于相国寺。宣教坊乐及左右厢百戏以宴乐之。又僧道虚受等赐紫衣、师号，共六十人。

（天成）四年（929）九月九日应圣节，百官于敬爱寺斋设，赐宰臣锦袍、香囊、手帕、酒乐。帝御广寿殿，近臣献寿，各颁锦袍，复御中兴殿，听僧道讲论。

长兴元年（930）九月九日应圣节，百官于敬爱寺斋设，帝御广寿殿，听僧道讲论。

（长兴）二年（931）九月九日应圣节，帝御中兴殿观僧道讲论，赐物有差。①

明宗李嗣源在位八年，长兴四年（933）十一月驾崩于雍和殿。八年之中的诞节庆贺，《册府元龟》记载者就有六次，可见明宗对应圣节贺寿庆生的重视。不过，如此频繁的活动中，长兴四年应圣节庆贺活动却不在记载

---

① （宋）王钦若等编纂，周勋初等校订：《册府元龟（校订本）》卷二，凤凰出版社2006年版，第23—24页。

之列。考虑到后唐明宗时期宗教政策的基本稳定，尤其是长兴三、四年间并没有发生大范围的针对佛教的限制活动，可以推断《长兴四年中兴殿应圣节讲经文》所记载的讲经活动与《册府元龟》所记载的六次应圣节活动相似。

应圣节三教论衡的情况，《册府元龟》有缁黄"论难经义"、僧道"讲论"、僧道"谈经"等三种记载。这三种记载，是否表明诞节论衡按照某一标准分为三类？这一问题的解决，有待于我们将视野再次拓宽，考察从唐玄宗千秋节至五代结束有关诞节论衡的记载，是否存在这种分类。

唐五代诞节论衡的具体记述统计如下：

表15—1：唐五代诞节论衡文献记述统计对照表

时间	记载	文献来源
开元二十三年（735）玄宗千秋节	命诸学士及僧、道讲论三教同异。	《册府元龟》卷三十七
贞元十二年（796）德宗降诞日	召儒官给事中徐岱、兵部郎中赵需、礼部郎中许孟容、四门博士韦渠牟与沙门谈延、道士万参成等数十人，迭升讲坐论三教。	《册府元龟》卷二
同上	近岁，常以此时会沙门、道士于麟德殿讲论，至是，兼召儒官，讲论三教。	《唐会要》卷二十九
同上	召……等十二人讲论儒、道、释三教。	《旧唐书》卷一百三十五《韦渠牟传》
不详	帝（德宗）以诞日，岁岁诏佛、老者大论麟德殿。	《新唐书》卷一百六十一《徐岱传》
元和九年（814）宪宗降诞日	命沙门、道士三百五十人斋会于殿内，食毕，较论于高座。	《册府元龟》卷二
长庆四年（824）敬宗降诞日	命浮图、道士讲论，内官及翰林学士、诸军士、驸马皆从。	《册府元龟》卷二
宝历二年（826）敬宗降诞日	命兵部侍郎丁公著、太常少卿陆亘、前随州刺史李繁，与浮图、道士讲论。	《册府元龟》卷二

续表

时间	记载	文献来源
同上	特诏兵部侍郎丁公著、太常少卿陆亘与（李）繁等三人抗浮图、道士讲论。	《旧唐书》卷一百三十《李泌传》
大和元年（827）文宗降诞日	召秘书监白居易等与僧惟应、道士赵常盈于麟德殿讲论。	《册府元龟》卷二
同上	奉敕召入麟德殿内道场，对御三教谈论。	《白氏长庆集》卷六十八《三教论衡》
大和二年（828）文宗降诞日	召吏部侍郎杨嗣复、吏部郎中崔戎等赴麟德殿讲论。	《册府元龟》卷二
大和四年（830）文宗降诞日	命道士、僧徒讲论于麟德殿。	《册府元龟》卷二
大和五年（831）文宗降诞日	命沙门、道士讲论于麟德殿。	《册府元龟》卷二
大和七年（833）文宗降诞日	僧徒、道士讲论于麟德殿。	《旧唐书》卷十三《文宗下》
会昌元年（841）武宗降诞日	两街供养大德及道士集谈经，四对论议。	《入唐求法巡礼行记》卷三
会昌二年（842）武宗降诞日	两街大德对道士御前论议。	《入唐求法巡礼行记》卷三
会昌三年（843）武宗降诞日	两街大德及道士御前论议……依旧例入内，大德对道士论义。	《入唐求法巡礼行记》卷四
大中三年（849）宣宗寿昌节	诏谏议李贻孙、给事杨汉公、缁黄鼎列论义。	《宋高僧传》卷六《知玄传》，《佛祖统纪》卷四十二
咸通十一年（870）懿宗诞节	麟德殿召京城僧道赴内讲论。	《宋高僧传》卷六《僧彻传》
咸通中降圣之辰	二教论义	《唐摭言》卷九
咸通十二年（871）懿宗延庆节	两街僧道赴麟德殿讲论。	《大宋僧史略》卷中
龙纪元年（889）唐昭宗圣诞日	敕两街僧、道入内殿谈论。	《佛祖统纪》卷四十二
开平元年（908）大明节	故事，内殿开宴，召释、道二教对御谈论，宣旨罢之。	《旧五代史》卷三《梁书三》
同光元年（923）后唐庄宗诞节	敕僧录慧江、道士程紫霄，入内殿谈论。	《佛祖统纪》卷四十二

时间	记载	文献来源
石晋（后晋）之时	僧录云辩多于诞日谈赞，皇帝亲坐累对论议。	《大宋僧史略》卷下
天福二年（937）后晋高祖天和节	召左右街僧录、威仪入内谈经。	《册府元龟》卷二
同上	召左右街僧录、威仪，殿内谭经，循旧式也。	《旧五代史》卷七十六《晋书二》
天福三年（938）后晋高祖天和节	召僧、道讲论。	《册府元龟》卷二

根据以上文献，可以发现后唐明宗朝诞节三教论衡与唐五代时期的整体情况有以下三点关联：

第一，后唐明宗的诞节论衡符合唐五代从三教参与到二教参与的演变过程。《新唐书》卷一百六十一《徐岱传》所载"佛、老""大论麟德殿"，对照唐德宗朝的诞节论衡，应该是儒、释、道三教参加的讲论。大和四年、五年、七年的诞节僧、道论衡，对照大和二年有吏部侍郎杨嗣复、吏部郎中崔戎等参加的记载，也有可能是儒、释、道三教论衡。只有唐懿宗咸通年间以后，似乎很少出现三教参与的诞节论衡。后唐明宗朝的6次三教论衡，参与者只有佛、道二教，正符合这一发展趋势。

第二，诞节三教论衡大多数情况下称为"讲论"。上表统计29则文献中，记述为"讲论"的有17则，占到了总数的58.6%。后唐明宗朝6次诞节三教论衡中，称为"讲论"者4次，也占到了后唐明宗朝三教论衡总数的66.7%。两种比例比较接近，说明后唐明宗朝的诞节论衡很大可能是唐五代诞节论衡的一般情况。

第三，后唐明宗朝诞节论衡在"讲论"以外的诸多记载，在唐五代时期不是孤例。后唐明宗天成元年应圣节三教论衡称为"论难经义"，唐宣宗大中三年寿昌节称为"缁黄""论义"，《唐摭言》记载咸通年间的诞节论衡为"二教论议"，《大宋僧史略》记载后晋时期的诞节论衡为"论议"，《入唐求法巡礼记》所记唐武宗朝诞节论衡则有1次"论义"、3次"论议"。"论义"与"论议"的含义大致相同。后唐明宗天成三年应圣节两街僧道"谈经"，后晋高祖天福二年天和节则为僧道"谈经",唐武宗朝的诞节论衡也出现过 1 次"谈经"的记载。

同一次诞节论衡的记载稍有出入,见于多种文献。如,《册府元龟》记载天成元年应圣节"缁黄众于中兴殿论难经义",《佛祖统纪》卷四十二记载此事则为"天成元年诞节,敕僧录云辩与道士入内殿谈论。"① 同书卷五十二也说:"唐庄宗圣节,敕僧录云辩与道士入内谈论。"② 亦即,僧道"论难经义""论义""论议"与僧道"谈论"是一回事。又,《宋高僧传》记载,释僧彻"每属诞辰,升麟德殿法座讲谈,敕赐紫袈裟","以(咸通十一年)十一月十四日延庆节,麟德殿召京城僧道赴内讲论,尔日彻述皇献,辞辩浏亮,帝深称许"③。此又可言,"讲论""讲谈"是一回事。由此可以断定,各种文献所记载唐五代诞节三教论衡的称谓虽有不同,但实则应为一回事。

不过此一推论在面对诞节论衡存世文本时,却遇到了困惑。《三教论衡》和《长兴四年中兴殿应圣节讲经文》都记载诞节论衡,前者有三教辩论,后者只有佛教的讲经,两者在形式上为何有如此大的差别?

二、诞节论衡的程序

诞节论衡自唐玄宗设置千秋节始,但皇帝诞节之外的三教论衡,却要早至南北朝时期。诞节论衡兴起后,三教论衡也没有完全消歇。在相关文献记载不清的情况下,参照有关三教论衡的记载,或许可以讲清《三教论衡》与《长兴四年中兴殿应圣节讲经文》形式不一致的原因。

三教论衡一直存在着讲经之后三教谈论的模式。武德年间,"高祖亲

---

① (宋)沙门志磐:《佛祖统纪》卷四十二,《大正藏》第 49 册,新文丰出版公司 1983 年版,第 391 页中。

② (宋)沙门志磐:《佛祖统纪》卷五十二,《大正藏》第 49 册,新文丰出版公司 1983 年版,第 456 页中。

③ (宋)释赞宁撰,范祥雍点校:《宋高僧传》卷六《释僧彻传》,中华书局 1987 年版,第 133—134 页。

临释奠，时徐文远讲《孝经》，沙门惠乘讲《波若经》，道士刘进喜讲《老子》，（陆）德明难此三人，各因宗指，随端立义，众皆为之屈"①。这次三教论衡中，儒、释、道分别选择了《孝经》《般若经》《老子》讲说，然后儒士陆德明分别与三人辩论。这是"讲经＋谈论"模式的较早记载。但这次论衡中，陆德明的角色特别。他与宣讲儒家经典《孝经》的徐文远也展开辩论。

贞观十二年（638），"皇太子集诸官臣及三教学士于弘文殿开明佛法。纪国寺慧净法师预斯嘉会。有令，召（慧）净开《法华经》。奉旨登座，如常序胤。道士蔡晃讲道论好，独秀时英，下令遣与抗论。"②这是"三教学士"参与的论衡。其过程是慧净法师先讲《法华经》，然后蔡晃作为道教的代表与之辩论。这应该是比较完备的"讲经＋谈论"模式。此后这种模式一直延续下来：

> 显庆五年(660)，车驾东都，归心佛道，宗尚义理，非因谈叙，无由释会。下敕："追大慈恩寺僧义褒、西明寺僧惠立等，各侍者二人，东赴洛邑。"登即邮传，依往至合璧宫奉见，叙论义旨，不爽经通。下敕，停东都净土寺。褒即于彼讲《大品》"三论"，声华崇盛，光价逾隆。③

> 其年（天授元年，690）二月，则天又御明堂，大开三教。内史邢文伟讲《孝经》，命侍臣及僧、道士等以次论议，日昃乃罢。④

上引文献中，东都净土寺的论衡，虽然没有记载道教的活动，但从题目来看，是有道教参与的。所以义褒讲说《大品》《三论》之后，应该是与道士的谈论。武则天天授元年二月明堂三教论衡，是儒士讲《孝经》之后，侍臣与僧人、道士的论议，侍臣很可能充当儒士角色。这次论衡与武德年间陆

① （后晋）刘昫等：《旧唐书》卷一百八十九上《陆德明传》，中华书局1975年版，第4945页。
② （唐）释道宣撰，刘林魁校注：《集古今佛道论衡校注》卷丙，中华书局2018年版，第198页。
③ （唐）释道宣撰，刘林魁校注：《集古今佛道论衡校注》卷丁，中华书局2018年版，第276—277页。
④ （后晋）刘昫等：《旧唐书》卷二十二《礼仪志二》，中华书局1975年版，第864页。

德明以一对三的辩论相似，宗教角色分配不太明确。

这种"讲经＋谈论"模式有可能为诞节论衡所采用。《入唐求法巡礼记》卷四云：

> 每年至皇帝降诞日，请两街供奉讲论大德及道士，于内里设斋行香，请僧讲经，对释教、道教论义。今年（会昌四年）只请道士，不请僧也。看其体色，从今已后，不要僧人入内。①

圆仁此处记载，先是"请僧讲经"，后为"对释教、道教对论义"。此即，第一个环节是"讲经"，第二个环节是佛道"论义"。后面又说，"今年只请道士"，那就只有道士讲经了，没有释道论义了。由此推测，此前也应该是佛教、道教先后讲经，然后二教论衡。

此种"讲经＋谈论"的模式，在《长兴四年中兴殿应圣节讲经文》中留下了多处痕迹。如：

> 亦如我皇帝翘心真境，志信空门。修持三世之果因，敬重十方之佛法。若不然者，曷能得每逢降诞，别启御筵。玉阶许坐于师僧，金殿高悬于窣像。躬瞻相好，自蒸香烟。都由一片之信心坚，方得半朝闻法坐。
>
> ……
>
> 皇帝如今信敬开，每凭三宝殄微灾。
> 君王听法登金殿，释道谈经宝台上（上宝台）。
> 寿等松椿宜闰益，福如东海要添陪。
> 直缘万乘君王信，天下师僧献寿来。②

"降诞"即指后唐明宗的生日应圣节。"每逢降诞，别启御筵"即指应圣节论衡庆贺生辰。此段文字写诞节论衡场景，云"玉阶许坐于师僧，金殿高悬于窣像"。对照韵文，散文"玉阶许坐于师僧"即韵文"释道谈经上宝台"，"师僧"即"释道"。这两句是说，应圣节讲论时中兴殿上悬挂有画在绢帛上的佛像，讲经台上坐着僧人和道士。"释道谈经"，是说佛

---

① ［日］圆仁：《入唐求法巡礼记》卷三，广西师范大学 2007 年版，第 138 页。
② 项楚：《敦煌变文选注（增订本）》，中华书局 2006 年版，第 1129—1130 页。

教和道教都参与谈经。据此可明，长兴四年应圣节谈论应有道士的宣讲、谈论。

又如：

> 亦如我皇帝每年应圣，特展花筵，表八宏（纮）逢时（明）主之时，歌万乘应流虹之日。一声丝竹，迎尧舜君暂出深宫；数队幡花，引僧道众高升宝殿。君臣会合，内外欢呼。明君面礼于三身，满殿亲瞻于八彩。牛香苒惹，鱼梵虚徐。得过万乘之道场，亦是一时之法界。
>
> ……
>
> 风慢香烟满殿飞，人人尽有祝尧词；
>
> 君王乐引升龙座，释子宣来入凤墀。
>
> 圣主净心瞻月面，凡人洗眼见尧眉；
>
> 每年此日闻佛道，也似经中号一时。①

"应圣"，即"应圣节"。这段文字细致描述了应圣节论衡：悦耳的乐声中后唐明宗被迎进了中兴殿，僧人、道士在幡花引领下登上讲经宝台。君臣遇合，群臣山呼贺寿，皇帝礼拜三身佛像，上香，梵乐奏起，诞节讲论开始。"引僧道众高升宝殿"，即为导引僧人、道士升座，准备讲经。"每年此日闻佛道"，即是说每年应圣节明宗都会听佛、道讲论。此处"僧道""佛道"即说明，诞节论衡既有佛教讲论也有道教讲论。

又如：

> 亦如我皇帝每逢金节，回（迥）□彤庭，见天颜于上界宫前，排罪（众）会于九重殿内。当时调御说经，居灵鹫高山；今日君王听法，在龙宫宝殿。
>
> ……
>
> 吾皇福德重如山，四海无尘心自闲。
>
> 圣应君临千载内，秋丰夏稔十年间。
>
> 禹汤道德应难比，尧舜仁慈稍可攀；

---

① 项楚：《敦煌变文选注（增订本）》，中华书局 2006 年版，第 1137—1138 页。

每到重阳僧与道，紫烟深处见龙颜。①

"金节"即重阳节。后唐明宗应圣节与重阳节重合，故此段文字称每逢重阳节皇帝于宫内举行诞节论衡，僧道有幸一睹龙颜。"排众"之"众"，即韵文中的"僧与道"。

再如：

今则四五叶之尧荩，含烟袅娜；百千蘩之金菊，惹露芬芳。当流虹应瑞之晨，是大电绕枢之日。君臣合会，僧道俳佪，谈经上福于龙图，持论用资于凤宸。②

四与五相加为九，"四五叶之尧荩"即初九日。"流虹应瑞之晨""大电绕枢之日"，本指帝舜、黄帝诞生之瑞应，这里指后唐明宗生日。"俳佪"，意为回环，如《西京杂记》："屋皆俳佪连属，重阁修廊，行之移晷不能偏也。"③"僧道俳佪，谈经上福于龙图，持论用资于凤宸"，应为僧人、道士轮流讲论，贺寿祝福。此处之"持论"，对应"谈经"，应该是诞节论衡的两个阶段。第一阶段为谈经，第二阶段为持论。

以上"玉阶许坐于师僧""释道谈经上宝台""引僧道众高升宝殿""僧道俳佪"等文献说明，在讲经台上，僧人讲经只是诞节论衡贺寿的一部分活动，此一环节前后应是道士的讲经，讲经之后有僧道论辩。根据这一推论，来考察白居易《三教论衡》一文，则可以看到这次诞节论衡更详细的情况。

《三教论衡》记载大和元年唐文宗降诞日儒佛论议时，儒家就《维摩经·不可思议品》"芥子纳须弥"一句问难；儒道论议时，儒家就《黄庭经》"养气存神长生久视之道"问难。由此可见，佛道二教的讲经可能是《维摩诘经》和《黄庭经》。

儒家讲经的内容似难以确断。僧问儒答时的问题是：

《毛诗》称六义，《论语》列四科。何者为四科？何者为六义？

---

① 项楚：《敦煌变文选注（增订本）》，中华书局 2006 年版，第 1147 页。
② 项楚：《敦煌变文选注（增订本）》，中华书局 2006 年版，第 1177 页。
③ （汉）刘歆撰，（晋）葛洪集，王根林校点：《西京杂记》卷三"袁广汉园林之侈"，见上海古籍出版社编：《汉魏六朝笔记小说大观》，上海古籍出版社 1999 年版，第 96 页。

其名与数，请为备陈者。

僧难儒答时的问题是：

> 十哲四科，先标德行。然则曾参至孝，孝者百行之先，何故曾
> 参独不列于四科者。

道问儒答时的问题是：

> 《孝经》云："敬一人则千万人悦。"其义如何者？

道难儒答时的问题是：

> （《孝经·广要道章》云）凡敬一人则合一人悦，敬二人则
> 合二人悦，何故敬一人而千万人悦？又问，所悦者何义？所敬者
> 何人？

这四个问题中，有两个直接针对《孝经》发问。"曾参独不列于四科"之问，也似与《孝经》有关，因为《史记·仲尼弟子列传》记载，"孔子以（曾参）为能通孝道，故授之业。作《孝经》"[1]。唯独"四科""六义"之问对应的儒家经典比较难解。

儒生对"四科""六义"回答时，以儒家六义比佛教十二部经，又以仲尼十哲比如来十大弟子，以孔门四科比释门六度。三者比附之后，得出佛道会同的结论，"夫儒门释教，虽名数则有异同，约义立宗，彼此亦无差别。所谓同出而异名，殊途而同归者也"。据此推测，"四科""六义"，可能是针对讲经过程中的三教相互比附发问，发问的目的可能是提供一个能够得出三教会同结论的机会。就此而言，大和元年唐文宗降诞日论衡开始时，儒家可能讲论了《孝经》。

《三教论衡》和《长兴四年中兴殿应圣节讲经文》比较，可以对两份文献的相关背景做一些补充。大和元年的诞节讲论，不止一座，按照讲论以贺寿庆生为主这一原则，不可能每个参与者能有《应圣节讲经文》那样的讲经机会，所以开始的讲经也有可能是三教各选一人讲经。而后唐明宗长兴四年应圣节讲经之后的佛道谈论也应该不止一座，参照白居易《三教论衡》，佛

---

① （汉）司马迁撰，（南朝宋）裴骃集解，（唐）司马贞索隐，（唐）张守节正义：《史记》卷六十七《仲尼弟子列传》，中华书局1959年版，第2205页。

道谈论不会太复杂，也不会占用过多时间。

三、诞节讲经的发展

从玄宗朝到五代末，举行了多场诞节论衡，其中有一些为僧人所记录。入华日本僧人圆仁于承和十四年（847）撰写成的《入唐新求圣教目录》，记录了来自大唐的三部诞节论衡著作：《皇帝降诞日内道场论衡》一卷、《会昌皇帝降诞日内道场论衡》一卷、《皇帝降诞日于麟德殿讲大方广佛华严经玄义》一卷。另一入华日本僧人宗睿咸通六年（865）于长安城右街西明寺求写佛教著作并撰成《新书写请来法门等目录》，其中有《降诞日内道场论衡一卷》。这些著作对于了解唐代诞节论衡的实际情况极为重要。值得庆幸的是，虽历经沧桑，其中的《皇帝降诞日于麟德殿讲大方广佛华严经玄义》（一名作"大周经玄义"）有幸保存下来。此外，藏内文献还记载了贞元十五年（799）的一次诞节论衡之讲经。加上《长兴四年中兴殿应圣节讲经文》，共计有 3 份比较详细的诞节论衡文献。

（一）《皇帝降诞日于麟德殿讲大方广佛华严经玄义》[①]

此为贞元八年（792）四月二十一日安国寺沙门静居进献唐德宗的文本。德宗诞日在四月十九日，此文当为诞节后两日上献的讲经文本。《新唐书》卷一百六十一《徐岱传》有贞元初"帝以诞日，岁岁诏佛老者大论麟德殿"的记载。《旧唐书》卷一百三十五《韦渠牟传》、《册府元龟》卷二，也记载了由韦渠牟等 12 人组成的三教论衡。贞元八年的德宗诞日论衡，与以上文

---

① （唐）释静居：《皇帝降诞日于麟德殿讲大方广佛华严经玄义》，《大正藏》第 36 册，新文丰出版公司 1983 年版，第 1064 页下—1066 页下。此经又名《华严经玄义》《大周经玄义》。仅《卍续藏》第 88 册、《大正藏》第 36 册收存，中土诸大藏经不录。日本僧人圆仁《入唐新求圣教目录》也载有此经。经末亦云"贞元八年四月二十一日，安国寺沙门静居进上。辛酉秋七月初三日，依高山寺古藏内所传本书写之，初六日一校毕。西山梅村住庵善妙寺道栋书"。

献所记载者当为同一类型。

关于贞元八年诞节论衡的情况，《大唐贞元续开元释教录》也有记载：

> 去四月十九日，皇帝降诞之辰，在内道场东面，及前一日退
> 食之余，在麟德殿西廊下，有章敬寺禅行大德道澄、庄严寺大慧、
> 总持寺藏山及三教谈论大德谈筵等一十一人，奉对殿下"心地法
> 门"义已……贞元九年八月二十三日，临坛翻经西明寺沙门圆照
> 上启。①

参照圆照此文落款时间，"去四月十九日"应为贞元八年德宗诞日。本次诞节谈论，圆照记载有 11 人，他还特别提到章敬寺禅行大德道澄、庄严寺大慧、总持寺藏山及三教谈论大德谈筵四人。沙门静居是诞节论衡中佛教一方的代表，还是仅仅为一般参与者记录了本次论衡，文献阙载，不得而知。

《华严经》汉译本有三种：第一为旧译《华严》，又作《六十华严》，即东晋时期佛驮跋陀罗翻译的 60 卷《大方广佛华严经》；第二为新译《华严》，又作《八十华严》，即武则天时期实叉难陀翻译的 80 卷《大方广佛华严经》；第三为《普贤行愿品》，又作《四十华严》，即贞元年间般若翻译的 40 卷《大方广佛华严经》，全名为《大方广佛华严经入不思议解脱境界普贤行愿品》。《皇帝降诞日于麟德殿讲大方广佛华严经玄义》开篇云此经"凡八十卷"，则其所依据者当为《八十华严》。

《皇帝降诞日于麟德殿讲大方广佛华严经玄义》全文共三层。其一，《大方广佛华严经》结构。开篇云："此经七处九会，三十九品，凡八十卷。"此下讲"九会"各自所包含的品名、卷数。

其二，《大方广佛华严经》内容。其中云：

> 题云"大方广佛华严"者，大方广，法也，佛华严，人也。又
> 大以体遍为义，方广用周得名，依体起用名大广。佛者证说之人，
> 华严修因严果。经诠彼义，故云《大方广佛华严经》。此经总七处

---

① （唐）释圆照：《大唐贞元续开元释教录》卷二，《大正藏》第 55 册，新文丰出版公司 1983 年版，第 765 页中—下。

九会三十九品，共八十卷。

此下叙述"九会""三十九品"的内容。

其三，解释"大方广佛华严经"经题。先叙"九会"之关系，次解九会与经题关系：

> 则初末两会，合是一义，则题中"佛"字也。从第二会至第八会，则彼佛因，则题中"华"字也。因有阶降，故中七会以则之。果无分限，唯一佛以证之。"严"者以愿行之华因，严彼法身之佛果也。又"佛华严"是能传法之人，"大方广"是所传教之法。以法成人，先云"大方广"也。以人传法，故云"佛华严"也。人中摄因成果，唯"佛"也。法中摄用归体，唯"大"也。"大"是所证之法界，"佛"是能证之大智。"佛"之与"大"如光空，空外无光，大外无佛，空光一体，佛冥契不可分也。心缘莫到，言说不及，能诠此义，故以为经。

此下是解场词，"但文义深，难可备陈，随分见闻，滥为称赞。傥一句一偈，与理相应。伏愿福佑无疆，上资圣寿"。

就整篇讲经文而言，重心全在于释题。但解释经题又和整部《华严经》联系在一起，包括了经本的结构、内容以及经题与主旨的关系。

（二）贞元十五年诞节讲经文

《佛祖历代通载》卷十四记载了澄观的诞节讲经：

> （贞元十五年）四月帝诞节，敕有司备仪赞迎教授和上澄观，入内殿阐扬《华严》宗旨，观升高座曰："大哉真界，万法资始。包空有而绝相，入言象而无迹。妙有得之而不有，真空得之而不空，生灭得之而真常，缘起得之而交映。我佛得之，妙践真觉，廓净尘习。寂寥于万化之域，动用于一虚之中。融身刹以相含，流声光而退烛。
>
> 我皇得之，灵鉴虚极，保合大和。圣文掩于百王，淳风扇于万国，敷玄化以觉梦，垂天真以性情。是知不有太虚，曷展无涯之

照。不有真界，岂净等空之心。华严教者，即穷斯旨趣，尽其源流。故恢廓宏远，包纳冲邃，不可得而思议矣。

指其源也，情尘有经，智海无外。妄惑非取，重玄不空。四句之火莫焚，万法之门皆入。冥二际于不一，动千变而非多。事理交涉而两忘，性相融通而无尽。若秦镜之互照，犹帝珠之相含。重重交光，历历齐现。故得圆至功于顷刻，见佛境于尘毛。诸佛心内众生，新新作佛。众生心中诸佛，念念证真。一字法门，海墨书而不尽。一毫之善，空界尽而无穷。语其定也，冥一心于无心，即万动而常寂。海湛真智，光含性空。星罗法身，影落心水。圆音非叩而长演，果海离念而心传，万行忘照而齐修，渐顿无得而双入。虽四心广被，八难顿超，而一极唱高，二乘绝听。

当其器也，百城询友，一道栖神。明正为南方尽南矣，益我为友人皆友焉。遇三毒而三德圆，入一尘而一心净。千化不变其虑，万境顺通于道。契文殊之妙智，宛是初心入普贤之玄门，曾无别体。

失其旨也，徒修因于旷劫。得其门也，等诸佛于一朝。谛观一尘，法界在掌。理深智远，识昧辞单。尘黩圣聪，退座而已。"

帝时默湛海印，朗然大觉，顾谓群臣曰："朕之师，言雅而简，辞典而富。扇真风于第一义，天能以圣法清凉朕心，仍以清凉赐为国师之号。朕思从来，执身心我人及诸法定相，斯为甚倒。"群臣再拜稽首，顶奉明命。由是中外台辅重臣，咸以八戒礼而师之。①

《起信论疏记会阅卷首》又有记载：

是年四月，帝生诞，诏请师，于麟德殿开示《新译华严》宗旨，

---

① （元）释念常：《佛祖历代通载》卷十四，《大正藏》第 49 册，新文丰出版公司 1983 年版，第 609 页下—610 页中。

群臣大集。师（澄观）升高座说曰："我皇御宇，德合乾坤，光宅万方，重译来贡，特回明诏，再译真诠。观顾多天幸，承旨幽赞。极虚空之可度，体无边涯，大也。竭沧溟而可饮，法门无尽，方也。碎尘刹而可数，用无能测，广也。离觉所觉，朗万法之幽邃，佛也。芬敷万行，荣耀众德，华也。圆兹行德，饰彼十身，严也。贯摄玄微，以成真光之彩，经也。总斯经题之七字，乃为一部之宏纲。将契本性，非行莫阶。故说普贤无边胜行，行起解绝，智证圆明，无碍融通，现前受用。"帝大悦，赞曰："妙哉言乎，微而且显。"赐紫衲方袍，礼为教授和尚。①

此两则文献，应该指同一件事，同见澄观《华严经行愿品疏》卷一。《华严经行愿品》，即《四十华严》。贞元十二年（796）六月，澄观参与罽宾三藏般若在长安崇福寺组织的《四十华严》译场，至贞元十四年（798）二月译毕。德宗又诏令澄观作疏解释，澄观在终南山草堂寺撰成《华严经行愿品疏》10卷。贞元十五年（799），澄观为德宗皇帝讲《四十华严》，被授以"清凉国师"的称号。故而，此为贞元十五年诞节讲经文。

澄观《华严经行愿品疏》卷一，先总述《华严经》的重要性，次解释经题，末后"略启十门"解释经义。但《华严经行愿品疏》卷一未必将贞观十五年诞节全部讲完。《佛祖历代通载》记载的，只是第一部分。《起信论疏记会阅卷首》所载，为第二部分。内容最重的第三部分，很可能在诞节上没有讲论。前两部分包括了颂圣、解经题、退场等环节，构成了比较完整的讲经程序。

（三）《长兴四年中兴殿应圣节讲经文》

此讲经文的讲经者，刘铭恕先生推测，应该是五代名僧云辩②。

① 佚名：《起信论疏记会阅卷首》卷一，《卍续藏》第45册，日本株式会社国书刊行会1975—1989年版，第538页下。
② 刘铭恕：《敦煌遗书丛识·〈长庆四年中兴殿应圣节讲经文〉的讲经者》，浙江大学古籍研究所、浙江省敦煌学研究会、中国敦煌吐鲁番学会语言文学分会合编：《敦煌语言文学论文集》，浙江古籍出版社1988年版，第50—51页。

有关云辩的生平，张齐贤《洛阳缙绅旧闻记》卷一《少师佯狂杨公凝式》云：

> 时僧云辩能俗讲，有文章，敏于应对，若祀祝之辞，随其名位高下，对之立成千字，皆若宿构。少师尤重之。云辩于长寿寺五月讲，少师诣讲院与云辩对坐，歌者在侧，忽有大蜘蛛于檐前垂丝而下，正对少师于僧前，云辩笑对歌者曰："试嘲此蜘蛛，如嘲得着，奉绢两匹。"歌者更不待思虑，应声嘲之，意全不离蜘蛛，而嘲戏之辞，正讽云辩。少师闻之，绝倒久之，大叫曰："和尚取绢五匹来！"云辩且笑，遂以绢五匹奉之，歌者嘲蜘蛛云："吃得肚䦃撑，寻丝绕寺行，空中设罗网，只待杀众生。"盖讥云辩体肥而肚大故也。云辩师名圆鉴，后为左街司录，久之迁化。①

《长兴四年中兴殿应圣节讲经文》中有"适来都讲所唱经题，云《仁王护国般若波罗蜜多经·序品第一》者"，文末又云"仁王般若经抄"，故本篇是《仁王护国般若波罗蜜多经》（简称"仁王护国经"）之讲经文。

《应圣节讲经文》的内容，分为两部分。第一部分是讲经。讲经又有两层。第一层为释题：

> 仁者，五常之首；王者，万国之尊；护者，圣贤垂休；国者，华夷通贯；般若即圆明智惠；波罗蜜多即超渡爱河；经者显示真宗。此即略明题目。然此经即释曰：大圣昔在灵山，召集十六大国王，拥从百千诸圣众。尔时有菩萨天子波斯匿王，低金冠于海会众中，礼慈相于莲花台上。请宣十地，愿晓三空。希护国之金言，望安时之玉偈。于时世尊宣扬妙理，付嘱明君。远即成佛度人，近即安民治国。令行十善，以息三灾。心行调而风雨亦调，法令正而星辰自正。真风俗谛同行，而鱼水相须；王法佛经共化，而云龙契合。②

---

① 项楚：《敦煌变文选注（增订本）》，中华书局 2006 年版，第 1114 页。

② 项楚：《敦煌变文选注（增订本）》，中华书局 2006 年版，第 1119 页。

此处先释经题的涵义，后总述一经大意。

第二层讲《仁王经·序品》"如是我闻，一时佛住王舍城鹫峰山中，与大比丘众千八百人俱"一句。先总述：

> "如是我闻"，信成就；"一时"两字，时成就；"佛"之一字，教主成就；"住王舍城鹫峰山中"，处所成就；"与大比丘众千八百人俱"，听众成就。①

此下逐次讲解完"五种成就"，再将佛与皇帝并列：

> 佛语为经，王言成敕。经若行而舍凡成圣，敕若行而远肃迩安。王恩及士品工商，佛惠布龙天释梵。佛心清净，令神通之者度人；王意分明，遣忠孝之臣佐国。当时佛会，已明四品之团圆；今日王宫，亦兴五教之成就。②

第二部分是贺寿颂圣。分别颂及"欲清四海，先诫六宫""每临美膳，常念耕夫""国奢示人以俭，国俭示人以礼""去奢去泰，既掩顿于八荒""贵安宗社，更固鸿基""言非枉启，愿不虚陈""宫围西面，园苑新成"等等，共十个方面。结尾则总之以普天同庆：

> 此日是人庆贺，是处欢呼。上应将相王侯，下至士农工贾，皆瞻舜日，尽祝尧天。有人烟处，罗列香花；有僧道处，修持斋醮。荫麻道广，虔祷心同。唯希国土永清平，只愿圣人长寿命。③

从以上三篇讲经文来看，唐德宗朝至后唐明宗朝之间，诞节论衡之俗讲有了如下变化：

第一，内容上从讲解佛经到祝贺圣寿的转变。《皇帝降诞日于麟德殿讲大方广佛华严经玄义》讲解《八十华严》的结构、内容，目的在于宏观把握整部经典的宗旨以及阐释经典的过程。涉及讲经目的的只有最后一句，"伏愿福佑无疆，上资圣寿"。贞元十五年（799）诞节讲经，也有颂圣：

---

① 项楚：《敦煌变文选注（增订本）》，中华书局 2006 年版，第 1129 页。
② 项楚：《敦煌变文选注（增订本）》，中华书局 2006 年版，第 1154 页。
③ 项楚：《敦煌变文选注（增订本）》，中华书局 2006 年版，第 1179 页。

> 我皇御宇，德合乾坤，光宅万方，重译来贡。东风入律，西天轮越海之诚。南印御书，北阙献朝宗之敬。特回明诏，再译真诠。光阐大献，增辉新理。（澄观）顾多天幸，钦瞩盛明。奉诏译场，承旨幽赞，抃跃兢惕，三复竭愚。露滴天池，喜合百川之味。尘陪华岳，无增万仞之高。①

《长兴四年中兴殿应圣节讲经文》则不一样，讲解经典的内容只占到全文的一半。然而，即使这 50% 涉及《仁王护国经》的内容，也与祝贺圣寿密切相关。如：

> 第三，解"佛"之一字者。即是第三教主成就也。娑婆教主，大觉牟尼，一丈六尺身躯，三十二般福相。圣凡皆仰，毁赞无摇，荡荡人天大道（导）师，巍巍法界真慈父。亦如我皇帝万邦之主，四海之尊。入出公私尽礼瞻，卷舒贤圣皆呵护。当时法会，四生调御为尊；今日道场，万乘君王为主。
>
> 当时法会佛为尊，解启清凉解脱门。
>
> 心镜毫光含日月，慈云法雨洒乾坤。
>
> 身过圣贤（遇圣贤）高低相，法契人天深浅根。
>
> （但有得超三界者，思量还是法王恩。）
>
> 今朝法会帝王尊，不掩羲轩治化门。
>
> 普似云雷摇海岳，明如日月照乾坤。
>
> 慈怜解惜邦家本，雨露能滋草木根。
>
> 但即得居安乐者，根基全是圣人恩。②

散文部分，"亦如我皇帝"之前解《仁王护国经·序品》第一句中的"佛"字，之后则以后唐明宗比附释迦牟尼。韵文部分，则演唱散文部分"当时法会，四生调御为尊；今日道场，万乘君王为主"一句，也将诞节贺寿之对象与佛陀对应起来。而在讲经部分结束时，又讲述求驮跋陀罗与南朝宋明帝对"欲斋戒不煞"论题的辩论，以肯定"帝王与匹夫所修各异""佛行王心可比

---

① （唐）释澄观：《贞元新译华严经疏》卷一，《卍续藏》第 5 册，日本株式会社国书刊行会 1975—1989 年版，第 48 页下。此经又名"华严经行愿品疏"。

② 项楚：《敦煌变文选注（增订本）》，中华书局 2006 年版，第 1141—1142 页。

侔"的结论，将皇帝治国与佛陀教化众生等同起来，帝王也就如同佛陀一样伟大崇高。

第二，形式上从全部讲解到讲唱结合的转变。《皇帝降诞日于麟德殿讲大方广佛华严经玄义》讲解《华严经》，大多为解释性散行语句，没有描述，语言质朴，充满了佛学意味。《长兴四年中兴殿应圣节讲经文》则不一样，其中任何一层意思，都是先讲解后唱诵。讲解部分，以描述为主，骈散结合，充满了世俗意味。如开篇云：

> 沙门厶乙言：千年河变，万乘君生。饮乌兔之灵光，抱乾坤之正气。年年九月（日），彤庭别布于祥烟；岁岁重阳，寰海皆荣于嘉节。位尊九五，圣应一千。若非菩萨之潜形，即是轮王之应位。①

此处之叙述，是说每年九月九日应圣节有论衡贺寿的惯例，然典故贴切，对仗工整。此种讲解之风格，在唐德宗朝诞节俗讲中似不存在。至于唱词，并非一韵到底，中间有换韵。许多敦煌变文都有音声符号标志②，长兴四年讲经文中虽然没有这些标志，但这些韵文唱词可以在一定乐调配合下演唱，则是必然的。

第三，风格上从切合经本到切合现实。《皇帝降诞日于麟德殿讲大方广佛华严经玄义》全部围绕《八十华严》展开。而《长兴四年中兴殿应圣节讲经文》则更多围绕后唐明宗朝的社会政治展开。讲经文中有史料支撑者，列表如下③：

表15—2：《长兴四年中兴殿应圣节讲经文》与后唐明宗史实对应表

《长兴四年中兴殿应圣节讲经文》	史 实
奉上（庄）严尊号皇帝陛下。进加尊号，回放天勋。	长兴元年夏四月，帝御文明殿受册徽号，号曰"明神武文德恭孝皇帝"。长兴四年六月，又于尊号中加"广运法天"四字。（《旧五代史·唐书·明宗纪》）

---

① 项楚：《敦煌变文选注（增订本）》，中华书局2006年版，第1111页。
② 李小荣：《变文讲唱与华梵宗教艺术》，三联书店2002年版，第196页。
③ 此表依据项楚《敦煌变文选注（增订本）》之注释，以及杨雄《〈长兴四年中兴殿应圣节讲经文〉研究》（《敦煌研究》1990年第1期）。

《长兴四年中兴殿应圣节讲经文》	史　　实
先诫六宫：令知织妇之勤劳……锦绮着时令爱惜。	后宫内职量留一百人，内官三十人，教坊一百人，鹰坊二十人，御厨五十人，其余任从所适。诸司使务有名无实者并停。（《旧五代史·唐书·明宗纪》）
每临美膳，常念耕夫；忧水旱之不调，恐赋租之难办……重颗粒以如珠，惜生灵之若子……农人辛苦官家见，输纳交（教）伊自手量。	（天成元年四月）分遣诸军就食近畿，以减馈送之劳。秋夏税子，每斗先有省耗一升，今后只纳正数，其省耗宜停。天下节度、防御使，除正、至、端午、降诞四节量事进奉，达情而已，自于州府圆融，不得科敛百姓。（《旧五代史·唐书·明宗纪》） 丙申，下敕："今年夏苗，委人户自供，通顷亩五家为保，本州具帐送省，州县不得差人检括。如人户隐欺，许人陈告，其田倍征。"（《旧五代史·唐书·明宗纪》）
兢兢在位，惕惕忧民……意欲永空图圄，长息烽烟……圣明两备，畏爱双彰。	（天成二年二月）丙申，赦京师囚。 （天成二年十月）辛丑，德音释系囚。 （长兴元年二月）乙卯，大赦。 （长兴二年三月）乙卯，赦流罪以下囚。 （长兴四年八月）戊申，大赦。（《新五代史·唐书·明宗纪》）
感东川之灾息，西蜀心回……圣人更与封王后，厌却西南多少灾。	长兴三年后，孟知祥平定东川董璋之乱。（《鉴诫录》卷一"知机对"） 长兴四年二月癸亥，后唐明宗封孟知祥为剑南东西两川节度使。（《新五代史·唐书·明宗纪》）
只如两浙……受明君之爵禄……天使行而风水无虞。	长兴四年，两浙节度使钱元瓘封为吴王。（《旧五代史·唐书·明宗纪》） 长兴初，张文宝奉使浙中，泛海，船坏，为水工所救，吴人送之杭州宣国命。（《旧五代史·张文宝传》）
宫围西面，园苑新成。	长兴四年六月诏，宫西新园宜名永芳园，殿宜名和庆殿。（《旧五代史·唐书·明宗纪》）
潞王英特坐岐州。	潞王李从珂长兴三年就任凤翔节度使。（《旧五代史·唐书·明宗纪》）
欠付官钱勾却名。	长兴四年三月，诏除放京兆、秦、岐、邠、泾、延、庆、同、华、兴元十州长兴元年、二年系欠夏秋税物，及营田庄宅务课利，以其曾辇运供军粮料也。（《旧五代史·唐书·明宗纪》）

如此繁密的后唐明宗治政信息说明，应圣节诞节论衡之讲经内容绝非一蹴而就，事前必然有细致的策划、反复的演练。这与德宗朝的诞节论衡讲经相比，旨趣追求已经截然不同了。

四、俗讲与诞节论衡

日本僧人圆珍记载唐代的佛教讲经，云：

> 言讲者，唐土两讲：一俗讲，即年三月就缘修之，只会男女，劝之输物充造寺资，故言俗讲（僧不集也，云云）。二僧讲，安居月传法讲是（不集俗人类也，若集之，僧被官责）。①

此处所记载者，大致为唐宣宗时期的情况。圆珍俗讲、僧讲之分类标准，一则为讲法对象，二则为讲经内容。诞节论衡之讲经，虽有僧人临场，但面向世俗大众宣讲，应属俗讲。英藏敦煌文献 S.4417 有关于俗讲仪式的记载：

> 夫为俗讲，先作梵。了，次令（念）菩萨两声，说"押坐（座）"。了，素唱《温室经》。法师唱释经题。了，念佛一声。了，便说开经。了，便说庄严。了，念佛一声。便一一说其经题字。了，便说经本文。了，便说十波罗蜜等。了，便念念佛赞。了，便发愿。了，便又念佛一会。了，便回向发愿取散。②

法藏敦煌文献 P.3849 与此基本相同。由敦煌文献可见，俗讲分为四个步骤：作梵及说押座，唱释经题、开经发愿，释经之正文，回向取散③。作梵，就是梵呗，它与押座文的作用一样，是为了安静听众；唱释经题，是解释经题，总述本经大义，其中或包含忏悔、说庄严、申誓等仪式；说经正文，是俗讲的正文，一般是都讲唱经，法师解说经义；回向实为誓愿，是为

---

① ［日］释圆珍：《佛说观普贤菩萨行法经记》卷上"重阁讲堂"条，《大正藏》第 56 册，新文丰出版公司 1983 年版，第 227 页下。
② 田青：《有关唐代"俗讲"的两份资料》，《中国音乐学》1995 年第 2 期。
③ 李小荣：《变文讲唱与华梵宗教艺术》，三联书店 2002 年版，第 66 页。

了利益众生、同沾法雨，取散则是以解座文或者散场诗，来宣告本阶段俗讲结束。

文字记载的诞节论衡之讲经，或许有环节缺失，但大体可见俗讲步骤的痕迹。

《皇帝降诞日于麟德殿讲大方广佛华严经玄义》，整篇经文在唱释经题，其中既有逐字解释经题，又有对一经大义的诠释，结尾数句，如"文义深，难可备陈，随分见闻，滥为称赞。傥一句一偈，与理相应。伏愿福佑无疆，上资圣寿"，则有解座文的痕迹。贞元十五年（799）澄观诞节讲经中，也以唱释经题为主，包括了整部经典的涵义、价值和经题文字涵义，其中"理深智远，识昧辞单。尘黩圣聪，退座而已"，也有解座之用。《应圣节讲经文》具有比较完备的俗讲环节：开篇称颂诞节道场以静座，后解释经题，后又逐句讲解经文，结尾则是称颂后唐明宗功德。诞节讲经与一般俗讲不能完全等同，但程序的大致接近，正说明两者之间关系密切。

俗讲与诞节讲经最接近的应为讲经趣味。诞节讲经，本着庆生贺寿、娱乐皇帝的目的，佛经讲解渐渐退居次要，而贺寿、颂圣成了主要内容。俗讲娱乐大众的倾向也是非常明显的：

> 况此方人，百年已来，俗讲之流，多是别诵后人撰造顺合俗心之文，作声闻讽咏。每上讲说，言百分中，无一言是经是法。设导者经，亦是乱引杂用，不依本血脉之义，连环讲之。[①]

> 说法弄音文，因斥末俗讲者，不务谈理趣，衒其音声，杂以外典，以为文华。若玩弄然，若欲于此说法，舌根中求开悟，必资先有师教开解，或宿有善种。则或有之，不则无也。良由能说法者，必先学习，亦善种宿成。今日开悟之功，不独在舌根矣，况所说名句，非入无漏之器，故今拣之。[②]

---

① （唐）释宗密：《圆觉经大疏释义钞》卷二，《卍新纂续藏》第9册，日本株式会社国书刊行会1975—1989年版，第502页中。

② （宋）沙门思坦集注：《楞严经集注》卷六，《卍新纂续藏》第11册，日本株式会社国书刊行会1975—1989年版，第481页上。

> 释氏讲说，类谈空有。而俗讲者又不能演空有之义，徒以悦俗
> 邀布施而已。①

据以上文献，俗讲为了吸引更多信众布施财物，常常迎合听众，大量减少讲解佛经的比例，转而增加许多听众感兴趣的"顺合俗心之文"。这种以听众的兴趣为考虑核心，选择说法内容、调整说法方式、偏向于通俗化的做法，在《应圣节讲经文》中非常明显。

不过，俗讲与诞节讲经的发展并不同步。俗讲过分地讨好信众，受到了佛教界和官方的抑制：

> 有文溆僧者，公为聚众谈说，假托经论，所言无非淫秽鄙亵之
> 事。不逞之徒转相鼓扇扶树，愚夫冶妇乐闻其说，听者填咽寺舍，
> 瞻礼崇奉，呼为和尚教坊……近日庸僧以名系功德使，不惧台省府
> 县，以士流好窥其所为，视衣冠过于仇雠。而溆最甚，前后杖背，
> 流在边地数矣。②

上引文献包含时人对俗讲的排斥。作为最著名的俗讲僧人文溆，也被置于衣冠的对立面，最终被"杖背，流放边地"，且不止一次。据《太平广记》卷二百四十文宗条引《卢氏杂说》，文宗时文溆"得罪流之"。圆仁《入唐求法巡礼行记》也记载，俗讲"大和九年（827—835）以来废讲，今上（武宗）新开"③。武宗"新开"之俗讲，文溆就是讲经者之一。据向达研究，文溆"元和末驻锡菩提寺，即以俗讲僧见称于世"，至武宗朝再次俗讲，"历时五朝，二十余年"④。亦即，俗讲在宪宗朝就已经非常兴盛了，但前此十年左右的诞

---

① （宋）司马光编著，（元）胡三省音注：《资治通鉴》卷二百四十三"唐敬宗二年"，中华书局1956年版，第7850页。

② （唐）赵璘：《因话录》卷四"角部"，见上海古籍出版社编：《唐五代笔记小说大观》，上海古籍出版社2000年版，第856页。"听者填咽寺舍，瞻礼崇奉，呼为和尚教坊"，上海古籍出版社版《因话录》作"听者填咽寺舍，瞻礼崇奉，呼为和尚。教坊……"（第94—95页）。李明《以讹传讹一例——从一则文献看引用文献的学术规范性》（《编辑学刊》2005年第2期）认为应做"呼为和尚"。李士金：《究竟是"呼为和尚"，还是"呼为和尚教坊"？——〈从一则文献看引用文献的学术规范〉内容辨正》（《山西师大学报》2007年第1期）认为应做"呼为和尚教坊"。今从学术界惯例，以李士金之说更为妥当。

③ ［日］圆仁：《入唐求法巡礼行记》卷三，广西师范大学2007年版，第119页。

④ 向达：《唐代长安与西域文明》，河北教育出版社2001年版，第292页。

节讲经仍然极少通俗性的特征。故而，诞节讲经对俗讲的大量吸收，大致要在晚唐五代。

依据俗讲情况，可以推测诞节所讲佛经的大致情况：

（会昌元年）又敕左、右街七寺开俗讲。左街四处：此资圣寺令云花寺赐紫大德海岸法师讲《花严经》，保寿寺令左街僧录三教讲论赐紫引驾大德体虚法师讲《法花经》，菩提寺令招福寺内供奉三教讲论大德齐高法师讲《涅槃经》，景公寺令光影法师讲。右街三处：会昌寺令内供奉三教讲论赐紫引驾起居大德文溆法师讲《法花经》，城中俗讲，此法师为第一；惠日寺、崇福寺讲法师未得其名。又敕开讲道教，左街令敕新从剑南道召太清宫内供奉矩令费于玄真观讲《南花》等经；右街一处，未得其名。并皆奉敕讲。[①]

（会昌元年）五月一日，敕开讲，西街十寺讲佛教，两观讲道教。当寺内供奉讲论大德嗣标法师，当寺讲《金刚经》。青龙寺圆镜法师，于菩提寺讲《涅槃经》。自外不能具书。[②]

左右街俗讲，为"奉敕讲"经。诞节讲经也是如此。两者之间讲同一部佛经的可能性很大。据此而言，《华严经》《法华经》《涅槃经》《金刚经》等，均可能在诞节讲经中出现。而道教一方的俗讲，也出现了《南华真经》。若依据唐代道举推测，诞节所讲道教经典，很可能以《道德经》《南华经》《通元经》《冲虚经》《洞灵真经》为主。至于儒家讲经，唐代以《诗》《书》《易》和"三礼""三传"等九经取士，儒家九经可能在诞节论衡之列。此外，《孝经》在唐代受到格外关注，亦应在所讲之列。

诞节论衡之讲经，吸收了俗讲的许多因素，同样也会影响到讲经之后的谈论。因为谈论的俗化风气日益浓厚，不合史书典雅规范，现存有关诞节论衡的文献中有关三教谈论的内容就少之又少。不过，俗讲在影响诞节论衡趣味走向的同时，诞节论衡也反过来影响了俗讲。因俗讲表现突出，而参加诞

---

① ［日］圆仁：《入唐求法巡礼行记》卷三，广西师范大学 2007 年版，第 119 页。
② ［日］圆仁：《入唐求法巡礼行记》卷三，广西师范大学 2007 年版，第 123 页。

节论衡以显扬声名之僧人、道士，想来大有人在。俗讲由此而以诞节论衡之风格、趣味为标准，又推进其俗化进程。而一旦诞节论衡受到来自朝廷的限制，俗讲的发展也会受牵连，或者受到压制。由此，诞节论衡的衰落，也会在一定程度上导致俗讲的衰落。

第十六章　三教论衡与三教论衡戏

晚唐懿宗朝，优人李可及参照诞节三教论衡创作了三教论衡参军戏，于延庆节贺寿演出中获得成功，为时人所激赏。唐五代三教论衡与三教论衡戏之间的关联，藉此得以证明。三教论衡戏，既关乎宗教史又涉及戏剧史，其文化价值颇值得学界关注。

一、儒释道三教与唐五代戏剧

唐五代戏剧虽然体制不成熟，无法与元杂剧相媲美，然其由各阶层搬演亦形成一股社会成风，以致有"戏剧风"之称。任半塘云，唐代"一般人之爱好戏剧；习俗上之多设演戏看戏机会，平日将许多事戏剧化；……汇为一种风气，经常嘘拂于社会生活之中，与戏剧行动或真正戏剧之间，沆瀣一气，表里相宣"[1]。在此一风气影响下，唐五代之儒释道三教，也与戏剧发生种种关联。

唐五代戏剧演出地点的选择，与宗教场所关系密切。钱易《南部新书》云："长安戏场多集于慈恩，小者在青龙，其次荐福、永寿。尼讲盛于保唐，名德聚之安国。士大夫之家入道尽在咸宜。"[2] 这里所列举的慈恩寺、青龙寺、荐福寺、永寿寺、保唐寺、安国寺、咸宜寺，具向达考

---

[1]　任半塘：《唐戏弄》，上海古籍出版社 1984 年版，第 17 页。
[2]　（宋）钱易撰，黄寿成点校：《南部新书》卷戊，中华书局 2002 年版，第 67 页。

证，"全在长安城东，即所谓左街也。保唐寺原名菩提寺，在平康坊，会昌六年（846），始改名保唐，故钱氏所述，当属大中以后事"①。此处的"戏场"所表演者兼有"百戏""戏剧"两意。据此而言，佛寺是唐代戏剧演出的重要场所。而佛寺能成为戏场，与之争衡的道观也存在这种可能或趋势。

唐代宫廷诞日庆贺活动中，常常有戏剧贺寿娱宾。如：

> 开元中，有名医纪明者，吴人也，尝授秘诀于隐士周广……既已，令熟寐。寐觉，乃失所苦。问之，乃言："尝因大华宫主载诞三日，宫中大陈歌吹。某乃主讴者，惧其声不能清，且常食独蹄羹，遂饱。而当筵歌数曲，曲罢，觉胸中甚热，戏于砌台乘高而下。未及其半，复有后来者所激，因仆于地。久而方苏而病狂，因兹足不能及地也。"上大异之。②

> （天宝）十四载六月一日，上幸华清宫，乃贵妃生日。上乃命小部音声。小部者，梨园法部所置，凡三十人，皆十五已下，于长生殿奏新曲。③

> 争走金车叱鞅牛，笑声唯是说千秋。两边角子羊门里，犹学容儿弄钵头。④

开元中，大华宫主"载诞三日，宫中大陈歌吹"，"主讴者""当筵歌数曲"后，还"戏于砌台"。此"砌台"类似于后台的舞台、戏台，而"戏于砌台"者可能有类似戏剧的表演。天宝十四年（755）六月一日，杨贵妃生日，于长生殿奏"小部音声"。"小部"指唐代宫廷中的少年歌舞乐队，其演出内容含有戏剧。玄宗千秋节"学容儿弄钵头"。"钵头"，也作"拨头"。段安节《乐府杂录》云："钵头，昔有人父为虎所伤，遂上山寻其父尸，山有八折，故

---

① 向达：《唐代俗讲考》，《国学季刊》第六卷，1950年1月。收入向达：《唐代长安与西域文明》，河北教育出版社2001年版，第292页。

② （宋）李昉等编：《太平广记》卷二百一十九，中华书局1961年版，第1674页。

③ （宋）乐史：《杨太真外传》，转录自任半塘：《唐戏弄》，上海古籍出版社1984年版，第1123页。

④ （唐）张祜：《容儿钵头》，见（清）彭定求等编：《全唐诗》卷五百一十一，中华书局1960年版，第5847页。

曲八迭。戏者披发素衣，面作啼，盖遭丧之状也。"① 杜佑《通典》云："拨头出西域。胡人为猛兽所噬，其子求兽杀之，为此舞以象也。"② 据此可知，钵头戏的情节、音乐、舞蹈、化妆、服饰等戏剧因素非常突出，其演出在当时观众群体中产生深刻影响。诞节庆贺诸项安排中，宗教活动亦频频出现。于是，同一节日中分工合作、娱乐宾主、庆贺寿辰的三教论衡，与戏剧相互借鉴、相互影响，当在情理之中。

唐代戏剧在节日、场所等条件上，有与儒释道三教发生联系之可能。而儒、释、道三教也积极借鉴戏剧形式，宣扬自身，吸引信众，扩大宗教影响力，遂形成了三教各有戏剧的局面：

> （大和六年二月）己丑，寒食节，上宴群臣于麟德殿。是日，杂戏人弄孔子，帝曰："孔子，古今之师，安得侮渎。"亟命驱出。③

"弄孔子"具体扮演孔子的何种故事，文献缺载，不得而知，但"杂戏人弄孔子"表明唐代将儒家故事搬入戏剧，毫无疑问。

> 弄《婆罗门》，大中初，有康乃、李百魁、石宝山。④

"婆罗门"为印度四种姓之首，"弄婆罗门"者则是扮演自印度传入的佛教故事。《通典》记载："《婆罗门乐》，用漆筚篥二，齐鼓一……其余杂戏，变态多端，皆不足称也。"⑤ 弄婆罗门戏很可能需要婆罗门乐来配合演出。近代德国学者享利·吕德斯（Heinrich Lüders）在吐鲁番发现了三个贝叶梵文戏剧残卷。其中的九幕剧《舍利弗传》（Sariputrapakarna），描写佛陀的两个大弟子舍利弗和目犍连皈依佛教的故事。据此推测，唐代可能有关于舍利弗和目犍连的戏剧演出。此应属于弄婆罗门的范围。

儒、佛二教均有戏剧。道教戏虽然文献不载，然其演出亦有可能。任半塘认为"道家立说于仙凡交接之中，向寓浓厚之俗情，于是由传奇化而戏剧

---

① （唐）段安节：《乐府杂录》"鼓架部"，见吴企明点校：《教坊记》（外三种），中华书局2012年版，第123—124页。
② （唐）杜佑撰，王文锦等点校：《通典》卷一百四十六，中华书局1988年版，第3729页。
③ （后晋）刘昫等：《旧唐书》卷十七下《文宗纪》，中华书局1975年版，第544页。
④ （唐）段安节：《乐府杂录》"俳优"条，吴企明点校：《教坊记》（外三种），中华书局2012年版，第129页。
⑤ （唐）杜佑撰，王文锦等点校：《通典》卷一百四十六，中华书局1988年版，第3729页。

化，颇为自然。唐代道家之于此，表现尤著。疑当时亦有一类戏剧，足与弄婆罗门者相并立"①。

二、三教论衡的戏剧化

唐代戏剧与儒、释、道三教关系密切，遂影响及三教论衡。此种影响，一则在于三教各自论辩的戏剧化，二则在于三教之间论辩的戏剧化。

有关儒释道各自辩论的戏剧化，任半塘早已有论述：

> ……初盛唐三教分讲之戏剧风，则亦不可不知……试看中宗时，方禁老子化胡之说，其答大恒道观主桓道彦等敕曰："……何假化胡之伪，方盛老君之宗！……履冰而说涅槃，曾无典据；蹈火而谈妙法，有类俳优。"——此初唐道教谈论之戏剧风也。玄宗《将行释奠礼令》曰："夫谈讲之务，贵于名理。……爰自近代，此道渐微。问礼言诗，惟以篇章为主；浮词广说，多以嘲谑为能。遂信讲座作俳优之场，学堂成调弄之室。"又《禁止生徒问难不经诏》曰："或有凡流，矜于小辩，初虽问难，终杂诙谐；出言不经，积习成弊。"——此盛唐儒学谈讲之戏剧风也。苟非事态风动，何至宣诸帝令！②

这里谈到了道教和儒学谈讲的戏剧之风。至于佛讲，尤其是俗讲，戏剧之风更胜，至有擅长俗讲的文溆和尚被称为"和尚教坊"③。

三教之讲论既然已经有浓厚的戏剧倾向。三教之间的讲论——三教论衡，其戏剧化亦愈趋明显。三教论衡虽然始于佛教入华之初，但以三教论衡戏为参照考察其源头，"学术界却不得不将起点放在北周"④。从北周武帝宇文邕组织以评定三教优劣、先后为议题的三教论衡，到唐五代帝王诞节以庆

① 任半塘：《唐戏弄》，上海古籍出版社 1984 年版，第 179—180 页。
② 任半塘：《唐戏弄》，上海古籍出版社 1984 年版，第 20 页。
③ （唐）赵璘：《因话录》卷四"角部"，见上海古籍出版社编：《唐五代笔记小说大观》，上海古籍出版社 2000 年版，第 856 页。
④ 刘林魁：《〈广弘明集〉研究》，中国社会科学出版社 2011 年版，第 390 页。

生贺寿为宗旨的三教论衡，戏剧因素在逐渐集中、凸显。

从三教论衡地点的选择来看，大多选在寺院道观和宫廷内殿：北周选在大德殿、正量殿、紫极殿、玄都观、太极殿、邺都新宫等地，隋代选在道坛、智藏寺等地，唐代高祖、太宗两朝选在国子学、弘文殿、五通观，高宗至玄宗朝选在百福殿、别中殿、蓬莱宫、茅斋、东都合璧宫、东都净土寺、东都洛宫、百福殿、明堂、花萼楼等地，肃宗至唐末选在唐兴寺、景龙观、麟德殿、大明宫等地，五代选在中兴殿、崇元殿、广寿殿、长春殿、广政殿等地。这些地点有些仅举行一次三教论衡，有些有多次。如北周在正量殿举行 3 次，唐高祖在国子学举行 3 次，唐高宗在蓬莱宫举行 4 次，唐德宗至唐昭宗在麟德殿举行 14 次，五代在中兴殿举行 4 次。相对集中的三教论衡场所，必然表现为比较集中的议题、相似的谈论风格和趣味。如北周以定三教优劣、取舍三教为议题，唐高祖以融三教于儒家为核心，唐高宗朝以论议三教玄理、娱乐高宗为核心，至肃宗以后则以庆贺帝王诞节为核心。从三教论衡地点选择与议题倾向来看，从唐高宗开始，论衡场所渐渐具有了戏剧场所（剧场）的意味。至诞节论衡，其剧场性愈趣明显。在此一场景中，为论主设置的高座以及为质难者设置的环绕高座的几处论座，就有了道具的意味。

从三教论衡参与者的身份来看，其逐渐具有了角色的特性。这一方面，最大的发展是论衡者身份的逐渐确定。北周三教论衡，周武帝宇文邕尚且亲自上场，与沙门任道林辩驳佛教的去留。隋以后，帝王逐渐成为旁观者中最主要的观众。从北周到玄宗朝，论衡者的姓名大多有明确记载，其论辩个性、知识特色也往往为人称颂。论辩过程中，对宗教身份的肯定远不及对论辩者才识技巧的赏识。论辩在成果认定上，一些辩论特色鲜明的儒臣、沙门、道士多为时人赏识。此种情况在中唐以后的诞节论衡中，有了根本性改变。论衡者多具有宗教管理身份，僧人多为左右街僧录，道士多为道门威仪，僧、道多兼有"三教讲论"的赐号。有关论衡的记录文献，大多已经不太在意参与者的真实姓名，而多关注其宗教身份，多记作"缁、黄""沙门、道士""僧、道"等。考虑到诞节论衡庆贺圣寿、娱乐宾主的动机，这些论衡参与者无一不具有弄臣、俳优的特性，演员之角色身份已经初步具备。基于此一身份，儒、释、道三教的服饰就成了论衡者身份的代表，也具有了戏剧服饰的意味。

就三教论衡之设计而言，现存三教论衡文献全为事后记录，非事前设计。然论衡之事前设计，并非没有可能，只是出现较晚、形制粗糙简略而已。北周至唐玄宗时期的三教论衡，三教争胜的性质相当明显。既然要争胜，三教各自的论辩设计需要保密，不得事前泄露。但诞节论衡中，此种有意识的保密可能要放弃了。白居易《三教论衡》是现存诞节论衡诸文献中保存最完备的。依据《三教论衡》以及《长庆四年中兴殿讲经文》，诞节论衡之前有讲经这一环节，论主在辩论开始时不再命题树义，质难者通常都随意提问，而辩论过程要贺寿娱乐宾主，结果却要毫无例外地会同三教。这种情况下，三教之间势必有事前的沟通，以便就论衡议题、辩论过程进行商讨、设计。此种商讨、设计，不一定非常完备，也未必形成文字，但其功能与戏剧演出之剧本极为相似。由此来看，诞节三教论衡按照预先设计展开，论辩者的语言在一定程度上就成了代言体了。

就三教论衡的趣味追求而言，随着北周到唐五代论衡目的由三教争胜到三教会同的转变，论衡过程中唇枪舌剑在逐渐减弱，而娱乐宾主、笑声四起逐渐占据了主导地位。这种追求娱乐趣味的三教论衡，在北周尚表现为相互揭短、相互攻击污蔑；至唐初高祖朝开始，则以嘲谑、调笑为主，嘲谑涉及对手的经历、身份、长相、语言、举止以及辩论漏洞和逻辑缺陷；至中唐以后，嘲谑、调笑依然存在，然而三教之间的争衡却越来越弱，嘲谑、调笑全部的目的在于获取观众的笑声，为皇帝大臣、妃嫔皇子解颐。三教论衡以语言辩锋争胜娱众，论衡者的论辩、质难技巧，与戏剧演员的表演伎艺就非常相似了。

三、三教论衡戏

在唐五代戏剧与三教论衡的相互作用中，懿宗延庆节出现了三教论衡戏：

> ……咸通中，优人李可及者，滑稽谐戏，独出辈流。虽不能托

讽匡正，然巧智敏捷，亦不可多得。尝因延庆节缁黄讲论毕，次及倡优为戏。可及乃儒服险巾，褒衣博带，摄齐以升崇座，自称三教论衡。其隅坐者问曰："既言博通三教，释迦如来是何人？"对曰："是妇人。"问者惊曰："何也？"对曰："《金刚经》云：'敷座而坐。'或非妇人，何烦夫坐然后儿坐也？"上为之启齿。又问曰："太上老君何人也？"对曰："亦妇人也。"问者益所不喻。乃曰："《道德经》云：'吾有大患，是吾有身。及吾无身，吾复何患。'倘非妇人，何患于有娠乎？"上大悦。又曰："文宣王何人也？"对曰："妇人也。"问者曰："何以知之？"对曰："《论语》云：'沽之哉，沽之哉，我待价者也。'向非妇女，待嫁奚为？"上意极欢，宠锡甚厚。翌日，授环卫之员外职。[1]

此参军戏的演出，与懿宗延庆节庆贺和李可及的戏剧才能密不可分。

（一）唐懿宗延庆节庆贺

懿宗生于大和七年（833）十一月十四日，大中十三年（859）八月即位以后即以此日为延庆节。延庆节庆贺活动，见于文献记载者有四则。除"李可及"条外，还有三则：

> （咸通七年，866）七月，沙州节度使张义潮进甘峻山青骹鹰四联、延庆节马二匹、吐蕃女子二人。僧昙延进《大乘百法门明论》等。[2]

十一月十四日为延庆节，七月就开始进献延庆节礼品。中晚唐帝王诞节进献之制度，长期延续下来，至晚唐五代愈演愈烈，此已见前文论述，延庆节也不例外。然咸通七年（866）之延庆节礼品特别记载张义潮者，以其为沙州节度使。沙州之地理位置特别，中唐以后唐王朝的政治与军事实力锐

---

[1] （唐）高彦休：《唐阙史》卷下，见上海古籍出版社编：《唐五代笔记小说大观》，上海古籍出版社 2000 年版，第 1350—1351 页。又见（宋）李昉等编：《太平广记》卷二百五十二，中华书局 1961 年版，第 1958 页。

[2] （后晋）刘昫等：《旧唐书》卷十九上《懿宗本纪》，中华书局 1975 年版，第 660 页。

减，已经无力顾及西北边地。宣宗大中年间，张义潮先后收复敦煌地区十余州。懿宗咸通八年（867），张议潮入朝。此为大唐边疆盛事，故特有此记载。其余虽未记载，然延庆节进献未绝、贺寿未断，当不容置疑。

> 以十一月十四日延庆节，麟德殿召京城僧道赴内讲论，尔日彻述皇猷，辞辩浏亮，帝深称许。而又恢张佛理，旁慑黄冠，可谓折冲异论者，当时号为"法将"。帝悦，敕赐号曰"净光大师"，咸通十一年也。①

此为咸通十一年（870）延庆节三教论衡。僧彻参与了本年诞节论衡。然而，早在咸通十一年前，僧彻"内外兼学，辞笔特高，唱予和汝，同气相求。寻充左右街应制，每属诞辰，升麟德殿法座讲谈，敕赐紫袈裟"，"懿宗皇帝留心释氏，颇异前朝。遇八斋日，必内中饭僧数盈万计。帝因法集，躬为赞呗，彻则升台朗咏。宠锡繁博，敕造栴檀木讲座以赐之"②。僧彻充左右街应制一事，《佛祖统纪》系于咸通八年（867）③。此职位应该与左右街僧录密切相关，而左右街僧录又常常见于诞节三教论衡。据此，僧彻参加诞节三教论衡，应在咸通八年之前，并延续到唐僖宗"广明（880—881）中，巢寇犯阙，僖宗幸蜀"之际。

> 陈磻叟者，父名岵，富有辞学，尤溺于内典。长庆中，尝注《维摩经》进上，有中旨令与好官。执政谓岵因内道场僧进经，颇抑挫之，止授少列而已。磻叟形质短小，长喙疏齿，尤富文学，自负王佐之才，大言骋辩，虽接对相公，旁若无人，复自料非名教之器，弱冠度为道士，隶名于昊天观。咸通中降圣之辰，二教论义，而黄衣屡奔，上小不怿，宣下令后辈新入内道场，有能折冲浮图者，许以自荐。磻叟摄衣奉诏，时释门为主论，自误引《涅槃经疏》。磻叟应声叱之曰："皇帝山呼大庆，阿师口称献寿，而经

---

① （宋）释赞宁撰，范祥雍点校：《宋高僧传》卷六《释僧彻传》，中华书局1987年版，第133—134页。

② （宋）释赞宁撰，范祥雍点校：《宋高僧传》卷六《释僧彻传》，中华书局1987年版，第133页。

③ （宋）沙门志磐：《佛祖统纪》卷四十二，《大正藏》第49册，新文丰出版公司1983年版，第387页下。

引《涅槃》，犯大不敬！"初其僧谓碏嗅不通佛书，既而错愕，殆至颠坠。自是连挫数辈，圣颜大悦，左右呼万岁。其日，帘前赐紫衣一袭。碏嗅由是恣其轻侮，高流宿德多患之。潜闻上听云："碏嗅衣冠子弟，不愿在冠帔，颇思理一邑以自效耳。"于是中旨授至德县令。①

此为"咸通中"诞节庆贺之三教论衡②。参与者道士陈碏嗅，其父为佛徒，于穆宗长庆年间为执政者赏识。陈碏嗅为道士，"隶名于昊天观"。昊天观位于长安南保宁坊，"贞观初，为高宗宅，显庆元年三月二十四日，为太宗追福，遂立为观，以'昊天'为名，额高宗题"③。陈碏嗅时为"后辈新入内道场"，此亦可言陈碏嗅之前"二教论义"者，必为较长时期参与内道场诞节谈论而年岁稍长之僧人、道士。据此推测，懿宗朝诞节论衡可能在咸通初期就已经举行了。

从咸通七年（866）的延庆节进献和"咸通中"陈碏嗅参与的诞节论衡来看，懿宗诞节延庆节的庆贺活动，尤其是诞节三教论衡，在咸通年间似乎一直存在。僧彻"每属诞辰，升麟德殿法座讲谈"在咸通八年以前。陈碏嗅参与诞节庆贺表现卓异，李可及戏三教深为懿宗赏识，也在"咸通中"。据此推测，此数人很有可能在同一年的延庆节庆贺活动中出现。退一步说，即使没有这样，有关他们三人诞节活动的信息完全可以相互参照、相互补充。

（二）优人李可及

咸通中扮演"三教论衡"戏之伶人李可及，其事迹文献有载：

（曹）确精儒术，器识谨重，动循法度。懿宗以伶官李可及为威卫将军，确执奏曰："臣览贞观故事，太宗初定官品令，文武官共六百四十三员，顾谓房玄龄曰：'朕设此官员，以待贤士。工商杂色

---

① （五代）王定保：《唐摭言》卷九，见上海古籍出版社编：《唐五代笔记小说大观》，上海古籍出版社2000年版，第1658页。
② （宋）李昉等编：《太平广记》卷二百六十五转录《唐摭言》此文，则为"咸通初"。唐代高择《群居解颐》则作"咸通中"。
③ （宋）王溥：《唐会要》卷五十，上海古籍出版社2006年版，第1018页。

之流，假令术踰侪类，止可厚给财物，必不可超授官秩，与朝贤君子比肩而立，同坐而食。'大和中，文宗欲以乐官尉迟璋为王府率，拾遗窦洵直极谏，乃改授光州长史。伏乞以两朝故事，别授可及之官。"帝不之听。

可及善音律，尤能转喉为新声，音辞曲折，听者忘倦。京师屠沽效之，呼为"拍弹"。同昌公主除丧后，帝与淑妃思念不已。可及乃为《叹百年舞曲》。舞人珠翠盛饰者数百人，画鱼龙地衣，用官绢五千匹。曲终乐阕，珠玑覆地，词语凄恻，闻者涕流，帝故宠之。尝于安国寺作《菩萨蛮舞》，如佛降生，帝益怜之。可及尝为子娶妇，帝赐酒二银樽，启之非酒，乃金翠也。人无敢非之者，唯确与中尉西门季玄屡论之，帝犹顾待不衰。僖宗即位，崔彦昭奏逐之，死于岭表。①

而神策中尉西门季玄者，亦刚鲠，谓可及曰："汝以巧佞惑天子，当族灭！"尝见其受赐，谓曰："今载以官车，后籍没亦当尔。"②

伶人李可及为懿宗所宠，横甚，（崔）彦昭奏逐，死岭南。③

……李可及进《叹百年》曲，声词哀怨，听之莫不泪下。又教数十人作叹百年队，取内库珍宝雕成首饰。画八百匹官绢作鱼龙波浪文，以为地衣。每一舞而珠翠满地。可及官历大将军，赏赐盈万，甚无状。左军容使西门季玄素梗直，乃谓可及曰："尔恣巧媚以惑天子，灭族无日矣。"可及恃宠，亦无改作。可及善啭喉舌，对至尊弄媚眼，作头脑，连声作词，唱新声曲，须臾即百数不休。时京城不调少年相效谓之拍弹。一日，可及乞假为子娶妇。上曰："即令送酒米以助汝嘉礼。"可及至舍，见一中使监二银榼，各高二尺余，宣赐。可及始谓之酒，及封启，皆实中也。上赐可及金麒麟

---

① （后晋）刘昫等：《旧唐书》卷一百七十七《曹确传》，中华书局 1975 年版，第 4607—4608 页。
② （宋）欧阳修、宋祁等：《新唐书》卷一百八十一《曹确传》，中华书局 1975 年版，第 5352 页。
③ （宋）欧阳修、宋祁等：《新唐书》卷一百八十三《崔彦昭传》，中华书局 1975 年版，第 5381 页。

高数尺，可及取官车载归私第。西门季玄曰："今日受赐，更用官车，他日破家，亦须辇还内府，不道受赏，徒劳牛足。"后可及果流于岭南，其旧赐珍玩悉皆进纳。君子谓西门有先见之明。①

有关李可及的文献，涉及两件事。其一，李可及虽身为伶人却深受懿宗宠信，授威卫将军，由此引起曹确、崔彦昭、西门季玄等朝臣的抨击②，最终在唐僖宗朝遭放逐，死于岭南。其中，引发朝臣抨击的缘由为李可及任威卫将军，此事《资治通鉴》卷二百五十系于咸通八年（880）三月。这一时间，与"李可及戏三教"一事的时间表述"咸通中"，颇相接近。李可及"戏三教"后"授环卫之员外职"，"环卫员外"两《唐书》并无此职。但《新唐书·仪卫志》记载，天子居、行皆有卫有严，"环卫"者当承担天子居住出行时的保卫工作，"环卫员外"者可能不是常设官职。曹确上疏谏阻授李可及为威卫将军，威卫将军为卫护天子之武职。毫无疑问，威卫将军级别要高于环卫员外。据此推断，李可及戏三教应该在咸通八年任威卫将军之前。

其二，李可及善歌舞。李可及能歌《别赵十》《忆赵十》③等曲，"转喉为新声，音辞曲折，听者忘倦"。"同昌公主除丧后，帝与淑妃思念不已"，李可及作《叹百年舞曲》。安国寺法事活动，李可及又作《菩萨蛮舞》。《别赵十》《忆赵十》的内容，文献缺载。但《叹百年舞曲》《菩萨蛮舞》必定与佛教有关。"《叹百年曲》，历叙人自少而壮，自壮而老，少时娟好，壮时追欢极乐，老时衰飒之状；其声凄切，感动人心。"④此或可言，《叹百年》很可能在阐发佛教的苦、空观念。《菩萨蛮》"如佛降生"，此舞曲与佛教有关联自当无疑。

有关李可及善歌舞的文献，有两点需注意。一是时间。同昌公主是懿宗爱女，咸通十年（869年）正月嫁于银青光禄大夫、守起居郎韦保衡，咸通十一年（870）八月去世，十二年（871）正月葬于少陵原。故而，李可及《叹百年》应作于咸通十二年。二是地点。李可及《菩萨蛮舞》作于安国寺。安

---

① （唐）苏鄂：《杜阳杂编》卷下，见上海古籍出版社编：《唐五代笔记小说大观》，上海古籍出版社 2000 年版，第 1397 页。
② 崔彦昭奏逐李可及事，吴缜《新唐书纠谬》卷十八多有质疑。
③ （宋）李昉等编：《太平广记》卷二百零四，中华书局 1961 年版，第 1551 页。
④ （宋）司马光编著，（元）胡三省音注：《资治通鉴》卷二百五十二"唐懿宗咸通十二年"，中华书局 1956 年版，第 8161 页。

国寺为懿宗崇奉的高僧僧彻驻锡地。如前考述，僧彻多次参与咸通年间的延庆节三教论衡。而咸通十二年，安国寺受到了懿宗的异常赏赐：

> 上敬天竺教，（咸通）十二年冬，制二高座赐新安国寺。一为讲座，一曰唱经座，各高二丈。研沉檀为骨，以漆涂之，镂金银为龙凤花木之形，遍覆其上。又置小方座，前陈经案，次设香盆，四隅立金颖伽，高三丈，磴道栏槛无不悉具，前绣锦襜褥，精巧奇绝，冠于一时。即设万人斋，敕大德僧撤（"僧撤"可能为"僧彻"之讹）首为讲论。上创修安国寺，台殿廊宇制度宏丽。就中三间华饰秘邃，天下称之为最，工人以夜继日而成之。上亲幸赏劳，观者如堵。降诞日于宫中结彩为寺，赐升朝官已下锦袍，李可及尝教数百人作四方《菩萨蛮》队。①

> （咸通十二年）五月，上幸安国寺，赐僧重谦、僧澈沈檀讲座二，各高二丈。设万人斋。②

> 始，懿宗成安国祠，赐宝坐二，度高二丈，构以沈檀，涂髹，镂龙凤葩蕴，金扣之，上施复坐，陈经几其前，四隅立瑞鸟神人，高数尺，磴道以升，前被绣囊锦襜，珍丽精绝。③

讲座与唱经座是佛讲常备的法器。懿宗赏赐安国寺两个奢华的宝座，必然与安国寺的佛讲有关。皇帝降诞日，通常有到寺院上香、设斋的惯例。"降诞日于宫中结彩为寺，赐升朝官已下锦袍，李可及尝教数百人作四方《菩萨蛮》队。"据此推测，咸通十二年前后延庆节安国寺庆贺，有上香、设斋等法事活动，有庆贺帝王生辰的佛讲，更有李可及带队表演的《菩萨蛮》。《菩萨蛮》"如佛降生"，将佛陀降诞的传说移植到懿宗身上，在宗教与现实的亦真亦幻之间，实现诞节庆贺。

① （唐）苏鹗：《杜阳杂编》卷下，见上古籍出版社编：《唐五代笔记小说大观》，上海古籍出版社2000年版，第1397页。
② （宋）司马光编著，胡三省音注：《资治通鉴》卷二百五十二"唐懿宗咸通十二年"，中华书局1956年版，第8162页。
③ （宋）欧阳修、宋祁等：《新唐书》卷一百八十三《李蔚传》，中华书局1975年版，第5354页。

四、三教论衡与三教论衡戏

参照有关诞节论衡的文献，可以还原李可及三教论衡戏的部分面貌。

第一，李可及扮演的是三教会同场次。李可及"戏三教"，是在延庆节三教论衡之后。"缁黄讲论毕，次及倡优为戏"，说明"缁黄讲论"与"倡优为戏"是诞节庆贺前后相连的两个专项活动。李可及出场，"乃儒服险巾，褒衣博带，摄齐以升崇座"。"缁黄"指代佛教与道教，因为僧人缁服、道士黄冠，"缁黄讲论"也就是佛道论衡。但李可及自称"三教论衡"，且是儒服儒士角色。难道李可及所扮演之"三教论衡"戏与前此刚刚结束的诞节论衡之间，有"三教""二教"的差异？

从唐代帝王诞节三教论衡的发展来看，懿宗以前多为三教参与，懿宗以后基本上二教论议了。懿宗咸通年间，似乎既有三教论议，又有二教论议。陈磻叟参与的诞节论衡，《太平广记》转载《唐摭言》云"降圣之辰三教论议"，现存《唐摭言》"降圣之辰二教论义"。"论议""论义"同，但"三教""二教"却有别。这种文字差别，或许为转抄出现的讹误。但对照李可及戏三教，似乎原因不是这样简单。李可及所"戏"者，是三教会同的环节。"缁黄讲论"者，是辩论的过程。帝王诞节之庆贺活动，为朝廷之要事，必然要有某一专门负责者来主持、安排。对照《大唐开元礼·嘉礼》"皇帝千秋节受群臣朝贺并会"，此当有侍中来主持。故而，李可及"儒服险巾，褒衣博带"，正是扮演侍中会同三教的角色。

第二，李可及"自称三教论衡"者，为开场道白。唐五代戏剧音乐演出，常常有类似开场道白之言辞：

> 玄宗宴蕃客。唐崇句当音声，先述国家盛德，次序朝廷欢娱，又赞扬四方慕义，言甚明辨。上极欢。崇因长入人许小客求教坊判官，久之未敢奏……散乐，呼天子为"崖公"，以欢为"蚬斗"，以每日在至尊左右为"长入"。[1]

---

[1] （宋）王谠撰，周勋初校证：《唐语林校证》卷一，中华书局1987年版，第53页。

太祖入觐昭宣，昭宗开宴，坐定，伶伦百戏在焉。俳恒□□圣，先祝帝德，然后说元勋梁王之功业曰："我元勋梁王，五百年间生之贤。"九优太史胡趉应曰："酌然如此，□□□□□固教朝廷如□向待宴。"臣僚无不失色，梁太祖但笑而已……①

岐王年五岁，为卫王，弄《兰陵王》，兼为行主词曰："卫王入场咒愿神圣神皇万岁，孙子成行。"公主年四岁，与寿昌公主对舞西凉殿上，群臣咸呼万岁。②

唐五代三教论衡与戏剧一样，开场之前先有论主致开场辞。任半塘认为，"我国一般伎艺在演奏前或演奏中之致语制度，尚应有更古之渊源，不必上层社会属于仪式性质之排当宴会中始有之"③。故，三教论衡之开场致辞，当是继承戏剧等其他艺术的做法而来。

三教论衡之开场白，通常情况，要庆生贺寿，介绍论衡者的身份、宗教学养，以及论主自陈谦辞。李可及三教论衡戏之开场白，似乎不完全是常态做法。李可及"自称三教论衡"之后，隅座者有"既言博通三教"之总结。此"博通三教"与"三教论衡"之间当有所关联。

"三教论衡"最初为大和元年（827）德宗诞日三教辩论之记录、整理文本，白居易命之为《三教论衡》者，以其内容为三教互相质难论辩。李可及"自称三教论衡"者，可能是对其以三教论衡形式来娱乐帝王、庆贺寿辰节目这一活动的命名。然而，这里还有另外一种可能。唐代三教论衡中，有专门的"三教谈论"赐号。《大宋僧史略》解释"三教谈论"，云："盖以帝王诞节，偶属征呼，登内殿而赞扬，对异宗而商搉，故标三教之字，未必该通六籍，博综二篇。"④"三教论衡"与"三教谈论"词意相同。故而，李可及至"自称三教论衡"开场词者，除了陈述贺寿庆生之意外，当以"三教论衡"作为在诞节论衡中表现突出的一种身份和荣誉来解读。围绕"三教论衡"，李可及当有言辞阐释自己对三教的各自看法，以及三教会同的结论。

---

① （宋）李昉等编：《太平广记》卷二百五十二，中华书局 1961 年版，第 1960 页。
② （唐）郑万钧：《代国长公主碑》，（清）董诰等编：《全唐文》卷二百七十九，中华书局 1983 年版，第 2826 页下。
③ 任半塘：《唐戏弄》，上海古籍出版社 1984 年版，第 942 页。
④ （宋）释赞宁撰，富世平点校：《大宋僧史略校注》卷中，中华书局 2015 年版，第 111 页。

第三，李可及三教论衡是在放大诞节三教论衡的戏剧性。以"三教论衡"身份，李可及"升崇座"。"崇座"就是高座。咸通十二年（871），懿宗赐安国寺二高座：一为讲座，一曰唱经座。讲座、唱经座为佛教讲经时的座位设置。唱经座，唱佛经；讲座，讲解佛经。一般情况下，唱经之后，讲解者即要讲解经文中的名数、事迹、义理，又要借用俗典世事来印证或解析佛经。然而，在诞节三教论衡上，一般只有论主响应质难，所以李可及所升之"崇座"只有一个，是专为论主而设。

论主会同三教，同样面临其他参与者的问难质疑。而"隅坐者"，应该就是模仿诞节论衡而设置的问难质疑者。李可及"戏三教"的程序，当包括僧问儒对、儒问僧对、道问儒对、儒问道对以及儒问儒对。参照白居易《三教论衡》，诞节论衡中，儒为论主时，只有僧问儒对、儒问僧对以及道问儒对、儒问道对，却没有儒生与儒生之间的问难。不过，唐高祖武德年间国子学释奠论衡时，陆德明曾经问难儒生徐文远、沙门慧乘和道士刘进喜，其中就有儒生与儒生之间的问难。再者，李可及设计的"戏三教"，要将三教教主释迦牟尼、老子、孔子全部定为"妇人"。根据这一设计，李可及可能对诞节论衡的程序稍有变通。

任半塘揣测李可及戏三教云："崇座分隅之景，褒衣博带之装者，亦只一斑而已，尚非全貌也。隅座发问，不必一人；问对之辞，亦不必为数语；升座之前，不必突如其来；问对即终，亦不必戛然而止。盖记载扼要，虽仅于此，若搬演圆融，必不限于此耳。"[1]此一揣测，完全符合诞节三教论衡一般程序。论主升座之始，必有介绍身份、祝贺圣寿之辞；论辩过程中，设问对答往返多次；论辩结束，当有退场谢幕之辞。此种情形，当亦见于李可及戏三教。然三教教主均为"妇人"，应当是会同三教的高潮，所会同者当不止这一次，唯此次最为精彩，赢得阵阵喝彩，故而为诸部文献转载。

李可及"戏三教"的方法，是以同音误解、讹语影带来解读三教经典。李可及解《金刚经》"敷座而坐"，以丈夫之"夫"解释"敷"，以儿女之"儿"解释"而"，再将"座""坐"等同，这样就成了"夫坐儿坐"。解《道德经》

---

①　任半塘：《唐戏弄》，上海古籍出版社1984年版，第743页。

"吾有大患，为吾有身。及吾无身，吾有何患"时，以"娠"解"身"，就变成了以有"娠"为"大患"。解《论语》"我待贾者"时，以"嫁"解"贾"，就变成了"我待嫁者"。这种方法，在三教论衡中时常出现，如贞观十二年（638）辩论时，道士蔡子晃就以"弟"解《法华经序品第一》之"第"。

当然，同音误解、讹语影带，是李可及等优人的长项。北齐时期的优人石动筩就有卓异的表现。石动筩将佛教经典中"世尊甚奇特"一句，解读为"佛骑牛"；以"一脚独立"的做法，来反驳僧人"无一无二，无是无非"的观点；将《论语》中"冠者五六人，童子六七人"，解读为孔子弟子达者七十二人；以北方语音"日""儿"同音，解释僧人"佛生日"为佛生儿①。

李可及将优人擅长的技艺用于戏谑、嘲弄刚刚结束的诞节论衡上，将儒、释、道三教牵强附会解读三教经典、贺生庆寿、会同三教的戏剧性发挥至极点。由此产生了强烈的喜剧效果，增加了诞辰谈论的喜庆气氛。

① （隋）侯白撰，董志翘笺注：《启颜录笺注》，中华书局 2014 年版，第 1—11 页。

第十七章　唐代小说中的三教论衡

三教论衡是唐五代社会生活中极为常见的活动。这种活动，既可在宗教场所如佛寺、道观中举行，也可进入官府乃至皇宫。三教论衡的核心之一是儒、释、道三教的竞争，但儒、释、道三教各自的地位与影响并不均衡，由此三教论衡更多表现为佛、道二教之间的争胜和论辩。尤其在中唐以后儒教较少直接参与三教论衡的情况下，此种性质更为突出。唐五代小说中，有丰富的三教论衡或者说三教争胜文献。其中，既有三教论衡对小说题材、审美趣味的影响，也有小说对三教论衡题材的艺术化表现。故而，考察唐五代小说中的三教论衡，就非常有必要了。

一、佛道争夺教产

佛教与道教的生存与传播，都需要一定的地理空间和宗教器物作为载体。尤其是对大量普通的出家信徒而言，更是将这些实物当作宗教信仰的全部。在他们看来，扩大了佛寺道观的规模，增加了信众，丰富了宗教活动，就是弘扬信仰的最主要的方式和最直接的成果；保护了这些宗教场所、佛、道法器，就是保护了自己的信仰。在佛教和道教传播的过程，由于种种因素，两教之间对宗教财产的争夺，注定不可避免。因此，佛、道二教出家信徒以各自的方式，讲述自己弘扬宗教的神迹，宣扬维护信仰的信心和勇气。

按照争夺的具体对象，唐五代小说中佛、道二教争夺教产的故事，大致可以分为三类。第一类，争夺道观、寺院。《歙州图经》记载，金陵摄山栖霞寺，有道士欲以寺地为观，住者辄死。自释法度居之，群妖皆息①。此则故事讲述了高僧对寺院拥有权的宗教权威。《道教应验记》②记载，青城山宗玄观为僧徒所侵，移观于山外，以其地置飞赴寺，开元十九年（731）道士王仙卿奏请移观还旧所、寺出山外，咸通末道流即阙、观已荒摧，有僧辈二人复欲移置飞赴寺，因种种灵验阻碍奔驰而去③；长安城南文铢，救人疾苦得道乃去，其所居处传为文铢台，并有救苦天尊之像，忽有游僧数人以此文铢圣迹为无良道士侵占，遂拔得大木击救苦天尊之项，即受报应而死④；南岳魏夫人坛在中峰之前，有衲僧十余人秉炬挟杖，夜至坛所，害猴仙姑不得，而推坏夫人坛，九人为虎噬杀，一人推坛之时不同其恶遂免虎害⑤；广州菖蒲观为州中游赏之最，古为观宇，岁久为僧所侵，以置禅院，然终因"虎暴尤甚，损伤者十余辈。掩蔽不敢言，稍稍逃去"，后为节度使郑公愚表奏改置为菖蒲观⑥；连州静福山道观，道士廖神瀫居焉，有僧于其邻近置院，侵观地，置仓及涸，廖神瀫陈牒理之，州差官吏往验其地，僧犹固执，后显种种灵验，分别界畔⑦，云顶山本是仙居观，久无道士住持遂为僧徒所夺，僧徒每欲毁观中天尊像，立有祸患⑧；秦州启灵观，久无人居，大寇犯阙，车驾在蜀避地，僧三十余人寓止观内，欲坏观内天尊像以其殿为禅堂，忽有大蛇现于座侧，众僧奔走⑨；梓州飞乌县太阳山白鸦观，道士许上善居焉，光化中僧辈怂恿军阀景义全杀许道士一家六七口，又毁天尊像，然终莫能损⑩。这些故事，则在讲述道教徒占有道观是一种神意、天意。

第二，争夺圣物。《道教灵验记》讲述，开元七年（719）蜀州新津县

---

① （宋）李昉等编：《太平广记》卷九十一，中华书局 1961 年版，第 599 页。
② 据罗争鸣《〈道教灵验记〉之文学、文献学考论》研究（《中国典籍与文化》2006 年第 2 期），《道教灵验记》成书于杜光庭向禧宗"乞游成都"、隐居青城以后，依仕王蜀之前。
③ （唐）杜光庭撰，罗争鸣辑校：《杜光庭记传十种辑校》，中华书局 2013 年版，第 160 页。
④ （唐）杜光庭撰，罗争鸣辑校：《杜光庭记传十种辑校》，中华书局 2013 年版，第 162 页。
⑤ （唐）杜光庭撰，罗争鸣辑校：《杜光庭记传十种辑校》，中华书局 2013 年版，第 168 页。
⑥ （唐）杜光庭撰，罗争鸣辑校：《杜光庭记传十种辑校》，中华书局 2013 年版，第 170 页。
⑦ （唐）杜光庭撰，罗争鸣辑校：《杜光庭记传十种辑校》，中华书局 2013 年版，第 173 页。
⑧ （唐）杜光庭撰，罗争鸣辑校：《杜光庭记传十种辑校》，中华书局 2013 年版，第 195 页。
⑨ （唐）杜光庭撰，罗争鸣辑校：《杜光庭记传十种辑校》，中华书局 2013 年版，第 202 页。
⑩ （唐）杜光庭撰，罗争鸣辑校：《杜光庭记传十种辑校》，中华书局 2013 年版，第 205—206 页。

新兴尼寺示现木文天尊像，迎供于京师东明观，僧等上表抗论，以尼寺中示现者必是维摩诘之像，上令不许，僧等雇力士于东明观道场中窃之，事败未遂[①]；处州青田县古有铜钟，散落温州岛屿山下水中，僧、道同往迎之，道士发愿，铜钟自至清溪观[②]；温江县太平观任尊师，乞钱铸钟万斤，大历中钟成，尊师作大斋表赞，辞决而去，后西川观寺钟上皆镌刻《陀罗尼咒》，任尊师复归，于咒边刻云："观家铜钟，不合妄刻佛咒"[③]；眉州故彭山市观，有大钟重千斤，僧辈诳陈文状，云："观无道士，钟在草中，当用运之。"时官无正理，遂移于州寺，此后发生种种神异，或伤损人，或钟不应[④]；天台山禹庙有古钟，咸通中为叶尊师迎入玉霄宫，禹迹寺衲僧与不道辈十余人，夜入玉霄宫，于道场中取香鸭、香龟、金龙道具实于囊中，縻钟于背，出门群呼而去，及明背钟者僵死，僧至山下亦卒[⑤]；洪州游帷观有二钟，节度使严譔素重缁徒长老，增修其院，令官吏取许真君钟而授之。然取钟之日，雷风震击，风雨暴至，扣钟无声，严譔梦见许真君与二从者斥责自己，遽释诸道士，送钟还观，自诣游帷观，焚香致谢[⑥]；蜀州紫极宫有老君铁像，有僧人题字老君胸上，毁谤大圣，因成重疾[⑦]。

第三，是争夺宗教经典。《道教灵验记》讲述，僧法成寄在江州寺，游庐山至简寂观，取道经看之，诳云："欲转读道经，长发入道。"乃取观中经百余卷，改换道经题目，立佛经名字。改"天尊"为佛，言"真人"为"菩萨""罗汉"，对答词理，亦多换易。涂抹剪破，计一百六十余卷。后有灵验，经年改回，送还本观。[⑧]僧行端，因看道门《五厨经》，只有五首咒偈，

---

① （唐）杜光庭撰，罗争鸣辑校：《杜光庭记传十种辑校》，中华书局 2013 年版，第 191—192 页。

② （唐）杜光庭撰，罗争鸣辑校：《杜光庭记传十种辑校》，中华书局 2013 年版，第 277 页。

③ （唐）杜光庭撰，罗争鸣辑校：《杜光庭记传十种辑校》，中华书局 2013 年版，第 278—279 页。

④ （唐）杜光庭撰，罗争鸣辑校：《杜光庭记传十种辑校》，中华书局 2013 年版，第 279 页。

⑤ （唐）杜光庭撰，罗争鸣辑校：《杜光庭记传十种辑校》，中华书局 2013 年版，第 281—282 页。

⑥ （唐）杜光庭撰，罗争鸣辑校：《杜光庭记传十种辑校》，中华书局 2013 年版，第 284 页。

⑦ （唐）杜光庭撰，罗争鸣辑校：《杜光庭记传十种辑校》，中华书局 2013 年版，第 211 页。

⑧ （唐）杜光庭撰，罗争鸣辑校：《杜光庭记传十种辑校》，中华书局 2013 年版，第 266—267 页。

遂改添题目，云《佛说三停厨经》，以五咒为五如来所说，经末复加转读功效之词，增加文句，不啻一纸。行端旁附尹愔、赵仙甫注疏，云读诵百二十遍，可以咒水，饮之令人不食。后有神验，追收写换。①

佛道争夺寺观及宗教圣物，魏晋南北朝可能就出现了。周武帝曾设通道观融通三教，隋文帝即位，以通道观钟赐玄都观。道士同共移来，将达前所。释普旷率其法属，径往争之，道士望风，索然自散，乃悬于国寺，声震百里②。但魏晋南北朝佛教应验记中，更多损毁、传播佛像佛经以及道士篡改佛经的应验记，而有关此类教产争夺的记述并不多见。或可言，佛道争夺教产是唐五代兴盛起来的。这些故事较为集中地出现在杜光庭《道教应验记》中，且大多以佛教侵占道教教产的方式出现。有学者研究，唐五代佛、道二教在壮大自己的地产和经济实力过程中，佛教处于强势地位，以至于统治者不得不通过禁令的方式对道教一方进行保护③。

从叙事学的角度来看，道教徒书写的佛道争夺教产应验记，明显与佛教应验记有所不同。佛教应验记，大多将这些故事置于生死轮回的地狱故事之中，通过地狱的审判，奖掖弘护佛教的一方，恫吓与佛教竞争的一方。道教应验记则很少有这样的生死轮回框架，很多应验记中维护道观、铜钟以及其他圣物者，是不明来源的力量或者神灵。如《道教灵验记》"僧法成改经验"中，法成篡改佛经后，"山下有人请斋，兼欲求丐纸笔，借观奴一人同去。行三二里，见军吏队仗，诃道甚严，谓是刺史游山，法成与奴下道，于林中回避。良久，见旗帜驻队，有大官立马于道中，促唤地界，令捉僧法成来。法成与奴闻之，未暇奔窜，力士数人，就林中擒去，奴随看之。官人责曰：'大道经教，圣人之言，关汝何事，辄敢改易！'决痛杖一百，令其依旧修写，填纳观中，填了报来，别有处分。即于道中决杖百下，仆于地上，疮血徧身。队仗寻亦不见。奴走报观中，差人看验，微有喘息而已。扶舁入山，数日方较"。这是一种典型的依赖于他力的弘法方式。由此来看，虽然道教灵验记在许多方面学习、借鉴

---

① （唐）杜光庭撰，罗争鸣辑校：《杜光庭记传十种辑校》，中华书局2013年版，第267—268页。
② （唐）释道宣撰，郭绍林点校：《续高僧传》卷十一《释普旷传》，中华书局2014年版，第386页。
③ 刘小平：《唐代佛道土地资源之争述论》，《农业考古》2013年第4期。

佛教灵验记，但在核心观念上，却一直受困于道教的神仙观念。

二、佛道争胜

佛道二教的争夺教产，是最显眼的佛道竞争。竞争的结果，不仅是其中一方获得了地产、宗教圣物，保护了信仰赖以存在的物质依据，更重要的是突出了己方的优胜，他方的拙劣。长此以往，常胜一方的宗教信仰就得以发扬，而屡战屡败者就慢慢萎缩。由此，佛、道二教争夺教产的直接冲突，就渐渐转变到全方位的优劣之争上去了。

唐五代小说中佛、道争胜的故事，主要有两类。其一，僧人对道士的心悦诚服。《原化记》"潘老人"条讲述，元和中，潘老人至嵩山少林寺扣门求宿，寺人以关门讫更不可开，指寺外空室二间止宿。二更后，僧人忽见寺门外大明，见老人所宿屋内，设茵褥翠幕，异常华盛。陈列肴馔，老人饮啖自若。五更后，老人睡起，怀中取一葫芦子，大如拳，遂取床席帐幕，凡是用度，悉纳其中，无所不受。收讫，以葫芦子纳怀中，空屋如故。寺僧骇异，开门相与谒问，老人辞谢而去。①《仙传拾遗》记述，蜀地道士"灰袋"，入青城山，暮投兰若求僧寄宿，僧曰："贫僧一衲而已，天寒，此恐不能相活。"道者但云："容一床足矣。"至夜半，雪深风起。僧虑道者已死，就视之，去床数尺，气蒸如炉，流汗祖寝，僧始知其异人。②《续仙传》记述，道士马湘南游越州，经洞岩禅院，僧三百人方斋。僧见马湘单侨箕踞而食，略无揖者，但资以饭。马湘以其轻慢无礼，施以法术，三百僧不得下床。二主事僧追至客

---

① （宋）李昉等编：《太平广记》卷七十四，中华书局 1961 年版，第 470 页。《原化记》，唐皇甫氏撰。皇甫氏，名不详，自号洞庭子。此书佚文记事下逮开成中，皇甫氏盖武宗前后人。"潘老人"条，《孔贴》卷八十九、《三洞群仙录》卷十八有节引，分别提名为"屋内设茵褥""潘老肴馔"。（李剑国：《唐五代志怪传奇叙录》，南开大学出版社 1992 年版，第 650—652 页）

② （宋）李昉等编：《太平广记》卷三十，中华书局 1961 年版，第 195 页。《仙传拾遗》，前蜀杜光庭撰，40 卷，凡 429 事，今佚。"灰袋"事，见《西阳杂俎》卷五"怪术"，当为本编所采。《三洞群仙录》卷十引《神仙传》灰袋事，当为《仙传拾遗》之讹。（李剑国：《唐五代志怪传奇叙录》，南开大学出版社 1992 年版，第 1298 页）

店，礼拜哀乞，求助于马湘。①《惊听录》记述，嵩山道士韦老师，常养一犬，多毛黄色，每以自随。唐开元末岁，牵犬至岳寺求食，僧徒争竞怒，问何故复来。老师云："求食以与犬耳。"僧发怒谩骂，令奴盛残食与食，老师悉以与犬。僧之壮勇者，又谩骂，欲殴之，犬视僧色怒。老师抚其首。久之，众僧稍引去。老师乃出，于殿前池上洗犬。俄有五色云遍满溪谷。僧骇视之，云悉飞集池上。顷刻之间，其犬长数丈，成一大龙。老师亦自洗濯，服绡衣，骑龙坐定，五色云捧足，冉冉升天而去。僧寺作礼忏悔，已无及矣。②此类故事中，僧人先对道士不恭敬，后道士以法术与神通，或惩罚僧人，或令僧人惊异。其目的自然在于弘扬道教了。

其二，僧人偶入仙境，转变信仰。《神仙感遇传》记述，越僧怀一居云门寺，咸通中遇见一道流相邀入山，食千岁仙桃，可凌波不濡、腾虚不碍，矫身云末、振袂空中，仰视日月、下窥星汉。复归还人间，周岁矣。自此不食，终入道成仙。③《宣室志》记述，安禄山破潼关，玄宗西幸蜀门，长安僧契虚遁入太白山，采柏叶而食之，自是绝粒。道士乔君诣契虚，告之以至仙都之门径。后至蓝田，登玉山，涉危险，逾岩巇，游仙都。归而庐于太白山，绝粒吸气。④《仙传拾遗》记述，天台国清寺僧陈惠虚者，与同侣游山，戏过石桥，众皆股栗不行，惠虚独超然而过，径上石壁，至夕不回，群侣皆舍去，即入仙界，见张老，惠虚咨以："神仙可学之否""学仙以何门而入"。归国清寺后，慕道，好丹石。大中十二年（858）吞服仙丹，冉冉升天而去。⑤乾符中，天台僧自台山之东临海县界，得洞穴，同志僧相将寻之。见市肆居人，与世无异。僧素习咽气，不觉饥渴。其同行之僧饥甚，诣食肆乞食，后得一小穴而出。餐物之僧，立化为石矣。⑥

唐五代时，佛、道二教的融合愈来愈密切，僧人修练道术、服食丹药，

---

① （宋）李昉等编：《太平广记》卷三十三，中华书局1961年版，第212页。《续仙传》，吴沈汾撰。

② （宋）李昉等编：《太平广记》卷三十九，中华书局1961年版，第248页。

③ （唐）杜光庭撰，罗争鸣辑校：《杜光庭记传十种辑校》，中华书局2013年版，第487页。

④ （宋）李昉等编：《太平广记》卷二十八，中华书局1961年版，第184—186页。《宣室志》，唐张读撰。僧契虚事，《三洞群仙录》《类说》《绀珠集》等有节录。

⑤ （宋）李昉等编：《太平广记》卷四十九，中华书局1961年版，第307页。

⑥ （唐）杜光庭撰，罗争鸣辑校：《杜光庭记传十种》辑校，中华书局2013年版，第94—95页。

与道士研习佛经、修习禅法两种现象并存。这种融合，既是佛、道二教发展的大趋势，也有三教论衡的促进作用。但唐五代小说中佛道争胜的两类题材，所表现的主题却不是佛道融合。僧人对道士法术、神通的惊叹和佩服，以及僧人偶入仙境、服食仙药、舍佛归道，都指向了道优佛劣的宗教价值评判。但这种道优佛劣，可能并不是唐五代的宗教大环境，而是道教徒的一种宗教想象或者期许。魏晋南北朝后期，同样出现了一些宣扬佛教优胜的小说题材。其中，《宣验记》中有 3 条，《冥祥记》中有 13 条[①]。这些题材比较集中的模式有两种，一为道士或儒生因排斥佛教遭受地狱恶报，一类是道士或儒生在经历地狱巡游后改换宗教信仰、舍道事佛。南北朝时期，佛教徒期许儒生、道士接受佛教，甚至能改变宗教信仰，这与佛教在此一时期为儒、道二教屡屡质疑、批驳的宗教环境有关。同样，唐五代小说中，僧人叹服道教或者舍佛归道，正说明此一时期佛、道宗教势力对比中，道教并不占优势。

在弘法方式上，佛教和道教有着诸多的相似。魏晋南北朝佛教应验记中，不信奉佛教的道教徒，有时为佛教的福利所诱惑而皈依佛教。如《冥祥记》中，史俊奉道而慢佛，常言："佛是小神，不足事耳。"后因病脚挛。友人赵文劝之造观音像。史俊病急，如言灌像，果然病愈[②]。有时又吓之以地狱。如《冥祥记》中，程道惠世奉五斗米道，不信有佛，太元十五年（391）死后巡游地狱，面对佛教报应之惨烈，忆先身曾经奉佛，五生五死，忘失本志[③]。唐五代的道教应验记中，偶入仙界的僧人也是因洞天福地的美妙而最终追寻道教羽化成仙的，面对道士的法术压力时僧人也有惊惧而服悦。由此而言，道教争胜类的小说，有借鉴佛教应验记的痕迹。

三、僧道斗法

佛、道二教都有自神其教的法术。法术是宗教神迹的一个重要方面，

①　此依据鲁迅校录：《古小说钩沉》，齐鲁书社 1997 年版。
②　鲁迅校录：《古小说钩沉》，齐鲁书社 1997 年版，第 342 页。
③　鲁迅校录：《古小说钩沉》，齐鲁书社 1997 年版，第 300 页。

其中有原始思维"万物有灵"的痕迹，也有一部分属于幻术表演。佛、道斗法是佛、道相争的宗教表述。如《宣室志》讲述，严公绶有女弟学浮图氏，尝曰："佛氏与黄老固殊致。"怒其兄与道士尹君游，密以堇斟致汤中，命尹君饮之。尹君即饮，吐出麝脐。自是尹君貌衰齿堕，其夕卒于馆中①。此事亦真亦幻：佛、道教徒斗争之激烈，为真；道士尹君以麝脐而长生不老，一旦中毒吐出麝脐也就与常人无异，这属于对道教养生术的宗教想象，为幻。《仙传拾遗》讲述，韦善俊得神化之道，乘龙升天前，欲报"宿债"。报债的方式，是找到他的兄长，一位嵩山长老僧，"众僧以师长之弟，多年忽归，弥加敬奉"。然而，善俊"每升堂斋食，即牵犬于其侧，分食与之。众既恶之，白于长老。长老怒，召而责之，笞击十数，遣出寺"②。"宿债"既可以看做俗世的人伦之"债"，亦可以解为佛道交争之"债"。僧"笞击"道士以还"宿债"的说法，也说明佛、道之争在当时极为盛行。

如上节所论，道教喜欢讲述僧人惊叹臣服于道术的故事。这类故事，本身就有佛、道斗法的痕迹，但故事中的僧人似乎没有任何神异，道教也没有对佛教表现出极端的排斥，亦即故事中以法术打击佛教的用意尚不明确。但佛、道斗法故事中，双方的斗争、排斥，就非常突出了。《道教灵验记》讲述，唐咸通年间，道士王清远表弟僧法超，冒夜来投宿止，潜以瓶盛狗血，倾于清远道堂内。"至二更已来，忽闻空中有兵甲之声，顷闻法超于床上，如有人挽拽叫谶，唯言乞命。清远命灯照之，但见以头自顿地，头面血流，至平明不息。须臾之间，但见两脚直下，如人拖拽奔窜，入缭水江内，浮尸水上。阛市目击，无不惊叹。是知《神咒》真经，实有神将吏兵守护，岂容嫉妒。"③此讲述道教《神咒经》有"神将吏兵守护"，不容冒犯。《墉城集仙录》讲述，隋朝仆射徐之才女徐仙姑，善禁咒之术，独游海内。曾寓止僧院，为豪僧数辈微词巧言，仙姑骂之。群僧激怒，欲以刃制。姑笑曰："我女子也，而能弃家云水，不避蛟龙虎狼，岂惧汝鼠辈乎？"

---

① （宋）李昉等编：《太平广记》卷二十一，中华书局1961年版，第145页。
② （宋）李昉等编：《太平广记》卷四十七，中华书局1961年版，第295—296页。
③ （唐）杜光庭撰，罗争鸣辑校：《杜光庭记传十种辑校》，中华书局2013年版，第254页。

即解衣而卧，遽撤其烛。明日，姑理策出山，诸僧一夕皆僵立尸坐，若被拘缚，口禁不能言。姑去数里，僧乃如故①。《酉阳杂俎》记述，唐虞部郎中陆绍，元和中尝谒表兄于定水寺，院僧煮新茗以待客，巡将匝而不及在座之李秀才。后以言辞激怒李秀才。李秀才有道术，因奉手袖中，据两膝，叱其僧曰："粗行阿师，争敢辄无礼，拄杖何在，可击之。"僧房门后有筇杖子，忽跳出，连击其僧。时众亦为蔽护，杖伺人隙捷中，若有物执持也。李复叱曰："捉此僧向墙。"僧乃负墙拱手，色青短气，唯言乞命。李又曰："阿师可下阶。"僧又趋下，自投无数，衄鼻败颡不已。众为请之，李揖客而去。僧半日方能言，如中恶状，竟不之测矣。②此类故事中，因受到僧人的轻视、冒犯，道士、道姑以超人的法术对其予以惩罚，僧人在道士的法术面前惊惧万分，跪地求饶。

唐五代小说中，道士与胡僧之间的斗法题材，相对比较集中。《国朝杂记》记述，贞观中西域献胡僧，咒术能死人，能生人。太宗以告太常少卿傅奕，傅奕愿以身来试。帝召僧咒奕，奕对之无所觉。须臾，胡僧忽然自倒，若为所击，便不复苏矣。③《宣室志》记述，开元中大旱，西域僧请于昆明池结坛祈雨，诏有司备香灯，凡七日，缩水数尺。忽有老人夜诣道宣律师求救，云"胡僧利弟子脑将为药，欺天子言祈雨"，道宣荐以孙思邈，在孙思邈的救助下，"池水忽涨，数日溢岸，胡僧羞恚而死"④。《通幽记》中胡僧与道士斗法，有了道士以符咒救人除妖的记述。故事云，唐天宝二载，蜀郡吕谊女一夕而失，求助于道士博陵崔简。崔简书符呵之，召来神兵万计，皆奇形异状，执剑戟列庭。其中有金刚神，捉猪头妖，弄清吕女为胡僧相凌。后寻迹追踪，知是东岩寺所为。⑤《广异记》更记述，唐代州民忽见菩萨乘云而至，村人供养甚众，乃至菩萨与女私通有娠。后民女之兄还，倾财求道

① （唐）杜光庭撰，罗争鸣辑校：《杜光庭记传十种辑校》，中华书局 2013 年版，第 681 页。
② （宋）李昉等编：《太平广记》卷七十八，中华书局 1961 年版，第 491 页。《酉阳杂俎》，唐段成式撰，前集 20 卷、续集 10 卷。
③ （宋）李昉等编：《太平广记》卷二百八十五，中华书局 1961 年版，第 2268—2269 页。
④ （宋）李昉等编：《太平广记》卷二十一，中华书局 1961 年版，第 142 页。此事又见《酉阳杂俎·玉格》、《独异志》卷上、《续仙传》卷中、《续世说》卷六《术解》。
⑤ （宋）李昉等编：《太平广记》卷二百八十五，中华书局 1961 年版，第 2273—2274 页。《通幽记》，唐代陈劭撰。

士。久之，有道士为作法，窃视菩萨乃一老狐。乃持刀入，砍杀之。①

道士与胡僧斗法的题材，有两个源头。一个是文化源头。佛教自西域入华后，与中土固有的儒道发生冲突与融合。在中国传统的观念之中，西北及西域的民族、文化都称作"胡"，佛教由此也归入了胡文化之中。故而，儒道在与佛教论辩过程中，经常将佛教称为"胡教""胡法"，将外来僧人称作"胡僧"。随着三教矛盾的激化，"胡僧"的称谓就带上了感情色彩。另一个源头是唐代密宗的兴盛。开元三大士金刚智、善无畏、不空，都是外来僧人，也都以弘扬密宗出名。盛唐、中唐的皇帝，对密宗相当崇奉。密宗的法术、禁咒，在许多方面与道教有相似之处。这种相似，一方面促进了密宗在中土的传播，另一方面也带来了道士与胡僧斗法题材的兴盛。

道士与胡僧斗法故事中，以罗公远、叶法善故事最为出名。罗公远，名璠，字公远，生卒年虽不能确证，但大致可推定在永徽间至天宝后不久，约百余岁，五代封为永元真人。② 叶法善（616—720），括州松阳人，出生在道教世家③。《太平广记》汇集《神仙感遇传》及《仙传拾遗》《逸史》卢肇撰等记述成"罗公远"条。其中涉及佛、道斗法者共六事。其一，金刚三藏与罗公远为玄宗进七宝如意。玄宗背痒，罗公远折竹枝化七宝如意以进，金刚三藏自袖中出七宝如意真物以进，公远所进即时化为竹枝④。其二，叶尊师与金刚三藏举木斗法。玄宗要两人举木斗法为乐，叶尊师作法，方木一头揭数尺，而一头不起。玄宗问其由，知为三藏使金刚善神所压。其三，金刚三藏咒叶法善入瓶。玄宗令三藏咒法善入澡瓶，三藏诵《大佛顶

---

① （宋）李昉等编：《太平广记》卷四百五十，中华书局 1961 年版，第 3683 页。《广异记》，唐马孚传，原有 20 卷，今存 6 卷，其成书或在贞元五年之前。（李剑国：《唐五代志怪传奇叙录》，南开大学出版社 1992 年版，第 464 页。）

② 严正道：《唐代道士罗公远考》，《宗教学研究》2015 年 3 期。

③ （后晋）刘昫等：《旧唐书》卷一百九十一《叶法善传》，中华书局 1975 年版，第 5107—5108 页。（宋）欧阳修、宋祁等：《新唐书》卷二百零四《叶法善传》，中华书局 1975 年版，第 5805 页。

④ 此事《宋高僧传》卷一《释不空传》记述：玄宗召术士罗公远与不空捔法，同在便殿，不空时时反手搔背。罗曰："借尊师如意。"时殿上有花石，空挥如意击碎于其前。罗再三取如意不得，帝欲起取。空曰："三郎勿起，此影耳。"乃举手示罗，如意复完然在手。《酉阳杂俎》也记述：罗公远同在便殿，罗时反手搔背，不空曰："借尊师如意。"殿上花石莹滑，遂激窣至其前，罗再三取之不得。上欲取之，不空曰："三郎勿起，此影耳。"因举手示罗如意。

真言》法善入瓶，诵《佛顶真言》数遍但法善不出，高力士引叶尊师入，告知曾在宁王家吃饭。其四，叶法善摄三藏袈裟。叶尊师设法箓，令三藏金襕袈裟随色皆摄，各为一聚，又咒之，袈裟如故。其五，叶法善烧金刚三藏钵烘赤，手捧以合三藏头，三藏失声而走。[①] 其六，罗公远取金刚三藏袈裟于银合。三藏取袈裟贮之银合，又安数重木函，皆有封锁，置于坛上。罗公远以法力令袈裟挪至院中柜子中。六个故事中的人物关系是复杂的，既有道士罗公远、叶法善与胡僧金刚三藏的斗法，也有道士罗公远、叶法善之间的竞争。[②]

唐五代小说中，还有几则罗公远、叶法善与胡僧斗法的故事。《西阳杂俎》讲述，罗公远与不空同祈雨，互较功力。《朝野佥载》记述，唐孝和帝令内道场僧与道士各述所能，玄都观叶法善取胡桃二升，并壳食之并尽[③]。《集异记》《仙传拾遗》记述，婆罗门做法，昼夜禁咒，积三十年，其法将成，海水将竭。东海龙王乞叶法善赐丹符垂救，至期，海水复旧，婆罗门僧赴海而死。[④]《纪闻》记述，婆罗门僧出城门，携带江宰令妻子，江宰令求助于叶法善，法善以符咒拘之，现形为小狐。师命鞭之百，还其袈裟，复为婆罗门，顶礼而去。[⑤] 总计这些佛道斗法故事，以罗公远为核心者3则，以叶法善为核心者7则，其中两人同时出现者2则。斗法过程中，明确为不空三藏者7则，为胡僧者3则。罗公远、叶法善与胡僧斗法的故事，是佛、道斗法故事的一部分。其故事情节与明严崇、申元之、邢和璞、孙思邈、东明观道士等故事有诸多相似之处[⑥]。

佛、道斗法题材，从叙事传统来看，有两个源头。一个是佛经的斗法情节。佛经中有大量的佛教与六师外道、佛陀与魔王波旬的斗法描述，这些

---

① 《朝野佥载》记述：法善烧一铁钵赫赤，两手欲合老僧头上。僧唱贼，袈裟掩头而走。孝和抚掌大笑。

② （宋）李昉等编：《太平广记》卷二十二，中华书局1961年版，第148页。

③ （宋）李昉等编：《太平广记》卷二百八十五，中华书局1961年版，第2271页。

④ （宋）李昉等编：《太平广记》卷二十六，中华书局1961年版，第173页。

⑤ （宋）李昉等编：《太平广记》卷四百四十八，中华书局1961年版，第3665—3666页。《纪闻》，唐牛肃撰，崔造注。

⑥ 吴真：《为神性加注：唐宋叶法善崇拜的造成史》，中国社会科学出版社2012年版，第96—97页。

故事影响了中国小说的创作①。另一个源头在于魏晋以来的佛、道斗法故事。《高僧传》有"神异"僧人传记 2 卷，专门搜罗以神迹出名的僧人。南北朝后期的佛道争斗叙事中，也出现了斗法场景。如关于北齐文宣帝朝沙门昙显与陆修静门徒的斗法中，有道士以咒逞强、令"沙门衣盍，或飞或转。祝诸梁木，或横或竖"②。佛教伪史著作《汉法本内传》中，也有道士、僧人烧经典以证真伪的描述。与魏晋南北朝佛、道斗法故事相比，唐代小说有了长远的发展：叙事更为离奇，情节更为曲折，法术、法力等宗教因素在叙事中的功能越来越突出。

四、三教论辩

佛道争夺教产，属于器物层面的争夺。佛、道争胜、斗法，是将器物争夺和宗教竞争以宗教话语的形式变形表现出来，其叙事方式势必带有灵验、感应的色彩。神通、法术等想象中的宗教技能，与轮回报应、成佛成仙等宗教观念，以及神魔鬼怪等宗教形象，势必构成这些题材的重要因素。与此相比，唐五代小说中的三教论辩，较少佛、道二教的视角与标准，更多是一种世俗化的观照。

唐五代小说中，有许多细节或情节，与三教论辩密切相关。《纪闻》讲述，牛肃长女应贞，适弘农杨唐源，凡诵佛经三百余卷，儒书子史又数百余卷，学穷三教，博涉多能，"每夜中眠熟，与文人谈论文，皆古之知名者，往来答难，或称王弼、郑玄、王衍、陆机，辩论烽起；或与文人论文，皆古之知名者；或论文章，谈名理，往往数夜不已"③。牛应贞的学养及其论辩，就有三教论辩的痕迹。《御史台记》讲述，有补阙姓王，每自言明三教，时则天皇帝捕逐一位名叫僧道儒的人，有戏弄王补阙者，谓："敕捕僧道儒，足下

---

① 赵章朝：《佛经斗法故事与古代小说创作》，《乐山师范学院》2002 年第 6 期。
② （唐）释道宣编撰：《广弘明集》卷四，《大正藏》第 52 册，新文丰出版公司 1983 年版，第 112 页下。
③ （宋）李昉等编：《太平广记》卷二百七十一，中华书局 1961 年版，第 2135 页。

何以安闲?"其人忧惧不已,遇人但云:"实不明三教事。"① 此说明,时人推崇"明三教"的社会风气。《道教灵验记》讲述,咸通年间,李约妻死而复生,论辩佛道,李约妻子言"佛门功德,不从上帝,所命不得天符指挥""虽云来世他生,亦恐难得其效"②。此借亡人之口,突出道优佛劣的观点,是现实世界三教优劣论辩的延续。

唐五代小说中,也有直接记述三教论辩者。侯白《启颜录》讲述,僧法轨于寺开讲,李荣往共议。法轨嘲谑李荣学识浅薄,李荣嘲谑法轨形容短小,四座欢喜。③ 李繁《邺侯外传》讲述,员俶九岁时,参加开元十六年(728)于皇宫内的三教论衡,"备儒服,夜升高坐,词辨锋起,谭者皆屈"④。《宣室志》讲述,僧人师夜光,至长安参加三教论衡,时"内臣选硕学僧十辈,与方士议论,夜光在选,演畅玄奥,发挥疑义,群僧无敢比者。上奇其辩,诏赐银印朱绶,拜四门博士,日侍左右,赐甲第,洎金钱缯彩以千数,时号幸臣"⑤。唐代三教论辩,由佛寺道观延伸到宫廷,最后演变为皇帝诞节三教论衡。以上题材突出表现了三教论辩的兴盛以及讲论过程中相互嘲谑、因题赋诗的传统。

唐五代小说中,有一类题材将三教论辩整体植入故事情节中。此以精怪小说最为突出⑥。此种类型,常将三教论辩的情节置于精怪故事的整体架构下,突出作者对三教论辩的看法。如柳祥《潇湘录》之"王屋薪者"。故事云,有王屋山老僧独居一茅庵,敝衣道士坚求老僧一宵宿止,老僧拒绝,遂发生论辩。负薪者见而怪之,攘袂而呵斥,焚其茅庵,仗伐薪之斧欲杀之。老僧遂化为一铁铮,道士亦化作一龟背骨。论辩过程共往返三番。第一番,道士言:"师今佛弟子,我今道弟子。"老僧回应:"我佛弟子也,故不知有道之可比佛也。"此番即佛、道同异之争。第二番,道士言"夫道者,居亿劫

---

① (宋)李昉等编:《太平广记》卷二百五十四,中华书局1961年版,第1976页。
② (唐)杜光庭撰,罗争鸣辑校:《杜光庭记传十种辑校》,中华书局2013年版,第306—307页。
③ (宋)李昉等编:《太平广记》卷二百四十八,中华书局1961年版,第1925页。
④ (宋)李昉等编:《太平广记》卷三十八,中华书局1961年版,第238页。
⑤ (宋)李昉等编:《太平广记》卷一百二十一,中华书局1961年版,第856页。
⑥ 夏广兴:《隋唐精怪小说与佛教流播》,《上海师范大学学报》2014年第6期。

之前""师今不知，即非人也"，老僧回应"我佛恒河沙劫，皆独称世尊""天上天下，唯我独尊""教迹之间，未闻（老君）有益，岂得与我佛同日而言"，此即佛道早晚、优劣之争。第三番，道士言"老君降生于天，为此劫之道祖""佛只是群魔之中一强梁者"，僧人言"须要此等人，设无此等，即顿空却阿毗地狱矣"，此则在早晚优劣之争已夹杂攻击咒骂。结尾负薪者呵斥："二子俱父母所生而不养，处帝王之土而不臣，不耕而食，不蚕而衣，不但偷生于人间，复更以他佛道争优劣耶。无居我山，挠乱我山居之人。"①此依照世俗社会的价值标准，为儒者呵斥佛、老，"几如韩愈《原道》之寓言矣"②，当为儒家之总结。

以精怪之结构蕴涵三教论辩者，非此一例。《开天传信记》之"曲秀才"讲述，道士叶法善居玄真观，常有朝客十余人诣之，解带淹留，忽有曲秀才扣门而入，"笑揖诸公，居于末席，抗声谭论，援引今古，一坐不测，众耸观之"。法善密以小剑击之，随手丧元，坠于阶下，化为瓶盖，视其处所，乃盈瓶醲酝也③。醲酝，即上等酒、好酒，曲秀才乃酒之精怪，此种似有儒道论辩之深意。《宣室志补遗》之"张秀才"讲述，太和（827—835）中，张秀才于东都陶化里空宅中，见道士与僧徒各十五人从堂中出，围绕二物，或驰或走，或东或西，或南或北，争相击搏，或分或聚。二物相谓曰："向者群僧与道流，妙法绝高，然皆赖我二物成其教行耳。不然，安得称卓绝哉。"秀才以枕而掷之，僧道三十人与二物，一时惊走，"于壁角中得一败囊，中有长行子三十个，并骰子一双耳"④。《少室山房笔丛正集》以为《宣室志》所载此事，为双陆赌博："今双陆始列必八行，而唐六行，稍异。然《洪谱》有三梁双陆，每半三梁，正得六梁。唐制或同此也。或谓六行者，以六梁言，恐未然。凡握槊终乃六梁，无先列六梁者。"⑤是则，此为以双陆赌博喻三教论辩者也。《王屋薪者》中，僧人化为打击乐器"铁铮"，道士化为占卜器具"龟背骨"。《曲秀才》中，秀才变为"盈瓶醲酝"之"瓶盖"。《张秀才》

① （宋）李昉等编：《太平广记》卷三百七十，中华书局1961年版，第2944—2945页。
② 钱锺书：《管锥编（第二册）》"太平广记"第163条，中华书局1979年版，第795页。
③ （宋）李昉等编：《太平广记》卷三百六十八，中华书局1961年版，第2931—2932页。
④ （宋）李昉等编：《太平广记》卷三百七十，中华书局1961年版，第2941页。
⑤ （明）胡应麟：《少室山房笔丛正集》卷二十四，《文渊阁四库全书》本。

中僧人道士为两个骰子所操控的六行"长行子"。这些精怪故事对三教论辩的叙事，有着儒家与世俗社会的评价标尺。

三教论辩早在魏晋南北朝时期就进入叙事文学中。侯白《启颜录》"论难"中收录了几则北齐石动筩的故事，就是对三教论辩的文学化讲述。其中多用同音曲解、误会、夸张等方式，对经典内容进行别样解读，以期造成捧腹大笑的效果。如，佛经中"世尊甚奇特"一句，将"奇"解为"骑"，将"特"解为公牛，就是"佛骑牛"了[①]。这种对三教论辩的因素、环节、成分进行文学演绎的方式，在唐五代小说中仍然存在，如前引东明观道士李荣嘲谑僧人的两则故事。但此类故事，在唐五代三教论辩小说题材中所占比重不大，文学成就也不突出。相比而言，如《王屋薪者》等，已经脱离了名士风流式的志人小说的讨论，走向了自主创新的新路子，更能代表此一时期文学对三教论辩题材的拓展。

唐代小说中的三教论衡是唐代三教关系的一种反映。这种反映，体现在三个方面。第一，唐代三教关系比较平和。有唐一代，高祖、太宗、高宗三朝有过三教排位之争；武宗朝有过灭佛；五代亦有周世宗灭佛。但这些激烈的政教冲突、三教矛盾并没有在唐代小说中留下多少踪影。究其原因，是唐五代三教关系整体的平和与稳定。第二，唐代道教弱于佛教的现状。唐代小说中，讲述道教在争夺教产、佛、道争胜和斗法中获得优胜者，明显多于佛教方面。这种情况，恰恰说明道教的发展势头要弱于佛教。任继愈先生感叹，"道教的命运不济，错过大发展的时机，让佛教占先了一步。一步落后，步步落后"[②]，在唐人小说中表现得非常清晰。第三，唐代佛、道二教的世俗化发展趋势。三教论衡故事中，佛教或道教获胜的依据不是经典、教义、仪轨、信仰，而是法术、感应等神异功能或力量。这说明，佛、道二教信仰传播的对象越来越向世俗民众、普通信众倾斜，高深、生涩的教义教理已经为简单通俗、功能强大的神魔仙佛所代替。

唐代小说与三教论衡呈现出双向互动态势。首先，是唐代小说接纳了三

---

① （隋）侯白撰，董志翘笺注：《启颜录笺注》，中华书局 2014 年版，第 1—11 页。
② 任继愈：《道藏提要序》，见任继愈主编：《道藏提要》，中国社会科学出版社 1991 年版，第 3 页。

教论衡题材。这种接纳表现为直接容纳、间接渗透两种方式。争夺教产、争胜斗法属于直接容纳，三教论辩中既有直接容纳又有间接渗透。对于小说而言，更吸引读者的是间接渗透。上引《曲秀才》《张秀才》《王屋薪者》淡化了三教论衡的内容，只保留了其结构和部分因素，然读者依然从其论辩者的宗教身份中感受到明显的三教论衡之风气；敦煌卷子《茶酒论》《燕子赋》《晏子赋》《孔子项讬相问书》亦撷取三教论衡之模式[①]，但论辩者的宗教背景已荡然无存。这种间接渗透，令宗教倾向渐渐淡出，故事的结构和趣味却成了追求。其次，是三教论衡进入小说使得唐代小说在形态上"志怪"与"传奇"既并驾齐驱，又相互融合。应验记、感应记类的故事，只要宗教存在，就会不断讲述下去，争夺教产、争胜、斗法这样的三教论衡题材，不但在唐代以后继续存在，而且其结构和功能、人物类型和主题价值也表现出有顽强的生命力和永久的延续性。但唐代小说的新发展，在这些魏晋志怪小说的传统题材与模式中，依然表现得极为清晰。篇幅增长，叙事首尾完整，情节合理，不再是"粗陈梗概"，个别人物如叶法善、罗公远等，已经形成较为清晰的文学形象。因此，三教论衡在唐代小说中表现为以传奇之法讲志怪之事，就是非常合乎情理了。

---

① 朱凤玉：《三教论衡与唐代争奇文学》，《敦煌研究》2012 年第 5 期。

第十八章　梁武帝舍道事佛与唐代三教论衡

天监三年（504）四月八日梁武帝下诏舍道事佛，此为中古思想文化研究中的重要事件之一。然而，自 20 世纪以来，学术界对此事的真伪聚讼纷纭。或认为佛教徒为自张其教而伪造[①]，或认为基本可信[②]，或认为真假参半[③]。但不管持何种观点，有一种实情是学界有目共睹的。即，武帝舍道事佛一事最早出现在唐初佛道辩论的文献中。从发生学和传播学的角度来看，研究梁武帝舍道事佛与唐代三教关系的关联性，比单纯考证此事的真伪更为可行，结论也将更为客观。基于这一设想，本章从唐初宗教生态出发，考察梁武帝舍道事佛一事最初传播的一些情况，以期推动中古思想文化的研究。

---

① ［日］内藤龙雄：《梁武帝舍道非史实性》，《印度学佛教学研究》第五卷第二号，日本印度学佛教学会 1957 年版，第 490—491 页。［日］太田悌藏：《梁武帝舍道奉佛疑》，收入《结城令闻教授颂寿纪念论文集》，大藏出版社 1964 年版，第 417—431 页。［日］镰田茂雄著，关世谦译：《中国佛教通史》卷三第三章《南朝的佛教（二）梁·舍道归佛文的问题点》，佛光出版社 1986 年版，第 202—204 页。

② 任继愈主编：《中国佛教史》（第三卷）认为"从有关史书的记载来分析，这个资料还是可信的"（中国社会科学出版社 1988 年版，第 16 页）。谭洁：《梁武帝天监三年发菩提心"舍道"真伪辨》（《世界宗教研究》2010 年第 3 期）认为，梁武帝舍道事佛是佛、道二教斗争的结果，之所以出现时间、人物上的衔接问题，是因为收录此文的《辩正论》屡遭禁毁，后人在反复整理过程中造成了文献上的相互抵牾。

③ 赵以武：《关于梁武帝"舍道"与"事佛"》（《嘉应大学学报》2000 年第 1 期）认为应在天监十六年舍道，天监十八年事佛。刘林魁：《梁武帝舍道事佛考辨》（《学术探索》2007 年第 5 期）认为此事应发生在大同后期。丁红旗：《梁武帝天监三年"舍道事佛"辨》（《宗教学研究》2009 年第 1 期）认为梁武帝天监三年不可能舍道事佛，如果舍道事佛也在大通元年以后。

一、唐初批判佛教思潮中梁武舍道事佛的缺席

梁武帝舍道事佛一事，在唐初高祖、太宗、高宗三朝的三教论衡中频繁出现。佛教徒征引此事，意在为佛教争胜。依照常理，儒、道两家理应有所回应。然而，仔细搜检这一时期的文献，频繁征引者仅集中在佛教一方，正史、文集、小说以及道教文献中，都没有提及此事。这是一个奇特的现象。

舍道事佛是梁武帝众多崇佛举措之一。对梁武帝舍道事佛的评论，既涉及道教与佛教的优劣高低，又关乎对梁代乃至整个南北朝政教关系、宗教政策得失利弊的评判。恰恰就在唐初，随着政权的建立与稳定，唐王朝掀起了一股反思南北朝政权兴亡根由的潮流。这股反思潮流波及政教关系，梁武帝崇奉佛教就成了批判的焦点。

武德四年（621），高祖李渊质疑佛教，说"弃父母之须发，去君臣之章服，利在何门之中，益在何情之外"①。此一质疑透露出唐王朝对佛教与世俗政权关系的反思。至贞观二年（628），太宗力排玄、佛，强调儒家为立国之本：

> 梁武帝父子志尚浮华，惟好释氏、老氏之教，武帝末年，频幸同泰寺，亲讲佛经，百僚皆大冠高履，乘车扈从，终日谈说苦空，未尝以军国典章为意。及侯景率兵向阙，尚书郎已下，多不解乘马，狼狈步走，死者相继于道路。武帝及简文卒被侯景幽逼而死……此事亦足为鉴戒。朕今所好者，惟在尧舜之道、周孔之教……②

唐太宗从梁武帝父子"志尚浮华，惟好释氏、老氏之教"的思想取向与"被侯景幽逼而死"的政治结局中，认识到玄佛之学不能作为治国思想。于是，他以史为鉴，在儒、释、道三教中选择了儒家。

---

① （唐）释道宣编撰：《广弘明集》卷二十五，《大正藏》第52册，新文丰出版公司1983年版，第283页上。
② （唐）吴兢：《贞观政要》卷六"慎所好"，上海古籍出版社1978年版，第195页。

至贞观二十年（646），太子少保萧瑀请求出家为僧。太宗又一次谈及梁武帝崇佛的历史教训：

> 至于佛教，非意所遵，虽有国之常经，固弊俗之虚术。何则？求其道者，未验福于将来；修其教者，翻受辜于既往。至若梁武穷心于释氏，简文锐意于法门，倾帑藏以给僧祇，殚人力以供塔庙。及乎三淮沸浪，五岭腾烟，假余息于熊蹯，引残魂于雀鷇。子孙覆亡而不暇，社稷俄顷而为墟，报施之征，何其缪也！①

太宗一方面承认佛教作为"有国之常经"的现实存在，另一方面又批评佛教"弊俗之虚术"的本质。这种对于佛教理论虚妄的评判，是基于梁武父子崇奉佛教却丧身亡国的历史教训。在太宗看来"穷心释氏"的梁武父子不能得善果善报，连江山都丢失了，佛教之因果报应之说也就根本不可信了。

太宗虽然已经将梁武父子崇佛与梁朝覆亡联系起来，但尚未明确得出崇佛必然亡国的论断。唐初的崇佛亡国论，是在史臣笔下形成的。

魏征《隋书》云：

> 普通二年五月，琬琰殿火，延烧后宫三千余间……是时帝崇尚佛道，宗庙牺牷，皆以面代之。又委万乘之重，数诣同泰寺，舍身为奴，令王公已下赎之。初阳为不许，后为默许，方始还宫。天诫若曰，梁武为国主，不遵先王之法，而淫于佛道，横多靡费，将使其社稷不得血食也。天数见变，而帝不悟，后竟以亡。及江陵之败，阖城为贱隶焉，即舍身为奴之应也。②

> 梁武暮年，不以政事为意，君臣唯讲佛经、谈玄而已。朝纲紊乱，令不行，言不从之咎也。其后果致侯景之乱。③

在《隋书》史家的评述中，普通二年（524）梁朝琬琰殿起火，是上天对武帝"淫于佛道"的告诫。而"江陵之败，阖城为贱隶"，更是武帝不听"天诫"，仍然"舍身为奴"之报应。亦即，武帝自己舍身佛寺为奴，

---

① （后晋）刘昫等：《旧唐书》卷六十三《萧瑀传》，中华书局1975年版，第2403页。
② （唐）魏征等：《隋书》卷二十二《五行志上》，中华书局1973年版，第620页。
③ （唐）魏征等：《隋书》卷二十二《五行志上》，中华书局1973年版，第643页。

整个江陵城的梁朝臣民受武帝恶因之报，也成了北周的贱隶。李延寿对武帝的评价，与《隋书》如出一辙。其《南史》也说，武帝"留心俎豆，忘情干戚，溺于释教，弛于刑典"，最终导致"悖逆萌生，反噬弯弧"，并"卒至乱亡"①。

与太宗相比，唐初史臣不但将梁武父子与佛教的关系提升为具有普遍警醒意义的崇佛亡国论，而且更关注梁武帝崇佛的具体行为。这些行为主要有：宗庙牲牷以面代替、舍身同泰寺为奴、溺于释教不以政事为意。

唐初上层社会的这种历史批判，明显是立足于儒家政教功用基础之上得出的结论。这种观点在唐以前就已经存在。梁武帝朝的荀济，曾撰写《论佛教表》批评武帝崇佛，他说："岁时禘祫，未尝亲享。竹脯面牲，陵诬宗庙。违黄屋之尊，就苍头之役。朝夕敬妖怪之胡鬼，曲躬供贪淫之贼秃。耽信邪胡，诡祭淫祀。"②这里就提到了武帝以面食祭祀宗庙、舍身佛寺为奴两件事情。北齐魏收《魏书》批评萧衍崇信佛道，叙述了四件事情：兴建佛寺、以身施同泰寺为奴、令王侯子弟受佛诚、祭祀祖祢不设牢牲③。荀济之上疏，言辞激烈、用意甚殷，然有悖于梁朝上流社会之崇佛热情，最终引火烧身，"梁武将诛之，遂奔魏"④。魏收之批评，一如其"岛夷萧衍"之称，带有南北对立政权之间相互攻击的意图。虽然荀济、魏收等人从政权利弊角度对萧衍崇佛进行了批判，但都没有将这种危害明确上升到亡国的高度。相比较而言，这种梁武帝崇佛亡国论，是唐初上层社会反思南北朝政教关系的结果。

唐初形成的梁武帝崇佛亡国论，促使政权在宗教政策上对佛教采取限制、防范措施，如高祖武德九年（626）下诏，令"京城留寺三所，观二所。其余天下诸州，各留一所。余悉罢之。"⑤不过，崇佛亡国论影响所及，不限于宗教政策。道教徒也趁着上层社会的这股反思潮流，掀起了排佛高潮。武

① （唐）李延寿：《南史》卷七《梁本纪中》，中华书局1975年版，第226页。
② （唐）释道宣编撰：《广弘明集》卷七，《大正藏》第52册，新文丰出版公司1983年版，第129页上。
③ （北齐）魏收：《魏书》卷九十八《岛夷萧衍传》，中华书局1974年版，第2187—2188页。
④ （唐）李延寿：《北史》卷八十三《荀济传》，中华书局1974年版，第2786页。
⑤ （后晋）刘昫等：《旧唐书》卷一《高祖本纪》，中华书局1975年版，第17页。

德七年（624），傅奕上疏十一条请除去释教，他提议"请胡佛邪教，退还天竺。凡是沙门，放归桑梓"①。理由则是"降自牺、农，至于汉、魏，皆无佛法，君明臣忠，祚长年久。汉明帝假托梦想，始立胡神……泊于苻、石，羌胡乱华，主庸臣佞，政虐祚短，皆由佛教致灾也。梁武、齐襄，足为明镜"②。这种无佛则"祚长年久"、有佛则"政虐祚短"的说法，将崇佛亡国之说提升为佛教亡国论。证明这种观点的证据之一，就是唐初帝王史臣热衷探讨的梁武帝崇佛亡国一事。傅奕之排佛观点并没有最终落实为惨烈的灭佛运动，但附和傅奕者不在一二。

由帝王史臣掀起的反思前代政教关系的潮流，形成比较清晰的崇佛亡国论。这一观点经过道教徒的推波助澜，发展成了信奉佛教则"政虐祚短"的排佛言论。在针对佛教的社会批判潮流中，梁武帝崇奉佛教始终是帝王史臣、道教信徒关注的核心。但是，对于帝王史臣而言，武帝崇佛的代表性举措集中在面食祭祀宗庙、舍身佛寺为奴、崇佛而不关心朝政等方面，而舍道事佛并不是武帝崇佛的核心举措。据此推测：帝王史臣对梁武帝舍道事佛不回应的原因，大致在于此事并不是武帝崇佛亡国诸举措中的典型代表，不值得响应。道教文献未见响应者，则有别样因由，很可能出于道教天书神授、秘而不宣的经典崇拜态度导致相关文献的佚失，而不是对佛教的叫板置若罔闻。

二、佛教护法热潮中梁武舍道事佛叙事的功能

梁武帝对于佛教发展推波助澜之功，唐初佛教信仰者心知肚明。抹杀梁武帝的奉佛之功，将使南朝佛教大大失色。但唐初佛徒要记载、传诵梁武帝的奉佛之举，势必先要与当时盛行的诸种崇佛亡国论乃至佛教亡国论辩驳。因此，梁武帝舍道事佛一事被唤起记忆，进入三教论衡话题，将与佛教界弘法护教的整体活动密切相关。

---

① （唐）释彦悰：《唐护法沙门法琳别传》卷上，《大正藏》第50册，新文丰出版公司1983年版，第198页下。
② （后晋）刘昫等：《旧唐书》卷七十九《傅奕传》，中华书局1975年版，第2715—2716页。

针对以梁武帝为标本得出的崇佛亡国论、佛教亡国论，佛教界采取四种路线进行了反击。其一，是正面宣扬历代王公大臣之奉佛举措。释法琳在《辩正论》中专列"十代奉佛篇""略陈十代君王、三公宰辅、通儒博识敬信佛者"①。这种反击，绕过了傅奕有佛则政虐祚短的观点，延续了唐太宗的佛教为"有国之常经"的说法，宣扬上层社会信仰佛教的传统，从而达到反驳傅奕"胡佛邪教退还天竺，凡是沙门放归桑梓"的目的。其二，以史为证，说明佛教入华前后中土政权都有"虐政"和治世。释明概《决对傅奕废佛法僧事》、李师政《内德论》即是如此。此种方法，常常以事实证据反驳佛教亡国论使用的不完全归纳法，由此而达到对佛教亡国论的否定。其三，辨别佛教与政权的不同功用。如李师政云："盛衰由布政，治乱在庶官。归咎佛僧，寔非通论。且佛唯弘善，不长恶于臣民。戒本防非，何损治于家国。若人人守善，家家奉戒，则刑罚何得而施，祸乱无由而作。"②其四，以佛教报应说解释政权更替。如，道宣说：

> 夫运业废兴，天之常数。禅让放诛，有国变通。……齐、宋诸帝所以重佛敬僧者，知帝位之有由，故衔恩而酬厚德也。又知帝位之无保，故行因而仰长果也。昔因既短，不可延以万年，故有梁之受禅也。今因未就，不可即因而成果，故受报于未来也。是则业运相循，四序无失。③

道宣在中土固有的命数说中融入佛教因果报应之说。他说，帝王崇信佛教，实为感恩报德，是对昔日行善造就今日登上帝位的前因的回报。前因不可永存，今果也不会永久，所以王位"不可延以万年"；今日"重佛敬僧"之因尚未"即因而成果"，只能将来受报，因而会出现"禅让放诛"。按照此种说法，大凡位及九五之尊者，必得奉佛。一则因获得帝位而需以之衔恩酬德，一则为了来世有更大的福报。因此，亡国非帝王崇佛所致，崇佛是获得

① （唐）释法琳：《辩正论》卷三，《大正藏》第52册，新文丰出版公司1983年版，第502页下。
② （唐）释道宣编撰：《广弘明集》卷七，《大正藏》第52册，新文丰出版公司1983年版，第187页下。
③ （唐）释道宣编撰：《广弘明集》卷七，《大正藏》第52册，新文丰出版公司1983年版，第131页中。

善报的长远准备。

不过，佛教频繁征引的梁武帝舍道事佛一事，并不在以上四种反击路径所引用的证据之列。这四种反击，要拆散帝王史臣在佛教与政权盛衰之间建立的关联性，并没有涉及佛教与道教的关系问题。自魏晋以来的三教论衡，道教常常借助儒家理论来攻击佛教。佛教在对付儒道联盟时，对儒家常常耐心而谨慎地劝导，对道教则直接而尖刻地攻击。梁武帝舍道事佛一事，似乎是佛教徒用来攻击道教的一个历史证据。

但是，梁武帝《敕舍道事佛》中有："老子、周公、孔子等……为化既邪，止是世间之善，不能隔凡成圣。公卿百官，侯王宗室，宜反伪就真，舍邪入正。"[①]此数句为梁武帝舍道事佛诸文之核心思想。舍道事佛若按照这层意思，应该完整表述为"舍儒、道事佛"。那么，在唐初佛教徒的表述中，梁武帝是舍道事佛，还是舍儒、道事佛？或者说，《敕舍道事佛》是回应儒家？还是回应道教？抑或二者兼而有之？

唐初佛教撰述中收录萧衍舍道事佛一事者，主要有释法琳《辩正论》，道宣《集古今佛道论衡》《广弘明集》，道世《法苑珠林》等著作。此数部佛教著作，常常将诸多文献汇总起来表述一定的宗教态度。从这些文献的整体倾向上，可以看到唐初佛徒对梁武帝舍道事佛一事弘法功能的定位。

《辩正论》共8卷12篇。这12篇文章[②]，按照内容可以分为三类。第一，叙佛教为"有国之常经"。"十代奉佛篇"，列举两晋至唐共十代帝王、三公、宰辅、通儒等敬奉佛法的故实。第二，抨击道教。"气为道本篇"，辩明道教的一般信仰。"出道伪谬篇"，论道经、道法虚妄荒谬。"历世相承篇"，抨击道教经典。第三，宣扬佛法精妙深远，优于道教。"三教治道篇"论儒、释、道与治国的关系，扬佛教于道教之上。"佛道先后篇"论佛教产生于道教之前。"释李师资篇"论佛为老子之师。"十喻篇"辩释迦与老子的高卑优劣。"九箴篇"力辩奉佛非是迷惑。"信毁交报篇"记信佛与毁佛的报应故实。"品藻众书篇"，

---

① （唐）释法琳：《辩正论》卷九，《大正藏》第52册，新文丰出版公司1983年版，第549页下。

② （唐）释法琳：《辩正论》卷一，《大正藏》第52册，新文丰出版公司1983年版，第490页中。

论佛教典籍、教义优于中土。"归心有地篇"说明放弃道教信仰、归心佛教为必然选择。

法琳《辩正论》是针对武德九年（526）清虚观道士李仲卿《十异九迷论》和刘进喜《显正论》而撰写。李、刘之文，曾对佛教进行全面抨击，并上达高祖。因此，《辩正论》"对儒家礼仪政纲贬损不多"，集中在"三教治道篇"和"品藻众书篇"中。对道教则"大加鞭挞，列数种种事例，指责道教剽窃佛教"[1]。梁武帝舍道事佛的文献，收在《辩正论》"归心有地篇"。从《辩正论》的总体倾向来看，法琳以梁武舍道事佛抨击道教意图甚为明了。

《集古今佛道论衡》与《广弘明集》都是道宣汇编的佛教弘法文献集。前者4卷，后者10篇30卷。梁武帝舍道事佛一事，《集古今佛道论衡》辑录在卷一，《广弘明集》辑录在"归正篇"。这两部著作中，与舍道事佛收在一起的文献有：

> 《集古今佛道论衡》卷甲：后汉明帝感梦金人，腾兰入洛，道士等请求角试事一；前魏时，吴主崇重释门，为佛立塔寺，因问三教优劣事二；魏陈思王曹植辩道论附；晋孙盛老聃非大贤论附；晋孙盛老子疑问反讯附；元魏君临，释李双信，致有兴废，故述其由事三；宋太宗文皇帝朝会群臣，论佛理治致太平事四；魏明帝登极，召沙门道士对论，叙佛道先后事五；梁高祖先事黄老，后归信佛，下敕舍奉老子事六；北齐高祖文宣皇帝下敕废道教事七[2]。

> 《广弘明集》"归正篇"：子书商太宰问孔子以佛为圣人，老子符子明以佛为师，汉显宗开佛化立本传，后汉书郊祀志，吴主孙权论佛化三宗，宋文帝集朝宰叙佛教，元魏孝明召释老门人述宗，元魏书释老志，南齐江淹遂古篇，北齐颜之推归心篇，梁阮孝绪七录序，北齐王邵齐志明佛教，梁高祖舍事道诏，北齐宣帝废道诏，隋释彦琮通极论[3]

---

① 陈士强：《大藏经总目提要（文史藏二）》"护法部"，上海古籍出版社2008年版，第363页。
② （唐）释道宣撰，刘林魁校注：《集古今佛道论衡校注》卷甲，中华书局2018年版，第9页。
③ （唐）释道宣编撰：《广弘明集》卷七，《大正藏》第52册，新文丰出版公司1983年版，第98页上至中。

　　《广弘明集》的编纂曾经参考了《集古今佛道论衡》①，因而两部著作文献重合者极多。这两部著作中的上述文献，大致分为两类：第一类是破斥道教，第二类是张扬佛教于儒、道之上。《集古今佛道论衡》卷甲中，破斥道教者占80%，扬佛抑儒、道者仅占20%，即吴主孙权事、宋文帝刘义隆事。《广弘明集》"归正篇"中两类的比例正好颠倒，扬佛抑儒道者占80%，破斥道教者占20%，即汉明帝事、梁武帝事、北齐文宣帝事。从两本书的总体倾向来看，或有潜在的抑制儒家的用意，但梁武舍道事佛的功能仍以攻击道教为主。

　　释道世编纂《法苑珠林》共100篇。梁武舍道事佛出现在第62篇"破邪篇"。此篇又分3部分：述意部、引证部和感应缘。述意部总述一部大意，引证部广引佛典为证，感应缘广引事实为证。武帝舍道事佛出现在"感应缘"中。"感应缘"略引六验：

　　　　辩圣真伪一，邪正相翻二，妄传邪教三，妖惑乱众四，道教敬佛五，舍邪归正六。②

　　"辩圣真伪"中收录：《列子》中太宰嚚问孔子圣人、吴主孙权论佛化三宗、宋文帝集朝宰叙佛教等事件。这些事件可以证明佛陀为大圣，佛教优于儒、道二教。"邪正相翻"至"道教敬佛"四类都是针对道教的应验记。"舍邪归正"则包括：梁代萧衍和萧纶舍道归佛、北齐高洋禁绝道法、唐初禁绝道经《三皇经》、晋释道融辩胜师子国婆罗门、北魏昙谟最辩胜道士姜斌、晋道教徒陈道慧游地狱、唐释昙琼劝化李氏宗族舍道归佛。是则，从"舍邪归正"感应类文献看，释道世以梁武帝舍道事佛斥责道教是不容置疑的。

　　由以上分析可见，在应对唐初帝王、史臣、道教徒的抨击中，佛教界掀起的弘法热潮并没有完全失去理智。佛徒们依然继承前代弘法的经验，将道教与儒家区别对待，有分别、有针对地加以响应。针对儒家的响应，集中在切断佛教与亡国之间的关联性。针对道教，则是无情痛击，并在打击道教中

① 刘林魁：《〈广弘明集〉研究》，中国社会科学出版社2011年版，第60—64页。
② （唐）释道世撰，周叔迦、苏晋仁校注：《法苑珠林校注》卷五十五，中华书局2003年版，第1647页。

抬高佛教。作为佛徒弘法热潮中叙述的梁武帝舍道事佛一事，包含了佛优道劣的价值评判和弘扬佛法、禁绝道教的宗教意图。但由于三教论衡中儒、道常常联合攻击佛教，佛教对道教的响应中就包含了扬佛抑儒的态度。这种态度，在佛教徒讲述的梁武帝舍道事佛一事中，就变成了"老子、周公、孔子""为化既邪"的评述。此文能否引导统治者去弘扬佛法尚存在疑问，但这种反复讲述总能增强佛徒的宗教信心和自豪感，满足他们的宗教期盼和弘法意愿。

三、三教论衡对舍道事佛叙事的影响

唐初释法琳《辩正论》卷八"归心有地篇"最早完整地收录了梁武帝《舍道事佛疏》《敕舍道事佛》和邵陵王萧纶《遵敕舍老子受菩萨戒启》、萧衍《敕答邵陵王》等文献。这四篇文章的最大特点，就是大量使用佛教有关宗教的词语"邪""正""外"等。

佛教典籍中，"邪"指邪曲，"正"指中正。一切法随顺自性清净者，为"内"、为"正"；若诸法违逆此理，则为"外"、为"邪"。这四篇文章中，共计使用"邪"字9个、"正"字7个、"外"字5个。其中的"正"毫无疑问是指代佛教的，"邪"的用法较为复杂。有时"邪"指代道教，如：

> 弟子经迟迷荒，耽事老子。历叶相承，染此邪法。（萧衍《舍道事佛疏》，《辩正论》卷八）

> 舍老子之邪风，入法流之真教。（邵陵王萧纶《遵敕舍老子受菩萨戒启》，《辩正论》卷八）

有时兼指儒、道二教，如：

> 老子、周公、孔子等，虽是如来弟子，而为化既邪……宜反伪就真，舍邪入正。（萧衍《敕舍道事佛》，《辩正论》卷八）

在中土语境中，"邪正"指邪恶和正直。其参照物是社会伦理规范和政治秩序，如孔子评价《诗经》"诗三百，一言以蔽之，曰：思无邪"。"邪"字在中国传统文化中具有极其严厉的批判色彩。葛兆光说：

在古代中国，"妖"常常与"邪""淫""乱"这样的一些词语互通，也常常与以下这几种行为相连，如反叛朝廷犯上作乱、自行祭祀妄立神鬼、违背伦常男女淫乱，这些行为的直接社会后果就是导致秩序之"乱"。"淫"为"邪"、"邪"为"妖"，而"妖"则为"乱"，"乱"之一字，从广义上说，就是在伦理规范和社会建构被破坏时，家、共同体、帝国中产生的无秩序。①

佛教"邪""正"之分，在于宗教标准，"邪"既可以称呼与佛教对立的九十六种外道，也可以称呼佛教内部的不同派别，它具有相对性。而中国传统文化中的"邪""正"，却是以现有的占统治地位的国家政权以及为维护此一政权的伦理道德为标准。它具有一定的绝对性和延续性，凡危害政权稳定的派别和思想意识都可以称为"邪"。梁武帝舍道事佛时，称儒教、道教为"邪"，是否为唐以前的中国社会普遍接受呢？

唐前三教论衡文献中，"邪""正"的用法大致有两种情况。第一种，"邪"指代一切与佛教不同的观念、做法。这一种用法非常普遍：

佛地所知者，得善之正路；凡夫所知者，失善之邪路。凡夫得正路之知，与佛之知不异也。（沈约《佛知不异众生》，《广弘明集》卷二十二）

此外道之邪见，岂可御瞿昙之正法。（张缅《答释法云书难范缜神灭论》，《弘明集》卷十）

正见者敷赞，邪惑者谤讪。至于守文曲儒，则拒为异教。巧言左道，则引为同法。（释僧祐《弘明集序》，《弘明集》卷一）

沈约说凡夫之"邪路"是与佛教之"正路"相对而言；张缅说范缜《神灭论》为"外道之邪见"，无法抵御佛教"正法"之反驳；僧祐说不能正确理解佛教理念之"邪惑者"毁谤佛法。此三人正、邪之分辨，与佛教一般理念无差别。

第二种是佛、道二教互指对方为"邪"。《高僧传·帛远传》说道士王浮与沙门帛法祖（即帛远）互争佛、道之"邪正"，这是"邪""正"专指佛、

---

① 葛兆光：《屈服史及其他：六朝隋唐道教的思想史研究》，三联书店 2003 年版，第 120 页。

道二教的较早的文献。之后多有此类用法：

> 夫由佛者固可以权老，学老者安取同佛？苟挟竞慕，高撰会
> 杂，妄欲因其同，树邪去正。是乃学非其学，自漏道蠹，祇多不
> 量，见耻守器矣。（明僧绍《正二教论》，《弘明集》卷六）

> 盖闻三皇、五帝、三王之徒，何以学道并感应，而未闻佛教，
> 为是九皇忽之？为是佛教未出？若是佛教未出，则为邪伪，不复云
> 云。（《三破论》，《弘明集》卷八）

> 闻道诸经，制杂凡意，教迹邪险。（释玄光《辩惑论》，《弘明集》
> 卷八）

> 佛是疫胎之鬼也，全非圣人。亦言道士，非老庄之本。籍佛邪
> 说，为其配坐而已。（刘昼《又诋诃淫荡》，《广弘明集》卷六）

> 耽信邪胡，诣祭淫祀，恐非聪明正直而可以福佑陛下者也。（苟
> 济《论佛教表》，《广弘明集》卷七）

> 事邪求道二十、邪气乱政二十一。（甄鸾《笑道论》，《广弘明集》
> 卷九）

明僧绍、释玄光、甄鸾等人立足佛教称道教为"邪"，《三破论》立足道
教称佛教为"邪"，刘昼立足儒家称佛、道二教为"邪"，苟济也立足儒家称
佛教为"邪"。

虽然称道教为"邪"者，南朝大有人在，然而现存梁武帝的著作中，除
了舍道事佛诸文献外，没有一处使用"邪"来指代道教：

> 内怀邪信，外纵淫祀。（《净业赋》，《广弘明集》卷二十九）

> 夫涉行本乎立信，信立由乎正解。解正则外邪莫扰，信立则内
> 识无疑。（《立神明成佛义记》，《弘明集》卷九）

> 如来乘本愿以讬生，现慈力以应化，离文字以设教，忘心相以
> 通道，欲使珉玉异价，泾渭分流，制六师而正四倒，反八邪而归一
> 味……（《宝亮法师涅槃义疏序》，《广弘明集》卷二十）

> 履邪念正，居安思危。（《凡百箴》，《全梁文》卷六）

> 今出家人瞰食鱼肉，或为白衣弟子之所闻见，内无惭愧，方饰
> 邪说，云佛教为法，本存远因，在于即日，未悉皆断。（《断酒肉

文》，《广弘明集》卷二十六）

出家僧尼，岂可不深信经教，自弃正法，行于邪道，长众恶根，造地狱苦。（《断酒肉文》，《广弘明集》卷二十六）

上引梁武帝诸文献之"邪"，大多是在较为宽泛、普遍的意义上使用，其含义多与佛教之"正"相对而言。

由以上分析可见，从南朝宗教文化背景来看，梁武帝在舍道事佛诸文献中称道教为"邪"的可能性或许有；但就现存梁武帝本人的文献而言，称道教为"邪"者从未出现。而称"周公、孔子"为"邪"者，不管是梁武帝个人文献还是南朝三教论衡文献，都没有丝毫证据能够证明。

梁武帝舍道事佛诸文献之"邪""正"宗教关系论的强化，与唐初三教论衡息息相关。唐初攻击佛教亡国的道教徒傅奕多用"妖""邪"来斥责佛教：

观（北周）武帝为政，果决能断，此其志也。既除妖邪之教，惟务强兵。五年之间，大勋斯集，盛矣，其有成功也。（道宣《列代王臣滞惑解》引文，《广弘明集》卷六）

佛图澄令弟子游说郡国，支遁之徒为其股肱，翻三玄妙旨，文饰邪教。（道宣《列代王臣滞惑解》引文，《广弘明集》卷六）

请胡佛邪教，退还天竺。凡是沙门，放归桑梓。令逃课之党，普乐输租。避役之曹，恒忻效力。勿度秃小，长揖国家。（傅奕《上减省寺塔废僧尼事十有一条》，《广弘明集》卷十一）

降斯已后，妖胡滋盛，太半杂华。搢绅门里，翻受秃丁邪戒。儒士学中，倒说妖胡浪语。曲类哇哥，听之丧本。臭同鲍肆，过者失香。（傅奕《上减省寺塔废僧尼事十有一条》，《广弘明集》卷十一）

西域胡者，恶泥而生，便事泥瓦，今犹毛臊，人面而兽心，土枭道人，驴骡四色，贪逆之恶种。佛生西方，非中国之正俗，盖妖魅之邪气。（道宣《上秦王启》引文，《广弘明集》卷十一）

佛是妖魅之气，寺为淫邪之祀。（李师政《内德论》引文，《广弘明集》卷十四）

　　傅奕对佛教的攻击中充满了"妖""邪"等字眼。如前所论，"妖""邪"立足于伦理规范和社会构建时，是对破坏"家、共同体、帝国"的异端宗教、文化、势力的称谓。虽然傅奕的这些言辞等同于辱骂、诬蔑毫无学术理性可言，但却对佛教极具有杀伤力。佛教徒对傅奕的这些攻击极为反感，也积极反击、维护佛教。以"邪"攻击道教、以"正"自称，在唐初佛教徒的许多文献命名上就突出表现出来。如：释法琳为回应道士傅奕《减省寺塔废僧尼事十有一条》而作《破邪论》，为回应道士李仲卿《十异九迷论》、刘进喜《显正论》而作《辩正论》；道宣《广弘明集》分 10 篇辑录佛教文献，第一篇即"归正篇"。

　　由此言之，梁武帝舍道事佛诸文献中"邪""正"的大量使用，应该有唐初三教论衡中佛教徒增益、强化的可能。这一点，在释法琳之后道宣《集古今佛道论衡》《广弘明集》等节录梁武舍道事佛诸文献中，可以得到印证。释法琳《辩正论》中"道有九十六种，唯佛一道是于正道。其余九十五种，皆是外道。朕舍外道，以事如来"一句中，"皆是外道"，《广弘明集》作"皆是邪道"；"朕舍外道，以事如来"，《集古今佛道论衡》作"朕舍邪外，以事正内，诸佛如来"，《广弘明集》作"朕舍邪道，以事如来"。道宣可以改"外"为"邪"，道宣之前的佛教护法斗士沙门法琳也可能有同样的举措。此外，从行文逻辑来看，"老子、周公、孔子等，虽是如来弟子，而为化既邪，止是世间之善，不能隔凡成圣"的第一要义是三教同源且佛优于儒、道，"为化既邪"四字令此句语义不畅。如果"如来弟子""老子、周公、孔子"等"为化既邪"，那么，如来"为化"何以能正？如果删掉"为化既邪"四字，似乎句意全通。虽然不能确定舍道事佛诸文原作是否全部用"外"指代道教，但释法琳、道宣等佛教徒的节录，改造原文、突出道教为"邪"，应该可以肯定。

　　而舍道事佛诸文中称"周公、孔子""为化既邪"，也与唐初佛教徒的宗教关系论存在某种联系。道宣《广弘明集》汇集了有关唐初三教论衡的诸多文献。其《归正篇》"明佛为大圣，凡俗攸归，二仪三五，不足师敬"[1]。"二

---

① （唐）释道宣编撰：《广弘明集》卷一，《大正藏》第 52 册，新文丰出版公司 1983 年版，第 97 页中。

仪"指天地；"三五"即三皇五帝。"二仪三五，不足师敬"者，即儒家道教不值得敬奉。《归正篇序》云：

> 夫邪正纠纷，愚智繁杂，自非极圣，焉能两开……是以九十六部，宗上界之天根；二十五谛，讨极计之冥本。皆陈正朔，号三宝于人中；咸称大济，敷四等于天下。又有鲁邦孔氏，导礼乐于九州岛；楚国李公，开虚玄于五岳。匪称教主，皆述作于先王；赞时体国，各臣吏于机务……夫以会正名圣，无所不通……斯止一人，名佛圣也……彼孔、老者，名位同俗，不异常人，祖述先王，自无教训，何得比佛以相抗乎……是知天上天下，惟佛为尊。[①]

道宣认为，邪正之分，在印度为佛教与九十六种外道之分；在中土，则为佛教与儒、道之分。道宣的宗教关系论，虽然没有直接称"孔、老"之教为"邪"，但从其逻辑来分析，要强调佛教之"正"，势必会肯定儒、道之非"正"。而且，道宣之"彼孔、老者，名位同俗，不异常人，祖述先王，自无教训"，与梁武帝之"老子、周公、孔子等……止是世间之善，不能隔凡成圣"，用意大致接近。虽然三教论衡逼迫佛教徒对儒、佛之关系表态、定位，但在中国这片文化土壤上，佛教徒绝对不可能公开指责儒家为邪教。佛教徒的这种局促、困惑在道宣《归正篇序》中留下些许痕迹。而现存梁武帝舍道事佛诸文献，很可能就是佛教徒这种潜在的宗教关系论的外化。

梁武帝舍道事佛原文面貌如何，已不得而知。但在弘法护教热情中，为了完成打击道教、抑制儒家的意图，佛教徒对这一事件的叙述做了有利于自身的修饰和调整。其一，增益"邪""正""外"等词突出道教之邪妄、佛教之真正，以表明佛道正邪、优劣之争早在南朝就已有定论。其二，增益了"周公、孔子""为化既邪"等意思，以便在打击道教的同时抑制儒家。这两种调整，前者比重大于后者，态度明确于后者。这种对于儒家抑制的隐约曲折，表现在对此一事件的称谓上，从来没有敢于表达"舍儒、道事佛"的意思。正是如此，这种欲言又罢、躲躲闪闪的做法，令后代学者对其称周、孔

---

① （唐）释道宣编撰：《广弘明集》卷一，《大正藏》第 52 册，新文丰出版公司 1983 年版，第 97 页下—98 页上。

为邪之说产生了种种质疑。

综前所论，梁武帝舍道事佛一事与唐代三教论衡密切相关。他为佛教徒期望的帝王弘护佛教和排斥道教提供了最为直接的证据。从现存记述梁武帝舍道事佛的文献来看，不但无法证明梁武帝舍道事佛的历史真实性，而且还可以毫不意外地发现其与唐初佛徒的宗教关系思想非常接近。唐代皇室尊老子为始祖和崇奉儒家的国策，致使佛教徒在三教论衡中对儒释道宗教关系的陈述有所避忌。同样，梁武帝舍道事佛的记述中既有"老子、周公、孔子"等"为化既邪"，又有"止是世间之善"，因而，梁武帝舍道事佛一事对南朝宗教关系史的研究价值有限。其学术价值，更应置于唐代三教论衡或者三教关系史上。基于论衡需要对中土佛教史的杜撰，与基于适应中土文化需要对印度佛教的改造①，是佛教中国化的两种典型路径。这恐怕应该是当前中古佛教学术应该重新思考的问题。

---

① 刘林魁:《"飞蛾投火"与中古士人的学术和文学》,《文学遗产》2012 年第 4 期。

第十九章　庾信多头龟应验记与北周三教论衡

　　庾信及其诗文创作，长期以来是中古文学研究的热点。相关研究在宏观与微观上都取得了不少进展，截至目前，庾信与北周宗教变革的关系尚未引起学界的关注。庾信青年时，生活在佛教高涨的南朝梁代。羁留北方后，正值北周推动宗教变革：天和、建德年间官方举行多次大规模三教论衡，建德三年（574）下诏禁断佛、道二教，同年又建通道观融通三教，建德五年（576）平灭北齐后为推行禁佛政策而继续论辩三教。庾信深受周武帝器重，势必以他自己的方式参与到这场变革中来，扮演承担其历史使命。基于此，本章以藏内频繁出现的庾信多头龟应验记为核心，结合庾信诗文与入北南士的文化活动，考察庾信和北周宗教变革的关联，以期抛砖引玉，引起学术界对此一问题的关注。

一、庾信"多头龟"应验记

　　唐代以来，佛教界流传一则庾信死后变成多头乌龟的故事①。此以萧瑀《金刚般若经灵验记》收录较早②。其中讲述，贞观元年（627）遂州人

---

① 庾信"多头龟"应验记，见于太宗朝萧瑀（574—648）《金刚般若经灵验记》、高宗朝唐临《冥报记》、玄宗朝孟献忠《金刚般若经集验记》、敦煌 P.2094《持诵金刚经验功德记》，宋人李昉等编纂：《太平广记》卷一百零二亦有收录。

② 邵颖涛：《萧瑀〈金刚般若经灵验记〉辑佚》，《中国典籍与文化》，2011 年第 4 期。据邵颖涛研究，萧瑀原作已佚，其中部分应验记为孟献忠：《金刚般若经集验记》收录。庾信应验记见存孟献忠书中。

魏旻巡游地狱，见僧人因受持读诵《金刚般若经》被放还、庾信因"好作文笔，或引经典"投生多头乌龟，于是复生后带领遂州人戒杀、诵经，最终受记将有"九十寿终，必生净土"的果报。故事采用地狱巡游的叙事结构宣扬《金刚经》信仰。其中包含的南北文化交流信息，引起了学者的关注。唐长孺说："遂州属剑南地，地段偏远，而此州却有人一生只读庾信文集。可知隋唐间庾集流行广泛。"① 唐先生从中敏锐地发现了南北文学交流的证据。不过，其中所见庾信与南北佛教之交流，仍有待于发覆探隐。

应验记讲述庾信受报事，云：

……（阎罗）王即问旻："一生已来，修何功德?"旻启王言："一生已来，不读诵经典，唯读庾信文章集录。"王语旻曰："汝识庾信否? 是大罪人。"又旻言："虽读文章，不识庾信。"王即遣人领向庾信之处，乃见一大龟，一身数头。所引使人云："此是庾信。"行回十余步，见一人来："我是庾信，为在生之时，好作文笔，或引经典，或生诽谤。以此之故，今受大罪。向者见龟数头者，是我身也。"回至王前，王语使者："将见庾信以否?"白言："已见。今受龟身，受大苦恼。"王言："放汝还家，莫生诽谤大乘经典，勤修福业。"遣人送出至家，便即醒悟……②

此则应验记中包含了两层信息。其一，应验记意在宣扬北方佛教文化。庾信多头龟应验记，现存文献以萧瑀《金刚般若经灵验记》收录较早。然此绝非萧瑀撰写。原因有两点。第一，南北朝及隋唐佛教结集之应验记多非原创，而是搜集钩沉于文献记载，或转录自坊间口耳传闻。南朝傅亮《光世音应验记》、张演《续光世音应验记》、陆杲《系观世音应验记》即是例证③，萧瑀《金刚般若经灵验记》也不应例外。该书现可辑佚者 15 则，故事集中于隋唐之际以隋代居多，灵验记之主人公为僧人

---

① 唐长孺：《论南朝文学的北传》，《武汉大学学报》1993 年第 6 期。
② （唐）孟献忠：《金刚般若经集验记》卷一，《卍续藏》第 87 册，日本株式会社国书刊行会 1975—1989 年版，第 454 页上。
③ 董志翘译注：《〈观世音应验记三种〉译注》，江苏古籍出版社 2002 年版，第 2—3 页。

者 4 人，下层民众、官吏者 10 人，2 则主人公重复。不管是僧人，还是下层民众、官吏，都不见僧传、正史收录。应验记辑录者多为名士，故事主人公多为社会下层人物，萧瑀之作符合应验记书写之一般惯例。第二，萧瑀所记庾信多头龟应验记有口述文献的痕迹。其情节分为四部分：死而复生、地狱巡游、弘扬《金刚般若经》、受记"九十寿终，必生净土"。第一部分整体概述时，交代了魏旻"未合身死"、使者"错追"最后被阎罗王"遣人送出"，透露细节太多，失却叙事之悬念。第四部分由乘白马人讲，此前死而复生是因为"勘簿为有二年"，这和第一部分叙事角度、要素有重合。以萧瑀的文化素养，不应该出现这样的漏洞。叙事不严密、技巧不强，是口述文学的一般特点。故此则应验记当为萧瑀对他人口述的记录。

庾信多头龟应验记，强调了北方佛教优于南方佛教的看法。原因有三。第一，故事发生的地点"遂州"，恰好是南北文化融汇之地。遂州即南朝益州之东遂宁郡，北周改东遂宁郡为遂州，隋炀帝又改为遂宁郡，唐高祖武德初年又复为遂州。梁代益州刺史萧纪，乘侯景之乱自立为帝，后东下讨伐其兄萧绎战败被杀，原属南朝的益州遂属西魏。长期受南方佛教文化熏陶的遂宁，并入西魏北周之后，势必存在南北佛教文化的冲突与融合。第二，"多头龟"恶报所排斥者为南方佛教。南北朝时期，南北佛教地域特色鲜明，南方偏重教义教理的讲解论辩，北方偏重仪式仪轨的修行体悟。庾信受"多头龟"恶报，缘于其"好作文笔，或引经典，或生诽谤"，庾信之举正是南方佛教重讲经、好论议、喜内学外学比较的形象写照。第三，魏旻应验记中，僧人诵经升天与庾信受"多头龟"报应的比较叙事，早在北方佛教应验记中就出现过。《洛阳伽蓝记》"崇真寺"条记载，比丘惠凝死而复生后说阎罗王事，云坐禅苦行和读诵 40 卷《涅槃经》可以升天堂，但讲经和造作经像却不得升入天堂，其中阎罗王言："讲经者，心怀彼我，以骄凌物，比丘中第一粗行。"[①]北方坐禅、诵经之风，几乎达到排斥义学的地步。魏旻应验记与比丘惠凝应验记，结构非常相似，用意一致。此正说明，庾信应验记正为张

---

① （北魏）杨衒之著，杨勇校笺：《洛阳伽蓝记校笺》卷二，中华书局 2006 年版，第 77 页。

扬北方佛教风气。

其二，应验记是对庾信在周武帝灭佛中作为的宗教评判。萧瑀书中，写庾信受恶报的原因，为"好作文笔，或引经典，或生诽谤"，"诽谤大乘经典"。其中之"诽谤"所指不明。这则应验记，在《冥报记》、《太平广记》、敦煌 P.2094、《法苑珠林》中有另一个版本。其中的主人公变成"赵文信"，没有受记"九十寿终，必生净土"的情节。此一版本写庾信自我忏悔云："我是庾信。为生时好作文章，妄引佛经，杂糅俗书，诽谤佛法，谓言不及孔老之教。今受罪报，龟身苦也。"[①] 此本以唐临《冥报记》收录最早。唐临比萧瑀卒年晚13年[②]，生活在唐太宗、高宗朝。唐临所录虽然是改写版，但对于明确庾信果报，仍有极大的参考价值。两种版本对照，可见发现萧瑀所言"好作文笔，或引经典"者，正是唐临所言"好作文章，妄引佛经杂糅俗书"[③]，即佛典与俗书融合；萧瑀所言"或生诽谤""诽谤大乘经"者，正是唐临所言"诽谤佛法，谓言不及孔老之教"，即庾信诗文有佛教劣于儒、道的主题。从两方面结合来看，应验记所斥责者，正指向庾信诗文既杂用三教典籍又有三教优劣之思想。

有关三教优劣的争论，常常与佛道争斗有关。按照庾信应验记的讲述，故事发生在延续了六年的三教论衡刚刚结束的贞观元年[④]。此时，庾信已经去世三十多年，不可能参加论辩。庾信多头龟应验记形成于此时，可能出

① （唐）释道世撰，周叔迦、苏晋仁校注：《法苑珠林校注》卷十八，中华书局 2003 年版，第 608 页。

② 萧瑀卒于贞观二十二年（648），时年七十四。唐临卒于显庆五年（660），时年六十。见《旧唐书》萧瑀、唐临本传。

③ "多头龟"报应是恶口业所受果报。"恶口"是指口出粗恶言语，毁訾他人，为佛教"十恶"之一。佛经《护口经》中比丘黄颜内心自大、常轻蔑他人、恶口伤人，死后入地狱受苦无量，复生大海中，"受水性形，一身百头，形体极大"（（南北朝）释僧祐：《经律异相》卷十六，《大正藏》第 53 册，新文丰出版公司 1983 年版，第 87 页上）。《慈悲道场忏法》则直接说三藏比丘黄颜，"以恶口故，受多头报"（萧衍：《慈悲道场忏法》卷四，《大正藏》第 45 册，新文丰出版公司 1983 年版，第 938 页中）。庾信应验记非一般意义上抨击文士创作之绮语恶报。绮语指乖背事实、巧饰言辞、令人好乐之言辞，亦为佛教"十恶"之一。

④ 高祖朝佛道斗争，始于武德四年（621）六月太史令傅奕的《请废佛法表》，终于武德九年（626）五月高祖的《沙汰佛道诏》。高祖朝的佛道斗争虽然以沙汰僧人结束，但因武德九年秦王李世民发动玄武门兵变而停止执行。同年八月，李世民登基，大赦天下，恢复佛道。

于唐武德年间的三教论衡与北周三教论衡存在千丝万缕的关联。如武德八年（625）唐高祖的三教排序与周武帝天和四年（569）提出的论题完全一致。又如，引起武德年间三教论衡的核心人物太史令傅奕，曾经在北周禁断佛、道二教之后建立以融通三教为目的的通道观任学士。如此来看，贞观元年出现的庾信应验记，很可能源自武德年间三教论衡勾起的佛教徒对庾信在北周灭佛中作为历史的记忆。

　　隋唐之际，佛教徒中流传着一些北周灭佛的应验故事。赵文昌开皇十一年（591）巡游地狱故事中，周武帝在地狱中"颈着三重钳锁"，自言："为吾具向隋文皇帝说：吾诸罪并欲辩了，唯灭佛法罪重，未可得竟。当时以卫元嵩教我灭佛法。比来数追元嵩未得，以是不了。"[1]拔虎于开皇年间巡游地狱故事中，周武帝亦自言："我今身为灭佛法极受大苦，可为吾作功德也。"[2]卫元嵩也在"毁法之后，身着热风，委顿而死。"[3]庾信多头龟报应，与周武帝、卫元嵩因灭佛受恶报一样，都是隋唐之际佛教徒对周武灭佛反思的结果。

二、庾信唱和二教诗

　　多头龟应验记，是北方佛教徒对庾信在北周灭佛中所起作用的一种宗教评判。应验记中对庾信"文笔"特点的概括与总结，有基于佛教信仰的夸张或变形未必全信，然亦未必完全失真。如能透过历史的层层遮蔽，剔除种种干扰，还原庾信诗文有关儒、佛、道尤其是佛、道关系的表述，将应验记与庾信诗文对应起来，则将有助于了解庾信对北周宗教变革的真正影响。所幸

---

[1]　（唐）释道世撰，周叔迦、苏晋仁校注：《法苑珠林校注》卷七十九，中华书局 2003 年版，第 2319 页。

[2]　（唐）释道世撰，周叔迦、苏晋仁校注：《法苑珠林校注》卷九十四，中华书局 2003 年版，第 2710 页。

[3]　（唐）释法琳：《辩正论》卷七，《大正藏》第 52 册，新文丰出版公司 1983 年版，第 504 页中。隋唐之际卫元嵩灭佛应验记，有一个从受恶报到逍遥三界之外的发展过程。参见余嘉锡：《北周毁佛主谋者卫元嵩》，《辅仁学志》1931 年 9 月 2 卷 2 期。

庾信现存诗文中有两首应诏唱和诗，表述自己对佛、道二教的态度。此可作为进一步讨论的参照。

其一，《奉和阐弘二教应诏》：

> 五明教已设，三元法复开。鱼山将鹤岭，清梵两边来。香烟聚为塔，花雨积成台。空心论佛性，贞气辨仙才。露盘高掌滴，风乌平翅回。无劳问待诏，自识昆明灰。①

此诗多处将佛、道二教对照着来写。第一，"五明"与"三元"对照，前者指古印度的五种学问，后者指道教之宇宙生成本原和经典产生之源，这里分别指代参加辩论的佛教一方与道教一方。佛道论辩中，常常采用一方陈述观点、另一方辩论反驳，一场辩论结束后又互换角色再次辩论。一、二句写的就是这种论辩方式。第二，"鱼山"与"鹤岭"对照，前者为曹植创立佛经梵唱之所，后者为道士王子乔控鹤所经之地。佛道论辩中，双方代表一般在讲经台上相向而坐往返论议。故三、四句是说，佛道入列道教立论，佛教辩难，双方你来我往，展开激烈论辩。第三，"佛性"与"仙才"对照，分别说成佛、成仙的依据。七、八句说，佛、道二教的立论辩难，是在阐扬各自不同的依据与理想。第四，"露盘"两句与"待诏"二句对照。前者引汉武帝建承露盘以求仙事，后者引汉武帝问东方朔劫灰事，第九至十二句说虽然汉武帝既兴道教又知佛教，但和周武帝相比就差远了，周武帝对佛教非常熟悉无需征问侍臣，完全可以自己讲论佛法。此实称颂周武帝知识广博。

此诗内容，当与周武帝的宗教政策有关。从诗题来看，庾信奉诏与《阐弘二教诗》唱和。《阐弘二教》佚失，但从周武帝对待佛、道二教的态度可推测其大概内容。《奉和阐弘二教应诏》作于北周天和四年（569）二月②，此月"戊辰，帝御大德殿，集百僚、道士、沙门等讨论释老义"③。此年的三月十五日，武帝宇文邕"敕召有德众僧、名儒道士、

---

① （北周）庾信撰，（清）倪璠注，许逸民校点：《庾子山集注》，中华书局1980年版，第213页。

② （北周）庾信撰，（清）倪璠注，许逸民校点：《庾子山集注》，中华书局1980年版，第30页。

③ （唐）令狐德棻：《周书》卷五《武帝纪》，中华书局1974年版，第76页。

文武百官二千余人。帝御正殿，量述三教，以儒教为先、佛教为后、道教最上。以出于无名之前，超于天地之表故也"①。所以，周武帝诏令庾信唱和的《阐弘二教诗》，当与三月十五日明确表述的三教先后排序观点有关。

从这一角度来解读《奉和阐弘二教应诏》，发现其中谈及佛、道关系者有三点。第一，二教讲经论议音声不同。"清梵两边来"，"清"指道教音声，"梵"指佛教音声。尤其是"梵"，本为梵语 Brahmā 音译，意为色界诸天大神梵天，至中古时期专门指代佛教文化，如"梵呗""梵唱""梵音""梵乐"等②。"清梵两边来"虽是对佛道讲论诵经音声的描述，实则还包含佛、道二教渊源华夷有别的文化身份评判。第二，二教的终极理想不同。佛教追求成佛，成佛有赖于清净之"佛性"；道教追求成仙，成仙需要先天之"贞气"。第三，汉武帝既建承露盘以求仙，又在昆明池发现了佛教劫数之证据。这三点联系起来，似乎表述了这样的观点：佛、道二教虽有夷夏与终极理想的差异，但却可以并存于同一政权之下。

其二，《奉和法筵应诏诗》：

> 五城邻北极，百雉壮西昆。钩陈横复道，阊阖抵灵轩。千柱莲花塔，由旬紫绀园。佛影胡人记，经文汉语翻。星窥朱鸟牖，云宿凤凰门。新禽解杂啭，春柳卧生根。早雷惊蛰户，流雪长河源。建始移交让，徽音种合昏。风飞扇天辩，泉涌属丝言。羁臣从散木，何以预中天。□□遥可望，终类仰鹍弦。③

此诗分三层。第一层前八句，写佛、道二教渊源。第二层中间八句，写论辩法筵的环境。第三层后六句，赞美周武帝的论辩。三层之中，以一、三层更能表明庾信的宗教思想。第一层也是佛、道对照来写。第一至四句写昆仑神山的道教仙宫："五城邻北极，百雉壮西昆"，"五城"指昆仑仙界，

---

① （唐）释道宣编撰：《广弘明集》卷八，《大正藏》第52册，新文丰出版公司1983年版，第136页上。

② 刘林魁：《从"胡"到"梵"：汉唐佛教的文化身份转变》，《世界宗教研究》2014年第2期。

③ （北周）庾信撰，（清）倪璠注，许逸民校点：《庾子山集注》，中华书局1980年版，第222页。

这两句写仙界雄峻于昆仑以西；"钩陈横复道，阊阖抵灵轩"，写仙界美妙，钩陈之复道从天门一直通向天宫。第五至八句写自西域传来的佛教："千柱莲花塔，由旬紫绀园"，"莲花塔"是佛塔，"紫绀园"为佛寺，这两句写佛塔高大、寺院广布、佛教鼎盛；"佛影胡人记，经文汉语翻"，写西域胡人记述之佛陀圣迹圣典，传入中土后翻译成汉语，遂为汉地民众接受。第三层赞美周武帝的论辩。"风飞扇天辩，泉涌属丝言"称赞周武帝的论辩气势充沛，吐言如丝，细致缜密。"羁臣从散木，何以预中天"，是说自己作为羁留北周的亡国之臣，参加这次法会，无比感激。"□□遥可望，终类仰鹍弦"虽有两字佚失，但由"鹍弦"即《鹍鸡》《游弦》二名曲来看，此两句是对周武帝观点的仰慕。

此诗作于建德元年（572）[①]。《周书》记载，此年"春正月戊午，帝幸玄都观，亲御法座讲说，公卿道俗论难，事毕还宫。"[②]《奉和法筵应诏诗》所写节候"新禽""春柳""早雷"等，与《周书》所载"正月"者符合[③]。玄都观是北周道教重镇，天和五年（570）《玄都经目》于此修成并上呈武帝宇文邕。此道教经目将八百余卷诸子纳入道经中，一经流传即引起佛教徒的猛烈抨击[④]。玄都观举行论辩法会，或许缘于周武帝偏好道教的宗教倾向。周武帝天和四年（569）提出了"儒教为先，佛教为后，道教最上"，经儒释道三方多次论辩，至建德二年（573）"十二月癸巳，集群臣及沙门、道士等，帝升高座，辨释三教先后，以儒教为先，道教为次，佛教为后"[⑤]。虽然三教排位次序有变化，但道在佛先却没有改变过。

从周武帝三教排序来解读《奉和法筵应诏诗》，可以发现其中有对佛、道二教的看法。如，第一层佛道对照时，说道教源自"北极"昆仑、

---

① （北周）庾信撰，（清）倪璠注，许逸民校点：《庾子山集注》，中华书局1980年版，第31页。

② （唐）令狐德棻：《周书》卷五《武帝纪上》，中华书局1974年版，第79页。

③ 诗作中提到的"朱鸟""建始""徽音"均为著名宫殿，似与"玄都观"不太相合，但考虑到北周玄都观位置现在无法确定，此数宫殿名均为用典，解诗未必要坐实。

④ （北周）甄鸾：《笑道论·诸子为道书者》，见（唐）释道宣编撰：《广弘明集》卷九，新文丰出版公司1983年版，《大正藏》第52册，第152页中。

⑤ （唐）令狐德棻：《周书》卷五《武帝纪》，中华书局1974年版，第83页。

佛教源自"西昆""胡人"，南北朝时期"胡"是对中土西北地域、民族、文化的泛称，故而此一叙述结构应包含以下含义：佛、道二教都源自西北地域。此可称为佛道同源。诗中同时含有道优佛劣的表述："百雉壮西昆"一句，"西昆"即昆仑以西，应该指佛教传来的地方，"壮西昆"之"壮"可能有道胜于佛的意味；"佛影胡人记，经文汉语翻"，明确指出佛教非中华之教，乃"胡人"所"记"之教，佛经非汉语所写之经，乃胡语、梵语转译而来；"早雷惊蛰户，流雪长河源"两句，"河源"在昆仑，此与诗作第二句"西昆"前后照应，包含着中土与西昆地理差异之比较。由此而言，《奉和阐弘二教应诏》隐含佛道同源、华夷有别、道教优于佛教的观点。

从庾信这两首诗作，我们可以明确多头龟应验记对庾信诗文的评判。形式上，庾信在用词、用典上是儒、佛、道并用，即佛教徒批判的"好作文章，妄引佛经，杂糅俗书"；内容上，庾信诗文中有佛道同源、佛道共存、华夷有别、道优佛劣的观点，此即"诽谤佛法，谓言不及孔老之教"。形式上的特点，有对仗、词藻、用典等写作技巧的需要，普遍见于庾信诗文创作，如《伤心赋》①《哀江南赋》②

---

① 《伤心赋》："人生几何，百忧俱至！二王奉佛，二郗奉道，必至有期，何能相保？凄其零露，飒焉秋草。去矣黎民，哀哉仲仁！""二王"可能为"二何"之讹，即何充、何准。"二郗"指郗愔、郗昙。"二何奉佛，二郗奉道"，典出《世说新语》。谢万曾嘲笑郗、何二家族的宗教信仰，说"二郗谄于道，二何佞于佛"，庾信将"谄""佞"二字统一改成"奉"，或许就包含其对佛、道二教的公平态度。侯景乱中，庾信二男一女"相守亡没"，羁旅北周后一女一孙又"奄然玄壤"，《伤心赋》抒写亲人亡殁的家庭变故给诗人带来巨大创痛。赋中佛道并提，说人生有必至之期，即使信奉佛、道也无法保证能长生不死，以之突显庾信本人在社会动乱之际亡国丧亲的巨大哀痛。

② 《哀江南赋》："天子方删诗书，定礼乐，设重云之讲，开士林之学。谈劫烬之灰飞，辨常星之夜落。地平鱼齿，城危兽角。卧刁斗于荥阳，绊龙媒于平乐。""删诗书、定礼乐"是指梁武帝推崇儒学之举措。"重云之讲""士林之学"，是指武帝在重云殿、士林馆召集名僧硕学讲解儒、佛经义。"劫烬之灰飞""常星之夜落"是佛教入华的两个传说，这里说梁武帝讲解论议的内容多以佛教为主。据《梁书·武帝纪》，武帝对儒家、佛教均大力弘扬，并撰有多部儒、佛著述。庾信出使北周，被迫羁留北土。此时的庾信，内心异常痛苦。回归南方既不为北周允许，更面临梁陈易代的尴尬政治处境；羁留北周，北地风物无时无处不在牵引、加重他对故国、故乡的思恋与怀念。《哀江南赋》中，庾信以亡国之臣的身份对萧梁破灭进行深刻的社会反思，以此抒写内心的苦闷。其中儒、佛并提，当与《南史》批评武帝一致，是指责武帝空谈误国，既没有对儒、佛二教有所抑扬，更不会完全否定儒、佛二教。

《卧疾穷愁诗》①《麦积崖佛龛铭》② 等尤为突出③；内容上的倾向，有"羁臣"身份的庾信附和周武帝三教先后排序观点的可能，然华夷有别、道优佛劣等观点似乎仅存于这两首唱和二教诗中。

不过，结合北周三教论衡的思想与话语环境，整体考察庾信的宗教态度，应验记所载庾信诗文的内容与形式特点是统一。中古时期儒释道三教的争论，共同的趋向是承认三教异中有同，由此形成三种三教融合论：本末内外论、均善均圣论、殊途同归论④。对照此一学术潮流，庾信之佛道同源者为本同，华夷有别、道优佛劣者为末异，佛道共存即同归于王权教化。这应该属于三教融合之殊途同归一类了。至于庾信诗文融汇佛道语词的形式，

---

① 《卧疾穷愁诗》："稚川求药录，君平问卜林。野老时相访，山僧或见寻。"稚川为西晋道士葛洪，君平即西汉道教学者严君平。诗引"稚川""君平"典故，意在说自己卧疾穷愁，常如葛洪、严君平一样求医问卜。此下"野老""山僧"两句一转，则说即使患疾穷愁，仍然拜访者众多。这首诗中，道士与僧人所表达的情感色彩是一致的。庾信作为亡国之羁臣，北周社会对其待遇的变化，不同群体对他的评价、看法以及其他境遇因变，都会为诗人敏感地捕捉到，并通过诗人内心的情感加工，形成一种人生"穷"而"愁"的看法。诗歌结尾"讵知长抱膝，独为梁父吟"两句，正可以解释稚川、君平、山僧等形象，只是一种情感倾向，而不包含宗教倾向或者宗教态度。
② 《秦州天水郡麦积崖佛龛铭序》："方之鹫岛，迹通三禅；譬彼鹤鸣，虚飞六甲。"鹫岛是佛陀与阿难坐禅说法之地，三禅是指佛教四禅静修行之前三个境界。鹤鸣山为天师道张道陵与诸弟子修行处，六甲是道教驱鬼行神的符箓。四句佛道名物并用，说麦积崖如佛教的鹫岭、道教的鹤鸣一样高大险峻，为修行之胜地。又，《麦积崖佛龛铭》："集灵真馆，藏仙册府。芝洞秋房，檀林春乳。"集灵馆为汉武帝祀神求仙之宫殿，册府为汉代藏书之地，这两句用道教典故说麦积石窟高僧云集、佛经汇聚。芝洞指道观，檀林指佛寺，这两句说麦积崖建有许多寺院。由此来看，《麦积崖佛龛铭》中佛道典故并用，都为突出麦积石窟的特征服务，并没有品评佛道。
③ 对于庾信涉佛诗文与其宗教态度的关系，学术界存在一些不同的看法。钟优民：《庾信思想三题》（《学术月刊》1986 年第 8 期）认为，庾信的许多涉佛诗文"皆为迎合倡导者或请托者的心理，旨在应酬，根本不能代表作者的真实思想信仰"，只有《哀江南赋》《伤心赋》例外。前者云"设重云之讲，开士林之学，谈劫烬之灰飞，辨常星之夜落"，表达了庾信在痛定思痛之后"对梁朝崇佛之风提出尖锐批评和彻底否定"的宗教态度；后者云"二王奉佛，二郗奉道，必至有期，何能相保"，表明"他对佛、道二教均采取大不以为然的轻蔑态度"。南朝佛教重教理教义的研讨，对于佛教轮回报应之辩论、思考，大多置于学理层面。如南朝刘宋陆澄《法论》，就将其时围绕报应有无的争论汇为六卷"业报集"，将围绕神灭与否的争论汇为九卷"色心集"。这说明在南朝人的心目中，有关佛教核心义理的辩论甚至怀疑、否定，未必就等同于不信仰佛教。退一步说，即使庾信的佛、道信仰问题，钟优民的看法可以再讨论，但此问题并不影响本文讨论的主题。即《哀江南赋》、《伤心赋》中，并没有"诽谤佛法，谓言不及孔、老之教"者。
④ 任继愈主编：《中国哲学发展史（魏晋南北朝）》，人民出版社 1985 年版，第 895—899 页。

本身就是佛道融合思想的外在体现。如《麦积崖佛龛铭序》云："方之鹫岛，迹遁三禅；譬彼鹤鸣，虚飞六甲。"[①] 鹫岛是佛陀与阿难坐禅说法之地，三禅是指佛教四禅静修行之前的三个境界，鹤鸣山为天师道张道陵与诸弟子修行处，六甲是道教驱鬼行神的符箓。要说麦积崖佛寺石窟为修行之胜地，却用道教语词来描述，这在写作路径上就融合、齐同二教了。

三教融合思想，在北周三教论衡中非常普遍，更为北周官方看重、推崇。卫元嵩天和二年（567）上周武帝《省寺减僧疏》，从儒佛齐同观点出发，论述世俗政权与方外佛教的关系，力证佛教应归于王权教化和以儒融佛的正当性。周武帝天和五年（570）撰写的《大周二教钟铭》，建德三年（574）颁布的《立通道观诏》，以及建德六年（577）与北齐僧人任道林的论辩之词，都有卫元嵩三教融合思想影响的痕迹[②]。周武帝用三教融合的逻辑取消佛教的独立性，通过三教排序的大讨论为灭佛提供思想与舆论准备。在此背景下，佛教徒对三教融合思想非常警惕。释道安《二教论》专门针对排斥佛教者"三教虽殊，劝善义一。涂迹诚异，理会则同"的三教齐同、融合论，提出自己的"善有精粗，优劣宜异"[③] 三教精粗、优劣论。由此或许可以理解，隋唐之际的佛教徒在多头龟应验记中，对可能影响过北周宗教变革的庾信诗文及其三教融合思想，是怎样的痛恨。

三、庾信等入北南士与南风北渐

天和（566—572）、建德（572—578）年间，宇文邕组织了 11 次三教论衡[④]，"羁臣"庾信参加了 2 次，因持有南北朝盛行的三教融合观和附和周

---

① （北周）庾信撰，（清）倪璠注，许逸民校点：《庾子山集注》，中华书局 1980 年版，第 672 页。《麦积崖佛龛铭》的作年，倪璠注曰："周武帝建德三年始除佛道二教，是铭当在建德三年（574）以前所作也。"冯国瑞：《麦积山石窟志》（陇南丛书编印社 1941 年版）则认为当作于保定三年（563）。

② 刘林魁：《〈广弘明集〉研究》，中国社会科学出版社 2011 年版，第 282—284 页。

③ （隋）释道安：《二教论》，（唐）释道宣编撰：《广弘明集》卷八，《大正藏》第 52 册，新文丰出版公司 1983 年版，第 137 页中。

④ 刘林魁：《〈广弘明集〉研究》，中国社会科学出版社 2011 年版，第 431—433 页。

武帝的道先佛后观点，就被佛教徒诅咒，入地狱变成多头龟。而参加周武帝组织的三教论衡者，人数有时达"二千余人"，独独庾信一人受此恶报。表面看来，这则应验记似乎有些随意。但继续沿着南北佛教文化交流融合的思路，结合入北南士群体在北周的文化活动进一步探究，将会发现应验记实则反映了北方佛教徒对南风北渐的集体意识。

其一，庾信等入北南士的诗文及其三教思想在北周社会传播。南方士人进入北方有多种途径。不过，北周时期大批南士进入北方者，集中在梁元帝承圣三、四年间（553—554）。这一时期，西魏对梁朝作战胜利，平定了西蜀、江陵，掳掠百官士民十余万至北方。被掳掠者中两百余家受到赦免①，此皆南士精英。这一批南士入北之后，较多集中在麟趾殿学士中。麟趾殿为北周藏书之内殿②。北周明帝宇文毓登基之初，设置麟趾殿学士一职，"于麟趾殿，刊校经史。又捃采众书，自羲、农以来，讫于魏末，叙为《世谱》，凡五百卷"③。麟趾殿学士，共八十余人。现可考者 16 人，分为北周士人与入北南士两部分。北周士人有杨宽、韦孝宽、元伟 3 人，入北南士有庾信、颜之仪、萧㧑、萧大圜、宗懔、王褒、姚最、庾季才、明克让、柳裘、鲍宏、朱干、刘臻 13 人④。庾信亦在其中。

麟趾学士群体在刊校经史外，还诗文唱和。庾信有唱和刘臻之作《预麟趾殿校书和刘仪同》⑤，宗懔有《麟趾殿咏新井诗》。此外，庾信和颜子仪之作《同颜大夫初晴》，和庾季才之作《和庾四》，和永丰侯萧㧑之作《奉和永丰殿下言志十首》，赠元伟之作《谨赠司寇淮南公诗》，这 13 首诗作所唱

---

① （唐）令狐德棻：《周书》卷二《文帝纪下》，中华书局 1974 年版，第 36 页。
② 宋鹏燕、张素格：《北周麟趾学士的设置、学术活动及其意义》，《河北科技大学学报》2008 年第 2 期。
③ （唐）令狐德棻：《周书》卷四《明帝纪》，中华书局 1974 年版，第 60 页。
④ 徐宝余统计为 14 人（徐宝余：《庾信研究》，学林出版社 2003 年版，第 42 页），其中没有刘臻、徐干。本文据《预麟趾殿校书和刘仪同》，增加了刘臻；据《周故司成大夫杨州刺史朱使君（干）墓志》（赵君平、赵文成主编：《秦晋豫新出墓志蒐佚》，国家图书馆出版社 2012 年版），增加了朱干。这样，总数就变成 16 人了。
⑤ 诗中的"刘仪同"，倪璠注中以为是刘臻，大概依据的是庾信另一首诗作《和刘仪同臻》（（北周）庾信撰，（清）倪璠注，许逸民校点：《庾子山集注》，中华书局 1980 年版，第 266 页）；曹道衡、刘跃进则认为是刘璠，因为刘臻为仪同三司是在隋文帝受禅之后（《南北朝文学编年史》，人民文学出版社 2000 年版，第 560 页）。今从倪璠说。

和对象也曾出任过麟趾学士。入北南士因有麟趾殿学士经历而产生的诗文唱和，以及他们与北周士人的唱和，应该有南朝文风特点。尤其是骈俪文风、对仗手法和用典喜好，较北周文士更为突出。入北南士中，有佛教信仰突出者，如萧大圜"深信因果，心安闲放"①，有三教兼修者，如王褒说"吾始乎幼学，及于知命，既崇周、孔之教，兼循老、释之谈。江左以来，斯业不坠"②。因此，在入北南士的诗文创作中，像庾信那样融汇三教语词、融合三教思想者，可能不在少数。

入北南士以诗文为载体的三教思想，影响到北方士人，甚至佛教徒。庾信多头龟应验记中，遂州人就通过阅读"庾信文章集录"，受南方佛教思想的影响，不"修功德""不读诵经典"。此种通过阅读南朝作家诗文影响北方佛教徒的佛教理念与修行方式者，在隋唐之际仍存在：

> 释宝岩，住京室法海寺。气调闲放，言笑聚人，情存道俗，时共目之"说法师"也。与讲经论，名同事异。论师所设，务存章句，消判生起，采结词义。岩之制用，随状立仪，所有控引，多取《杂藏》《百譬》，《异相》《联璧》，观公《导文》，王孺《忏法》，梁高、沈约、徐、庾、晋宋等数十家，包纳喉衿，触兴抽拔……以贞观初年，卒于住寺，春秋七十余矣。③

释宝岩讲法的文本依据，多为南朝士人的佛教著作。如，"异相"为梁代释僧旻编纂的佛教类书《经律异相》，"联璧"为梁简文帝萧纲组织编纂的佛教类书《法宝联璧》，"观公导文"为由陈入隋僧人释真观撰集的 20 卷《导文》，"王孺《忏法》"为梁代王僧孺撰写的《礼佛发愿文》《忏悔礼佛文》《初夜文》等文章。至于"徐、庾"，正是徐摛、徐陵和庾肩吾、庾信两对父子的作品。庾信文笔赫然列入法岩讲说佛法文本之列! 宝岩于贞观初年（627）卒，卒年七十余，生年当在北周明帝二年（558）或稍前。此时庾信刚好入北。开皇元年（581）庾信去世时，释法岩 25 岁。法岩说法风格，正在此一

---

① （唐）令狐德棻：《周书》卷四十二《萧大圜传》，中华书局 1974 年版，第 757 页。
② （唐）姚思廉：《梁书》卷四十一《王褒传》，中华书局 1973 年版，第 584 页。
③ （唐）释道宣撰，郭绍林点校：《续高僧传》卷三十一《释宝岩传》，中华书局 2014 年版，第 1261—1262 页。

时期形成。或可言，法岩依据南朝文士编辑之佛教类书、撰写之弘法文章、创作之涉佛诗文宣讲佛法者，从周隋之际就开始了。庾信等入北南士的诗文在周隋之际的传播，由此可见一斑。

庾信是入北南士在北周处境不错的少数几个士人之一。周明帝、周武帝"雅好文学，信特蒙恩礼。至于赵、滕诸王，周旋款至，有若布衣之交。群公碑志，多相请托。唯王褒颇与信相埒，自余文人，莫有逮者"①。庾信在北周的成功，甚至成为部分南士主动前往长安的动力②。北人以庾信为南朝文化的最优秀代表者，南人以庾信为最成功的入北南士，庾信又与入北南士在张扬南方文化上有过密集交往。入北南士在北周的文化作为，诗文创作特色，以庾信作为代表并不为过。当然，包括入北南士在北周宗教变革中的角色与影响，似乎也该由庾信来代表了。

其二，庾信等入北南士的佛学思想对北周影响显著。进入北周的南方士人，也参加各种学术辩论活动。庾信《预麟趾殿校书和刘仪同》有"高谭变白马，雄辩塞飞狐"，是说麟趾学士在校勘经籍时论辩异常激烈、精彩。庾信撰写于麟趾学士期间的《和何仪同讲竟述怀》③，写麟趾学士之讲论，为"无名即讲道，有动定论机。安经让礼席，正业理儒衣。似得游焉趣，能同舍讲归"，"无名"是指道家《老子》之学，"论机"当指《周易·系辞》"几者，动之微"，再结合"礼席""儒衣"等诗句可知，庾信等麟趾殿学士讲论儒、道学说。沈重更是直接参与北周三教论衡。天和四年（569），紫极殿讲三教义④，"朝士、儒生、桑门、道士，至者二千余人。重辞义优洽，枢机

① （唐）李延寿：《北史》卷七十一《庾信传》，中华书局1974年版，第2794页。
② （唐）释道宣撰，郭绍林点校：《续高僧传》卷二十七《卫元嵩传》，中华书局2014年版，第1044页。
③ （北周）庾信撰，（清）倪璠注，许逸民校点：《庾子山集注》，中华书局1980年版，第225页。诗中有"别有平陵径，萧条客鬓衰"，平陵属扶风郡，"客"者为庾信自称，言己本居南土、客寓北周，"萧条""鬓衰"，是指客寓之人心情处境艰辛。又，诗中"饥噪空仓雀，寒惊懒妇机"，庾信入北所作《小园赋》亦有"聚空仓而雀噪，惊懒妇而蝉嘶"，与此寓意全同。由此而言，《和何仪同讲竟述怀诗》当为庾信入北之作。此诗中又有"石渠人少歌，华阴市暂稀"，"石渠"者西汉皇室藏书处，为萧何建造，在长安未央宫殿北。庾信《和宇文内史入重阳阁》中"待诏还金马，儒林归石渠"，"石渠"指自己与李昶同为麟趾学士的经历。故而，此诗当为庾信麟趾学士期间所作。
④ 曹道衡、刘跃进：《南北朝文学编年史》，人民文学出版社2000年版，第586页。

明辩，凡所解释，咸为诸儒所推"。天和六年（571），沈重被"授骠骑大将军、开府仪同三司、露门博士。仍于露门馆为皇太子讲论"①。此外，明克让"好儒雅，善谈论，博涉书史"，周明帝引为麟趾殿学士，周武帝征为露门学士②。王頍"善谈论。年二十二，周武帝引为露门学士。每有疑决，多頍所为"③。周武帝与王褒"每游宴，命褒等赋诗谈论，常在左右"④。这些入北南士，或以谈论见长，或与周武帝谈论，他们谈论的内容像庾信那样，可能有涉及三教关系者，也可能有附和、评述武帝的三教先后排序者。

北周三教论衡，处处有南朝佛教文化的影子。北周三教论辩的激化，当由卫元嵩引起。卫元嵩天和二年（567）入北，撰《上书请省寺减僧》，同年还俗。卫元嵩之文对北周三教论衡影响极大，诸多维护佛教者以卫元嵩观点为标靶展开辩论，相州沙门王明广《王氏破邪论》则直接针对卫元嵩的上疏逐条反驳，今人余嘉锡更有"北周毁佛主谋者卫元嵩"之评判。但卫元嵩《上书请省寺减僧》，并非完全师心独创，其论证思路、标准与"平延大寺"的设想，均参照刘宋释慧琳《白黑论》。释道安撰弘护佛教著作《二教论》，将儒、道、百家归于外教，将佛教归于内教，其中不但以"内教"指代佛教来自南朝佛教，而且内、外二教之标准也是建立在南朝佛教对三世说、形尽神不灭论等辩论成果的基础上。此外，北周有关夷夏论的辩论，维护者与反对者均有沿用南齐以顾欢《夷夏论》为核心的众多辩论文章的观点、路径甚至证据者；有关因果报应的争论，更有沿袭南朝戴逵《释疑论》、慧远《三报论》的论证路径与依据的痕迹⑤。如此等等，说明南朝儒佛道的论辩成果在北周三教论衡、宗教变革中，发挥了非常重要的作用。不管"谤佛者"还是弘法者，都借助了南朝佛教教义、教理发展的成果。可以说，南朝三教论衡的思想成果，成为北周三教论衡的思想与文化资源。南朝三教论衡思想在北周的盛行，与庾信等入北南士的论辩、宣扬密不可分。

综上所论，庾信等入北南士创作的诗文，为北周帝王群公等上层贵族所

① （唐）令狐德棻：《周书》卷四十五《沈重传》，中华书局1974年版，第810页。
② （唐）魏徵等：《隋书》卷五十八《明克让传》，中华书局1973年版，第1415页。
③ （唐）魏徵等：《隋书》卷七十六《王頍传》，中华书局1973年版，第1732页。
④ （唐）令狐德棻：《周书》卷四十一《王褒传》，中华书局1974年版，第731页。
⑤ 刘林魁：《〈广弘明集〉研究》，中国社会科学出版社2011年版，第287—302页。

推崇，也为下层士人如魏旻或赵信者喜爱，更为僧人如宝岩者引以宣讲佛法。其中的三教思想，自然随着诗文的接受进入北周社会。他们参与的麟趾学士论议、露门学士讲论、三教论衡与周武帝游宴赋诗谈论，其中或有言及三教思想者，正作为其所创作诗文的直接诠释，亦可能为北周社会接受，融入北周三教论衡过程中。入北南士通过以上两种途径所宣扬的三教思想，肯定包含混杂甚至相互矛盾的观念，但南朝盛行的三教融合思想，以及附和北周官方的三教排序观念，可能占较大比重。这些思想为北周宗教变革提供思想支撑，影响其变革的方式与进程。因为庾信在入北南士中的特殊地位，隋唐佛教徒反思北周灭佛时，庾信就成为入北南士影响北周宗教变革的代表，其创作之"文笔"与三教思想成为"诽谤佛法"、投生多头龟的直接罪证。

第二十章　白居易的三教融合思想

　　唐五代皇帝诞节之三教论衡，儒臣文士参与论辩者不在一二，然史料、文集完备者莫过于白居易。白居易是大和元年诞节论衡参与者之一，其《三教论衡》一文较为详备地记载了诞节论衡的内容与过程。白居易晚年曾自编文集 75 卷，目前流传的仍有 71 卷。纪实性强，是白居易诗文创作的一大特色。参照这些诗文，勾勒白居易三教融合思想的发展历程，以之透视诞节论衡与儒臣文士的关系，将有助于诞节论衡研究的深化。

一、"外服儒风，内宗梵行"

　　元和五年（810），元稹贬至江陵府任士曹掾，寄赠白居易贬谪途中所创作之诗歌，白居易也以诗应和。《和梦游春诗一百韵》就是白居易和作之一。诗前序云："与足下外服儒风、内宗梵行者有日矣。而今而后，非觉路之返也，非空门之归也，将安反乎？"[1]诗序所言有安慰元稹之意，然"外服儒风、内宗梵行"，非仅仅评说元稹，也是对自己三教观念的总结。以之审视白居

---

[1]　（唐）白居易著，谢思炜校注：《白居易诗集校注》卷十四，中华书局 2006 年版，第 1130 页。

易元和十年（815）前的诗文①，其中的三教融合思想多与此相关。

贬谪江州前，《策林》《新乐府》最为明确地表述了白居易的三教思想。《策林》作于元和元年（806）。此年，白居易罢校书郎，与元稹两人同住华阳观，揣摩时事以应制举，累月而成《策林》75篇。《策林》推崇儒学的态度非常明确，《六十救学者之失》《六十一黜子书》《六十二议礼乐》《六十三沿革礼乐》《六十四复乐古器古曲》《六十五议祭祀》《六十九采诗》《七十纳谏》等篇，直接为儒家礼乐教化之说的翻版。对于佛教，《六十七议释教》认为，佛教与儒家"臻其极则同归，或能助于王化；然于异名则殊俗，足以贰乎人心"，而"僧徒月益，佛寺日崇。劳人力于土木之功，耗人利于金宝之饰，移君亲于师资之际，旷夫妇于戒律之间"，故"不可""许之大行"②，亦即对于佛教要适当限制。对于道教，《策林》没有用专篇去讨论，然论黄老时有所涉及。《十一黄老术》认为，黄老之术因其"使人情俭朴，时俗清和"，"善用之者，虽一邑一郡一国，至于天下，皆可以致清净之理"，故可"体而行之"③；而《议释教》中，又言"天子者，奉天之教令；兆人者，奉天子之教令。令一则理，二则乱"，是则，《策林》一方面将黄老与道教分开，前者列于治国之术，后者与儒、佛并称三教；另一方面，在儒释道三教之中，只推崇儒家一种思想。如此，《策林》对待佛道的态度有所不同，但在崇儒者面前，佛、道都属于抑制的对象。

《新乐府》共50首，为白居易元和四年（809）任左拾遗时所作。其序云："首句标其目，卒章显其志，《诗》三百之义也。"又云："为君、为臣、为民、

① 白居易思想发展，分前、后两期。对于两期的时间分界，学术界存在三种说法。第一种，以元和十年被贬江州司马为界，此说见诸种文学史。第二种，以元和五年（810）白居易卸任左拾遗为界。见王谦泰：《论白居易思想转变在卸任左拾遗之际》（《文学遗产》1994年第6期）。其理由为，卸任左拾遗使白居易遭受政治打击、此后的政治进取精神衰落、诗文之消极因素占上风。第三种，以长庆二年（822）为分界。见张安祖：《论白居易的思想创作分期》（《求是学刊》1996年第1期）。其理由为，白居易侧重现实政治功利的诗歌理论是在元和十年（815）后成熟，至长庆二年（822）对现实政治彻底绝望，遂自请外放。本书沿用第一种观点。
② （唐）白居易著，朱金城笺校：《白居易集笺校》卷六十五，上海古籍出版社1988年版，第3545—3546页。
③ （唐）白居易著，朱金城笺校：《白居易集笺校》卷六十二，上海古籍出版社1988年版，第3451页。

为物、为事而作，不为文而作也。"① 此正为儒家"诗可以怨"之具体落实，亦与《策林·六十九采诗》"立采诗之官，开讽刺之道，察其得失之政，通其上下之情"② 之精神相一致。故而，《新乐府》之关于佛、道诗篇，正好可与《策林》相照应。《新乐府》之《海漫漫》，通过咏叹秦皇、汉武遣送道士求"不死药"最终仍然难免一死的结局，告诫当朝统治者"玄元圣祖五千言，不言药，不言仙，不言白日升青天"③，表达"戒求仙"④ 的创作目的。《海漫漫》对道教烧炼之术的态度，或可以补充《策林》对道教态度的不明朗。《两朱阁》讽咏德宗之唐安公主、义章公主薨后舍宅为寺⑤，挤占平民居住地，以之"刺佛寺寖多"⑥，需引起统治者的关注。《两朱阁》所讥刺者，正是《策林·议释教》所特意警醒的"僧徒月益，佛寺日崇"之现象。《策林》《新乐府》相互印证，正反映白居易此一时期之"外服儒风"之思想、作为，正在于治国理民、兼济天下。而要天下做到"一则理"，就要"服儒风"。要"服儒风"，就要抑佛、老。《策林》《新乐府》，似乎与其自言"内宗梵行"不一致了。

"梵行"，即佛教清净除欲之修行。《法显传》："王净修梵行，城内人信敬之情亦笃。"⑦ 白居易"内宗梵行"之举，频频出现在其前期诗文创作中。贞元十年（794），23岁的白居易创作《旅次景空寺宿幽上人院》，诗云："不与人境接，寺门开向山。暮钟鸣鸟聚，秋雨病僧闲。月隐云树外，萤飞廊宇间。幸投花界宿，暂得静心颜。"⑧ 诗中描述襄阳景空寺静谧安闲、超然世外

① （唐）白居易著，谢思炜校注：《白居易诗集校注》卷三，中华书局2006年版，第267页。
② （唐）白居易著，朱金城笺校：《白居易集笺校》卷六十五，上海古籍出版社1988年版，第3550页。
③ （唐）白居易著，谢思炜校注：《白居易诗集校注》卷三，中华书局2006年版，第288—289页。
④ （唐）白居易著，谢思炜校注：《白居易诗集校注》卷三，中华书局2006年版，第268页。
⑤ 陈寅恪：《元白诗笺证稿》，三联书店2001年版，第378—379页。
⑥ （唐）白居易著，谢思炜校注：《白居易诗集校注》卷三，中华书局2006年版，第269页。
⑦ （东晋）法显撰，章巽校注：《法显传校注》，中华书局2008年版，第130页。
⑧ （唐）白居易著，谢思炜校注：《白居易诗集校注》卷十三，中华书局2006年版，第1044页。朱金城以为约作于贞元十六（800）年前后（（唐）白居易著，朱金城笺校：《白居易集笺校》卷十三，上海古籍出版社1988年版，第773页）。谢思炜依张说《襄州景空寺题融上人兰若》、孟浩然《游景空寺兰若》推断，景空寺当在襄阳，此作当作于白居易父亲白季庚卒于襄州别驾任上的贞元十年。今案，《续高僧传》卷十六有《后梁南雍州襄阳景空寺释法聪传》，《法苑珠林校注》卷十八有"隋襄州景空寺释慧意"、卷八十二有"后南梁襄阳景空寺释法聪"，景空寺在襄州无疑意也。

的环境。贞元十六年（800）前后，白居易作有《客路感秋寄明准上人》《感
芍药花寄正一上人》《题赠定光上人》，说明他与准上人、正一、定光等僧人
有交往。贞元年间，白居易还曾"求心要"于东都圣善寺凝公，自言"师赐
我言焉。曰观，曰觉，曰定，曰慧，曰明，曰通，曰济，曰舍"。贞元十九
年（803）凝公迁化，二十年（804）白居易作《八渐偈》，"欲以发挥师之心教，
且明居易不敢失坠也"①。据此可知，在撰写《策林》、创作《新乐府》之前，
白居易不但与僧人交往，而且拜僧为师、参学佛法。

元和年间，白居易或与僧人赠诗酬别，如：元和二年（807）《送文畅上
人东游》，元和五年（810）《赠别宣上人》，元和十年（815）《恒寂师》、《苦
热题恒寂师禅室》；或游赏禅林寺院，如：元和元年（806）《云居寺孤桐》，
元和七年（812）《兰若寓居》，元和九年《游悟真寺一百三十韵》等。此期
之诗作，也有佛心禅意之表露。元和五年《见元九悼亡诗因以此寄》"人间
此病治无药，唯有楞伽四卷经"②，以《楞伽经》唯识之法门涤除人生烦恼。
同年《早梳头》"不学空门法，老病何由了。未得无生心，白头亦为夭"③，
以佛教之空观、无生观看待生命之衰老、无常。同年《酬钱员外雪中见寄》
"烦君想我看心坐，报道心空无可看"④，则在交流北宗禅之修行法门。同年
《重酬钱员外》"雪中重寄雪山偈，问答殷勤四句中。本立空名缘破妄，若能
无妄亦无空"⑤，则欣赏北本《大般涅槃经》"诸行无常，是生灭法。生灭灭已，
寂灭为乐"四句佛偈。而同样作于元和五年的《和梦游春诗一百韵》，更是
集中讲说佛理：

> 欲除忧恼病，当取禅经读。须悟事皆空，无令念将属。请思游

① （唐）白居易著，朱金城笺校：《白居易集笺校》卷三十九，上海古籍出版社 1988 年版，
第 2641 页。
② （唐）白居易著，谢思炜校注：《白居易诗集校注》卷十三，中华书局 2006 年版，第
1073 页。
③ （唐）白居易著，谢思炜校注：《白居易诗集校注》卷九，中华书局 2006 年版，第
736—737 页。
④ （唐）白居易著，谢思炜校注：《白居易诗集校注》卷十四，中华书局 2006 年版，第
1082 页。
⑤ （唐）白居易著，谢思炜校注：《白居易诗集校注》卷十四，中华书局 2006 年版，第
1083 页。

春梦，此梦何闪倏。艳色即空花，浮生乃焦谷。良姻在嘉偶，顷克
为单独。入仕欲荣身，须臾成黜辱。合者离之始，乐兮忧所伏。愁
恨僧祇长，欢荣刹那促。觉悟因傍喻，迷执由当局。膏明诱暗蛾，
阳焱奔痴鹿。贪为苦聚落，爱是悲林麓。水荡无明波，轮回死生
辐。尘应甘露洒，垢待醍醐浴。障要智灯烧，魔须慧刀戮。外熏性
易染，内战心难蚋。法句与心王，期君日三复。①

据此可断言，白居易在以《策林》《新乐府》表达"服儒风"、抑佛老想
法的同时，也在其友朋交往、诗文创作、情感交流中"宗梵行"。"儒风"与
"梵行"集中在白居易同一个人身上，只是表现形式有内、外之分罢了。

其实，元和十年前，白居易"内宗"者不限于"梵行"，还有道教。
永贞元年（805）他住长安永崇里华阳观，作有《永崇里观居》，云"何必
待衰老，然后悟浮休？真隐岂长远，至道在冥搜。身虽世界住，心与虚无
游"②，表达仰慕道教的意趣。元和五年有《题赠郑秘书征君石沟溪隐居》
描述隐居天台山的郑生，"新居寄楚山，山碧溪溶溶。丹灶烧烟煴，黄精
花丰茸。蕙帐夜瑟淡，桂尊春酒浓。时人不到处，苔石无尘踪"③，也表露
出羡慕道士生活之意。元和六年（811）《养拙》云"逍遥无所为，时窥
五千言。无忧乐性场，寡欲清心源。始知不才者，可以探道根"④，欲以道
家逍遥无为之思想全身养拙。由此，在"外服儒风"之下，佛、道二教可
以同尊共奉，可以"身著居士衣，手把南华篇"⑤，也可以"身委逍遥篇，
心付头陀经"⑥。

白居易"外服儒风、内宗梵行"，在思想上源自佛教的内、外二教之说。
佛教此说以北周释道安《二教论》最为集中。道安云："救形之教，教称为

---

① （唐）白居易著，谢思炜校注：《白居易诗集校注》卷十四，中华书局2006年版，第
1133页。
② （唐）白居易著，谢思炜校注：《白居易诗集校注》卷五，中华书局2006年版，第456页。
③ （唐）白居易著，谢思炜校注：《白居易诗集校注》卷五，中华书局2006年版，第493页。
④ （唐）白居易著，谢思炜校注：《白居易诗集校注》卷五，中华书局2006年版，第481页。
⑤ （唐）白居易著，谢思炜校注：《白居易诗集校注》卷五《游悟真寺诗一百三十韵》，中华
书局2006年版，第561页。此诗作于元和九年（814）。
⑥ （唐）白居易著，谢思炜校注：《白居易诗集校注》卷二《和思归乐》，中华书局2006年版，
第214页。作于元和五年（810）。

外。济神之典，典号为内"，"释教为内，儒教为外。备彰圣典，非为诞谬"，儒教"包论七典，统括九流，咸为治国之谟，并是修身之术"，道家者流亦在儒教之中①。白居易儒佛内外之说，沿用了释道安外教"救形"、内教"济神"的观点。所以，"外服儒风"重在安身立命、治国平天下，重在拯救苍生、重整社会秩序；"内宗梵行"则重在抚平心灵创伤，重在修养心性、安置灵魂。但以佛教养性时，白居易又将道教拉入"济神"行列。这样，白居易"服儒风"与"宗梵行"、奉道教的诗文，就有了体制内话语与体制外话语、群体要求与个体诉求的差别。

白居易对三教的内、外之分，为自己的佛道信仰留下了生存与发展空间。《策林》为白居易制举应试前之模拟习作，其关联政治、惊悚视听为一必然之要求。《新乐府》为白居易任左拾遗时的创作，他以诗代谏，针砭时弊，发言惊挺，耸动重臣。《策林》《新乐府》所言佛、道之弊端，亦只就其社会性而言：对佛教，朝廷不可广建佛寺，不可广度僧尼，更不应该支持佛教势力的扩充；对道教，帝王不可迷信长生不老死之术，不可迷恋烧炼仙丹。这些谏阻，都是基于国家决策层面的需求。这些决策，并不废止个人出于精神需求的佛道信仰，或者个人借助佛道的思想、修行安置心灵的举措。由此而言，白居易"外服儒风，内宗梵行"，从一开始就将三教融合于自己的需求之中，或出仕兼济，或修心独善，而不是独立于三教之外的三教评判。

二、"栖心释梵，浪迹老庄"

开成四年（839）十月，六十八岁的白居易患"风痹之疾，体瘝目眩，左足不支"，创作《病中诗十五首》以纪之。诗序中自言："余早栖心释梵，浪迹老庄，因疾观身，果有所得。何则？外形骸而内忘忧患，先禅观而后顺

---

① （隋）释道安：《二教论》，（唐）释道宣编撰：《广弘明集》卷八，《大正藏》第52册，新文丰出版公司1983年版，第136页下。

医治。"①"栖心释梵，浪迹老庄"，正是白居易后期三教思想的真实写照。

白居易的思想发展分前、后两期。有关前后分界的具体时间，学术界存在三种看法。不管哪一种看法都无法否认，元和十年（815）以后的白居易，既有关注现实、干预时政的讽喻诗创作，又有指导此类诗作的理论著述《与元九书》。可以说，儒家诗乐教化、诗可以怨等思想，仍渗透进白居易后期的精神活动与诗文创作中。这是一个不争的事实。白居易后期的儒学素养，与前期那种胸怀天下、进行顶层设计的官方表态不同，更多表现为下层官吏或知识分子弥补时政、关怀苍生的感情和期望，自然也就不龂龂于要求抑制佛、老了。而"外服儒风"或"外以儒行修其身"②，不再表现为排斥或抑制佛教、道教的官方话语或政治诉求时，儒学也就与佛教、道教一样，成为纾解人生困惑、安顿心灵的一种精神武器。同样，白居易的佛教、道教信仰，也因为不再有儒学的挤压或交斗，而如同蔓草一样，迅速成长起来。

佛教信仰在白居易后期生活中扮演着重要角色。《旧唐书》记述白居易被贬江州，云"居易儒学之外，尤通释典，常以忘怀处顺为事，都不以迁谪介意。在浔城，立隐舍于庐山遗爱寺"，"与凑、满、朗、晦四禅师，追永、远、宗、雷之迹，为人外之交"③。元和十四年（819）《传法堂碑》，记述白居易自己曾拜师求学于禅宗高僧释惟宽④。自元和五年（810）任太子左赞善大夫至元和十二年（817）惟宽去世，白居易曾四次参谒惟宽，四次问法，惟宽以"无念禅法"指导白居易，"即不分辨净垢，对任何事物不取不舍，不制依修行，也不完全放任自流"⑤。晚年白居易归洛阳，与马祖道一的弟子

① （唐）白居易著，谢思炜校注：《白居易诗集校注》卷三十五，中华书局 2006 年版，第 2627 页。
② （唐）白居易著，朱金城笺校：《白居易集笺校》卷七十一，上海古籍出版社 1988 年版，第 3815 页。岑仲勉：《白集醉吟先生墓志铭存疑》认为是伪撰，陈寅恪：《元白诗笺证稿》趑此说。其中的"外以儒行修其身"，即"外服儒风"之意。虽为伪作，然此句所表达意思当不伪。
③ （后晋）刘昫等：《旧唐书》卷一百六十六《白居易传》，中华书局 1975 年版，第 4345 页。
④ 惟宽，俗姓祝，衢州信安人，马祖道一弟子，先弘法与吴越，后住锡于长安兴善寺传法堂。深得唐宪宗尊崇，元和四年（809）曾被召见于长安安国寺，次年又为宪宗问法于麟德殿。元和十二年（817）去世，报龄63，僧夏39。
⑤ 杨曾文：《唐五代禅宗史》，中国社会科学出版社 1995 年版，第 345 页。

香山寺如满、清间、圣善寺钵塔院智如及其弟子振法师共结"香火社",自称"香山居士"。《新唐书》云:"暮节惑浮屠道尤甚,至经月不食荤,称香山居士"[1]。从诗作题名来看,元和十年(815)后白居易交往禅僧众多,有常禅师、满上人、郎上人、智禅师、僧灵澈、兴果上人、昙禅师、上弘和尚、清禅师、晦上人、济法师、光上人、永欢上人、坚上人、韬光禅师、休上人、如上人、道宗上人、远上人、闲禅师、宗密上人、照上人、闲上人、实上人、明远大师、闲元旻清四上人、智如和尚、禅德大师、佛光和尚、云皋上人、诚禅师等数量达三十多位。

白居易的道教信仰,在元和十年之后也有质的突破。元和四年(809),白居易之《海漫漫》还在"戒求仙",还在劝谏皇帝不可烧炼服食丹药。元和十年到达江州之后,白居易于庐山建草堂、筑丹炉,开始烧炼丹药。元和十三年(818)烧丹失利,同年冬量移忠州刺史。此后,在长庆三至四年(823—824),大和六年(832)前后,以及开成二年(837)前后,白居易又烧炼过丹药。烧丹未成,白居易既有懊恼,又有庆幸。他在开成三年(838)《醉吟先生传》中说:"设不幸吾好药,损衣削食,炼铅烧汞,以至于无所成,有所误,奈吾何! 今吾幸不好彼,而自适于杯觞讽咏之间。放则放矣,庸何伤乎!"[2]"有所误",即大和八年(834)《思旧》中所咏叹的四位朋友因服食丹药而亡身。

后期的白居易,"栖心释梵,浪迹老庄",佛道同修,佛道齐同。元和十年(815)《赠杓直》讲述自己的生存之道:"外顺世间法,内脱区中缘","区中"即人世间,此言即与前期"外服儒风、内宗梵行"的精神相一致;"早年以身代,直赴逍遥篇。近岁将心地,回向南宗禅",并非言自己由道入佛或舍道入佛,而是佛道都可以"内脱区中缘";"秋不苦长夜,春不惜流年。委形老小外,忘怀生死间"[3],则是佛道融通后"内脱区中缘"的精神享受。

白居易后期的许多诗作,或讲述自己与道士、僧人同时交流的经历,

---

① (宋)欧阳修、(宋)宋祁等:《新唐书》卷一百一十九《白居易传》,中华书局1975年版,第4304页。
② (唐)白居易著,朱金城笺校:《白居易集笺校》卷七十,上海古籍出版社1988年版,第3783页。
③ (唐)白居易著,谢思炜校注:《白居易诗集校注》卷六,中华书局2006年版,第583页。

如大和八年（834）《负春》："病来道士教调气，老去山僧劝坐禅。辜负春风杨柳曲，去年断酒到今年。"① 长庆四年（824）《洛下寓居》"游宴慵多废，趋朝老渐难。禅僧教断酒，道士劝休官。"② 同年《竹楼宿》："小书楼下千竿竹，深火炉前一盏灯。此处与谁相伴宿，烧丹道士坐禅僧。"③ 或以佛经道典互补互证，为自己的生存方式寻找理论依据，如：开成二年（837）《齿落辞》："君何嗟嗟，独不闻诸道经。我身非我有也，盖天地之委形。君何嗟嗟，又不闻诸佛说。是身如浮云，须臾变灭。由是而言，君何有焉？所宜委百骸而顺万化，胡为乎嗟嗟于一牙一齿之间？吾应曰：吾过矣，尔之言然。"④ 会昌二年（842）《以诗代书酬慕巢尚书见寄》："书意诗情不偶然，苦云梦想在林泉。愿为愚谷烟霞侣，思结空门香火缘。"⑤ 而更多诗文，讲述自己佛道同尊的生活体验与精神享受。长庆元年（821）《新昌新居书事四十韵因寄元郎中张博士》："大抵宗庄叟，私心事竺乾。浮荣水划字，真谛火生莲。梵部经十二，玄书字五千。是非都付梦，语默不妨禅。"⑥ 长庆四年（824）《味道》："七篇真诰论仙事，一卷檀经说佛心。此日尽知前境妄，多生曾被外尘侵。"⑦ 大和四年（830）《偶吟二首（其一）》："静念道经深闭目，闲迎禅客小低头。犹残少许云泉兴，一岁龙门数度游。"⑧ 大和八年（834）《拜表回闲游》："达磨传心令息念，玄元留语遣同尘。八关净戒斋销日，一

---

① （唐）白居易著，谢思炜校注：《白居易诗集校注》卷三十一，中华书局 2006 年版，第2397 页。

② （唐）白居易著，谢思炜校注：《白居易诗集校注》卷二十三，中华书局 2006 年版，第1835 页。

③ （唐）白居易著，谢思炜校注：《白居易诗集校注》卷二十，中华书局 2006 年版，第1649 页。

④ （唐）白居易著，谢思炜校注：《白居易诗集校注》卷三十七，中华书局 2006 年版，第2849 页。

⑤ （唐）白居易著，谢思炜校注：《白居易诗集校注》卷三十六，中华书局 2006 年版，第2769 页。

⑥ （唐）白居易著，谢思炜校注：《白居易诗集校注》卷十九，中华书局 2006 年版，第1543 页。

⑦ （唐）白居易著，谢思炜校注：《白居易诗集校注》卷二十三，中华书局 2006 年版，第1836 页。

⑧ （唐）白居易著，谢思炜校注：《白居易诗集校注》卷二十七，中华书局 2006 年版，第2153 页。

曲狂歌醉送春。酒肆法堂方丈室，其间岂是两般身。"① 开成二年（837）《三适赠道友》："三适合为一，怡怡复熙熙。禅那不动处，混沌未凿时。此固不可说，为君强言之。"②

白居易"栖心释梵，浪迹老庄"、佛道同修的思想，在一定程度上，可以说前后一致。元和五年（810）《和思归乐》："身委逍遥篇，心付头陀经。尚达生死观，宁为宠辱惊？中怀苟有主，外物安能萦。任意思归乐，声声啼到明。"③ 诗中认为，《庄子·逍遥游》与《头陀经》都包含等生死、齐荣辱的思想资源，令人面对外物得失、人生荣辱而不耿耿于怀、斤斤计较。"逍遥"一词，在白居易一生的诗歌创作中屡屡提及，长庆二年（822）《逍遥咏》④，诗题取自《庄子》，诗中咏叹之无常、苦、空、烦恼、五尘等全是佛理。"头陀经"，即《佛说十二头陀经》⑤，今存刘宋时期于阗国三藏法师求那跋陀罗译一卷本。经中讲说禅修之法，要系心一念，观五蕴皆空，"遂见色心，念念生灭。如水流灯焰，生无所从来，灭无所至，现在不住。知此五阴，从本以来空无所有。"⑥ "身委逍遥篇，心付头陀经"，即言道教之逍遥状态与佛教之禅修境界一致。

在修治身心、对治烦恼之宗教修行与体验上，白居易常常将"坐忘"与"行禅"等同起来。元和六年（811）《送兄弟回雪夜》："回念入坐忘，转忧作禅悦。平生洗心法，正为今宵设。"⑦ 元和九年（814）《渭村退居寄礼部崔

---

① （唐）白居易著，谢思炜校注：《白居易诗集校注》卷三十一，中华书局 2006 年版，第 2406—2407 页。
② （唐）白居易著，谢思炜校注：《白居易诗集校注》卷二十九，中华书局 2006 年版，第 2298 页。
③ （唐）白居易著，谢思炜校注：《白居易诗集校注》卷二，中华书局 2006 年版，第 214—215 页。
④ （唐）白居易著，谢思炜校注：《白居易诗集校注》卷十一，中华书局 2006 年版，第 897—898 页。
⑤ 白居易《和梦游春诗一百韵》"心王与头陀"一句，白居易自注有"心王头陀经"。陈寅恪《元白诗笺证稿》考证，《心王头陀经》即敦煌卷子所见《佛为心王菩萨说投陀经》。朱金城笺校的《白居易集笺校》以为，"心付头陀经"之"头陀经"当即《佛为心王菩萨说投陀经》。谢思炜：《白居易诗集校注》以为，诗中之"头陀经"当为《十二头陀经》。此依谢思炜之说。
⑥ 求那跋陀罗译：《佛说心王头陀经》卷一，《大正藏》第 17 册，新文丰出版公司 1983 年版，第 721 页下。
⑦ （唐）白居易著，谢思炜校注：《白居易诗集校注》卷十，中华书局 2006 年版，第 787 页。

侍郎翰林钱舍人诗一百韵》："息乱归禅定，存神入坐亡。断痴求慧剑，济苦得慈航。不动为吾志，无何是我乡。"① 元和十一年（816）《睡起晏坐》："后亭昼眠足，起坐春景暮。新觉眼犹昏，无思心正住。淡寂归一性，虚闲遗万虑。了然此时心，无物可譬喻。本是无有乡，亦名不用处。行禅与坐忘，同归无异路。"②

"坐忘"与"行禅"等同，既是白居易"栖心释梵，浪迹老庄"的理论依据，也是白居易的修行体验。"坐忘"，语出《庄子·大宗师》，指无所不忘、与道合一的精神境界。道教将此发展为一种修养理论和方法。盛唐道士司马承祯著《坐忘论》，把坐忘分为敬信、断缘、收心、简事、真观、泰定、得道七个阶段，认为达到泰定阶段，便"形如槁木，心如死灰"，"虚静至极，则道居而慧生"，最后得道成真。"禅"为梵语 Dhyāna 之略，即用寂静之心体，审虑所对之境。禅定、行禅是禅宗修行之主要法门。元和五年(810)《酬钱员外雪中见寄》云："烦君想我看心坐，报道心空无可看。"③"看心"，即属于禅宗北宗神秀、普寂一系的"观心""看净"修行法门。通过融合"坐忘"与"行禅"两种修行法门，白居易实现佛教与道教齐同，"栖心释梵，浪迹老庄"。于是一切就逍遥，无可无不可了。

三、"吾学空门非学仙"

会昌年间，白居易作《客有说》和《答客说》，诗中提到在佛道信仰的选择上"吾学空门非学仙"。白居易一生"栖心释梵，浪迹老庄"，对佛、道二教采取融通一致之态度。从元和年间白居易诗文中有明确的佛道融合思想算起，至会昌六年（846）生命结束，有近四十年的时间。晚年出现的这种扬佛抑道态度，有一个发展、生成的历程。

---

① （唐）白居易著，谢思炜校注：《白居易诗集校注》卷十五，中华书局 2006 年版，第1151 页。
② （唐）白居易著，谢思炜校注：《白居易诗集校注》卷七，中华书局 2006 年版，第 607 页。
③ （唐）白居易著，谢思炜校注：《白居易诗集校注》卷十四，中华书局 2006 年版，第1082 页。

元和后期，白居易欲兼济天下却被贬出京城、铸鼎烧丹却不能如愿以偿，于是产生了遁入空门的冲动。元和十五年（820）《不二门》云："亦曾登玉陛，举措多纰缪。至今金阙籍，名姓独遗漏。亦曾烧大药，消息乖火候。至今残丹砂，烧干不成就。行藏事两失，忧恼心交斗。化作憔悴翁，抛身在荒陋。坐看老病逼，须得医王救。唯有不二门，其间无夭寿。"① 刚刚经历了"行藏事两失"，即政治追求上的挫折和神仙追求上的失败，白居易面对当前的处境，感觉只有佛教不二法门才能解决自己的生存困惑。这大概只是一种牢骚之言。但亦可言，白居易思想中佛、道二教之比重，从此开始了部分调整。

白居易有两首《赠王山人》诗。其一明确张扬佛教而抑制道教。诗云："闻君减寝食，日听神仙说。暗待非常人，潜求长生诀。言长本对短，未离生死辙。假使得长生，才能胜夭折。松树千年朽，槿花一日歇。毕竟共虚空，何须夸岁月。彭殇徒自异，生死终无别。不如学无生，无生即无灭。"② 诗中就道教神仙之说，与王山人辩论：神仙之修行意在长生，然而生命之长短是相对而言，即使能够长生久视也只是比夭折短命时间长了一些，彭祖与殇子最终结果都一样；如果要真正脱离生死流转，只有学习佛教之无生法门；唯其无生，才能无灭，才能截断生灭链条、脱离生死轮回。诗中用《庄子》齐物之思想，否定神仙道教长生久视之价值与意义，肯定佛教修行的优越性。

诗中的"王山人"，朱金城、谢思炜都认为是王质夫。王质夫生平，泛见于白居易、元稹、陈鸿等人诗文中③。白居易元和十五年（820）有《哭王质夫》："仙游寺前别，别来十年余。生别犹快快，死别复何如。"④据此可知，

---

① （唐）白居易著，谢思炜校注：《白居易诗集校注》卷十一，中华书局2006年版，第864—865页。

② （唐）白居易著，谢思炜校注：《白居易诗集校注》卷五，中华书局2006年版，第488—489页。

③ 朱金城据陈鸿《长恨歌传》考定，王质夫为山东琅琊人，隐居于周至城南仙游寺蔷薇涧；周绍良据白居易：《期李二十文略、王十八质夫不至，独宿仙游寺》考定，质夫当为其字（周绍良：《唐传奇笺证》，人民文学出版社2000年版，第309页）；岑仲勉据白居易：《二月十九日酬王十八全素》考定，王十八即王全素、王质夫，质夫之"质"与全素之"素""相切"。（岑仲勉：《唐人行第录》，中华书局1962年版，第15页）

④ （唐）白居易著，谢思炜校注：《白居易诗集校注》卷十一，中华书局2006年版，第867页。

王质夫卒于元和十五年（820）以前，前引白居易《赠王山人》亦当作于元和十五年前。然，从白居易现存诗作来看，王山人与王质夫不为同一人。白居易诗题中关于"王质夫"之题名，有三种方式。第一直名"王质夫"，此类共5首。第二作"王十八质夫"，此类有1首。第三题名"王十八"，此类共4首。《白氏长庆集》是白居易自己整理过的，基于作者对人名称呼上的一致性原则，这10首诗作都与王质夫有关。但这些诗中，既没有"王山人""山人"之称谓，也没有明确写到王质夫有道教修行、思想或信仰。白居易大和二年（828）有《赠王山人》，诗中有"玉芝观里王居士，服气餐霞善养身。夜后不闻龟喘息，秋来唯长鹤精神。容颜尽怪长如故，名姓多疑不是真。贵重荣华轻寿命，知君闷见世间人"①。刘禹锡与白居易唱和有《同白二十二赠王山人》，也说王山人"飞章上达三清路，受箓平交五岳神"②。此三处"王山人"，当为同一道士，住长安延福坊玉芝观。③对同一个王山人，白居易或劝其改变道教信仰"不如学无生，无生亦无灭"，或颂其道教修行"贵重荣华轻寿命，知君闷见世间人"。这种判然有别的态度，说明白居易对道教的态度有过较大波动，并非一意重佛轻道。

白居易扬佛抑道的思想，在大和二三年间的诗作中相对比较集中。此一时期，元稹作43首诗寄于白居易④，白居易作《和微之诗二十三首》。其中三首诗作怀疑元稹的道教信仰。大和二年（828）《和晨霞》，言"君歌仙氏真，我歌慈氏真"，"慈氏"即弥勒菩萨。诗作即为佛教唱赞歌，说弥勒菩萨慈悲救济无量众生，"慈氏发真念，念此阎浮人"，"弘愿在救拔，大悲忘辛勤。无论善不善，岂问冤与亲"，"千界一时度，万法无与邻。借问晨霞子，何如朝玉宸？"⑤元稹原作佚失，但从白居易此诗来看，元稹意在张扬神仙道

---

① （唐）白居易著，谢思炜校注：《白居易诗集校注》卷二十六，中华书局2006年版，第2053页。
② （唐）刘禹锡著，瞿蜕园笺证：《刘禹锡集笺证·外集》卷一，上海古籍出版社1989年版，第1079页。
③ （宋）王溥：《唐会要》卷五十，上海古籍出版社2006年版，第1027页。
④ 元稹原作大多遗失，卞孝萱据白居易唱和之作，辑录部分诗作诗题、内容。见卞孝萱：《元稹年谱》，齐鲁书社1980年版，第468—473页。
⑤ （唐）白居易著，谢思炜校注：《白居易诗集校注》卷二十二，中华书局2006年版，第1724页。

教，白居易则以弥勒净土回应。创作于同年的《和送刘道士游天台》以为，道教之仙界未出佛教之"三界"，"假如金阙顶，设使银河濆。既未出三界，犹应在五蕴"，道教之吞咽日月精华修行术仍在贪恋佛教所言之六尘，"饮咽日月精，茹嚼沆瀣芬。尚是色香味，六尘之所熏"，佛陀实为"仙中有大仙"，"慈光一照烛，奥法相缊缊。不知万龄暮，不见三光曛。一性自了了，万缘徒纷纷。苦海不能漂，劫火不能焚"，最后告诉元稹"此是竺乾教，先生垂典坟"①。大和三年（829）《和知非》，回应元稹之疑问"因君知非问，诠较天下事。第一莫若禅，第二无如醉。禅能泯人我，醉可忘荣悴"，评述三教优劣"儒教重礼法，道家养神气。重礼足滋彰，养神多避忌。不如学禅定，中有甚深味"②。元稹大和五年（831）去世。元、白二人，晚年为佛道信仰发生了思想冲突。

大和八年（834）《寄卢少卿》，继承了此前的怀疑神仙道教思想。诗作叙述道教理论："老诲心不乱，庄诚形太劳。生命既能保，死籍亦可逃。嘉肴与旨酒，信是腐肠膏。艳声与丽色，真为伐性刀。补养在积功，如裘集众毛。将欲致千里，可得差一毫。"作者自注"心不乱、形太劳至差一毫，皆出老、庄及诸道书、仙方、禁诫"，强调这些理论皆有道教经典依据，而"生命既能保，死籍亦可逃"则说明白居易谈论的核心是道教的长生神仙之术。此下说，颜回"肥醲不到口""箪瓢才自给"却生年不过三十，张苍"染爱浩无际""妾媵填后房"竟然年寿过百，"苍寿有何德，回夭有何辜？谁谓具圣体，不如肥瓠躯？遂使世俗心，多疑仙道书。"③卢少卿，即大理卿卢贞④，长期修炼道教长生久视之术。白居易诗作，从历史经验上对神仙道教的理论进行质疑。

会昌二年（842）的《客有说》《答客说》，是卢肇《逸史》讲述的白居

---

① （唐）白居易著，谢思炜校注：《白居易诗集校注》卷二十二，中华书局 2006 年版，第 1726 页。

② （唐）白居易著，谢思炜校注：《白居易诗集校注》卷二十二，中华书局 2006 年版，第 1746 页。

③ （唐）白居易著，谢思炜校注：《白居易诗集校注》卷二十九，中华书局 2006 年版，第 2276—2277 页。

④ 卢贞与白居易交往事迹，见朱金城：《白居易交游考》，《河北大学学报》1982 年第 1 期。

易将于蓬莱成仙故事中的一部分①。故事说，有客商航行海中，遭风飘荡月余，至一座大山，被人迎请拜谒天师，天师告知他到了蓬莱岛，并安排左右带其游观蓬莱，后至一院宇，被告知为白乐天院，即白居易将来成仙之宫院。客商返回后，具白浙东观察使李师稷。李师稷尽录以告白公。白居易览李公所报，作《客有说》以记其事，诗云："近有人从海上回，海山深处见楼台。中有仙龛虚一室，多传此待乐天来。"②又作《答客说》，回答李师稷："吾学空门非学仙，恐君此说是虚传。海山不是我归处，归即应归兜率天。"并自注："予晚年结弥勒上生业，故云。"③吴廷燮《唐方镇年表》记载李师稷任浙东观察使时间和这两首诗作的时间重合，据此"乐天此诗及自注""固可视为实录"④。

对于《客有说》《答客说》的崇佛抑道思想，学术界有不同看法。陈寅恪从"丹药之行为与知足之思想"两个角度分析白居易佛道思想：从炼丹行为来看，白居易"外虽信佛，内实奉道"，"于信奉老学，在其炼服丹药最后绝望以前，始终一致"；至于知足思想，佛、老有别，老子"知足不辱"纯属消极，佛教"忍辱"有积极意义，白居易的知足思想"乃纯粹苦县之学，所谓禅学者，不过装饰门面之语"⑤。白居易每次炼丹失败之后热情减退，不久又有烧丹之举，并非在开成年间最后一期炼丹失败之前"始终一致""信奉老学"⑥。至于白居易的"知足"思想，以消极、积极区分，似应就具体诗篇作具体分析，不可一概而论。陈寅恪之本意，在于探求白居易佛道思想变化与"其家世之出身，政党之分野"⑦之关联，所论证者或在于有唐一代文化之宏观变化。就白居易佛道信仰而言，若按照有些学者

---

① （宋）李昉等编：《太平广记》卷四十八，中华书局1961年版，第299页。
② （唐）白居易著，谢思炜校注：《白居易诗集校注》卷三十六，中华书局2006年版，第2783页。
③ （唐）白居易著，谢思炜校注：《白居易诗集校注》卷三十六，中华书局2006年版，第2784页。
④ 陈寅恪：《元白诗笺证稿》，三联书店2001年版，第332页。
⑤ 陈寅恪：《元白诗笺证稿》，三联书店2001年版，第331—337页。
⑥ 陈寅恪先生所言之"老学"，即白居易的神仙道教信仰。如果将"老学"与神仙信仰区别对待，陈先生之判断或可成立。
⑦ 陈寅恪：《元白诗笺证稿》，三联书店2001年版，第341页。

的研究，"将白居易一生分为六个阶段，案年代作纵直考察，从思想与行为两方面，论述其与佛道关系"，将会得出其"思想言行实受禅学影响为多"①的结论。

如果按照时间顺序，梳理白居易怀疑、批判道教的诗文，可以发现这些作品大多出现在炼丹失败后的思想和信仰波动期。元和十二年、十三年（817—818）首期炼丹失败，元和十五年（820）《不二门》说"行藏事两失，忧恼心交斗"，只有求助于佛教"不二门"了。长庆三年到四年（823—824）第二期炼丹失败，大和二年到三年间（828—829）与元稹唱和有《和晨霞》《和送刘道士游天台》《和知非》等诗，说"君歌仙氏真，我歌慈氏真""不如学禅定，中有甚深味"。大和六年（832）前后第三期炼丹失败，大和八年（834）《寄卢少卿》说"遂使世俗心，多疑仙道书"。开成二年（837）前后第四期炼丹失败，会昌二年（842）《客有说》《答客说》说"吾学空门非学仙"。卢肇《逸史》所述白居易蓬莱成仙故事，恰恰是李师稷等人对白居易一生既多次炼丹又否定、怀疑神仙道教的戏谑，白居易《客有说》《答客说》正可以看做"炼服丹药最后绝望"的表白。

白居易的佛道观念，更多地体现为融合状态。即使"最后绝望"，归宗空门之禅学，也并非完全抛弃了道教老、庄之学，因为禅学本身就吸收了诸多老庄之思想。对道教的怀疑、否定甚至批判，也可以细致分析、区别对待。白居易似乎有神仙道教与老庄道教区分观念，他所批判者大多为"炼服丹药"之神仙道教。即使质疑老、庄学说，也倾向于老、庄之学中为道教吸收的那一部分。如《寄卢少卿》自注"老、庄及诸道书、仙方、禁诫"，即有此意。不过，就算白居易"炼服丹药最后绝望"，但对于神仙道教之服食药饵以及养生长寿之术，仍然坚持。因此，放弃"乐天对于佛道二家关系深浅轻重之比较"视角，转之以佛道融合甚至儒释道融合，陈寅恪先生所言白居易对"信奉老学""始终一致"之说，则可谓一语中的。

---

① 罗联添：《白居易与佛道关系重探》，傅璇琮、罗联添主编：《唐代文学研究论著集成》（第八卷），三秦出版社2004年版，第282—287页。

四、"儒门释教""同出而异名，殊途而同归"

大和元年（827），白居易以儒士身份，参加十月十日文宗庆成节三教论衡。论衡中，白居易称述儒佛关系，云："儒门释教，虽名数则有异同；约义立宗，彼此亦无差别。所谓同出而异名，殊途而同归者也。"[①] 儒佛"同出而异名，殊途而同归"，不仅是诞节论衡场合中的应景之词，也与白居易后期的思想一致。从一定程度上说，白居易后期三教融合的思想，是他被选为诞节论衡之儒者参与三教辩论、庆贺圣寿的主要原因。

白居易耳闻目睹之诞节三教论衡，绝非大和元年（827）一次。文献见载，从白居易十四岁的贞元元年（785）到白居易去世的会昌六年（845），61年中有11年于皇帝诞日举行三教论衡[②]。实际举行的诞节论衡，肯定多于此一数字。诞节论衡是举国欢庆的皇帝庆生仪式中的一部分，白居易对此肯定有所耳闻。特别是，白居易大和二年（828）为刑部侍郎、大和四年（830）为太子宾客分司东都洛阳、大和五年（831）为河南尹任职洛阳、大和七年（833）再授太子宾客，此四年之文宗庆成节，照例举行诞节三教论衡。虽然文献未载白居易参加此四年诞节论衡，但从大和元年白居易的突出表现来看[③]，他很有可能继续充当辩手，至少也应该作为观众参加活动。

白居易的三教思想与参与诞节论辩之关联，与一些儒士有契合之处。徐岱、韦渠牟都参与了贞元十二年（796）德宗诞节三教论衡。徐岱撰《唐故招圣寺大德慧坚禅师碑铭并序》：

> 昔老聃将之流沙，谓门人曰："竺乾有古先生，吾之师也。"仲尼亦称："西方有圣人焉。"古先生者，非释迦欤？夫教之大者，曰道与儒。仲尼既学礼于老聃，伯阳亦将师于释氏。由是而推，则佛

---

① （唐）白居易著，朱金城笺校：《白居易集笺校》卷六十八，上海古籍出版社1988年版，第3676页。

② 刘林魁：《〈广弘明集〉研究》，中国社会科学出版社2011年版，第438—439页。

③ （后晋）刘昫等：《旧唐书》卷一百六十六《白居易传》云："文宗即位，征拜秘书监，赐金紫。九月上诞节，召居易与僧惟澄、道士赵常盈对御讲论于麟德殿。居易论难锋起，辞辨泉注，上疑宿构，深嗟挹之。"（中华书局1975年版，第4353页）

之尊，道之广，宏覆万物，独为世雄，大矣哉。若观其会通，则天地之运，不足骇也；极其源流，则江海之浸，不足大也。固已越乾坤，遗造化，离生死，证空寂，岂文字称谓能名言哉？①

诞节三教论衡中，徐坚以儒者之身份与佛道论辩，然为慧坚所作碑铭序文中，以佛教为主融会儒道。其根本或在于，儒释道三教融合是德宗、顺宗、宪宗、穆宗、敬宗、文宗六朝之思想主流，以佛为主未必会导致三教攻击。在此一思想环境中，论衡者之三教融会思想，诞节论衡之三教齐同表述，似乎成了一种流行风气。

韦渠牟之生平著述，见权德舆撰《唐故太常卿赠刑部尚书韦公墓志铭》。其中云："公敏于歌诗，绵采绮合，大凡文集若干卷，撰《庄子会释》，《老子》《金刚经》释文，《孝经》《维摩经》疏，《三教会宗图》共十余万言，又奏修《贞元新集开元后礼》二十卷，诏下有司，令行于代"，又引颜真卿之评价云："鲁公尝称遗名子洞彻三教，读佛书儒书道书向三万卷"②。看来，"洞彻三教"可能是诞节谈论的儒士学养的一个标准。

与白居易"游者三十余年，年老分深，定为执友"之崔玄亮，大和七年（833）卒。大和九年（835）为之撰墓志铭。称玄亮"通四科、达三教"。四科，即德行、言语、政事、文学，此皆为儒学之修养。"三教"即儒释道。崔玄亮于佛、道之修行为：

公夙慕黄、老之术，斋心受箓，服气炼形。暑不流汗，冬不挟纩。肤体颜色，冰清玉温。未识者望之如神仙中人也。在湖三岁，岁修三元道斋，辄有彩云灵鹤，回翔坛上，久之而去。前后致斋七八，而鹤来仪者凡三百六十。其内修外感也如此。可不谓通于大道乎？公之晚年，又师六祖，以无相为心地，以不二为法门。每遇僧徒，辄论真谛。虽耆年宿德，皆心伏之。及易箦之夕，大怖将至，如入三昧，恬然自安。仍于遗疏之末手笔题云："暂荣暂悴敲石火，即空即色眼生花。许时为客今归去，大历元年是我家。"其

---

① 陈尚君编：《全唐文补编》卷五十九，中华书局 2005 年版，第 722 页上。
② （清）董诰等编：《全唐文》卷五百零六，中华书局 1983 年版，第 5146 下。

解空得证也又如此。可不谓达于佛性乎？总而言之，故曰通四科、达三教者也。①

白居易肯定崔玄亮"通四科、达三教"，此正为两人思想之契合点。此种三教融合思想，正是白居易一生思想发展演变的底色。

---

① （唐）白居易著，朱金城笺校：《白居易集笺校》卷七十，上海古籍出版社 1988 年版，第 3750—3751 页。

第二十一章　韩愈的排佛思想

韩愈之排佛，为学术史所关注。赞同者与反对者各有其说。排佛为三教论衡表现之一。魏晋以来儒释道之交涉论辩过程中，持排佛态度者不在少数。韩愈之排佛，有其个人的因素，更有时代甚至三教论衡文化氛围影响的因素。本章即从三教论衡这一思想背景出发，分析韩愈的排佛思想及其与三教论衡的关系。

一、贞元以前韩愈之排佛

韩愈排斥佛教的态度，是在汴州时期与张籍的书信中明确表达出来的。贞元十三年（797）十月经孟郊推荐，张籍来汴州，入韩门学习古文创作[①]。贞元十四年（798），张籍连续撰写两份书信。信中，张籍批评韩愈者有三："多尚驳杂无实之说，使人陈之于前以为欢"[②]，"商论之际，或不容人之短，如任私尚胜者"，"为博塞之戏，与人竞财"。《新唐书·张籍传》称张籍"责愈喜博簺，及为驳杂之说，论议好胜人，其排释老不能著书若孟轲、杨雄以垂世者"[③]，正与

[①] 张清华：《韩愈大传》，中州古籍出版社 2003 年版，第 462 页。

[②] "驳杂之说"，世多以为指《毛颖传》，樊汝霖以为《毛颖传》作于元和年间，非"驳杂之说"所指。

[③] （宋）欧阳修、（宋）宋祁等：《新唐书》卷一百七十九《张籍传》，中华书局 1975 年版，第 5266 页。

此同。张籍与韩愈的这四份书信中[1]，保留了韩愈早期攘斥释老的一些信息。

第一，韩愈攘斥佛教的起始时间。韩愈排佛，早在贞元十四年（798）之前就开始了。《答张籍书》中，韩愈总结张籍来信为"排释老不若著书，嚣嚣多言，徒相为訾"。此说明张籍入韩门学古文之际，韩愈就在排斥释老。张籍所劝者，不在于韩愈不排释老，而在于排释老的方式。在张籍看来，以韩愈的学识，撰"为一书，以兴存圣人之道，使时之人、后之人，知其去绝异学之所为"。《答张籍书》中，韩愈又对张籍说"排前二家有年矣，不知者以仆为好辩也"。在韩愈看来，排释老是自己长期以来致力的事业，且因排佛观点长期"宣之于口"落下了"好辩"之名。

就现存文献而言，贞元十四年（798）之前，韩愈确有诗文透露排释老之意。贞元十年（794）十一月，果州刺史李坚表闻道士谢自然于金泉山道场白日升天，圣上褒奖美之。韩愈撰《谢自然》诗，对此予以揭露。诗中评论说：

> 余闻古夏后，象物知神奸。山林民可入，魑魅莫逢旃。逶迤不复振，后世恣欺谩。幽明纷杂乱，人鬼更相残。秦皇虽笃好，汉武洪其源；自从二主来，此祸竟连连。木石生怪变，狐狸骋妖患。莫能尽性命，安得更长延。人生处万类，知识最为贤。奈何不自信，反欲从物迁。往者不可悔，孤魂抱深冤；来者犹可诫，余言岂空文。人生有常理，男女各有伦。寒衣及饥食，在纺绩耕耘。[2]

诗中对神仙之说进行抨击。贞元十一年（795），韩愈上宰相书以求仕，凡三上，不报。其年正月二十七日《上宰相书》中，韩愈自述学业云：

> 其业则读书著文歌颂尧舜之道，鸡鸣而起，孜孜焉亦不为利；其所读皆圣人之书，杨墨释老之学无所入于其心；其所著皆约六经

---

① （唐）韩愈撰，马其昶校注，马茂元整理：《韩昌黎文集校注》，上海古籍出版社 1986 年版，第 130—133 页。关于韩愈这两份书信的作年，学术界存在争议。樊汝霖、方崧卿系于贞元十二年，廖莹中系于贞元十一年，王元启系于贞元十四年，方成珪系于贞元十三年（（唐）韩愈著，刘真伦、岳珍笺注：《韩愈文集汇校笺注》，中华书局 2010 年版，第 557 页）。此处从王元启观点。

② （唐）韩愈著，钱仲联集释：《韩昌黎诗系年集释》，上海古籍出版社 1984 年版，第 28—29 页。

之旨而成文，抑邪与正，辨时俗之所惑。①

书中自信"所读皆圣人之书，杨墨释老之学无所入于其心"，此非但表明自己拒绝佛老之意，更显示了韩愈在排佛老上的信心。他相信自己的这一立场和勇气，会引起宰相的重视，自己也有可能由此得到选用提拔，故亮明了自己的佛道态度。上书同时，韩愈将"尝所著文，辄采其可者若干首，录在异卷，冀辱赐观焉"。这些文章的具体篇目不得而知，其中当有张扬孔孟圣人之道，甚或间有排斥佛老二家之言。

贞元前期，韩愈确有排二教之言者。至于其"排佛老"的起始，尚无明确时间界定。但韩愈强调自己一直尊崇儒学。《答崔立之书》："仆始年十六七时，未知人事，读圣人之书，以为人之仕者皆为人耳，非有利乎己也。"②《答李翊书》谈自己早年学习："始者非三代两汉之书不敢观，非圣人之志不敢存，处若忘，行若遗，俨乎其若思，茫乎其若迷。"③韩愈也将自己排佛老与推崇儒学联系起来，"仆自得圣人之道而诵之，排前二家有年矣"。就此而言，韩愈攘斥佛教的思想形成时间，可能要到早年读书学习时期。但自明立场，公之于众，产生社会影响，似在贞元八年（792）进士登第之后。

第二，韩愈早年对佛老的认识。首先，是佛教入华的时间。韩愈《重答张籍书》云："今夫二氏行乎中土也，盖六百年有余矣。"贞元十四年（798）上推 600 年，是西晋元康八年（298）；上推 700 年，是东汉建安三年（198）。韩愈认为佛教流行中土是在汉末魏晋时期。此后，韩愈《送灵师》云："佛法入中国，尔来六百年。"④《论迎佛骨表》云："佛者夷狄之一法耳。自后汉时流入中国，上古未尝有也。"又云："汉明帝时始有佛法，明帝在位，才

---

① （唐）韩愈撰，马其昶校注，马茂元整理：《韩昌黎文集校注》，上海古籍出版社 1986 年版，第 155 页。

② （唐）韩愈撰，马其昶校注，马茂元整理：《韩昌黎文集校注》，上海古籍出版社 1986 年版，第 166 页。此文洪兴祖、方崧卿、方成珪系于贞元十年，蒋抱玄系于贞元十一年。

③ （唐）韩愈撰，马其昶校注，马茂元整理：《韩昌黎文集校注》，上海古籍出版社 1986 年版，第 170 页。此篇作年，樊如霖、方成珪系于贞元十七年，方崧卿系于贞元十七、十八年间，蒋抱玄系于贞元十六、十七年间。

④ （唐）韩愈著，钱仲联集释：《韩昌黎诗系年集释》，上海古籍出版社 1984 年版，第 202—203 页。

十八年耳。"①韩愈将佛教入华时间和佛教流行中土的时间等同起来，认为佛教入华即流行中土。这种认识是相当粗糙的，也与当时社会佛教兴盛的形势格格不入。

又，韩愈谈佛道二教在当时的兴盛情况，云：

> 今夫二氏之所宗而事之者，下乃公卿辅相，吾岂敢昌言排之哉？择其可语者诲之，犹时与吾悖，其声哓哓。若遂成其书，则见而怒之者必多矣，必且以我为狂为惑。其身之不能恤，书于吾何有？……今夫二氏行乎中土也，盖六百年有余矣。其植根固，其流波漫，非所以朝令而夕禁也。自文王没，武王、周公、成、康，相与守之，礼乐皆在，及乎夫子，未久也。自夫子而及乎孟子，未久也；自孟子而及乎扬雄，亦未久也。然犹其勤若此，其困若此，而后能有所立，吾其可易而为之哉！其为也易，则其传也不远，故余所以不敢也。

韩愈认为，当时佛教之兴盛，主要在于帝王"宗而事之"，"下乃公卿辅相"，故不可"昌言排之"。而佛教盛行中国六百余年，"其植根固，其流波漫，非所以朝令而夕禁也"。韩愈生于大历三年（768），至贞元年间，已历代宗、德宗两朝。代宗朝三位宰相元载、王缙、杜鸿渐等崇奉佛教，代宗亦随之崇佛，德宗是唐朝最崇佛的皇帝之一。韩愈担心"昌言"排佛，则会"其身不能恤"。这种担心在后来上宪宗《论迎佛骨表》时得到了印证。面对佛教的盛行，韩愈决定采取自己的排佛方式——口头论议。在著书和口头论议上，韩愈以为"化当世莫若口，传来世莫若书。又惧吾力之未至也。三十而立，四十而不惑。吾于圣人，既过之犹惧不及。请待五六十然后为之，冀其少过也"。"待五六十然后为之"者，不外乎等待两种机缘，一则地位与声望可以保证自己既排佛又能自全；二则学问增进，排佛之观点"冀其少过"。韩愈卒时已57岁，然亦未有排佛之专著。韩愈一方面非常自信，将自己树立为排佛的标杆，一方面又期待时机著书立说，能像孟子排杨墨一样排佛老。然而，他可能没有想到，一旦树立了标杆，他再想接近、了解佛道二

---

① （唐）韩愈撰，马其昶校注，马茂元整理：《韩昌黎文集校注》，上海古籍出版社1986年版，第613页。

教，"冀其少过"，也就不可能了。

韩愈很早就将佛教置于儒家的对立面。张籍说"顷承论于执事，尝以为世俗陵靡，不及古昔，盖圣人之道废弛之所为也"。张籍所述，乃韩愈观点。韩愈自云"仆自得圣人之道而诵之，排前二家有年矣"。是则，韩愈以为佛老兴盛，乃圣人之道废弛之因。佛道二教与儒学是完全对立的。韩愈的儒学思想，可能与大历、贞元年间的古文兴盛有关，"大历、贞元之间，文字多尚古学，效扬雄、董仲舒之述作，而独孤及、梁肃最称渊奥，儒林推重。愈从其徒游，锐意钻仰，欲自振于一代"[1]。但更多可能"得力于自学"[2]。韩愈儒学思想的两种来源，经过自身的理解和转化，就将佛道作为儒家的对立面树立起来，而没有试图去融会儒释道三教思想。及至后来的《论迎佛骨表》，这种佛儒矛盾、对立与不可调和的认识愈来愈突出。这种认识，可能与他的自学有关。一般来说，自学可以广泛涉猎、转益多师，但也有可能过早确立目标，缩小了学习范围，固化了思想认识。韩愈排佛的思想深度不够，是学界之共识，其原因抑在此乎？

从贞元十四年（798）韩愈与张籍来往的四封书信中，我们看到了韩愈早期排佛思想的一些情况。他在早年读儒家经典的时候，可能就有了排佛之思想。受古文运动之影响和科举之引导，他渐渐形成了儒学之衰落乃佛教兴盛所致的认识，将佛教与儒学对立起来。贞元八年（792），他进士登第后，以此种认识、思想修养自炫，甚至常常与他人论议。然奉佛兴盛的社会风气，令他始终不能"昌言"排佛，更不愿著书排佛。种种情形，固化了韩愈的佛教认识，甚至阻止了他对佛教的探索。

二、韩愈与傅奕排佛之关联

韩愈不愿著书排释老，然其一生仍然因两篇排佛文章，成为政治史、思

---

① （后晋）刘昫等：《旧唐书》卷一百五十《韩愈传》，中华书局1975年版，第4195页。

② 陈克明：《韩愈述评》，中国社会科学出版社1985年版，第92页。

想史乃至佛教史上不得不提的人物。这两篇文章就是《原道》和《论迎佛骨表》。清人蔡世远说："无《原道》一篇，不见韩公学问；无《佛骨》一表，不见韩公气节。"①《论迎佛骨表》排佛态度最为激烈，史书浓墨重彩，尤见臣子的赤胆忠心。

《论迎佛骨表》及其中的韩愈排佛态度，有人将其与傅奕联系起来。《新五代史》记载，马裔孙慕韩愈之为人，尤不重佛，后依长寿僧舍读佛书，抄撰《法喜集》《佛国记》行于世：

> 或嘲之曰："公生平以傅奕、韩愈为高识，何前倨而后恭，是佛佞公耶？公佞佛耶？"裔孙笑而答曰："佛佞予则多矣。"②

时人言马裔孙"素慕韩愈为人，而常诵傅奕之论"者，说明将韩愈之排佛思想与傅奕联系起来已为大部分人认可③。然其中尚未指明是韩愈《论迎佛骨表》与傅奕相关。宋代沙门志磐继承了此说。他在评价宋太宗乾德四年(966)河南府进士李蔼造《灭邪集》以毁释教时，说："李蔼造论指佛为邪，盖傅奕、韩退之诋佛为夷之余波也"④。南宋魏仲举汇编刻印《五百家注昌黎文集》，有邵太史注《论迎佛骨表》，征引傅奕《请除释教疏》，言"予谓愈之言，盖广奕之言也，故表出之"⑤。此时，韩愈《论迎佛骨表》与傅奕《请除释教疏》对应起来。元代刘谧《三教平心论》又云："厥后有韩愈者，其见犹傅奕也。《原道》《佛骨表》，作奕之章疏也。"⑥此又将《原道》一文也有傅奕《请除释教疏》之排佛思想等同起来。《朝鲜王朝实录》记载明代的朝鲜国事，也有不少臣子将傅奕与韩愈排佛等同起来。《成宗实录》卷一百六十三记载，

---

① （唐）蔡世远：《古文雅正》评论卷七，吴文治编：《韩愈资料汇编》，中华书局1983年版，第1145页。

② （宋）薛居正等：《旧五代史》卷一百二十七《周书·马裔孙传》，中华书局1976年版，第1670页。

③ 傅奕生于北齐天保六年（555），历仕北周、隋，至唐为太史令，贞观十三年（639）卒。撰《请除释教疏》《减省寺塔僧尼益国利民事十一条》，主张废除佛教。

④ （宋）沙门志磐：《佛祖统纪》卷四十三，《大正藏》第49册，新文丰出版公司1983年版，第395页中。

⑤ （唐）韩愈撰，马其昶校注，马茂元整理：《韩昌黎文集校注》，上海古籍出版社1986年版，第616—617页。

⑥ （元）刘谧：《三教平心论》卷一，《大正藏》第52册，新文丰出版公司1983年版，第785页上。"佛骨表"，原作"佛骨佛"，据文意改。

成宗十五年（1484）二月二十六日，弘文馆副提学李命崇等上疏中云："如傅奕之疏、高郢之书、孙樵之奏、韩愈之表，皆天下忠言、格论也。"《成宗实录》卷二百二十八记载，成宗二十年（1489）五月二十三日，弘文馆副提学许诚等上疏中云："昔傅奕请去佛教，目为幻妄之教；韩愈谏迎佛骨，指为凶秽之余。亦可谓出力而排之，而上无圣君，其说不行，卒不能辟而廓之，以绝根株。"《成宗实录》卷十记载，成宗五年（1474）十二月二十一日，成均馆生员辛百龄等七百余人上疏中云："昔傅奕谏佛教，而开文皇之惑。韩愈论佛骨，而来宪宗之怒。得失异效，成败殊迹，此厥不听人，将率兽食人矣。"① 至清代，赵翼《陔余丛考》卷三十四"谏佛骨表有所本"条，就提到了傅奕上书诋浮屠法之言是昌黎上表所本之一②。

自晚唐以来，将韩愈排斥佛教与傅奕联系起来，甚至认为韩愈《论迎佛骨表》的排佛思想就来自傅奕《请除释教疏》者，不在少数。然而，韩愈现存诗文集中，似乎从未提到过傅奕。《旧唐书》中记载傅奕以通晓天文历数出名，最后在高祖朝官至太史令。细绎之，韩愈与傅奕在排斥佛教上相同者有二。

其一，崇佛祚短的观点。韩愈上《论迎佛骨表》后，宪宗大怒。裴度、崔群以韩愈"内怀忠恳，不避黜责"为之开脱，宪宗仍曰："愈言我奉佛太过，我犹为容之。至谓东汉奉佛之后，帝王咸致夭促，何言之乖刺也？愈为人臣，敢尔狂妄，固不可赦。"及韩愈至潮州后上表哀谢，宪宗仍言："昨得韩愈到潮州表，因思其所谏佛骨事，大是爱我，我岂不知？然愈为人臣，不当言人主事佛乃年促也。我以是恶其容易。"③ 是则，韩愈之上疏，最能耸动圣听的观点，就是崇佛祚短。赵翼言"谏佛骨表有所本"时云：

> 昌黎《谏佛骨表》，专以自古人君事佛不事佛享国久暂为言。
> 按此亦有所本，《唐书》：傅奕上疏诋浮屠法，谓"五帝三王未有佛，君明臣良，年祚长久。汉明帝始立佛祠，然惟西域桑门自传其教。

---

① 以上均见《太白山史库》本。
② 吴文治编：《韩愈资料汇编》，中华书局 1983 年版，第 1327 页。
③ （后晋）刘昫等：《旧唐书》卷一百六十《韩愈传》，中华书局 1975 年版，第 4200—4202 页。

西晋以上，不许中国人髡发，至石、苻乃弛厥禁，而政虐祚短。梁武、齐襄尤足为戒"云云。又姚崇戒子令曰："今之佛经，罗什所译，姚兴与之对翻，而兴祚不延，国亦随灭。梁武身为寺奴，胡太后以六宫入道，皆亡国殄家。近孝和皇帝发使赎生，太平公主、武三思等度人造寺，身婴夷戮，为天下笑。五帝三王，未有佛法，其臣则彭祖、老聃，皆得六长龄，岂抄经铸像力邪？"此二事，又昌黎表所本也。

"自古人君事佛不事佛享国久暂"之观点，更直接的来源是南朝托名张融的《三破论》。"三破"者佛教"入国破国""入家破家""入身破身"。"入国破国"条，现存文献中只有"国灭人绝，由此为失"[1]，其余内容佚失，不得而知，此说似乎尚未发展到人君事佛会享国日浅。傅奕将其发展成佛教入华后"政虐祚短"，实则是接受了唐初史学家对南北朝帝王崇佛的政治批判成果。

唐高祖武德至宪宗元和年间，批评佛教的声音很多。武则天将造大像，狄仁杰上疏，有云："往在江表，像法盛兴，梁武、简文，舍施无限。及其三淮沸浪，五岭腾烟。列刹盈衢，无救危亡之祸；缁衣蔽路，岂有勤王之师！"[2]中宗朝辛替否上疏，有云："臣闻夏为天子二十余代而殷受之，殷为天子二十余代而周受之，周为天子三十余代而秦受之，自汉已后历代可知也。何者？有道之长，无道之短，岂因其穷金玉、修塔庙，方得久长之祚乎。"[3]代宗为太后营章敬寺，高郢上疏，有云："梁武帝穷土木，饰塔庙，人无称焉。陛下若节用爱人，当与夏后齐美，何必劳人动众，蹑梁武遗风乎？"[4]然此数人之批评，或以梁武为警示，或兴佛并不能"得久长之祚"。虽然与傅奕、韩愈之说，在思想上相当接近，但没有上升到"事佛渐谨，年代尤促"的高度。姚崇戒子令，有崇佛亡国之意，不如傅奕之警策；是戒子令，不是

---

① （梁）刘勰：《灭惑论》，（梁）释僧祐编撰：《弘明集》卷八，《大正藏》第52册，新文丰出版公司1983年版，第50页上。
② （后晋）刘昫等：《旧唐书》卷八十九《狄仁杰传》，中华书局1975年版，第2894页。
③ （后晋）刘昫等：《旧唐书》卷一百零一《辛替否传》，中华书局1975年版，第3157页。
④ （宋）欧阳修、（宋）宋祁等：《新唐书》卷一百六十五《高郢传》，中华书局1975年版，第5071页。

面陈皇帝，其影响也不如傅奕之直接、深远。故，韩愈崇佛祚短之说，更直接的思想来源，应该就是傅奕《请除释教疏》。

其二，激烈而坚定的排佛立场。傅奕自入唐以来，多有排佛之言行。武德七年（624）、九年（626），两次上疏请除佛教。贞观时期，太宗问傅奕"佛道玄妙，圣迹可师，且报应显然，屡有征验，卿独不悟其理，何也？"傅奕对曰："于百姓无补，于国家有害。"贞观十三年（639），临终诫其子曰："老、庄玄一之篇，周、孔六经之说，是为名教，汝宜习之。妖胡乱华，举时皆惑，唯独窃叹，众不我从，悲夫！汝等勿学也。"傅奕还集魏、晋已来驳佛教者为《高识传》10卷，流行于世。唐人小说中，创造了一些傅奕排佛的故事。西域献胡僧咒术能生死人，太宗召僧咒奕，胡僧却忽然自倒，若为物所击者，更不复苏。有婆罗门僧言"佛齿所击，前无坚物"，傅奕方令其子以羚羊角破之，应手而碎，等等。按照佛教徒的记述，傅奕曾在北周破灭北齐后，进入北周通道观任学士。通道观学士的核心任务是融通三教。这一经历，与傅奕一生坚决的排佛立场甚是矛盾。韩愈排佛立场之坚定，与傅奕极为接近。这表现在他与僧道朋友的交往上，经常指责他们的宗教身份。贞元十六年（800）《送僧澄观》云："浮屠西来何施为，扰扰四海争奔驰。构楼架阁切星汉，夸雄斗丽止者谁。"[1]这是批评大建佛寺。贞元二十年（804）《送惠师》云："吾非西方教，怜子狂且醇。吾嫉惰游者，怜子愚且谆。"[2]这是对惠师僧人身份与个性的批评。更有甚者，贞元十九年（803），释文畅将行东南，柳宗元请韩愈为之赠序。《送浮屠文畅师序》则曰："夫文畅，浮屠也。如欲闻浮屠之说，当自就其师而问之，何故谒吾徒而来请也。"又曰："如吾徒者，宜当告之以二帝三王之道。"[3]此有表明两人身份之对立。这种似乎不近人情的做法，正是韩愈对佛教的对立、排斥态度的体现。

---

① （唐）韩愈著，钱仲联集释：《韩昌黎诗系年集释》，上海古籍出版社1984年版，第127—128页。

② （唐）韩愈著，钱仲联集释：《韩昌黎诗系年集释》，上海古籍出版社1984年版，第193—194页。

③ （唐）韩愈撰，马其昶校注，马茂元整理：《韩昌黎文集校注》，上海古籍出版社1986年版，第251—253页。

就崇佛祚短的观点而言，可见韩愈排佛的依据与唐代士大夫反佛之潮流并无二致。唐代士人反佛之观点，有学者归纳为四种："以害政为言"、"以六朝朝代短促归罪于佛法"、取法前代帝王、以"僧尼守戒不严，佛殿为贸易之场，寺刹作逋逃之薮"①。参照这四种观点，"元和十四年，韩退之论佛骨表，其理论亦不出上述各点"。就激烈而坚定的排佛态度而言，又可见韩愈排佛之影响深远。"文公之前，反对佛教上疏朝堂者多为进士，特以佛法势盛，未敢昌言，及至昌黎振臂一呼，天下自多有从之者。"②然傅奕与韩愈之排佛目的有着明显差异。在佛教徒的叙事中，傅奕为道士，其排斥佛教有服务政权的目的，也可能夹带张扬道教的"私活"。而韩愈为一儒者，他排斥佛教则为张扬孔孟之圣道。刘谧《三教平心论》云："盖奕为太史令，特艺者耳。愈以文章显，乃儒者也。艺者之言，夫人固得与之辩是非。儒者之论，世俗每不敢以致可否。"③如果将"艺"理解为广义上的道术，此说完全可以成立。

韩愈对傅奕其人、其事、其文，必有熟知者。《论迎佛骨表》："高祖始受隋禅，则议除之。当时群臣识见不远，不能深究先王之道、古今之宜，推阐圣明，以救斯弊，其事遂止。"高祖议除佛教之事，与傅奕的上书有密切关联。前文分析唐代三教论衡与宗教政策之关系时认为，傅奕上书除佛法实则有揣摩高祖的意图。韩愈元和九年（814）撰《顺宗实录》5卷，当对高祖朝史料有参照，或对傅奕亦有了解。然韩愈从不提及傅奕者，志向不同也。

三、韩愈排佛与三教论衡

反佛是三教论衡的一部分。韩愈对佛教的批判，与唐代士大夫反佛潮流

---

① 汤用彤：《隋唐佛教史稿》，江苏教育出版社 2007 年版，第 26—29 页。
② 汤用彤：《隋唐佛教史稿》，江苏教育出版社 2007 年版，第 26—30 页。
③ （元）刘谧：《三教平心论》卷一，《大正藏》第 52 册，新文丰出版公司 1983 年版，第 785 页上一中。

基本一致。魏晋以来七百多年间三教论衡中形成的一些观点，以及认识儒释道三教的一些成果，作为一种文化氛围，韩愈的排佛思想势必产生直接或间接的关联。

这种关联，首先是三教融合论。韩愈本人对三教融合、齐同的说法持反对意见：

> 老子之小仁义，非毁之也，其见者小也……其所谓道，道其所道，非吾所谓道也；其所为德，德其所德，非吾所谓德也。凡吾所谓道德云者，合仁与义言之也，天下之公言也；老子之所谓道德云者，去仁与义言之也，一人之私言也。周道衰，孔子没，火于秦，黄老于汉，佛于晋、魏、梁、隋之间，其言道德仁义者，不入于杨，则入于墨；不入于老，则入于佛。入于彼，必出于此。入者主之，出者奴之；入者附之，出者污之。噫！后之人其欲闻仁义道德之说，孰从而听之？老者曰："孔子，吾师之弟子也。"佛者曰："孔子，吾师之弟子也。"为孔子者，习闻其说，乐其诞而自小也，亦曰："吾师亦尝云尔。"①

韩愈竭力强调自己所言仁义道德源自尧舜圣人之统，非道家老子所言。三教论衡中，有一个重要的议题，就是三教融合、统归于何方。辩论过程中，有一种趋向，就是探究三教在根源、根本上相同之处。这种根本上相同的源头，有称为"道"者，有称为"理"者，也有称为"极"者，更有称其他者。但在进一步的分析中，三教之源之根本就有了儒释道的差异。如张融《门律》云："道也与佛，逗极无二。寂然不动，致本则同。感而遂通，逢迹成异。"② 周颙质疑云："所谓逗极无二者，为逗极于虚无，当无二于法性耶？将二涂之外更有异本？傥虚无法性其趣不殊乎？若有异本，思告异本之情。如其不殊，愿闻不殊之说。"③ 有关"道"的论辩也是如此。唐太宗朝组织翻

---

① （唐）韩愈撰，马其昶校注，马茂元整理：《韩昌黎文集校注》，上海古籍出版社1986年版，第13—14页。

② （梁）释僧祐编撰：《弘明集》卷六，《大正藏》第52册，新文丰出版公司1983年版，第38页下。

③ （梁）释僧祐编撰：《弘明集》卷六，《大正藏》第52册，新文丰出版公司1983年版，第39页上。

译《道德经》成梵语，玄奘翻译，众道士参与。翻译过程中，发生了佛道论衡。论衡的问题之一，就是将《老子》之"道"译成"菩提"还是"末伽"。韩愈区分儒道之仁义道德，就是对三教论衡中以"道"统一、融合三教做法的回应。

《原道》描述的"佛道争为儒者之师"，也在魏晋以来的三教论衡中多次出现。《庄子·天运》："孔子行年五十有一而不闻道，乃南之沛见老聃。"此条在后代繁衍成老子为孔子师，也成为三教论衡中道教争胜的文献依据。"老子化胡"传说最终演绎成的各种版本的《老子化胡经》，是以道教优于佛教的思想为基础的。佛教为了在三教论衡中占得上风，也杜撰了类似的故事。晋宋时期的佛教伪经《清净法行经》，说佛遣三弟子教化震旦，儒童菩萨即孔子，光净菩萨即颜回，摩诃迦叶即老子。同时，南北朝末期，佛教徒依托《列子·仲尼篇》，说孔子称释迦牟尼为圣人。韩愈所反对者正是三教论衡中的此种情形。

三教争相为各自教主争夺或师或圣的地位，既说明三教原本一致，又说明三教有先后优劣之别。此种情形，当在盛唐以后的帝王诞节论衡中反复出现。诞节论衡是在皇帝诞节举行三教论衡以祝贺圣寿的节庆活动，此举从玄宗朝开始，一直持续到五代结束。诞节论衡中，三教展开激烈的论辩，其间穿插嘲谑、打诨，甚至相互攻击，造成观众哄笑的场景效果，以此娱乐皇帝。诞节论衡的结果，一般要归结到三教一致、三教相同上来。仅现存文献而言，德宗朝贞元初年（785）、贞元十二年（796），宪宗朝元和九年（814），敬宗朝长庆四年（824），都在麟德殿举行过诞节三教论衡①。此一时期的诞节论衡中，韩愈所描述的三教师、圣之争，当屡屡出现。韩愈或亲临其现场，至少是听闻此种场景。故而，《原道》中他气愤地说"为孔子者，习闻其说，乐其诞而自小也，亦曰：'吾师亦尝云尔。'"

其次，是夷夏论。韩愈反佛时，多次提到夷夏之辨。《原道》指斥"夷狄之法"佛教"加之先王之教之上"：

> 今也欲治其心而外天下国家，灭其天常，子焉而不父其父，臣

---

① 刘林魁：《〈广弘明集〉研究》，中国社会科学出版社 2011 年版，第 437—438 页。

焉而不君其君，民焉而不事其事。孔子之作《春秋》也，诸侯用夷礼则夷之，进于中国则中国之。《经》曰："夷狄之有君，不如诸夏之亡。"《诗》曰："戎狄是膺，荆舒是惩。"今也，举夷狄之法，而加之先王之教之上，几何其不胥而为夷也？①

《论迎佛骨表》：

> 佛本夷狄之人，与中国言语不通，衣服殊制。口不言先王之法言，身不服先王之法服，不知君臣之义、父子之情。假如其身至今尚在，奉其国命，来朝京师，陛下容而接之，不过宣政一见，礼宾一设，赐衣一袭，卫而出之于境，不令惑众也。

韩愈的夷夏之辨，可以明确之观点有二：第一，佛教属于夷狄之法，这是汉魏以来对佛教的基本认识，即使信仰坚定、修行高深、义理穷妙的高僧也无法否认的。第二，"夷狄之法"佛教入华，败坏孔孟圣教，"子焉而不父其父，臣焉而不君其君，民焉而不事其事"，此观点是由"三破论"引申而来，集中到儒家伦理与政权建设上来。可讨论之观点亦有二：第一，夷夏之辨的目的，是攘除佛教于中华之外，还是以夏变夷？《原道》"不塞不流，不止不行。人其人，火其书，庐其居"属于前者，《送浮屠文畅师序》引扬雄《法言》语云"在门墙则挥之，在夷狄则进之"又有后一层的意思。第二，"夷夏之法"佛教与"先王之教"儒家有无相同之处，此点韩愈似乎从无提及。

关于韩愈夷夏之辨的目的，《原道》《论迎佛骨表》分别倾向于理论分析与政治表态。至隋唐时期，佛教成为一种文化氛围，浸入王朝的骨髓和生活的每一个角落。韩愈"人其人，火其书，庐其居"之建议，并没有在其有生之年引导皇帝进行一次灭佛运动。长期以来，学者感叹于韩愈对佛教的决绝态度和他与僧人屡有交往之间的矛盾。或许，从韩愈与僧人的交往中，可以发现他对佛教的真正期许。清代学者方世举云：

> 公觚排异端，攘斥佛老，不遗余力，而顾与缁黄来往，且为作

---

① （唐）韩愈撰，马其昶校注，马茂元整理：《韩昌黎文集校注》，上海古籍出版社 1986 年版，第 17 页。

序赋诗，何也？岂徇王仲舒、柳宗元、归登辈之请，不得已耶？抑亦迁谪无聊，如所云"逃空虚者，闻人足音跫然而喜"，故与之周旋耶？然其所为诗文，皆不举浮屠老子之说，而惟以人事言之。如澄观之有公才吏用也，张道士之有胆气也，固国家可用之才，而惜其弃于无用矣。至如文畅喜文章，惠师爱山水，大颠颇聪明，识道理，则乐其近于人情。颖师善琴，高闲善书，廖师善知人，则举其闲于技艺。灵师为人纵逸。全非彼教所宜，然学于佛而不从其教，其心正有可转者，故往往欲收敛加冠巾。而无本遂弃浮屠，终为名士，则不峻绝之，乃所以开其自新之路也。若盈上人爱山无出期，则不可化矣。僧约、广宣出家而犹扰扰，盖不足与言，而方且厌之矣。①

与僧道交往，欲对其"收敛加冠巾"，此即"人其人"也。僧人无本（贾岛）转佛为儒，即有韩愈"收敛加冠巾"也。转佛道为儒士，令僧人、道士放弃宗教信仰、进入世俗生活，韩愈的这种想法，在魏晋南北朝时期就已有两个僧人有过类似的努力。第一个是刘宋释慧琳。慧琳撰《白黑论》，其中就有"要天堂以就善，曷若服义而蹈道。惧地狱以敕身，孰与从理以端心"②。"义""理"偏重于儒家，此意儒胜于佛，应该以儒融佛。第二个就是卫元嵩。卫元嵩为南北朝后期由南入北之僧人，到北周之后上书周武帝，构建平延大寺的设想，"夫平延寺者，无选道俗，罔择亲疏，爱润黎元，等无持毁，以城隍为寺塔，即周主是如来，用郭邑作僧坊，和夫妻为圣众，勤用蚕以充户课，供政课以报国恩，推令德作三纲，遵耆老为上座，选仁智充执事，求勇略作法师，行十善以伏未宁，示无贪以断偷劫。于是衣寒露，养孤生，匹鳏夫，配寡妇，矜老病，免贫穷。赏忠孝之门，伐凶逆之党，进清简之士，退谄佞之臣使。六合无怨纣之声，八荒有歌周之咏。飞沈安其巢穴，水陆任其长生"③。韩愈"人其人"的设想，与慧琳、卫元嵩等人以儒融佛思想接近。

---

① （唐）韩愈著，钱仲联集释：《韩昌黎诗系年集释》，上海古籍出版社1984年版，第212—213页。
② （梁）沈约：《宋书》卷九十七《蛮夷传》，中华书局1974年版，第2384页。
③ （唐）释道宣编撰：《广弘明集》卷七，《大正藏》第52册，新文丰出版公司1983年版，第132页上。

　　然而，韩愈通过夷夏之辨希望佛教"人其人"的论证，与魏晋以来三教论衡中以儒融佛的思想，存在本质上的区别。以儒融佛思想，有一个基本前提，那就是儒佛甚至儒佛道有一致性。在一致性的前提下，以哪一个为主、为方向来融合，就出现了争论。三教论衡中，关于夷夏之辨的争论，最集中的一次是由顾欢《夷夏论》引起的。顾欢以"道则佛也，佛则道也。其圣则符，其迹则反"为前提，以"佛道齐乎达化，而有夷夏之别"为理由，提出"佛非东华之道，道非西戎之法"、不可"舍华效夷"①的观点。韩愈的夷夏之辨，将夷夏（儒佛道）相同、相通的前提悬而不论，其"人其人，火其书，庐其居"的政治建议，就容易变成高谈阔论。由此而言，韩愈对三教论衡中夷夏之辨的核心，并没有系统继承，只是接受了其结论。

　　韩愈从反对诞节论衡中盛行的三教融合思想开始，对三教论衡中常见的夷夏之辨问题进行了自我改造。一方面，从思想上看，他没有继承三教论衡中夷夏之辨必须承认夷夏本同的逻辑前提，直接从夷夏之别上着手，排斥佛老。这种做法，貌似回归到了春秋夷夏之辨的传统上，实则没有任何指导意义和认识价值。另一方面，韩愈夷夏之辨，单独立出一个圣人之道的中华传统，强调儒家圣人之道的华夏正统性、唯一性和权威性，就将魏晋南北朝以来在夷夏之辨基础上的黏黏糊糊的三教融合论，拉回到本土文化中心上来。这是对佛教中国化过程中，中国文化佛教化倾向的一个反振。其积极意义，或在于此一反振方向上。

---

① （梁）萧子显：《南齐书》卷五十四《顾欢传》，中华书局 1972 年版，第 930 页。

附录一 唐前佛教论议考述

"论议"是佛教讲经活动的重要组成部分。佛教徒于论议程式，如同其他法事活动一样，司空见惯，最为平常不过了。因此，论议活动虽然频频举行，佛徒也屡屡参与，然很少有人详细记述论议程式。由此，既造成了论议文献的绝对缺乏①，又导致相当长时期内学界对此一问题的漠视。20世纪敦煌文献发现后，敦煌俗讲和变文引起了学界的空前关注。唐前佛教论议作为唐代俗讲研究的大背景，也开始受到学界的关注。如，向达用佛教讲经文献证明唐代佛教俗讲过程中法师与都讲的身份与功能②；孙楷第借助讲经文献，探究唐代俗讲之唱经、吟词、吟唱与讲解之人、押座文与开题、表白等轨范③。在此种研究范式中，唐前佛教论议不但是中土佛教俗讲与变文发生关联的源头，更是探究佛教讲经论议之中、印文化来源的最早参照。本文在继承已有研究成果的基础上，对唐前佛教论议的仪式和发展过程进行较为全面的描述。

一、佛教论议缘起

中土"论议"活动，随着春秋战国百家争鸣风气的兴起，也空前活跃起

---

① ［日］浮井文雅：《讲经仪式与"论义"》，徐永生、张谷译：《汉字文化圈的思想与宗教》，武汉大学出版社2001年版，第71—102页。

② 向达：《唐代俗讲考》，《国学季刊》第六卷，1950年1月。收入向达：《唐代长安与西域文明》，河北教育出版社2001年版，第286—327页。

③ 孙楷第：《唐代俗讲轨范与其本之体裁》，收入孙楷第：《俗讲、说话与白话小说》，作家出版社1956年版，第42—98页。

来。先秦诸子之著述，无不对论议表现出极大的兴趣。《庄子》云："殚残天下之圣法，而民始可与论议。"① 这是强调"论议"要以思想的自由阐发为前提。《荀子》云："古者桀、纣长巨姣美，天下之杰也。筋力越劲，百人之敌也。然而身死国亡，为天下大僇，后世言恶则必稽焉。是非容貌之患也，闻见之不众，论议之卑尔。"② 这是强调"论议"水平之高低依赖于见闻知识的多寡。《韩非子》云："人主者固壅其言谈，希于听论议，易移以辩说。为人臣者求诸侯之辩士、养国中之能说者，使之以语其私，为巧文之言，流行之辞，示之以利势，惧之以患害，施属虚辞以坏其主，此之谓流行。"③ 这是说"论议"是交流思想、传播观念、表达意愿的重要途径。《吕氏春秋》云："凡能听说者，必达乎论议者也。世主之能识论议者寡，所遇恶得不苟？"④ 这是说"论议"表述与"听说"接纳相联系，如能准确阐发自己的思想，也就能顺利领悟对方的观念。春秋战国百家争鸣至汉代一变为儒术独尊，论议风气也随时代学术变化在承袭中有所变迁。"汉氏而下，名儒继作，其有内富学术，多识前典。或时议之未决，或俗尚之异端，事有愆于古义，政未契于中道。因相讥短，形于驳难。"⑤ 汉代以降，儒学论议占据了主流。

"论议"于印度佛教亦极为常见。佛教与婆罗门教、九十六种外道的思想交锋，佛教内部教义教理的阐发、思想认识的统一，都通过论议来实现。《杂阿含经》卷五云："譬如士夫刈拔茇草，手执其茎，空中抖擞，除诸乱秽；我亦如是，与沙门瞿昙论议难诘，执其要领，进却回转，随其所欲，去其邪说。"⑥ 印度佛教对论议之重视，亦可见于十二部经中之专列"论议经"一类。

---

① （清）王先谦集解：《庄子集解》卷三《胠箧第十》，《诸子集成》第3册，上海书店1986年版，第60页。

② （清）王先谦集解：《荀子集解》卷三《非相篇第五》，《诸子集成》第2册，上海书店1986年版，第48页。

③ （清）王先慎集解：《韩非子集解》卷二《八奸其九》，《诸子集成》第5册，上海书店1986年版，第37页。

④ （汉）高诱注：《吕氏春秋》卷十四《孝行览第二》，《诸子集成》第6册，上海书店1986年版，第153页。

⑤ （宋）王钦若等编纂，周勋初等校订：《册府元龟（校订本）》卷八百二十九，凤凰出版社2006年版，第9629页。

⑥ 求那跋陀罗译：《杂阿含经》卷五，《大正藏》第2册，新文丰出版公司1983年版，第35页中。

《大智度论》卷三十三云："论议经者，答诸问者，释其所以。又复广说诸义，如佛说四谛。何等是四？所谓四圣谛。何等是四？所谓苦、集、灭、道圣谛。是名论议。"①从这条记载来看，论议经不但要多方问答，更要"广说诸义"。"广说诸义"，在一定程度上就成了自设问答了。

印度佛教"论议"，具有一定的程序。唐义净翻译《根本说一切有部毗奈耶》卷九云：

> 有婆罗门名劫比罗设摩，善解四明及余书论，能立己义，善破他宗，大智聪明，如火腾焰，于众人中而为上首。王曰："可唤将来。"大臣奉教，便唤论师。既至王所，呪愿同前，在一面坐。大臣启曰："此是所唤解论大师。"王曰："善哉大师，颇能对我与婆罗门共相问难不？"答曰："我能。"王敕臣曰："卿今宜可严饰论场，立敌两朋，善为处置。"大臣奉教严饰，王便整驾，亲至论所。

> 王既坐已，大臣启曰："大王，欲遣谁作前宗。"王曰："婆罗门远自南国，主客之礼，请作前宗。"彼婆罗门便立论宗，申说巧词，有五百颂，辩捷明利，听者罕知。时劫比罗设摩一闻悟会，便斥是非，此是相违，此是不定，此不成就。时婆罗门既被破已，默然而住。

> 凡论议者不能酬答，即堕负处。时王见胜，便大欢喜。问言："大师住在何处。"白言："大王，在某聚落。"报言："大师善为谈论，彼之聚落，用赏论功。"即便谢王，欢喜而去。②

这里记载的劫比罗设摩与婆罗门论议，包括了论前"严饰论场，立敌两朋"、前宗立论、后者问难、往返辩难、胜败之判定、胜者受赏，等等环节。

印度佛教东传入华，中土佛教也有了"论议"活动：

> 先有州人管蕃，与祖论议，屡屈于祖，蕃深衔耻恨，每加谗构。③

> 后遇白头禅师，共讥论议，习业既异，交诤十旬。谶虽攻难锋

---

① 天竺龙树造，（后秦）鸠摩罗什译：《大智度论》卷三十三，《大正藏》第25册，新文丰出版公司1983年版，第308页上。

② （唐）释义净译：《根本说一切有部毗奈耶》卷九，《大正藏》第23册，新文丰出版公司1983年版，第671页中至下。

③ （梁）释慧皎撰，汤用彤校注：《高僧传》卷一《帛远传》，中华书局1992年版，第26页。

起，而禅师终不肯屈，谶伏其精理。①

因庐于方山，注《胜鬘》及《微密持经》。论议之隙，时谈《孝经》《丧服》。②

后克日论义，姚兴自出，公卿皆会阙下，关中僧众四远必集。融与婆罗门拟相訽抗，锋辩飞玄，彼所不及。③

文宣尝请柔、次二法师于普弘寺共讲《成实》，大致通胜，冠盖成阴。旻于末席论议，词旨清新，致言宏邈，往复神应，听者倾属。④

武帝好论义，旨敕集学僧于乐受殿以次立义。⑤

又与邈禅师论义，即命公之师也。联绵往还，三日不绝，邈止之，叹其慧悟逸举，而卑身节行，不显其美。⑥

一时朗公知其颖拔，令论义，应命构击，问领如响，往复既久，便止。⑦

行至一寺，闻讲《涅槃》，因入论义，止得三番，高座无解，低头饮气。徒众千余，停偃讲席，于是扶举而下，既至房中，奄然而卒。⑧

爰始具戒，即预陈武帝仁王斋席，对御论义，词辩绝伦，数千人中独回天睐。⑨

---

① （梁）释慧皎撰，汤用彤校注：《高僧传》卷二《昙无谶传》，中华书局 1992 年版，第 76 页。
② （梁）释慧皎撰，汤用彤校注：《高僧传》卷八《释法瑗传》，中华书局 1992 年版，第 313 页。
③ （梁）释慧皎撰，汤用彤校注：《高僧传》卷六《释道融传》，中华书局 1992 年版，第 242 页。
④ （唐）释道宣撰，郭绍林点校：《续高僧传》卷五《释僧旻传》，中华书局 2014 年版，第 154 页。
⑤ （唐）释道宣撰，郭绍林点校：《续高僧传》卷六《释法贞传》，中华书局 2014 年版，第 206 页。
⑥ （唐）释道宣撰，郭绍林点校：《续高僧传》卷七《释慧布传》，中华书局 2014 年版，第 238 页。
⑦ （唐）释道宣撰，郭绍林点校：《续高僧传》卷九《释法安传》，中华书局 2014 年版，第 303 页。
⑧ （唐）释道宣撰，郭绍林点校：《续高僧传》卷十二《释善胄传》，中华书局 2014 年版，第 417 页。
⑨ （唐）释道宣撰，郭绍林点校：《续高僧传》卷二十五《释慧乘传》，中华书局 2014 年版，第 938 页。

以上文献中，佛教之"论议"，或作"论义"，有三个显著特点。第一，现场性、即兴性与言辩方式。即在现有情境、场景中，与对手展开语言辩论，当下判决论辩胜负。这种场景有官方组织者，如东晋时期"克日论义，姚兴自出，公卿皆会阙下"，南朝齐"文宣尝请柔、次二法师，于普弘寺共讲《成实》"，陈武帝仁王斋席上的佛教论议，梁武帝"旨敕集学僧，于乐受殿以次立义"，等等。也有僧俗自行组织的。如释法瑗为"注《胜鬘》及《微密持经》"而进行的论议活动。论议场面有时异常宏大，达数千人；有时可能仅几个僧俗参加，如白头禅师与昙无谶的论议。论议活动时间长短不等，短者"三日"，长者"十旬"。

第二，论议是讲经活动的重要环节之一。释法瑗注疏讲解《胜鬘》及《微密持经》，柔、次二法师共讲《成实论》，善冑讲说《涅槃经》等活动中，都有围绕具体佛经展开的论议。释慧乘对陈武帝论议，是仁王斋席讲经时的一个环节。至于管蕃与帛法祖、白头禅师共昙无谶、释道融与婆罗门等论议，大致与此类似，应有具体佛经讲论或者佛教义理讲解背景的存在。

第三，论议活动不限于佛徒之间。如，上引文献中，管蕃与帛法祖的论议，陈武帝仁王斋上僧人对御论议。又如，《洛阳伽蓝记》卷一云："城西有王南寺，高祖数诣寺沙门论议。"[1]同书卷四云："时有奉朝请孟仲晖者，武威人也。父宾，金城太守。晖志性聪明，学兼释氏，四谛之义，穷其旨归。恒来造第，与沙门论议，时号为玄宗先生。"[2]

中土佛教论议的意图，唐代释道宣曾有论述：

> 原夫论义之设，其本四焉：或击扬以明其道，幽旨由斯得开；或影响以扇其风，慧业由斯弘树；或抱疑以咨明决，斯要正是当机；或矜伐以冒时贤，安词以拔愚箭。托缘乃四，通在无嫌，必事相陵，还符畜狩。[3]

道宣认为，佛教论议本意有四。第一，解经明道。即针对具体的佛教经

---

[1] 杨衒之撰，杨勇校笺：《洛阳伽蓝记校笺》卷一，中华书局 2006 年版，第 3 页。
[2] 杨衒之撰，杨勇校笺：《洛阳伽蓝记校笺》卷四，中华书局 2006 年版，第 201 页。
[3] （唐）释道宣撰，郭绍林点校：《续高僧传》卷十五《义解后论》，中华书局 2014 年版，第 551 页。

典展开辩论，探求经本中蕴涵的奥妙法义。第二，起信弘法。即面向大众讲解论辩佛法，回应质疑，启迪慧心，令众生生起信敬。第三，明决法义。即就疑惑不决之法义，相互论辩，以求得契合佛法之机要。第四，论议风气。声名卑微的青年俊才以论辩挑战时贤、扬名于世，德高年长的法师循循诱导，解除信众的愚昧无知。佛教论议，虽然机缘不同，但辩论双方无嫌疑猜忌、不得相互攻击侵扰，却是共同的要求。

由此而言，从论议的目的、内容、程序和兴起时间来看，中土佛教论议与印度佛教的传入直接相关。在一定程度上可以说，中土佛教论议源自印度佛教。不过，既然佛教论议在中土文化土壤上发生，其与中土论议风气仍将息息相通。这不但表现在汉译佛经翻译中"论议"一词的文化对接上，而且中土佛教论议在趣味追求、发展向度上越来越中国化。

佛教论议与佛教讲经活动密切关联，佛经汉译自然就与佛教论议基本成正比了。就僧传而言，有关佛教论议的事迹，多就集中在"译经"和"义解"两大类中，其中以"义解"僧论议事迹最为详尽繁密。但并非只有擅长"义解"的法师才参与佛教论议。如：

> 释法平，姓康，康居人，寓居建业。与弟法等俱出家，止白马寺，为昙籥弟子，共传师业……后东安严公发讲，等作三契经竟，严徐动麈尾曰："如此读经，亦不减发讲。"遂散席。明更开题，议者以为相成之道也。[1]

> 释慧芬，姓李，豫州人……及魏虏毁灭佛法，乃南归京师……至都，止白马寺。时御史中丞袁愍孙，常谓道人偏执，未足与议，乃命左右，令候觅沙门，试欲语之。会得芬至，袁先问三乘四谛之理，却辩老庄儒墨之要。芬既素善经书，又音吐流便。自旦之夕，袁不能穷。于是敬以为师，令子弟悉从受戒。[2]

> 愿又善唱导，及依经说法，率自心抱，无事宫商，言语讹杂，

---

[1] （梁）释慧皎撰，汤用彤校注：《高僧传》卷十三《释法平附法等传》，中华书局 1992 年版，第 499 页。

[2] （梁）释慧皎撰，汤用彤校注：《高僧传》卷十三《释慧芬传》，中华书局 1992 年版，第 514—515 页。

唯以适机为要。可谓其智可及，其愚不可及也。①

读经、唱导与论议一样，是佛教讲经过程中的必要环节。慧皎分析唱导技艺说："夫唱导所贵，其事四焉：谓声、辩、才、博。非声则无以警众，非辩则无以适时，非才言无可采，非博则语无依据。至若响韵钟鼓，则四众惊心，声之为用也。辞吐后发，适会无差，辩之为用也。绮制雕华，文藻横逸，才之为用也。商攉经论，采撮书史，博之为用也。"②唱导强调声音、辩技、才华、知识，论议亦当如此。

二、论场设置

论议的场所，汉译佛经中称作"论场"。如吴月氏优婆塞支谦译《撰集百缘经》云："时王舍城中诸梵志等，击大金鼓，招集国人十八亿众，会乎论场，敷四高座。"③唐玄奘著《大唐西域记》和义净译《根本说一切有部毗奈耶》，均多次出现"论场"一词。这说明，"论场"之设，源自印度佛教。其设置的目的，就是为了公开论辩。

中土佛教文献中出现"论场"之名，似始于隋代。"隋后解统玄儒，将观释府，总集义学，躬临论场。銮驾徐移，鸣笳满于驰道；御筵暂止，驻跸清于教门……时披辩之徒俱开令誉，及将登法座，各擅英雄，而解有所归，并揖基而为玄宰。"④隋代释僧琨"采撮先圣后贤所撰诸论，集为一部"，共31卷，题名《论场》，"譬世园场则五果百谷，戏场则歌舞音声，战场则矛甲兵仗，道场则旛华宝盖种种庄严"，"论场譬同于彼，无事不有。披袟一

---

① （梁）释慧皎撰，汤用彤校注：《高僧传》卷十三《释法愿传》，中华书局1992年版，第518—519页。
② （梁）释慧皎撰，汤用彤校注：《高僧传》卷十三《唱导后论》，中华书局1992年版，第521页。
③ （三国）支谦译：《撰集百缘经》卷十《长爪梵志缘》，《大正藏》第4册，新文丰出版公司1983年版，第255页中。
④ （唐）释道宣撰，郭绍林点校：《续高僧传》卷十四《释道基传》，中华书局2014年版，第476页。

阅，览睹百家，自利利人，物我同益"①。僧琨《论场》一书的取名，大致也源自汉译佛经。唐高宗朝佛道论衡中，"黄巾被责，缄默当时，后出论场，昌言我胜"②。唐玄宗朝，"奏召天下英髦学兼内外者，集于洛京福先寺，大建论场，（道）氤为众推许，乃首登座于《瑜伽》《唯识》《因明》《百法》等论，竖立大义六科"③。虽然两晋南北朝时期，似较少"论场"之名，但佛教论议场所的广泛存在，却是无可置疑的。

论场布置，与佛教讲经一致。释道安最早制定的"行香、定座、上讲经、上讲之法"④，当仍然适合于佛教论议仪轨。此外，"行香"前可能还有一些场景装饰。如：

> 符坚遣使送外国金箔倚像，高七尺，又金坐像、结珠弥勒像、金缕绣像、织成像，各一张。每讲会法聚，辄罗列尊像，布置幢幡，珠佩迭晖，烟华乱发。使夫升阶履阃者，莫不肃焉尽敬矣。⑤

释道安于讲会周围，罗列符坚所赠送诸种佛像，布置幢幡，从而形成"珠佩迭晖，烟华乱发"的氛围。此一场景布置，令法会参与者顿增敬仰崇拜之心。场景布置要突出庄严、肃穆的气氛。布以幢幡，置以法器，很可能为道安之后的讲经论议所继承。

> 又（僧旻）尝于讲日谓众曰："昔弥天释道安每讲，于定坐后，常使都讲等为含灵转经三契。此事久废，既是前修胜业，欲屈大众各诵《观世音经》一遍。"于是合坐欣然，远近相习。尔后道俗舍物，乞讲前诵经，由此始也。⑥

① （隋）费长房：《历代三宝纪》卷十二，《大正藏》第49册，新文丰出版公司1983年版，第106页中。

② （唐）释道宣撰，刘林魁校注：《集古今佛道论衡校注》卷丁，中华书局2018年版，第247页。

③ （宋）释赞宁撰，范祥雍点校：《宋高僧传》卷五《释道氤传》，中华书局1987年版，第97—98页。

④ （梁）释慧皎撰，汤用彤校注：《高僧传》卷五《释道安传》，中华书局1992年版，第183页。

⑤ （梁）释慧皎撰，汤用彤校注：《高僧传》卷五《释道安传》，中华书局1992年版，第179—180页。

⑥ （唐）释道宣撰，郭绍林点校：《续高僧传》卷五《释僧旻传》，中华书局2014年版，第158页。

齐梁时期的讲经论议，仍然遵从释道安之法，"都讲等为含灵转经三契"，僧旻改造其为"大众各诵《观世音经》一遍"。"讲前诵经，由此始也。"

> 开皇初年，（释玄景）就缘讲导，仪设华约，事事翘心。故二时法会，必香汤洒地，熏炉引导，前经后景，初无一绝，洗秽护净，钦若戒科。常读开经，行不过五，寻讫更展，其例如前。①

隋代的释玄景每次讲经，则"香汤洒地，熏炉引导，前经后景"，此为道安所定的"行香"仪式。此仪式当为讲经论议开始之前僧团的集体活动。

论场的一般性布置突出宗教气氛，庄严弘法环境，但这些并不是最吸引信众的焦点所在。论场的焦点在论座上。《撰集百缘经》云："时舍利弗，年始八岁，会乎论场，问诸人言：'敷四高座，为欲待谁？'诸人答言：'一为国王，二为太子，三为大臣，四为论士。'时舍利弗，闻是语已，辄升论士高座而坐其上。"②四个高座按照身份设置，论议者只据其一。《佛说众许摩诃帝经》："七日满已，给孤长者就宽静处权立论场，即为舍利弗尊者排师子座，为彼外道对排高座。列座既毕，远近咸集，若公、若私，迨及少长，有百千人集彼论处，亦有别国外道、婆罗门，亦来会所。"③这里除了舍利弗之"师子座"外，还有"外道对排"之"高座"。所谓"对排"者，当是与舍利弗面对之义。《起世经》中论座之设置为"为罗睺罗阿修罗王置一高座"，"其座左边，为十六小阿修罗王，亦各别置诸妙高座"，"右边亦为十六小阿修罗王，置诸高座"④。汉译佛经对印度佛教论场高座设置之描述，虽然有夸饰之词，但论座之数量似乎不受限制，大概是常情。

中土佛教论议的论座设置，一般为南北对置。如：宋明帝泰始（465—471）之初，释僧密住庄严寺，"累居南面，徒众甚盛，无经不讲，专以《成

---

① （唐）释道宣撰，郭绍林点校：《续高僧传》卷十七《释玄景传》，中华书局2014年版，第644页。

② （三国）支谦译：《撰集百缘经》卷十《长爪梵志缘》，《大正藏》第4册，新文丰出版公司1983年版，第255页中。

③ 法贤：《佛说众许摩诃帝经》卷十二，《大正藏》第3册，新文丰出版公司1983年版，第967页下—968页上。

④ 阇那崛多等译：《起世经》卷六，《大正藏》第1册，新文丰出版公司1983年版，第338页中。

实》缮奇负气，高论少所推下"①。宋顺帝升明（477—479）年间，释僧远年三十一，"始于青州孙泰寺南面讲说。言论清畅，风容秀整，坐者四百余人，莫不悦服"②。齐永明（483—393）年间，"文惠太子、竟陵文宣王数请（释僧锺）南面"讲说③。开皇四年（584），隋文帝"躬事祈雨，请（释昙）延于大兴殿登御座，南面授法，帝及朝宰五品已上，咸席地北面而受八戒"④。

南北相对设置的论座，以面南者为贵。释僧韶，"清河崔慧亲从北面，咨承余诲"⑤。释慧澄，"至京师，憩庄严寺。仍从僧旻，以申北面，勤苦下帷，专攻一事，且经且律，或数或论"⑥。释智藏，"皇太子尤相敬接，将致北面之礼，肃恭虔往……从遵戒范，永为师傅"⑦。释安廪，"孝宣御历，又于华林园内北面受道"⑧。释昙延，"帝及朝宰五品已上，咸席地北面而受八戒"⑨。北齐国统法上，"常讲《涅槃》及《十地论》。（靖）嵩闻之乃投诚焉，北面从范，攻研数载，随闻覆述，每击奇致"⑩。释智越，"仍到金陵，便值智者，北面请业，授以禅法"⑪。这些执北面之礼者，都是以弟子身份来学习佛法。佛教法师、弟子南北相对，讲领佛经，论议辩难，当为一般情形。

---

① （唐）释道宣撰，郭绍林点校：《续高僧传》卷六《释僧密传》，中华书局 2014 年版，第 195 页。
② （梁）释慧皎撰，汤用彤校注：《高僧传》卷八《释僧远传》，中华书局 1992 年版，第 317—318 页。
③ （梁）释慧皎撰，汤用彤校注：《高僧传》卷八《齐释僧锺》，中华书局 1992 年版，第 307 页。
④ （唐）释道宣撰，郭绍林点校：《续高僧传》卷八《释昙延传》，中华书局 2014 年版，第 277 页。
⑤ （唐）释道宣撰，郭绍林点校：《续高僧传》卷五《释僧韶传》，中华书局 2014 年版，第 146 页。
⑥ （唐）释道宣撰，郭绍林点校：《续高僧传》卷五《释慧澄传》，中华书局 2014 年版，第 166 页。
⑦ （唐）释道宣撰，郭绍林点校：《续高僧传》卷五《释智藏传》，中华书局 2014 年版，第 173 页。
⑧ （唐）释道宣撰，郭绍林点校：《续高僧传》卷七《释安廪传》，中华书局 2014 年版，第 237 页。
⑨ （唐）释道宣撰，郭绍林点校：《续高僧传》卷八《释昙延传》，中华书局 2014 年版，第 277 页。
⑩ （唐）释道宣撰，郭绍林点校：《续高僧传》卷十《释靖嵩传》，中华书局 2014 年版，第 337 页。
⑪ （唐）释道宣撰，郭绍林点校：《续高僧传》卷十七《释智越传》，中华书局 2014 年版，第 650 页。

不过，南北对置论座的做法，梁代僧人智藏与武帝萧衍发生过争议：

> 时梁武崇信释门，宫阙恣其游践。主者以负扆南面，域中一人，议以御坐之法，唯天子所升，沙门一不沾预。藏闻之，勃然厉色，即入金门，上正殿，踞法座，抗声曰："贫道昔为吴中顾郎，尚不惭御榻，况复乃祖定光金轮，释子也。檀越若杀贫道即杀，不虑无受生之处。若付在尚方狱中，不妨行道。"即拂衣而起。帝遂罢敕，任从前法。①

"御坐之法"当为座位设置面南背北。梁武帝认为，只有帝王方可面南背北而坐，沙门讲经论难不可若此设置座位。后经智藏法师抗辩，"帝遂罢敕，任从前法"。据此而言，魏晋南朝之佛教讲经论议的座位设置，当是面南背北。但梁武帝论辩禁断酒肉时，论座设置仍非面南背北：

> 二十三日旦，光宅寺法云于华林殿前登东向高座为法师，瓦官寺慧明登西向高座为都讲。唱《大涅槃经·四相品四分之一》，陈食肉者断大慈种义。法云解释，舆驾亲御，地铺席位于高座之北。僧尼二众，各以次列坐。
>
> 讲毕，耆阇寺道澄又登西向高座，唱此断肉之文，次唱所传之语。唱竟，又礼拜忏悔，普设中食竟出。②

这次华林殿佛教论议，光宅寺法云登东向座，瓦官寺慧明登西向座。这一座位设置不合"法师"面南背北开讲论议之法。但华林殿论议中，"舆驾亲御，地铺席位于高座之北"，即梁武帝的座位为南向。这就说明，因为讲席设有梁武帝之座位，故论议中"法师"之座位不能再南向设置。中土佛教论议之论座设置，诚如汤用彤先生所言，南北对置为常态，东西对置为变态③。

---

① （唐）释道宣撰，郭绍林点校：《续高僧传》卷五《释智藏传》，中华书局 2014 年版，第170 页。

② （唐）释道宣编撰：《广弘明集》卷二十六，《大正藏》第 52 册，新文丰出版公司 1983 年版，第 299 页上。

③ 向达：《补说唐代俗讲二三事——兼答周一良、关德栋两先生》，原载 1947 年 5 月 9 日《大公报·图书周刊》第 18 期，收入周绍良、白化文编：《敦煌变文论文录》，明文书局1981 年版，第 171—178 页。

三、论议者身份

佛教论议，参与者身份有别，职能各异。《续高僧传·勒那摩提传》云："帝每令讲《华严经》，披释开悟，精义每发。一日正处高座，忽有持笏执名者形如大官，云：'奉天帝命，来请法师讲《华严经》。'意曰：'今此法席尚未停止，待讫经文，当从来命。虽然，法事所资，独不能建，都讲、香火、维那、梵呗，咸亦须之。可请令定。'使者即如所请见讲诸僧。既而法事将了，又见前使云：'奉天帝命，故来下迎。'意乃含笑熙怡，告众辞诀，奄然卒于法座。"① 同书《僧意传》云："有一沙弥死来已久，见形礼拜云：'违奉已来，常为天帝驱使，栖遑无暇，废修道业。不久天帝请师讲经，愿因一言得免形苦。'意便洗浴烧香，端坐静室，候待时至。及期，果有天来，入寺及房，冠服羽从，伟丽殊特。众僧初见，但谓是何世贵入山参谒，不生惊异。及意尔日无疾而逝，方知灵感。其都讲住在兖州，自余香火、呗匿散在他邑，后试检勘，皆同日而终焉。"② 据此而言，佛教讲经有一个团队，其身份有法师、都讲、梵呗、维那、香火等。而讲经论议的核心人物，为法师、都讲。兹就此二身份之诸种名称及论议者之饰物麈尾，辨其渊源、职责。

（一）法主。法主一词，源自梵语 śastra-kāra，śastra-kṛt。晓了佛法、宣说佛法者，即为法主。《胜鬘宝窟》云："佛得诸法，故名法主。"③ 南朝宋齐之际，法主转变为僧官。《大宋僧史略》云："宋、齐之世，曾立法主一员，故道猷敕为新安寺镇寺法主，法瑗为湘宫寺法主。"④ 因佛教讲经论议多在寺院举行，法主就承担起了讲经竖义、响应听众问难的任务。如：

---

① （唐）释道宣撰，郭绍林点校：《续高僧传》卷一《勒那摩提传》，中华书局 2014 年版，第 16 页。
② （唐）释道宣撰，郭绍林点校：《续高僧传》卷二十六《释僧意传》，中华书局 2014 年版，第 993 页。
③ （隋）释吉藏：《胜鬘宝窟》卷二，《大正藏》第 37 册，新文丰出版公司 1983 年版，第 58 页中。
④ （宋）释赞宁撰，富世平点校：《大宋僧史略校注》卷中，中华书局 2015 年版，第 117 页。

永元元年（499），敕僧局请三十僧入华林园夏讲。僧正拟旻为

法主，旻止之，或曰何故？答曰："此乃内润法师，不能外益学士，

非谓讲者。"由是誉传退迩，名动京师。①

华林园夏讲，僧正准备任释僧旻为法主，却为僧旻拒绝。他解释自己拒绝的理由在于，担任法主虽可以"内润法师"，却"不能外益学士"。法主即法师，以阐发佛经为任，学士以自由质难为任，论议的效果取决于学士质难的难度。所以，僧旻认为，自己担任法主虽有助于讲经之法师团体，却减弱了论议的难度，不符合讲经论议、辨明佛法之宗旨。

法主在齐梁以后，成为法会讲经的主导者。萧梁时期，释宝琼具戒以后，未登五年，便为法主，与其师南涧仙师抗衡敷化（《续高僧传·释宝琼传》）。北齐时期，释靖嵩为琅琊王深相器重，每于肇春，琅琊王广延学侣，大集邺都，特开法座，奉嵩为法主，进励学徒（《续高僧传·释靖嵩传》）。开皇中，江陵寺大兴法席，释慧頵时年甫十二，被请为法主，创开《涅槃》，比事吐词，义高常伯，论难相继，辩答冷然，少长莫不缄心，颂声载路（《续高僧传·释慧頵传》）。

（二）**论主**。论主一词，源自梵语 śāstra-kāra，śāstra-kṛt。佛教经典有经、律、论三种，其中论的作者就是论主。南北朝后期，专长于讲说某部经论的僧人亦称论主。如，北齐释靖嵩"从道猷、法诞二大论主面受《成》《杂》两宗，咨诹幽奥，纂习余烈。数百僧徒，各启龙门"②。隋大业五年（609），齐王杨暕召集论士，"京辇英彦，相从前后，六十余人，并已陷折前锋，令名自著者，皆来总集，（吉）藏为论主"③。相对而言，"论主"在佛教论议中的使用远没有"法主"频率高。

（三）**法师、都讲**。"法师"之名，源自梵语。梵语中法师一词分类极多，用法极细。如 dharma-bhāṇaka 为说法师，dharma-dhara 为持法者，

<hr />

① （唐）释道宣撰，郭绍林点校：《续高僧传》卷五《释僧旻传》，中华书局 2014 年版，第155 页。

② （唐）释道宣撰，郭绍林点校：《续高僧传》卷十《释靖嵩传》，中华书局 2014 年版，第338 页。

③ （唐）释道宣撰，郭绍林点校：《续高僧传》卷十一《释吉藏传》，中华书局 2014 年版，第 393 页。

dharma-kathika 为宣法者，ābhidhārmika 为对法者，等等。中土佛教中，没有这么细致的分类。法师者既为精通佛法之师，又是修行佛法之师。其职责在于讲经、竖义。谢灵运《山居赋》云：

> 众僧冬夏二时坐，谓之安居，辄九十日。众远近聚萃，法鼓、颂偈、华、香四种，是斋讲之事。析说是斋讲之议，乘此之心，可济彼之生。南倡者都讲，北机者法师。山中静寂，实是讲说之处。兼有林木，可随寒暑，恒得清和，以为适也。①

"南倡者都讲，北机者法师"，正说明持论之法师与问难之都讲，南北相对而坐，展开讲经论议。"都讲"一职，《大宋僧史略》有详细记述：

> 敷宣之士，击发之由，非旁人而启端，难在座而孤起。故梁武讲经，以枳园寺法彪为都讲。彪公先一问，梁祖方鼓舌端，载索载征，随问随答。此都讲之大体也。又支遁至会稽，王内史请讲《维摩》，许询为都讲。许发一问，众谓支无以答；支答一义，众谓询无以难。如是问答，连环不尽。是知都讲，实难其人。又僧伽跋陀罗就讲，弟子法勇传译，僧念为都讲。又僧导者，京兆人也，为沙弥时，僧叡见而异之曰："君于佛法，且欲何为？"曰："愿为法师作都讲。"叡曰："君当为万人法主，岂对扬小师乎？"此则姚秦之世，已有都讲也。今之都讲，不闻击问，举唱经文，盖似像古之都讲耳。②

据上引文献而言，都讲职责有二：覆讲与问难。问难者，针对法师的讲解提问质难。覆讲者，"实为一种考核及辅助听讲者加深理解之方法，亦即后代私塾中背诵及回讲之法"③。都讲覆讲就是重复法师所讲内容，问难就是质疑法师所陈述的观点、立场。如：

> 时相州有灵智沙门，亦裕公弟子也，机务亮敏，著名当世。

---

① （梁）沈约：《宋书》卷六十七《谢灵运传》，中华书局 1974 年版，第 1769—1770 页。
② （宋）释赞宁撰，富世平点校：《大宋僧史略校注》卷上，中华书局 2015 年版，第 54—55 页。
③ 周一良：《魏晋南北朝史札记》"覆讲"条，中华书局 1985 年版，第 284 页。

常为裕之都讲，辨唱明衷，允惬望情。加以明解经论，每升元席，
文义弘远，妙思霜霏，难问锐指，擅步漳邺，故使四海望尘，俱
敦声教。①

灵智沙门"辩唱明衷，允惬望情"为覆讲，而"难问锐指，擅步漳邺"
则是在问难。不过，按照常理，讲经之后问难当不止一人。如此，则都讲的
地位就显得不那么重要了。

除了问难、覆讲之外，都讲可能还有诵经的任务。如，《高僧传·释僧
慧传》云："至年二十五，能讲《涅槃》《法华》《十住》《净名》《杂心》等。
性强记，不烦都讲，而文句辨折，宣畅如流。"②僧慧讲经以记忆力强出名，
以至不需要都讲来读诵经典。

"都讲"一名的来源，目前学界争议较大。儒家方面，"都讲"见于
《后汉书》之《杨震传》《侯霸传》以及《魏书·祖莹传》，但其职能模
糊不清。道教方面，《三国志·蜀志》有"都讲祭酒"。佛教方面，最
早见于《高僧传·支遁传》，此大概在公元四世纪，汉译佛经见竺法护
《正法华经》卷八、支谦《大明度无极经》卷一。对于这些文献，形成
了不同的看法。有认为都讲为中土文化本有者，如周一良认为都讲源自
汉魏儒家讲经旧制，或为副贰之义，或是一种反训③；戴君仁以为中土
在汉成帝时已有都讲，中国佛家讲经"都讲"之名为借用儒家④；饶宗颐
认为，都讲最早见于《汉书》，其中《翟方进传》之"都授"即为"都讲"，
为"总集诸生大讲授"之职⑤。也有认为"都讲"源自印度佛教者，甚至
认为是梵语 dharma-kathika⑥。从藏内文献的使用情况来看，汉译佛经

---

① （唐）释道宣撰，郭绍林点校：《续高僧传》卷二十《释道昂传》，中华书局 2014 年版，
　　第 738 页。
② （梁）释慧皎撰，汤用彤校注：《高僧传》卷八《释僧慧传》，中华书局 1992 年版，第
　　321 页。
③ 周一良：《读〈唐代俗讲考〉》，原载 1947 年 2 月 8 日《大公报·图书周刊》第六期，收
　　入周绍良、白化文编：《敦煌变文论文录》，明文书局 1981 年版，第 157—164 页。
④ 戴君仁：《经疏的衍成》，王静芝等编：《经学论文集》，黎明文化事业股份有限公司 1981
　　年版，第 103—126 页。
⑤ 饶宗颐：《华梵经疏体例同异析疑》，饶宗颐：《饶宗颐二十世纪学术论文集（第四卷）》，
　　新文丰出版公司 2003 年版，第 414—428 页。
⑥ 圣凯：《唐代的讲经轨仪》，《敦煌学辑刊》2001 年第 2 期。

中"都讲"一词的使用频率远低于法师、法主等词，倒是中土佛教文献中使用较为普遍。佛教论议中都讲之制"出于佛书"似乎"至为明晰"①，然其名称极可能借用了儒家讲经。但就名称而言，"都讲"当是中印文化对接的结果。

（四）**宾主**。讲经论议中，"法主""论主"与"都讲"的关系，常常描述为"宾主"。如：

> 齐竟陵文宣王顾轻千乘，虚心八解。尝请（智称）法师讲于邸寺，既许以降德，或谓宜修宾主，法师笑而答曰："我则未暇。"及正位函丈，始交凉燠。时法筵广置，髦士如林，主誉既驰，客容多猛。发题命篇，疑难锋出。法师应变如响，若不留听，围辩者土崩，负强者折角，莫不迁延徙靡，亡本失支。观听之流，称为盛集。法师性本刚克，而能悦以待问。发言盈庭，曾无忤色。虚己博约，咸竭厥才。依止疏附，训之如一。②

智称法师于竟陵王西邸讲经。法筵开始，有人提议"宜修宾主"，即要都讲协助法师覆讲或者完成问难环节。智称法师以"未暇"为由拒绝。辩论一开始，智称法师直接响应诸种问难，"法师应变如响，若不留听，围辩者土崩，负强者折角，莫不迁延徙靡，亡本失支。"

以"宾主"指代佛教论议中辩论双方，在汉译佛经中比比皆是。汉译佛经中的"论议"形式，与汉赋之主客对话一样，常常张扬一方抑制另一方。主客对话于汉赋之中，亦极为普遍。所以，"宾主"之称，也是佛经翻译时文化对接的一个接口。

魏晋南北朝时期，这种宾主对应、相互问难的论辩方式，为时人推崇。如，梁武帝时期，围绕范缜《神灭论》展开了论辩。梁武帝要求，以面对面的现场论辩来解决这一宗教问题：

> 位现致论，要当有体。欲谈无佛，应设宾主，标其宗旨，辩其短长，来就佛理，以屈佛理。则有佛之义既踬，神灭之论

---

① 汤用彤：《汉魏两晋南北朝佛教史》，北京大学出版社 1997 年版，第 80 页。

② 佚名：《南齐安乐寺律师智称法师行状》，（唐）释道宣编撰：《广弘明集》卷二十三，《大正藏》第 52 册，新文丰出版公司 1983 年版，第 269 页中。

自行。①

讲经论议必须宾主实力相当，辩论过程才能充满悬念，问难才能精彩纷呈。梁武帝时，释宝琼于金陵发《成实》题，僧正慧令切难联环，宝琼乃徐拂麈尾，从容而对，辩论结果"宾主相悦，殊加称尝"②。隋代释智脱与道庄法师递升高座，共谈玄理，"宾主无竭，贵达咸欣。嗣后嗟昧，载形音旨"③。

佛教论议中，宾主的身份并非固定，是可以转换的。如：

> 建武四年（497）夏，（释法云）初于妙音寺开《法华》《净名》二经，序正条源，群分名类。学徒海凑，四众盈堂，佥谓理因言尽，纸卷空存。及至为宾，构击纵横，比类纷鲩，机辩若疾风，应变如行雨，当其锋者罕不心督。宾主咨嗟，朋像胥悦，时人呼为作幻法师矣。讲经之妙，独步当时。④

法云于妙音寺讲《法华经》《净名经》时，他是"主"，重在讲经与解惑。及至别人讲经，他又是"宾"，重在问难质疑。法云不管是"主"还是"宾"，都表现卓绝，故而有"幻法师"之号。

当然，宾主之对应中，"宾"的外延有时拓展至所有参加讲经法会者，不限于是否问难质疑了。"法师""论主""法主"等与"都讲"，似乎多为一对一的论议。而"宾主"之称，应该是一对多的论议。

（五）麈尾。"麈尾"最初为魏晋名士清谈时执持于手中之器具。其形制大致"如扇，柄之左右傅以麈尾之毫"⑤。麈者，体形较大之麋鹿，为群鹿行动之指挥者、引导者，故而清谈执持麈尾者多为设论、主讲之人，取其引导

---

① （梁）萧衍：《大梁皇帝敕答臣下神灭论》，（梁）释僧祐编撰：《弘明集》卷十，《大正藏》第52册，新文丰出版公司1983年版，第60页中。

② （唐）释道宣撰，郭绍林点校：《续高僧传》卷七《释宝琼传》，中华书局2014年版，第230页。

③ （唐）释道宣撰，郭绍林点校：《续高僧传》卷九《释智脱传》，中华书局2014年版，第324页。

④ （唐）释道宣撰，郭绍林点校：《续高僧传》卷五《释法云传》，中华书局2014年版，第161页。

⑤ （南朝宋）刘义庆撰，（梁）刘孝标注，余嘉锡笺疏，周祖谟等整理：《世说新语笺疏》"言语第二"之"庾法畅"条笺疏，上海古籍出版社1993年版，第111页。

清谈之义。魏晋以降，麈尾使用渐趋宽泛。清人赵翼认为，"盖初以谈玄用之，相习称俗，遂为名流雅器，虽不谈亦常执持耳"①。敦煌石窟壁画②、出土墓葬壁画③均发现了大量执持麈尾的图像。

两晋时期，名僧与名士相尚，麈尾也进入了佛教论议过程中：

> （康僧渊）晋成之世，与康法畅、支敏度等俱过江。畅亦有才思，善为往复，著《人物》《始义论》等。畅常执麈尾行，每值名宾，辄清谈尽日。庾元规谓畅曰："此麈尾何以常在？"畅曰："廉者不取，贪者不与，故得常在也。"④

> 时沙门道恒，颇有才力，常执心无义，大行荆土。（竺法）汰曰："此是邪说，应须破之。"乃大集名僧，令弟子昙一难之。据经引理，析驳纷纭。恒仗其口辩，不肯受屈，日色既暮，明旦更集。慧远就席，设难数番，关责锋起。恒自觉义途差异，神色微动，麈尾扣案，未即有答。远曰："不疾而速，杼轴何为？"座者皆笑矣。心无之义，于此而息。⑤

康法畅经常执持麈尾参加论议，此成为庾元规质难的话题。慧远与道恒论辩"心无义"时，道恒思绪混乱，"麈尾扣案，未即有答"，为慧远嘲谑，"心无义"由此为佛教界抛弃。此为东晋佛教论议中使用麈尾的大致情况。

南朝时期，佛教论议中经常有麈尾出现。宋元嘉十一年（434）冬十一月，竺道生于庐山精舍讲经论议，"法席将毕，忽见麈尾纷然而坠，端坐正容，隐几而卒"⑥。同样是刘宋时期，东安严公发讲时，释法等作三

---

① （清）赵翼著，王树民校证：《廿二史札记校证（订补本）》卷八"清谈用麈尾"条，中华书局 1984 年版，第 170 页。
② 杨森：《敦煌壁画中的麈尾图像研究》，《敦煌研究》2007 年第 6 期。
③ 董坤玉、王宇新：《出土壁画考麈尾》，《社会科学论坛》2013 年第 7 期。
④ （梁）释慧皎撰，汤用彤校注：《高僧传》卷四《康僧渊传》，中华书局 1992 年版，第 151 页。
⑤ （梁）释慧皎撰，汤用彤校注：《高僧传》卷五《竺法汰传》，中华书局 1992 年版，第 192—193 页。
⑥ （梁）释慧皎撰，汤用彤校注：《高僧传》卷七《竺道生传》，中华书局 1992 年版，第 256—257 页。

契经竟，严公徐动麈尾曰："如此读经，亦不减发讲。"① 梁武帝时期，释宝琼于金陵发《成实论》题，"僧正慧令切难联环"，宝琼乃"徐拂麈尾，从容而对"②。

麈尾成了佛教讲经论议的重要法器。为僧人赠送麈尾，就成了表彰论议技能的方式之一。萧齐建元三年（481），释道慧临终呼取麈尾，授友人智顺，顺恸曰："如此之人，年不至四十，惜矣。"③ 因以麈尾纳棺中而敛焉，葬于钟山之阳。僧人智顺与道慧在佛教论议上，惺惺相惜，互为知音，故有互赠麈尾之举。萧梁普通（520—526）年间，皇太子萧统遣通事舍人何思澄衔命致礼释僧旻，赠以几杖、炉奁、褥席、麈尾、拂扇等④。隋文帝大业五年（609），齐王杨暕于西京本第讲经，盛引论士三十余人，令吉藏法师登座，僧粲为论士，英华命章，标问义筵。论议结束，齐王执僧粲手而谢曰："名不虚称，见之今日矣。"躬奉麈尾什物，用显其辩功焉⑤。

麈尾成为佛教论议必备的法器，亦见于法云的自唱自导、自解自难：

> 初，云年在息慈，雅尚经术，于《妙法华》研精累思，品酌理义，始末照览，乃往幽岩，独讲斯典。竖石为人，松叶为拂，自唱自导，兼通难解，所以垂名梁代，诚绩有闻。⑥

法云自己演练论议，虽不是真刀真枪的论议，但绝对是最为经典、最为典型的论议模式。论议要有信众，法云以石头代替；论议者需要麈尾，法云以松叶代之；论议中的"唱""导""难""解"，分别由都讲与法师完成，法云则一身扮两种角色。这一记载，准确说明了麈尾在论议

---

① （梁）释慧皎撰，汤用彤校注：《高僧传》卷十三《释法平传》，中华书局1992年版，第499页。
② （唐）释道宣撰，郭绍林点校：《续高僧传》卷七《释宝琼传》，中华书局2014年版，第230页。
③ （梁）释慧皎撰，汤用彤校注：《高僧传》卷八《释道慧传》，中华书局1992年版，第305页。
④ （唐）释道宣撰，郭绍林点校：《续高僧传》卷五《释僧旻传》，中华书局2014年版，第157页。
⑤ （唐）释道宣撰，郭绍林点校：《续高僧传》卷九《释僧粲传》，中华书局2014年版，第332页。
⑥ （唐）释道宣撰，郭绍林点校：《续高僧传》卷五《释法云传》，中华书局2014年版，第164页。

中的重要性。

四、论议程式

佛教论议，大致有以下几个环节。

（一）入场词

竖义开始之前，讲经法师有一段陈述。如：

> 至孝武帝升位（454）……即敕（释僧导）于瓦官寺开讲《维摩》，帝亲临幸，公卿必集。导登高座曰："昔王宫托生，双树现灭。自尔以来，岁逾千载，淳流永谢，浇风不追。给苑丘墟，鹿园芜秽。九十五种，以趣下为升高；三界群生，以火宅为净国。岂知上圣流涕，大士栖惶者哉。"因潸然泫泪，四众为之改容。
>
> 又谓帝曰："护法弘道，莫先帝王。陛下若能运四等心，矜危劝善，则此沙石瓦砾，便为自在天宫。"帝称善久之，坐者咸悦。①

僧导讲《维摩诘经》前，叙及佛陀涅槃后芸芸众生不明真谛、深陷苦境的状况，遂"潸然泫泪，四众为之改容"。又因利乘便，劝导宋孝武帝弘法，"帝称善久之，坐者咸悦"。僧导开场的讲辞，既弘扬了佛教的大慈大悲精神，又体现了僧道本人虔诚、真切的佛教信仰。僧道的讲辞与表情结合，声情并茂，深深打动了所有听讲者，为下面的讲经论议创设了非常有利的情绪氛围。

又如：

> 隋齐王暕凤奉音猷……藏为论主，命章陈曰："以有怯之心，登无畏之座；用木讷之口，释解颐之谈。"如此数百句。王顾学士

---

① （梁）释慧皎撰，汤用彤校注：《高僧传》卷七《宋释僧导》，中华书局1992年版，第281—282页。

傅德充曰："曾未延锋御寇，止如向述，恐罕追斯踪。"充曰："动言成论，验之今日。"王及僚友，同叹称美。①

释吉藏在竖义之初，"动言成论"，以整体的句式开场叙述自己讲经的心态，其中既有谦虚也有自信和敬畏，遂为"王及僚友，同叹称美"。

（二）序王

入场词之后，就是讲经竖义。如果是讲解一部佛经，当有"序王"之举。如：

> 初讲《法华》，至《宝塔品》高妙，遂序王释义了，乃曰："何必昔佛国土有此高妙，即杨都福地亦甚庄严。至如弥天七级，共日月争光；同泰九层，与烟霞竞色。方井则倒垂荷叶，圆桶则侧布莲华。似安住之居南，类尼伐之镇北。耳闻目见，庶可联衡。"录得者秘以赍归，益部吁嗟，叹为惊绝。故其语出成章，状如宿构。②

"序王"，就是叙述佛经宗旨的意思。沙门灌顶《法华私记缘起》云："盖序王者，叙经玄意。玄意述于文心，文心莫过迹本。"③沙门湛然云："王字去声，谓起也，初也。序起众文之始，故云'序王'。"④《法华经·出宝塔品》为证明法华所说为真实不妄，多宝如来之宝塔忽自地涌出，一会大众悉见之。释智方在叙述完《法华经》此品宗旨后，即赞颂讲经法会所在之地金陵为佛教福地。这一即兴即景法会，因为"语出成章，状如宿构"，为时人称颂。

又如：

> 时李宗有道士褚揉者，乡本江表，陈破入京，既处玄都，道

① （唐）释道宣撰，郭绍林点校：《续高僧传》卷十一《释吉藏传》，中华书局2014年版，第393—394页。
② （唐）释道宣撰，郭绍林点校：《续高僧传》卷九《释智方传》，中华书局2014年版，第298—299页。
③ （隋）释灌顶：《法华私记缘起》卷一，《大正藏》第33册，新文丰出版公司1983年版，第681页中。
④ （唐）天台沙门湛然：《法华玄义释签》卷一，《大正藏》第33册，新文丰出版公司1983年版，第816页上。

左之望，探微辩妙，拟阐三玄，学勘宗师，情无推尚。每讲《庄》
《老》，粲必听临，或以义求，或以机责，随揉声相，即势沈浮。注
辩若悬泉，起㖟如风卷。故王公大人莫不解颐抚髀，讶斯权变。常
下敕令揉讲《老》经，公卿毕至，惟沙门不许预坐。粲闻之，不忍
其术，乃率其门人十余携以行床径至馆所，防卫严设，都无畏惮，
直入讲会，人不敢遮。揉序王将了，都无命及，粲因其不命，抗言
激刺，词若俳谑，义寔张诠，既无以通，讲席因散。①

隋代道士褚揉讲论《老子》时，先做了"序王"。对于"序王"的内容，
僧粲以为"都无命及"。"命及"，意为总括了经文的核心内容。《续高僧传·释
洪遵传》云："初住嵩高少林寺，依资云公，开胸律要，并及《华严》《大论》，
前后参听，并扣其关户，涣然大明。承邺下晖公盛弘《四分》，因往从焉。
听徒五百，多以巧媚自通，覆讲竖论，了无命及。"②僧粲认为褚揉没有概括
出《老子》的精髓，于是"抗言激刺，词若俳谑"，遂致褚揉的《老子》讲
席散场。

又如：

开皇十四年（594），时极亢旱，刺史刘景安请讲《海龙王经》，
序王既讫，骤雨滂注。自斯厥后，有请便降。③

《海龙王经》即《佛说海龙王经》，西晋竺法护译，内容为佛为海龙王说
大乘深义。刺史刘景安请讲《海龙王经》时，总括大义才结束，就出现了感
应，"骤雨滂注"。

（三）竖义

总括经义之"序王"，本身就完成了确立观点的任务。不过，论议过程

---

① （唐）释道宣撰，郭绍林点校：《续高僧传》卷九《释僧粲传》，中华书局 2014 年版，第
331 页。
② （唐）释道宣撰，郭绍林点校：《续高僧传》卷二十二《释洪遵传》，中华书局 2014 年版，
第 839 页。
③ （唐）释道宣撰，郭绍林点校：《续高僧传》卷三十一《释真观传》，中华书局 2014 年版，
第 1248 页。

中有时不讲整部佛经，而是对佛教的某一名数专门立义。如：

> 本邑道俗欲光其价，而忌其言令也，大集诸众，令其竖义。荣曰："余学广矣，辄竖恐致余词，任众举其义门，然后标据。"众以其博达矜尚，乃令竖八十种好，谓必不能诵持。荣曰："举众无人也！斯乃文繁，义可知耳。"即部分上下，以法绳持，须臾牒数，列名出体。佥虽难激，盖无成济。[①]

慧荣讲经竖义，家乡的佛徒"欲光其价"，为避免命题触及慧荣的软肋，请慧荣自己选择。慧荣不领情，令道俗"任众举其义门"。众人见其渊博自信，遂以佛陀体貌"八十种好"为题，令慧荣讲解竖义。慧荣"须臾牒数，列名出体"，超出了家乡佛徒"谓必不能诵持"的预想。这说明南朝讲经论议，非常重视义理的阐发、辩论，而对于文本的记忆似乎不太重视。

一般情况下，竖义要以陈述、分析为主。但有些法师独出心裁，偏偏以非语言或者副语言来表述其观点，如：

> 住于宝刹寺中，潜其容艺。后因法集，愿欲矜其名采，次当竖义，意存"五阴"，便登坐而立。众以其非伦，皆寂无言论，良久缄默。愿俯视众曰："竖义已久，如何不有问乎?"众曰："竖何等义? 乃邀问耶。"愿曰："名相久矣，众自不知。诸德坐席口传，余则色心俱立。"便安然处坐，气勇如云，自述曰："计未劳止，此且修人事耳。"时以为矫异露洁也。及难击往还，对答云雨，皆先定其番数，后随数尽言，开塞任于当时，邪正由其通滞。或重疑积难，由来不决者，而能诠达其理，释然新畅，于即预是聪慧，归踪者多。遂移就宝昌，四序恒接，草堂土埵，以此敷弘。[②]

"五阴"为色、受、想、行、识。五阴共成众生，所以释净愿竖义时，"登坐而立""良久缄默"，以其本人就是"五阴"之聚合。众人以净愿"矫异露洁"，"难击往还"，于是宾主双方展开了激烈的论议。净愿为了体现自

---

① （唐）释道宣撰，郭绍林点校：《续高僧传》卷八《释慧荣传》，中华书局2014年版，第273页。

② （唐）释道宣撰，郭绍林点校：《续高僧传》卷十《释净愿传》，中华书局2014年版，第350页。

己辩才无碍，先据问难确定宾主问答往返之番数，然后"对答云雨""随数尽言"。于是，声名大扬。

（四）辩难

序王、竖义之后，就是论议。如前引释智方竖义之后：

> 宝海频来击难，发其声彩。故海问曰："三变此方，改秽成净，亦能变凡成圣不？"答曰："化佛甚多，狭故须广。凡圣自尔，何劳改变？"又难："若尔则六十小劫谓如食顷，但是圣睹，凡不能睹，凡圣俱睹，凡圣俱圣。"方笑曰："高坐何曾道此，乃是自道自难耳。"①

宝海之问难，就《出宝塔品》中释尊三次净化娑婆秽土为清净国土一事展开。按照经文的叙述，释尊开启塔门前，依多宝如来之愿，召集十方分身佛于此土。因地狭难以容纳，于是三变秽土为净土，将秽土上的会座大众以外的诸天人移往他土，十方佛才得以容纳。宝海问难，变秽土成净土，秽土凡人是否也成佛成圣。这一点在经文中有明确叙述，所以智方回答变秽成净，是因为地狭。凡圣自有本性，不用改变。宝海接着质难时，却说到了如果凡人、圣人都可以看到净土，则凡人、圣人都应是圣人。这个假设，应该以智方的竖义为前提的。但智方明明说"凡圣自尔"。所以，智方就说宝海"自道自难"，宝海论议失利。

又如：

> 又于清河道向、汲郡洪该所俱听《成实》，始末四载，倾穷五聚，乃上下搜求以问法主，每令该公延颈长息。尝定该义曰："论云：惟一苦受，而有三差。此文非谓以一行苦名为苦受，而随情说三受，正以于一苦受而随情说三受。此是经部师计，而拔摩述以为宗，可不尔耶？"该曰然。杰曰："若使果起酬因，说苦受为乐受，

---

① （唐）释道宣撰，郭绍林点校：《续高僧传》卷九《释智方传》，中华书局 2014 年版，第 299 页。

亦可因成感果，说恶业为善业。若言善业感乐果，善业非恶业，亦
可乐受酬善因，乐受非苦受。若言乐受酬善因，而体即苦受，亦可
善业感乐果，而体即恶业。若言惟是一苦受，随情说妄乐，亦可惟
是一恶业，随情说妄善。此中多句，终是一妨，远取伏意，覆却例
决。"该于时茫然，曰："此中须解听。"后私室便曰："子有拔群之亮，
难与言也。吾老矣，弘兴论道，其在子乎！"由是门人胥伏。①

道杰与洪该的论议，是由《成实论》卷六《辩三受品》引起。经文云：
"问曰：已知一切皆苦，今以何差别，故有三受？答曰：即一苦受，以时差
别，故有三种。能恼害者，则名为苦。既恼害已，更求异苦。以遮先苦以愿
求，故大苦暂息，尔时名乐。忧喜不了，不愿不求，尔时名为不苦不乐。"②
这里一苦有三受之说，立足于佛教的因果观念。因果链条不断，无始无终，
所以同为一苦，可以有不同的考察角度和发展结果，于是就有三受之说。洪
该的质难，正是立足于这种因果关系的不确定性，分析出四种结论：恶业为
善业、乐受非苦受、善业感乐果而体即恶业、一恶业随情说妄善。这种分析
法，是佛教的精髓。洪该一时茫然，对于四种结论不敢置以可否，只言听取
《成实论》所说。

论议过程，要都讲质难法师应辩，宾问主答。但有些辩难，超出了论题
之外。如：

> 于时梁高重法，自讲《涅槃》，命海论佛性义，便升论榻，虽
> 往返言晤，而执鍮石香炉。帝曰："法师虽断悭贪，香炉非鍮不
> 执。"海应声曰："陛下位居宸极，帽簪非纛不戴。"帝大悦，众咸
> 惊叹。

> 及后还蜀，住谢镇寺，大弘讲肆。武陵王纪作镇井络，敬爱无
> 已，每就海宿，请谈玄理，乃忘昼夜。至旦王将盥手，日影初出。
> 王曰："日晖粉壁，状似城中；风动刹铃，方知寺里。"其晨车盖迎

---

① （唐）释道宣撰，郭绍林点校：《续高僧传》卷十三《释道杰传》，中华书局 2014 年版，
第 461 页。
② 诃梨跋摩造，摩罗什译：《成实论》卷六，《大正藏》第 32 册，新文丰出版公司 1983 年版，
第 283 页中。

王，马复嘶鸣。海曰："遥看盖动，喜遇陈思；忽听马鸣，庆逢龙树。"相与欣笑而出。王升车，谓御从曰："听海法师言词，令我盘桓而不能去。"其辩给无方，为此例也。①

"鍮石"就是黄铜，是随佛教传入的西域舶来品②。如前文所考察，佛教讲经论议中，法师一般执持麈尾，释宝海却执持"鍮石香炉"。这在梁武帝看来，此举表明他没有"断悭贪"。故而，武帝发语讥讽"法师虽断悭贪，香炉非鍮不执"。宝海答以"陛下位居宸极，帽簪非纛不戴"，"纛"古代帝王车舆上的饰物，宝海的回应包含对武帝的颂扬。宝海与武陵王萧纪之论议，同样也以他巧妙的称颂为人赞赏。"遥看盖动，喜遇陈思。忽听马鸣，庆逢龙树"。"马鸣"是驾车之马的嘶鸣，也在暗指自己。而"陈思""龙树"均指萧纪。

又如：

> 至四月八日，陈主于庄严寺总令义集，乘当时竖"佛果出二谛外"义。有一法师英侠自居，擅名江左，旧住开泰，后入祇洹。乃问曰："为佛果出二谛外？二谛出佛果外？"乘质云："为法师出开泰，为开泰出法师？"彼曰："如鸳鸯鸟不住圊厕。"乘应声曰："释提桓因不与鬼住。"彼曰："鸠翅罗鸟不栖枯树。"乘折云："譬如大海，不宿死尸。"于时矙公处座，叹曰："辩才无碍，其锋难当者也。"③

"开泰"，似当为"同泰"。同泰寺，据为《辩正论》卷三记载，为普通八年梁武帝建造，是梁代弘扬《成实论》的重镇。祇洹寺为刘宋永初元年（420）车骑范泰立。范泰"以（慧）义德为物宗，固请经始。（慧）义以（范）泰清信之至，因为指授仪则，时人以义方身子，泰比须达。故祇洹之称，厥号存焉"④。

---

① （唐）释道宣撰，郭绍林点校：《续高僧传》卷九《释宝海传》，中华书局 2014 年版，第 297—298 页。

② 王银田、饶臣：《论"鍮石"》，《敦煌研究》2009 年第 4 期。

③ （唐）释道宣撰，郭绍林点校：《续高僧传》卷二十五《释慧乘传》，中华书局 2014 年版，第 938—939 页。

④ （梁）释慧皎撰，汤用彤校注：《高僧传》卷七《释会义传》，中华书局 1992 年版，第 266 页。

《大般涅槃经·梵行品》有经文为"我闻如来不与恶人同止坐起，语言谈论，犹如大海不宿死尸，如鸳鸯鸟不住清厕，释提桓因不与鬼住，鸠翅罗鸟不栖枯树。"①与释慧乘论议的僧人，"旧住开泰，后入祇洹"，可能存在对佛教学派选择的转变。所以，当慧乘质疑"为法师出开泰，为开泰出法师"，他引用《梵行品》的回答就表明自己与《成实论》学派"同止坐起"，慧乘即接着颂《梵行品》经文表明自己与此一僧人不"同止坐起"，此一僧人又接着颂《梵行品》经文说自己不与慧乘"同止坐起"，慧乘又折回他们所引《梵行品》经文的开始一句，再次表明"同止坐起"。此一辩论中突出之处，在于竖义法师与辩论都讲都气势强劲，都对《梵行品》的四句譬喻非常熟悉。

（五）退场辞

论议结束，退场之前，法师也有一段言辞。如：

> （释僧妙）遍览群籍，尤通讲论，而禀性谦退，喜愠不干其抱。故每讲下座，必合掌忏悔云："佛意难知，岂凡夫所测。今所说者，传受先师，未敢专。辄乞大众于斯法义若是若非，布施欢喜。"时以解冠前彦，行隆端达，睹其虚己，皆服其德义，众益从之。②

法师退场辞，或以辩才无碍而著称者，或以谦虚内敛著称者。释僧妙的讲论就是如此。讲经结束，他都合掌忏悔，表达自己对于佛法真谛的敬畏之意。

（六）嘲谑

论议过程中的嘲谑，早在两晋之际名僧与名士清谈时就已经普遍存在。如，陈郡殷浩问康僧渊佛经深远之理，康僧渊辩以俗书性情之义，自昼之

---

① 昙无谶译：《大般涅槃经》卷二十《梵行品第八》，《大正藏》第 12 册，新文丰出版公司 1983 年版，第 481 页中。

② （唐）释道宣撰，郭绍林点校：《续高僧传》卷八《释僧妙传》，中华书局 2014 年版，第 265 页。

曛，康僧渊未屈，琅琊王茂弘以鼻高眼深戏之，康僧渊对曰："鼻者面之山，眼者面之渊，山不高则不灵，渊不深则不清。"① 这里记载的是，中土名士取笑名僧中亚人种的长相。

支孝龙常披昧《小品》，以为心要，时或嘲之曰："大晋龙兴，天下为家，沙门何不全发肤，去袈裟，释胡服，被绫罗？"龙曰："抱一以逍遥，唯寂以致诚。剪发毁容，改服变形。彼谓我辱，我弃彼荣。故无心于贵而愈贵，无心于足而愈足矣。"② 释竺潜优游讲席三十余载，或畅方等，或释《老》《庄》，尝于简文处遇沛国刘恢，刘恢嘲之曰："道士何以游朱门？"潜曰："君自睹其朱门，贫道见为蓬户。"③ 此为名士在嘲谑名僧的宗教身份、角色。

释道融与婆罗门论议，婆罗门自知辞理已屈，犹以广读为夸。道融乃列其所读书，并秦地经史名目卷部，三倍多之。鸠摩罗什因嘲婆罗门曰："君不闻大秦广学，那忽轻尔远来！"④ 此则为嘲谑对手的学识。

刘宋以后的佛教论议中，嘲谑之风得到了继承。如：

> （丹阳尹文季）故于天保设会，令陆修静与（释道）盛论议。盛既理有所长，又词气俊发，嘲谑往还，言无暂扰。静意不获申，恧焉而退。⑤

> 司徒文宣王、东海徐孝嗣，并抱敬风猷，屡请（释僧印）讲说。印戒行清严，禀性和穆，含恕安忍，愠惕不彰。时仗气之徒，问论中间，或厝以嘲谑，印神彩夷然，曾无外意。⑥

> 或大德同集，间以谑情，及（释灵）裕之临席，无不肃然自持，

---

① （梁）释慧皎撰，汤用彤校注：《高僧传》卷四《康僧渊传》，中华书局 1992 年版，第 151 页。

② （梁）释慧皎撰，汤用彤校注：《高僧传》卷四《支孝龙传》，中华书局 1992 年版，第 149 页。

③ （梁）释慧皎撰，汤用彤校注：《高僧传》卷四《竺法潜传》，中华书局 1992 年版，第 156—157 页。

④ （梁）释慧皎撰，汤用彤校注：《高僧传》卷六《释道融传》，中华书局 1992 年版，第 242 页。

⑤ （梁）释慧皎撰，汤用彤校注：《高僧传》卷八《释道盛传》，中华书局 1992 年版，第 307—308 页。

⑥ （梁）释慧皎撰，汤用彤校注：《高僧传》卷八《释僧印传》，中华书局 1992 年版，第 330 页。

喧闹攸静。所以下座尼众，莫敢面参。[1]

（释法）镜为性敦美，赏接为务，故道俗交知，莫不爱悦。虽义学功浅，而领悟自然。造次嘲难，必有酬酢。[2]

（释僧粲）涉历三国，备齐、陈、周，诸有法肆，无有虚践。工难问，善博寻，调逸古今，风徽退迩，自号为三国论师，机谲动人，是所长也。[3]

佛教论议中的嘲谑，逐渐成为论议过程中不可分割的一部分。如：

（释实渊）自建讲筵……同寺慧济谑之曰："昔谢氏青箱不至，不得作文章；今卿白麈未来，判无讲理。"渊曰："殊不然，此乃打狗杖耳。"[4]

慧济嘲谑实渊讲经竖义时常执持麈尾，实渊的回答气势咄咄逼人，有人身攻击的倾向。天监末年春，智藏舍身大忏，自讲《金刚般若经》：

陈郡谢几卿指挂衣竹戏曰："犹留此物，尚有意耶？"藏曰："身犹未灭，意何由尽！而尚怀靖处，托意山林，还居开善，因不履世。"[5]

谢几卿将《金刚般若经》的空理与智藏对外物的执著对应起来，质疑智藏未切佛理。

释智方讲《法华经》，宝海频来击难。论议过程中，宝海失言：

乃调曰："三隅木斗，何谓智方？"寻声报曰："瓦砾洿池，那称宝海？"众大笑而散。[6]

---

[1]　（唐）释道宣撰，郭绍林点校：《续高僧传》卷九《释灵裕传》，中华书局2014年版，第316页。

[2]　（梁）释慧皎撰，汤用彤校注：《高僧传》卷十三《释法镜传》，中华书局1992年版，第520页。

[3]　（唐）释道宣撰，郭绍林点校：《续高僧传》卷九《释僧粲传》，中华书局2014年版，第330页。

[4]　（唐）释道宣撰，郭绍林点校：《续高僧传》卷六《释实渊传》，中华书局2014年版，第208页。

[5]　（唐）释道宣撰，郭绍林点校：《续高僧传》卷五《释智藏传》，中华书局2014年版，第172页。

[6]　（唐）释道宣撰，郭绍林点校：《续高僧传》卷九《释智方传》，中华书局2014年版，第299页。

宝海论议失利后，拿对手的法名取笑，却遭到了释智方同一路径的响应。

> （薛居士）闻（释昙）延年少知道，夙悟超伦，遂从而谒焉。言谑相高，未之揖谢。薛乃戏题四字，谓"方圆动静"，命延体之。延应声曰："方如方等城，圆如智慧日，动则识波浪，静类涅槃室。"薛惊异绝……①

薛居士与释昙延论议，双方相互嘲谑，未有胜负。薛居士遂以命题咏物来比试才艺，结果昙延不但应声即答，而且切合佛理。

五、佛教界的反思

佛教论议本属于佛经讲解的一个环节，理应为佛教讲经服务，然而魏晋南北朝时期的佛教论议，多有舍本逐末，背离这一原则的：

> 世中论士，勘会清柔，初事含容，终成陷默，名闻谁赏，境界非凡，徒盛拒轮，毕归磨臆。故有王斌论并，明琛《蛇势》，会空屋子，宗统语工。听其论道，惟闻杀死之言；观其容色，但见纷披之相。及后业之作也，或生充蛇报，或舌烂喉中，或僧狱接其来生，或猛火焚其往咎。彦琮山楼之验，又可诫哉！是知道寄人弘，非人未可言道，岂言义府并若斯耶。②

佛教论议走入了相互攻击、相互侮辱的俗套。其中以王斌和明琛为代表。王斌为齐梁时僧人，其事迹文献见载：

> 时有王斌者，不知何许人。著《四声论》行于时。斌初为道人，博涉经籍，雅有才辩，善属文，能唱导而不修容仪。尝弊衣于瓦官寺听云法师讲《成实论》，无复坐处，唯僧正慧超尚空席，斌直坐

---

① （唐）释道宣撰，郭绍林点校：《续高僧传》卷八《释昙延传》，中华书局 2014 年版，第 274 页。

② （唐）释道宣撰，郭绍林点校：《续高僧传》卷十五《义解后论》，中华书局 2014 年版，第 551 页。

其侧。慧超不能平，乃骂曰："那得此道人，禄蕲似队父唐突人。"
因命驱之。斌笑曰："既有叙勋僧正，何为无队父道人。"不为动。
而抚机问难，辞理清举，四座皆属目。后还俗，以诗乐自乐，人莫
能名之。①

又有王斌者，亦少为沙门，言辞清辩，兼好文义，然性用躁诞，
多违戒行，体奇性异，为事不伦。常著草屦来处上座，或著屐逍遥
衢路，既频忤僧众，遂反缁向道。以藻思清新，乃处黄巾之望。邵
陵王雅相赏接，号为"三教学士"，所著《道家灵宝大旨》总称四玄、
八景、三洞、九玄等数百卷，多引佛经。故有因缘、法轮、五道、
三界、天堂、地狱、饿鬼、宿世、十号、十戒、十方、三十三天等，
又改六通为六洞，如鬱单之国云弃贤世界，亦有大梵，观音、三宝、
六情、四等、六度、三业、三灾、九十六种、三会、六斋等语。又
撰《五格》《八并》，为论难之法。②

琅琊王斌守吴，每延法集，还都谓知己曰："在郡赖得若公言
谑，大忘衰老。见其比岁放生为业，仁逮虫鱼，爱及飞走，讲说虽
疏，津梁不绝，何必灭迹岩岫，方谓为道！但出处不失其机，弥觉
其德高也。"③

颜光禄、王斌等云："道者练形，法在仙化。佛者持心，教在
济物。论道所宗，三皇及与五龙也。"④

《南史》记载王斌"雅有才辩"，在瓦官寺与高僧慧超论议"抚机问难，
辞理清举，四座皆属目"。《续高僧传》《释门自镜录》说王斌"言辞清辩，
兼好文义"，且"撰《五格》《八并》，为论难之法"。"并"就是模拟推理，
这个词语在论难过程中常常出现，"八并"，可能是总结八种模拟推理方法。

① （唐）李延寿：《南史》卷四十八《陆慧晓传》，中华书局 1975 年版，第 1197 页。
② （唐）释怀信：《释门自镜录》卷一，《大正藏》第 51 册，新文丰出版公司 1983 年版，第
801 页上。
③ （唐）释道宣撰，郭绍林点校：《续高僧传》卷五《释僧若传》，中华书局 2014 年版，第
149 页。
④ （唐）释法琳：《辩正论》卷五，《大正藏》第 52 册，新文丰出版公司 1983 年版，第 524
页中。

"格"似不常见于论议文献，但其本意中含有推究一意，如《礼记·大学》："致知在格物，物格而后知至。"

明琛是北朝僧人，其事迹见《续高僧传》：

> 释明琛，齐人。少游学两河，以通鉴知誉，然经论虽富，而以征难为心。当魏明代，释门云盛，琛有学识，游肆而已，故其雅量，颇非鸿业。时有智翼沙门，道声载穆，远近望尘，学门若市。琛不胜幽情，深忌声略，私结密交，广搜论道。初为《屋子论议法》，立图著经，外施名教，内构言引，牵引出入，罔冒声说，听言可领，及述茫然。勇意之徒相从云集，观图望经，悦若云梦，一从指授，涣若冰消。故来学者先办泉帛，此《屋子法》入学遂多，余有获者，不能隐秘，故琛声望少歇于前。乃更撰《蛇势法》，其势若葛亮《阵图》常山蛇势，击头尾至，大约若斯。还以法数，傍蛇比拟，乍度乍却，前后参差。余曾见图，极是可畏，画作一蛇，可长三尺，时屈时伸，傍加道品。大业之季，大有学之，今则不行，想应绝灭。[①]

《蛇势法》，又作《蛇势论》，《入唐新求圣教目录》有"《蛇势论》一卷"，此书可能在中晚唐仍存于世。《屋子议论法》"立图著经，外施名教，内构言引，牵引出入，罔冒声说"，《蛇势法》"画作一蛇，可长三尺，时屈时伸，傍加道品"，两法可能都以图像方法演示辩论技巧。其论辩在道宣看来不是弘扬佛法，纯属诡辩。

道宣提到了五个曲解佛法、以佛教论议出名却受到恶报的僧人，"或生充蛇报，或舌烂喉中，或僧狱接其来生，或猛火焚其往咎。彦琮山楼之验，又可诫哉"，目前能找到其事迹者只有三个。"生充蛇报"，是指明琛。《续高僧传》明琛本传记载，明琛与岩州林虑县洪谷寺一僧论议失败后，"解剔衣裳，赤露而卧，翻覆不定，长展两足，须臾之间，两足忽合。而为蛇尾，翘翘上举"。"舌烂喉中"是指彭城嵩法师。《中观论疏》云："彭

---

① （唐）释道宣撰，郭绍林点校：《续高僧传》卷二十五《释明琛传》，中华书局 2014 年版，第 982 页。

城嵩法师云，双林灭度此为实说，常乐我净乃为权说。故信大品而非涅槃，此略同上座部义。后得病，舌烂口中。"①"彦琮山楼之验"见《续高僧传》："会梦入地狱，颇见苦缘，由念经佛等名，蒙得解脱，送往山楼之上。寻又历观诸狱，备睹同讲名僧，五苦加之，具言其状，为说十善，良久方觉。"②至于"或僧狱接其来生，或猛火焚其往咎"所指为何，已无从得知。

道宣对唐前佛教论议的反思是全面。他肯定的佛教高僧并不太多：

> 故智藏遗尘，慧光后嗣，宗仰徽烈，岂有玷耶？沙门灵裕行解相高，内外通赡，亦当时之难偶也。然而立性刚毅，峭急不伦，侍人流汗，非可师范，世或讥论，以此为先。斯亦不比德而观也。语俗而谈，滔滔风流，爱心绵密，未觌其短，多容瑕累，见心机动，祸福相邻，若不先知，何成惩艾？致使裕公虚沾此及，若能返求诸己，斯言自亡。故宣尼流无备之词，居士设未轻之论，诚有由矣！世有慧休，即承裕绪。学《杂心》而惧陵小犯，受师礼而亲执瓶衣，遭难而更立净厨，临危而深海禁约。人法斯具，慧解通微，章疏所行，诵为珠璧。犹恨不系于先业，余则故略言也。③

智藏为齐梁高僧，慧光为北齐高僧，灵裕为隋代高僧，此三人事迹僧传有录。至于慧休事迹，僧传不录，《新唐书》卷五十九《艺文志》云："慧休《杂心玄章钞疏》卷亡。姓乐氏，瀛州人。"④四人中，"智藏遗尘，慧光后嗣。宗仰徽烈，岂有玷耶"；灵裕"立性刚毅，峭急不伦，侍人流汗，非可师范"，仍为道宣诉病。至于慧休，"受师礼而亲执瓶衣，遭难而更立净厨，临危而深海禁约"。道宣肯定其对佛法的尊崇之情，佛教论议就属于次要的了。

---

① （隋）释吉藏：《中观论疏》卷一，《大正藏》第42册，新文丰出版公司1983年版，第17页下。
② （唐）释道宣撰，郭绍林点校：《续高僧传》卷二《释彦琮传》，中华书局2014年版，第52—53页。
③ （唐）释道宣撰，郭绍林点校：《续高僧传》卷十五《释义褒传》，中华书局2014年版，第551—552页。
④ （宋）欧阳修、（宋）宋祁等：《新唐书》卷五十九《艺文志》，中华书局1975年版，第1524—1531页。

附录二　白居易外丹烧炼及其道教信仰

道教信仰是白居易研究的核心问题之一。元和后期，白居易被贬江州司马期间，亲自于庐山建炉烧炼丹药。宋人姚宽的《西溪丛语》、清人赵翼的《瓯北诗话》，对此有过详细考证。然而，白居易一生的道教信仰，并非直线发展。元和前期，白居易对道教多次揭露、批评；江州司马期间的炼丹以失败告终时，白居易也多有沮丧和怀疑。在此即以炼丹为核心，尝试考察白居易一生道教信仰的起跌转变。

一、元和前期的道教态度

烧炼丹药始于白居易江州司马任上，然前此数年，白居易却对道教颇为不满。元和四年（809）前后，白居易创作了 50 篇诗作，总之以《新乐府》。《海漫漫》属于其中一首。白居易在《新乐府序》中明言此诗意在"戒求仙"①。《海漫漫》诗云：

> 海漫漫，直下无底旁无边。云涛烟浪最深处，人传中有三神
> 山。山上多生不死药，服之羽化为天仙。秦皇汉武信此语，方士年
> 年采药去。蓬莱今古但闻名，烟水茫茫无觅处。海漫漫，风浩浩，
> 眼穿不见蓬莱岛。不见蓬莱不敢归，童男丱女舟中老。徐福文成多
> 诳诞，上元太一虚祈祷。君看骊山顶上茂陵头，毕竟悲风吹蔓草。

① （唐）白居易著，谢思炜校注：《白居易诗集校注》卷三，中华书局 2006 年版，第 268 页。

何况玄元圣祖五千言，不言药，不言仙，不言白日升青天。①

诗作咏叹秦皇汉武欲求仙长生最终难免坟头蔓草这一题材。诗中对道教有三个角度的批判。其一，道教仙山之说无法印证，虚幻不实。海中仙山蓬莱岛，虽然今古闻名，但"烟水茫茫无觅处"，始终未曾有人寻得；其二，道士诳诞，其言无实，上元节祈祷神仙太一，常求而无应，劳而无功，归于虚无；其三，老子与道教没有关联，《道德经》中并无服药求仙之说。三层批判可总结为：仙山仙境虚无、求仙祈祷无效、成仙理论无依据。

服食炼丹，是道徒仙术之一。白居易后来的烧炼丹药，即基于此追求。不过，烧炼之丹药是人为从矿物质中提取的，此与自然界生长的植物性仙药在来源上有别。《海漫漫》所说"不死药"为植物性仙药，因其生长环境为仙山而有长生不死之功效。那么，《海漫漫》否定神仙道教之际，是否也否定了炼丹术呢？

按照白居易《新乐府》"为君、为臣、为民、为物、为事而作，不为文而作"②的创作动机，《海漫漫》有具体的针对性。陈寅恪曾对《海漫漫》一诗有深入分析：《贞观政要》卷六《慎所好篇》记载，太宗于贞观二年（628）曾以秦皇汉武妄求成仙事告诫侍臣，此事"似即为《海漫漫》一篇之所本"；元和五年（810）八月，内给事张惟则自新罗使回，为宪宗描述偶入海上仙山事，宪宗遂产生了"朕前生岂非仙人"之感叹，同年李藩应对宪宗"神仙之事信乎"之问曾引秦皇汉武求仙事以否定，此二事不但可证《海漫漫》创作于元和五年，而且可明其讥刺的具体事件③。陈寅恪先生《海漫漫》元和五年创作之说，有待于更多证据支撑④，但其文史互证的探究路径，有助于我们深入了解《海漫漫》中白居易的道教外丹术态度。

唐宪宗崇奉道教，文献多有记载。元和二年（807），宪宗亲荐献于太清宫。元和八年（813），命修兴唐观。元和九年（814），内出道教神仙图像经

---

① （唐）白居易著，谢思炜校注：《白居易诗集校注》卷三，中华书局 2006 年版，第 288—289 页。

② （唐）白居易著，谢思炜校注：《白居易诗集校注》卷三，中华书局 2006 年版，第 267 页。

③ 陈寅恪集：《元白诗笺证稿》，三联书店 2001 年版，第 150—154 页。

④ （唐）白居易著，朱金城笺校：《白居易集笺校》卷三，上海古籍出版社 1988 年版，第 149 页。

法九華，以赐唐兴观①。至于元和五年（810）张惟则入海中仙山事，《太平广记》繁衍更为细致。其中叙道士玄解为宪宗种三等仙药，即双麟芝、六合葵、万根藤，宪宗自采饵之，颇觉神验②。除去故事中的夸张成分，可以看出，宪宗在元和四、五年（809—810）间，就已经对神仙服饵术非常感兴趣了。元和十三年（818），宪宗以柳泌为泰州刺史，专为其于天台山采仙药。宪宗服李泌药后，日增躁渴，起居舍人裴潾上疏切谏。裴潾抨击道士托炼丹以求利，说"今者所有夸炫药术者，必非知道之士，咸为求利而来，自言飞炼为神，以诱权贵贿赂"；分析金石丹药之毒害，说"金石皆含酷烈热毒之性，加以烧治，动经岁月，既兼烈火之气，必恐难为防制"；建议烧炼之丹药应先验其真伪，"臣愿所有金石，炼药人及所荐之人皆先服一年，以考其真伪，则自然明验矣"③。从裴潾的上疏可以看出，元和后期，宪宗确实在服食金石类丹药。服饵食丹，在道教神仙长生说中一脉相承。由服食天然的植物性、动物性药物，到主动烧炼金石丹药，提取天地精华，本来就属于同一性质之作为。因此，白居易《海漫漫》抨击道教"不死药"虚妄，也应否定烧炼丹药。

不过，《海漫漫》对道教的态度，并非一味否定。神仙道教兴起之后，《老子》从来就是道教推崇的经典之一。李唐王朝建立后，尊老子为祖祢，设崇玄学、崇玄馆等，以《老子》等"四子"为经典，开道举科，选取士子。或许基于此种宗教环境，诗中才以"玄元圣祖五千言"作为标尺，认为求仙问药之理念、修行并不属于道教。此正说明，白居易所否定者只是帝王求仙之举。当然，这种否定同样因为肯定道教经典《老子》的前提，也大打折扣。

元和年间，白居易还创作了《梦仙》。这也是一首否定求仙长生的诗作。《梦仙》的创作时间，文献阙载。但《梦仙》一诗，白居易自己将其归属于"讽谕诗"。据元和十年（815）白居易撰写的《与元九书》，讽喻诗专门收录"自

---

① （宋）王钦若等编纂，周勋初等校订：《册府元龟（校订本）》卷五十四，凤凰出版社 2006年版，第 571 页。又（宋）王溥：《唐会要》卷五十，上海古籍出版社 2006 年版，第 1016、1028 页。

② （宋）李昉等编：《太平广记》卷四十七，中华书局 1961 年版，第 291 页。

③ （后晋）刘昫等撰：《旧唐书》卷一百七十一《裴潾传》，中华书局 1975 年版，第 4448 页。

拾遗来，凡所遇所感，关于美刺兴比者，又自武德迄元和，因事立题"①者。此即言，《梦仙》的创作时间最晚也在元和十年。又，《梦仙》收于《白氏长庆集》中《观刈麦》之前。《观刈麦》作于元和二年（807）周至尉任上。若据此，《梦仙》可能作于元和元年（806）或稍前。是则，《梦仙》的创作时间可能与《海漫漫》相前后。

《梦仙》诗中描述一个痴迷神仙术者，梦入仙境，于玉京朝拜玉帝，得到玉帝许诺，言其十五年后将修炼成仙，梦醒后入深山修道三十年，期待羽化成仙，最终却齿衰发白，身死物化。诗中关于道教修炼的描述，有断膻腥、食云母、饮沆瀣、辟谷等，烧丹亦在其中。不过，关于神仙的态度，这首诗的态度更为明确："神仙信有之，俗力非可营"，即肯定神仙实有、但非凡夫俗子之力可致；"苟无金骨相，不列丹台名"②，强调成仙需要具备先天条件，否则就是镜月水花，即使修炼也劳而无获。在这种神仙实有但非俗力可致的观念下，辟谷、烧丹等道教修炼术也就并非全部虚妄了。联系《梦仙》中的这种神仙道教思想，"苟无金骨相""俗力非可营"或许就是《海漫漫》的言外之意。

元和前期的这种道教态度，同样表露在张籍乐府诗中。白居易在元和十年（815）创作的《读张籍古乐府》中说："读君学仙诗，可讽放佚君。"③张籍《学仙》诗叙述道士辛苦修炼一生，最后却终无所成，"虚羸生疾疹，寿命多夭伤"，以此告诫世人"求道慕灵异，不如守寻常"。《学仙》诗写道教修行时，云"炉烧丹砂尽，昼夜候火光。药成既服食，计日乘鸾凰。虚空无灵应，终岁安所望"④。由此可见，张籍在抨击道教神仙理想的虚无时，虽然将烧炼丹药等道术一概否定，但结合白居易评价此诗"可讽放佚君"的评价可知，《学仙》只是批评道教服食修炼方式的虚谬，并非彻底否定道教。

从创作《海漫漫》《梦仙》，到元和十年（815）被贬江州司马，白居易

---

① （唐）白居易著，朱金城笺校：《白居易集笺校》卷四十五，上海古籍出版社1988年版，第2794页。
② （唐）白居易著，谢思炜校注：《白居易诗集校注》卷一，中华书局2006年版，第18页。
③ （唐）白居易著，谢思炜校注：《白居易诗集校注》卷一，中华书局2006年版，第8页。
④ （清）彭定求等编：《全唐诗》卷三百八十三，中华书局1960年版，第4298页。

神仙实有、不可妄求、凡人求仙必归虚无的认识，具有一致性：

> ……神仙须有籍，富贵亦在天。莫恋长安道，莫寻方丈山…… （元和七年《归田三首》之一）①

> 烟云隔玄圃，风波限瀛州。我岂不欲往，大海路阻修。神仙但闻说，灵药不可求。长生无得者，举世如蜉蝣。逝者不重回，存者难久留……（元和八年《效陶潜体诗十六首》之十一）②

> ……复闻药误者，为爱延年术。又有忧死者，为贪政事笔。药误不得老，忧死非因疾。谁言人最灵，知得不知失。何如会亲友，饮此杯中物……（元和七至八年《对酒》）③

"神仙须有籍，富贵亦在天"，即"神仙信有之，俗力非可营"。"神仙但闻说，灵药不可求""复闻药误者，为爱延年术"的背后，即"苟无金骨相，不列丹台名"。这种认识，促使白居易对道教有了部分接受。元和九年（814）《冬夜》："长年渐省睡，夜半起端坐。不学坐忘心，寂寞安可过。兀然身寄世，浩然心委化。如此来四年，一千三百夜。"④诗中夜半端坐修习道教"坐忘"术，已经四年了。照此倒推，白居易大概在元和五年、元和六年间就已经按照道教理念修行了。

这种推测，在白居易的诗作中也可以找到印证。元和五年（810）《代书诗一百韵寄微之》："唐昌玉蕊会，崇敬牡丹期。"白居易自注云："唐昌观玉蕊，崇敬寺牡丹，花时多与微之有期。"⑤同年，作《题赠郑秘书征君石沟溪隐居》："新居寄楚山，山碧溪溶溶。丹灶烧烟煴，黄精花丰茸。"⑥同年，又有《闻微之江陵卧以大通中散碧腴垂云膏寄之因题四韵》⑦。元和十年（815）《题李山人》："厨无烟火室无妻，篱落萧条屋舍低。每日将何疗饥渴？井华

---

① （唐）白居易著，谢思炜校注：《白居易诗集校注》卷六，中华书局 2006 年版，第 536—537 页。
② （唐）白居易著，谢思炜校注：《白居易诗集校注》卷五，中华书局 2006 年版，第 510 页。
③ （唐）白居易著，谢思炜校注：《白居易诗集校注》卷十，中华书局 2006 年版，第 798 页。
④ （唐）白居易著，谢思炜校注：《白居易诗集校注》卷六，中华书局 2006 年版，第 555 页。
⑤ （唐）白居易著，谢思炜校注：《白居易诗集校注》卷十三，中华书局 2006 年版，第 977 页。
⑥ （唐）白居易著，谢思炜校注：《白居易诗集校注》卷五，中华书局 2006 年版，第 493 页。
⑦ （唐）白居易著，谢思炜校注：《白居易诗集校注》卷十四，中华书局 2006 年版，第 1081 页。

云粉一刀圭。"①元和五年以来，白居易或者游览道观，或者按照道教理念服食药物，或者与道士交游参观其烧炼丹药之场景。与道教徒的接受，对道教修行方式的部分接受，是白居易后来亲自烧炼仙丹的基石。

二、四期烧炼丹药

白居易炼丹的次数，学界有不同的说法。任继愈等人认为，白居易与元稹向郭虚舟学习烧炼金丹失败之后，"后来可能没有继续烧丹之事"②。蒙绍荣、张兴强则认为，白居易庐山炼丹失败，"回京做大官后，也还偶尔炼丹，但用心不专，终未能成功，故垂暮之年颇感遗憾"③。现在来看，白居易至少在四个时期曾经炼丹。

第一期，在元和十三年（818）前后。苏轼《东坡志林》卷一"乐天烧丹"条记载："乐天作庐山草堂，盖亦烧丹也。欲成而炉鼎败。来日忠州刺史除书到。乃知世间、出世间，事不两立也。"④元和十三年十二月，白居易由江州司马迁忠州刺史。按照苏轼的说法，白居易首次炼丹失利就在此年。《东坡志林》的记载，可能来自白居易于宝历元年（825）苏州刺史任上撰写的《同微之赠别郭虚舟炼师五十韵》，其中有"药灶今夕罢，诏书明日追"⑤。

元和十三年（818）的烧丹，白居易可能在前此两年就已有想法。元和十一年（816）《寻王道士药堂因有题赠》："行行觅路缘松峤，步步寻花到杏坛。白石先生小有洞，黄牙姹女大还丹。常悲东郭千家冢，欲乞西山五色丸。但恐长生须有籍，仙台试为捡名看。"⑥黄牙是铅，姹女为汞，大还丹是铅汞丹。白居易此年参观王道士的炼丹堂时，既有"乞西山五色丸"以长生的意愿，又怕自己无长生之"籍"的担心。或可言，此时的白居易，对于烧

---

① （唐）白居易著，谢思炜校注：《白居易诗集校注》卷十五，中华书局 2006 年版，第 1228 页。
② 任继愈主编：《中国道教史（修订本）》（上卷），中国社会科学出版社 2001 年版，第 505 页。
③ 蒙绍荣、张兴强：《历史上的炼丹术》，上海科技教育出版社 1995 年版，第 131 页。
④ 陈友琴编：《白居易资料汇编》，中华书局 1962 年版，第 39 页。
⑤ 苏轼将"药灶今夕罢"，说成"炉鼎败"，似乎有失严谨。
⑥ （唐）白居易著，谢思炜校注：《白居易诗集校注》卷十六，中华书局 2006 年版，第 1297 页。

炼丹药已经不如元和前期那样过度否定了。

元和十二年（817）诗作中，白居易有 3 篇与其炼丹、长生成仙有关：

> 几年司谏直承明，今日求真礼上清。曾犯龙鳞容不死，欲骑鹤背觅长生。刘纲有妇仙同得，伯道无儿累更轻。若许移家相近住，便驱鸡犬上层城。（《酬赠李炼师见招》）①

> 阅水年将暮，烧金道未成。丹砂不肯死，白发事须生……可怜白司马，老大在溢城。（《浔阳岁晚寄元八郎中庚三十三员外》）②

> 浔阳迁客为居士，身似浮云心似灰。上界女仙无嗜欲，何因相顾两徘徊？共疑过去人间世，曾作谁家夫妇来？（《赠韦炼师》）③

《酬赠李炼师见招》表达与李炼师相邻而居、得道成仙的愿望。《浔阳岁晚寄元八郎中庚三十三员外》透露出炼丹失败的懊恼④。《赠韦炼师》则有对神仙捉摸不透的无奈。这三首诗作，都表明元和十二年（817）白居易已在烧炼丹药了。

元和十三年（818）诗作中，白居易叙述炼丹非常频繁：

> 郡中乞假来相访，洞里朝元去不逢。看院只留双白鹤，入门唯见一青松。药炉有火丹应伏，云碓无人水自舂。欲问参同契中事，更期何日得从容。（《寻郭道士不遇》）⑤

> 未济卦中休卜命，参同契里莫劳心。无如饮此销愁物，一饷愁消直万金。（《对酒》）⑥

---

① （唐）白居易著，谢思炜校注：《白居易诗集校注》卷十六，中华书局 2006 年版，第 1327 页。

② （唐）白居易著，谢思炜校注：《白居易诗集校注》卷十七，中华书局 2006 年版，第 1342—1343 页。

③ （唐）白居易著，谢思炜校注：《白居易诗集校注》卷十七，中华书局 2006 年版，第 1358 页。

④ 外丹烧炼一个周期需要近一年时间。按照下文的推断，元和十二年春才建成。《浔阳岁晚寄元八郎中庚三十三员外》归于元和十二年，从炼丹时间来看似乎有些紧迫。本文对白居易诗文的系年，采用朱金城《白居易年谱》（上海古籍出版社 1982 年版）之说。

⑤ （唐）白居易著，谢思炜校注：《白居易诗集校注》卷十七，中华书局 2006 年版，第 1364 页。

⑥ （唐）白居易著，谢思炜校注：《白居易诗集校注》卷十七，中华书局 2006 年版，第 1364 页。

漫把参同契，难烧伏火砂。有时成白首，无处问黄牙。幻世如泡影，浮生抵眼花。唯将渌醅酒，且替紫河车。(《对酒》)①

空王百法学未得，姹女丹砂烧即飞。事事无成身老也，醉乡不去欲何归？ (《醉吟二首》其一) ②

身名身事两蹉跎，试就先生问若何。从此神仙学得否，白须虽有未为多。(《问韦山人》) ③

《寻郭道士不遇》中，白居易未见郭虚舟却见到了其炼丹炉，表达想请教郭虚舟《参同契》中外丹修炼问题的迫切心情。两首《对酒》，已经说出了炼丹遭遇挫折的失望和焦虑。《醉吟二首》之中，不但包含炼丹失败的记述，更有由此产生的"事事无成身老也"的万分沮丧之情。《问韦山人》由炼丹失败上升到了对神仙是否可学的怀疑。韦山人，即韦山甫。李肇《唐国史补》"韦山甫服饵"条云："韦山甫以石流黄济人嗜欲，故其术大行，多有暴风死者。"④《旧唐书》称"宪宗季年锐于服饵，诏天下搜访奇士"，裴潾上疏谏阻时也就提到了韦山甫、柳泌等道士之名⑤。韦山人因服饵炼丹著名，为唐宪宗推崇。白居易向炼丹权威韦山甫请教，到底神仙是否可学，说明炼丹失败对他的神仙道教信仰产生了强烈的冲击。江州司马白居易在元和十二年至十三年（817—818）之间烧炼外丹而屡屡失败的打击，致使他在元和十三年（818）对道教炼丹术的怀疑越来越重。

江州时期的炼丹地点，在白居易自己建造的庐山草堂。白居易《草堂记》："匡庐奇秀甲天下山。山北峰曰香炉，峰北寺曰遗爱寺。介峰寺间，其境胜绝，又甲庐山。元和十一年（816）秋，太原人白乐天见而爱之……因

---

① （唐）白居易著，谢思炜校注：《白居易诗集校注》卷十七，中华书局 2006 年版，第 1384 页。

② （唐）白居易著，谢思炜校注：《白居易诗集校注》卷十七，中华书局 2006 年版，第 1389 页。

③ （唐）白居易著，谢思炜校注：《白居易诗集校注》卷十七，中华书局 2006 年版，第 1396 页。

④ 李肇：《国史补》卷二，见上海古籍出版社编：《唐五代笔记小说大观》，上海古籍出版社 2000 年版，第 185 页。

⑤ （后晋）刘昫等：《旧唐书》卷一百七十一《裴潾传》，中华书局 1975 年版，第 4446—4447 页。

面峰脘寺，作为草堂。明年春，草堂成……堂中设木榻四，素屏二，漆琴一张，儒、道、佛书各两三卷。"①庐山草堂于元和十二年春建成。此后两年间，白居易痴迷于炼丹。五代冯贽《云仙杂记》卷一"飞云履"条有记载："白乐天烧丹于庐山草堂，作飞云履。玄绫为质，四面以素绡作云朵，染以四选香，振履则如烟雾。乐天著示山中道友曰：'吾足下生云，计不久上升朱府矣。'"②这条记载为元代辛文房收进了《唐才子传》中："公好神仙，自制飞云履，焚香振足，如拨烟雾，冉冉生云。初来九江，居卢阜峰下，作草堂烧丹，今尚存。"③

第四期烧炼丹药，是在开成年间。开成二年(837)《烧药不成命酒独醉》："白发逢秋王，丹砂见火空。不能留姹女，争免作衰翁？赖有杯中绿，能为面上红。少年心不远，只在半酣中。"④丹砂的主要成份为硫化汞(HgS)，加热之后生成汞和二氧化硫，即"$HgS + O_2 = Hg + SO_2$"。"丹砂见火空"即是对这一化学反应的描述。从硫化汞到汞按照现代化学实验的结论，需要加热到180摄氏度，二氧化硫才能析出，而此时的水银（姹女）最容易挥发，所以白居易感叹"不能留姹女"。白居易对烧炼铅汞飞丹合药失败的记录，可以在刘禹锡唱和之作《和乐天烧药不成命酒独醉》中得到印证："九转欲成就，百神应主持。婴啼鼎上去，老貌镜前悲。却顾空丹灶，回心向酒卮。醺然耳热后，暂似少年时。"⑤"婴啼"即"婴儿"，是道教炼丹术中对铅的称呼。"九转"，即"九还"，是炼丹之火候。《指归集》"火候在精详五"引隋代道士青霞子苏元朗语："正月至七月申，为七返，十一月至七月，为九还。"⑥炼一次丹，自十一月临炉升火，须经历九个月才能完成。故而，此次炼丹始于开成元年（836）或稍前，时白居易任太子少傅分司洛阳。

① （唐）白居易著，朱金城笺校：《白居易集笺校》卷四十三，上海古籍出版社1988年版，第2736页。
② 陈友琴编：《白居易资料汇编》，中华书局1962年版，第24页。
③ 傅璇琮主编：《唐才子传校笺（第三册）》，中华书局1990年版，第17页。
④ （唐）白居易著，谢思炜校注：《白居易诗集校注》卷三十三，中华书局2006年版，第2560页。
⑤ （唐）刘禹锡著，瞿蜕园笺证：《刘禹锡集笺证》卷四，上海古籍出版社1989年版，第1261页。
⑥ （宋）吴悮：《指归集》，《中华道藏》第18册，华夏出版社2004年版，第439页中。

白居易第四期炼丹，前辈学者多有关注。姚宽以为："乐天久留意金丹为之而不成也"，"晚年药术竟无所得"①。清赵翼亦云："晚年（白香山）又尝留意于此（烧炼之术）。"② 陈寅恪评《和乐天烧药不成命酒独醉》云："目其题意观之，乐天是时殆犹烧药，盖年已六十六矣。"③此一时期炼丹不成的失望，白居易自己的诗歌中也有记述。开成二年（837）《感事》云："服气崔常侍，烧丹郑舍人。常期生羽翼，那忽化灰尘。每遇凄凉事，还思潦倒身。唯知趁杯酒，不解炼金银。睡适三尸性，慵安五藏神。无忧亦无喜，六十六年春。"④崔玄亮大和七年（833）卒，郑居中于开成二年（837）去世，二人曾修炼服气炼丹、长生不老之仙术，但却"忽化灰尘"。此一实情与自己炼丹不成的经历相对照，白居易发出了"不解炼金银"的感叹。

元和至开成年间，白居易还曾有两个时期烧炼丹药。长庆三年（823）《赠苏炼师》云："两鬓苍然心浩然，松窗深处药炉前。携将道士通宵语，忘却花时尽日眠。明镜懒开长在匣，素琴欲弄半无弦。犹嫌庄子多词句，只读逍遥六七篇。"⑤这首诗作于杭州刺史任上。白居易写到了自己的炼丹活动。诗中的"药炉"，就是炼丹炉灶。"松窗深处药炉前"是说自己烧炼丹药的经历。长庆四年（824）《竹楼宿》："小书楼下千竿竹，深火炉前一盏灯。此处与谁相伴宿，烧丹道士坐禅僧。"⑥此处的"深火炉"，与《赠苏炼师》"药炉"一样，都为炼丹鼎炉。是则，长庆三、四年间，为白居易第二期炼丹。

大和六年（832）河南尹任上《天坛峰下赠杜录事》："年颜气力渐衰残，王屋中峰欲上难。顶上将探小有洞，喉中须咽大还丹。河车九转宜精炼，火

---

① （宋）姚宽：《西溪丛语》，陈友琴编：《白居易资料汇编》，中华书局1962年版，第85—86页。
② （清）赵翼：《瓯北诗话》，陈友琴编：《白居易资料汇编》，中华书局1962年版，第322页。
③ 陈寅恪：《元白诗笺证稿》，三联书店2001年版，第334页。
④ （唐）白居易著，谢思炜校注：《白居易诗集校注》卷三十三，中华书局2006年版，第2553—2554页。
⑤ （唐）白居易著，谢思炜校注：《白居易诗集校注》卷二十，中华书局2006年版，第1623页。
⑥ （唐）白居易著，谢思炜校注：《白居易诗集校注》卷二十，中华书局2006年版，第1649页。

候三年在好看。他日药成分一粒，与君先去扫天坛。"① 诗中的"大还丹"为铅汞烧炼之丹药，《丹论诀旨心照五篇·大还丹宗旨》云："夫言还丹者，即神仙服食也。……夫论还丹皆至药为之，即丹砂之玄珠，金贡之灵异。"《天坛峰下赠杜录事》明确提到，自己将烧炼丹药。

综上所述，元和十二至十三（817—818）年，长庆三至四（823—824）年，大和六年（832）前后，以及开成二年（837）前后，白居易一生至少曾经有四个时期烧炼丹药。

三、炼丹失利与白居易的道教信仰

白居易认为"神仙信有之，俗力非可营"，是什么原因促使他走上炼丹之路？按照常理，炼丹失败正好证明神仙"俗力非可营"的观点，白居易却在二十年间有过四个阶段的炼丹，是什么原因让他忘掉前次的失败继续烧炼丹药？这些问题，是了解白居易道教信仰的关键。

《同微之赠别郭虚舟炼师五十韵》，详细记述了白居易第一期烧炼丹药的经过：

> 我为江司马，君为荆判司。俱当愁悴日，始识虚舟师。师年三十余，白皙好容仪。专心在铅汞，余力工琴棋……嗟我天地间，有术人莫知。得可逃死籍，不唯走三尸。授我参同契，其辞妙且微。六一闷扃镐，子午守雄雌。我读随日悟，心中了无疑。黄芽与紫车，谓其坐致之。自负因自叹，人生号男儿。若不佩金印，即合餐玉芝。高谢人间世，深结山中期。泥坛方合矩，铸鼎圆中规。炉橐一以动，瑞气红辉辉。斋心独叹拜，中夜偷一窥。二物正近合，厥状何怪奇。绸缪夫妇体，狎猎鱼龙姿。简寂馆钟后，紫霄峰晓时。心尘未净洁，火候遂参差。万寿觊刀圭，千功失毫厘。先生弹

---

① （唐）白居易著，谢思炜校注：《白居易诗集校注》卷二十七，中华书局 2006 年版，第2169 页。

指起，姹女随烟飞。始知缘会间，阴骘不可移。药灶今夕罢，诏书
明日追……①

"道教徒烧炼金丹，多有师授传承。或有专授某经，以某一丹方为主，专门烧炼一种金丹的，其师徒授受流绪，常被目为金丹之一门。"②白居易第一期烧炼丹药，师承郭虚舟③，以《周易参同契》为依据。诗中的"黄芽"（铅）、"紫河车"（玉液）、"姹女"（汞）等矿物，说明郭虚舟烧炼之丹药为铅汞丹。

《同微之赠别郭虚舟炼师五十韵》中，白居易叙述自己炼丹的动机，云"自负因自叹，人生号男儿。若不佩金印，即合翳玉芝。高谢人间世，深结山中期"。这说明元和年间炼丹以期长生成仙，是对此前"志在兼济"理想的放弃。元和年间，白居易进入仕途，撰写《新乐府》《秦中吟》，以诗代谏，针砭时弊。元和十年（815）六月，淄青节度史李师道派人刺杀了主持平藩的宰相武元衡，白居易上书"急请捕贼，以雪国耻"，却以"官非谏职"被贬江州刺史。途中，中书舍人王涯又上疏追论白居易往日言行之过，白居易再次被贬江州司马。元和十一年（816）春到达江州，同年秋天他建庐山草堂，元和十二年（817）春建成之后开始烧炼丹药。时间上的关联性，说明白居易元和年间的烧丹与他政治上的挫折密切相关。从此之后，白居易由"志在兼济"转向"行在独善"，即使后来再次回归京城、官高身显，他仍旧以"独善其身"为生存导向，甚至要求"中隐"，离开京城出任地方官。

《同微之赠别郭虚舟炼师五十韵》中，白居易认为元和后期丹药烧炼失败的原因，在于"心尘未净洁，火候遂参差"，即自己烧丹之心不诚、炼丹之火候技术没有把握好。由此，白居易上升到了先天阴德不足的高度，即"始知缘会间，阴骘不可移"。"阴骘"之说，与元和十年（815）之前，白居易对道教的认识中"神仙须有籍，富贵亦在天""神仙信有之，俗力非可营"等说法，一脉相承。

① （唐）白居易著，谢思炜校注：《白居易诗集校注》卷二十一，中华书局 2006 年版，第 1664—1665 页。
② 金正耀：《唐代道教外丹》，《历史研究》1990 年第 2 期。
③ 元稹有《和乐天寻郭道士不遇》，诗首注"昔常为僧，于荆州相别"，诗中"短脚知缘旧施春"句下注"为僧时先有脚疾"。据此可知，郭虚舟曾经为僧人，有脚疾，后改变信仰，成为炼丹道士。

元和后期的烧丹失败，并没有让白居易彻底放弃丹药长生不老思想，反而巩固了他前期的神仙"信有"但非俗力所致、只有累代之"阴骘"方可成仙的思想。这种思想既肯定了道教神仙思想，又容易堵死继续炼丹的路子。但是白居易怎么又有了后来苏州刺史、河南尹、太子少傅三任上的丹药烧炼呢？

梳理元和十三年（818）之后二十年间白居易与道教的关系，或许可以明白这个问题。元和十五年（820）《不二门》："亦曾登玉陛……亦曾烧大药，消息乖火候。至今残丹砂，烧干不成就。行藏事两失，忧恼心交斗。化作鬖鬖翁，抛身在荒陋。"① 这首诗叙述自己做官被贬、烧丹不成的经过，以及由此产生的"行藏事两失，忧恼心交斗"的心情。长庆二年（822）《予与故刑部李侍郎早结道友，以药术为事，与故京兆元尹晚为诗侣，有林泉之期。周岁之间，二君长逝，李住曲江北，元居升平西，追感旧游，因贻同志》："从哭李来伤道气，自亡元后减诗情。金丹同学都无益，水竹邻居竟不成……"② 诗题说自己与李建"以药术为事"，是则白居易一直从事道教修炼；诗中言"金丹同学都无益"，则在反思自己与之同道学习金丹术的结果。长庆三年（823）《独行》："闇诵黄庭经在口，闲携青竹杖随身……"③ 长庆四年（824）《味道》："叩齿晨兴秋院静，焚香宴坐晚窗深。七篇真诰论仙事，一卷坛经说佛心……"④ 由此来看，在元和后期炼丹失败后，白居易有过失败的懊恼，有过对丹药成仙的怀疑，但道教经典如《黄庭经》《真诰》似乎一直在读，道教修炼养生术似乎一直在坚持。这种道教态度，可以说一直持续到晚年。这种态度，也决定了只要有适当的外因，他还会再次炼丹。

白居易反复炼丹的机缘，主要在唐代道教外丹烧炼之风气上。白居易经

---

① （唐）白居易著，谢思炜校注：《白居易诗集校注》卷十一，中华书局 2006 年版，第 864—865 页。

② （唐）白居易著，谢思炜校注：《白居易诗集校注》卷十九，中华书局 2006 年版，第 1551 页。

③ （唐）白居易著，谢思炜校注：《白居易诗集校注》卷二十，中华书局 2006 年版，第 1619 页。

④ （唐）白居易著，谢思炜校注：《白居易诗集校注》卷二十三，中华书局 2006 年版，第 1836 页。

历宪宗、穆宗、敬宗、文宗、武宗五朝。这一时期，炼丹风气兴盛，五位皇帝也都热衷于烧炼服食仙丹。宪宗李纯迷信神仙丹药，朝臣李泌炼丹于台州，宪宗服食后中毒而死。穆宗李恒继位之后惩办相关人员，但不久又听信僧惟贤、道士赵归真之说，服食金石，亦因此丧命。敬宗李湛继位，访异人、求仙药，合炼黄白，在位两年，被中官刘克明等谋杀。文宗李昂即位，对影响敬宗的僧、道有所处置，但后来重用奸臣郑注，引起用小儿心合金丹的讹言，说明敬宗也有服食金丹之举。武宗李炎，重用道士，亲受法箓，筑望仙观、降真台，炼服丹药，甚至因宠道而废佛，最终也因服食仙丹而死[①]。白居易的朋友中，也有许多人炼丹。大和八年（834）《思旧》云："闲日一思旧，旧游如目前。再思今何在，零落归下泉。退之服硫黄……微之炼秋石……杜子得丹诀……崔君夸药力……"[②]诗中提到的韩愈[③]、元稹、杜元颖、崔群或服食或烧炼丹药。陈寅恪说，白乐天的这些"旧友至交"，"皆当时宰相藩镇大臣，且为文学词科之高选，所谓第一流人物也"[④]。这些人对道教金丹的痴迷，和白居易烧炼丹药应该互有影响。白居易曾经与多位道士交往，并留有诗作，如郭道士虚舟、王道士、张道士抱元、刘道士、朱道士、苏炼师、韦炼师、李炼师、柳泌等。有学者研究，这些道士多属于铅汞派的丹道术士[⑤]。皇帝、朝臣、朋友、道士，这些从社会顶层的政治人物到身边游走的友朋道徒，他们有共同的服食炼丹嗜好，这是白居易元和后期炼丹失败之后又多次炼丹的重要原因。

接连炼丹失败，直接影响的是白居易对道教丹术的看法。而朋友之中，诸多服食丹药者相继中毒而亡，也让他开始为自己没有服食丹药而庆幸。大和八年（834）作《思旧》在回忆他的诸多朋友服食丹药后的症状、结果后

---

① 卿希泰主编：《中国道教史（第二卷）》，四川人民出版社1992年版，第358—374页。

② （唐）白居易著，谢思炜校注：《白居易诗集校注》卷二十九，中华书局2006年版，第2273页。

③ 李季《松窗百说》、钱大昕《十驾斋养新录》卷十六"卫中立字退之"条，认为"退之"当为《卫府君墓志》中的卫中立（陈友琴编：《白居易资料汇编》，中华书局1962年版，第327页）。陈寅恪《元白诗笺证稿》反对此说，认为"退之"就是韩愈。

④ 陈寅恪：《白乐天之思想行为与佛道关系》，收入陈寅恪：《元白诗笺证稿》，三联书店2001年版，第335页。

⑤ 金正耀：《唐代道教外丹》，《历史研究》1990年第2期。

说："唯予不服食,老命反迟延。况在少壮时,亦为嗜欲牵。但耽荤与血,不识汞与铅。饥来吞热物,渴来饮寒泉。诗役五藏神,酒汩三丹田。随日合破坏,至今粗完全。齿牙未缺落,肢体尚轻便。已开第七秩,饱食仍安眠。且进杯中物,其余皆付天。"① 这里既有随性逍遥的成分,更有诸多侥幸。不过,庆幸归庆幸,他对道教炼丹需要"阴骘"的看法并没有改变。开成四年(839)《对镜偶吟赠张道士抱元》:"白发万茎何所怪,丹砂一粒不曾尝。眼昏久被书料理,肺渴多因酒损伤。"② 同年《戒药》:"早夭羡中年,中年羡暮齿。暮齿又贪生,服食求不死。朝吞太阳精,夕吸秋石髓。徼福反成灾,药误者多矣。以之资嗜欲,又望延甲子。天人阴骘间,亦恐无此理。域中有真道,所说不如此。后身始身存,吾闻诸老氏。"③ 会昌元年(841)《病中数会张道士见讥以此答之》:"病即药窗眠尽日,兴来酒席坐通宵。贤人易狎须勤饮,姹女难禁莫谩烧。"④ 这些诗作,一方面感叹"丹砂一粒不曾尝",另一方面仍然坚持自己前期的累积修行、阴德积福方可炼成金丹,因而金丹之事"莫谩烧"。

综上所论,白居易炼丹之机缘,出于宦途之蹙变、身贬江州带来信仰、理念的转变,继而成为追随社会风气之举。清人赵翼评述白居易不执著于烧丹的原因,说:"香山性情本无拘滞,人以为可,亦姑从之,然终未尝以身试耳。"⑤ 此说非常妥帖。炼丹失败没有让他对道教彻底失望,他仍然坚信神仙实有之观念,炼丹不成只是阴骘不足。在这种认识与炼丹之风日炽的社会风气下,他后来又多次炼丹,但热情显然没有元和后期那么高涨。同时,因为周围朋友服食金丹中毒身亡的教训,也让他对未尝炼成、服食丹药多少有了一丝庆幸。

---

① (唐)白居易著,谢思炜校注:《白居易诗集校注》卷二十九,中华书局2006年版,第2273—2274页。
② (唐)白居易著,谢思炜校注:《白居易诗集校注》卷三十五,中华书局2006年版,第2648页。
③ (唐)白居易著,谢思炜校注:《白居易诗集校注》卷三十六,中华书局2006年版,第2723页。
④ (唐)白居易著,谢思炜校注:《白居易诗集校注》卷三十六,中华书局2006年版,第2761页。
⑤ (清)赵翼:《瓯北诗话》,陈友琴编:《白居易资料汇编》,中华书局1962年版,第322页。

四、白居易的道教知识与实践

白居易道教知识的获得，主要通过阅读道经而来。元和十二年（817），白居易于刚刚建成的庐山草堂中，摆置"儒、道、佛书，各两三卷"。此后的诗中，多有提及自己阅读道经的。大和二年（828）《雨中招张司业宿》："过夏衣香润，迎秋簟色鲜。斜支花石枕，卧咏蕊珠篇。"[1] 同年《和送刘道士游天台》："佩服交带箓，讽吟蕊珠文。"[2] 大和四年（830）《朝课》："小亭中何有，素琴对黄卷。蕊珠讽数篇，秋思弹一遍。"[3] 同年《偶吟二首》："静念道经深闭目，闲迎禅客小低头。"[4] 大和七年（833）《冬日早起闲咏》："晨起对炉香，道经寻两卷。晚坐拂琴尘，秋思弹一遍。"[5] 开成四年（839）《白发》："八戒夜持香火印，三元朝念蕊珠篇。"[6] 这些诗作中的"蕊珠"，都泛指道教经典。

白居易阅读的道经，主要有三类。第一类是丹道类经典。元和（806—820）后期，白居易主要阅读《周易参同契》。如，元和十三年（818）《对酒》："未济卦中休卜命，参同契里莫劳心。"[7] 同年《对酒》："漫把参同契，难烧伏火砂。"[8]《周易参同契》，一般认为是东汉丹道家魏伯阳所著，他合大易阴阳交合、黄老自然养性、炉火铅汞炼丹三家学说为一，建立了"一个完整的

---

[1] （唐）白居易著，谢思炜校注：《白居易诗集校注》卷二十六，中华书局2006年版，第2032页。

[2] （唐）白居易著，谢思炜校注：《白居易诗集校注》卷二十二，中华书局2006年版，第1726页。

[3] （唐）白居易著，谢思炜校注：《白居易诗集校注》卷二十二，中华书局2006年版，第1779页。

[4] （唐）白居易著，谢思炜校注：《白居易诗集校注》卷二十七，中华书局2006年版，第2153页。

[5] （唐）白居易著，谢思炜校注：《白居易诗集校注》卷二十九，中华书局2006年版，第2266页。

[6] （唐）白居易著，谢思炜校注：《白居易诗集校注》卷三十四，中华书局2006年版，第2620页。

[7] （唐）白居易著，谢思炜校注：《白居易诗集校注》卷十七，中华书局2006年版，第1364页。

[8] （唐）白居易著，谢思炜校注：《白居易诗集校注》卷十七，中华书局2006年版，第1384页。

炼丹体系"①，后代有"丹经之祖"的称誉。受道教发展宗风影响，此经在魏晋南北朝道教中比较沉寂，而隋唐以后风行于世②。中唐外丹烧炼之风盛行，《周易参同契》亦成为炼丹者必修之道经。元和十二年、十三年（817—818）间，白居易进行了一生中的第一次亲自烧炼丹药。《周易参同契》作为炼丹之指导性经典，因此就成了他庐山草堂必读之作。

第二类是道家经典，主要为《老子》《庄子》。白居易元和四年《海漫漫》中说"身委逍遥篇"。据此可明，白居易认为《庄子·逍遥游》也属于宣扬神仙道教的著作。此后的诗歌中，常常可以看到白居易阅读《老子》《庄子》。如元和九年（814）《村居寄张殷衡》："唯看老子五千字，不踏长安十二衢。"③元和九年《游悟真寺诗一百三十韵》："身着居士衣，手把南华篇。终来此山住，永谢区中缘。"④同年作《渭村退居寄礼部崔侍郎翰林钱舍人诗一百韵》："外身宗老氏，齐物学蒙庄。"⑤元和十二年到十三年（817—818）《齐物二首》："若用此理推，穷通两无闷。"⑥然而，白居易对《老子》《庄子》的态度，大概在长庆（821—824）之后发生了变化。长庆三年《赠苏炼师》："犹嫌庄子多词句，只读逍遥六七篇。"⑦长庆四年《逍遥咏》："无恋亦无厌，始是逍遥人。"⑧大和八年《读老子》："言者不知知者默，此语吾闻于老君。若道老君是知者，缘何自著五千文。"⑨同年《读庄子》："庄生齐物同归一，我道同中有不同。遂性逍遥虽一致，鸾皇终校胜蛇虫。"⑩此时，白居易对待《老子》

---

① 曹剑波：《〈周易参同契〉外丹炼制探幽》，《宗教学研究》2002 年第 1 期。

② 章伟文：《〈周易参同契〉的沉寂与显扬之因探究》，《中国道教》2013 年第 5 期。

③ （唐）白居易著，谢思炜校注：《白居易诗集校注》卷十四，中华书局 2006 年版，第 1120 页。

④ （唐）白居易著，谢思炜校注：《白居易诗集校注》卷六，中华书局 2006 年版，第 561 页。

⑤ （唐）白居易著，谢思炜校注：《白居易诗集校注》卷十五，中华书局 2006 年版，第 1151 页。

⑥ （唐）白居易著，谢思炜校注：《白居易诗集校注》卷七，中华书局 2006 年版，第 640 页。

⑦ （唐）白居易著，谢思炜校注：《白居易诗集校注》卷二十，中华书局 2006 年版，第 1623 页。

⑧ （唐）白居易著，谢思炜校注：《白居易诗集校注》卷十一，中华书局 2006 年版，第 897—898 页。

⑨ （唐）白居易著，谢思炜校注：《白居易诗集校注》卷三十二，中华书局 2006 年版，第 2423 页。

⑩ （唐）白居易著，谢思炜校注：《白居易诗集校注》卷三十二，中华书局 2006 年版，第 2424 页。

《庄子》的态度已经有了佛道比较的意味。

第三类是神仙与养生修炼类道经，主要是《黄庭经》《真诰》。长庆元年（821）《见于给事暇日上直寄南省诸郎官诗因以戏赠》："倚作天仙弄地仙，夸张一日抵千年。黄麻敕胜长生箓，白纻词嫌内景篇。"①长庆三年（823）《独行》："闇诵黄庭经在口，闲携青竹杖随身。"②长庆四年（824）《味道》："七篇真诰论仙事，一卷坛经说佛心。"③《黄庭经》和《真诰》都是记述神仙道教修炼的著作。《黄庭经》包括《内景经》《外景经》《中景经》三部，相传为晋魏华存夫人留传下来的，内容多涉及道教的修炼与养生。《真诰》为南朝道士陶弘景所作，收录真人神仙之诰语。《黄庭经》与《真诰》，都有关于道教炼养之法的记述，如存神、固精、断欲、练气、漱咽津液等。

从白居易自己的记载来看，他对道教经典的阅读和知识的接受，始于老庄之学、丹道，终于神仙之说与养生，其一生道教实践也集中在神仙与养生两点上。阅读《周易参同契》集中在元和后期，但他对道教服饵神仙术的修炼，却似乎坚持了一生。这集中在他服食云母上。云母，为道教仙药之一种，葛洪《抱朴子·仙药》将其与朱砂、黄金等一同置于仙药之列，"仙药之上者丹砂，次则黄金，次则白银，次则诸芝，次则五玉，次则云母"，据其颜色可分为五种：云英、云珠、云液、云母、云沙，合称"五云"，并称其功效为"服之一年，则百病除；三年久服，老公反成童子；五年不阙，可役使鬼神，入火不烧，入水不濡，践棘而不伤肤，与仙人相见"④。道士以服食云母修炼仙道，这种观念最早体现在白居易早年的《梦仙》诗中。此后，从元和到大和的二十多年间，他一直在服食云母。元和十年（815）《题李山人》："每日将何疗饥渴，井华云粉一刀圭。"⑤元和十一年（816）《宿简寂

---

① （唐）白居易著，谢思炜校注：《白居易诗集校注》卷十九，中华书局2006年版，第1521页。

② （唐）白居易著，谢思炜校注：《白居易诗集校注》卷二十，中华书局2006年版，第1619页。

③ （唐）白居易著，谢思炜校注：《白居易诗集校注》卷二十三，中华书局2006年版，第1836页。

④ 王明：《抱朴子内篇（增订本）》卷11《仙药》，中华书局1985年版，第196、201页。

⑤ （唐）白居易著，谢思炜校注：《白居易诗集校注》卷十五，中华书局2006年版，第1228页。

观》："何以夜疗饥，一匙云母粉。"① 大和四年《晨兴》："起坐兀无思，叩齿
三十六。何以解宿斋，一杯云母粥。"② 大和八年(834)《早夏游平泉回》："疗
饥兼解渴，一盏冷云浆。"③ 大和八年《早服云母散》："晓服云英漱井华，寥
然身若在烟霞。药销日晏三匙饭，酒渴春深一椀茶。"④ 大和九年（835）《七
月一日作》："饥闻麻粥香，渴觉云汤美。"⑤ 以上诗中的"云汤"为"云母汤"，
"云浆"为"云母浆"。一生服食云母，说明白居易奉道实践具有强烈的养生
动机。

白居易阅读体悟《黄庭经》《真诰》集中在长庆年间，但以道教养生术
炼养身体，却从元和一直坚持到大和，甚至可以说坚持了一生。如修炼坐忘
术，元和后期《睡起晏坐》："行禅与坐忘，同归无异路"⑥，元和九年（814）
《冬夜》："不学坐忘心，寂寞安可过"⑦。又，修炼存神术，会昌二年（842）
《不与老为期》："闭目常闲坐，低头每静思。存神机虑息，养气语言迟"⑧，长
庆四年(824)杭州《仲夏斋戒月》："始知绝粒人，四体更轻便"⑨。又，修炼
调气术，大和八年（834）《负春》："病来道士教调气，老去山僧劝坐禅"⑩。
又，修炼叩齿、咽液术，大和四年（830）《晨兴》："起坐兀无思，叩齿
三十六"⑪。

---

① （唐）白居易著，谢思炜校注：《白居易诗集校注》卷七，中华书局 2006 年版，第 601 页。
② （唐）白居易著，谢思炜校注：《白居易诗集校注》卷二十二，中华书局 2006 年版，第
　　1778 页。
③ （唐）白居易著，谢思炜校注：《白居易诗集校注》卷三十一，中华书局 2006 年版，第
　　2410—2411 页。
④ （唐）白居易著，谢思炜校注：《白居易诗集校注》卷三十一，中华书局 2006 年版，第
　　2409 页。
⑤ （唐）白居易著，谢思炜校注：《白居易诗集校注》卷三十，中华书局 2006 年版，第
　　2329 页。
⑥ （唐）白居易著，谢思炜校注：《白居易诗集校注》卷七，中华书局 2006 年版，第 607 页。
⑦ （唐）白居易著，谢思炜校注：《白居易诗集校注》卷六，中华书局 2006 年版，第 555 页。
⑧ （唐）白居易著，谢思炜校注：《白居易诗集校注》卷三十七，中华书局 2006 年版，第
　　2792 页。
⑨ （唐）白居易著，谢思炜校注：《白居易诗集校注》卷八，中华书局 2006 年版，第 697 页。
⑩ （唐）白居易著，谢思炜校注：《白居易诗集校注》卷三十一，中华书局 2006 年版，第
　　2397 页。
⑪ （唐）白居易著，谢思炜校注：《白居易诗集校注》卷二十二，中华书局 2006 年版，第
　　1778 页。

　　烧炼丹药，是白居易的道教知识与实践的一部分。道经知识和实践，也可以在一定程度上解释白居易烧炼丹药屡败屡烧炼。白居易以养生而非长生久视为道教修行之目的，其炼丹之举就不会过分痴迷，也不会像他的众多朋友那样服食仙丹中毒。但服食炼丹与道教养生术，并不能截然分开。故而，诗文所见白居易，既炼丹又否定、怀疑丹道，既否定丹道又修炼存神坐忘、服食养生术。

参考文献

一、基本文献

1.(汉）郑玄注，（唐）贾公彦疏：《周礼注疏》，李学勤主编：《十三经注疏》，北京大学出版社 1999 年版。

2.（清）孙希旦：《礼记集解》，中华书局 1989 年版。

3.杨伯峻：《论语译注》，中华书局 1980 年版。

4.（汉）许慎撰，（清）段玉裁注：《说文解字注》，上海古籍出版社 1981 年版。

5.（汉）司马迁撰，（南朝宋）裴骃集解，（唐）司马贞索隐，（唐）张守节正义：《史记》，中华书局 1959 年版。

6.（汉）班固撰，（唐）颜师古注：《汉书》，中华书局 1962 年版。

7.（南朝宋）范晔撰，（唐）李贤等注：《后汉书》，中华书局 1965 年版。

8.（晋）陈寿撰，（南朝宋）裴松之注：《三国志》，中华书局 1959 年版。

9.（梁）沈约：《宋书》，中华书局 1974 年版。

10.（梁）萧子显：《南齐书》，中华书局 1972 年版。

11.（唐）姚思廉：《梁书》，中华书局 1973 年版。

12.（北齐）魏收：《魏书》，中华书局 1974 年版。

13.（唐）李百药：《北齐书》，中华书局 1972 年版。

14.（唐）令狐德棻：《周书》，中华书局 1974 年版。

15.（唐）李延寿：《北史》，中华书局 1974 年版。

16.（唐）李延寿：《南史》，中华书局 1975 年版。

17.（唐）魏征等：《隋书》，中华书局 1973 年版。

18.（后晋）刘昫等：《旧唐书》，中华书局 1975 年版。

19.（宋）欧阳修、宋祁等：《新唐书》，中华书局 1975 年版。

20.（宋）薛居正等：《旧五代史》，中华书局 1976 年版。

21.（元）脱脱等：《宋史》，中华书局 1977 年版。

22.（唐）吴兢：《贞观政要》，上海古籍出版社 1978 年版。

23.（唐）温大雅撰，李季平、李锡厚点校：《大唐创业起居注》，上海古籍出版社 1983 年版。

24.（宋）司马光编著，（元）胡三省音注：《资治通鉴》，中华书局 1956 年版。

25.（唐）李林甫等撰，臣仲夫点校：《唐六典》，中华书局 1992 年版。

26.（宋）宋敏求编：《唐大诏令集》，中华书局 2008 年版。

27.（宋）王溥：《唐会要》，上海古籍出版社 2006 年版。

28.（宋）王溥：《五代会要》，上海古籍出版社 2006 年版。

29.（宋）王钦若等编纂，周勋初等校订：《册府元龟（校订本）》，凤凰出版社 2006 年版。

30.（唐）杜佑撰，王文锦等点校：《通典》，中华书局 1988 年版。

31.（宋）郑樵：《通志》，中华书局 1987 年版。

32.（宋）马端临：《文献通考》，中华书局 1986 年版。

33.（宋）王尧臣：《崇文总目》，商务印书馆 1936 年版。

34.（宋）宋敏求撰，（清）毕沅校正：《长安志》，成文出版社 1970 年版。

35.（清）王先谦集解：《庄子集解》；（清）王先谦集解：《荀子集解》；（清）王先慎集解：《韩非子集解》；（汉）高诱注：《吕氏春秋》；（汉）刘安著，（汉）高诱注：《淮南子》。以上《诸子集成》本，上海书店 1986 年版。

36.（汉）王充著，黄晖撰：《论衡校释》，中华书局 1990 年版。

37.（梁）释僧祐编撰：《弘明集》；（唐）释法琳：《辩正论》；（唐）释法琳：《破邪论》；（唐）释道宣编撰：《广弘明集》；（唐）释彦悰编撰：《集沙门不应拜俗等事》；（唐）释玄嶷：《甄正论》；（元）刘谧：《三教平心论》；（隋）费长房：《历代三宝纪》；（唐）释静泰：《众经目录》；（唐）释智昇：《开元释教录》；（唐）释

智昇：《古今译经图记》；（唐）释圆照：《大唐贞元续开元释教录》；[日]沙门永超集：《东域传灯目录》；佚名：《常晓和尚请来目录》；[日]圆行：《请来法门道具等目录》；（唐）徐征君：《天台山记》。以上《大正藏》，新文丰出版公司 1983 年版。

38.（宋）沙门志磐：《佛祖统纪》；（元）释觉岸：《释氏稽古略》；（元）释念常：《佛祖历代通载》；（唐）释彦悰：《唐护法沙门法琳别传》；（唐）释慧琳：《一切经音义》。以上《大正藏》，新文丰出版公司 1983 年版。

39.阇那崛多等译：《起世经》；求那跋陀罗译：《杂阿含经》；法贤译：《佛说众许摩诃帝经》；支谦译：《撰集百缘经》；昙无谶译：《大般涅槃经》；昙无谶译：《大方等大无想经》；诃梨跋摩造，鸠摩罗什译：《成实论》；鸠摩罗什译：《维摩诘所说经》；龙树造，鸠摩罗什译：《大智度论》；求那跋陀罗译：《佛说心王头陀经》；迦旃延子造，僧伽提婆、竺佛念译：《阿毗昙八犍度论》；（唐）义净译：《根本说一切有部毗奈耶》。以上《大正藏》，新文丰出版公司 1983 年版。

40.（隋）释慧远：《大乘义章》；（后秦）僧肇：《注维摩诘经》；（隋）释智顗：《摩诃止观》；（隋）释智顗：《法界出门次第》；（隋）吉藏：《维摩经义疏》；（隋）释吉藏：《胜鬘宝窟》；（隋）释吉藏：《十二门论疏》；（隋）释吉藏：《中观论疏》；（隋）释灌顶：《法华私记缘起》；（唐）天台沙门湛然：《法华玄义释签》；（唐）释静居：《皇帝降诞日于麟德殿讲大方广佛华严经玄义》；[日]释圆珍：《佛说观普贤菩萨行法经》；（唐）释怀信：《释门自镜录》。以上《大正藏》，新文丰出版公司 1983 年版。

41.（唐）释澄观：《贞元新译华严经疏》；（唐）释宗密：《圆觉经大疏释义钞》；（宋）沙门思坦集注：《楞严经集注》；佚名：《起信论疏记会阅卷首》；（唐）释窥基：《杂集论述记》；（唐）孟献忠：《金刚般若经集验记》；（宋）释祖琇：《隆兴佛教编年通论》；（宋）释本觉撰，（明）毕延玠校订：《释氏通鉴》；（元）沙门熙仲集：《历朝释氏资鉴》。以上《卍续藏》，日本株式会社国书刊行会 1975—1989 年版。

42.周叔迦辑撰，周绍良新编：《牟子丛残新编》，中国书店 2001 年版。

43.（东晋）法显撰，章巽校注：《法显传校注》，中华书局 2008 年版。

44.（梁）释慧皎撰，汤用彤校注：《高僧传》，中华书局 1992 年版。

45.（唐）释道宣撰，郭绍林点校：《续高僧传》，中华书局 2014 年版。

46.（宋）赞宁撰，范祥雍点校：《宋高僧传》，中华书局 1987 年版。

47.（宋）赞宁撰，富世平点校：《大宋僧史略校注》，中华书局 2015 年版。

48.（梁）释僧祐撰，苏晋仁、萧錬子点校：《出三藏记集》，中华书局 1995 年版。

49.（北魏）杨衒之著，杨勇校笺：《洛阳伽蓝记校笺》，中华书局 2006 年版。

50.（唐）释道世撰，周叔迦、苏晋仁校注：《法苑珠林校注》，中华书局 2003 年版。

51.（唐）释道宣撰，刘林魁校注：《集古今佛道论衡校注》，中华书局 2018 年版。

52.（唐）沙门慧立、（唐）彦悰撰，孙毓棠、谢方点校：《大唐大慈恩寺三藏法师传》，中华书局 2000 年版。

53.[日] 圆仁：《入唐求法巡礼行记》，广西师范大学出版社 2007 年版。

54.（唐）王悬河：《三洞珠囊》；（唐）王悬河：《上清道类事相》；（元）赵道一：《历世真仙体道通鉴》。以上自《道藏》本，文物出版社、上海书店、天津古籍出版社 1988 年版。

55.（宋）吴俣：《指归集》，《中华道藏》第 18 册，华夏出版社 2004 年版。

56.王明：《抱朴子内篇（增订本）》，中华书局 1985 年版。

57.（宋）张君房编，李永晟点校：《云笈七签》，中华书局 2003 年版。

58.（明）焦竑：《老子翼》，文渊阁《四库全书》本。

59.（唐）杜光庭撰，罗争鸣辑校：《杜光庭记传十种辑校》，中华书局 2013 年版。

60.严可均编：《全上古三代秦汉三国六朝文》，中华书局 1958 年版。

61.（清）彭定求等编：《全唐诗》，中华书局 1960 年版。

62.（清）董诰等编：《全唐文》，中华书局 1983 年版。

63.陈尚君编：《全唐文补编》，中华书局 2005 年版。

64.吴钢主编：《全唐文补遗（第一辑）》，三秦出版社 1994 年版。

65.吴钢主编：《全唐文补遗（第八辑）》，三秦出版社 2005 年版。

66.（宋）李昉等编：《文苑英华》，中华书局 1966 年版。

67.（宋）李昉等编:《太平广记》,中华书局 1961 年版。

68.（清）王昶编:《金石萃编》,《石刻史料新编》第一辑,新文丰出版公司 1977 年版。

69.周绍良、赵超主编:《唐代墓志汇编续编》,上海古籍出版社 2001 年版。

70.赵君平、赵文成主编:《秦晋豫新出墓志蒐佚》,国家图书馆出版社 2012 年版。

71.（唐）虞世南:《北堂书钞》,中国书店 1989 年版。

72.（北周）庾信撰,倪璠注,许逸民校点:《庾子山集注》,中华书局 1980 年版。

73.（唐）白居易著,朱金城笺校:《白居易集笺校》,上海古籍出版社 1988 年版。

74.（唐）白居易著,谢思炜校注:《白居易诗集校注》,中华书局 2006 年版。

75.陈寅恪撰:《元白诗笺证稿》,生活·读书·新知三联书店 2001 年版。

76.（唐）刘禹锡著,瞿蜕园笺证:《刘禹锡集笺证》,上海古籍出版社 1989 年版。

77.（唐）韩愈撰,马其昶校注,马茂元整理:《韩昌黎文集校注》,上海古籍出版社 1986 年版。

78.（唐）韩愈著,刘真伦、岳珍笺注:《韩愈文集汇校笺注》,中华书局 2010 年版。

79.（唐）韩愈著,钱仲联集释:《韩昌黎诗系年集释》,上海古籍出版社 1984 年版。

80.陈友琴编:《白居易资料汇编》,中华书局 1962 年版。

81.吴文治编:《韩愈资料汇编》,中华书局 1983 年版。

82.（明）胡震亨:《唐音癸签》,上海古籍出版社 1981 年版。

83.周绍良:《唐传奇笺证》,人民文学出版社 2000 年版。

84.项楚:《敦煌变文选注（增订本）》,中华书局 2006 年版。

85.傅璇琮主编:《唐才子传校笺（第三册)》,中华书局 1990 年版。

86.上海古籍出版社编:《汉魏六朝笔记小说大观》,上海古籍出版社 1999 年版。

87.上海古籍出版社编:《唐五代笔记小说大观》,上海古籍出版社 2000 年版。

88.(汉)应劭撰,王利器校注:《风俗通义校注》,中华书局 1981 年版。

89.(南朝宋)刘义庆撰,(梁)刘孝标注,余嘉锡笺疏,周祖谟等整理:《世说新语笺疏》,上海古籍出版社 1993 年版。

90.董志翘译注:《〈观世音应验记三种〉译注》,江苏古籍出版社 2002 年版。

91.(北齐)颜之推撰,王利器集解:《颜氏家训集解(增补本)》,中华书局 1993 年版。

92.(隋)侯白撰,董志翘笺注:《启颜录笺注》,中华书局 2014 年版。

93.鲁迅校录:《古小说钩沉》,齐鲁书社 1997 年版。

94.(宋)王谠撰,周勋初校证:《唐语林校证》,中华书局 1987 年版。

95.(宋)高承:《事物纪原》,中华书局 1989 年版。

96.(明)胡应麟:《少室山房笔丛正集》,《文渊阁四库全书》本。

97.(唐)崔令钦撰,吴企明点校:《教坊记(外三种)》,中华书局 2012 年版。

98.(宋)钱易撰,黄寿成点校:《南部新书》,中华书局 2002 年版。

99.(明)王世贞:《弇州四部稿》,《文渊阁四库全书》本。

100.(明)王世贞:《弇州四部稿续稿》,《文渊阁四库全书》本。

二、研究论著

1.[荷]许理和著,李四龙、裴勇等译:《佛教征服中国:佛教在中国中古早期的传播与适应》,江苏人民出版社 2003 年版。

2.[日]砺波护著,韩昇译:《隋唐佛教文化》,上海古籍出版社 2004 年版。

3.[日]浮井文雅著,徐永生、张谷译:《汉字文化圈的思想与宗教》,武汉大学出版社 2001 年版。

4.[日]吉川忠夫著、王启发译:《六朝精神史研究》,江苏人民出版社 2010 年版。

5.[日]镰田茂雄著,关世谦译:《中国佛教通史》,佛光出版社 1986 年版。

6. 卞孝萱：《元稹年谱》，齐鲁书社 1980 年版。

7. 曹道衡、刘跃进：《南北朝文学编年史》，人民文学出版社 2000 年版。

8. 陈登原：《国史旧闻》，中华书局 2000 年版。

9. 陈国符：《道藏源流考》，中华书局 1963 年版。

10. 陈克明：《韩愈述评》，中国社会科学出版社 1985 年版。

11. 陈尚君：《贞石诠唐》，复旦大学出版社 2016 年版。

12. 陈士强：《大藏经总目提要（文史藏二）》，上海古籍出版社 2008 年版。

13. 范文澜：《唐代佛教》，重庆出版社 2008 年版。

14. 冯国瑞：《麦积山石窟志》，陇南丛书编印社 1941 年版。

15. 傅璇琮、罗联添主编：《唐代文学研究论著集成（第八卷）》，三秦出版社 2004 年版。

16. 葛兆光：《屈服史及其他：六朝隋唐道教的思想史研究》，三联书店 2003 年版。

17. 赖永海主编：《中国佛教通史（第五卷）》，江苏人民出版社 2010 年版。

18. 李芳民：《唐五代佛寺辑考》，商务印书馆 2006 年版。

19. 李剑国：《唐五代志怪传奇叙录》，南开大学出版社 1993 年版。

20. 李小荣：《〈弘明集〉〈广弘明集〉述论稿》，巴蜀书社 2005 年版。

21. 李小荣：《变文讲唱与华梵宗教艺术》，三联书店 2002 年版。

22. 刘立夫：《弘道与明教：〈弘明集〉研究》，中国社会科学出版社 2004 年版。

23. 刘林魁：《〈广弘明集〉研究》，中国社会科学出版社 2011 年版。

24. 刘汝霖：《汉晋学术编年》，华东师范大学 2010 年版。

25. 卢国龙：《道教哲学》，华夏出版社 2007 年版。

26. 吕澂：《中国佛学源流略讲》，中华书局 1979 年版。

27. 蒙绍荣、张兴强：《历史上的炼丹术》，上海科技教育出版社 1995 年版。

28. 卿希泰主编：《中国道教史》，四川人民出版社 1996 年版。

29. 饶宗颐：《饶宗颐二十世纪学术论文集（第四卷）》，新文丰出版公司 2003 年版。

30. 任半塘：《唐戏弄》，上海古籍出版社 1984 年版。

31. 任继愈主编:《道藏提要》,中国社会科学出版社 1991 年版。

32. 任继愈主编:《中国道教史(修订本)》,中国社会科学出版社 2001 年版。

33. 任继愈主编:《中国佛教史(第三卷)》,中国社会科学出版社 1988 年版。

34. 任继愈主编:《中国哲学发展史(魏晋南北朝卷)》,人民出版社 1988 年版。

35. 孙楷第:《俗讲、说话与白话小说》,作家出版社 1956 年版。

36. 汤用彤:《汉魏两晋南北朝佛教史》,北京大学出版社 1997 年版。

37. 汤用彤:《隋唐佛教史稿》,江苏教育出版社 2007 年版。

38. 王静芝等编:《经学论文集》,黎明文化事业股份有限公司 1981 年版,

39. 王小盾:《从敦煌学到域外汉文献研究》,商务印书馆 2013 年版。

40. 王永平:《道教与唐代社会》,首都师范大学出版社 2002 年版。

41. 吴真:《为神性加注:唐宋叶法善崇拜的造成史》,中国社会科学出版社 2012 年版。

42. 向达:《唐代长安与西域文明》,河北教育出版社 2001 年版。

43. 徐宝余:《庾信研究》,学林出版社 2003 年版。

44. 杨曾文:《唐五代禅宗史》,中国社会科学出版社 1995 年版。

45. 张清华:《韩愈大传》,中州古籍出版社 2003 年版。

46. 赵翼著,王树民校证:《廿二史札记校证(订补本)》,中华书局 1984 年版。

47. 周绍良、白化文编:《敦煌变文论文文录》,明文书局 1981 年版。

48. 周一良:《魏晋南北朝史札记》,中华书局 1985 年版。

49. 朱金城:《白居易年谱》,上海古籍出版社 1982 年版。

三、研究论文

1. [日]麦谷邦夫:《〈道教义枢〉序文に见える〈王家八并〉をめぐって——道教教理学と三论学派の论法》,京都大学中国哲学史研究会编:《中国思想史研究》(第三十三号),2012 年 12 月。

2.[日] 西山蓣子:《论法琳的〈破邪论〉》,《铃木学术财团研究年报》第九号,1972 年。

3. 曹剑波:《〈周易参同契〉外丹炼制探幽》,《宗教学研究》2002 年第 1 期。

4. 曹凌:《八并明义——对一种早期辩论法的探讨》,见高田时雄编:《敦煌写本研究年报》(第十一号),京都大学人文科学研究所"中国中世写本研究班",2007 年 3 月。

5. 陈艳玲:《略论唐代巴蜀地区的佛道之争》,《历史教学问题》,2008 年第 2 期。

6. 程兴丽、许松:《〈长兴四年中兴殿应圣节讲经文〉性质、作用与用韵研究》,《敦煌研究》2015 年第 3 期。

7. 丁红旗:《梁武帝天监三年"舍道事佛"辨》,《宗教学研究》2009 年第 1 期。

8. 董坤玉、王宇新:《出土壁画考麈尾》,《社会科学论坛》2013 年第 7 期。

9. 郭在贻、张涌泉、黄征:《〈长兴四年中兴殿应圣节讲经文〉校议》,《敦煌学辑刊》1990 年第 1 期。

10. 侯冲:《汉地佛教的论义——以敦煌遗书为中心》,《世界宗教研究》2012 年第 1 期。

11. 黄夏年:《北魏儒释道三教关系刍议》,《晋阳学刊》2005 年第 5 期。

12. 金正耀:《唐代道教外丹》,《历史研究》1990 年第 2 期。

13. 李明伟:《〈长兴四年中兴殿应圣节讲经文〉研究》,《社会科学》1988 年第 3 期。

14. 李庆:《"儒教"还是"儒学"?——关于近年中日两国的"儒教"说》,《深圳大学学报》2007 年第 4 期。

15. 林世田:《〈大云经疏〉初步研究》,《文献》2002 年第 4 期。

16. 刘立夫:《唐代宫廷的三教论议》,《宗教学研究》2010 年第 1 期。

17. 刘林魁:《"飞蛾投火"与中古士人的学术和文学》,《文学遗产》2012 年第 4 期。

18. 刘林魁:《〈广弘明集〉辑录文献来源及其客观性考辨》,《长江学术》2010 年第 1 期。

19. 刘林魁:《〈四库全书总目〉子部释家类〈广弘明集〉条辨正》,《图书馆工作与研究》2011 年第 10 期。

20. 刘林魁：《从"胡"到"梵"：汉唐佛教的文化身份转变》，《世界宗教研究》2014 年第 2 期。

21. 刘林魁：《敦煌本〈佛法东流传〉及其作者考》，《敦煌研究》2014 年第 6 期。

22. 刘林魁：《梁武帝〈会三教诗〉及其三教会通思想考论》，《古籍整理研究学刊》2012 年第 5 期。

23. 刘林魁：《梁武帝舍道事佛考辨》，《学术探索》2007 年第 5 期。

24. 刘林魁：《唐五代帝王诞节三教论衡考述——以白居易〈三教论衡〉为核心》，《佛学研究》2014 第 1 期。

25. 刘林魁：《永平求法传说与三教论衡》，《贵州社会科学》2010 年第 12 期。

26. 刘铭恕：《敦煌遗书丛识·〈长庆四年中兴殿应圣节讲经文〉的讲经者》，收入浙江大学古籍研究所、浙江省敦煌学研究会、中国敦煌吐鲁番学会语言文学分会合编：《敦煌语言文学论文集》，浙江古籍出版社 1988 年版。

27. 刘小平：《唐代佛道土地资源之争述论》，《农业考古》2013 年第 4 期。

28. 罗争鸣：《〈道教灵验记〉之文学、文献学考论》，《中国典籍与文化》2006 年第 2 期。

29. 罗争鸣：《关于杜光庭生平几个问题的考证》，《文学遗产》2003 年第 5 期。

30. 牟钟鉴：《试论儒家的宗教观》，《齐鲁学刊》1993 年第 4 期。

31. 邵颖涛：《萧瑀〈金刚般若经灵验记〉辑佚》，《中国典籍与文化》2011 年第 4 期。

32. 邵治国：《武则天明堂政治与明堂大火考》，《唐都学刊》2005 年第 3 期。

33. 圣凯：《唐代的讲经轨仪》，《敦煌学辑刊》2001 年第 2 期。

34. 宋燕鹏、张素格：《北周麟趾学士的设置、学术活动及其意义》，《河北科技大学学报》（社会科学版）2008 年第 2 期。

35. 谭洁：《梁武帝天监三年发菩提心"舍道"真伪辨》，《世界宗教研究》2010 年第 3 期。

36. 谭世宝：《印度中天竺为世界和佛教中心的观念产生与改变新探》，《法音》2008 年第 2 期。

37. 唐长孺：《论南朝文学的北传》，《武汉大学学报》1993 年第 6 期。

38. 田青：《有关唐代"俗讲"的两份资料》，《中国音乐学》1995 年第 2 期。

39. 王公伟：《赤山法华院与中日韩佛教文化交流》，《世界宗教文化》2007 年第 2 期。

40. 王卡：《王玄览著作的一点考察——为纪念恩师王明先生百年冥诞而作》，《中国哲学史》2011 年第 3 期。

41. 王谦泰：《论白居易思想转变在卸任拾遗之际》，《文学遗产》1994 年第 6 期。

42. 王银田、饶臣：《论"鍮石"》，《敦煌研究》2009 年第 4 期。

43. 吴真：《唐代社会关于道士法术的集体文学想象》，《武汉大学学报》2010 年第 3 期。

44. 夏广兴：《隋唐精怪小说与佛教流播》，《上海师范大学学报》2014 年第 6 期。

45. 薛栓平：《论唐玄宗的宗教政策》，《兰州大学学报》2001 年第 4 期。

46. 严振非：《杜光庭的生平及其学术成就》，《中国道教》1991 年第 1 期。

47. 严正道：《唐代道士罗公远考》，《宗教学研究》2015 年第 3 期。

48. 杨森：《敦煌壁画中的麈尾图像研究》，《敦煌研究》2007 年第 6 期。

49. 杨雄：《〈长兴四年中兴殿应圣节讲经文〉研究》，《敦煌研究》1990 年第 1 期。

50. 杨雄：《〈长兴四年中兴殿应圣节讲经文〉研究》，《敦煌研究》1990 年第 2 期。

51. 张安祖：《论白居易的思想创作分期》，《求是学刊》1996 年第 1 期。

52. 章伟文：《〈周易参同契〉的沉寂与显扬之因探究》，《中国道教》2013 年第 5 期。

53. 赵以武：《关于梁武帝"舍道"与"事佛"》，《嘉应大学学报》2000 年第 1 期。

54. 赵章朝：《佛经斗法故事与古代小说创作》，《乐山师范学院》2002 年第 6 期。

55. 钟优民：《庾信思想三题》，《学术月刊》1986 年第 8 期。

56. 周侃：《唐代中后期宫廷宴飨与乐舞、百戏表演场所考察——以勤政楼、花萼楼、麟德殿、曲江为考察中心》，《中华戏曲》2008 年第 2 期。

57. 周奇：《道门威仪考》，《史林》2008 年第 6 期。

58. 朱凤玉：《三教论衡与唐代争奇文学》，《敦煌研究》2012 年第 5 期。

59. 朱金城：《白居易交游考》，《河北大学学报》1982 年第 1 期。

60. 朱溢：《唐代孔庙释奠礼仪新探——以其功能和类别归属的讨论为中心》，《史学月刊》2011 年第 1 期。

责任编辑：王怡石

责任校对：杜凤侠

图书在版编目（CIP）数据

三教论衡与唐代文学 / 刘林魁 著 . —北京：人民出版社，2021.9

ISBN 978－7－01－022325－4

I.①三… II.①刘… III.①宗教文化－关系－古典－文学研究－中国－唐代

　　IV.① I206.42

中国版本图书馆 CIP 数据核字（2020）第 125602 号

三教论衡与唐代文学

SANJIAOLUNHENG YU TANGDAI WENXUE

刘林魁　著

人民出版社 出版发行

（100706　北京市东城区隆福寺街 99 号）

北京汇林印务有限公司印刷　新华书店经销

2021 年 9 月第 1 版　2021 年 9 月北京第 1 次印刷

开本：710 毫米 ×1000 毫米 1/16　印张：36.75

字数：590 千字

ISBN 978－7－01－022325－4　定价：168.00 元

邮购地址 100706　北京市东城区隆福寺街 99 号

人民东方图书销售中心　电话（010）65250042　65289539